KB192619

전쟁과 신부

전쟁과 신부

니코스 카잔차키스 장편소설 | 안정효 옮김

열린책들

일러두기

1. 번역은 모두 영어판을 대본으로 했다. 번역 대본의 서지 사항은 각 권의 〈옮긴이의 말〉에 밝혀 두었다.

2. 그리스 여성의 성(姓)은 남성과 어미가 다르다. 엘레니가 결혼 후 취득한 성 〈카잔차키〉는 〈카잔차키스〉 집안의 여인임을 뜻한다. 〈알렉시우〉나 〈사미우〉도 마찬가지로, 〈알렉시오스〉와 〈사미오스〉 집안에 속함을 뜻하는 것이다. 외국 독자들을 배려하여 여성의 성을 남성과 일치시키는 관례는 영어판에서 흔히 찾아볼 수 있으나 여기서는 그리스식에 따랐다.

3. 그리스어의 로마자 표기와 우리말 표기는 그리스어 발음대로 적되 관용적으로 굳어진 일부 용어는 예외를 두었다. 고대 그리스, 신화상의 인명 및 지명 표기는 열린책들의 『그리스·로마 신화 사전』을 따랐다.

이 책은 실로 꿰매어 제본하는 정통적인 사철 방식으로 만들어졌습니다. 사철 양장본은 오래 보관해도 손상되지 않습니다.

전쟁과 신부　　7

나는 아몬드나무에게 말했노라.「그대여, 나에게 신의 얘기를 해다오.」그러자 아몬드나무에 꽃이 활짝 피었다.

　　하느님이 말씀하시기를
　　나를 추구하는 자 나를 발견할 터이고
　　나를 발견하는 자 나를 알 터이고
　　나를 아는 자 나를 사랑할 터이고
　　내가 사랑하는 자 나는 죽이겠노라.

시드나 알리, 9세기의 회교도

제1장

카스텔로에 해가 기울었다. 태양은 지붕들 위로 쏟아져, 가파르고 좁다란 뒷골목으로 넘쳐흘러 마을의 추악함을 무자비하게 노출시켰다. 돌멩이만 쌓아 올려 지은 썰렁한 집들은 쓸쓸한 잿빛이었고, 문이 어찌나 낮은지 허리를 굽혀야만 들어갈 정도였으며, 집 안은 어둠 속이었다. 마당에서는 염소 똥과 말똥과 사람의 지독한 악취가 풍겼다. 마당에 나무를 심었거나 새장에서 새가 노래를 부르거나 창문에 빨간 카네이션이나 꿀풀 한 뿌리라도 심은 화분을 내놓은 집이라고는 단 한 채도 없었으며, 어디를 보나 돌 무더기 같은 집들만 눈에 띄었다. 그리고 이곳 돌 무더기들 속에서 사는 인간들은 몰인정하고 거칠었다. 산과 집과 사람들, 모두가 화강암 같았다.

심지어 풍년에도 마을에서는 웃음소리가 별로 들리지 않았으니, 웃음은 점잖지 못하고 자연의 섭리를 거역하는 행위였으며, 노인들이 시선을 돌리고 이맛살을 찌푸리면, 당장 웃음소리가 멎었다. 그리고 성탄절이나 성령 강림절이나 부활절 같은 중요한 축제날이 되면 사람들은 조금 더 많이 먹고, 술도 조금 더 마시고, 우아하지 못한 목을 길게 뽑고는 노래를 부르긴 했다. 하지만 그들의 노래는 얼마나 서글픈 통곡 소리 같기만 했던가! 가슴이 찢어질 듯한 끝없는 비극! 처량하게 떨리는 목소리가 이 사람에게서 저 사람의 입으로 옮겨 갔다. 그들의 노래는 너무나 끔찍한 옛날의 공포 — 너무나 끔찍한 노예 생활, 너무나 끔찍한 끝없는 굶주림을 되새겼다. 그들이 부르는 노래는 굶주림과 채찍질과 죽음으로만 이어지던 세월, 그들을 짓밟고 지나간 수천 년의 세월, 그들의 삶에서 지워지지 않는 시련을 눈물보다도 더 잘 표현했다. 하지만 절벽의 잡초처럼 그들은 이곳의 냉혹한 회색 바위에 달라붙어 떨어지려고 하지 않았다. 세상이 버티는 한, 고집불통인 에피루스 사람들은 쉽게 물러서지 않을 터였다.

그들의 육체와 영혼은 빛깔과 단단함이 바위와 마찬가지였으니, 빗물에 젖고 햇볕에 타고 눈으로 덮인 바위와 그들은 하나가 되었고, 마치 모두가 사람인 듯 그리고 마치 모두가 바위인 듯 그들은 모두가 함께였다. 그리고 한 남자와 한 여자가 외로운 삶을 떨쳐 버릴 때를 맞아 성직자가 그들을 결혼시키려고 오면, 성직자는 다정한 얘기를 단 한 마디도 할 말이 없었으니, 그런 말은 아예 할 줄을 모르기 때문이었다. 고향의 돌멩이들과 언덕들과 굶주림을 물려주기 위해서 아이를 만들겠다는 오직 한 가지 생각으로, 말없이 그들은 거친 양털 이부자리 속에서 한 몸이 되었다.

여자들은 많은데 남자들이 너무 적었다. 결혼하고 여자의 자궁 속에서 아들이 생겨나면 대부분의 남자들은 떠나게 마련이었다. 그렇지 않고서야 이토록 삭막한 황야에서 어떻게 인간이 살아남겠는가? 그들은 멀리 떠나고, 오랜 세월이 지나야만 돌아왔다. 그들이 아내를 홀로 남겨 두고 떠나 버리기 때문에 구슬픈 노래에서는 남편을 〈먼 길 떠나 오래 기다려야만 돌아오는 사람〉이라고 했다. 그러면 여자들은 시들어 젖이 축 늘어지고 코밑에선 털이 자랐다. 그리고 밤이 되어 잠자리에 들면 그들은 쓸쓸했다.

그들의 삶이란 하느님과 폭풍과 폭설과 죽음과의 끊임없는 투쟁이었다. 그렇기 때문에 형제가 서로 죽이는 살육이 시작되었을 때 카스텔로 사람들은 놀라지도 않았다. 그들은 두려워하지도 않았고, 삶의 양상이 달라지지도 않았다. 하지만 그들의 내면에서는 겉으로 드러나지 않고 말없이, 서서히 끓어오르던 온갖 감정이 이제는 거침없이 제멋대로 분출되었다. 타인을 죽이려는 인간의 원시적인 격정이 그들의 내면으로부터 쏟아져 나왔다. 사람들은 저마다 이유도 없이, 보통은 잘 의식하지도 못하면서, 이웃이나 친구나 형제 가운데 누군가를 오랜 세월 증오해 왔다. 분출구를 찾지 못하던 증오가 그들의 내면에서 들끓다가, 이제 갑자기 그들에게는 소총과 수류탄이 주어졌고, 그들의 머리 위에서는 숭고한 깃발들이 휘날렸다. 이웃과 친구와 형제를 죽이라고 성직자와 군대와 신문이 충동질을 했다. 오직 이런 방법으로만 신앙과 나라가 구제를 받는다고 사람들은 외쳤다. 가장 오래된 인간의 살인 욕구가 숭고하고도 신비한 의미를 지니게 되었다. 그래서 형제가 서로를 뒤쫓는 추적이 시작되었다.

마을 신부 야나로스 한 사람만이 무장을 하지 않은 채 환멸스러운 표정으로 그들 가운데 섰다. 그는 어느 방향으로 돌아서야 할지 몰라 좌우를 번갈아 돌아다보며 홀로 서서 자신에게 고뇌에 찬 똑같은 질문을 끊임없이 던졌다. 「만일 그리스도께서 오늘 세상으로 내려오신다면, 어느 편에 서실까? 주님께서는 검은 두건 편에 설까? 붉은 두건 편일까? 아니면 주님도 역시 중간에 서서

두 팔을 벌리고 외치시려나? 〈형제들이여, 단결하라! 형제들이여, 단결하라!〉 카스텔로에서 하느님의 대리인이었던 야나로스 신부는 그런 심정으로 중간에 서서 사람들에게 외쳤다. 그가 소리쳤지만, 검은 두건들과 붉은 두건들은 모두 그의 곁을 지나가며 소리를 지르고 야유를 퍼부었다. 「나쁜 놈! 반역자! 볼셰비키!」

「건달! 파시스트! 불한당!」

그러면 야나로스 신부는 기가 막혀서 머리를 설레설레 젓고는 걸음을 재촉했다. 「감사합니다, 주님이시여.」 그는 혼자 중얼거리고는 했다. 「이렇게 위험한 일을 맡기려고 저를 선택해 주셔서 감사합니다. 비록 이곳에서 사랑을 받지는 못하더라도 저는 그것을 견디겠나이다. 다만 밧줄을 너무 팽팽하게 당기지만 마옵소서, 주님이시여. 저는 황소나 천사가 아니라 인간입니다. 저는 인간일 따름이니, 얼마나 더 제가 인고할 힘이 있겠나이까? 언젠가는 저도 부러지고 말 터입니다. 제가 이런 말씀을 드리는 것을 용서하소서, 주님이시여. 때때로 당신은 현실을 잊으신 듯, 천사들보다도 인간에게 더 많은 요구를 하십니다.」

매일 아침 야나로스 신부는 잠자리에서 일어나 골방의 작은 창문을 열고, 길 건너편 물도 없고 나무도 없고 새도 없으며 오직 바위뿐인 살벌한 에토라키 산을 내다보면서 한숨을 짓고는 했다. 그의 마음은 70년 전에 그가 태어났던 성 콘스탄티누스의 숭고한 마을로, 흑해의 바닷가 모래밭으로 되돌아가고, 머나먼 곳들을 찾아 방황하고는 했다. 그곳의 벅찬 평화로움, 그리고 감동적인 행복감! 하느님은 그런 곳들을 얼마나 잘 보살펴 주었던가! 교회에서 그리스도의 왼쪽에 마련한 성상대 안에 모셔진 커다란 성상은, 화가의 미치광이 환상이 아니라 분명한 현실이어서, 그들의 수호 성자 성 콘스탄티누스는 닭이 알을 낳는 둥우리처럼 마을을 손바닥에 들어 하느님의 발밑에 놓으려고 하는 참이었다.

그리고 5월과 더불어 수호 성자의 축제일이 찾아오면 너무나 이상한 도취감이 마을에 감돌았다. 그것은 거룩한 도취감, 술을 마시지 않고도 취하는 도취감이었다. 모두들 일상생활의 근심 걱정을 잊어버리고 그들이 인간 벌레라는 사실도 망각하고는 하늘에 닿을 만큼 크고 화려한 날개를 펼쳤다.

「그렇다면 인간이 인간을 능가한다는 말인가?」 야나로스 신부는 자신에게 이런 질문을 던지고는 했다. 그리고 그는 스스로 자신의 질문에 대답했다. 「그것은 가능한 일이다! 그렇다, 인간에게는 그럴 능력이 주어졌으나, 그것은 겨우 한 시간, 어쩌면 두 시간, 어쩌면 하루까지도 계속될지 모르지만, 더 이상은 안 된다. 이것은 영원성이 의미하는 바고, 사람들이 천국이라고 일컫는 〈하느님의 불〉이 의미하는 바다.」

야나로스 신부는 이 천국에 여러 차례 들어갔었다. 아침마다 이곳 황량한 돌무더기 마을에서 옛 시절을 회상할 때면, 그의 생각은 어느새 흑해로 되돌아가고는 했다. 그곳에서는 〈아나스테나리파(派)〉라는 성스러운 종파에서 일곱 명이 활동했었다. 야나로스 신부는 그들의 지도자여서 아나스테나리장(長)이라는 칭호를 들었다. 그들은 고대 우상 숭배로부터 파생되었을지도 모르기 때문에 기독교보다도 훨씬 역사가 깊을지도 모르는 어떤 오래된 의식을 거행했다. 그는 사람들이 마을 한가운데에서 거대한 불을 지피던 일이 머리에 떠올랐다. 사람들은 성가(聖歌)를 부르며 모여들고, 악사들이 리라와 기아다를 가지고 오는가 하면, 교회의 문이 열리고 아나스테나리들이 그들의 〈조상〉 성 콘스탄티누스와 그의 어머니인 성녀 헬레나의 옛 성상을 부둥켜안고 맨발로 나타났다. 하지만 이들 모자의 성상은 종교적인 엄격함이라는 전통적인 방법으로 그려지지 않아서, 황금빛 의상을 두르고는 춤을 추며 공중으로 뛰어오르는 모습이었다.

아나스테나리들이 밖으로 나올 때까지 악사들은 수금과 기아다를 마구 퉁겨 대었으며, 악기 소리가 발광 상태에 이르면 사람들이 고함을 지르고 여자들은 부들부들 몸을 떨며 땅바닥으로 쓰러졌다. 인간이 영원의 세계로 들어가도록 문을 열어 주는 〈죽음의 문지기〉에게 바치는 선정적이고도 요란한 노래를 부르면서, 아나스테나리들이 야나로스 신부의 뒤를 따라 한 사람씩 나와서 나란히 줄을 지어 목을 길게 뽑고 분주한 걸음으로 나아갔다. 불길이 거룩한 장작을 다 태우면, 숯만 남은 나무들이 탁탁 튀었고, 야나로스 신부가 불 속으로 뛰어들었다. 그의 뒤에서는 종파의 모든 형제들이 따라와서 불타는 숯 토막들을 발로 차며 춤을 추기 시작했다. 노래를 부르면서 야나로스 신부는 불타는 숯 덩어리를 한 줌씩 집어 신자들에게 성수를 끼얹듯 뿌려 대었다. 하느님이 도대체 무엇이며 천국의 영원한 삶은 또 무엇인가? 천국은 바로 이 불꽃이요, 하느님은 바로 그들의 춤이었으니, 그것들은 한순간이 아니라 영원히 영원히 지속되었다.

그리고 거룩한 불에서 그들이 나온 다음에 보면, 발에는 덴 자국이 하나도 없었으며, 다리의 털 한 가닥도 불에 그을리지 않았다. 그들의 몸은 무더운 여름날 시원한 바다에서 나오기라도 한 듯 빛났다.

일 년 내내 거룩한 불의 불빛이 마을 사람들의 마음을 비추었다. 그러면 사랑과 평화와 행복이 사람들과 짐승들과 들판의 곡식들을 지배했다. 땅은 비옥해졌고, 밀과 옥수수는 줄기가 높다랗게 자랐고, 올리브나무들은 축복받은 열매가 너무 무거워서 축 늘어졌고, 밭에는 참외가 무더기를 이루며 깔렸다. 하느님의 선물은 풍요롭기만 했다. 하지만 이렇듯 풍요한 삶이 사람들을 타락시키지는 않았으니, 그들의 영혼이 너무 살져서 육체로 변하려는 순간이 오면 성자의 축제일이 다시 찾아오고는 했기 때문이다. 다시금 거대한 불이 피어올랐으며, 사람들은 다시 날개가 돋았다.

  하지만 갑자기…… 왜 그랬을까? 누구를 탓해야 하는가? 마을에서는 아무런 큰 죄도 저질러진 적이 없었다. 항상 그렇듯이 마을 사람들은 사순절(四旬節) 동안에 단식을 했으며, 수요일과 금요일에는 고기나 생선을 먹지 않았고, 그런 날이면 술도 마시지 않았고, 일요일마다 거룩한 빵을 가지고 성당으로 갔고, 콜리바[1]를 준비했고, 고해를 잊지 않고, 영성체를 받았다. 다른 남자에게 한눈을 파느라고 머리를 드는 아낙이 아무도 없었으며, 다른 여자를 탐하여 눈길을 던지는 남편 또한 아무도 없었다. 모든 사람이 하느님의 길을 따랐으며 모든 일이 잘되어 갔다. 그러더니 갑자기, 하느님은 행복한 마을을 굽어보던 자비로운 눈길을 다른 방향으로 돌렸다. 마을은 당장 암흑 속으로 떨어졌다. 어느 날 아침 광장에서 가슴이 찢어지는 듯 외치는 소리가 들려왔다. 「너희들은 스스로 이곳을 떠나라! 강한 자가 대지를 지배한다. 가거라! 그리스인들은 그리스로, 터키 사람들은 터키로! 아이들과 아내와 성상들과 더불어 이곳을 떠나라! 열흘의 시간을 주겠다!」
  마을 곳곳에서 탄식 소리가 터져 나왔고 사람들은 황망히 이리

1 밀을 물에 끓여 만들어서 축복을 내리게 한 다음 죽은 사람들의 추도식에서 나눠 주는 것.

15

저리 뛰어다니며 벽과 베틀과 마을의 샘터와 우물에 작별을 고했다. 그들은 바닷가로 내려가 모래밭에 엎드리고 조가비들 위에서 뒹굴며 바다에게 작별 인사를 하고는 장송가(葬送歌)를 불렀다. 낯익은 땅과 바다를 두고 억지로 멀리 떠난다는 것은 인간에게 어려운 일, 아주 어려운 일이었다. 어느 날 아침, 나이 많은 성직자 다미아노스 신부는 동틀 녘에 자리에서 일어났다. 그는 마을 공고인[2]이나 젊은 성직자 야나로스 신부조차 동반하지 않고, 혼자서 마을을 뛰어 돌아다녔다. 그는 이 집 저 집으로 달려가며 소리쳤다. 「드디어 일이 벌어졌어요! 하느님의 이름으로 알리건대, 나의 아이들이여, 일이 벌어졌어요!」

이른 새벽부터 여기저기서 서글픈 종소리가 울렸다. 밤새도록 여자들은 빵을 구웠고 남자들은 집에서 챙겨 가지고 갈 만한 모든 물건을 서둘러 꾸렸다. 어떤 늙은 여자가 장송곡을 부를라치면, 눈이 퉁퉁 부은 남자들이 그녀에게로 시선을 돌리고는 집어치우라고 소리를 질렀다. 울어 봤자 과연 무슨 소용이겠는가? 그렇게 되는 것이 하느님의 뜻일진대 그냥 극복하고 견디는 수밖에 없으리라. 하지만 어서, 우리들이 상심하기 전에, 우리들이 비극을 완전히 실감하기 전에 어서. 서두르라, 친구들이여, 서로 도와주도록 하라. 어서 빵을 굽고, 어서 밀가루를 자루에 담고, 우리들이 가야 할 길은 멀고도 멀 터이니 솥과 냄비와 이부자리와 성상(聖像) 따위 일상생활의 필수품들은 모두 가지고 떠나야 한다! 두려워하지 말아라, 형제들이여! 우리들의 뿌리는 대지에만 내린 것이 아니라 하늘로 올라 힘차게 뻗어 나가기도 했도다. 그렇기 때문에 우리 인간은 불멸하다. 그렇다면, 나의 아이들아, 용기를

---

2 마을에 공지 사항을 알려 주려고 큰 소리로 외치며 돌아다니는 사람.

가지고 전진하라!

겨울 날씨라서 바람이 불었고 파도가 훨씬 거칠어졌으며, 하늘에는 구름이 잔뜩 뒤덮여 별이라고는 하나도 보이지 않았다. 마을의 두 성직자인 노(老)신부 다미아노스와 검은 수염을 기른 야나로스 신부는 성상들과 성배(聖盃)와 은박 장정을 한 성서와 황금빛으로 수를 놓은 사제복을 거두며 성당을 분주히 드나들었다. 그들은 둥근 천장에 그려 놓은 만물의 창조주 지배자에게 작별 인사를 고하려고 잠깐 걸음을 멈추었다. 다미아노스 신부는 휘둥그레진 눈으로 창조주를 멍하니 올려다보았다. 처음으로 그는 창조주가 그렇게 험악해 보였고, 분노와 경멸로 입술이 얼마나 일그러졌는지 깨달았다. 그는 사람들의 머리 위로 당장이라도 집어던지려는 거대한 바위처럼 성서를 치켜든 모습을 눈여겨보았다.

다미아노스 신부는 머리를 설레설레 흔들었다. 그는 창백하고 기운도 없고 두 뺨이 푹 꺼졌으며, 단식과 기도와 인간에 대한 사랑이 그의 육체를 모두 잠식해 들어가 먹어 치웠기 때문에 얼굴에서 남은 부분이라고는 커다란 두 눈뿐이었다. 그는 두려움을 느끼며 창조주를 쳐다보았는데, 이토록 오랜 세월 동안 어쩌다가 창조주를 제대로 본 적이 한 번도 없었을까? 그는 야나로스 신부에게 〈당신께서 항상 저토록 험악한 모습이셨나요?〉 묻고 싶었지만, 창피한 생각이 들었다.

「야나로스 신부님.」 마침내 그는 입을 열었다. 「난 아주 지쳤어요. 우리들이 가지고 가야 할 성상들을 모으도록 해요. 나머지는 태워 버리고요. 이교도들이 더럽히지 못하도록 성상을 태우더라도 하느님께서는 용서해 주시겠죠. 타고 남은 재를 마을 사람들에게 나눠 주어 부적으로 간직하게 하세요. 그리고 난 집집마다 찾아가서 문을 두드리고 〈일이 벌어졌어요! 드디어 일이 벌어졌어요!〉라고 소리치겠어요.」

동이 터오기 시작했다. 시커먼 구름들 뒤에서 병든 태양이 대머리처럼 나타났다. 우울한 빛이 마을을 훑었고, 문들이 열려 집 안의 암흑을 노출시켰다. 마당에 쌓아 놓은 퇴비 더미 위에서 몇 마리의 수탉이 마지막으로 울었다. 외양간들이 열리고 황소와 노새들이 그러고는 뒤따라서 개와 사람들이 나왔다. 마을에서는 갓 구운 빵 냄새가 풍겼다.

다미아노스 신부는 이 집 저 집 돌아다녔다. 「하느님의 축복이 여러분들에게 내리기 바랍니다, 나의 아이들이여.」 그는 집집마다 찾아가서 부탁했다. 「울지도 말고, 저주하지도 말아요. 이것은 하느님의 뜻이고, 그것이 다 여러분을 위한 좋은 일이 될지 누가 알아요? 틀림없이 이것은 모두가 우리들을 위한 일일 거예요. 하느님은 우리 아버지이시고, 어느 아버지가 자식들에게 나쁜 일이 일어나기 바라겠어요? 아니죠, 절대로 그럴 리가 없습니다! 우리들이 뿌리를 내릴 훨씬 비옥한 땅을 주님께서 준비해 놓으셨음을 여러분은 알게 되겠죠. 유대인들과 마찬가지로 우리들은 신앙이 없는 나라를 떠나, 젖과 꿀이 흐르고 포도 덩굴들이 사람의 키만큼이나 높이 자라는 약속의 땅으로 찾아갈 테니까요.」

축제일 전야에 남자들과 여자들과 아이들, 모든 사람이 행렬을 이루어 조상들에게 작별 인사를 하려고 자그마하고 정돈이 잘된 마을 외곽 공동묘지를 향해 출발했다. 날씨는 우울했고, 어젯밤에 내린 빗방울이 아직도 올리브나무 잎사귀에 대롱대롱 매달렸다. 그들이 밟는 땅은 푹신했으며 비의 향기를 머금었다. 다미아노스 신부는 은박 장정을 한 성서를 손에 들고, 황금빛 수를 놓은 제의(祭衣)를 두르고, 가장 훌륭한 사제복 차림으로 앞장서서 걸어갔다. 그의 뒤에서는 군중이 따라갔는데, 행렬의 제일 끝에서는 야나로스 신부가 성수를 가득 채운 은으로 만든 자그마한 성수반(聖水盤)과 두툼한 로즈메리 다발로 엮은 살수(撒水) 통을 들고 걸어갔다. 그들은 노래를 부르거나 흐느껴 울었고, 아니면 말없이 허리를 숙인 채로 걸었다. 어쩌다가 한 여자가 한숨을 짓기도 하고, 노인들의 입에서는 〈키리에 엘레이손〉[3]이라는 나지막한 소리가 흘러나왔다. 젊은 어머니들은 젖을 꺼내 아이들 입에 물려 주었다.

그들은 실편백나무[4]들이 늘어선 곳에 이르렀고, 다미아노스 신부는 정문을 밀어 열고 안으로 들어갔으며, 사람들이 뒤따라 들어갔다. 검은 나무 십자가들은 어젯밤에 내린 비로 촉촉하게 젖었고 무덤에는 등불 몇 개가 켜져 있었으며, 유리 속에 간직된 반쯤 빛이 바랜 사진들은 한때 세상에 살았던 젊은 여자들과 콧수염을 꼬부려 붙인 잘생긴 젊은 남자들의 본디 모습을 보여 주었다. 군중은 저마다 사랑하는 이의 무덤을 찾으려고 뿔뿔이 흩어졌으며 여자들은 무릎을 꿇고 엎드려 흙에다 입을 맞추었다. 남자들은 선 채로 성호를 긋고는 소맷자락 끝으로 눈물을 찍어 냈다.

다미아노스 신부는 공동묘지 한가운데서 걸음을 멈추고는 두 손을 들고 소리쳤다. 「아버지들이시여, 안녕히 계십시오! 우리들은 떠나갈 터이니, 안녕히들 계십시오! 대지의 권세를 장악한 자들은 우리들로 하여금 더 이상 당신들 곁에서 살고, 죽어서 당신들 옆에 묻히고, 당신들과 같이 다시금 흙이 되는 것을 용납하지 않습니다! 그들은 우리들의 뿌리를 뽑아 버리려고 하니, 이런 상황을 야기한 자들에게 저주가 내리기 바랍니다! 이런 슬픈 상황을 가져온 자들에게 저주가 내리기 바랍니다!」

3 그리스어로, 〈주여 자비를 베푸소서〉라는 뜻이다.
4 애도의 상징.

사람들은 하늘을 향해 두 손을 치켜들었고, 큰 소리로 외쳤다. 「이런 상황을 가져온 자들에게 저주를 내리소서! 이런 상황을 야기한 자들에게 저주를 내리소서!」

　그들은 땅바닥에서 뒹굴었고, 빗물로 흥건하게 젖은 땅에다 입을 맞추었고, 이마와 가슴과 목에다 흙을 문질렀다. 다시금 그들은 몸을 수그려 흙에다 입을 맞추었고, 죽어서 간 사랑하는 이들에게 소리쳤다. 「안녕히 쉬십시오!」

　야나로스 신부는 묘지들 사이로 걸어 다니며 무덤마다 성수를 뿌렸다. 그의 뒤에서는 죽은 자들의 가족과 친척들이 소리쳤다. 「안녕히 계십시오!」「잘 있어요, 형제들이여!」「안녕히 계십시오, 사촌들이여 그리고 아버지시여!」

　「당신들을 이교도의 손에 맡겨 두고 떠나는 우리들을 용서하소서. 이것은 우리들의 잘못이 아니고, 이런 일을 저지른 자들에게 하느님께서 저주를 내리시길 빕니다.」

　다미아노스 신부는 땅에 꿇어앉아 성서를 펼치고는 부활의 복음서를 읽기 시작했다. 그의 목소리는 더 이상 떨리지 않았고, 갑자기 힘이 충일했다. 성당의 물건들을 챙기는 동안에 그는 거룩한 성단에서 성서를 집어 펼쳐 보고는, 십자가의 복음서에 빨간 끈을 끼워 두었다. 그는 십자가의 복음서 부분을 읽으려고 작정했지만, 죽어 간 사랑하는 이들 한가운데 서게 된 지금, 차마 이웃들로 하여금 〈나의 하느님, 나의 하느님, 어찌하여 나를 버리셨나이까?〉라는 마지막 말과 더불어 이곳을 떠나게 할 생각은 전혀 없었다. 그는 언뜻 지금은 〈크리스토스 아네스티(그리스도께서 부활하셨도다)!〉라는 기쁨의 말을 읽어 줘야겠다고 마음먹었다. 그는 부활의 복음서를 읽어 준 다음에 큰 소리로 외쳤다. 「인내하소서, 어버이들이시여, 우리들은 주님의 재림과 더불어 필히 다시 만나게 됩니다. 그리스도께서 부활하셨습니다! 우리는 죽음을 정복했습니다! 죽음은 더 이상 존재하지 않나이다! 인간은 부활할 터이니, 참고 견디소서, 사랑하는 조상들이여, 우리들 모두가 기쁨의 재회를 맛볼 것입니다!」

모인 사람들이 몸을 일으켰고, 그들의 머리카락과 얼굴에는 무덤의 흙이 묻어났다. 그들은 용기를 얻었고, 서로 위안을 주려는 듯 손을 내밀어 모두들 맞잡았다. 그리고 거의 자동적으로 그들은 천천히, 엄숙하게, 무덤 주변을 돌면서 춤추기 시작했다. 그리고 그들의 눈과 목구멍에는 눈물이 가득했다. 나무 십자가에 시선을 고정시키고, 십자가에 새겨진 축복받은 이름을 한 글자씩 소리 없이 입술만 움직여 읽으며, 그들은 조용히 춤추었다. 그들은 마치 빗물에 젖은 십자가와 사진과 양철로 만든 꽃다발과 실편백나무와 대지와 흙 속에 묻힌 뼈를 모두 거두어 가지고 가고 싶은 듯 초조하게 주위를 둘러보았다. 그것들을 거두어 떠나려고, 그들의 뿌리를 송두리째 뽑아서 떠나려고. 그들은 평화롭게 조용히 춤추었으며, 갑자기 눈을 들어 초록빛과 붉은 빛깔과 황금빛으로 하늘을 가로질러 펼쳐지며 양쪽 끝이 대지에 닿은 무지개를 보았다. 「길조(吉兆)입니다, 형제들이여.」 야나로스 신부가 소리쳤다. 「이것은 성모님의 허리띠이며, 위로하고 보호해 주기 위해서 우리들의 머리 위에 나타났습니다. 우리들은 하늘로 손을 뻗었고, 하느님을 불렀고, 하느님께서는 우리들에게 〈가거라, 나의 아이들아, 내 축복과 더불어 떠나가거라〉라고 대답했으며, 〈성모의 거룩한 허리띠가 나타났으니, 성모가 너희들과 더불어 갈 터이고, 그러니 너희들이 가야 할 길을 가거라〉라고 하셨습니다.」

또다시 다미아노스 신부가 앞장을 섰고, 군중은 죽은 자들을 마지막으로 한 번 더 보려고 고개를 돌렸지만 아무것도 눈에 띄지를 않았으니, 모든 사람의 눈이 흐려졌고, 세상은 눈물의 구름이 되었다. 살아 있는 자들로부터 겁에 질린 울음소리가 들려왔다.

「기운을 내요, 나의 아이들이여, 힘을 내요.」 다미아노스 신부가 소리쳤다. 「하느님을 믿고…… 울지 말아요.」 그리고 그는 흐느껴 울었다.

그들은 마을로 되돌아갈 때까지 눈물을 거두며 참았고, 도착한 다음에는 집으로 들어가 문을 닫아걸고는 통곡하기 시작했다.

이튿날 아침 일찍 그들은 당나귀와 노새에 짐을 실었다. 천둥이 치더니 부슬비가 내리기 시작했다. 그들은 양과 염소와 소들을 마을에서 몰고 나갔다. 아낙네들은 차마 발길이 떨어지지 않는지 집 앞에서 머뭇거렸다. 성당 앞마당에서 야나로스 신부는 그들이 남겨 두고 가야 할 모든 성상을 한 무더기로 쌓았다. 그는 십자가를 그은 다음에 성상 무더기에 불을 질렀고, 그리스도와 성모와 제자들과 성자들이 모두 잿더미가 되었다. 야나로스 신부는 남은 재를 나무 삽으로 퍼서 하늘로 던져 바람에 날려 보냈다.

그들은 준비를 마쳤다. 그들은 성호를 긋고 땅바닥에 엎드려 흙에다 입을 맞추었다. 자신들의 재와 피와 땀으로 이루어진 이곳에서 그들은 대대로 몇 천 년에 걸쳐 살아왔다. 그들은 땅에다 입을 맞추고, 손으로 흙을 파서 한 줌씩 옷 속에 숨겼다. 억지로 참고 견뎌 내야 할 운명을 앞에 두고 그들은 스스로를 안심시키기 위해서 중얼거렸다. 「하느님은 위대하시도다.」 「하느님은 당신의 백성을 사랑하신다.」 「하느님이 하시는 일은 모두가 우리들을 위해서 하시는 일이다.」 그들은 울지 않으려고 마음을 단단히 다져 먹었지만, 갑자기 더 이상 견딜 수 없었고, 제일 먼저 울음을 터뜨린 사람은 다미아노스 신부였다.

「잘 있거라, 사랑하는 땅이여.」 그가 소리쳤다. 「안녕히 계시오, 어버이들이여!」

그가 흘린 눈물이 땅으로 떨어졌고, 그의 수염과 눈썹과 입술은 흙으로 덮였다.

어느새 비가 억수로 퍼부어 대는 바람에, 진흙과 사람들이 하나가 되었다.

그로부터 오래고도 오랜 세월이 흘렀지만 흐느낌과 진흙으로 시커멓기만 했던 그날의 새벽은 전혀 흘러가지 않았다. 그들은 밤낮으로 몇 주일 동안 피난길에 올랐고, 추위에 떨고 굶주렸다. 나약하고 귀여움을 받으며 자란 여인이었던 야나로스 신부의 아내[5]는 고생스러운 여행을 이겨 내지 못하고 병이 들어 남편의 품에 안겨 숨을 거두었다. 그러나 야나로스 신부는 울지 않았고, 하늘을 향해 두 손을 치켜들었으며, 회한으로 — 회한과 비탄으로 입술이 타들어 갔지만 자제했고, 단 한 마디도 말을 하지 않았다. 그는 땅으로, 사랑하던 아내의 시체로 손을 내렸다. 혼자서 그는 길가에다 무덤을 파고 아내를 묻은 다음 다시 동지들의 뒤를 따라 천천히 걸어갔다.

밤으로 낮으로, 여러 주일 동안, 약속된 땅을 찾아서, 최근에 터키 사람들이 떠나 텅 비어 버린 어느 마을에 다다를 때까지 그들은 걸었다. 두 신부는 마을에 축복을 내렸고, 집집마다 돌아다니며 성수를 뿌렸고, 회교도들의 혼을 몰아내는 의식을 거행했고, 마을에 세례를 준 다음 성 콘스탄티누스라고 이름을 붙였다. 그들은 성호를 그은 다음 새 집으로 들어갔다. 하지만 두 명의 성직자가 머물기에는 마을이 너무 작아서 야나로스 신부는 사제복

---

5 성공회나 마찬가지로 그리스 정교회에서도 신부의 결혼이 허용된다.

을 겨드랑이에 말아 끼우고 자그마한 보퉁이를 어깨에 둘러멘 채로 다시 길을 떠났다. 두 마리의 소와 몇 마리의 양과 그가 가지고 왔던 옷과 밀 — 모든 소유물을 그는 떠나기 전에 마을 사람들에게 나눠 주었다. 그는 어디로 가야 하는가? 그의 운명은 어떻게 되려는가? 그는 길 한가운데 서서 곰곰이 생각해 보았는데, 아내도 죽었으니 완전히 홀로였고, 하나뿐이던 그의 아들은 여러 해 전에 고향을 떠나 때로는 밀수업자로 그리고 때로는 선장으로 방랑 생활을 하고 바다를 떠돌며 이 항구에서 저 항구로 전전했다. 완전히 혼자가 된 야나로스 신부는 이제 어디로 가야 하는가? 그는 갈팡질팡하는 마음으로 그곳에, 길 한가운데 서서 어쩔 줄 몰랐고, 밤이 되었다. 불빛은 하나도 눈에 띄지 않았으며 인간의 따스함을 찾기 위해 그가 두드릴 만한 문도 없었다. 그는 마을로 되돌아갈까 생각했지만, 창피해서 그러지도 못했다. 「좋다, 야나로스 신부여, 이제는 네가 마음과 흙 가운데 무엇으로 만들어진 인간인지 알아보기로 하자.」 그는 자신에게 말했다. 「일어나서 걷도록 하라! 일어나 걸어서 길이 너를 어디로 데리고 가는지 보라. 하느님께서 알고 계실 테니까, 하느님께서 너를 인도하도록 하라.」 사흘 동안 그는 걸었다.

자신이 어디로 가는지 이제는 더 이상 알려고 하지도 않으면서 걷고 또 걸었으며, 보이지 않는 하느님의 힘이 이끌어 주리라고 믿었던 야나로스 신부는 자신감을 지니고 그 힘을 따라갔다. 아무것도 의심하거나 두려워할 필요 없이, 이성이 그를 지배하도록 용납하지 않고, 눈에 보이는 사물들을 믿지 않으며, 보이지 않는 힘을 신뢰하고 계속해서 앞으로 나아가니 이 얼마나 벅찬 기쁨인가, 그는 생각했다.

그는 맑은 물이 흐르는 개울에 이르렀고, 개울가에서 깊은 생각에 몰두하여 몸을 구부리고 흐르는 물을 지켜보는 어느 늙은이를 보았다. 야나로스 신부는 노인에게 가서 그의 관심을 사로잡은 대상이 무엇인지 알고 싶어 몸을 숙였으나, 물 이외에는 아무 것도 없었다.

「무엇을 보고 계신가요, 영감님?」 호기심이 생긴 그가 물었다.

노인은 머리를 들고 구슬픈 미소를 지었다. 「흘러가고 사라지는 내 인생을, 흘러가 사라지는 내 삶을 보고 있다오.」

「걱정 마세요, 영감님, 당신의 인생은 어디로 흘러가는지 스스로 알고 있어요. 바다를 향해서, 모든 사람의 삶은 바다를 향해서 흘러가지요.」

노인이 한숨을 지었다. 「그래요, 젊은이, 그렇기 때문에 바닷물이 짜다오. 수많은 사람의 눈물이 모였기 때문에요.」

그는 다시 흘러가는 물로 시선을 돌리고는 아무 말도 하지 않았다.

노인이 하느님을 믿지 않고, 그렇기 때문에 죽음을 두려워하게 되었다고 생각하며, 야나로스는 갈 길을 서둘렀다. 그는 여러 마을에 들러 집집마다 문을 두드렸으나, 어디를 가도 성직자가 있었기 때문에, 계속해서 길을 가야만 했다. 그는 사제복과 제의와 성서를 겨드랑이에 끼고 걸었다. 「길을 인도하소서, 그리스도여.」 그는 자꾸만 거듭해서 말했다. 「길을 인도하시면 제가 따라가겠나이다.」

이제 여러 날이 흘러갔고, 높다랗고 눈 덮인 산이 아득히 멀기만 하더니 어느덧 점점 가까워졌다. 이토록 신성하고도 속세를 벗어난 장엄한 산을 여태껏 한 번도 본 적이 없었기 때문에 야나로스 신부는 자꾸만 커지는 산을 경이로움에 차서 지켜보았다. 산은 하느님 아버지를 닮아서, 백설처럼 하얀 구름은 백설처럼 하얀 수염이었고, 엄격하면서도 온화한 두 팔을 뻗어 푸른 대지를 포옹했다. 야나로스 신부는 골짜기로 들어갔으며, 지극한 푸르름에, 지극한 향기에, 지극한 고적함에 매혹되어 걸음을 멈추었다. 어디를 보나 수풀과 도금양(挑金孃)과 장과(漿果)나무와 거대한 밤나무와 상록수와 떡갈나무들이 우거졌다. 거룩한 그곳은 성 토요일(聖土曜日)[6]의 성당 같은 냄새를 풍겼다. 야나로스 신부는 하느님이 나흘 낮 나흘 밤을 인도한 다음, 더럽혀지지 않은 고독이 깃든 이곳에서 걸음을 멈추라고 자신에게 명령을 내린 듯한 기분이 들었다.

구름이 걷혀 하나도 안 남고 자취를 감추었으며 하늘에서 쏟아지는 첫 햇살을 맞아 대지는 잠이 깨었다. 그는 더 길을 갔으며, 이제는 수탉이 우는 소리가 들려왔다. 그러더니 갑자기 밤나무들 사이로 멀리서 반짝이는 바다가 나타났다. 목종(木鐘)이 울리는 감미로운 소리가 축축한 바람에 실려 먼 곳에서부터 흘러왔다. 야나로스 신부는 두건을 벗고, 십자가를 그은 다음, 근처 어느 수도원에서 조과(朝課)의 시작을 알리는 종을 치는 모양이라고 생각했다.

그는 달려가 조그마한 언덕으로 올라가서 길 건너편을 쳐다보았다. 저기 바다 위로, 바위들 틈에, 실편백나무들과 탑들, 수많은 문과 창문들이 달린 여러 층짜리 하얀 건물이 우뚝했다. 수도사 한 사람이 삽을 어깨에 메고는 저 아래 오솔길을 따라 걸어가는 것이 보였다. 야나로스 신부는 비탈길을 달려 내려가 수도사에게 손짓하며 소리쳤다. 「여기가 어디인가요, 수도사님? 저기 보이는 곳은 무엇인가요? 아니면 내가 꿈이라도 꾸고 있나요?」

---

6 부활절 전주의 토요일.

수도사가 걸음을 멈추었다. 그는 젊었고, 곱슬거리는 수염이 검은 빛깔이었고, 나무로 만든 뾰족하고 갈색인 고깔모자를 쓰고, 가죽 허리띠를 두르고, 작은 두 눈이 교활하게 반짝거렸다. 출렁거리는 수도복 밑으로는 맨발이 드러났다. 그는 야나로스 신부를 머리끝부터 발끝까지 훑어보고 나서 한참 만에야 대답했다.

　「당신은 성직자입니까?」 마침내 그가 말했다. 「어디서 오시는 길인가요? 이곳은 무슨 일로 찾아왔습니까?」

　「우선 내 질문에 대한 답부터 하세요.」 야나로스 신부가 화를 내며 말했다. 「그런 다음에 나를 심문하려면 심문하고요.」

　「화를 내지는 마세요, 영감님!」

　「난 화가 나지 않았고, 그냥 당신에게 이곳이 어디냐고 물었을 따름이에요.」

　「아토스 산입니다.」 악마처럼 두 눈을 반짝거리며 수도사가 대답했다. 「당신은 고행자가 되기 위해서 이곳으로 찾아오셨나요? 그렇다면 각오를 단단히 하셔야죠.」

　그는 어깨에서 삽을 내리고는 웃었다. 「만일 결혼한 몸이라면 아내를 이곳으로 데려오실 생각은 마세요. 암염소나 암탉이나 암양이나 암캐를 키우신다면 그런 암컷들도 데리고 오시면 안 됩니다. 이곳은 성모님의 화원이어서 암컷이라면 아무것도 들어오지 못한답니다. 그러니까 다시 잘 생각해 보세요.」

　야나로스 신부는 대지에다 절을 하고는 기도드렸다. 「오, 하느님이 사랑하시는 성모님의 고결한 산이여.」 그는 중얼거렸다. 「그대를 발견하여 나는 너무나 행복합니다.」

　야나로스 신부를 지켜보던 수도사는 눈과 눈썹 심지어는 수염까지도 웃었다.

　「누가 당신을 이곳으로 데리고 왔나요?」 웃음을 감추려고 손을 오므려 입을 가리며 그가 마침내 말했다.

「하느님이 인도하셨습니다.」 야나로스 신부가 대답했다.

「그렇다면 당신은 복을 많이 받으신 모양이로군요.」 그는 코웃음을 치고 삽을 다시 어깨에 메더니 가던 길을 서둘렀다.

그는 얼마 동안 걸어가더니 마음속의 악마가 충동질이라도 했는지 걸음을 멈추었다. 「공연히 난처한 꼴이나 당하지 말아요, 성직자님이여.」 그가 소리쳤다. 「이곳에는 여자들이 없기는 하지만 네레이스 자매[7]가 살아서, 우린 그들과 그럭저럭 해결해 나간답니다!」

그는 웃음을 터뜨리더니 도금양 숲속으로 사라졌다.

「사랑하는 성모님이시여, 당신의 화원으로 들어서는 길이 너무나 추악하군요.」 야나로스 신부가 중얼거렸고, 마음이 긴장되었다. 「당신이 거느린 정원사들은 어찌하여 이토록 형편없는 자들인가요?」

그는 다시 성호를 그은 다음 성모의 화원으로 들어갔다.

얼마나 오랫동안 그가 아토스 산에서 지냈는지는 아무도 알지 못했다. 그는 어느 수도원에서 자신이 고행 수도를 했으며, 왜 어느 날 훌쩍 자리에서 일어나 그곳을 떠나 버렸는지 아무한테도 얘기하지 않았다. 어쩌다가 가끔 그는 2년 동안 머물면서 성상 그리기를 배웠던 요셉 수도사들의 수도원에서 지냈던 얘기를 들려주기는 했다.

작업장으로 쓰도록 유리로 칸막이를 한 마루방에서 열 명의 수도사가 함께 지냈다. 일주일씩 돌아가며 그들은 차례로 요리와 빨래와 청소를 했으며, 나머지 아홉 사람은 자질구레한 일상생활

7 그리스 신화에 나오는 바다의 요정.

로부터 풀려나 그림만 그리고는 했다. 그들은 그리스도의 빰을 너무 빨갛게 칠하고, 성자들은 옷을 너무 잘 입고 너무 잘 먹은 모습으로 그려 놓았다. 그들의 지하 창고에는 식량이 잔뜩 쌓였고, 그들의 붓은 빨간 물감을 묵직하게 머금었고, 그들의 마음은 평화로웠다. 성스러운 곳에서 고행이 휴식과 붉은 물감과 사치로 변해 버리고 말았다.

그곳 수도원에서의 생활이 야나로스 신부가 생각하기에는 약간 지나치게 편안한 듯싶었다. 그래서 그곳은 거룩한 산이 아니었다. 그는 갑자기 행복이란 마귀의 함정이라는 사실을 깨달았고, 두려움을 느꼈다. 그는 고통에 시달리고, 굶주리고, 가파른 길을 오르고, 돌멩이들 위를 엉금엉금 기어 다니고, 그렇게 함으로써 하느님을 발견하게 되기를 갈망했으니, 거룩한 산이 의미하는 바가 그래야만 했다.

「그래서 나는 그곳을 떠났다오.」 그는 보통 이 말로 대화를 끝내려고 했다. 「나는 편안한 요셉 수도사들의 수도원을 떠났고, 수도자로서의 삶을 살아가기에 가장 적당하고 가장 고행이 심한 곳을 찾아내기 위해서 스무 곳의 수도원을 모조리 거쳤어요.」

「그래서 어떻게 되었나요, 신부님?」 사람들이 물었다.

하지만 그는 대답을 하려 들지 않았으며, 입술을 깨문 채 한참 동안 침묵을 지킨 다음에 분노 서린 목소리로 나지막이 기도문을 읊기 시작하고는 했다.

하지만 그러던 어느 날, 근처 수도원에서 그를 만나려고 두 명의 수도사가 찾아왔을 때, 그는 더 이상 침묵을 지키기 불가능해졌다. 야나로스 신부는 그들을 골방에서 맞았다. 그들에게서는 향과 마늘과 썩은 기름 냄새가 났고 신부는 환기를 시키려고 창문을 열어 놓아야 했다. 그는 얘기를 하지 않으려고 했지만 수도사들은 대화를 나누고 싶어 하는 눈치였다. 그들 가운데 한 사람은 늙고 교활한 여우 같은 남자였고, 발그레한 뺨에 배가 잔뜩 나오고 수염이 치렁치렁 늘어졌다. 다른 사람은 젊은 남자로, 여드름이 돋은 얼굴에 수염은 성글었으며, 배반을 일삼을 듯한 눈초리였지만 혀는 잘 돌아가지 않았다. 나이 많은 수도사가 두 손을 배 위에 포개 얹고는 마치 신부를 꾸짖기라도 하는 듯 근엄한 어조로 말했다.

「듣자 하니 당신은 아토스 산에 들어갔었다고 하더군요, 야나로스 신부. 어찌하여 그대는 거룩한 고독을 저버리고 속세로 돌아왔나요? 이유를 물어봐도 될까요?」

야나로스 신부의 두 눈이 섬광처럼 순간적으로 번득였다. 「거룩한 고독이라고요?」 그는 주먹을 불끈 쥐며 말했다. 「그리고 거룩한 고독 속에서 무엇을 한다는 얘기인가요, 존경하옵는 수도사님? 오늘날의 수도원들은 기껏해야 붕붕거리는 날개 소리만 울리는 벌집에 지나지 않아서, 그들은 더 이상 꿀은 만들지 않는답니다. 당신들은 그것도 고행이라고 부릅니까? 기독교라고요? 그것이 그리스도가 원하는 바일까요? 아닙니다, 아녜요! 오늘날의 기도는 행동을 의미합니다. 오늘날에는 고행자가 되기 위해서 사람들과 더불어 그들 속에서 살고, 싸우고, 그리스도와 함께 골고타에 오르고, 그리고 날마다 십자가에 못 박혀야 합니다. 수난일[8] 단 하루뿐이 아니라, 날마다 말예요!」

그는 말을 중단하려고 했지만 이미 너무 늦어 버렸으니, 말문이 터지자 그의 입과 더불어 마음도 열리고 말았다. 그는 두 수도

---

8 부활절 직전의 금요일로 그리스도의 수난과 죽음을 기념하는 날.

사를 노려보고는 머리를 설레설레 흔들었다.

「나는 사람들로부터 떨어져서 혼자 황량한 삶을 살아간다는 행위가 부끄러웠습니다. 그래요, 내가 원하던 바는 그것이 아니었으니까요. 나를 이해하도록 해주세요, 수도사님들, 내가 부끄러움을 느꼈다는 사실을요. 나는 길가의 쓸모없는 바위가 되기를 원하지 않습니다. 나는 다른 바위들과 더불어 힘을 모아 하나의 커다란 건물을 이루고 싶어요.」

「무슨 건물을요? 무슨 말인지 이해가 가지 않아요.」얼굴에 여드름이 난 수도사가 혀 짧은 소리로 말했다.

「무슨 건물이냐고요? 그리스, 기독교 — 그런 개념을 내가 어떻게 설명하겠어요? 커다란 건축물 — 건물, 그건 하느님이시죠!」

「그건 교만입니다.」포개 얹었던 두 손을 배에서 떼며 늙은 수도사가 말했다.

「내 얘긴 말이죠.」야나로스 신부가 화를 내며 반박했다.「그러니까 말입니다, 거룩하신 수도사님, 그리스도의 본보기를 따르는 길을 뜻합니다. 여러분도 알다시피 그리스도는 40일 동안 황야에 나가 계셨어요. 그런 다음에 그리스도께서는 고독의 정상으로부터 내려와 굶주림과 고통에 시달리고, 사람들과 함께 투쟁하고, 십자가에 매달리셨습니다. 그렇다면 참된 그리스도의 추종자가 따라야 할 의무는 무엇입니까? 내 얘기는 그런 의미였고, 되풀이해서 얘기하겠는데, 이곳 지상에서는 그리스도의 본보기를 따르는 길을 가야 합니다.」

「그럼 우리들은 어떤가요?」나이가 어리고 혀가 짧은 수도사가 다시 물었다.

하지만 야나로스 신부는 그가 하는 말을 듣지 못했다. 그는 분노가 끓어올라 격노했다. 「나는 성직자들과 평인들에게서 다 같이 굉장히 많은 위선과 거짓과 부정직함을 보아 왔습니다. 나는 더 이상 침묵을 지킬 수가 없어요! 주여, 저를 용서해 주시기 바랍니다만, 때때로 내 영혼은 우선 수도원들부터 시작해서 세상을 몽땅 태워 버리기 원하는 불길이 됩니다.」

「세상이 당신에게 무슨 짓을 저질렀기에, 야나로스 신부, 당신은 세상을 불태워 없애기 원하나요? 세상은 하느님이 만든 작품이어서 훌륭하기만 한데요.」

「세상은 악마의 작품입니다! 전에는 하느님이 이루어 놓은 작품이었지만 이제는 그렇지 못합니다. 당신들은 왜 눈이 휘둥그레지나요, 거룩한 수도사님들? 그리스도는 춥고 굶주린 채 이 집 저 집 떠돌아다니지만, 어느 한 집 어느 한 사람의 마음도 문을 열어 주님에게 〈어서 오십시오, 나의 주님이시여, 들어오세요!〉라고 말하지 않습니다. 그렇다면 당신들 귀에 도대체 어떻게 주님이 하시는 얘기가 들리겠으며, 당신들 눈에는 도대체 어떻게 주님이 보이겠습니까? 당신들의 눈과 귀와 마음에는 비계가 잔뜩 끼어 엉겨 붙었어요.」

「우린 가봐야지, 안 되겠구먼.」 늙은 수도사가 무릎으로 젊은 수도사의 무릎을 치며 말했다. 「세상에는 유혹이 여러 가지라네. 우린 들어서도 안 되고 봐서도 안 되니, 어서 자리를 떠야 해. 보게나, 야나로스 신부가 입을 여니까 자기도 모르는 사이에 하느님의 이름을 욕되게 하지 않는가. 왜 그러지? 그것은 저 신부가 인간의 세계에서, 유혹들이 판치는 왕국에서 살기 때문이지.」

「아무래도 우린 가보는 게 좋겠습니다.」 젊은 수도사가 카랑카랑하고 혀가 짧은 소리로 맞장구를 쳤다. 「수도원은 담이 높아서 유혹이 들어오지 못하니까요.」

「정말입니다, 거룩한 수도사님들, 하늘을 생각해서라도 각별히 조심하시기 바랍니다.」 야나로스 신부의 웃음소리에 작은 골방이 요란하게 울렸다. 「나는 당신들에게 우화가 아닌 우화를 하나 얘기해 주겠어요. 언젠가 3백 명의 수도사가 구도를 하는 수도원이 하나 생겼는데, 수도사 한 사람이 저마다 세 개의 수레와 세 필의 말을 가지고 살았답니다. 말 한 필은 하얗고, 또 한 필은 붉은 말이었고, 세 번째의 말은 검은 말이었어요. 날마다 그들은 마귀가 들어오지 못하게 막으려고 수도원 주위를 돌았습니다. 그들은 아침에는 하얀 말을, 낮에는 붉은 말을, 그리고 밤에는 검정말을 탔습니다. 하지만 마귀는 그리스도의 모습을 갖추고 수도원으로 들어갔어요.」

「그리스도의 모습이라뇨!」 수도사들이 허벅지를 손바닥으로 치며 소리를 질렀다. 「야나로스 신부, 그것은 신성 모독이오!」

「그래요. 그리스도의 모습으로요!」 주먹으로 책상을 치며 야나로스 신부가 고함쳤다. 「여러분 수도사들이 주님을 바꿔 놓은 그대로, 태만하고 탐욕스러운 위선자인 그리스도의 모습으로 말입니다! 당신들은 그것이 그리스도라고 생각하며, 그런 주님의 발자취를 따르려고 합니다. 당신들처럼 태만한 자들, 위선자들, 기생충 같은 자들은 그래야 어울리겠죠.

하지만 그것은 그리스도가 아니고…… 이 불쌍하고 어리석은 자들이여, 그것은 그리스도의 형상을 갖추고 안으로 들어온 사탄입니다. 조금 전에 한 얘기를 부언하겠는데, 참된 그리스도는 사람들과 더불어 걷고, 그들과 더불어 투쟁하고, 그들과 더불어 십자가에 매달리고, 그들과 더불어 부활합니다.」

「우린 어서 여길 나가야 되겠어.」 늙은 수도사가 고함을 지르고는 남은 힘을 모아 불룩한 배를 안고 몸을 일으켰다.

젊은 수도사가 부축해 주려고 황급히 그에게로 달려갔고, 부축을 받으며 의자에서 일어선 늙은 수도사는 야나로스 신부를 향해 돌아섰다. 「내 생각에 당신은 우리들을 모욕한 것 같아요, 신부.」 그는 악의에 찬 목소리로 말했다. 「당신이 교회 내에서 반란을 일으키고 자신을 내세우는 깃발을 휘날리는 자라고 하시던 주교님의 말씀이 맞군요.」

「그래요, 나 자신을 내세우는 깃발이죠.」 눈을 번득이며 야나로스 신부가 말했다. 「그리고 그 깃발에는 누구를 그려 놓았는지 아십니까, 거룩하신 수도사님?」

「누군가요, 반란자요?」

「채찍을 든 그리스도를 그려 놓았습니다! 이 얘기를 주교님에게 전해 주시고, 당신들 수도원의 대수도원장에게도 전해 주세요. 세상의 모든 대수도원장과 주교에게 그 말을 전해 주십시오. 안녕히들 가시오, 거룩하신 수도사님들.」 이렇게 말하면서 문을 열어 주던 신부는 이제 웃지 않았다.

야나로스 신부는 남의 눈을 피해 아토스 산에서 몰래 빠져나오던 날 아침의 기쁨을 잊지 못했다. 태양은 하느님이 창조한 첫날처럼 눈부시게 빛났다. 하얀 눈이 덮인 산봉우리가 새벽빛 속에서 장미꽃처럼 미소를 지었다. 하느님이 대지를 굽어보고는 미소를 지으며, 작은 개미 한 마리가 발밑에서 산의 먼지를 흔들어 일으키고는 재빨리, 도금양 숲과 덤불들 속으로 재빨리 사라지는 모습을 지켜보리라는 생각이 들 정도였다.

야나로스 신부는 전에도 여러 차례 끓어오르는 그의 이마를 스치는 자유의 시원한 바람을 느꼈었고, 벅찬 기쁨도 느꼈었다. 하지만 그날 아침의 기쁨은 그 무엇에도 비견할 바가 없었으니, 봄날의 따스함이 감싸 줄 때 벌거벗은 나뭇가지들이 아마도 이런 기분을 느끼리라.

「나는 오늘 태어났다, 나는 오늘 태어났다.」 그는 노래를 부르
듯 흥얼거리며 덤불들을 뛰어넘었고, 막 길모퉁이 뒤로 사라지려
는 수도원을 그는 단 한 번도 뒤돌아보지 않았다.

이 마을에서 저 마을로, 이 산에서 저 산으로 돌아다니던 그는
마침내 이곳 바위투성이 언덕에 정착해서, 카스텔로에 자리를 잡
았다. 처음에는 이곳이 그의 숨통을 막고, 메마르고 비좁은 이곳
에는 충분한 공간이 없는 듯싶었다. 그는 비옥한 땅과, 만발한 아
몬드나무와, 인간의 얼굴에 나타나는 미소와, 물이 흐르는 개울
이 조금이라도 보이면 좋겠다고 갈망했다. 하지만 세월이 흘러감
에 따라 서서히 그는 이곳의 바위들을 사랑하고, 이곳 사람들을
가엾이 여기게 되었다. 그들은 그의 형제였고, 그들의 얼굴에서
그는 인간의 고통과 두려움을 보았다. 그의 영혼은 황량한 바위
투성이 땅과 싹이 돋은 뿌리를 움켜잡았다. 카스텔로 사람들이나
마찬가지로 야나로스 신부는 이런 살벌한 삶의 어려움에 익숙해
져서 추위에 떨고 굶주렸으며, 얘기를 나눌 사람이 아무도 없었
고, 영혼의 짐을 같이 나눌 사람도 없었다. 하지만 그는 전혀 불
평하지 않았다.

「이곳이 내가 지켜야 할 터전이다.」 그는 가끔 말했다. 「나는
이곳에서 싸우리라.」

하느님이 그리스에 대한 분노의 일곱 잔을 비우고 동족상쟁이
시작되었을 때까지는 그러했다. 형제가 서로 죽이는 사태가 터졌
고 야나로스 신부는 그 가운데 서서 어느 편을 들어야 할지 알 길
이 없었다. 그들은 모두가 그의 자식이요 형제들이었으며, 그들
모두의 얼굴에서 그는 하느님의 자취를 보았다. 그는 〈사랑하라,
사랑하라! 형제애를 발휘하라〉고 소리쳤지만, 그의 말은 심연 속

으로 빠져 들어갔고, 심연 속에서는 좌우에서 저주와 욕설이 쏟아져 나왔다.

「못된 놈, 반역자, 볼셰비키!」

「위선자, 파시스트, 불한당!」

제2장

산꼭대기의 눈이 녹기 시작하고, 햇살이 훨씬 따사로워지고, 얼어붙은 대지가 해빙기를 맞았다. 푸른 풀잎들이 무섭게 땅을 뚫고 올라왔다. 어서 태양을 보고 싶어 조급해진 몇 송이의 초라한 야생화가 돌멩이 밑에서 빠끔히 내다보았다. 땅 밑에서는 위대한 침묵의 힘이 활동을 개시했다. 겨울의 묘비가 제거되고 자연은 부활을 맞았다. 상큼하고 훈훈한 산들바람이 불었고, 이끼 덮인 바위로부터 때로는 야생화의 향기가, 때로는 썩어 가는 시체의 악취가 실려 왔다.

4월, 성지(聖枝) 주일[1]이었다. 거룩한 수난일이 가까워 왔다. 오늘 밤에 그리스도는 자그마한 당나귀를 타고 선지자들을 죽이는 무정한 예루살렘으로 들어 올 터였다. 「한밤중에 찾아올 신랑을 보시오.」 쓸쓸한 미소를 지으며 죽음의 거미집 같은 인간 세계로 들어온 구세주를 반겨 맞으며 야나로스 신부는 커다란 소리로 외칠 터였다. 그리고 하느님이 괴로움을 겪었으며 계속해서 인간들 속에 섞여 그들과 더불어 고통을 받고 살아감을 직접 목격하

---

1 부활절 직전의 주일로, 그리스도가 수난 전에 예루살렘에 들어간 날을 기념하는 때이다.

도록 교회로 기독교인들을 불러 모으기 위해서 종소리가 구슬프게 울렸다.

이럴 리가 없어, 야나로스 신부는 생각했다. 나는 늑대나 들개나 심지어는 야성의 곰까지도 거룩한 날을 맞으면 자기도 모르게 온순해진다는 얘기를 들었다. 훈훈하고 자비로운 산들바람이 불고, 사랑과 고통으로 가득한 대기에서는 커다란 목소리가 울리고, 짐승은 누가 부르는지 알지 못하지만 인간은 그것이 그리스도의 목소리임을 안다. 나는 왜 하느님이 구름 위 왕좌에 앉으려하지 않는지를 의아하게 생각한다. 그렇다, 하느님은 이곳 지상에서 투쟁한다. 하느님도 역시 고통을 느낀다. 하느님도 또한 불의를 겪고, 굶주리고, 우리들과 더불어 십자가에 못 박힌다. 성주간(聖週間)[2] 내내 인간들은 고통을 당하는 예수의 외침 소리를 듣고, 그들의 마음은 틀림없이 자비심을 느낀다.

그날 아침 성당 문간에 서서, 마을이 잠에서 깨어나는 소리에 귀를 기울이려니까, 이런 생각들이 선명하게 야나로스 신부의 머릿속을 스치고 지나갔다. 그는 배가 고파서 우는 아이와, 소리를 지르며 욕설을 퍼붓는 남자와, 마을의 좁다란 길과, 연기가 나지 않는 굴뚝과, 집들, 그리고 문(門)들을 의식했다. 자신의 몸에서 우두둑거리는 뼈와 벌름거리는 콧구멍을 의식하듯이, 관자놀이와 목에서 불끈거리는 핏줄을 의식하듯이 야나로스 신부는 이런 모든 대상을, 그의 몸과 내면에서 벌어지는 모든 현상을 의식했다. 야나로스 신부는 바위들의 한 부분이었고 사람들의 한 부분이었으며, 전설에 나오는 반인반수(半人半獸) 켄타우로스나 마찬가지로 허리부터 하반신이 카스텔로 마을이었다. 혹시 어느 집이

2 부활절 전의 한 주일.

불타면 그의 몸도 불탔으며, 어느 아이가 죽으면 그도 죽었고, 그가 성당으로 가서 기적을 행하여 카스텔로를 보호하는, 눈이 큰 마돈나의 성상 앞에서 무릎을 꿇을 때는 기도를 드리는 사람이 야나로스 신부 한 사람뿐만이 아니었으니, 그의 뒤에서 무릎을 꿇는 모든 집과 모든 인간 —— 마을 전체를 그는 의식했다. 「나는 더 이상 야나로스가 아니로다.」 그는 자신에게 말장난이라도 하는 듯 이렇게 말하고는 했다. 「나는 더 이상 야나로스가 아니고, 나는 카스텔로 마을이다.」

하지만 마을이 잠에서 깨어나는 소리를 듣고 함께 깨어나던 야나로스 신부는 근처 광장에서 마을 공고인 키리아코스가 외치는 소리를 들었다. 키리아코스가 굉장한 소식이라도 전하는 모양이어서, 집집마다 퉁탕거리며 문이 열리더니 사람들이 소리를 지르기 시작했고, 어느새 온 마을이 아우성을 치기에 이르렀다. 노인은 털이 난 귀에 신경을 곤두세우고는 열심히 들었고, 그렇게 귀를 기울이던 사이에 피가 끓어올랐다. 성큼 한 발자국 내딛어 그는 길 한가운데로 나섰다. 침묵의 순간이 흐른 다음에 문과 창문들이 열렸다가 닫히고, 여자들이 소리를 지르고, 개 한 마리가 짖었다. 그러더니 마을 공고인의 목소리가 들려왔다. 「여러분 들으시오, 기독교인들이여, 성모님께서 오늘 우리 마을에 도착하십니다. 우리들에게 축복을 내려 주실 어느 수도사님께서 은으로 만든 궤에 성모 마리아의 거룩한 허리띠를 담아 가지고 오십니다. 그분은 마을 광장에 들르실 터입니다. 서두르시오, 여자들과 남자들이여, 아이들아, 여러분 모두여, 어서 서둘러 거룩한 허리띠 앞에 경배하시오.」

야나로스 신부는 격분해서 수염을 움켜잡았다. 입에서 욕설이 터져 나오려고 했지만 그는 참았다. 「성모님이시여.」 그가 중얼거렸다. 「저를 용서해 주시기 바랍니다만, 저는 수도자들을 믿지 못하겠나이다. 허리띠는 정말로 당신의 것인가요, 성모님?」

여러 해 전에 그는 아토스 산의 바토페디에서 성모의 허리띠 앞에 경배하고 절을 했었다. 그것은 갈색 양털로 만들어졌으며, 수를 놓은 금사(金絲)는 오랜 세월로 인하여 올이 풀렸다. 성모는 가난한 여자였고 그리스도 또한 현세에서는 가난하게 살았다. 그렇다면 어떻게 성모가 그토록 값비싼 허리띠를 둘렀겠는가?

언젠가 다른 어느 수도원에서는 사람들이 그에게 황금 상자 속에 담긴 아이의 두개골을 보여 주었다. 「이것은 성 키리코스의 두개골입니다.」 육순 노인이 그에게 말했었다. 며칠 후 또 다른 어느 수도원에서 사람들은 다른 상자에 담긴 훨씬 큰 두개골을 그에게 보여 주었다. 「성 키리코스의 두개골이랍니다.」 성물(聖物)을 관리하는 수도사가 말했다.

야나로스는 잠자코 그냥 넘어갈 수가 없었다. 「하지만 며칠 전에도 사람들이 나한테 아이의 두개골을 보여 주고는 그것이 같은 성자의 두개골이라고 그랬는데요.」

「글쎄요.」 수도사가 대답했다. 「그것은 틀림없이 성자가 어린 아이였을 때의 두개골이겠죠.」

야나로스 신부는 수도사들의 온갖 농간을 환히 알았으며, 아토스 산 바토페디에서 성모의 허리띠 앞에 경배할 때 그는 성물 관리인으로 일하던 배가 불룩하고 엄숙한 수도사에게 물었다. 「당신의 축복을 부탁하며 말씀드리겠는데, 거룩하신 수도사님, 당신은 이것이 정말로 성모님의 허리띠라고 믿습니까?」

교활한 수도사가 미소를 지었다. 「너무 꼬치꼬치 따지지는 말아요, 야나로스 신부님.」 그가 대답했다. 「만일 진짜가 아니라고 해도, 한두 차례 기적을 거치고 나면 머지않아 진짜가 될 테니까요.」

40

「저를 용서해 주시옵소서, 성모님.」 야나로스 신부가 다시 중얼거렸다. 「하지만 저는 수도사들을 믿지 못하겠나이다. 저는 그들을 전혀 가까이하고 싶지 않습니다.」

마을 공고인이 숨을 돌리려고 잠깐 외침을 멈추었다. 야나로스 신부가 한 발자국 더 성큼 나서려고 하는 참에 목소리가 다시 들려왔다. 한 발은 허공에 뜨고, 두 귀는 신경을 곤두세우고, 몸을 떨면서 야나로스 신부는 외침을 들었다.

「모두들 들으시오, 모두들 들으시오, 기독교인들이여! 집안에 병든 자가 있는 사람들이여, 모두 모이시오! 우리들에게 축복을 내려 주실 거룩한 수도사님께서는 병든 자를 낫게 하는 능력과 은총을 성모님으로부터 받으셨습니다. 악마의 농간에 빠졌거나 뱀에게 물렸거나 사람들의 사악한 마음 때문에 걸린 모든 병을 고치십니다.」 그러더니 길 위쪽을 올려다보고 그는 흥분해서 소리쳤다. 「저기를 보시오, 그분께서 도착하셨습니다!」

그리고 저기, 길 끝에, 회색 당나귀를 타고 기뻐하는 뚱뚱한 수도사의 모습이 나타났다. 그는 두건을 쓰지 않았고, 머리카락은 머리 뒤로 땋아 내렸다. 그의 양쪽에는 먹을거리와 병들을 가득 담은 두 개의 커다란 광주리가 당나귀의 옆구리에 묵직하게 매달려 있었다. 그의 뒤에서는 배가 부어오르거나 다리가 휘청거리는 아이들이 무리를 지어 따라왔다. 어떤 아이들은 목발을 짚었고, 수도사가 큼직한 호주머니에서 꺼내 즐겁게 웃으며 이리저리 던져 주는 벌레 먹은 무화과나 몇 개의 배나 콩을 주우려고 싸움박질을 벌이면서 모두들 정신없이 뛰어다녔다.

키리아코스가 달려가서 두 팔을 한껏 벌려 수도사의 큼직한 몸을 껴안아 광장 한가운데서 내리도록 거들어 주었다. 아토스 산에서 찾아온 사람의 통통한 손에다 입을 맞추려고 남자들과 여자들이 모여들었다.

「내 축복을 받으시오, 나의 아이들이여.」그는 경을 읊는 듯한 무거운 목소리로 말했다. 「내 축복과 성모님의 축복을 받으시오. 성모님에게 바쳐야 하니 여러분이 가진 재물은 무엇이나, 돈이나 빵이나 포도주나 계란이나 치즈나 양털, 무엇이라도 좋으니 가지고 오시오.」

그리고 성모의 은총을 받기 위해서 무엇을 가져다줘야 할지 몰라 궁리하며 머뭇거리는 초라한 카스텔로 사람들을 지켜보면서 교활한 여우는 사제복을 들추고 겨드랑이에 끼고 있던 기다란 은궤(銀櫃)를 꺼내더니, 세 차례 성호를 그은 다음 궤를 높이 치켜들고는, 모든 사람이 경배하도록 돌려 가며 보여 주었다.

「무릎을 꿇으시오.」그가 명령했다. 「이 안에 성모 마리아의 거룩한 허리띠가 담겼습니다! 어서 집으로 돌아가 가지고 올 만한 재물은 무엇이라도 가지고 와서 경배하시오! 그건 그렇고, 이제서야 생각이 났는데, 반란자들하고는 어떻게 되었나요?」

「우린 더 이상 버틸 힘이 없어요, 거룩한 수도사님, 우리들은 지쳤습니다.」

「그들을 죽여요! 그들을 죽여 없애라고요! 성모님께서는 여러분들더러 반란자들을 죽여야만 한다는 말을 전하라고 나한테 명령하셨는데, 그들은 인간이 아니고 개 같은 존재들입니다!」

모였던 사람들이 제물로 바칠 만한 물건이 없는지 찾아보기 위해서 뿔뿔이 흩어졌고, 수도사는 벌써 몇 달 전부터 문을 닫은 찻집 밖 의자에 앉았다. 찻집 주인이 커피와 설탕과 터키 사탕 그리고 나르겔레스[3]에 넣을 담배를 도대체 어디에서 구하겠는가? 수

3 속에다 연초를 넣고는 호스처럼 생긴 기다란 깔때기를 통해 담배를 피우는 터키의 물부리.

42

도사는 사제복 속에서 하얀 점박이 무늬가 박힌 엷은 푸른 빛깔의 큼직한 손수건을 꺼내 땀을 닦기 시작했다. 그러더니 그는 병을 꺼내 라키[4]를 몇 모금 꿀꺽꿀꺽 들이켰다.

「마을 신부님은 어느 쪽으로 기울었나요?」 거룩한 수도사를 흠모하는 눈으로 쳐다보며 팔짱을 긴 채로 옆에 서서 기다리는 키리아코스에게 수도사가 불쑥 물었다. 키리아코스는 여태껏 아토스 산에서 내려온 고행자를 직접 만나는 축복을 받아 본 적이 없었고, 머리를 땋아 내리고 발은 보병처럼 넓적하고 몸에서는 땀을 흘리는 성스러운 인간을 접하는 기쁨에 마음이 벅차올랐다. 그는 굶주린 듯 콧구멍을 벌름거리면서 거룩한 악취를 힘껏 들이마셨다. 황홀경에 빠진 키리아코스는 미처 질문에 대답을 하지 못했다. 수도사가 초조해졌다.

「다시 묻겠는데, 마을 신부는 어떤 사람인가요? 난 그걸 알고 싶어요.」

키리아코스는 잔뜩 긴장하여 침을 꿀꺽 삼키고는 혹시 누가 듣지나 않을까 불안해서 두리번거리며 주위를 살펴본 다음에 목청을 낮추어 말했다. 「그걸 제가 어떻게 알겠습니까, 수도사님? 그분은 거룩하고도 무서운 분이고…… 사나운 사람이에요! 그분은 어느 누구하고도 사이가 좋지 않아요. 항상 못마땅한 얼굴을 하고…… 사람들이 무슨 말을 하거나 무슨 행동을 해도 그분은 좋아하지 않아요. 그분 자신이 하시는 얘기만 중요하다고 그러시죠. 마치 하느님의 수염이라도 움켜쥐고 계신 것처럼 그런답니다! 거룩한 분이시며, 영 비위에 맞지 않는 그런 사람이죠. 그분을 조심하세요, 거룩한 수도사님.」

---

4 포도즙이나 곡물 따위로 만든 술.

수도사는 머리를 긁적거렸다. 「그렇다면 그런 사람하고는 접촉하지 말아야 되겠군요.」 잠깐 생각을 해본 다음에 그가 말했다. 「난 얼른 일을 끝내고 여길 떠나야 좋겠어요.」

그는 찻집의 벽에 몸을 기대고는 한숨을 지었다. 「난 피곤해요, 나의 형제여. 당신 이름은?」

「키리아코스입니다. 저는 마을의 공고인이고, 성직자가 되기 위해서 머리를 기르는 중입니다.」

「나는 지쳤어요, 친구 키리아코스여.」 수도사가 말을 이었다. 「은총의 성모님께서는 나한테 막중한 일을 맡기셨답니다. 벌써 석 달 전부터 나는 성모님의 거룩한 허리띠를 보여 주기 위해서 이 마을 저 마을로 돌아다녔는데, 그야말로 뼈와 가죽만 남은 내 몰골을 좀 보라고요.」 이렇게 말하면서 그는 불룩한 배와 턱 밑에 늘어진 군살을 만졌다. 그는 성호를 긋더니 눈을 감았다.

「난 잠깐 낮잠을 자야 되겠어요.」 그가 말했다. 「기독교인들이 경배를 하러 돌아올 때까지 잠깐 동안만이라도 말예요. 키리아코스, 나의 친애하는 형제여, 혹시 누가 내 광주리에 접근하지 않는지 잘 감시해요.」

키리아코스는 하느님이 보내 주신 거룩한 남자 곁을 떠난다는 짓은 엄두도 못 낼 일이어서 수도사의 발치에 쪼그리고 앉았다. 하지만 수도사의 성스러운 기운이 그에게로 뻗어 와서 막 그의 눈과, 콧구멍과, (수도사가 코를 골기 시작했으므로) 귀를 통해서 들어오기 시작하려던 참에, 그는 깜짝 놀라서 벌떡 일어섰다. 야나로스 신부가 험악한 얼굴로 그의 앞에 멈춰 섰기 때문이다.

「당신은 성직자가 되기 위한 준비를 별로 잘 닦아 나가지 못하고 있어요, 키리아코스.」 그는 화가 나서 말했다. 「당신은 왜 저런 사람을 마을로 데리고 왔나요?」

「누구요, 저 말입니까?」 가엾은 키리아코스가 대답했다. 「저 사람은 제 발로 찾아왔어요, 신부님!」

「하지만 그에 관한 찬사를 외쳐 알린 사람은 당신이잖아요.」

지팡이로 야나로스 신부는 수도사의 큼직한 발을 찔렀다. 「이 봐요, 거룩하신 수도사님, 나하고 얘기 좀 합시다. 일어나요!」

수도사는 달걀처럼 생긴 눈을 뜨고는 신부를 보자 사태를 눈치챘다. 「신부님.」 그가 말했다. 「만나 봬서 반갑습니다.」

「당신이 내 마을에서 원하는 바가 무엇인가요?」

「은총의 성모님께서 저를 이곳으로 보내셨습니다.」 수도사가 대답하고는 은궤를 보여 주었다. 「저는 이 궤가 이끄는 대로 어디나 갑니다.」

「좋아요, 은총의 성모님께서 당신에게 이곳을 떠나라는 말을 전하라고 나를 보내셨어요. 궤짝과 광주리와 당나귀와 만병통치의 힘을 몽땅 가지고 떠나시오!」

「성모님이…….」

「시끄러워요! 성모님의 거룩한 이름을 더럽히지 마시오. 만일 정말로 자비로운 성모님이 당신을 보냈다면, 성모님은 수도사들이 쓰고 남은 모든 물건을, 거룩한 산에서 물과 기름과 옷을 잔뜩 짊어지고 와서 헐벗고 누더기를 걸치고 굶어 죽어 가는 성모님의 사람들에게 나눠 주도록 하셨을 거예요. 당신은 그나마 얼마 안되는 식량을 그들의 입에서 빼앗아 가려고는 하지 않았겠죠. 입 닥치라고 했잖아요! 나도 아토스 산에서 수도를 했어요. 난 위선자, 게으름뱅이, 교회를 약탈하는 자들인 당신들이 벌이는 온갖수작을 잘 알아요!」 그는 수도사의 팔을 움켜잡았다. 「그리고 당신이 제멋대로 내뱉는 말은 또 무엇입니까? 〈그들을 죽여라! 죽여라!〉 그것이 성모님의 명령이란 말입니까? 그것이 성모님의 아들께서 오늘 십자가에 못 박히려고 예루살렘으로 들어온 이유라는 말인가요? 언제까지 당신은 계속해서 그리스도를 배반할 생각인가요, 유다 같은 인간이여?」

그는 수도자를 덮칠 기세로 몸을 수그리고는 치를 떨며 나지막이 말했다.「유다! 유다!」

신부가 얘기하는 사이에 사람들이 모여들기 시작했고, 그들은 말없이 두려운 표정으로, 머리에는 아무것도 쓰지 않고, 창턱에 올려놓은 은궤에서 시선을 떼지 않았다. 그들은 저마다 손이나 모자에다 양파나 한 줌의 밀이나 양털을 조금, 성모에게 바칠 만한 물건들을 들고 왔다. 가진 재산이 하나도 없는 어느 여인은 목도리를 주려고 벗었으며, 어떤 할아버지는 어느 날 밭에서 파낸 골동품을 가지고 왔다.

야나로스 신부는 모여든 군중을 돌아다보고는 고통으로 가슴이 뒤틀리는 듯했다.「여러분.」그가 말했다.「거룩한 허리띠 앞에서 기도를 드리되 수도사에게는 밀 한 톨도 주지 말아요. 여러분은 가난하고 굶주렸으며, 여러분의 자식들도 배고파 울어 대니, 성모님에게는 아무것도 바칠 필요가 없습니다. 어찌 성모님이 여러분에게서 무엇 하나라도 빼앗아 가겠습니까? 하느님께서는 그러지 말라고 금하십니다! 성모님이 오히려 여러분에게 베풀어야 옳으니까요. 왜 사람들이 성모님을 기독교의 어머니라고 부릅니까? 성모님은 당신의 자식들이 굶주려 죽어 가는 꼴을 보고도 빵 한 조각을 주려고 자비의 손을 뻗지 않으실까요? 광주리를 가득 채운 다음 떠나가려고 우리 마을을 찾아온 여기 이 수도사는 우리들의 가난을 보았습니다. 그는 뒤에서 쫓아오는 굶주린 아이들을 보았고, 그래서 마음이 아팠습니다. 그는 성모님의 충실한 종이 아니던가요? 그의 마음속에는 성모님이 계시지 않던

46

가요? 그에게 음식과 사치스런 생활이 무슨 필요가 있겠어요? 여러 해 전에 그는 허무한 삶에서 넘쳐 나는 풍요함에 등을 돌리고는 거룩한 인간이 되기 위해서 아토스 산으로 들어갔습니다. 그리고 지금 그는 우리들이 겪는 재앙을 보고 자비심을 느끼고는 한 가지 결정을 내리기에 이르렀으니, 그에게 하느님의 축복이 내릴 것입니다. 그는 여기까지 오느라고 거쳤던 모든 마을에서 거두어들인 물건들을 하나도 남김없이 우리들에게 나눠 주기로 했습니다. 광주리에 담긴 물건 모두를요!」

신부의 말을 듣고 군중은 환호성을 질렀으며 여자들은 울기 시작했다. 그들은 수도사에게로 몰려가 그의 손을 잡고 입을 맞추며 눈물을 줄줄 흘렸다. 수도사는 얼굴이 시뻘게져서 속이 부글부글 끓어올랐고, 그에게서 귀한 물건을 몽땅 강탈하려고 그런 농간을 부린 악마 같은 신부를 마음속으로 저주했다. 하지만 어쩌겠는가? 그는 너무 창피해서 거부할 만한 처지가 아니었고, 아니다, 창피한 정도가 아니라 겁이 났다. 벌써 아이들이 당나귀 주변에 모여들어 기뻐 날뛰었다. 그들은 광주리 속에다 코를 처박고는 무화과 냄새를 한껏 맡으며 입에서 침을 질질 흘렸다.

「당나귀에게서 짐을 부려야 하니까 두 사람만 앞으로 나서시오.」 야나로스 신부가 명령했다. 「하느님이 보내 주신 저 거룩한 분께서 여러분에게 모든 재물을 나눠 주시려 하니, 모두들 바구니를 가지고 이곳으로 나오시오. 하지만 먼저, 거룩한 허리띠 앞에서 기도를 드리기로 합시다.」

그가 미처 말을 끝내기도 전에 사람들이 광주리를 끌어내렸고, 여자들은 앞치마를 펼쳐 들고 남자들은 모자와 손수건을 내밀었다. 아이들은 광주리 속으로 손을 디밀었다.

「조용하시오, 조용해요!」 기뻐서 환히 빛나는 얼굴로 야나로스 신부가 명령했다. 「우선 여러분은 기도를 드리고 거룩한 분을 시켜 광주리들을 가지고 이곳에 찾아오게 해주신 성모님께 감사를 드려야 합니다.」

앓는 소리를 하며 옆으로 물러선 수도사는 당장이라도 속이 터질 듯한 심정으로 땀을 뻘뻘 흘렸다. 오, 저 수염을 움켜잡고 한 가닥씩 뽑아 버린다면 얼마나 속이 시원할까. 이렇게 생각하며 수도사는 독기 서린 시선을 자꾸만 신부에게 던졌다. 얼른 그는 신부의 곁으로 다가와서 귓전에다 대고 속삭였다. 「난 당신 때문에 망했어요.」 그가 쏘아붙였고, 그의 뜨거운 입김에 야나로스 신부의 관자놀이가 후끈거렸다.

야나로스 신부가 빙그레 웃었다. 「그래요, 거룩하신 수도사님.」 그는 모인 사람들이 다 들을 만큼 큰 목소리로 말했다. 「정말 당신 말 그대로예요. 굶주린 자들에게 빵을 주는 일보다 더 큰 기쁨은 또 없답니다. 난 오늘 밤 저녁 예배 시간에 당신 이름으로 기도를 드리겠어요. 그건 그렇고 당신 이름이 뭐죠?」

수도사는 화가 치밀어 올라서 투덜거리기만 했다. 그는 은궤를 잡더니 머리를 설레설레 저은 다음 뚜껑을 열었다. 그는 황금실로 엮은 낡아 빠진 갈색 양털 허리띠를 보여 주었다.

「경배하시오!」 그는 모두들 꼴도 보기 싫으니 내 눈앞에서 꺼지라는 말을 하듯 무감각한 목소리로 말했다.

재빨리 사람들은 한 명씩 성스러운 유물에 절하고 경배했는데, 뒤에 내려놓은 광주리들을 의식해서, 얼른 경배를 끝내고 음식을 나눠 먹고 싶었던 터라 모두들 조급하게 서둘렀다. 지치고 역겨워진 수도사는 의자에 털썩 주저앉았다. 그들은 광주리를 하나씩 그의 두 다리 사이에 갖다 놓았다. 신부는 질서를 유지하기 위해서 수도사의 곁에 버티고 섰다. 한 사람씩 그들은 모자나 앞치마나 손을 내밀고 앞으로 나섰다. 수도사는 큼직한 두 손으로 광주리를 헤집어 그의 재산을 나눠 주면서 속으로는 욕설을 퍼부었다.

「악마 같은 신부, 저주나 받아라! 저주를 받아라, 악마 같은 신부야……」 그는 재산을 나눠 주면서 나지막이 투덜거렸다.

「이렇게 떠들지들 말아요, 여러분.」 야나로스 신부가 말했다. 「하느님이 보내 주신 거룩한 분이 기도를 드리는 중입니다.」

사람들은 저마다 제 몫을 받고, 수도사의 손에다 입을 맞추고는, 그들의 집 썰렁한 아궁이로 서둘러 달려가 버렸다.

「성모님께서는 얼마나 벅찬 기쁨을 느끼실까요.」 야나로스 신부가 거듭거듭 말했다. 「성모님의 백성이 성모님의 광주리를 비우는 광경을 보고 말예요. 그렇게 생각하지 않아요, 거룩하신 수도사님?」

하지만 거룩한 수도사는 더 이상 그런 꼴을 그냥 두고 볼 생각이 없었다. 그는 광주리들을 집어 돌멩이투성이인 땅바닥에다 쏟아 버리고는 그의 재산이 사라지는 광경을 보지 않으려고 다른쪽으로 머리를 돌렸다.

군중은 두 무더기로 달려들었고, 누가 〈주여, 자비를 베푸소서〉라는 말을 할 틈조차 없이, 수도사의 재물은 어느새 하나도 남지 않았다. 수도사는 땅바닥에서 무화과 하나를 집어 들고 격분해서 덥석 베어 씹다가는 뱉어 버렸다.

「키리아코스.」 신부가 명령했다. 「광주리들을 가지고 가서 당나귀에 싣고, 수도사님이 타고 떠나도록 돌봐 드려요. 수도사님은 할 바를 다했으니 하느님의 은총이 그에게 내리는 사이에, 길을 떠나게 해요.」

오, 눈으로 흘겨 사람을 죽이는 방법만 알았더라면 나는 너를 갈기갈기 찢어 죽여 버렸으리라, 불한당 같으니라고, 수도사는 생각했다.

키리아코스는 당나귀를 끌고 가서, 뚱뚱한 수도사를 한 아름 잔뜩 끌어안아 텅 빈 두 광주리 사이에다 앉혔다.

「안녕히 가시오, 거룩한 형제여, 안녕히 가시오.」야나로스 신부가 그에게 소리쳤다. 「잊지 말고 편지를 꼭 해요!」

하지만 수도사는 속이 부글부글 끓어올랐다. 그는 큼직한 발로 당나귀의 옆구리를 냅다 걷어차고는 뒤도 한 번 돌아보지 않고 가 버렸다. 마을 외곽을 벗어나 아무도 그를 보지 못할 만큼 멀리 들판으로 나가자 그는 돌아서서 마을을 향해 두 차례 침을 뱉었다.

「벼락이나 맞아라, 악마 같은 신부 놈아.」그는 큰 소리로 말했다. 「너 때문에 난 속이 터지겠다!」

야나로스 신부는 성당을 향해 걸어가면서 흐뭇한 마음으로 나지막이 기도문을 읊었으며, 거룩한 허리띠가 굶주린 자들에게 식량을 베풀어 주는 기적을 보고는 성모님 역시 흐뭇해서 곁에서 미소를 짓는 듯한 기분이 들었다. 성모의 허리띠가 진짜건 아니건 무슨 상관이라는 말인가? 지금까지 벌써 수백 년 동안 무수한 사람들이 거기에 입을 맞추었으며, 감동해서 눈물을 흘렸고, 아픈 마음으로 그것을 굽어보았다. 사람들이 거기에 희망과 고통을 가득 담았고, 거룩하게 만들었으니, 그것은 진실한 성모의 허리띠가 되었다. 인간의 영혼은 위대한 힘을, 그렇다, 위대한 힘을 지녔다. 야나로스 신부는 걸어가면서 생각했다. 영혼은 헝겊 한 조각을 깃발로 만들어 놓을 능력도 지녔다!

성당 문을 들어서면서 그는 마당의 돌 의자에 앉아 기다리던, 얼굴이 창백해 보이는 병사를 만났다. 야나로스 신부는 청년을 얼마 전부터 알던 사이였고, 그를 상당히 좋아했다. 조용하고 섬세한 그 젊은이는 항상 호주머니에 자그마한 수첩을 하나 넣어 가지고 다녔다. 그의 푸른 눈은 온화함과 젊음으로 빛났다. 지난 번 성탄절에 그는 영성체를 받기 전에 고해 성사를 하려고 찾아 왔었다. 마음이 온순하고, 정신적인 욕구와 다정함이 흘러넘치던 그는 당시 사랑에 빠져 괴로워하는 학생이었다. 그는 밤이면 꿈에서 자꾸만 사랑하는 여자를 보았고, 그녀에 대해서 강렬한 욕망을 느꼈는데, 이것이 그에게는 가장 큰 죄였으므로 고해를 하러 찾아왔다고 했다.

「어서 와요, 레오니다스!」손을 내밀며 신부가 말했다. 「무슨 일 때문에 그러나요? 얼굴을 보니 걱정이 많은 모양인데.」

「저는 신부님의 손에 입을 맞추고 인사를 드리려고 찾아왔습니다.」젊은이가 대답했다. 「다른 볼일은 하나도 없습니다.」

「무슨 일 때문에 걱정이라도 되나요?」

「그렇긴 합니다만 그냥 고통이 점점 더 심해지는 증상이라고나 할까요 — 작년에 제가 고해를 하러 왔을 때 신부님은 그걸 소용돌이 바람이라고 그러시지 않았던가요! 꽃망울을 피게 하는 젊음의 훈풍 말입니다.」

야나로스 신부는 청년의 머리를 쓰다듬었다. 「소용돌이 바람, 맞아요, 젊은이. 그런 바람은 언젠가 나한테도 불어 닥쳤더랬어요.」

신부가 말을 이었다. 「그런 바람은 오늘 당신을 휩쓸어 버리고, 내일이 오면 당신의 아들 또한 휩쓸어 버린답니다. 사람들은 그 것을 흔히 젊음의 바람이라고 하는데, 나는 그걸 하느님의 바람이라고 불러요.」

그는 잠깐 침묵을 지켰다. 「나는 세상만사 모두가 하느님이라고 믿어요.」신부가 덧붙여 말하고는 미소를 지었다. 젊은이는 긴장해서 침을 꿀꺽 삼켰고, 말이 입술까지 기어 나왔지만 차마 창피해서 얘기를 꺼내지는 못했다. 야나로스 신부가 그의 손을 잡고 굽어보았다. 「레오니다스, 나의 아이여.」 그가 말했다. 「당신의 마음을 나한테 열어 줘요. 내가 귀를 기울이겠으니까.」

나이가 훨씬 많은 신부의 힘찬 손아귀에서 청년의 손이 파르르 떨렸다. 그는 터지려는 울음을 겨우 참았고, 입술까지 기어 나오던 말이 이제는 흐느낌으로 변했다.

「자, 얘기해요.」 청년에게 용기를 주려고 주먹을 꽉 쥐면서 신부가 말했다.

「정말입니다. 신부님, 잘못된 일은 하나도 없어요. 저를 괴롭히는 걱정거리는 하나도 없고 ─ 다만 마음이 무겁고, 마치 굉장히 나쁜 무슨 상황을 예견했을 때처럼 두려울 따름입니다. 그렇다면 혹시 그녀에게 무슨 일이 생기지나 않았는지 걱정이 됩니다. 제가 사랑하는 여인이 혹시 병이나 난 것은 아닐까요? 아니면 죽음이 내 주변에서, 아니면 그녀의 주변에서 서성거린다는 징후가 아닐까요? 저로서는 뭐가 뭔지 잘 갈피가 잡히지 않고, 그래서 신부님을 만나 뵈러 왔답니다. 저를 용서해 주세요, 신부님, 저는 속이 시원하게 얘기를 털어놓고 싶어서 신부님을 찾아왔어요. 저는 벌써 마음이 가벼워지는 기분이로군요.」 그가 미소를 지으며 말했지만 야나로스 신부가 잡은 그의 손은 아직도 파르르 떨렸다.

그날 밤 카스텔로 사람들은 그리스도가 당나귀를 타고 예루살렘으로 입성하는 모습을 보려고 성당에 모였다. 그리고 가난에 찌든 마을 사람들은 주님이 밟고 지나가도록 땅바닥에다 그들의 옷을 펼쳐 놓았다. 교육을 많이 받아 지성적이고 부유한 사람들보다는 맨발의 초라한 반려자가, 슬픈 인간이 오히려 참된 구세주임을 알았기 때문에, 종려나무 가지를 손에 든 아이들이 그리스도의 뒤를 쫓아 뛰어가며 노래를 부르고, 그를 반겨 맞았다. 「한밤중에 찾아오는 신랑을 보라.」성당은 훈훈했으며 촛불과 향냄새가 났고, 희미한 불을 켜놓아 거룩한 성상들은 유령처럼 보였다. 성당은 작고 빈약했지만 그리스도의 고통과 인간의 사악함과 세상의 구원이 이루어질 공간으로서는 넉넉했다. 이곳 작은 성당이 곧 예루살렘이었으며 야나로스 신부는 당나귀의 고삐를 잡고 앞장서서 그리스도를 죽이게 될 거룩한 도시로 주님이 가야 할 길을 안내했다. 벌써 사람들이 대패질을 해서 십자가를 만들려고 도끼로 나무를 찍는 소리가 들려오는 듯싶었다. 야나로스 신부는 마치 자기 자신이 나무이기라도 한 듯 도끼에 찍히는 소리를 들었으며, 고통을 느꼈다. 카스텔로 사람들도 역시 도끼 소리를 분명히 들었으며, 그는 그들의 얼굴이 온화해질지, 그들을 위해서 곧 십자가에 못 박히게 될 하느님 때문에 그들이 마음 아파할지 어떨지 궁금했다. 그리고 성당을 나설 때 그들은 모든 사람을 형제로 보게 될까? 그리고 그들은 유격대원들에게 손을 내밀며 이렇게 말하려나? 「우리들이 이렇게 싸우다니 수치스러운 일이니, 형제들이여, 우리 모두 이제 위기를 맞은 그리스도의 뒤를 따르기로 합시다.」

야나로스 신부는 그들에게 시선을 고정시켰으며, 그들에게서 비록 희미하게나마 미소를, 그들의 눈에서 빛을, 지나가는 그리스도가 비추는 광채를 보고 싶어 했다. 그는 그들을 지켜보았고, 일요일 철야 기도의 첫 시간이 끝나 갈 무렵에 그들을 지켜보았지만, 카스텔로 사람들의 얼굴은 온화해지지 않았다. 하느님의 자비가 문을 열려고 그들의 마음을 두드렸으나 아무 소용이 없었고, 좀처럼 문을 열어 주지 않기 때문에 그리스도는 집도 없이 그대로 바깥에 머물러야만 했다. 수치심과 분노가 야나로스 신부의 마음속에 가득했다. 그리고 철야 기도가 끝나 카스텔로 사람들이 나가려고 돌아서자, 야나로스 신부는 손을 번쩍 들어 그들을 세웠다.

「기다려요, 기독교인들이여.」 그가 소리쳤다. 「내가 여러분에게 하고 싶은 얘기가 남았으니까요.」

마을 사람들이 얼굴을 찡그렸다. 성당 입구에 서서 양초를 팔던 마을의 두 원로 스타마티스와 바르바 타소스가 고개를 돌려 서로 쳐다보았다.

「왜 신부님은 우리들이 집으로 돌아가도록 그냥 내버려두지 않지?」 스타마티스가 타소스에게 말했다. 「난 졸려! 자네는 어떤가?」

「만일 내가 저 신부의 철야 예배에 한 번이라도 다시 발을 들여 놓는다면, 그때는 신부가 내 눈에다 침을 뱉어도 좋아.」 바르바 타소스가 맞장구를 치고는 큰 소리로 하품을 했다. 「난 편안한 내 잠자리를 버려두고 이곳에 와서 이렇게 여러 시간 동안 서서 밤을 보내는 일은 절대로, 절대로 다시는 하지 않을 테니까! 이게 어디 한두 번 겪어 본 일이냐고. 정말이지 진절머리가 나!」

야나로스 신부는 성당의 한가운데로 걸어 나갔다. 「내 말을 들어요, 나의 아이들이여.」 그가 말했다. 「하늘에는 층이 일곱이고 지상에도 층이 일곱이더라도 하느님이 들어서기에는 넉넉하지 못하지만, 그래도 인간의 마음은 하느님을 담아 모시기에 넉넉할 만큼 넓어요. 이런 사실을 마음속에 새겨 두고, 하느님이 들어가 머물고 계신 어느 인간의 마음도, 단 하나의 마음에도 상처를 입히지 말도록 해요. 그런데도 당신들 카스텔로 사람들은, 하느님의 도움이 모자라서인지, 사탄을 위해 일하느라고 모든 시간을 바쳐 형제들끼리 서로 죽이기만 하는군요. 저주받은 자들이여, 이런 일이 얼마나 오랫동안 계속되어야 하나요? 여러분은 부끄러운 줄 알아야 합니다! 여러분은 오늘 밤에 여러분을 위해서 십자가에 못 박히려고 예루살렘으로 들어오실 하느님에 대해서 조금도 연민을 느끼지 않나요? 그리고 만일 하느님에 대한 연민이 조금도 없다면, 만일 하느님을 조금도 두려워하지 않는다면, 그렇다고 하더라도 여러분은 적어도 지옥에 대한 두려움조차 없습니까? 여러분은 그곳에서 불에 타고, 형제를 죽이는 자들이여, 여러분은 영원히 영원히 유황불 속에서 타오를 것입니다.」

「그런 소리는 반란자들에게나 해요, 신부님.」 누가 성난 목소리로 반박했다.

「그런 말은 반란자가 된 당신 아들에게나 하시오.」 또 어떤 사람이 소리쳤다.

「만일 내 목소리가 산으로 올라간 유격대원들과 마을에 사는 원로들, 그리고 온 세상 사람들에게 들리기만 한다면 그렇게 해보겠소.」 야나로스 신부가 한숨을 지었다. 「하지만 내가 보살피는 양떼는 얼마 안 되어, 돌무더기에 지나지 않는 카스텔로뿐이라오.」

카스텔로 사람들의 얼굴은 험악한 표정 그대로였으니, 야나로스 신부의 애원과 위협도 다 소용이 없었던 모양이다. 하느님, 지옥, 영원히 그리고 또 영원히 — 이런 모든 얘기가 그들에게는 아득하게만 여겨졌고, 그들이 기다리던 때가 아직은 오지 않았으므로, 일단 일이 눈앞에 닥친 다음에 따지겠다는 그런 태도였다. 최근에는 유격대 때문에 그들에게 새로운 다른 걱정거리들도 생겨났다. 마을의 가장 손위 원로인 만드라스가 야나로스 신부 앞으로 나섰는데, 질퍽하고 교활한 그의 눈에는 증오가 가득했다.

「당신이 하는 말은 현명하고 거룩할지 모르지만, 우리 신부님, 그런 얘기는 한 귀로 들어가면 다른 귀로 그냥 빠져나가고 말아요. 우리들의 마음과 관심은 지금 다른 곳으로 쏠렸으니, 반란자들을 무찔러야 한다는 사명만이 우리들의 관심사요! 그들을 죽여 없애야 하는 문제가 시급한데, 우리 신부님, 당신은 우리들에게 하느님 얘기만 늘어놓잖아요! 무슨 얘긴지 알겠어요, 야나로스 신부?」

「알아듣겠어요, 이 고리 대금업자 같으니라고.」야나로스 신부는 화가 나서 소리쳤다. 「사탄이 여러분을 모두 거느린 채 끌고 다닌다는 건 나도 알아요.」

「그리고 당신은 하느님을 거느리고 여기저기 마음대로 끌고 다니죠.」원로가 코웃음을 치며 반박했다. 「그런데 왜 당신은 무엇이 잘났다고 잔소리를 늘어놓죠?」

「우리 그런 얘기는 내세에 가서 따집시다.」그들에게 손가락으로 삿대질을 해 보이며 야나로스 신부가 위협했다.

「손에 잡은 한 마리의 새가 숲속에서 돌아다니는 두 마리의 새보다 귀하다오, 야나로스 신부.」원로가 반박했다. 「우리 그 얘기는 이곳 카스텔로에서 따져야 하고, 아들 하나가 반란자들의 지도자 노릇을 하는 당신은 자중하는 뜻에서라도 입을 다무는 게 좋다고 권하고 싶은데요. 이왕 당신이 꺼낸 얘기여서 나도 그냥 한마디 해봤소.」

카스텔로 사람들은 옳은 말이라며 머리를 끄덕였다. 하느님의 축복을 받아 마땅한 원로는 벌써부터 그들이 하고 싶었어도 용기가 없어서 못 하던 말을 대신 해주었고, 그래서 그들은 이제 속이 시원했다. 몇 사람이 웃었고 또 몇 사람은 기침을 했으며, 모두들 문을 향해서 슬금슬금 물러갔다.

야나로스 신부는 그리스도와 성상대의 기적을 행하는 성모와 성자들과 더불어 성당 안에 혼자 남았다.

「주여, 주여.」그가 중얼거렸다. 「그들은 주님을 다시 십자가에 못 박으려고 하나이다!」

제3장

성 월요일(聖月曜日)의 동틀 녘이었다. 사람들이 일찍 일을 시작해서 — 소총들이 불을 뿜었다. 유격대가 내려왔고, 그들과 조우하려고 병사들과 카스텔로 사람들이 언덕을 올라갔으며, 산기슭에서 함성을 지르며 싸움이 붙어 그들은 죽이고 죽음을 당하는 분노를 쏟아 내기 시작했다. (그리스도에게 이제 인간들이 무슨 소용이겠는가만) 야나로스 신부는 그리스도를 성당에 남겨 두고 산을 달려 올라가서, 죽어 가는 사람들에게 종부 성사를 해주고, 부상자들을 마을로 옮기는 일을 도왔다.

봄날의 신선한 햇살에 언덕 위에는 첫 가시나무들이 꽃피었으며, 하느님이 기뻐할 그런 날이었다. 그날 아침에는 벌들까지도 일찍 일을 시작해서 꽃이 만발한 가시나무와 새로 피어난 백리향(百里香) 주변에서 붕붕거리고 날아다니며 꿀을 만들 준비를 했다. 독수리들이 날아와 하늘에서 빙빙 돌다가 바위에 올라앉아, 그들이 달려들어 일을 시작하도록 사람들더러 서둘러서 송장이 되라고 거칠고도 초조하게 소리를 질러 댔다. 하느님의 모든 창조물이 잠에서 깨어나 서둘렀다.

그리고 사람들은 (독수리들의 아우성에 응답이라도 하겠다는 듯) 서로 죽이려고 맹렬하게 몸을 던졌다. 그들은 처음에는 총으로, 그러고는 대검으로, 그리고 끝나 갈 무렵에는 칼로, 주먹으로, 이빨로 물고 뜯으며 싸웠다. 그들의 시체가 털썩거리고 바위에 부딪히며 쓰러졌다. 야나로스 신부는 죽어 가는 사람들을 찾아 뛰어다니며 영성체를 주고, 눈을 감겨 주고, 종부 성사를 행했다.

「이들을 용서해 주소서, 주여.」 그가 중얼거렸다. 「죽이는 자와 죽음을 당하는 자들을 다 같이 용서하시거나, 아니면 인간이 주님을 더 이상 욕되게 하지 않도록 우리들 모두를 불태워 없애소서.」

점심때쯤에 야나로스 신부는 심한 부상을 입은 레오니다스를 품에 안았다. 죽어 가던 청년은 눈을 뜨고 신부를 쳐다보더니, 그를 알아보고는 입을 열려고 했다. 그는 무슨 말을 하고 싶었지만, 피가 입에서 콸콸 쏟아져 나오고, 두 눈이 푹 꺼졌다. 또 다른 병사가 그에게로 달려와서 무릎을 꿇고 몸을 뒤져 수첩을 찾아내더니 옷 속에다 감추었다.

「이것을 교장 선생님에게 전해 달라고 저한테 부탁했어요.」 깜짝 놀라서 지켜보던 신부에게 병사가 설명했다. 「레오니다스는 죽음을 예감했었나 봅니다.」

젊은이는 시체 위로 몸을 수그리고는 입을 맞춘 다음 그의 소총을 집어 들고 고함을 지르며 언덕을 향해 달려갔다.

바소스 병사가 유격대원 한 명을 생포했는데, 그는 유격대원의 등을 칼로 찍어 쓰러뜨렸고, 그들은 한 덩어리가 되어 싸우느라고 얼마 동안 땅바닥에서 뒹굴었고, 그러다가 바소스가 허리띠를 풀어 상대방의 두 손을 묶었다. 유격대원들이 뿔뿔이 흩어져 언덕을 도망쳐 올라갔고, 병사들은 막사로 내려갔으며, 그래서 전투가 끝났으니 — 하루의 일이 다 끝나지는 않았다.

피를 보고 사나워졌으며, 또한 공포를 겪었기 때문에, 바소스는 언덕을 내려가면서 유격대원에게 욕설을 퍼붓고, 침을 뱉고, 소총 개머리판으로 마구 후려갈겼다. 땅에는 엷은 그림자가 깔렸고, 이글거리던 하루가 이제야 겨우 서늘해져서, 대지는 편한 마음으로 숨을 돌렸다. 유격대원은 상처에서 피가 줄줄 흘렀고, 군화 한쪽이 없어졌으며, 부상당한 다리에서도 피가 흐르기 시작했다. 포로를 때리는 데도 지쳐서 바소스는 매질을 집어치우고 그의 팔을 움켜잡아 땅바닥으로 밀어 던졌다. 앞서 간 병사들은 지금쯤 이미 막사에 도착했을지도 모를 노릇이었다.

「난 잠시 쉬어야 되겠어.」 그가 말했다. 「거기 앉아서 꼼짝도 하지 말라고. 한심한 멍청아, 움직이기만 했다가는 내가 죽여 버릴 테니까, 꼼짝도 하지 말란 말이야.」

그는 바위 뒤에서 무릎을 꿇고, 조끼 속에서 마른 빵을 한 조각 꺼내 씹어 먹기 시작했는데 ─ 그는 배가 무척 고팠다. 그러고는 물통을 들어 입술로 가져갔는데 ─ 그는 목이 무척 말랐다. 유격대원은 애타는 눈으로 물통을 쳐다보았다. 지금까지 그는 말을 한 마디도 하지 않았지만, 더 이상 침묵만 지키며 버티기 힘들었다.

「만일 당신도 인간이라면 나에게도 한 모금 마시게 해줘요.」 그가 말했다. 「난 목이 타서 죽겠어요.」

바소스는 생전 처음 보는 듯한 눈으로 적을 쳐다보았는데, 턱수염이 염소처럼 뾰족하고, 작은 눈은 공포로 가득했으며, 얼굴도 못생긴 청년이었다. 그는 허리띠로 묶이고 못이 잔뜩 박인 두 손과 (총탄을 모두 써버린 모양이어서) 알맹이가 하나도 없는 탄띠를 가슴에 두른 포로를 쳐다보았다. 바소스는 그의 소총을 집어 자기 총과 함께 어깨에 둘러멨다.

「만일 당신도 인간이라면 말예요.」 젊은이가 다시 말했다. 「난 목이 타서 죽을 지경이니 한 모금만, 꼭 한 모금만 마시게 해줘요.」

바소스가 웃었다. 「반역자, 너는 그리스를 팔아먹은 놈인데, 이
제 와서 나한테 물을 달라고 해? 차라리 죽어 없어지라고!」 그는
물통의 마개를 닫은 다음 갈증에 시달리는 남자의 코앞에서 흔들
어 보이며 웃었다.

「당신은 자비심도 없나요?」 유격대원이 흐느껴 울었다. 「당신
은 인간도 아닙니까?」

「닥쳐! 나야 인간이지만, 너는 개란 말이다!」 그는 돌멩이를 집
어 그에게 던졌다. 「여기 뼈다귀를 줄 테니 그거나 빨아먹어!」

부상당한 남자는 이를 악물고 아무 소리도 내지 않았다.

바소스가 바위에 몸을 기대고 신발을 벗으니 불타듯 화끈거리
던 발이 훨씬 시원해진 느낌이었다. 그는 죽은 자들을 애도하는
울음과 소음이 여러 집에서 터져 나오는 마을을 내려다보았다.
벌써 오래전에 해가 졌고 언덕은 보랏빛이었으며, 두 바위 사이
로 밤의 첫 별이 초롱초롱 나타났다.

바소스는 유격대원에게로 몸을 돌려 맨발로 옆구리를 쿡 찔렀
다. 그는 무언가 장난을 치고 싶은 생각이 머리에 떠오르자 눈을
반짝였다. 「개처럼 짖어.」 그가 말했다. 「이봐, 붉은 두건, 너는
개야, 안 그래? 네가 짖으면 물을 좀 주마.」

유격대원이 벌떡 일어섰고, 웃어 대던 바소스를 기가 막힌다는
듯 놀란 눈으로 쳐다보았다.

「이봐, 어서 짖으라고. 짖어!」 그가 소리쳤다.

유격대원은 숨을 멈추었다. 그는 잔등의 상처에서 칼로 쑤시는
듯한 통증을 느꼈다.

바소스가 웃으며 짖기 시작했다. 「멍, 멍! 여기 물통을 보라고.
멍, 멍! 짖어, 이 자식아!」

「난 못 하겠어요⋯⋯. 그건 너무 수치스러운 짓입니다.」청년이 중얼거렸다.

「그렇다면 죽어 버려! 넌 어머니도 없어?」

젊은이가 부르르 몸을 떨었고, 두 눈에는 눈물이 가득 고였고, 목을 길게 뽑고 먼 곳을 보았는데 ── 어디를 쳐다보았는지는 아무도 모를 노릇이었으니, 어쩌면 고향 땅을 보려고 했으리라. 그러더니 그는 짖기 시작했는데, 채찍질을 당하는 개처럼 심한 고통에 시달리며, 사납게 짖어 댔다. 그는 짖고 또 짖었으며, 멈추려 하지 않았고, 그의 짖어 대는 소리가 바위들에 부딪혀 반향을 일으켰고, 저 아래 마을의 개들이 응답이라도 하는 듯 모두 함께 울부짖었다.

바소스는 마음이 섬뜩했는데, 그토록 고통스러운 울부짖음을 들어 본 적이 없었던 그는 웃음이 쑥 들어갔다. 그는 앞으로 뛰어나가 손으로 청년의 입을 막았다.

「그만 해!」그는 이를 악물고 씨근거렸다. 「그만 하란 말야! 닥쳐, 이놈아!」

바소스는 물통을 집어 갈증으로 타오르는 포로의 입술로 내밀었다.

「마셔!」

부상당한 청년은 물통 주둥이를 굶주린 듯 물더니 마시고 또 마셨으며, 생기가 되살아났지만, 아직도 눈물을 줄줄 흘렸다.

「그만하면 됐어!」병사는 청년의 입에서 물통을 낚아챘다. 그는 청년을 쳐다보았고, 순간적으로 마음의 동요를 일으켰다.

「내가 너한테 수치심을 주었어, 안 그래?」그는 동정하는 어조로 말했다.

「난 외아들이에요.」젊은이가 대답했다.

두 사람 다 침묵을 지켰으며, 바소스는 이상하게 마음이 무거워지는 기분을 느꼈다. 「너 뭐 하던 사람이야?」 그가 물었다. 「네 손에는 못이 잔뜩 박혔던데, 무슨 일을 했지?」

「날품팔이를 했어요.」

「그런데 왜 총을 들었지? 그리스에 대해서 무슨 감정이라도 품었어?」 마음속에서 다시금 치밀어 오르는 분노를 느끼며 그가 말했다. 「네 나라에 대해서, 종교에 대해서, 넌 무슨 감정이라도 있었느냔 말야. 왜? 왜 그랬어?」 그는 청년의 얼굴로 자신의 얼굴을 바싹 가져가며 소리쳤다.

「난 노동자였어요.」 젊은이가 대답했다. 「나는 노동일을 했고, 배가 고팠어요. 우리 어머니도 굶주렸는데, 어머니는 늙으셨죠. 그런 부당함을 생각하면 나는 누가 목을 조르는 듯한 기분을 느꼈고, 그러다가 어느 날 공장에서 나는 저항의 함성을 외쳤습니다. 〈정의를 달라! 정의를 달라!〉 나는 소리쳤어요. 〈우리들은 언제까지 일을 하면서도 굶주리며 살아가야 하는가?〉 그랬더니 윗사람들뿐 아니라 노동자들까지도 모두, 모든 사람이 나를 적으로 몰아세우고는 길거리로 내쫓았어요. 그래서 나는 내 나름대로 싸우겠다고 용기를 냈고, 산으로 들어갔습니다. 내가 그렇게 했던 까닭은, 그곳으로 가면 정의를 위해서 싸울 기회를 얻게 된다는 얘기를 들었기 때문이죠.」

「그래, 산으로 들어가서 넌 정의를 찾았냐, 멍청한 녀석아.」

「아뇨, 동지, 아직은 찾지 못했어요. 하지만 희망은 찾았어요.」

「무슨 희망?」

「언젠가는 정의가 이루어지리라는 희망이요. 하지만 발이 달려 있지 않기 때문에 희망은 스스로 찾아오지는 못하겠고, 그래서 우리들이 희망을 어깨에 메고 우리 세상으로 데리고 와야 합니다.」

바소스는 고개를 숙이고 깊은 생각에 잠겼는데, 그는 자신의 집과 시집도 못 가고 노처녀 신세로 지내는 네 명의 누이가 머리에 떠올랐다. 여러 해 동안 그는 돈을 조금 저축해 누이들을 시집보내려고 목수로 일했다. 그는 일을 하고 또 했는데, 그래서 무엇을 얻었던가? 하찮은 하루의 품삯, 하루하루 먹고 살아가는 하찮은 음식, 남는 돈이라고는 전혀 없었다. 그런데도 누이는 넷이나 되었고, 그들은 고통과 불평이 그득한 표정으로 그의 눈만 쳐다보고는 했다. 맨 윗누이 아리스테아는 이제 다 시들어 버린 여자여서, 누가 애무를 해서 빳빳하게 일어서도록 해주기를 오랜 세월 동안 헛되이 기다려 왔던 젖도 축 늘어졌다. 그녀의 윗입술에 돈은 솜털도 추한 꼴이 되었으며, 걸핏하면 두통이 난다고 잠을 이루지 못하는가 하면, 성미가 초조하고 고약해져서 신경질이 심했다. 걸핏하면 아무 이유도 없이 그녀는 훌쩍훌쩍 흐느껴 울기 시작하고는, 결국 마룻바닥에 몸을 던지고 비명을 질러 댔다. 아버지는 그녀가 결혼하는 날을 볼 기회도 없이 일찍 죽었고, 아버지가 세상을 떠날 무렵 바소스는 아직도 어린 소년이었으며, 누이의 지참금을 모으기 위해 돈을 더 벌려고 어서 도제 생활을 끝내려고 서두르며 목수 작업장에서 일하던 터였다. 하지만 그에게는 큰돈을 벌 만한 능력이 전혀 없었고, 이제는 아리스테아가 그에게 욕설까지 퍼부으며 무관심하고 무능력하다고 화를 내는가 하면, 할퀴고 두들겨 패기도 하다가, 급기야 발작까지 일으키고는 했다. 두 번째 누이 칼레로이는 하루 종일 베틀에 붙어 앉아서 혼수 궤짝에 담을 물건들을 짰는데, 그녀도 역시 시들어서 빰이 움푹 꺼지고, 아리스테아나 마찬가지로 거뭇거뭇하게 콧수염이 돋았다. 해 질 녘이면 그녀는 가장 좋은 옷을 차려입고 잔뜩 멋을 부리고는 집 문간에 나가 서서 기다리고는 했지만, 그녀에게로 시선을 돌리는 남자가 아무도 없었다. 그러면 그녀는 슬그머니 다시 집 안으로 들어가 말없이 베틀에 앉아 옷감을 짜고는 했다. 세 번째 누이 타술라는 똑똑하고 약간 바람기가 보였으며, 젖가슴을 빳빳하게 일으켜 세우고 무엇 하나 흘려버리는 적이 없는 눈으로 남자들을 노골적으로 빤히 쳐다보고는 했다. 그녀는 자주 외출을 나갔고 여자 친구도 여럿이었으며, (상점을 운영하는 순진한 아리스티데스처럼) 그녀가 각별히 원하는 남자들에게는 눈독을 들여, 엉덩이를 선정적으로 흔들며 그들의 작은 가게 앞을 오락가락 서성거리기도 했다. 남의 눈에 띄기를 기다리며 멍하니 앉아 기다리기만 하지는 않으니까 난 셋째 누이에 관해서는 걱정을 안 하겠어, 바소스는 생각했다. 그렇다, 그녀는 손에 칼을 들고 남자를 구하러 나섰다. 그리고 네 번째 드로술라는 아주 어려서 아직도 학교를 다니는 중이었고, 학교 선생이 되겠다고 했다. 난 드로술라도 걱정하지 않고, 큰누나들이 문제이니, 그들을 시집보내서 양심에 걸리지 않게 하려면 어떻게 해서든지 돈을 벌어야 한다. 나는 꼭 돈을 벌어야 한다. 꼭! 그러면 나도 내가 사랑하는 여자를 잃기 전에 그녀와 결혼하게 되리라. 하지만 하느님이시여, 그들이 모두 결혼하기 전에 어떻게 내가 결혼할 희망을 갖겠습니까?

그는 한숨을 짓고, 머리를 들고, 앞에 앉은 포로를 쳐다보고는 역시 머리를 수그리고 깊은 생각에 잠겼다.

바소스는 그를 발로 차고, 그에게 욕설을 퍼붓고, 그에게 침을 뱉고, 화풀이로 긴장감을 발산할 생각으로 몸을 돌렸지만, 마음이 누그러져서 그런 짓은 하지 않기로 작정했다.

「이봐, 불쌍한 인간아.」 그가 말했다. 「멍청한 바보 같으니라고. 너도 나처럼 가난으로 짓밟히고, 투쟁을 벌이면서도 누구를 탓해야 할지 알지 못하는데, 그렇다면 누구를 탓해야 하는지 나는 안다고 생각하나? 하느님은 가난한 자들에게는 그냥 멋으로만 눈을 달아 주셨어.」

「하지만 나는 보기 시작했어요, 동지.」 유격대원이 반박했다. 「나에게 아직 모든 사물을 분명히 파악할 능력은 없지만, 그래도 깨닫기 시작했어요. 당신도 머지않아 언젠가는 깨닫게 될 텐데 — 당신 이름이 뭐죠?」

「바소스. 사모스에 사는 목수야.」

「내 이름은 얀니이고, 볼로스가 고향입니다.」

「혹시 여자 형제들이 있어?」

「하느님이 돌봐 주신 덕택에 하나도 없답니다! 나는 외아들인데, 아버지는 술을 너무 많이 마셔서 돌아가셨고, 어머니는 나를 키우려고 품을 파셨어요. 어머니는 부잣집 빨래를 하셨는데, 이제는 수족이 뻣뻣해서 전혀 움직이지도 못하신답니다. 날마다 어머니는 친척을 시켜서 나한테 편지를 쓰시는데, 어머니의 말씀을 읽을 때마다 나는 가슴이 찢어지는 심정이에요. 〈참고 기다리셔요, 어머니, 참고 기다리셔요.〉 나는 답장에다 늘 이렇게 쓴답니다. 〈저는 항상 어머니를 생각하고, 머지않아 고향으로 돌아갈 겁니다.〉」 그는 한숨을 지었다.

「그것이 언제일까요?」 그는 중얼거리듯 말을 이었다. 「언제요? 나는 어머니를 다시는 만나지 못할지도 모르고, 그래요, 바로 오늘만 해도 자칫 당신 손에 죽었을지도 모르죠, 바소스.」

바소스 병사는 얼굴이 새빨개져서, 무슨 대답이라도 하려고 했지만, 도대체 무슨 말을 해야 옳겠는가? 그는 차마 말이 나오지 않았다. 바소스는 마음이 어두워졌고, 늙고 반신불수가 된 유격대원의 어머니가 눈에 선했고, 네 명이나 되는 자신의 노처녀 누이들이 눈앞에 어른거렸으며, 아무런 이익도 가져다주지 못하는 일을 하느라고 똑같이 지치고 못이 박인 두 사람의 손을 번갈아 살펴보았고, 격렬한 분노에 사로잡힌 그는 신음을 하며, 자신의 행동을 별로 의식하지도 못하면서 벌떡 일어나, 묵직한 신발을 신고는 포로에게로 가서 포박된 두 손을 풀어 주었다.

「꺼져 버려.」 그가 소리쳤다. 「어서 가라고!」

「자유를 주는 건가요?」

「어서 가라니까!」

광채가 감도는 얼굴로 젊은이는 병사에게 손을 내밀었다. 「바소스.」 그가 말했다. 「나의 형제여……」

하지만 상대방은 그가 말을 끝내도록 가만히 기다리지 않았다. 「가라고 그랬잖아!」 마음이 달라지기 전에 어서 그를 쫓아 버리고 싶은 듯 그는 고함을 질렀다.

「내 총을 주시겠습니까?」 유격대원이 머뭇거리며 물었다.

청년이 손을 내밀고 불안하게 기다리는 동안 바소스는 머뭇거렸다. 「어쩌시겠습니까?」 그가 다시 물었다.

「가지고 가!」

젊은이는 총을 집어 어깨에 메고 몸을 돌리더니 산을 향해 뚜벅뚜벅 걸어갔다.

바소스는 숨을 헐떡이며 허리를 구부리고 산을 향해 올라가는 그의 모습을 지켜보았는데, 청년은 고통스러운 듯싶었고, 피로 흥건히 젖은 잔등이 보였다.

「기다려!」 그는 유격대원에게 소리쳤다. 그는 조끼 속에서 붕대를 꺼내 부상당한 남자에게로 걸어 올라갔다. 조심스럽게 저고리와 속옷을 벗긴 다음에 그는 유격대원의 상처를 붕대로 감았다.

「어서 가요.」 그는 청년에게 말했다. 「다시 내가 악마에게 마음을 빼앗기기 전에 어서 가라고요!」

밤이 찾아와서 다시금 사람들의 편을 갈라놓았고, 멀리서 들개
울부짖는 소리가 들려왔다.

잔뜩 지치고 숨이 턱에 차서 야나로스 신부는 성당 밖의 돌 의
자에 이르자 그 위로 털썩 엎어졌는데, 그의 마음과 입술과 이성
은 독기(毒氣)로 가득했다.

「주여.」 그가 중얼거렸다. 「저는 더 이상 버틸 힘이 없고, 그럴
능력이 없다는 사실을 솔직하게 말씀드리겠습니다! 여러 달 전부
터 저는 당신을 불렀습니다만, 어찌하여 당신은 저에게 응답을
하지 않으시나요? 당신이 그들의 머리 위로 손을 뻗으시기만 하
면 그들이 마음의 평화를 찾을 터인데, 어찌하여 당신은 그러지
를 않으시나이까? 세상에서 벌어지는 모든 일은 당신이 원하기
때문에 그렇게 이루어지는데, 당신은 왜 우리들이 멸망하기를 원
하시나요?」

하지만 야나로스 신부의 질문에 아무도 대답을 하지 않았다.
평화와 정적……! 남자들이 죽음을 당한 집에서는 가끔 한숨과
흐느껴 우는 소리가 들려왔고, 죽은 자들을 뜯어 먹는 자칼 소리
도 가끔 한 번씩 들려왔다. 야나로스 신부는 하늘을 향해 눈을 들
었고, 오랫동안 그는 말없이 별들을 올려다보았다. 오로라가 하
늘의 한쪽 끝에서 다른 쪽 끝으로 우유빛 강물처럼 흘렀다. 한없
이 감미로운 고요함, 이것이야말로 참된 성모님의 허리띠라고 그
는 생각했다. 오, 저 허리띠가 내려와서 세상을 감싸 주기만 한다
면 얼마나 좋으랴!

야나로스 신부는 밤새도록 한숨도 잠을 이루지 못하고 하느님
에게 똑같은 질문을 자꾸 던지고는 동틀 녘까지 응답을 기다렸

다. 날이 밝아 올 무렵에 어느 늙은 여자가 찾아와서 그의 집 문을 두드렸다. 「일어나세요, 신부님.」 그녀는 훌쩍거리며 울었다. 「일어나시라고요! 바르바 타소스의 아들이 죽으려고 하니 어서 오셔서 성찬식을 베풀어 주세요.」

그는 어제 산에서 부상을 당했고, 그를 마을로 데려오도록 마을 사람들에게 부탁한 사람도 야나로스 신부였다. 신부는 가난한 자들에 대한 깊은 연민을 마음속에 간직한, 말씨가 온순하고, 미남인 이 청년을 사랑했다. 청년이 아버지의 집에서 아무도 모르게 빵을 훔쳐 내어 배고픈 사람들에게 나눠 준 것도 한두 번이 아니었다. 그의 이름은 소크라테스였으며, 그림을 배우러 야나로스 신부의 골방을 자주 찾아왔고, 그를 질식시키고 따분하게 만드는 마을과 아버지의 고함 소리로부터 벗어나는 탈출구를 찾고 싶어했다. 서서히 그는 붓놀림을 익혔고, 얼마 안 가서 성자들이나 그가 꿈에서 본 예쁜 여자들을 그렸는데 ─ 잠들지 않았을 때 그가 만나는 여자들이란 하나같이 일과 가난으로 메말라 버린 모습뿐이었다.

곧 죽을 터여서 거칠게 숨을 몰아쉬는 청년의 옆에서는 그의 어머니가 앉아서 자리를 지켰다. 그녀는 다른 자식들과 조카들과 형제들의 죽음도 지켜보았으며, 그렇게 죽음에 익숙해져서인지 지금은 아예 울지도 않았다. 죽음은 그녀의 집을 찾아오는 손님이요 집안의 친구나 마찬가지여서, 그냥 찾아와 한 사람을 골라 마음대로 데리고 떠나고는 얼마 후에 다시 찾아오고는 했다. 그리고 노부인은 그들이 한 사람씩 떠나가고 집이 서서히 텅 비어 버리는 과정을 지켜보았고, 두 손을 맞잡고 기도를 드리면서 그녀의 차례가 오기만 기다렸다. 「나를 데리고 가요.」 언젠가 죽음에게 그녀는 이렇게 부탁했다. 「하지만 소크라테스를 나한테서 빼앗아 가지는 말아요.」 그녀는 죽음이 듣지 못한다는 사실을, 죽음이 귀머거리라는 사실을 알지 못했다.

가만히 앉아서 그녀는 이제 서서히 끌려가는 아들을 지켜보며 두 손으로 손수건을 들고 아들의 몸 위로 흔들어서 파리 떼를 쫓았다. 그녀는 아들에게로 몸을 숙이고 대화를 나누듯 얘기했으며, 지금까지 산에서 수많은 사람들이 목숨을 잃었다는 얘기도 해주었고, 야나로스 신부님이 곧 오셔서 성찬식을 베풀어 주실 테니까 걱정하지 말라고도 했다. 이제 그가 하데스로 내려가면 이미 떠나간 마을의 친구들이 그에게로 몰려들어 이것저것 물을 터여서, 그녀는 아들에게 어떤 질문에는 뭐라고 대답하면 되는지도 알려 주었다. 그리고 노부인은 마을에서 어떤 사람들이 결혼했고, 누구누구는 아이를 몇 명이나 낳았고, 양들이 금년에는 하느님의 저주를 받아 마땅한 붉은 두건들에게 잡아먹히는 재앙을 당해서 한 마리도 남지 않았다는 따위의 얘기를 아들에게 상기시켜 주었다. 그리고 펠라지아가 빚을 갚지 않는다고 만드라스 영감이 가엾은 그녀의 집을 팔아 버려 그녀가 이제는 불쌍하게도 길거리로 쫓겨났다는 얘기도 했다. 「하지만 펠라지아가 우리 집으로 찾아와서 너희 아버지 발밑에 엎드려 외양간에서 자게 해달라고 애원했을 때 아버지가 발길로 차서 내쫓았단 얘기는 하지 마라. 얘야, 그런 얘기는 그들에게 하면 안 된다.」

죽어 가는 병사가 이제는 가쁜 숨을 몰아쉬었고, 두 눈은 뜨기는 했어도 광채를 잃기 시작해서 앞을 보지 못했다. 그는 보지도 못하고 듣지도 못했지만 어머니는 여전히 얘기를 계속했으며, 아들에게 몸을 수그리고는, 머지않아 그의 주변으로 몰려들어 많은 질문을 퍼붓게 될 떠나간 마을 사람들에게 할 얘기와 해서는 안 되는 얘기를 가려 주려고 애썼다.

야나로스 신부가 나타나자, 노부인은 입을 다물고 한쪽 구석으로 물러나 두 손을 엇갈려 잡고 지켜보았다. 그녀는 콧물을 떨어뜨리지 않으려고 자꾸만 소맷자락으로 기다란 코를 훔치고는 했다. 야나로스 신부는 불운한 병사에게 성찬을 받아먹게 하려고 애썼지만, 청년의 목구멍이 씨근덕거리고 한숨을 자꾸 내쉬는 바람에, 소크라테스의 피로 범벅된 예수의 피와 살[1]은 구토가 되어 부상당한 입에서 튀어나오고는 했다. 신부는 그를 굽어보고 서서 장례 송가를 읊기 시작했다. 「떠나간 의로운 자들의 영혼과 더불어, 오, 주여, 당신 종의 영혼이 명복을……」

야나로스 신부도 역시 죽음에 익숙해져서 이제는 눈물도 흘리지 않고 목소리도 떨리지 않았지만, 젊은이들만 골라서 데리고 가는 죽음을 용서할 마음이 없었다. 다 끝났음을 알게 된 어머니는 성호를 긋더니 신부의 손에 입을 맞추고 다시 아들의 옆에 앉았다. 갑자기 그녀의 콧구멍은 부엌에서 나는 음식 냄새를 맡았다. 누군가 버섯을 찾아내어 지금 튀기는 모양이니까 내가 가서 확인해 봐야 되겠다고 그녀는 생각했다. 그녀가 몸을 일으켜 부엌으로 들어가니 큰딸 스텔라가 정말로 버섯 튀김을 만드는 중이었고, 노부인은 버섯 튀김을 한 줌 쥐고 빵 한 조각을 잘라 가지고 서둘러 아들에게로 돌아갔다. 배가 고팠던 그녀는 시체 옆에 앉아 천천히 음식을 씹어 먹기 시작했다.

거친 호흡이 드디어 끝난 다음에 야나로스 신부는 허리를 굽혀 청년의 가슴에 손을 얹어 보았다. 고동은 이미 멈추었고, 그래서 그는 허리를 펴고 조용히 말했다. 「아드님은 이제 휴식을 취하게 되었습니다.」

---

1 영성체를 뜻한다.

두 손가락에다 침을 바르고 어머니는 무릎을 꿇고 앉아 땅바닥을 손으로 만진 다음 몸을 일으켜 죽은 아들의 두 눈을 감겨 주었다. 망자의 누나가 들어오더니 돌멩이를 하나 집어 돌의 표면에다 〈예수 그리스도의 승리〉라는 세 단어를 그리스어로 긁어 쓴 다음 동생의 손에 쥐어 주었다.

「잘 가거라.」 그녀는 동생에게 말했다. 「잘 가거라, 나의 소크라테스야, 죽은 자들에게 내 안부를 전해 다오.」

「어서 가서 재회를 누리거라, 내 아들아.」 노부인이 말하고는 큰 소리로 울면서 눈물을 닦았다. 또 한 사람의 젊은이를 땅에 묻어 다시 흙과 물로 돌아가게 해준 다음 야나로스 신부가 지친 몸으로 공동묘지에서 돌아왔을 때는 한밤중이었다. 망자의 아버지 바르바 타소스는 부유한 촌로였지만, 포도주 한 병과 약간의 빵과 올리브를 내놓아 장례식에 참석했던 친구들이나 친척들에게 나눠 주는 관습을 따르기를 거부했다. 「아들을 잃은 고통만으로도 충분하지 않아?」 아내가 잔소리를 했더니 그는 이렇게 반박했다. 「거기다가 포도주와 빵과 올리브까지 낭비해? 나로서는 한 가지 슬픔으로도 충분해!」

오늘도 또다시 야나로스 신부의 영혼은 죽음의 그림자로 뒤덮였다. 그는 이번 성주간 동안 밤을 맞을 때마다 그리스도의 곁에서 나란히 걸으며 한 발자국씩 무덤으로 더 가까이 이끌려 갔고, 낮 시간에는 마을 사람들하고 같이 지냈다. 오, 나도 누워서 눈을 감아도 된다면 얼마나 좋으랴, 그는 집으로 걸어가면서 생각했다. 더러운 옷을 벗어 버리듯 인간의 근심 걱정들을 내 영혼으로부터 떨쳐 버려도 된다면 얼마나 좋으랴! 야나로스 신부라고 부르는 늙은 노새에 대해서 걱정이나 하고, 야나로스 노새가 힘을 내도록 먹여 살리느라고 기를 쓰다니, 불쌍한 인간 같으니라고.

하지만 망할 놈의 노새는 몸이 무거워도 너무 무겁고, 짐을 나를 힘도 없고, 안장도 떨어뜨릴 것이 뻔했다. 이제는 조심하거라, 야나로스 신부, 천천히 가야 한다!

그는 걸어가면서 혼잣말을 했다. 마을의 모든 집은 문을 닫아걸었고, 어디를 보나 깊고도 무거운 침묵뿐이었으며, 사람들은 울기에도 지쳐서 잠잠해졌다. 병사(兵舍)로부터 나팔 소리가 들려왔고, 해가 져서 산이 보랏빛으로 변했지만, 아직 별들은 나오지 않았다. 산 위에서 시원한 산들바람이 불어왔으며, 잠깐 동안 야나로스 신부는 땀에 젖은 이마를 스치는 바람의 감촉을 느끼며 행복감을 맛보았다. 하지만 집이 가까워지자 그는 우뚝 걸음을 멈추었다. 굶주림으로 시들고 배가 시퍼렇게 부풀어 오른 어린아이가 길 한가운데 엎어져 땅을 파서 흙을 먹고 있었다. 신부는 경악해서 눈물을 글썽거리다가, 아이에게로 몸을 수그려 그의 손을 잡았다.

「일어나거라, 애야.」 그가 말했다. 「너 배고프냐?」

「아뇨. 난 방금 식사를 끝냈는걸요.」

「무얼 먹었는데?」

아이가 손을 내밀어 그에게 흙을 보여 주었다.

「흙이요.」

야나로스 신부는 피가 머리로 치솟아 오르는 기분을 느꼈고, 뱃속을 칼날로 후비는 듯 나지막이 신음 소리를 냈다.

세상은 썩은 곳, 썩어 빠지고 불의가 판치는 곳이야, 그는 생각했다. 나의 하느님이시여, 왜 당신은 세상을 내동댕이쳐서 산산조각으로 부숴 버리지 않고 그냥 품에 안고 계시나이까? 그래서 세상이 다시 진흙이 되고 그러면 당신은 새로운 세계를, 보다 좋은 세상을 빚어내기만 하면 될 텐데! 당신은 이 아이가 배고파 한다는 사실을 알지 못하시나이까? 당신은 흙을 먹는 이 아이를 보지 못하시나이까?

그는 이렇게 흥분한 자신이 부끄러워져서 머리를 떨구고는 말을 이었다. 「아닙니다, 주여, 이것은 당신의 잘못이 아닙니다.」 그가 중얼거렸다. 「탓해야 할 사람은 저이고, 흙을 먹은 아이는 우리들 모두의 죄입니다.」

그는 새 족장에게 인사를 드리러 이스탄불을 찾아갔던 때의 기억을 쓰라린 마음으로 되새겼다. 그가 잘 아는 어느 나이 많은 랍비 친구가 (혹시 기독교 성직자로서 이런 방문을 죄로 여기지 않는다면) 그의 집을 방문하지 않겠느냐고 초청했다. 때는 유대교 월력으로 신년 초하루여서, 몇 명의 유대인 배우가 이토록 중요한 휴일을 맞아 짤막한 연극을 공연할 예정이었다. 랍비가 야나로스 신부의 옆에 앉아 통역을 해주었는데, 그가 보고 들은 모든 내용 가운데 몇몇 대목은 야나로스 신부의 마음을 어찌나 예리하게 찔렀던지 오늘날까지도 그때를 생각하면 그는 피가 뚝뚝 떨어지는 듯한 기분을 느꼈다. 그들은 랍비의 침실에다 임시 무대를 설치했으며, 휘장을 당겨 열자 해골처럼 보이는 창백한 남자가 어느 아이의 손을 잡고 나타났다. 휘장의 뒤에서는 노래를 부르고 웃는 소리가 들려왔는데, 휴일을 위한 식탁을 차려 놓고 사람들이 식사를 하며 술을 마시고 즐겁게 떠들어 대는 그런 분위기였다. 부유하고 배가 나온 남자 몇 명이 무대의 뒤쪽에 앉아 있다가 몸을 일으켰다. 「식사 준비가 끝난 모양이로군.」 그들이 말했다. 「우리 가서 식사나 하지.」

그들이 나가고 창백한 남자와 아이만 남았다.

「아빠, 집으로 가요.」 아이가 애원했다.

「왜 그러냐, 애야? 집에 가면 뭘 하니?」

「난 배가 고파요. 집으로 가서 무얼 먹어야죠.」

「좋아, 좋아. 하지만 내 말을 들어라, 애야, 집에 가도 우린 먹을 식량이 하나도 없단다.」

「빵 한 조각이면 돼요.」

「빵이라고는 부스러기도 없단다, 애야.」

아이는 입을 다물었다. 아버지는 아이의 머리를 쓰다듬으며 허리를 숙였다. 「애야, 넌 오늘이 무슨 날인지 아느냐?」

「예.」

「얘기해 봐라, 애야. 우린 오늘 무얼 했지?」

「기도를 드렸어요, 아버지.」

「그래. 그런데 축복을 받아야 할 하느님께서는 무엇을 했지?」

「하느님께서는 우리들의 죄를 사하여 주셨어요.」

「그렇다면 하느님이 죄를 용서해 주셨으니까 우리들은 마땅히 즐거워야 하겠지, 안 그러니, 애야?」

아이가 대답을 하지 않았다.

「우리 어린 아들아, 작년에 엄마가 아직 살았을 적에 우리들은 식탁에 둘러앉아서, 얼마 전에 새로 나온 짤막한 노래를 하나 불렀는데, 그때 부른 노래가 생각나니?」

「아뇨.」

「내가 네 기억을 일깨워 줄 테니까, 넌 나하고 같이 노래를 불러야 한다.」

그리고 어른은 고뇌에 찬 목소리로 사람들의 마음을 찢어 놓는 슬프고도 절망에 빠진 노래를 부르기 시작했다. 아이도 흐느껴 울면서 아버지를 따라 노래를 불렀다.

야나로스 신부는 격분해서 눈물을 닦았다. 그는 혹시 누가 그를 훔쳐보지나 않는지 주위를 둘러보았다. 그는 자신을 억제하려고 했지만, 이토록 오랜 세월이 지난 다음에도 그 노래는 아직도 그의 마음을 갈기갈기 찢어 놓았다. 마치 일상적인 걱정거리와 인간에게 편리한 비겁함으로 이루어진 근육 조직이라고나 할까, 인간의 내장을 덮은 얇은 막이 터지기라도 한 듯, 고통스러운 노래는 내부의 어두운 구석에서 떠돌아다니던 모든 공포, 그가 감히 노출시켜 직시할 용기조차 없었던 모든 공포를 해방시켰다. 야나로스 신부는 자신의 뱃속과 세상의 뱃속을 들여다보고는 구역질을 느꼈다.

그는 되돌아가서 다시 아이의 손을 잡았다.

「얘야, 가자.」 그가 말했다. 「집에 가면 빵 한 조각이 있는데, 그걸 너한테 주마.」

아이는 신부의 손아귀를 뿌리치려고 손을 휙 잡아 뽑았다. 「난 배 안 고파요! 난 먹었다고 그랬잖아요.」 그러더니 아이가 울기 시작했다.

야나로스 신부는 화가 나서 성당을 향해 돌아섰다. 「난 더 이상 못 참겠어.」 그가 소리쳤다. 「나는 하느님 앞에서 세상을 저주할 수밖에 없어!」

야나로스 신부는 성당 옆에 붙은 그의 집으로 들어갔다. 그것은 집이라고 부르기도 어려운 노릇이, 아토스 산에서 그에게 주어졌던 골방이나 마찬가지로 식탁 하나에, 두 개의 동글 의자에, 그가 잠을 자는 좁다란 막침대 그리고 막침대 위쪽 벽에 걸린 성콘스탄티누스의 성상이 전부였다. 그는 혹해 근처의 어느 머나먼 마을에서 활활 타오르는 숯불을 밟고 걸어가는 사람들이 품에 안고 다니는 성상에서 보았던 모습 그대로 성 콘스탄티누스를 직접 자기 손으로 그렸다. 성상의 성자는 왕관을 쓰거나 붉은 의상을 걸치지 않았고, 머리에 쓴 관은 불꽃으로 이루어진 둥그런 테였으며, 타오르는 숯불 위에서 춤을 추느라고 맨발을 높이 들어 올린 자세였다.

「성 콘스탄티누스는 불 위로 걷는 사람이었어요?」 놀라서 묻는 사람들에게 야나로스 신부가 대답했다. 「모든 성자는 불을 밟은 사람이에요. 그리고 우리들이 삶이라고 부르는 지옥에서 살아가는 모든 정직한 인간도 그렇고요.」

하지만 골방의 가장 중요한 다른 장식품도 역시 성상이었으니, 성서 옆의 탁자 위에는 그리스도의 재림을 섬세하게 나무에 새겨 놓았다. 그것은 영혼이 구원을 받으라는 뜻으로 아토스 산의 성 안나 수도원에서 목각으로 유명했던 아르세니오스 신부가 야나로스 신부에게 준 선물이었다. 야나로스 신부는 그것을 보고 서 있으면 전혀 지루한 줄 몰랐고, 날마다 깊은 생각에 몰입해서 조각을 쳐다보면 마음이 부풀어 올랐으며, 내면에서 일어나는 소용돌이를 느꼈고, 마음속에서는 무엇인가가 〈아니다! 아니다!〉라고 외쳤다. 야나로스 신부는 그것이 누구이고 어째서 목소리가 들리는지 이해가 가지 않았다.

성상의 한가운데는 미소를 지을 줄 모르는 심판자 그리스도가 자리를 잡았는데, 오른손은 축복을 내리려는 듯 그리고 왼손은 위협하듯 주먹을 잔뜩 움켜쥐고, 두 팔을 잔뜩 벌린 자세였다. 그리스도의 오른쪽에는 수천 명의 의로운 자들이 이미 천국으로 들어와서 즐겁게 웃었다. 왼쪽에는 역시 수천 명에 달하는 죄인이 공포에 질린 얼굴로 울었다. 비탄에 빠진 그들의 입은 얼마나 일그러졌던가! 그리스도의 발치에는 성모 마리아가 엎드려 머리를 들고 손으로 죄인들을 가리켰다. 그리고 반쯤 벌어진 그녀의 입은 〈자비를 베풀어라, 내 아들아, 자비를!〉이라고 말하는 듯싶었다.

야나로스 신부는 머리를 수그리고 그리스도의 재림 성상에 기도를 드렸는데, 오늘 밤 성모를 쳐다보고 그녀가 외치는 소리를 듣고 났더니, 신부의 목소리가 갑자기 쩌렁쩌렁 울려 나왔다. 「사랑하는 하느님이시여, 성모님의 외침은 사실상 울부짖는 인간의 마음이 아니겠나이까?」

그는 막침대에 털썩 주저앉았고, 성상과 떨어지기 싫어서 그것을 무릎에 얹고는 두 눈을 감았다. 비록 기진맥진할 정도로 지치기는 했어도 그는 잠들고 싶지 않았다. 그는 사랑하는 아르세니오스 신부를 가까이 데려오고 싶어서, 그들이 처음 만났던 거룩한 날의 광채를 느껴 보고 싶어서 눈을 감을 따름이었다.

조그마한 보퉁이를 어깨에 메고 야나로스 신부가 풀밭이 푸르르고 그림처럼 아름다운 성 안나 수도원을 지나가게 된 것은 햇빛이 듬뿍 뿌리던 어느 겨울날이었다. 오렌지나무의 짙푸른 잎사귀들 사이에서는, 속에 온통 꿀을 가득 머금고 껍질은 온통 빨갛기만 한 열매가 자줏빛 불꽃처럼 타오르며 반짝거렸다. 불꽃과 꿀로만 빚어진 열매를 맺은 오렌지, 이것이야말로 하느님의 뜻이라고 깊이 생각하며 그는 눈물을 글썽거렸다. 그렇다면 얼마나 큰 기쁨이요, 감격스러운 평화요, 향기였던가! 그리고 열매가 무겁게 매달린 나무들 사이에서 파랗고 초록빛으로 빛나는 쓸쓸한 바다도 마찬가지였다.

그는 계속해서 걸었고, 첫 번째 골방에 이르자 안으로 들어갔다. 방 안에는 하얀 네 벽이 썰렁했고, 천장의 대들보에는 능금이 한 다발 매달렸고, 과일이 벌써 썩기 시작해서 골방에서는 실편백나무와 능금의 감미로운 냄새가 났다. 얼굴이 창백하고 주름진 수도사가 둥글 의자에 앉아 무릎에 올려놓은 나무를 파냈다. 그의 가슴과 얼굴과 영혼은 나무와 한 덩어리를 이루었고, 온 세상이 혼돈 속으로 침몰했으며, 이곳 하느님의 방주 안에 남은 존재라고는 수도사와 나무 조각뿐이었으니, 마치 하느님이 세상을 다시 빚어 보라고 그에게 명령이라도 내린 듯싶었다.

몸을 떨며 허리를 수그리고 일하던 그의 얼굴에 나타난 부드러움이 감격스러워 야나로스 신부는 한 발자국 앞으로 다가섰고, 수도사의 어깨 너머로 굽어본 그는 터져 나오려는 경악의 외침을 겨우 참았다. 얼마나 놀라운 기적이며, 인내심이며, 신념이며, 노련함이었던가! 거기 실편백나무 위에는 공포에 떨거나 환희하는 무수한 사람이, 그토록 생생하고, 그토록 살아 움직이는 듯한 그리스도의 재림이 새겨져 있었다. 중앙에는 그리스도가, 그리스도의 발치에는 성모가, 양쪽에서는 부활의 나팔을 울리는 천사가 자리했다.

「축복을 받으소서, 수도사님.」 야나로스 신부가 큰 소리로 그에게 인사했다. 하지만 창작에 몰두한 수도사는 신부의 목소리를 듣지 못했다.

야나로스 신부가 눈을 뜨니 때는 밤이어서, 성 콘스탄티누스의 성상 앞에서 타오르는 심지의 불꽃은 길고 좁다란 방과, 아직도 그의 무릎에 놓인 그리스도의 재림 성상과, 대들보에 매달린 황금빛 능금에 희미한 빛을 던져 주었다. 침묵 — 마을은 이미 잠이 들었고, 좁다란 창문을 통해 새로 수성 백색 도료를 발라 엷은 광채를 발산하는 성당의 둥근 지붕이 보였으며, 시야에 들어오는 기다란 한 조각의 하늘에서는 별 두 개가 깜박였다.

다시 눈을 감은 야나로스 신부는 아토스 산으로, 아르세니오스 신부의 골방으로 돌아갔다.

두 사람이 나눈 대화는 얼마나 평화롭고 차분했던가. 많은 낮과 밤을 같이 지냈는데도 함께 지낸 기간이 모두 번갯불처럼 순식간에 지나가 버리고 말았다. 틀림없이 천국에서는 한 시간, 하루, 한 세기가 이런 식으로 흘러가리라. 여러 시간이 흘렀고, 두 영혼은 비둘기들처럼 꾸르륵거리며 하느님 앞에서 오락가락 거닐었다.

「어떻게 이런 식으로 살아가십니까, 아르세니오스 신부님? 외로움을 어떻게 견디십니까?」 오렌지나무들 사이로 바다를 쳐다보고는 그곳을 떠나고 싶은 갈망을 느끼게 된 어느 날 야나로스 신부가 물었다. 「고독한 생활을 여러 해 동안 하셨나요?」

「난 스무 살 때부터 골방에 틀어박혀 살아왔어요, 야나로스 신부님.」 그가 대답했다. 「고치 속의 누에처럼 말예요.」 그는 골방을 가리키며 말했다. 「이것이 나의 고치랍니다.」

「그러면 수도사님에게는 이곳만으로도 넉넉하다는 얘기인가요?」

「그래요. 자그마한 창문이 하나 뚫려서 밖이 내다보이니, 그만하면 족하죠.」

밤이 되고 자정이 지나가면 아르세니오스 신부는 흥분을 느끼며 섬세한 도구들을 집어 들고는 실편백나무 위로 몸을 수그리고 성스러운 환상이 사라져 버리기 전에 말없이 그 환상들을 새기기 시작했다.

어느 날 저녁에 라브라 수도원 출신의 젊은 수도사가 전갈을 갖고 찾아왔다. 나이 많은 그들이 앉아서 얘기를 나누는 동안 누가 뒤에서 한숨을 짓는 소리가 들려왔고, 야나로스 신부가 돌아다보니 황홀해서 쪼그리고 앉아 그들의 얘기에 귀를 기울이고 있는 젊은 수도사가 눈에 띄었다.

「당신은 왜 우리들의 얘기에 귀를 기울이나요?」 그가 젊은 수도사에게 물었다. 「이런 얘기를 들으면 당신은 무엇을 이해합니까?」

「전혀 이해하지 못합니다.」 수도사가 대답했다. 「하지만 저는 영원히 두 분의 대화를 듣게 해달라고 오직 한 가지 부탁만 하느님께 하고 싶은데, 그렇게만 된다면 바로 그것이 천국이 아니겠어요!」

야나로스 신부는 숨을 죽였다. 떠나고 싶은 충동 — 하느님과 더불어 떠나고 싶은 충동이 갑자기 그를 사로잡았다. 이곳 카스텔로에서 그의 영혼은 날이 갈수록 점점 더 무너졌으며, 날마다 깃털이 하나씩하나씩 뽑히는 듯싶었다. 그는 사람들과 더불어 투쟁했고, 그는 연단과 좁다란 길과 어느 곳에서나 외쳤고, 지금까지 무척이나 오랫동안 외쳐 대었지만, 그렇게 해서 그가 달성한 바는 과연 무엇이었던가? 악이 사라졌는가? 악이 줄어들었는가? 사람들이 총을 버리고 살인을 중단했는가? 단 한 사람이나마, 적어도 한 사람이나마 보다 훌륭한 인간이 되었는가? 한 명의 여자, 한 명의 남자라도? 아니다! 그런 사람은 한 명도 없다! 그는 떠나야만 한다! 그는 하느님과 더불어 떠나야만 한다!

그는 아르세니오스를 찾아가야 되겠다고 생각했다. 아르세니오스는 아직 살아서 여전히 나무에다 그의 마음을 새겨 놓을까? 오, 그의 주변에 골방을, 자신을 위한 고치를 만들고, 고독 속에서 살아가며, 오렌지나무 숲이나 바다가 아니라 자그마한 창문으로 한 조각의 하늘을 보면서 살아야 한다! 그리고 때때로 골방에 들어앉은 아르세니오스 신부를 찾아가 얘기를 나누고, 고독 속에서 살아가는 사람들의 눈에서 흐르는 감미로운 눈물을 얘기하리라.

그는 하나뿐인 친구였고, 아토스 산에서 그가 만났던 유일하게 순수하고 고요한 양심이었다. 이곳 카스텔로에서, 이곳의 지옥에서 아르세니오스가 신부의 마음을 찾아와서 영혼을 위로했던 적이 얼마나 많았던가.

그런 사람들이 존재하는 한 세상은 무너지지 않으리라고 그는 생각했다. 아르세니오스 신부는 심연 위로 세상을 떠받드는 기둥이었다.

그리고 눈을 감은 채, 조각한 성상에 두 손을 얹고, 친구를 생각하며 세월과 습기로 흐릿해진 옛날의 낡은 벽화처럼 눈앞에서 어른거리는 아토스 산을 보고 그렇게 앉아 있으려니까, 잠이 슬그머니 찾아와서 그를 사로잡았다. 그리고 그는 꿈을 꾸었는데, 최후의 심판을 알리는 나팔이 울리고 땅이 흔들리며 솟아오르기 시작하더니 세상의 깊은 곳에서부터 죽은 자들이, 무수히 많은 죽은 자들이 달팽이들처럼 기어 나와서, 비가 온 다음처럼 온통 흙투성이가 되어 땅바닥을 기어 다녔다. 그들은 햇볕에서 몸을 말리고, 뼈가 굳고, 살이 팽팽해지고, 뻥하니 뚫렸던 구멍에서 눈알이 생겨나고, 입 안에는 날카로운 이빨들이 쐐기처럼 돋아나고, 육체에는 다시 영혼이 스며들었다. 그리고 그들 모두 숨을 헐떡이면서 벌떡 뛰어 일어나더니, 땅과 하늘 사이에 파랗고 황금빛인 방석 위에 올라앉은 그리스도의 왼쪽과 오른쪽으로 갈라섰다. 그리고 그리스도의 발치에는 성모가 엎드려 기도를 드렸다.

그리스도가 오른쪽으로 고개를 돌려 미소를 지었더니 천국의 거대한 비취옥(翡翠玉) 빛 문이 당장 활짝 열리고는, 하늘처럼 파란 빛깔의 날개가 달린 장미 빛깔의 천사들이 의로운 사람들을 껴안고 노래를 부르며, 꽃으로 단장된 길을 따라 하느님의 집으로 이끌고 갔다. 그러고는 그리스도가 왼쪽으로 고개를 돌리고 이맛살을 찌푸리니까, 탄식하는 소리가 터져 나오더니 꼬리와 뿔

81

이 달린 무수한 악마들이 불길이 활활 타오르는 창을 들고 나타나서는 낙지를 꿰듯이 죄인들을 푹푹 찍어 지옥으로 던져 넣을 준비를 했다. 성모는 탄식 소리를 듣고 눈을 돌렸으며, 죄인들 때문에 마음이 아팠다.

「나의 아이들이여.」 성모가 소리쳤다. 「울지 말고, 아우성도 치지 말아요. 내 아들은 의롭기만 할 뿐 아니라 자비롭기도 하니까, 두려워하지 말아요!」

그리고 그리스도는 미소를 지었다.

「나의 아이들이여.」 그가 말했다. 「나는 그대들에게 그냥 겁을 주려고 했을 따름이고, 오라, 하느님의 마음은 크고 너그러워서 의로운 자나 죄인들을 다 같이 받아들이고 ── 그러니 들어오라, 여러분 모두 천국으로 들어오라!」

악마들이 놀라서 우뚝 멈추었고, 그들은 창을 떨어뜨리고 흐느껴 울기 시작했다. 「주여.」 그들이 울부짖었다. 「이제 우리들은 어떻게 되나요?」

그리스도는 자비로운 눈으로 그들을 보았고, 그가 쳐다보니까 악마들은 뿔과 꼬리가 떨어져 나갔고, 얼굴이 온화해지고, 등에서는 둥그런 날개가 돋아나기 시작했다.

「하느님의 집으로 들어오라.」 그리스도가 그들에게 말했다. 「재림은 정의가 아니라 자비를 의미한다.」

그리고 이야기하는 그리스도의 목소리는 마치 부슬비가 내리기 시작하는 듯한 소리였고, 그러더니 의로운 자들과 의롭지 못한 자들, 천국과 지옥과 그리스도, 모든 환상이 사라졌다.

야나로스 신부는 비명을 지르고 벌떡 일어섰다.

「오, 나의 하느님이시여.」 그는 중얼거리면서 성호를 그었다. 「꿈속에서는 우리들을 위해서 얼마나 많은 문이 열리고, 우리들에게 얼마나 멋진 날개가 주어지던가요. 주여, 당신께서 우리들의 꿈까지도 간섭을 하신다면, 우리들은 길을 잃게 되나이다.」

밤의 목소리들이 잠에서 깨어났고, 정적 속에서 카스텔로 쪽으로 몰려오는 들개 떼가 멀리서 울부짖는 소리가 들려왔다.

「밤이 우리들을 찾아오나이다.」 야나로스 신부가 중얼거렸다. 「그리고 밤의 학살은 시작되고, 이제 새와 생쥐와 송충이와 들개 같은 야수들이 서로 죽이거나 사랑을 하려고 덤벼듭니다. 하느님이시여, 당신은 어떤 세상을 창조하셨나요? 저는 이해를 못하겠습니다!」

갑자기 그는 무슨 소리를 듣고 벌떡 일어나 성큼 한 걸음에 문까지 달려가서 열심히 귀를 기울였고, 그는 교회 뒤쪽 어둠 속에서 고통에 시달리는 사람의 심한 신음 소리를 들었다.

제4장

   야나로스 신부가 지팡이를 집어 들고 바깥으로 달려 나가니, 밤은 학살과 전투 다음의 모든 밤이 그렇듯이, 훈훈하고 감미로웠다. 야나로스 신부는 오늘 밤 하늘의 별들이 훨씬 낮게 떴다고 느꼈는데, 하느님의 어두운 나라에 매달린 별들은 성단(聖壇)의 불빛 같았다. 수면(睡眠)은 하느님이 베풀어 준 은혜라고 야나로스 신부는 생각했다. 각성의 시간이 거부하는 것들을 잠이 우리들에게 가져다준다. 신부의 마음속에서는 부드러운 산들바람이 일었고, 그의 내적인 존재로부터 꿈의 감미로움이 꿀처럼 아직도 뚝뚝 떨어졌다. 그가 꿈을 꾼 내용이 진실이기만 하다면 얼마나 좋으랴! 만일 그리스도의 재림이 이렇기만 하다면 얼마나 좋을까! 자비를! 정의가 아니라 자비를! 인간의 불운한 영혼은 정의를 견디지 못하고, 인간은 나약하여 죄악을 탐하고 하느님의 계명이 무겁다고 여기니, 정의도 좋기는 하지만 그것은 천사들만을 위한 몫이고, 인간은 자비를 필요로 한다.
   야나로스 신부는 신음 소리가 성당의 마당에서 난다고 생각해서 그곳으로 들어갔다. 그는 세월의 풍진을 겪은 무덤들을 뛰어넘었는데 — 마을의 성직자들은 옛 풍습에 따라 이곳에 묻혔다.

야나로스 신부도 자기 손으로 이곳에 자신의 무덤을 파두었고, 비석에다 〈죽음아, 나는 너를 두려워하지 않는다!〉라는 글자를 새기고, 그 글자들을 빨갛게 칠해 두었다. 야나로스 신부는 잠깐 멈춰 서서 그의 무덤을 굽어보며 행복감에 젖었다. 〈죽음아, 나는 너를 두려워하지 않는다〉라고 중얼거리면서 그는 벅찬 해방감을 느꼈다. 자유란 무엇을 의미하는가? 죽음을 두려워하지 않는 사람은 자유이다. 야나로스 신부는 흐뭇한 마음으로 수염을 쓰다듬었다. 하느님이시여, 죽음으로부터의 해방보다 더 큰 기쁨이 또 무엇이겠나이까? 그는 깊은 생각에 잠겼다. 〈아니다.〉 그는 생각했다. 〈그렇지 않아!〉

바로 그때, 아직도 멀리 떨어진 곳에서, 이제는 더욱 고통스럽고 더욱 심한 신음 소리가 들려왔다. 야나로스 신부는 무덤에서 돌아섰다. 낙오한 부상자일지도 모르겠다고 생각한 그는 돌 의자를 뛰어넘고 길로 달려 나갔다. 그는 좌우를 살펴보면서 어둠 속을 걸었다. 가끔 그는 걸음을 멈추고 귀를 기울였다. 마을 언저리를 벗어나자 그는 언덕으로 뻗어 나간 길로 접어들었다. 언뜻 그는 느리고 지친 발소리를 들었고, 누가 언덕을 내려오는지 돌멩이 하나가 굴렀다.

야나로스 신부는 어둠 속에서 길을 더듬어 찾느라고 고꾸라지며 신음 소리가 들려오는 쪽으로 달려갔다. 손으로 더듬거리던 그는 숨죽인 나지막한 목소리를 들었다. 「야나로스 신부님이신가요?」

목을 길게 뽑고 앞으로 나아가던 그는 바위에 몸을 기댄 채로 두 손을 앞으로 내민 사람의 형상을 겨우 알아보았다.

신부는 서둘러 그에게로 달려가서 팔을 잡고는 얼굴을 자세히 살펴보려고 허리를 구부렸다. 그는 젊고 거무튀튀하고 뼈만 남았을 정도로 야위었고, 부상이라도 당했는지 갑자기 가슴을 움켜쥐고는 깊은 한숨을 쉬었다. 야나로스 신부는 젊은이의 가슴을 만져 보고는 피가 한 움큼 잡히자 손을 움츠렸다.

「누가 당신에게 상처를 입혔나요?」 굉장한 비밀이라도 되는 듯 신부가 나지막이 물었다.

「저에게 상처를 주지 못한 사람이 누구냐는 말씀이시겠죠!」 젊은이가 반박했다. 「제가 기독교인이라고 생각했던 어느 공산주의자의 짓이었어요. 아니면 저를 공산주의자라고 생각했던 기독교인의 짓이던가요. 누구 짓인지 전 알 길이 없어요.」

「내 집이 가까우니 나하고 같이 갑시다. 당신 상처를 내가 돌봐 주겠소. 상처가 심한가요?」

「당신은 야나로스 신부님이시죠, 안 그래요?」 청년이 다시 물었다.

「그래요, 사람들은 나를 야나로스 신부라 부르고, 하느님은 나를 죄인이라고 부르는데 ─ 사실은 〈죄인〉이 내 진짜 이름이죠. 상처가 심한가요?」 그가 다시 물었다.

젊은이는 신부의 어깨에 팔을 얹고는 부축을 받으며 몸을 일으켰고, 두 사람은 천천히 걷기 시작했다.

「형제가 상처를 줄 때는 어떤 상처보다도 항상 심한 법이라는 걸 신부님도 아주 잘 아시잖아요.」 부상당한 젊은이가 대답했다.

그들은 침묵을 지켰고, 마을로 들어서자 희미하게 빛나는 성당의 하얀 둥근 지붕이 보였다. 야나로스 신부가 성당의 나지막한 옆문을 밀어 열고 그들은 안으로 들어갔다.

「앉아요, 젊은이.」 신부가 청년을 작은 막침대에 부축해 앉히며 말했다.

그는 등잔에 불을 붙였고, 불빛이 고통과 열광을 머금은 젊은

이의 창백한 얼굴을 비추었다. 야나로스 신부는 그를 보더니 깜짝 놀라서 흠칫 뒤로 물러섰다. 분명히 전에 어디선가 본 얼굴이었지만, 기억이 나지 않았다. 언제 어디에서 봤던가? 꿈속에서였을까? 청년은 사제복 차림에 목에는 허름한 십자가를 걸었고, 짙푸른 빛깔의 커다란 두 눈은 세상을 생전 처음 보는 듯 놀라서 두리번거렸다. 저 눈 ── 야나로스 신부는 가브리엘 천사가 세상으로 찾아와 성모에게 〈기뻐하라, 마리아여, 은총이 넘치는도다!〉라고 말했을 때의 눈이 저러했으리라고 항상 상상했었다.

그리고 갑자기 섬광이 나타나서 야나로스 신부의 마음을 비추었고, 그제서야 그는 기억이 났다! 여러 해 전 안나나 시의 주교가 수태 고지사[1] 그림을 그려 달라고 주문했을 때 야나로스 신부는 바로 이렇게 짙푸른 눈의 젊은 수도사를 닮은 모습으로 가브리엘 대천사를 그렸었다.

야나로스 신부는 인간의 영혼이 얼마나 신비한지, 잠깐 동안 겁이 나기까지 했다. 인간의 영혼이 지닌 힘은 너무나 위대해서 세상을 빚어내기도 하고 파괴하기도 한다! 분명히 영혼은 육체라는 건초 더미에 떨어져 활활 타오르는 하느님의 불길이다.

신부는 수도사에게로 몸을 숙이고는 떨리는 목소리로 물었다. 「당신은 누구인가요, 젊은이?」

부상당한 젊은이는 입술을 깨물었다. 「전 고통이 심합니다.」 그는 그렇게 말하고는 눈을 감았다.

질문을 하느라고 청년의 상처에 무심했던 야나로스 신부는 부끄러운 생각이 들었다. 얼른 그는 물을 한 주전자 가지고 와서 청년의 수사복을 펼치고는 조심스럽게 상처를 닦았다. 그러고는 이

---

1 그리스도의 잉태를 고한 일.

런 긴급한 사태를 위해서 준비해 두었던 연고를 선반에서 꺼내 상처에다 바르고는 붕대로 감아 준 다음 젊은이를 부축해서 눕혔다. 그는 동글 의자를 가지고 와서 젊은이의 곁에 앉았다.

수도사는 긴장을 풀고 눈을 뜨더니 야나로스 신부를 쳐다보고는 미소를 지었다.

「전 이제 훨씬 몸이 편안하고 기분도 좋아졌으니, 하느님의 축복이 당신과 함께 하기를 바랍니다.」 그가 말하고는 다시 눈을 감았다.

「졸리운가요, 젊은이?」

「아뇨, 전 제 영혼을 정리하고, 그리고 다시 기운을 얻은 다음에 신부님과 얘기를 나누고 싶습니다.」

「몸을 피곤하게 하지 말고, 우선 휴식을 취해요. 난 당신이 누구이고 카스텔로 근처에서 무엇을 하고 다니는지 따위의 질문은 하지 않겠어요. 난 당신한테서 원하는 바가 하나도 없으니까, 그냥 마음 놓고 쉬도록 해요.」

「휴식을 취하라고 하시지만, 그래도 전 이 얘긴 꼭 해야 되겠습니다, 신부님. 그래서 제가 찾아왔으니까 말입니다. 저에게는 비밀이 있어요.」

「비밀이라고요?」

야나로스 신부는 착잡한 기분을 느끼며 젊은이를 쳐다보았다. 청년이 혹시 미치지나 않았을까 하고 그는 생각했다. 저 두 눈은 보이지 않는 무엇을 꿰뚫어 보는 듯싶은데 ── 오직 미친 사람들과 천사들만 저렇게 마련이었다. 「무슨 비밀인가요?」 그가 큰 소리로 말했다.

젊은이는 겁에 질린 듯 침을 꿀꺽 삼키고는 잠깐 침묵을 지킨 다음에 입을 열었다. 「물 한 잔만 주세요.」 그가 말했다. 「목이 타서 그러니까 용서해 주세요, 신부님.」

그는 물을 마시자 기운이 나는 듯싶었다.

「그들이 저를 쏘았을 때 전 하느님에게 기도를 드리고는 어서 당신을 찾아내어 얘기를 해드리려고, 제가 죽을지도 모르니까, 신부님, 죽기 전에 제 비밀을 신부님에게 털어놓아야 하기 때문에, 죽을힘을 다해서 서둘러 왔습니다.」

「그런 식으로 얘기하지 말아요, 젊은이.」 야나로스 신부가 대답했고, 이곳 그의 눈앞에서 하느님과 싸우고, 죽음과 싸우는 청년에게서 형언하기 어려운 다정함을 느꼈다.

「당신은 죽음을 두려워하시나요, 야나로스 신부님?」

신부가 미소를 지었다.「아뇨.」그가 대답했다.

「어째서요?」

야나로스 신부는 대답을 하지 않았다. 그는 젊은이들을, 미처 무르익기도 전에, 미처 열매를 맺기 전에 데려갈 때만 죽음을 두려워한다는 얘기를 할 생각이었지만, 차마 그런 말을 입 밖에 내기가 어려웠다.

「저도 전에는 죽음을 두려워했습니다, 신부님. 지금보다도 더 나이가 어렸을 때요. 하지만 어느 거룩한 고행자한테서 언젠가 무슨 말을 듣고 그 후부터 저는 죽음과 화해를 했습니다.」

「고행자가 당신에게 무슨 얘기를 했나요? 나도 그 얘기를 듣고 싶어지는군요.」

「그분은〈죽음이란 하느님이 인간과 접촉하는 순간〉이라고 말했습니다. 신부님, 저는 눈에 보이지 않는 어떤 손이 위에서 지금 제 마음을 어루만지는 듯한 기분이 들어요. 그렇기 때문에 저는 서둘러야 합니다. 그렇기 때문에 저는 비밀을 당신에게 털어놓아, 그것이 저하고 함께 죽지 않게 하려고 남은 힘을 다해서 신부님을 찾아왔습니다.」

「나한테 털어놓는다고요? 왜 하필이면 나한테죠? 난 나이가 일흔 살이나 되었는데요.」

「당신은 스무 살입니다, 야나로스 신부님. 저는 신부님에 관한 얘기를 많이 들었어요. 아르세니오스 신부님이…….」

신부는 깜짝 놀라서 벌떡 일어나 앉았다.「누구요? 아르세니오스 신부님이라고요? 거기 수도원…….」

「그렇습니다, 성 안나 수도원에 계셨던 그분의 영혼을 하느님께서 평안하게 해주시기를.」

「돌아가셨나요?」

「아뇨, 미치셨어요.」

「미쳤다고요?」

야나로스 신부의 눈에는 눈물이 가득 고였다.

「그분은 미쳤어요.」 수도사가 말을 이었다. 「심한 단식을 한 데다가, 너무 거룩하시고, 하느님과 대화를 너무 많이 나누셨기 때문이죠. 그분은 더 이상 견디시지 못했고, 비밀의 문이 열리자 숨어서 기다리던 모든 악마가 그분의 마음속으로부터 도망쳐 나오고 말았습니다. 그분은 더 이상 성모와 그리스도를 조각하시지 않았고, 한밤중에 일어나 등불을 밝히고는 나무에다 악마와 발가벗은 여자와 돼지들을 조각하고는 하셨어요.」

「아녜요, 아녜요!」 의자에서 일어서며 야나로스 신부가 소리쳤다. 「아르세니오스 신부의 마음속에는 악마가 없었고, 거긴 천사들만 살았어요! 그분에 대한 추억을 더럽히지 말아요!」

「악마와 발가벗은 여자와 돼지들이었어요.」 젊은이가 되풀이해서 말했다. 「우리들 모두, 야나로스 신부님, 우리들은 누구나 다 마음속에 악마와 발가벗은 여자와 돼지들을 간직하고 살아갑니다.」

아나로스 신부는 대답을 하는 대신 자신의 내면을 들여다보았다. 그리스도의 재림 조각으로 걸어가서 그는 걸음을 멈추고, 성호를 긋고는, 경배를 드리려고 머리를 숙였다. 그는 깊은 생각에 잠겨 잠깐 성상을 쳐다보았고, 얼마 동안 그는 부상당한 수도사가 그에게 전하러 왔다고 하던 비밀을 망각했고, 그의 마음속에는 아르세니오스 신부의 생각이 가득했다. 「악마와 여자와 돼지…….」그가 중얼거렸다. 「아, 젊은이의 얘기가 정말이었어.」

그는 죄인의 마음속에 무엇이 담겼느냐고 아르세니오스 신부에게 질문을 했던 날이 기억났다. 그러자 아르세니오스는 눈을 떨구고 볼멘 목소리로 말했다. 「왜 나한테 그걸 물어보나요, 야나로스 신부님? 왜 당신은 나한테 죄인의 마음에 관해서 묻나요? 나는 덕망의 마음을 지녔는데도, 그런 마음의 속에는 온갖 악마들이 들어가 살아요.」

하느님에 대한 두려움이라는 쇠사슬로 묶인 채 악마들이 얼마나 오랜 세월 동안 그의 내면에 숨어 살았을까? 그렇기 때문에 그렇게 잠을 못 이루고 고뇌하며 그는 성자들을 조각했던 것일까? 그가 비밀로 간직했던 온갖 욕망은 열성적인 기도를 통해 평생 잠들어 버렸고, 그는 성자로서 죽을 가능성도 있었으리라. 하지만 비밀의 문이 열렸고, 그의 이성은 방황했고, 갇혔던 악마들이 모습을 드러냈다.

야나로스 신부의 이마에서 땀이 쏟아졌다. 그는 거대한 불덩어리처럼 자신이 타오르는 기분을 느껴 문으로 가서 열고는 문간에 섰다. 밤공기가 그에게 생기를 주었다. 그는 손님이 생각나서 문을 닫고 수도사 옆의 동글 의자로 돌아갔다.

「아르세니오스 신부님 얘기를 더 해줘요.」 신부가 말했다. 「조금도 숨기지 말고 모든 얘기를 나한테 해줘요.」

「당신은 한 사람 때문에 너무나 심한 고통을 받는군요.」 신부를 꾸짖기라도 하는 듯 수도사가 근엄하게 말했다. 「왜 당신은 모든 인간에 대해서 그만큼 깊은 감정을 똑같이 느끼지 못하나요? 그런 줄도 모르고…… 그렇기 때문에 제가 찾아왔는데요.」

「나는 인간이에요.」 야나로스 신부가 고집스럽게 말했다. 「나는 인간이지 천사도 아니고, 당신도 알다시피 짐승도 아녜요. 인간이라고요…… 나는 단 한 명의 영혼에 대해서도 고통을 느껴요. 그 후에 아르세니오스 신부는 어떻게 되었나요? 난 그걸 알고 싶어요.」

「광증이 점점 더 심해지자 그분은 벌거벗고 오렌지나무 숲을 이리저리 돌아다니기 시작했고, 땅바닥에 쓰러져 발작적으로 고함을 지르고는 했어요. 그리고 어느 일요일 그는 완전히 알몸으로 성당에 들어섰어요. 어느 나이 많은 수도사가 잡귀를 몰아내려고 그에게 축복의 글을 읽어 주었지만 악마는 떠나려고 하지 않았고, 수도사들이 가죽 허리띠로 무자비하게 그를 때려 피가 났지만 그래도 악마를 몰아내지는 못했어요. 그래서 그들은 그를 골방에 가두고 아침마다 빵하고 물만 갖다 주었어요. 그분은 물과 빵에는 손도 대려고 하지 않으셨고, 아마 지금쯤은 틀림없이 돌아가셨을 거예요.」

「그만 해요, 그만 해요!」 야나로스 신부가 소리쳤다. 「그것이 당신이 얘기하려던 비밀인가요?」

「아뇨, 그건 아닙니다만 야나로스 신부님, 당신이 아르세니오스 신부님 얘기를 해달라고 그러셨고, 그래서 제가 말씀을 드렸을 뿐입니다.」 그가 대답했다. 「전 그분의 옆 골방에서 몇 달을 지냈습니다. 그는 자신의 내면에 존재하는 모든 어둠의 잡귀들을 인식했고, 그래서 어서 죽고 싶어 하셨습니다. 악마들이 문을 열고 도망쳐 나오기 전에 죽기를요. 그리고 그가 성자들과 천사들을 새기던 동안 늘 그의 귀는 해방을 가져다줄 죽음의 소리를 들으려고 신경을 곤두세웠고, 죽음이 가까이 오자 그의 심장이 고동치는 소리를 틀림없이 들었으리라는 걸 전 분명히 알았어요. 그래서 그는 행복해서 미소를 짓고는 했어요. 〈아르세니오스 신부님.〉 어느 날 제가 그에게 물었습니다. 〈당신은 왜 항상 미소를 짓고, 당신의 얼굴은 왜 항상 빛이 나는가요?〉 〈내가 미소를 지으면 왜 안 되나요, 니코데무스 수도사여.〉 그가 대답했어요. 〈모든 시간, 모든 순간에 죽음이 가까이 오는 소리가 들리는데, 내가 왜 미소를 지으면 안 되나요?〉」

표정이 변할 줄 모르던 수도사의 얼굴이 빛났고, 그의 목소리는 침착하면서도 절제된 연민으로 가득했으며, 그의 눈은 뒤에서 거대한 불이 타오르기라도 하는 듯 반짝였다. 야나로스 신부는 그의 얼굴에 드러난 침착성과 목소리의 차분함이 미심쩍어 그를 불안한 눈으로 지켜보았다. 젊은이의 영혼은 타오르기만 할 뿐, 타서 없어지지는 않을 그런 관(棺)이었다.

수도사가 손을 뻗어 야나로스 신부의 어깨를 가볍게 건드렸다.

「악마들이 그의 내면에서 뛰쳐나오기 전에 아르세니오스 신부가 마지막으로 한 말을 들어 보세요. 〈당신은 얼마 안 가서 죽을 거예요, 니코데무스 수도사여.〉 그는 저에게 말했습니다. 〈가서 야나로스 신부님을 찾아보도록 해요. 내가 그분 얘기를 당신에게 무척 많이 했었는데, 가서 그를 찾아내어 당신 비밀을 털어놓도록 해요. 당신은 그럴 능력이 없어도 그는 그런 비밀을 감당할 능력을 갖추었으니까요. 그리고 그에게 내가 아직도 살아서, 위로는 하느님과 투쟁하고 밑으로는 악마들과 싸움을 계속한다는 말을 전해 줘요. 두 개의 맷돌이 나를 갈아 댄다는 얘기를 해줘요.〉 저는 절을 했고, 그는 작별을 고하듯 두 손을 제 머리에 얹고는 축복을 했습니다. 그가 이별의 인사를 했다는 사실을 전 나중에야 깨달았습니다.」

수도사는 잠깐 동안 침묵을 지킨 다음에 초라한 골방을 둘러보고는 미소를 지었다. 「그래서 제가 찾아왔죠.」 그가 말했다.

「저는 당신을 구하려고 왔습니다.」 그가 덧붙여 말했다. 「아르세니오스 신부님이 저더러 가서 당신을 구하라고 지시하셨어요.」

야나로스 신부가 씁쓸하게 웃었다. 「내 육체와 영혼, 두 가지 가운데 무엇을 구한다는 얘기죠?」

「두 가지 다요! 아시겠지만, 야나로스 신부님, 인간이 살아가는 동안 그들 두 야수는 절대로 떨어질 줄을 모르죠.」

「난 그들을 억지로 갈라놓습니다.」 신부가 고집스럽게 말했다.

「그렇기 때문에 당신은 발버둥을 치고, 그렇기 때문에 당신은 어느 쪽으로 돌아서야 할지 알지 못하죠. 얼굴을 찌푸리지 마세요, 야나로스 신부님, 전 당신 얘기를 많이 들었으니까요. 사람들이 그러는데 당신은 정직하고 가난하고 사납지만, 용감하고 훌륭한 투사이며, 민중에 대해서 연민을 느끼면서도 아직 결단을 못 내리신다더군요. 당신이 자꾸 갈팡질팡한다고들 했어요.」

「갈팡질팡하는 것이 내 의무일지도 몰라요.」 신부가 반박했다. 「어쩌면 그것이 하느님께서 나에게 맡기신 자리인지도 모르고, 난 그걸 저버리지는 않겠어요.」

「설 자리를 결정하기 전에, 솔직하고 분명하게 〈좋다〉거나 〈싫다〉는 태도를 밝히기 전에 죽어야 할 영혼에게 자비를 베푸소서.」 젊은이가 말했다. 「전에는 당신이 거울의 다른 쪽에 서도 괜찮았겠지만, 야나로스 신부님, 우리들에게 불운한 때가 닥쳤는데, 당신은 그런 사실을 깨닫지 못하셨나요? 당신은 팔짱을 끼고 느긋하게 뒤로 물러나 방관만 해서는 안 될 처지입니다.」

그는 얘기하기도 지쳐서 물을 조금 마시고는 베개에 몸을 기대더니 잠잠해졌다.

야나로스 신부가 몸을 일으키더니 잔에다 포도주를 가득 따르고는 말라붙은 토스트 찌꺼기 두 조각을 가지고 젊은이에게로 되돌아왔다.

「이거 받아요.」 그가 말했다. 「당신은 배가 고플 거예요, 젊은이. 빵을 포도주에 적셔 먹으면 얘기를 계속할 기운이 나겠죠.」

그는 온화한 마음으로 젊은이를 쳐다보았고, 그러더니 빵을 포도주에 적셔 어머니가 아기에게 먹이듯, 영성체를 주듯, 마치 포도주와 빵이 정말로 그리스도의 피와 살이어서 몸 안에 들어가면 당장 기운을 북돋아 주기라도 한다는 듯, 수도사에게 먹였다. 청년의 두 뺨에서 핏기가 희미하게 되살아났다.

「고맙습니다, 신부님.」 그가 말했다. 「전 이제 기운이 좀 나는군요. 당신도 힘이 더 났군요, 야나로스 신부님. 이제 얘기를 들으시겠어요? 잊지 마세요, 당신이 저보다 훨씬 더 심한 상처를 입었다는 사실을요!」

「나도 그건 알지만, 당신이 하는 얘기는 무엇이나 다 견딜 테니, 어서 말해 봐요.」

「당신은 저더러 누구냐고 물으셨는데 그런 얘기는 잠시 후에 제가 모두 하겠고, 어서 요점을 말하고 싶습니다. 저는 어느 주교의 보제(補祭)였고, 주교가 되기 위한 교육을 받았습니다. 하지만 저는 너무나 많은 진실을 보았고, 이성의 문이 열려 깨달음을 얻었어요. 그리스도의 말씀은 몰락했고, 세상 사람들에게 그리스도가 전하던 얘기는 빛을 잃었고, 우리들은 진흙 구렁텅이에 사탄이 남긴 발자국만 따르고, 그리스도의 말은 거꾸로 뒤집혔습니다.

영혼을 기만하는 자들은 복이 있나니 천국이 저희 것이요.
폭력을 쓰는 자는 복이 있나니 저희가 땅을 얻을 것이니라.
불의에 주리고 목마른 자들은 복이 있을지어다.
무자비한 자들은 복이 있을지어다.
마음이 깨끗하지 못한 자들은 복이 있을지어다.
전쟁을 일으키는 자들은 복이 있을지어다.

이것이 오늘날 우리들이 얘기하는 기독교인들입니다.」
「나도 알아요, 나도 알아요…….」 야나로스 신부가 험악하게 말
했다. 「그건 나도 다 아니까 어서 할 얘기나 계속해요.」
「저는 주교의 땅에서 묻은 흙을 제 발에서 털어 버리고 길을 떠
나, 아토스 산으로 들어가 은둔 생활을 했습니다. 하지만 그곳에
서도 역시 저는, 이른바 거룩한 고독이 깃든다는 그곳에서도 세
상의 온갖 불행을 발견하게 되었는데, 삶에서의 나쁜 양상들을
솔직하게 드러내고 폭발시켜 봤자 이득이 없었던 까닭에 이곳에
서는 그런 요소들이 오히려 더 야비하고, 더 교활하게 위장되기
만 할 따름이었어요. 인간이 세 종류로 분류된다는 사실을 아십
니까, 야나로스 신부님? 남자들, 여자들, 그리고 수도사들로 말
예요! 수도사의 영혼 속에서는 아무도 모르게, 희망도 없이, 온갖
악한 마음이 들끓습니다. 왜 그렇게 되었느냐 하면, 당신도 아시
다시피, 신부님, 바깥세상에 관한 여러 생각이 이성을 괴롭히는
가운데 고독을 견디며 살아가는 인간을 하느님이 도와주기 때문
입니다! 그래서 저는 제가 지니고 간 신성 모독의 사상과 더불어
자신을 은둔시켰습니다.」

「신성 모독의 사상이라고요! 그렇다면 당신은 세상의 모든 잡귀들을 끌고 수도 생활에 들어간 셈이로군요.」

「당신 얘기가 옳습니다, 신부님. 전 나중에야 그런 사실을 깨달았지만, 진실을 따지고 보면 저는 고행자가 되려는 마음에서가 아니라, 제 영혼의 흩어진 부분들을 거두어들이고, 제가 취해야 할 입장을 발견하여 거기에서부터 앞으로 도약하기 위해 수도원을 찾아간 것이었습니다. 저로서는 확신이 없다면 살아가기가 힘들기 때문이었죠, 신부님.」

「그건 나도 마찬가지예요, 나도 마찬가지라고요……」 야나로스 신부가 한숨을 지었다. 「그래서 나는 괴로워한답니다.」

하지만 젊은이는 신부가 한 말을 듣지 못했고, 그의 눈과 귀는 자신의 내면에서 방향을 돌려, 자신의 마음과 영혼이 하는 소리에만 귀를 기울였다. 그러더니 상처가 다시 아프기 시작했고, 앞에 앉은 백발의 신부에게 모든 고백을 끝낼 시간이 충분한지 자신이 없었기 때문에, 그는 서둘러 얘기를 계속했다.

「전 회의에 빠져 살아갈 수는 없어요.」 그가 되풀이해서 말했다. 「그리고 전 고통을 받습니다. 하느님의 대리인들에 대한 제 믿음은 주춤했으며, 잘못을 범한 사람들의 고통은 제 마음을 분노로 가득 채웁니다. 저는 누구에게로 가야 할까요? 교회가 몰락시킨 그리스도에게인가요, 아니면 새로운 세계 ─ 그리스도가 없고 보다 의로운 세계를 이룩하고 싶어 하는 사람들에게로인가요? 저는 자주 교회로 가서는 단식도 하고, 기도를 드리고, 하느님을 불렀지만 아무런 안식도 찾지 못했고, 하느님은 전혀 저한테 응답하지 않았어요. 시간의 흐름에 따라 저에게는 기도가 소용이 없고 은둔 생활도 마찬가지여서, 한때는 그것들이 수도의 길이어서 현세의 삶을 천국으로 이끌어 주기도 했었지만 이제는

97

안 된다는 사실을 깨달았습니다. 이제는 그것들이 세상으로부터 우리들을 격리시키고, 우리들을 천국으로 데려다 주는 대신에 중간쯤 되는 허공에 내버려 둡니다. 〈새로운 길을 찾아야만 한다〉고 저는 자신에게 다짐했습니다. 〈나는 새로운 길을 개척해야만 한다.〉 하지만 저는 그럴 수가, 차마 그럴 수가 없었고, 그래서 당신이나 마찬가지로 환멸을 느껴 방황했습니다.」

「나는 환멸을 느끼지는 않았어요.」 화가 나서 야나로스 신부가 반박했다. 「내가 서야 할 자리는, 그리스도 옆에 서야 할 자리는 분명하고, 나의 친구여, 주교들이 하는 일 따위는 절대로 걱정하지 않아요. 당신은 그리스도를 숭배하는 것만으로는 만족하지 못하나요?」

「화를 내지는 마세요, 신부님.」 애원하는 태도로 신부의 무릎을 잡으며 수도사가 말했다. 「그래요, 사람들이 몰락시킨 그런 모습 — 현세의 귀족들과 어울려 밤새도록 먹고 마시며 시간을 보내고, 화려한 옷을 입고 대궐에서 군림하는 그런 그리스도라면 저로서는 만족하기가 불가능합니다! 저는 가난에 시달리던 하찮은 존재로서의 그리스도를, 신부님, 맨발에 굶주리고 괄시를 받았던 그리스도, 엠마오에서 길을 가던 겸손한 두 제자[2]가 만났던 사람이, 엠마오의 그리스도가 그립고, 제가 추구했어도 찾지 못했던 대상은 그런 그리스도였으며, 그래서 저는 마음이 아팠습니다. 이제는 이해를 하시겠어요, 야나로스 신부님?」

수도사의 창백한 얼굴로 더욱 가까이 다가앉으려니까 신부의 가슴이 요란하게 뛰었다. 갑자기 찾아온 방문객은 누구이며, 누가 그를 자신에게 보냈는지 그는 의아한 생각이 들었다. 하느님

---

2 그들 가운데 한 사람은 글레오파로, 엠마오에서 부활한 예수를 만났다. 「루가의복음서」 24장 13절 참조.

이 보냈을까 아니면 사탄이 보냈을까? 어느 쪽인가? 나로서는 알 길이 없다!

야나로스 신부는 수도사의 말들이 내포한 의미에 대해 갈등을 느꼈다.

「당신은 내가 늙고 어리석다고 생각하나요?」 신부가 고집스럽게 말했다. 「비록 나이가 일흔이기는 하더라도 나 역시 젊음의 온갖 고뇌에 시달린다는 사실을 당신은 알아야 합니다. 얘기를 중단하지 말아요! 그래서 당신이 추구하던 그리스도를 발견했나요? 어떻게 주님을 찾았나요? 그것이 당신의 비밀인가요?」

「이제는 당신이 너무 서두르시는군요, 신부님.」 젊은이가 미소를 지으며 대답했다. 「하지만 나는…….」

수도사는 다시 갈증을 느꼈기 때문에 말을 끝맺지 못했다. 야나로스 신부는 물을 또 한 잔 가지고 왔으며, 수도사는 물을 마시자 다시 기운을 차렸다.

「그래서 저는 신성을 모독하는 책들을 가지고 은둔 생활로 들어갔습니다.」 수도사가 말을 이었다. 「〈당신 도대체 무얼 하나요?〉 수도사들이 저한테 묻고는 했습니다. 〈왜 당신 골방에 밤새도록 불을 켜놓나요, 니코데무스 수도사님?〉 〈기도를 드렸어요.〉 나는 이렇게 대답하고는 했어요. 〈당신은 어둠 속에서는 기도를 드리지 못하나요?〉 〈나는 두려움을 느낍니다.〉 가끔 저는 아르세니오스 신부님을 만나고 우리들은 몇 마디 얘기를 주고받았습니다. 그는 당신이 조각하던 나무에 관한 얘기를 했으며, 그것이 나무가 아니라 자신의 영혼이라는 말을 했고, 저는 맨발의 그리스도 얘기를 그에게 해주었습니다. 그러다가 갑자기 어느 날 밤, 축복받은 밤에…….」

「당신은 참된 빛을 보았나요?」 수도사의 얼굴로 몸을 수그리고 야나로스 신부가 속삭였다.

「그걸 당신이 어떻게 아나요, 신부님?」

「난 그걸 당신 눈에서 알아냈어요, 젊은이. 그래서 어떻게 되었나요?」

「저는 참된 빛을 보았습니다. 그래서 저는 골방에서 나왔어요. 때는 부활절이었고, 수도사들이 식탁에 모여 앉아 고기를 먹고 큰 잔으로 포도주를 마셨어요. 저는 접시를 밀쳐놓고 포도주를 쏟아 버렸습니다. 〈모두들 일어나요.〉 저는 그들에게 소리쳤어요. 〈세상이 멸망을 당하는 판에 당신들은 왜 두 손을 맞잡고 이곳에 앉아 기도를 드리나요? 하느님은 향과 기도를 원하지 않고, 하느님은 고기를 원하지도 않습니다. 하느님은 우리들이 곧고 좁은 길을 따라 걸어가기를 바라십니다! 오늘은 기도로는 충분하지 못하니까, 수도원이 기적을 행하며 돌아다니는 성상들이 되게 해서, 수도원의 지하 창고를 열어 가난한 자들에게 빵을 나눠 줘야 합니다. 우리들도 그들과 같이 길을 가고, 우리들은 사랑과 평화와 정의를 찾으려는 그리스도의 말씀을 전해야 합니다!〉」

「그래서요?」

「그랬더니 두 명의 힘센 수도사 베네딕트와 압바코움이 저를 움켜잡더군요. 그들은 저를 끌고 가서 제 골방에다 가둬 버렸어요. 이튿날 그들은 저를 아토스 산에서 쫓아냈습니다.」

야나로스 신부는 수도사의 손을 꼭 잡았다.

「당신은 축복을 받았어요.」 그가 말했다. 「그리고 그들이 당신을 십자가에 못 박지 않은 것만으로도 하느님께 감사를 드려야죠. 어서 얘기를 계속하세요!」

「두려워하지는 마세요, 야나로스 신부님.」

「당신은 내가 이런 얘기로 두려움에 사로잡히리라고 생각하나요? 이런 얘긴 아무것도 아녜요. 그리스도가 성상에서 걸어 내려와 나한테 말을 걸어도 난 두려워하지 않아요! 어서 얘기를 계속해요. 그래서요?」

「그래서 전 산으로 올라갔습니다, 신부님.」

기가 막혀서 야나로스 신부는 의자에 앉은 채로 몸을 뒤로 당겼다. 「반란자! 공산주의자!」 그가 소리쳤다.

「보세요. 당신은 두려워하잖아요.」 수도사가 씁쓸하게 말했다. 「그래요. 저는 참된 빛을 보았고, 산으로 올라가서 유격대에 들어갔습니다.」

「하지만 그들은 하느님을 믿지 않아요.」 신부가 소리쳤다. 「그들은 하느님을 왕좌에서 끌어내리고는 그 자리에 자기들이 대신 앉았어요. 하느님 없이는 세계나 정부를 이룩할 수 없어요. 그런데 당신은 그들과 한패가 되었다뇨! 당신이 나한테 알려 주려고 찾아왔다는 대단한 비밀이 그것이었나요? 그렇다면 난 차라리 평생 허우적거리고 갈팡질팡하는 쪽을 택하겠어요.」

수도사는 야나로스 신부의 손을 잡고 입을 맞추었다. 「그렇게 조급해하지 마세요, 신부님.」 그가 말했다. 「저한테 화를 내지 마시라고요. 그래요, 저는 유격대에 들어갔고, 하느님이 없는 세계란 기초가 없는 세계라는 말도 옳습니다. 하지만 정의가 없는 세상은 통치하기도 불가능해요. 이제는 제가 하려는 얘기에, 위대한 비밀에 열심히 귀 기울여 들으셔야 합니다. 이 진실은 저를 구원해 주었고, 당신도 역시 구원할지 모릅니다. 그것은 심지어 유격대원들이 목숨을 걸고 투쟁하여 얻으려는 대상을 능가할 만큼 많은 구원을 줄지도 모릅니다. 마음을 진정시키시고, 야나로스 신부님, 침착하시고, 제 얘기를 들으세요……」

「좋아요, 좋아요, 얘기를 듣죠.」 수도사의 입에서 뿜겨져 나오

101

는 불처럼 뜨거운 기운이 그의 손에 와서 닿는 감촉을 느끼며 야나로스 신부가 대답했다.

젊은이의 얼굴이 새빨개졌고, 애처롭고도 깊은 목소리가 그의 가장 은밀한 내면으로부터 울려 나왔으며, 결정적인 순간 — 그의 고백에서 가장 어려운 순간이 왔다.

「잊지 마세요.」 그가 나지막이 말했다. 「그리스도가 승천하시기 직전에, 흐느껴 우는 제자들을 위로하기 위해 주님께서 전하신 위대한 약속을 기억하시죠?」

내가 아버지께 구하면 다른 협조자를 보내 주셔서 너희와 영원히 함께 계시도록 하실 것이다. 그분은 곧 진리의 성령이시다.[3]

수도사는 숨이 차서 잠깐 말을 멈추고는 시선을 돌려 야나로스 신부의 눈을 빤히 쳐다보았다.

「기억하시나요?」 그가 다시 물었다.

「물론 기억하죠!」 야나로스 신부가 신경질적으로 쏘아붙였다. 「무슨 소리를 하고 싶어서 이러는 거예요?」

두려움이 가득하고, 만족감 역시 가득한 목소리가, 수도사의 목소리가 그의 영혼 깊은 곳에서 다시 울려 나왔는데, 그는 몸을 기울여 야나로스 신부의 귓전에다 대고 속삭였다. 「위대한 협조자께서 임하셨습니다!」

야나로스 신부는 사나운 짐승이 갑자기 그의 눈앞에 나타나기라도 한 듯 흠칫 뒤로 몸을 뺐다.

---

3 「요한의 복음서」 14장 16절의 내용이다.

「협조자께서 임하셨다고요? 이 세상에 말입니까? 이 땅에요?」 그가 소리쳤다.

「그래요, 이곳 세상에. 인간의 형상을 갖추고, 인간의 이름을 지니고 임하셨습니다.」

「그분의 이름이 뭔데요?」

수도사가 조금 더 몸을 내밀자 그의 입술이 야나로스 신부의 큼직한 털투성이 귀에 닿았다.

「레닌이요.」

야나로스 신부는 두 손을 머리에 대고는 관자놀이를 눌렀는데, 당장 머리가 터져 나갈 듯싶었기 때문이다.

천천히 그는 머리를 들었다. 「레닌이라고요?」 마침내 그가 물었다. 「레닌이요?」

그는 공포에 어린 눈으로 수도사를 쳐다보았는데, 젊은이는 몸을 일으켜 가브리엘 대천사처럼 그를 굽어보며 미소를 지었다.

「레닌입니다.」 수도사가 조용히 되풀이해서 말했다.

신부는 반박하려고 입을 열었지만, 젊은이가 애원하듯 손을 내밀었다. 「대답을 서두르지 마세요, 신부님.」 그가 말했다. 「지금 당신의 경악하는 마음이 그러하듯 빛이 처음 제 눈앞에 나타났을 때, 저도 마찬가지로 겁이 났으니까요. 우선 제 얘기를 끝까지 들어 주세요. 동틀 녘 빛이 나타날 때는 항상 그렇지 않던가요? 그것은 당신의 마음을 도려내는 칼이나 마찬가지입니다. 저는 상처를 받았고, 저 자신과 그때까지 제가 신봉했던 모든 신념을 지키기 위해서 저항했습니다. 하지만 빛이 제 이성을 서서히 밝혔고, 저는 마침내 이해하기에 이르렀어요.」

야나로스 신부는 그가 말을 계속하지 못하게 가로막았다.

「그러면 레닌이 위대한 협조자란 말인가요?」 격분해서 콧구멍을 벌름거리며 그가 소리쳤다. 「레닌이 우리들을 구원한다는 얘기예요? 레닌이?」

「예, 그렇습니다, 신부님. 그분의 빛이 당신까지도 칼날처럼 내리쳤다는 걸 전 알겠으니까, 그렇게 소리를 지르지는 마세요. 제가 명확하게, 조용히 얘기를 하면 당신도 이해가 갈 테니, 제 말을 들어 보세요. 저는 주교들이나 수도사들하고 같이 살았고, 혼자 살아 보기도 했고, 유격대하고도 지냈으니까 골고루 다 경험한 셈입니다.」

「그리고 당신은 반란자들 가운데서 위대한 협조자를 발견했다는 얘긴가요?」 신부가 냉소를 띠고 물었다.

「전 유격대원들 가운데서 협조자를 발견했습니다.」 수도사가 조용한 목소리로 대답했다. 「하지만 그들은 누가 그를 보냈는지 알지 못하고, 그래서 그들은 그를 레닌이라고 부릅니다. 그들은 심지어 누가 왜 그를 보냈는지도 모르고, 보다 의로운 세상, 새로운 세계를 이룩하러 왔다고만 생각하죠. 하지만 그는 창조하고 이룩하러 오지 않았습니다. 그는 파괴하려고 왔어요! 옛 세계를 파괴하고 앞으로 올 분을 위해 길을 닦아 놓으려고 말입니다.」

「그러면 앞으로 올 그분은 누구인가요?」

「그리스도죠! 주님은 오시기 원하기 때문에 틀림없이 오실 터이고, 야나로스 신부님, 주님이 오셔서 유격대들을 이끄실 것입니다. 그리고 그는 다시 십자가에 못 박히지 않으시고, 이번에는 우리들이 불의 앞에서 고꾸라지라고 그냥 내버려두고 세상을 떠나시지는 않으십니다. 천국과 현세는 하나가 됩니다, 야나로스 신부님.」

「현세와 천국이 하나가 된다면, 그것은 내가 바라던 바이고, 그것은 내가 평생 기다려 온 바이지만, 나는 그렇게 하는 길을 알지

104

못하고 그래서 나는 고통을 받았어요.」

「그렇기 때문에, 당신에게 길을 알려 주기 위해서, 신부님, 제가 왔습니다. 이토록 젊은 나이에 당신을 인도하려고 하는 저를 용서해 주시길 바랍니다만, 당신을 인도하려는 것은 제가 아니라 젊음이어서, 젊음이 오늘 밤 당신의 골방을 찾아 들어와 당신을 손짓해 부르면서 〈우리들하고 같이 갑시다!〉라고 외칩니다.」

야나로스 신부는 머리를 떨구고는 나지막이 신음했고, 피가 소용돌이를 쳤지만, 아무 말도 하지 않았다.

수도사가 몸을 앞으로 내밀자 야나로스 신부는 그의 귓전에서, 그의 목덜미에서 젊은이의 뜨거움 숨결을 느꼈다.

「우리들과 함께 갑시다.」 수도사가 유혹적이고 조용한 목소리로 말했다. 「우리들이 비록 지금은 몇 명밖에 안 되지만, 처음에 누룩을 넣을 때는 겨우 한 줌에 지나지 않던 밀가루는 곧 부풀어 올라서 빵이 됩니다.」

야나로스 신부가 머리를 들었다. 「당신은 반란자들에게 그런 설교를 해왔어요?」

「처음에는 그러지 않았어요. 제 비밀을 드러내기가 두렵고 창피하다는 마음에 처음에는 잠자코 지냈습니다. 저는 그들과 같이 살고, 그들의 곁에서 싸웠어요. 저는 살인도 했습니다. 저는 능력이 닿는 한 최선을 다해서 하느님의 길을 닦아 놓는 데 도움이 되기 위해, 현세에서는 돌멩이 하나에 지나지 않는 존재일지언정, 무엇 하나라도 파괴하기 위해 힘껏 싸웠습니다. 저는 말을 하지 않고, 비록 그것이 배 속의 창자를 잡아 뜯는 한이 있어도 저는 비밀을 마음속에 간직해 두었어요. 하지만 어느 날 아침 일찍, 제 마음속에서 어떤 목소리가 울려 나왔습니다. 〈이 사람들은 증오를 느낀다.〉 목소리가 말했어요. 〈그들은 죽이기도 하고 죽임을 당하며, 이유도 모르면서 희망만 내세운다. 하지만 너는 이유를 안다. 일어나 그들에게 얘기하라!〉그래서 저는 명령을 따랐고, 제가 바위에 올라섰더니 50명가량 되는 투사들, 수염을 기르고 소총을 들고 군화를 신고 탄약대(彈藥帶)를 두른 그들이 제 주변으로 모여들었습니다. 제가 얘기를 하기 전에 성호를 그었더니 그들이 요란하게 웃어 댔어요. 저는 마음을 진정시킨 다음 그들을 깨우쳐 주기 위해 얘기를 시작했습니다. 하지만 제가 말을 두 마디째 꺼내기도 전에 그들은 휘파람을 불고, 욕설을 퍼붓고, 야유하고 웃어 대며 야단법석을 떨었어요. 〈저 친구는 이곳에 파견된 첩자야.〉그들이 소리쳤습니다. 〈종교는 인민을 중독시키는 아편이다!〉〈배반자, 네가 우리들을 팔아먹었구나!〉그들은 아우성을 쳤습니다. 〈꺼져라!〉〈나가라!〉그들은 저를 무자비하게 두들겨 팼고, 저는 비틀거리며 그곳을 빠져 나왔어요. 저는 다른 산으로 찾아갔지만, 그곳에서도 똑같은 일이 벌어져 사람들이 저를 몰아냈어요. 저는 이 산에서 저 산으로 자꾸만 쫓겨 다녔지만 어디를 가나 매를 맞고, 욕을 먹고, 그들이 저를 잡으려고 놓은 덫들을 피해 겨우 빠져나오고는 했습니다. 하느님의 도움으로 저는 겨우 그들로부터 도망쳐 나왔죠. 하지만 오늘 밤에는…….」

이마에 땀을 줄줄 흘리며 야나로스 신부는 몸을 일으켜 작은 창문으로 걸어가 창살에 머리를 기대고 시원한 쇠의 감촉을 느꼈다. 어두운 소리들이 들려오는 캄캄한 밤이어서, 회색 부엉이가 소리 없이 날아가고, 언덕 위에서는 자칼이 포식을 해서 흐뭇하다고 나지막하게 울부짖었다. 야나로스 신부는 눈을 들어 기다란 하늘 조각과 세 개의 커다란 별을 보았는데, 달이 높이 떠서 작은 별들은 자취를 감추어 버렸다.

「왜 그러시죠?」수도사가 말했다.

등잔이 납작해서 기름이 거의 다 떨어졌고 심지에서 불꽃이 펄럭거렸다. 골방 안은 더욱 어두워졌고 불을 밟는 성자 콘스탄티누스의 성상 앞에 봉납 등잔 하나만 켜놓아서, 타오르는 숯불을 춤추듯 밟는 발들을 외로운 불빛이 비추었다.

성상을 물끄러미 쳐다보는 사이에 야나로스 신부의 마음이 차분하게 가라앉았다. 그렇게 쳐다보는 동안 그의 마음은 무거운 짐을 내려놓은 듯 깊은 안도감을 느꼈다.

웃으면서 그는 성상을 가리켰다. 「당신도 역시 불 위로 걷는 사람이라오, 니코데무스 수도사.」 그가 말했다. 「우리들은 모두가 타오르는 숯불 위에 얹힌 생선이어서, 지글거리고 타며 노래를 불러요. 하지만 우리들은 노래를 하나요, 아니면 흐느껴 울고 있나요? 난 잘 이해를 못하겠어요. 당신은 그걸 빛이라고 부르고 나는 타오르는 숯불이라고 부르는데, 알고 보면 둘 다 똑같죠.」

대답을 기다리던 참이었는데 야나로스 신부가 농담만 하는 것 같아서 수도사는 얼굴을 찌푸렸다.

「당신은 훌륭한 사람이 아니에요.」 신부를 오해하며 수도사가 말했다. 「당신은 사람들에 대한 연민을 느끼지 않으니까, 야나로스 신부님, 당신은 훌륭한 사람이 아니에요.」

신부의 가슴속에서는 분노가 치밀었다. 「이봐요, 젊은이, 당신은 무엇이 가장 위대한 인간의 미덕이라고 생각하나요? 착한 마음이오?」

「예, 착한 마음이요.」

「아니죠, 가장 위대한 인간의 미덕은 자유예요. 보다 정확히 얘기하자면, 자유를 찾으려는 투쟁이죠.」

「그렇다면 왜 당신은 사랑을 설교하나요?」

「사랑은 시작이지, 끝이 아녜요. 인간이 그것부터 시작해야 하기 때문에 나는 〈사랑하라!〉고 외치지만, 하느님이나 나 자신과 애기할 때면 나는 〈사랑하라!〉고 하지를 않고 〈자유를 찾기 위한 투쟁〉을 애기해요.」

「사랑으로부터도 자유로운 해방인가요?」

핏발이 머리로 왈칵 몰리자 야나로스 신부는 또다시 머뭇거렸다. 「나한테 따지지 말아요!」 그가 소리쳤다.

하지만 그는 대답할 엄두를 내지도 못했다는 사실이 창피했다. 「사랑으로부터도 해방되어야죠……」 그는 나지막한 목소리로 덧붙여 말했다.

수도사는 겁이 나서 부르르 떨었다. 「그렇다면 왜 당신은 자유를 원하죠? 무슨 목적을 위해서요?」

「자유란 말이죠.」 신부가 떨리는 목소리로 대답했다. 「자유란 목적이 없어요. 그리고 그런 자유란 세상에서는 발견되지도 않아요. 세상에서 우리들이 발견하는 건 자유를 찾으려는 투쟁이 전부입니다. 우리들은 달성하지 못하는 목표를 쟁취하기 위해 투쟁하고, 그것이 인간이 야수들과 다른 점이죠.」

야나로스 신부가 덧붙여 말했다. 「이제는 그만 해도 되겠어요. 당신은 애기를 꽤나 많이 했는데, 그만하면 됐어요! 협조자라니! 레닌이! 맨발의 그리스도라고! 그리스도가 반란자들의 지도자라니! 터무니없는 소리예요! 내 두뇌로는 그런 온갖 어지러운 말들을 납득하기 힘들어요.」

「마음으로는요?」

「어리석고 변덕스러운 마음 따위는 상관하지 말기로 해요. 어쨌든 마음이란 항상 논리를 거역하기 때문에 마음을 따르려는 사람은 누구나 튼튼한 체력을 지녀야 하니까, 어려운 문제에다 그걸 결부시키지 말아요. 난 그럴 힘이 없는 사람이에요.」

108

신부는 잠잠해졌다. 잠시 후에 그는 다시 입을 열었다. 「난 이 모든 얘기를 하느님에게 할 테니까, 하느님이 무슨 말을 할지 두고 봅시다!」

「전 이 얘기를 벌써 하느님에게 했어요.」 수도사가 대답했다. 「그리고 하느님은 제 생각에 찬성이고요.」

「하느님은 하나하나의 영혼을 따로 평가한답니다.」 야나로스 신부가 말했다. 「그리고 하느님은 사람들에게 저마다의 구원을 위해 적절한 대답을 해줘요. 하느님이 이 늙은 야나로스 신부에게는 뭐라고 하는지 어디 알아보기로 하죠. 나도 역시 길을 발견한다면 그 길을 끝까지 따르겠다고 맹세하겠어요.」

「자유를 향한 길 얘기로군요.」 수도사가 놀리듯 덧붙여 말했다.

「자유를 향한 길이요!」 야나로스 신부는 다시 이마에서 땀이 쏟아지는 기분을 느끼며 결론지었다. 「내가 정말로 의미한 바는 〈죽음을 향한 길〉이었어요!」

수도사는 문 쪽을 흘끗 쳐다보았다. 「이제 난 가겠어요.」 그가 말했다.

야나로스 신부가 쳐다보니 젊은이의 크고 짙푸른 빛깔인 두 눈이 침침한 불빛 속에서 반짝였다. 왼손을 상처 위에 얹는 것을 보니 고통을 느끼는 모양이었다. 신부는 부드러움을, 앞에 선 불 위로 걷는 사람을 찬양하려는 마음을, 다시 가슴속에서 솟구치려는 연민을 느꼈다. 이 사람이, 다른 청년이 아니라 이 사람이 그의 아들이었어야 했다고 신부는 생각했다.

「어디로 가나요?」

「모르겠습니다. 발 가는 대로 따라가야죠.」

「수도원도 당신을 쫓아내고, 산에서도 쫓겨나고, 골짜기로 가도 추적하는 사람들이 나타날 텐데, 도대체 어디로 가려고 그래요?」

「저에게는 정복당하지 않는 요새가 아직 남았는데, 신부님, 전 그 안에서 살아갑니다.」

「무슨 요새 말인가요?」

「그리스도입니다.」

마치 그리스도를 잊어버리기라도 한 듯 그런 질문을 했던 자신이 창피해져서 신부는 낯을 붉혔다.

「당신은 이제 제가 두려움을 느껴야 한다고 생각하나요?」 문의 빗장을 들어 올리고 미소를 지으며 수도사가 물었다.

「아뇨.」 야나로스 신부가 대답했다.

수도사는 신부의 손에 입을 맞추고 문을 열고는 어둠 속으로 걸어 나갔다.

야나로스 신부는 자신의 골방 문간에 서서 수도사가 암흑 속으로 사라지는 뒷모습을 지켜보았다. 그의 머릿속은 맑았고 잠깐 동안 아무 생각도 떠오르지 않았으며, 잠을 자고 싶은 충동도 느끼지 않았다. 오늘 밤은 성 수요일이어서 성당에서는 철야 기도가 없으므로 그는 자유로운 몸이었다. 천천히 멀어져서 마침내 사라지는 수도사가 돌바닥을 밟고 가는 발소리에 그는 열심히 귀를 기울였다.

갑자기 칼이 그의 마음을 찌르듯 무서운 의혹이 그의 두뇌를 뱀처럼 휘감았고, 그는 〈저리 물러가라, 사탄아!〉라고 소리를 지르고 싶었다. 하지만 그는 입술이 말라 타들어 가는 기분이었다. 그렇다면 이것은 유혹이었을까? 야나로스 신부는 인간에게 농간을 부리기 위해 사탄이 여러 가지 형상을 취한다는 사실을 알았다. 그는 언젠가 사탄을 아토스 산에서, 수도원으로 들어오려고 바깥에서 배회하던 어리고 통통한 소년의 모습으로 보기도 했었다. 그리고 또 언젠가는 이곳 카스텔로에서 물동이를 어깨에 메고 우물가로 가는 예쁜 여자의 형상으로 사탄을 보기도 했다. 뿔과 꼬리가 달리고 불을 뿜으며 참된 모습을 드러내고 사탄이 인간들 앞에 나타난다던 얘기는 다 지나간 옛날 일이었다. 사람들은 이제 훨씬 현명하고 교활해졌으며, 오늘 밤에는 사탄이 목에다 십자가를 걸고 다니는, 하느님의 영감을 받은 순수한 수도사의 모습을 하고 골방으로 찾아 들어왔다.

화가 나고 혼란을 느낀 야나로스 신부는 수도사가 한 말을 나지막이 중얼거렸다. 「레닌은 협조자이고, 사악함이 세상에서 판치자 그리스도를 위해 길을 준비하려고 하느님이 레닌을 보냈다. 그리스도가 올 길을 어떻게 준비하는가? 썩어 빠진 세계를 파괴함으로써, 오직 이 방법으로만 장차 그리스도가 올 새로운 길이 마련된다……」

「아니다, 아니다, 나는 그런 주장은 받아들이지 않겠다!」야나로스 신부가 어둠 속에서 소리쳤다. 「사탄은 우리들을 속이기 위해서 굉장히 능란한 솜씨로 진실과 거짓을 뒤섞어 놓는다. 그렇다. 오늘날의 세계는 사악함과 불의로 가득하며, 하느님의 손을 벗어나 사탄의 손아귀로 떨어졌다. 세상은 파괴해야만 한다, 꼭 파괴해야 한다! 하지만 누가 그것을 파괴하겠는가?」

주름진 이마에서 땀방울들이 뚝뚝 떨어졌다.

「난 이런 모든 상황의 앞뒤를 분간할 능력이 없어.」그는 한숨을 지었다. 「난 알 길이 없다고! 내 이성은 늙었고, 육체도 늙었고, 난 더 이상 버틸 힘도 없으니, 세상의 고통이 나보다 젊은 사람을 찾게 하라.」

성자 언행록처럼 아토스 산이 그의 눈앞을 스쳐 지나갔다. 위로는 하늘이 이제 더 이상 파랗지 않고 황금빛이었으며, 밑으로는 푸르른 골짜기에 작고 하얀 실국화가 별처럼 가득했다. 그리고 별들이 수를 놓은 푸르름 속에 네 개의 탑이 솟은 하얀 수도원이 자리를 잡았고, 탑마다 깃발이 하나씩 휘날렸는데, 한 깃발에는 천사를, 다른 깃발에는 독수리를, 세 번째는 하얀 소를, 그리고 네 번째 깃발에는 사자를 그려 넣었다. 그리고 수도원의 마당에는 꽃이 만발한 나무가 한 그루 자랐으며 나무 밑에서는 눈을 감고 머리를 든 채로 어느 고행자가 꼿꼿하게 서서 귀를 기울였다. 그리고 꽃이 핀 가지마다 가슴이 빨간 흰 새가 앉았는데, 모든 새가 노래를 부르느라 주둥이를 크게 벌렸다. 새들이 부르던 노래는 주둥이에서 풀려 나오는 파란 끈에 찍혀 나왔는데, 〈고독…… 고독…… 고독…… 고독〉이라는 말뿐이었다. 다른 말은 하나도 없었다.

야나로스 신부는 두 손을 맞잡고 자기도 모르는 사이에 〈고독…… 고독…… 고독…… 고독〉이라고 중얼거리고는 한숨을 지었다. 벅찬 감미로움, 한없는 평화, 엄청난 체념! 하느님이 찾아오고, 인간은 하느님을 보고, 하느님은 오랫동안 행방이 묘연했다가 머나먼 나라의 바닷가에서 선물을 잔뜩 싣고 방금 돌아온 아버지처럼 인간의 곁에 앉는다.

신부는 환상이 사라지지 말라고 눈을 감았다. 침묵! 침묵! 위대한 감미로움! 하느님은 틀림없이 그러한 존재이리라! 인간의 삶이란 분명히 이러해야 한다! 왜 우리들은 회의를 느껴야 하는가? 왜 우리들은 자신을 괴롭혀야만 하는가? 하느님은 우리들보다 높은 존재가 아니겠는가? 하느님은 세상의 타륜(舵輪)을 잡지 않았던가? 하느님은 우리들이 어느 길로 어디를 향해 가는지 잘 안다. 인간은 하느님의 동료가 아니라 종이니, 뒤를 따라야 한다!

하지만 마음속에서 논리가 치고받으며 술렁거리자 야나로스 신부는 화가 나서 머리를 쳤혔다. 「물러가라, 사탄아.」 그는 소리

112

를 지르고 허공에다 침을 뱉었다. 「내가 설 자리는 이곳 카스텔로이니, 인간들 속에 섞인 인간으로서, 나는 이곳에서 싸우리라! 인간이 황야에서 구원을 발견했던 얘기는 옛날 일이 되었다. 현대의 테바이는 이곳 세상이어서, 야나로스 신부여, 그렇다면 하느님도 투사이고 너도 투사이니 용기를 가져야 하고, 너는 하느님 곁에서 싸워야 한다!」

제5장

동이 터서 성 목요일이 되었으니 그리스도는 안나스 대사제로
부터 가야파에게로 끌려가 매를 맞고 욕설을 듣고는, 가시 면류관
을 썼다. 집시 대장장이들은 그리스도의 십자가 처형을 위해 이미
못질을 시작했고, 천사들 또한 지상에서 십자가에 매달리는 덕망
(德望)을 하늘에서 내려다보기 시작했다. 그리고 그들 가운데 날
개를 접고 앉은 가브리엘 대천사의 눈에는 눈물이 가득 고였다.
대천사나 마찬가지로 성 목요일의 대기는 고요하고 음산했다.

야나로스 신부는 성당 입구의 오른쪽 마당 돌 의자에 앉았다.
그는 밤새도록 잠을 이루지 못했고, 생각이 어두웠으며, 마음은
가라앉을 줄 모르는 소용돌이로 무거워져서, 비계와 진흙 속에
파묻힌 듯 정결하지 못하게 느껴졌다. 이런 마음이었던 터라, 신
부는 성상대에 놓인 그리스도에게 가서 날마다 드리는 기도를 드
릴 용기조차 차마 나지 않았다. 카스텔로 성직자들의 뼈가 묻힌
오랜 무덤들 사이에서는 양국의 잔가지들이 돋아나기 시작했다.
야나로스 신부는 대기에서 죽은 자들의 서글픈 냄새를 맡았다.
그는 자신의 무덤을 보았고, 희미한 불빛 속에서 〈죽음아, 나는
너를 두려워하지 않는다〉라고 써놓은 비석의 붉은 글씨를 읽었지

만, 그의 가슴은 자부심이나 확신으로 고동치지 않았다. 그의 심장은 하느님의 은총 대신에 피로 가득 찬 한 점의 살, 아파서 외치는 살 한 덩어리가 되었다.

「주여.」 그가 중얼거렸다. 「이 염치도 모르는 마음은 그것이 추구하는 바가 무엇인지를 알지 못하니, 이렇게 외쳐 부르는 마음을 용서해 주십시오. 그렇지만 마음이 과연 어떻게 알겠나이까, 주여? 불쌍한 마음은 방황하며 혼돈에 빠졌다가 고꾸라져 어지럽습니다.」

그러자 햇살 속에서 나비 한 마리가 나타나 땅으로 날아 내리더니, 양국 가지에 앉아 역시 죽은 자들이 남긴 냄새를 킁킁 맡아 보고는, 야나로스 신부의 수염 주변에서 펄럭거리고 날아다녔다. 그는 나비가 겁을 내고 날아가 버릴까 봐 숨을 죽이고 지켜보았다. 야나로스 신부의 가슴에서 갑자기 감미로운 감정이 무거운 짐을 제거해 주었다. 두려움을 모르고 불 위를 걷는 이 사람은 모든 새와 짐승들 가운데 나비를 가장 사랑했으며, 나비로부터 믿음을 찾았다. 언젠가 질문을 받았을 때에야 그는 이유를 깨달았다. 「나비는 전에 벌레였습니다.」 그가 대답했다. 「벌레가 흙 속으로 기어 들어갔다가 봄이 오면 나비가 되어 나오죠. 무슨 봄이냐고요? 그리스도의 재림 말입니다!」

야나로스 신부가 몸을 움직였고, 나비가 겁이 나서 도망쳤으며, 신부는 햇살이 비추는 돌 의자에 자신을 홀로 남겨 두고 한 쌍의 작은 날개가 가버려서 슬펐다.

잠깐 동안 그는 마음이 산란했고, 어젯밤에 그를 짓누르던 무거운 짐이 사라졌으며, 이제는 성당으로 들어가 저녁에 필요한 십자가를 준비해야 되겠다고 생각했다. 사람들은 오늘 밤의 십자가와 성 금요일의 무덤을 장식하기 위해 프라스토바에서 야생화를 꺾어 왔다. 그가 성당 문을 열고 안을 둘러보니 창문으로 흘러 들어온 빛이 그리스도의 성상을 비추었다. 그는 지구를 상징하는 푸른 공을 잡은 기다란 손가락들과, 노란 수염과, 온화한 그리스도의 모습이 잘 보이지 않았다. 이런 꼴로 그리스도 앞에 나타난 자신의 모습이 창피하다는 듯 그는 재빨리 문을 닫았다. 그는 다시 돌 의자에 앉았다.

길에서 들려오는 발소리가 적막을 깨뜨렸고, 생각할 다른 무엇이 생겨 마음이 즐거워진 야나로스 신부는 바깥문으로 나가서 몸을 내밀고는 밖을 내다보았다. 덩치가 크고 남자 같은 여자가 나무 한 단을 메고, 헝클어진 머리에 맨발로 누더기를 걸치고 지나갔다. 빗질을 아무렇게나 한 희끗희끗한 머리는 어린 계집아이나 두를 그런 널찍하고 빨간 끈으로 묶었다. 그녀의 뒤에서는 두 명의 아이가 돌을 던지며 노래를 부르듯 놀리며 쫓아왔다. 「남자가 생겼으면 좋겠네, 지금 당장 생겼으면 좋겠네! 남자가 생겼으면 좋겠네, 지금 당장 생겼으면 좋겠네!」

짐 때문에 허리를 구부린 불쌍한 여자는 시선을 땅바닥에 고정시킨 채 아무 대꾸도 하지 못했다. 야나로스 신부는 그녀를 보고 마음이 아파 머리를 저었다.

「가엾은 폴릭세니.」 그가 중얼거렸다. 「당신은 처녀성을 잃었기 때문에 머리가 돌아 버렸고, 그래서 당신은 마을을 위한 제물이 되었어요. 당신은 결혼식 깃발처럼 빨간 끈으로 머리를 묶었군요, 불쌍하게도!」

정오가 훨씬 지났고 열두 복음서를 읽어야 하는 오늘 밤의 기나긴 예배를 앞두고 휴식을 취하기 위해 카스텔로 사람들은 모두 잠이 들었다. 인간의 목소리나 개와 새의 목소리까지도 전혀 들리지 않았고, 어쩌다가 가끔 몇몇 집에서 벌들이 붕붕거리듯 단조롭고 나지막하고 감미로운 선율처럼 웅얼거리는 소음만이 들려왔는데, 그것은 그저께 성 화요일에 집안의 남자가 죽었기 때문에 어머니와 아내와 누이들이, 여자들이 흐느껴 우는 소리였다.

어젯밤에 찾아왔던 예기치 않은 방문객이 남기고 간 말이 불쑥 머리에 떠오르자 야나로스 신부의 마음은 또다시 고뇌로 짓눌렀다. 아무리 생각해도 그는 방문객이 철 십자가를 목에 두르고 수도사 옷을 걸친 사람이 아니었다는 확신이 점점 더 굳어졌다. 피투성이가 되어 신부의 골방으로 들어왔을 때 그토록 깊은 한숨을 쉬던 태도나, 나중에 말없이 어둠 속으로 사라지던 모습으로 미루어 보면, 그는 틀림없이 사탄이었다. 그리고 그가 하던 얘기 — 그리스도의 적이 아니고서는 분명히 그토록 치밀하게 어휘를 골라 그토록 능숙하게 얘기했을 리가 없었다. 야나로스 신부는 마음속에서 이것보다 — 불의에 찬 세계가 하느님의 손으로 산산조각이 난다는 얘기보다 더 열심히, 더 은근히 갈망하는 바가 또 없었다.

야나로스는 이런 생각을 머릿속에서 자꾸만 뒤적였고, 혼란을 느꼈다. 그런 생각은 합리적이라고 여겨졌지만, 그의 마음속에서는 무엇인가 저항하며 그 생각을 받아들이지 않으려고 했다.

「아니다, 아니다.」 그의 내면에서 어떤 목소리가 외쳤다. 「반란자들이 내세우는 새로운 말은 하느님의 말씀일 리가 없으니, 만일 협조자가 그들의 참된 지도자라면, 그들은 무엇을 먹는다거나, 전리품을 어떻게 나눈다거나, 적을 어떻게 죽이느냐 따위 물질적인 일들에 대해서 그토록 열심히 따지지는 않았으리라. 너는 천국을 얘기하는 그들을 언제 보았느냐! 그들의 눈은 현세에 고정되었고, 온 세상 사람들을 배불리 먹게 해주면 미래는 저절로 풀려 나가리라고 그들은 말한다. 그들의 기초는 마음도 아니고 영생도 아니며, 밥통일 따름이다! 그러면서 도대체 무슨 협조자 란 말인가!」

야나로스 신부는 한숨을 짓고 한참 동안 깊은 생각에 잠겼다. 뜰에서 무덤들 사이를 혼자 거닐 때면 그의 이성은 늘 깊은 생각 에 빠지고는 했다. 그는 내세와 삶과 죽음의 신비에 대한 설명을 발견하기 위해서 하느님이 그에게 내려 준 두뇌로 이곳 작은 마 을에서 투쟁했다. 하지만 항상 그는 질문을 하고 또 했으며, 응답 을 기다리기만 했다. 하지만 오늘 수도사의 말이 그를 괴롭혔고, 그는 이마에서 땀을 흘리며 돌 의자에 앉아 나지막이 신음했다.

「그의 말이 진실일 가능성이 있을까? 그럴 수 있을까?」 그는 중얼거렸다. 「하지만 만일 그것이 사실이라면, 야나로스 신부여, 그렇다면 몸을 일으켜 앞으로 나아가라! 탄약띠를 두르고 산으로 올라가 협조자를 찾아내어 그와 함께 싸우라!」

하지만 또다시 그의 내면에서 목소리가 울려 나왔고, 목소리는 그가 일어나서 가도록 그냥 내버려두지 않았다.

「아니다, 아니다.」 목소리가 그에게 외쳤다. 「그토록 쉽게 달아 오르면 안 된다, 야나로스 신부여. 배가 부르면 영혼은 소화의 흐 뭇함을 누린 후에, 그 자리를 쉽게 떠나겠는가? 지상의 행복은 절대로 인간을 천국으로 이끌어 가지 못하니, 행복이란 사탄의 함정이고, 지상의 천국은 악마가 만들어 놓은 나라이다. 얼마나 여러 번 나는 너한테 얘기를 해줘야만 되겠는가, 야나로스 신부 여? 악마는 행복한 자들과 만족한 자들과 흐뭇한 자들의 영도자 이다. 그리스도는 불우하고 불안하고 굶주린 자들을 인도한다. 깨우쳐라, 야나로스 신부여!」

하지만 자신이 함정을 찾아냈고 사탄에게 속지 않았다는 사실 이 즐거워 머리를 젖힌 그는 여러 해 전 고향 마을에서, 축복받은 머나먼 바닷가에서 어느 늙은 어부와 나누었던 대화가 머리에 떠올랐다.

오늘이나 마찬가지로 햇살이 눈부시던 8월의 그날은 하느님이 손으로 직접 내려 준 듯한 그런 날이었다. 때는 아침이어서 바다에서는 감미로운 냄새가 나고, 경쾌한 산들바람이 불어왔고, 날개에 오렌지빛 점이 박힌 두 마리의 하얀 나비가 서로 쫓아다니며 조개껍질들 위에서 희롱했다. 야나로스 신부는 맨발에 가슴을 드러낸 채로 모래밭을 산책하던 중이었으며, 그가 너무나 좋아했던 찬송 「티 이페르마호Ti Ypermaho」를 큰 소리로 불렀다. 「승리의 지도자 당신에게, 당신의 나라에 저는 승전의 제물을 바치나이다. 오, 하느님의 어머니시여, 당신이 저를 두려움으로부터 해방시켜 주셨기 때문입니다.」 이 찬송은 승리의 지도자인 성모가 야만인들의 손아귀로부터 왕국을 해방시켰을 때 비잔티움의 모든 교회에서 한때 의기양양하게 울렸다. 이렇게 노래를 부르며 걸어가던 야나로스 신부는 두 형제가 사는 허름한 오두막에 이르렀다. 한 사람은 어부이고 다른 한 사람은 옹기장이였던 그들은 떨어져서는 살 수가 없을 정도로 함께 행복했다. 옹기장이는 옹기 틀을 가지고 찰흙을 이겨 바퀴에 얹고는 마음대로 온갖 형태를 빚었다. 야나로스 신부는 피곤했고, 그래서 그들과 같이 앉아 얼마 동안 잡담을 나누었는데, 한 사람이 찰흙을 이기는 동안 다른 사람은 고기잡이를 나가려고 그물을 정리했다.

그들은 바다와 전쟁과 가난한 사람들, 그러고는 무화과에 관해서 — 금년에는 무화과나무가 잘 자란다는 얘기를 했다. 갑자기 어부가 야나로스 신부에게 시선을 돌리고는 말했다. 「신부님, 한 가지 당신한테 묻고 싶은데요. 이런 질문을 용서해 주시기 바랍니다. 그리스도가 첫 제자를 어떻게 선택했는지 얘기해 주시겠어요?」

야나로스 신부는 책에 나오는 모든 얘기를 그에게 해주었지만 늙은 어부는 머리를 설레설레 흔들고 빙그레 웃었다. 그는 신부에게로 몸을 숙였다. 「정말로 진실을 아는 사람은 나 하나뿐입니다.」 그가 말했다. 「그리스도는 많은 기적을 행하셨고, 위대한 말을 많이 했지만, 아무도 그분의 말을 알아듣지 못합니다. 책에 적힌 글은 믿지 마세요, 신부님. 그리스도가 첫 제자를 어떻게 낚으셨는지 제가 말씀을 드리겠는데…… 첫 제자의 이름이 무엇이었죠?」

「안드레아요.」

「안드레아라고요. 그럼, 심한 폭풍우가 몰아쳤다고 상상해 봐요. 바람에, 안개에, 거대한 파도에. 어부들이 기를 써봐도 소용이 없었고, 그들은 빈 그물로 돌아가는 중이었어요. 그런데 갑자기 바닷가 바위 뒤에서 무엇이 보였을까요? 불이었죠. 그리고 옆에서 움직이던 그림자가 일어섰다가 앉더니 다시 일어섰어요. 〈저 사람은 무엇인지 음식을 만드는구나.〉 배고픈 어부 한 사람이 짐작을 해봤어요. 〈내가 가서 알아봐야 되겠구먼!〉 그래서 그는 바닷가의 불을 향해 달려갔습니다.」

「그건 바다가 아니었어요.」 야나로스 신부가 그의 말을 바로잡아 주었다. 「그건 호수였습니다. 갈릴래아 호수요.」

「그게 어쨌다는 얘깁니까?」 늙은 어부가 짜증이 나서 반박했다. 「당신네 배운 사람들은 그래서 탈이에요. 어쨌든 그는 불을 향해 달려가서 생선 찌꺼기 주변에 흩어진 불씨들로부터 모락모락 피어오르는 연기를 봤어요. 하지만 사람은 없어졌고, 소리쳐 불러 봐도 인간이라고는 그림자도 눈에 띄질 않았어요.

이튿날은 폭풍우가 더욱 심하게 몰아쳤죠. 낙심한 어부들이 또

다시 빈 그물을 거두어 돌아가려고 하다가, 이번에도 불을 보았고, 불 위로 몸을 수그린 사람의 모습도 보았어요. 어젯밤에 달려갔던 어부가 그곳으로 다시 달려가 갈대로 꿴 생선 한 두름을 요리하던 남자를 잡았습니다. 그는 나이가 서른 살쯤 되어 보이는 젊은이로 얼굴은 시커멓게 햇볕에 그을었어요.

〈거기서 무얼 하나요, 친구여?〉

〈생선을 굽죠.〉

〈물고기는 어디서 구했나요?〉

〈조금 아까 해 질 녘에 내가 잡은 고기요.〉

〈하지만 이렇게 폭풍이 불어치는 바다에서 어떻게 고기를 잡았다는 말인가요? 우린 이틀 동안 먹을 고기를 한 마리도 잡지 못했는데요.〉

〈그건 당신들이 그물을 던질 줄 몰랐기 때문이니까, 내가 가르쳐 주겠어요.〉 당신도 틀림없이 짐작하셨겠지만, 어부의 이름은 안드레아였는데, 그는 낯선 이의 발치로 몸을 던지며 이렇게 말했습니다. 〈스승이시여, 저는 절대로 다시는 당신 곁을 떠나지 않겠습니다.〉 그날 밤 안드레아는 형에게 아무리 심한 폭풍 속에서도 고기를 잡을 줄 아는 사람을 만났노라고 얘기했습니다. 이런 얘기가 퍼져 나가는 사이에, 나중에 그리스도라고 밝혀진 낯선 사람은 제자를 한 사람씩 모으게 되었습니다. 처음에 그는 제자들이 굶지 않도록 고기 잡는 방법을 가르쳤어요. 그러더니 그는 제자들에게 더 많은 가르침을 주었고, 조금씩 자기도 모르는 사이에 그들은 그리스도의 제자가 되었어요.」

야나로스 신부는 입이 딱 벌어진 채로 노인의 얘기에 귀를 기울였다. 어부가 얘기하는 사이에 신부는 그의 성당에 보관된 낡은 성서에서 보았던 그림이 머리에 떠올랐다. 〈성령(聖靈)의 강림〉이라는 제목이 붙은 그 성화(聖畵)는 성서의 삽화로 사용되었던, 놀랄 만큼 화려한 여러 작은 그림들 가운데 하나였다. 성령이 굶주린 갈매기처럼 제자들을 겨냥하고 내리꽂혀서 그들을 열두 개의 낚시 바늘에 꿰는 광경을 그려 놓은 그림이었다. 제자들은 도망치려고 발버둥을 쳤지만 바늘이 그들의 살 속에 깊이 박혀 빠지지 않았다. 하느님의 말씀이 아주 처음부터 얼마나 완벽하게 내리꽂혀서, 인간의 뱃속으로 파고 들어갔다가 서서히 올라가면서, 마음과 정신을 얼마나 완벽하게 움켜잡는지, 야나로스 신부는 삽화 그림을 되새기며 감탄했다. 늙은 어부는 야나로스 신부를 쳐다보고는 신부의 감탄하는 표정에 기분이 좋아졌다.

「하느님은 그런 식으로 일을 하신답니다, 신부님.」 그가 말했다. 「그렇게 생각하지 않으시나요? 당신은 사람들이 하느님 보고 〈관념〉이요, 〈고귀한 무엇〉이라고 말한다는 사실은 알겠지만, 도대체 누가 무엇을 정말로 안다는 말인가요? 또 어떤 사람들은 하느님이 구름 위에서 사는 할아버지라고 말하고 그런 식으로 하느님을 그려 놓기도 하죠. 하느님은 그런 얘기들하고는 거리가 멀어요!

하느님은 여기 내 동생이 옹기를 빚느라고 사용하는 이런 바퀴틀이죠. 그리고 우리들은 찰흙이어서, 바퀴는 쉬지 않고 돌아가며 우리들을 돌리고 비틀어 형태를 잡고, 물병이나 항아리나 냄비나 등잔 따위의 원하는 온갖 모양으로 만들어 놓습니다. 사람들은 이렇게 만들어 놓은 그릇들 가운데 어디에는 물을 붓고 또 어떤 그릇에는 포도주와 꿀을 담는가 하면, 요리를 하는 데 쓰이는 그릇과 불빛을 밝히는 그릇도 만들어 냅니다. 하느님은 그런 식으로 사람들을 만들어요. 그리고 혹시 우리들이 깨진다고 해도 하느님이 무슨 걱정을 하시겠습니까? 하느님은 틀을 돌리고 또 돌리며 새 항아리를 자꾸 만들고, 절대로 되돌아보지도 않는데 — 하느님이 왜 뒤를 돌아보시겠어요?」

「하지만 이런 모든 과정이 무슨 의미를 갖게 되나요?」 늙은 어부에게 신부가 캐물었다. 「하느님이 도대체 무엇 하러 나를 만들어 놓았나요? 그리고 일단 만들어 놓은 다음에 왜 하느님은 나를 깨뜨려야 하죠? 난 깨지고 싶지 않아요!」

「그럼 당신이 깨지지 않는다고 해서 또 무엇이 좋겠어요?」 조롱하듯 거칠게 웃으며 노인이 반박했다. 「어쨌든 누가 우리 얘기를 듣기나 하겠답니까, 신부님?」

야나로스 신부는 눈을 감고 햇빛이 눈부신 머나먼 바닷가를 보았고, 늙은 어부의 얘기가 너무나 또렷하게 들렸다. 무식한 늙은이의 말이 과연 옳다는 얘기인가? 하느님은 처음에 인간의 배 속에다 낚시 바늘을 꽂아 자신의 뿌리를 박고 서서히 올라간다는 말인가? 올라가서 마음을 움켜잡은 다음 이성으로 침투하고, 나중에는 머리 위로 솟아오른다, 그리고 새로운 세계의 기초를 닦는다는 반란자들의 얘기가 옳다는 가능성도 생각해야 하는가? 먹을 만큼 먹고, 우선 배고픔부터 제거하기 원하는 그들의 태도가 옳다는 말인가? 뿌리가 흙 속으로 힘차게 뻗어 나간 다음에야 나무에는 꽃이 핀다. 퇴비의 목적은 무엇인가? 꿀과 달콤한 맛과 살이 되는 과정 — 열매에 영양분을 주는 과정이 아닌가! 그렇다면 퇴비와 인간의 창자에 축복이 내릴지어다!

그리스도와 악마의 함정에 빠져 이런 정신 상태에 처한 야나로스 신부에게 마을의 공고인 키리아코스가 찾아왔다. 임시로 철조망을 둘러 만들어 놓은 수용소에 갇힌 인질 한 명이 또 죽어 가니까 신부더러 면죄를 시켜 달라는 얘기였다. 신부는 몸을 일으켜 기지개를 켰다. 무릎과 잔등과 모든 근육이 쑤셨다. 나도 나이를

123

먹었고, 나도 벌써 늙었고, 난 늙었는데도 아직 결론조차 내리지 못했다고 그는 생각했다. 그는 키리아코스에게로 시선을 돌렸다.

「얼마나 더 계속해야 하나요, 젊은이.」 그가 말했다. 「얼마나 더 계속해야 하나요?」

「무슨 말씀인지 모르겠는데요, 신부님.」 당황한 키리아코스가 되물었다.

「얼마나 더 오랫동안 우린 그리스도를 십자가에 못 박는 짓을 계속해야 하나요?」

키리아코스는 머리를 저었다. 「왜 당신은 얼마나 더 오랫동안 우리들이 계속해서 그리스도를 부활시켜야 하느냐고 묻지 않죠? 얼마나 더 오랫동안요?」

야나로스 신부는 대답을 하지 않고 성당의 성역으로 들어가 성배(聖盃)를 집어 진홍빛 우단 헝겊으로 덮어 들고는 50명의 포로를 가둔 구덩이가 위치한 마을 외곽을 향해 길을 내려가기 시작했다. 카스텔로를 수비하던 육군 대위는 반란자들의 편에서 싸우는 남편이나 아들을 둔 늙은이들을 인질로 삼아 이곳에 가두라고 명령을 내렸었다. 앙상하게 야윈 마을 사람들은 철조망 울타리 안에 잔뜩 몰려 해골처럼 뻣뻣하게 늘어섰다. 여자들의 머리는 빡빡 깎였고 남자들의 이마에는 〈반역자〉라는 말이 낙인으로 찍혀 있었다.

야나로스 신부는 성배를 높이 치켜들고 카스텔로의 좁다란 길거리를 서둘러 지나갔다. 또다시 그는 죽어 가는 사람을 위해 성찬식을 베풀러 가는 길이었다. 이렇듯 그리스도의 피와 살을 전해 주고, 사람들이 죽음을 맞도록 도와주느라고 왔다 갔다 서둘러 돌아다니는 일도 이제는 날마다 행하는 일과처럼 되어 하루에도 여러 차례 되풀이하는 경우도 많았다. 그렇게 사람들은 죽어

갔으며, 휴식을 취했다. 하지만 그들이 숨을 몰아쉬며 하던 마지막 말을 잊지 못하고, 고뇌하는 마지막 표정이 머리에 자꾸만 떠올라서 야나로스 신부는 쉴 수가 없었고, 그의 마음속에서는 죽은 자가 절대로 죽음을 끝내지 않았다.

신부가 목적지를 향해서 서둘러 가는 사이에 육군 대위는 철조망 울타리 밖에서 무거운 발걸음으로 오락가락 서성거렸다. 그는 키가 작고 야위었으며 햇볕에 피부가 그을고 오른쪽 뺨에 깊은 상처가 있었다. 가시덤불 같은 눈썹 밑에서는 고슴도치처럼 작고 동그란 눈이 반짝였다. 그는 오락가락 서성거리고 뻣뻣한 입술 위의 콧수염을 씹으면서 낡아 빠진 헌 군화를 채찍으로 탁탁 치고는 험악한 눈썹과 매서운 눈으로 인질들을 뚫어지게 노려보았다.

「반역자들.」 이를 악물고 그가 으르렁거렸다. 「반역자들, 제 나라를 팔아먹으려는 개만도 못한 놈들!」

키가 작고 콧수염을 기른 병사가 옆 남자에게 몰래 귓속말을 했다. 「내가 뭐랬어, 아브라함? 어젯밤 꿈에서 내가 양귀비꽃을 봤다고 그랬잖아, 안 그래? 우린 또다시 피를 흘릴 거야. 우리들이 어떻게 될지, 레비, 얘기해 봐!」

누르스름한 얼굴에 머리카락은 옥수수염처럼 늘어진 레비가 얇고 말라붙은 입술에 냉소를 띠고 킬킬거렸다. 「우리들에게 남은 희망이라고는 오직 하나, 사탄뿐이지. 오늘날의 세계는 사탄이 다스리고, 우리들은 이제부터 모두들 악마를 위해 촛불을 밝혀야 해. 한쪽 뺨을 맞을 적마다 다른 뺨을 갖다 대는 알량한 그리스도에게서 우리들이 무엇을 기대하겠어? 사람을 아무리 많이 잡아먹어도 전혀 만족할 줄 모르는 여호와에게서 어떤 좋은 일을 우리들이 기대하겠냐 말이야? 전혀 희망이 없지. 천국 따위는 개수작이니까 대신에 사탄의 뿔이나 숭배하라는 말을 하고 싶어.」

독일군은 레비를 살로니카에서 체포해 아우슈비츠로 보냈다. 유대인들을 음악 소리에 맞춰 가스로 죽였는데, 레비는 가스실 입구에 서서 바이올린을 연주하는 일을 맡았었다. 그때부터 그에게 쾌락이란 오직 한 가지, 사람들이 죽는 광경을 지켜보는 것뿐이었다.

파노스는 그런 말을 듣자 충격을 받았고, 뿔이 달리고 무섭기만 한 사탄이 앞에 버티고 선 모습이 눈에 선해서 덜덜 떨고는 옆 사람에게서 위안을 얻으려고 했다.

「자네는 어떻게 생각해, 바소스? 아브라함이 하는 얘기 들었지?」

하지만 가엾은 바소스가 어찌 무슨 말을 들었으랴? 그의 마음과 생각은 머나먼 곳으로, 썰렁한 집과 시집을 못 간 그의 네 누이에게로 쏠렸다. 그의 몸은 누이들의 지참금을 마련하기 위해 너무나 오랫동안 고생을 하느라고 허리가 굽었으며, 일을 하고 또 했지만 첫째 누이 아리스테아마저 아직 시집을 보내지 못하고 말았다.

「뭐라고?」 그가 병사에게 물었다. 「뭐라고 하는지 못 들었는데.」

다른 두 병사가 웃었다. 「저 한심한 녀석 또 누이들 생각을 했구먼.」 얼굴이 쥐처럼 생기고 야윈 청년에게로 돌아서며 그들이 말했다.

「그럼 자네 생각은 어떤가, 스트라티스, 자네는 입을 다물고 살아갈 작정이야? 여보게, 자네 사흘 동안 말이라고는 통 한 마디도 없었으니 어디 뭐라고 좀 해봐.」

「난 얘기하고 싶지 않아.」 스트라티스가 으르렁거렸다. 「자네들은 모조리 악마에게나 잡혀 가라고.」

「저 녀석은 친구 레오니다스의 죽음을 받아들이기 힘들어서 저런다고.」 레비가 말하고는 다시 킬킬거렸다. 「그래, 가엾은 친구, 그는 갔어, 갔다고! 그리고 그는 절대로 돌아오지 않아. 우리들에게도 죽음은 찾아오지.」

스트라티스는 침묵을 지키며 눈물을 감추려고 얼굴을 돌렸다. 분대장이 그들에게로 왔다. 「왜들 이렇게 쑤군거리고 야단이야, 멍청한 녀석들아.」 그가 화를 내며 물었다. 「신부님이 지금 성찬식을 너희들에게 베풀어 주려고 오시는 중이니까 조용히들 하라고!」

「나는 유대인이에요.」 두 손을 비비며 레비가 중얼거렸다. 「나는 안전해요.」

길 끝에 야나로스 신부가 깃발을 들고 전쟁터로 행군해 나아가기라도 하는 듯 자랑스럽게 성배를 두 손으로 받쳐 들고 나타났다. 신부는 머리에 아무것도 쓰지 않아 백발이 되어 가는 머리카락이 어깨로 쏟아졌고, 목이 긴 신발은 말굽처럼 돌바닥에 저벅저벅 울렸다. 그는 맹렬하고도 맹목적인 힘이 성배로부터 두 손과 팔 그리고 늙은 몸 전체로 흐르는 기분을 느꼈으며, 성배의 힘이 부담스러워 돌바닥에서 뒤뚱거리고 고꾸라질 지경이었다.

가까이 오는 신부의 모습을 알아보자 인질들은 눈빛이 밝아졌으며, 그들의 모든 희망은 성배 속에, 그 안에 담긴 피와 살 속에 깃들었다. 어느 다른 곳에서 그들이 구원을 얻겠는가? 인간들로부터? 지금까지 인간들이란 그들을 괴롭히고 죽일 따름이었으며, 오직 그리스도만이 남았다. 만일 그리스도까지도 그들에게 구원을 가져다주지 못한다면, 그들이 태어난 날을 저주할 수밖에 없었다. 그런 세상을 창조한 두 손에 저주가 있으라!

신부가 인질들이 모인 곳에 이르자 얼굴이 창백한 여자가 젖을 먹이던 아기를 철조망 위로 높이 치켜들었다. 「물이요.」 그녀가 소리쳤다. 「하느님의 이름으로 애원하겠는데, 물 좀 주세요!」

어느 노인이 뼈만 앙상한 두 손을 내밀었다. 대위가 걸음을 멈추었다. 「뭘 달라고 그러는 거요?」 그가 으르렁거렸다.

「자유요.」 숨을 헐떡이는 목소리로 노인이 대답했다.

「입 닥쳐요! 당신 아들은 반역자들과 한패요!」

「자유를……」 빵 한 조각을 달라고 애원하듯 노인은 조용히, 애처롭게 다시 중얼거렸다.

「당신들은 모두 내 총의 총구를 잊어선 안 돼.」 가까이 오는 야나로스 신부를 아직 보지 못한 대위가 고함쳤다. 「그리고 앞뒤가 다른 야나로스 신부가 내 총구의 첫 번째 표적이 될 겁니다. 다음에는 폐병 걸린 학교 선생의 차례이고, 다음에는 당신들 모두, 당신들 모두가 내 총에 쓰러지고 말 거요! 난 마을을 싹 쓸어버리겠어요!」

그는 분대장에게로 돌아섰다. 「내일 우리 병사 두 명을 보내 학교 선생을 잡아 오고, 선생뿐 아니라 마누라하고 자식도 철조망 안에 가두도록 해.」

야나로스 신부가 걸음을 멈추었고, 성배가 그의 두 손에서 떨렸다.

「하느님이시여.」 그가 중얼거렸다. 「당신의 종을 얼마나 더 많이 야수들에게 넘겨주실 생각이십니까? 그렇다면 세상에서는 불의와 고통이 절대로 끝나지 않으리라는 뜻인가요? 언제 당신은 사랑도 함께 보호하실 생각인가요, 주여. 지금이야말로 당신께서 나타나셔야 할 때입니다. 당신은 모르시겠나이까? 당신은 듣지도 못하십니까? 인질들, 경비병들, 중대장 —— 그들 모두에 대해서 당신은 연민을 느끼지도 않으시나요? 당신의 기적을 행하소서, 주여!」

대위는 등 뒤에서 거친 숨결을 느꼈고, 몸을 돌린 그는 격노한 표정으로 버티고 선 야나로스 신부의 딱 벌어지고 건장한 몸집을 보았으며, 신부의 두 눈에서는 불길이 활활 타올랐다. 대위는 얼굴을 찌푸리고 고개를 돌려 머리를 떨구었는데, 그는 일흔 살의 사나운 남자를, 신부를 증오하면서도 두려워했으니, 눈에 보이지 않는 강력한 힘을 다스리고 악귀를 쫓아내는 능력과 찬송가와 사제복과 성서와 성배를 거느렸으며, 눈에서는 침묵의 기운이 터져나와 당장 그를 쓰러뜨릴 듯싶은 염소수염 신부를 보면, 아무리 용감하고 젊은 대위라고 해도 저절로 두려움을 느끼게 되었다. 그는 신부에게로 돌아서더니 발을 굴렀다.

「왜 나를 그런 눈으로 보시나요, 야나로스 신부님? 어서 영성체를 줄 사람에게 주고 일을 끝내세요!」

「당신은 부끄러운 줄도 모르나요? 당신은 하느님을 두려워하지도 않나요, 대위?」 억지로 자제하며 나지막한 목소리로 신부가 말했다.

대위는 불끈 주먹을 움켜쥐고는 후려갈기기라도 할 듯 채찍을 들었다.

하지만 야나로스 신부는 자꾸만 더 가까이 다가와서 이제는 수염이 대위의 얼굴을 스칠 지경이었다. 「당신도 자신을 인간이라고 부르나요?」 신부의 목소리는 거칠었다. 「세상 사람들이 당신을 백정이라고 부르는 것도 놀랄 일이 아닌데, 당신이 지금 죽이려고 하는 양들은 누구인가요? 눈을 뜨고 살펴봐요, 어리석은 자여! 그들은 당신의 형제들 — 당신의 형제들이에요!」

「난 당신을 저 벽 앞에 세우고 말겠어요, 신부님.」 야나로스 신부의 팔을 잡아 옆으로 밀쳐 내며 대위가 고함쳤다. 「머지않아 당신 차례가 올 테니까요!」

「그래, 차례가 오겠죠. 대위, 사실은 벌써 내 차례가 왔으니까 어서 마음대로 나를 벽 앞으로 끌고 가 세워요. 그렇지 않아도 난 살아가기가 수치스러우니까요.」

「난 준비가 된 다음이라야 당신을 죽이겠고, 아직은 그럴 생각이 없으니 어서 가봐요!」

「난 가지 않겠어요. 난 외치고 싶어요!」 성배를 높이 치켜들고 그는 병사들에게로 돌아섰다.

「이런 살육은 그만하면 충분합니다, 나의 아이들이여.」 그가 소리쳤다. 「충분하다고요!」

대위가 그에게 달려들어 수염을 움켜잡고 입을 막았다.

「그런 말은 당신 아들에게, 반역자에게나 해요!」

야나로스 신부는 몸을 빼내고 병사들을 향해 돌아섰다. 「나의 아이들이여!」 그는 다시 소리쳤다. 「당신들에게 살인하라고 말하는 자들의 얘기를 듣지 마시오! 머리를 들고 이렇게 용감히 외치시오. 〈싫다, 우리들은 살인을 하지 않겠다!〉 그리고 두려워하지 마시오! 주님의 명령을 믿는 자라면 누구나 다 자유이고, 인간의 법을 믿는 자들은 노예입니다. 자유를, 나의 형제들이여, 자유를 찾으시오!」

채찍을 치켜들고 대위는 신부에게로 달려갔지만, 마음이 착한 루멜리아[1] 사람이었던 분대장 미트로스 병장이 노인을 움켜잡아 끌어당겼고, 그러자 병사들이 한꺼번에 미트로스에게로 몰려들었다. 야나로스 신부는 몸을 빼내려고 발버둥을 치며 싸웠다.

「나를 그냥 내버려 둬요.」 그가 소리쳤다. 「나는 살고 싶은 생각도 없으니까, 내가 하느님을 저주하기 전에, 백정들이 나를 죽

---

1 올림포스 산 근처의 지역.

130

이게 해요.」

「조용히 해요, 영감님.」 분대장이 나지막이 말했다. 「조용히 하세요, 신부님, 이곳에서는 칼이 지배합니다.」

야나로스 신부는 고통스러운 눈으로 그를 쳐다보았다. 「당신도 이들과 한패인가요?」 그가 말했다. 「내가 아끼는 청년 미트로스 당신까지도? 당신이 어떻게 이토록 몰락했나요? 당신은 어쩌다가 지난번에 일곱 여자를 죽이는 일에도 가담하게 되었나요?」

분대장은 목소리를 낮추었다. 「하느님께서 저를 용서해 주시기 바랍니다.」 그가 말했다. 「하느님께서는 저를 이해하시니까요. 저는 원하기 때문에 이런 행동을 하지는 않습니다. 아니죠, 전 이렇게 해야만 하기 때문에 하는 겁니다.」

「하느님께서 이해를 하신다고요?」 야나로스 신부가 말을 가로막았다. 「하느님께서 당신을 도와주시기를 빌겠어요. 미트로스. 비겁한 자여, 하느님은 영혼이 육체의 욕구보다 강하다고만 이해할 따름이고, 하느님은 용서하지 않습니다!」

야나로스 신부는 죽어 가는 사람의 씨근거리는 숨소리를 듣고 벌떡 일어섰다. 그는 성호를 그었다. 「저를 용서해 주소서, 주여, 저를 용서해 주소서.」 그가 말했다. 「저는 죽어 가는 당신의 피조물을 잊었습니다.」 그러더니 그는 그리스도의 피와 살을 높이 들고 구덩이로 내려갔다.

제6장

    우리들은 얼마나 슬픈 상황에 처했는가, 성당으로 되돌아 걸어가며 야나로스 신부는 깊은 생각에 잠겼다. 하느님은 얼굴을 다른 쪽으로 돌렸고, 세상은 암흑에 빠졌다. 「하느님의 일식(日蝕)…… 하느님의 일식.」 그는 마을의 좁고 더러운 골목길을 성큼성큼 걸어가며 되풀이해서 말했다. 어디를 보나 폐허여서, 문과 벽들은 총탄 구멍투성이었고, 문설주들은 피로 얼룩졌고, 굶주린 개들이 킁킁거리며 썩은 살점을 찾으려고 땅을 파헤쳤다. 야나로스 신부는 성배를 더욱 꽉 움켜잡았고, 하느님의 손을 잡아 카스텔로의 황량한 뒷골목들로 안내하며 인간의 고통을 보여 주는 듯한 기분이 들었다.

    「보세요! 당신 주변을 둘러보세요.」 그는 하느님에게 말했다. 「주여, 보십시오, 이곳 카스텔로에서 우리들은 당신을 필요로 하고, 천국에서는 당신을 필요로 하지 않으니까 천국 따위는 잊으세요! 만일 형제를 서로 죽이는 이런 저주받은 일이 더 이상 계속된다면, 우리들은 자신을 파멸시키고 말 터입니다. 우리들은 이제 더 이상 인간이 아니고, 주여, 우리들의 얼굴은 험악한 표정으로 바뀌었으며, 다시 야수로 되돌아가는 중입니다. 그렇습니다.

며칠 전에만 해도 점잖은 원로 스타마티스가 장사꾼 스텔리아노스의 귀를 움켜잡아 물어뜯으려고 하지 않았던가요? 그리고 또 대위는 어떻습니까? 지금 그의 모습을 보세요! 그는 더 이상 인간이 아니고 호랑이가 되었습니다. 피에 굶주린 호랑이요. 얼마나 더 오랫동안, 주여, 얼마나 더 오랫동안 기다려야 하나요? 우리들의 내면에서는 당신의 모습이 서서히 사라집니다. 대신에 우리들은 사탄만 보게 됩니다. 저를 도와주소서, 주여, 제가 당신의 모습을 우리 작은 마을에 되찾아 주도록 도와주소서.」

이 세상에서는 양이 되거나 늑대가 되거나 양자택일을 해야 한다고 그는 생각했다. 만일 양이라면 너는 잡아먹히고, 늑대라면 너는 잡아먹어야 한다. 하느님이시여, 더 힘세고 보다 너그러운 세 번째 동물은 없나요? 그리고 그의 내면에서 어떤 목소리가 대답했다. 「세 번째 동물은 존재한다. 그렇다, 그것은 존재한다. 야나로스 신부여, 인내하라. 수천 년 전에 세 번째 동물은 우리들을 찾으려고, 인간이 되려고 길을 나섰지만, 아직 도착하지 못했다. 너는 시간이 없느냐? 하느님은 서두르지 않으신다. 야나로스 신부여.」

그는 무릎에서 기운이 빠져 병사(兵舍) 앞에서 걸음을 멈추었는데, 어린아이들이 한 패거리 쓰레기 더미 주변에 모여들어 병사들의 군용 식량에서 남은 찌꺼기를 찾으려고 파헤쳤다. 그들의 배는 퉁퉁 부어올랐고 다리는 앙상했으며 목발을 짚고 다니는 아이도 여럿이었다.

야나로스 신부는 그들에게로 다가가려고 했지만, 그래 봤자 그들에게 과연 무슨 위안의 말을 하겠는가? 그들은 모두 야생 동물처럼 되었고, 그는 아이들에게 줄 음식이 하나도 없었다. 그는 그냥 서서 아이들을 말없이 지켜보았다. 그리고 점점 침침해지는 눈으로 아이들을 지켜보는 사이에 앙상하게 야윈 노부인이 빠른 걸음으로 지나갔는데, 맨발에 머리가 헝클어진 그녀는 세 살쯤 된 죽은 사내아이를 찢긴 담요로 싸서 안고 있었다. 그녀는 어깨에 삽을 둘러메고 있었다. 그녀는 걸어가면서 소리를 질러 댔고, 분노한 눈에서는 눈물도 나지 않았다. 야나로스 신부는 그녀를 알아보았는데, 마을의 산파인 그녀가 품에 안은 아이는 손자였다. 신부를 보자 그녀는 일그러진 입으로 사나운 웃음을 보냈다.

「애가 죽었어요, 야나로스 신부님.」 그녀가 소리쳤다. 「애도 죽었단 말이에요. 당신 주님한테 가서 그렇게 얘기하라고요! 당신은 하느님에게 아이한테 줄 조그마한 빵 한 조각도 없었다는 말을 나한테 할 셈인가요? 그러면서도 하느님이 전지전능하단 말예요? 그러면서도 하느님은 무엇이라도 다 할 능력을 자랑한단 말인가요? 우리 아이한테 줄 작은 빵 한 조각도 없으면서요?」

야나로스 신부는 침묵을 지키며 시퍼렇게 변해 가는 자그마한 몸과, 부어오른 배와, 작고 앙상하게 마른 목과, 뼈만 남은 커다란 머리통을 쳐다보았다. 입이 뒤틀리며 늙은 여자는 소리를 지르기도 하고 웃기도 했으며, 눈은 야나로스 신부에 대한 증오로 독기가 서렸다. 그녀가 다시 소리를 질렀다. 「얘기해 봐요, 야나로스 신부님, 아이들이 굶어 죽어도 그냥 내버려두는 그런 하느님은 또 뭐예요?」

「진정하세요, 진정하시라고요, 키라 아레티.」 신부가 그녀를 달랬다. 「주님을 욕하지 말아요.」

「내가 왜 하느님을 욕하면 안 되나요?」 늙은 여자가 고함을 질렀다. 「뭐가 무섭다고 말예요? 이제 하느님이 나한테 어쩌겠어요?」

그녀는 죽은 아이를 머리로 가리켰다. 「당신의 하느님이 나한테 할 짓이 또 뭐가 남았겠어요?」

신부는 축복을 내리려는 듯 축 늘어진 시체 위로 손을 들었지만 늙은 여자가 뒤로 물러섰다.

「아기한테 손대지 말아요!」 그녀가 소리쳤다.

「애를 어디로 데리고 가려고 그러나요, 키라 아레티?」

「묻으러 가는 길이에요. 난 삽을 가지고 들판에다 애를 묻으러 가는 길이에요.」

「종부 성사도 해주지 않고 묻는단 말입니까. 나도 같이 가겠어요.」

늙은 여자가 입에 거품을 물었다. 「종부 성사요? 무슨 종부 성사 말입니까? 당신이 아이를 다시 살려내기라도 하겠습니까? 그럴 수는 없겠죠? 그렇다면 날 가만히 내버려 둬요.」 그녀는 아이를 꼭 껴안고는 빠른 걸음으로 성큼성큼 들판으로 뻗어 나간 길을 따라 갔다.

야나로스 신부는 머리를 숙이고 성배를 가슴에 대고 눌렀다. 그는 〈주님이시여, 저 늙은 여자에게 당신은 무슨 할 말이 남았겠나이까? 우리들은 무슨 핑계를 더 둘러대겠습니까?〉라고 외치고 싶었다. 하지만 그는 두려워서 침묵을 지켰다. 머리를 숙이고 그는 마을과 성당으로 뻗어 나간 좁다란 길을 따라 다시 걸어 내려가기 시작했다.

허술한 집의 문이 열리더니 허리가 구부정한 늙은 여자가 나왔다. 신부를 보더니 그녀는 성호를 그었다. 「하느님이 저 사람을 보내셨어.」 그녀가 중얼거렸다. 「나한테 틀림없이 설명할 말이 있을 테니, 나는 그에게 물어봐야 되겠어.」

그녀에게는 산속에서 싸우는 붉은 두건 아들이 하나 있었는데,

135

그 아들이 말하기를 어느 날 밤에 마을로 내려와 군인들을 몰살시키겠다고 했었다. 왜? 군인들이 그에게 도대체 무슨 잘못을 했다는 말인가? 그녀는 도저히 이해가 가지 않았었다. 그러나 하느님께 감사를 드릴 일이었지만, 이제 야나로스 신부가 이곳에 나타났으니, 모든 이치를 그녀에게 설명해 줄 터였다. 그녀는 길 한가운데서 멈춰 서더니 절을 하고 신부의 손에다 입을 맞추었다.

「신부님.」그녀가 말했다. 「하느님께서 당신을 나한테 보내셨어요. 신부님한테 하나 물어보고 싶으니까, 기다리세요.」

「물어보는 건 좋지만, 할머니, 빨리 하세요.」신부가 대답했다. 「난 바쁘니까요.」

「그들은 왜 서로 죽이나요, 신부님? 내 아들은 왜 싸우나요? 내 아들이 가엾은 군인 청년들을 죽이고 싶다던데, 왜 그러죠? 그들이 내 아들한테 무슨 짓을 했길래요? 난 잠이 오지 않아요, 신부님. 그런 생각을 해보고 자꾸 곰곰이 따져 보지만, 나로서는 뭐가 뭔지 통 영문을 모르겠어요.」

「그럼 나는 그런 영문을 안다고 생각하시나요, 노부인?」성직자가 되물었다. 「나도 역시 하느님께 설명해 달라고 요구했었는데, 질문을 하고 또 했지만 응답은 듣지 못했어요. 나는 아무런 응답도 듣지 못했고, 나의 친구여, 어느 쪽으로 돌아서야 할지 알지 못해서, 내 영혼은 혼란에 빠졌습니다. 언젠가는 알게 될 테니 참고 기다립시다.」

노부인은 머리를 저었고, 갈대 같은 두 팔을 하늘로 뻗고는 무슨 말을 하려고 입을 열었지만, 그녀에게 무슨 할 말이 남았겠는가? 그녀는 돌아서서 문을 쾅 닫았다.

야나로스 신부는 가던 길을 서둘렀고, 공기는 썩어 가는 살의 구역질 나는 악취를 풍기면서 후텁지근하고 탁했기 때문에 그는 숨을 헉헉거렸다. 무덤을 얕게 파고 죽은 자들을 파묻었기 때문에 시체의 악취가 대기에 가득했다. 마을 밖 들판을 걸어 다니면 팔이나 다리, 아니면 잡아 뽑은 머리가 땅바닥에서 불쑥불쑥 튀어나온 끔찍한 광경을 여기저기서 만났다.

야나로스 신부는 집이 타서 연기가 피어오르는 폐허 앞에서 걸음을 멈추고 손바닥으로 코를 가리고는 무너진 집 더미를 둘러보았다. 집의 주인이었던 마놀리 노인과 그의 아내 키라 칼리오는 시커멓게 타버린 폐허 밑에 깔렸다. 신부는 노부부를 잘 알았고, 두 사람을 다 사랑했었다. 그들은 몸이 마비가 되어서, 붉은 두건들이 며칠 전 마을로 쳐들어왔을 때 도망칠 수가 없었다. 마음이 착하고 하느님을 두려워하는 사람들이었던 노부부는 아이가 없어서 노년에 서로 상대방에게 헌신했다. 마을에서 마당에 박하 꿀풀 화분을 가꾸었던 사람은 그들뿐이었으며, 여름날 저녁이면 그들은 지금 신부가 선 자리에, 그들의 집 문간에 나와 앉아서 지나다니는 사람들에게 미소로 인사를 했다. 이제 그들에게는 악취 이외에 아무것도 남지 않았다.

신부는 머리를 설레설레 흔들었다. 인간의 육체란 악취와 오물 이외에 또 무엇이겠느냐고 그는 생각했다. 영원한 불멸의 영혼이 어찌하여 똥구덩이 속에서 살아갈 정도로 몰락하고 말았는가? 육체는 지옥으로 떨어져라! 육체를 제거하면 악취를 제거하는 셈이고 — 그래서 나는 죽음을 두려워하지 않는다! 그는 펄쩍 뛰어 불타는 폐허로부터 나왔다.

「주님이시여.」 그가 중얼거렸다. 「저는 어찌해야 좋겠나이까? 저에게 대답을 해주소서! 저를 도와주소서! 날이면 날마다 저는 당신에게 보고를 드리고, 날이면 날마다 저는 우리들에게 식량이 하나도 없다거나 우리들이 서서히 죽어 가는 중이고 날이면 날마

137

다 적어도 한 명의 병사가 탈영해서 산으로 올라간다는 따위 마을의 상황을 당신께 알려 드립니다. 저주를 받아 마땅한 제 아들은 붉은 두건의 대장이 되어서 에토라키 산으로부터 자꾸 전갈을 보내옵니다. 〈항복하라! 항복하라! 그러지 않으면 너희들은 불과 칼만을 보게 될 따름이다!〉 우리들에게 무엇을 할 힘이 있겠습니까? 아까 키라 아레티가 저주하는 소리를 들으셨습니까? 하느님께 말씀드리겠는데, 우리들은 더 이상 버틸 여력이 없나이다. 굶어 죽는 아이들을 어떻게 우리들이 구해 내겠나이까? 어떻게 하면 좋은지 저한테 말씀해 주십시오, 주님이시여. 저를 인도하시고, 저를 도와주소서. 마을이 파괴되지 않게끔 구하려면 제가 산으로 올라가 반란자들에게 마을을 고스란히 바쳐야 할까요? 아니면 그냥 앉아서 당신의 자비를 기다리기만 해야 됩니까? 슬프게도 우리들은 인간일 따름이어서, 주님이시여, 더 이상 기다릴 여유가 없고, 당신의 자비는 너무나 오래 걸려서야 오고, 거의 대부분 죽음 이후에 내세에서 찾아오는데, 저는 그런 자비를 지금, 현세에서 원합니다.」

그는 잠깐 멈추더니 무슨 결론에 이르기라도 한 듯 갑자기 〈될 대로 되라지!〉라고 소리치고는 걸음을 재촉했다.

신부는 성당을 겨우 몇 발자국 남겨 놓고, 마을의 교장 선생이 폐병으로 누워 죽어 가는 작은 집 앞에서 걸음을 멈추었다. 교장은 감옥 생활과 채찍질로 불구가 된 몸이었다. 야나로스 신부는 어느 누구에게도 굴복하려고 하지 않는 그를 사랑했다.

야나로스는 교장에게 아직 걸어 다닐 기력이 남았던 어느 일요일, 성찬식이 끝난 다음에 커피 한 잔을 마시자고 교장을 그의 골방으로 초청했다. 성직자들과의 대화를 좋아하지 않았던 터라 처음에는 뻣뻣하고 말대답도 없었지만, 서서히 조금씩 그는 자신감

138

을 얻었고, 마치 그리스도 역시 가난하고 폐병에 걸린 몸으로 아직 세상 곳곳에서 돌아다닌다고 생각하려는 듯, 마치 공장에서 일하는 노동자나 땅속에서 석탄을 캐내는 광부나 학생이나 선생들 속에서 제자를 찾아다니는 그리스도를 믿으려는 듯, 그리스도가 이 마을 저 도시로 돌아다니는 다정한 사람이라고 인정이라도 한 듯, 그리스도에 대한 얘기를 하기 시작했다.

「어쩌다가 그리스도를 만나기라도 하십니까? 그리스도를 보기라도 했느냐고요, 친구여.」그의 말을 듣고 관심이 생긴 신부가 물었다. 「어찌하여 당신은 마치 그리스도를 잘 아는 사람처럼 얘기하나요?」

「때때로 나는 그분을 정말로 본답니다.」미소를 지으며 교장이 대답했다.

야나로스 신부는 성호를 그었다. 「나의 주님이시여, 자비를 베푸소서.」그가 말했다. 「난 무슨 얘기인지 이해가 가질 않는데요.」

교장이 돌아간 다음에야 신부는 이해했고, 그가 레닌 얘기를 했음을 깨달았다.

야나로스 신부는 나지막하고 초라한 집의 문 앞에 멈춰 섰다. 문을 두드려야 하나? 아니면 그냥 가버려야 하나?

집 안에 있던 교장 선생은 침대에 누워 있었다. 그는 불을 지피려고 벽난로로 허리를 구부린 아내를 쳐다보았고, 철자법 책을 무릎에 놓고 아궁이 옆에 앉아 단어들의 철자를 익히던 어린 아들 디미트리도 쳐다보았다. 아이는 두 눈이 툭 불거졌고 발도 부어오르기 시작했다. 앙상하게 마르고 부스럼투성이에다 주황빛 점이 박인 검정 수고양이가 불 옆에 몸을 틀고는 만족해서 목울음을 가르릉거렸다. 바깥에서는 개들이 짖었고, 문들이 열렸다 닫혔다 하고, 멀리서 돌바닥을 터벅터벅 밟는 발자국 소리가 들려왔다. 하지만 집 안은 고요하고 평화스러웠다.

고요함이 두려워서 눈을 감은 교장 선생은 그의 목숨도 며칠 안 남았음을 알았다. 그는 아내가 겁을 내지 않게 하려고 나오는 기침을 억지로 참고는 빨간 손수건에다 몰래 피를 뱉었다.

그는 병이, 죽을병이 걸렸고, 그런 사실을 잘 알았다. 하지만 지금의 평화는 행복이나 마찬가지였고, 그래서 그는 두려웠다. 무슨 크나큰 비극이 우리 집 위에 서렸는데, 그럴 리가 없어, 그는 생각했다. 그는 검정 머릿수건을 두른, 조용하고 슬퍼 보이는, 나이보다 훨씬 늙어 버린 아내를 쳐다보았다. 벌써 여러 해 전부터 그녀는 가난과 두려움과 병과 투쟁을 해왔었다. 그는 고개를 돌려 굶주림으로 두 발이 부어오른 외아들을 쳐다보고는 마음이 아팠다. 나이를 먹은 우리들이야 저주를 받았지만, 적어도 우리 아이들만큼은 삶에서 기회가 주어지지는 않을까 하고 그는 생각했다. 우리들은 골짜기와 구덩이들을 우리들 자신의 시체로 가득 채워 자식들을 위해 다리를 놓아 길을 마련하는데, 그들은 무사히 다리를 밟고 지나갈 날을 맞으려나? 어린 디미트리는 철자법 책을 언젠가는 다 읽어 내려나? 다 읽을 때까지 사람들이 과연 아이를 그대로 내버려두려나? 날마다 그들은 카스텔로에서, 카스텔로와 그리스에서, 그리스와 온 세상에서 아녀자들을 죽인다. 이것은 옛 세계의 종말이고, 이것은 새로운 세계의 시작이고, 우리 세대는 두 짝의 맷돌 사이에 껴서, 그들은 육체와 뼈와 영혼까지 몽땅 우리들을 갈아 댄다. 〈위대한 시대에 사는 자들은 저주받은 자들이다〉라는 중국의 옛 저주에 우리들은 짓눌렸다. 그리고 이런 저주를 축복으로 바꿔 놓는 일 이외에 또 무엇이 우리들의 사명일까? 그것은 어려운 일, 아주 어려운 일이다. 오, 순결과 집념과 용기, 인간의 자랑스러운 미덕들이여, 우리들을 도와 달라!

교장 선생은 눈을 감고 생각에 잠겼다. 얼마나 여러 번 그의 마음이 충일했었으며, 마음에서 희망과 고통이 메말랐던 때는 또 얼마나 많았던가! 오래고도 오랜 투쟁, 오래고도 오랜 희망, 얼마나 더 오랫동안 기다려야 하는가? 그는 눈을 뜨고 아내와 아들을 쳐다보았고, 그는 마을과 그리스를 보았으며, 그의 이성이 퍼져 나가 세계를 감쌌으니 어디를 가나 온통 희망과 고뇌가 가득했다. 인간은 항상 이러했던가, 아니면 지금, 세계가 무너져 가는 지금에 이르러 인간의 고통이 더 심해졌을까?

그는 매몰되었던 어느 고대 도시가 머리에 떠올랐는데, 오늘날의 세계가 바로 그 묻혀 버린 도시와 마찬가지여서, 사람들이 아무리 문명인답게 식사를 하고 그들이 아무리 살지고 교만하더라도, 다른 한편으로는 문명이 얼마나 철저히 무너지는지를 생각하면, 교장 선생은 치를 떨면서도 동시에 기쁨을 느꼈다. 폼페이의 지하 창고들은 가득 찼었고, 여자들은 부끄러움을 모르고 감미로운 향기를 풍겼으며 그러면서도 아이를 낳지 못했다. 남자들은 상인이나 학자여서, 예민하고 냉소적이며 지쳤다. 그리스와 아시아와 아프리카의 모든 신들, 쓸모없는 잡동사니 신들이 모두 모여들어 하나의 무리를 이루고 제멋대로 혼란스러운 불행을 빚어내어, 미덥지도 못하면서 탐욕스럽고 비겁하기만 했던 신들은 인간의 신성한 빵과 영혼을 자기들끼리 나눠 차지하며 교활한 미소를 지었다. 도시 전체가 베수비오 산의 기슭에 펼쳐졌음에도 불구하고 그들은 근심 걱정도 없이 웃기만 했다.

오늘날에는 온 세상이 폼페이, 화산이 폭발하기 직전의 폼페이다. 타락한 여자들과 부정한 남자들이 기만과 질병 속에서 살아가는 그런 세계의 존재 목적은 과연 무엇일까? 이토록 수많은 교활한 상인들이 왜 존재해야 하는가? 왜 모든 아이들이 응석을 부

141

리며 자라서 어른이 되면, 그들의 부모가 드나들던 술집과 극장과 매음굴을 찾아가야만 하는가? 이런 모든 방탕이 지성을 질식시켰다. 그들 세대가 그나마 영유했던 문화는 관념과 미술과 음악과 과학과 예절 따위의 위대한 문명을 창조하느라고 모두 소모시켰지만, 이제는 그런 문명도 쇠진해서 그들은 마지막 단계 ── 사라지기 직전의 단계에 이르렀다. 야만인들이 와서 문화로의 새로운 길을 열게 하라.

아내가 아궁이에서 몸을 일으켜 남편에게로 시선을 돌렸는데, 그녀는 깊은 생각에 잠긴 남편의 모습을 볼 때마다 그를 대화에 끌어넣으려고 애썼다. 「얘기를 들으니까 그저께 아토스 산에서 어떤 수도사가 찾아왔다는데, 성모님의 허리띠를 은궤에 담아 가져왔다고 옆집에 사는 레나 아주머니가 그러더군요.」

교장 선생은 벌컥 화를 냈다. 「조용히 해요, 여보. 내 피를 끓게 만들지 말라고! 아, 도둑놈들, 신성을 모독하는 불한당 같은 놈들! 인간이 얼마나 오랫동안 그토록 맹목적이어야 하나?」

그는 심한 기침을 시작했고, 붉은 손수건에다 침을 뱉은 다음 다시 베개로 벌렁 누웠다.

「여보.」 그가 말했다. 「난 피곤하니까 우리 더 이상 얘기를 하지 않았으면 좋겠어.」 그는 숨을 몰아쉬었지만, 잠시 후에는 다시 기운을 차려 침대에 일어나 앉았다.

어이, 벤 에후다 동지, 그는 생각했다. 어이, 벤 에후다 동지, 도와줘요!

교장 선생은 눈을 감았고, 굶주림과 질병과 지혜로 인하여 쪼그라든 사람의 모습이 그의 눈앞에 나타났으며, 두터운 입술에 코가 구부러지고 턱에는 수염이 듬성듬성 돋아난 그의 모습이 어둠 속에서 천천히 움직이며 좀처럼 사라지려고 하지 않았다. 그것은 겸손하고 집념이 강한 벤 에후다였다. 교장 선생이 믿음을 상실할 때마다 우크라이나의 작은 마을에서 왔으며 가난에 찌든 이 선생이 그에게 용기를 주었다. 그 역시 가난하고 폐병으로 죽어 가는 몸이었지만, 구약 성서의 죽은 언어인 히브리어를 부활시켜 전 세계의 모든 유대인이 말하는 언어로 만들겠다는 위대한 이념이 그의 머릿속에 뿌리를 내렸다. 그래서 그는 자신의 이념을 설교하기 시작했지만, 마을 사람들은 그를 쫓아 버렸으며, 그는 수백만 명의 유대인이 사는 폴란드로 떠났다. 그는 돈이 없었기 때문에 걸어서 떠났다. 그는 걷고 또 걸었으며, 며칠 낮 며칠 밤 동안 계속해서 걷다 보니, 고꾸라지고 엎어졌다가 다시 일어나는 일도 허다했다. 폴란드 국경에 이르렀을 때쯤에 그는 더 이상 일어설 힘이 없어서 죽어 가는 몸으로 쓰러졌다. 사람들이 그를 발견해서 서둘러 병원으로 데려갔으며, 그를 진찰한 의사는 머리를 설레설레 흔들었다. 「당신은 이틀밖에 더 못 살겠습니다.」 의사가 말했다. 「잘해도 기껏해야 사흘이고요. 혹시 무슨 마지막 소원이라도 있으면 유언장을 만들어 두셔야 하는데, 직업이 선생이니까 당신은 그런 걸 어떻게 만드는지는 아시겠죠.」

병든 사람이 웃었다. 「어떻게 내가 죽겠소?」 그가 말했다. 「이렇게 훌륭한 사상을 지닌 내가 말이오?」

「이 사람 미쳤구먼.」 의사가 말하고는 그를 퇴원시켰다. 또다시 그는 길을 떠났다. 그는 유럽 전체를 도보로 횡단해서 콘스탄티노플로 들어가, 소아시아를 지나서 시리아를 거쳐 팔레스타인에 이르러, 예루살렘까지 걸어서 가기로 작정했다. 그는 계속해서 걸었고, 이 마을 저 마을에서 구걸을 했으며, 유대인을 발견하면 어디거나 간에 유대교 회당에 들어가서 그의 사상을 설교했고, 사람들은 그에게 야유를 퍼부을 따름이었고, 그러면 그는 다시 길을 떠나고는 했다.

마침내, 여러 달 후에 그는 예루살렘에 이르렀다. 그는 땅바닥에 꿇어앉아 경배를 드린 다음에 거룩한 도시로 들어갔다. 그는 어느 지하실에서 잠잘 곳을 발견했고, 시간을 조금도 낭비하지 않고 당장 설교를 시작했다. 「우리들은 조상의 성스러운 언어를 부활시켜야 하고, 그 성스러운 언어에 생명을 불어넣음으로써 우리 입술이 축복을 받게끔 모세의 언어로 하느님께 얘기를 해야만 합니다.」 하지만 그의 설교를 들으면 사람들은 격분하기만 하고, 그에게 욕설을 퍼붓고 비난했으며, 하느님의 말씀인 구약 성서의 거룩하고 성스러운 어휘들을 아무나 사용해서 불결한 입으로 더럽히자는 제안을 감히 발설했다고 해서, 사람들은 그를 반역자라느니 반란자라느니 신성을 모독하는 바보라고 욕설을 퍼부었다. 그래서 그들은 유대교 회당에서 그를 쫓아냈고, 그의 얘기에 귀를 기울이거나 그에게 접근하려는 사람이라면 누구나 다 따돌렸다.

하지만 집념이 강하고 고집이 센 벤 에후다는 전혀 용기를 잃지 않고 외쳤으니, 그 목소리는 황야에서 외치는 목소리였다! 그는 이로 삶을 물고 매달렸으며, 사명을 끝내기 전에는 그의 영혼을 놓아주려고 하지 않았다. 그래서 그는 학교를 설립했고, 그들의 모국어인 고대 히브리어를 가르칠 아이들을 낳기 위해서 그가 가르치던 학생 가운데 젊은 유대 처녀와 결혼했다. 그래서 그는 아들을 하나 낳았지만, 아이는 태어날 때부터 벙어리였다. 「그래도 싸지.」 사람들이 떠들었다. 「여호와께서 자네를 심판한 다음 유죄로 판결을 내려 벌을 주기로 한 모양인데, 이건 하느님이 자네에게 죄로 내리는 저주일세.」 하지만 벤 에후다는 조금도 기가 죽지 않았다.

「믿음은 산도 움직일 힘이 있지.」 그가 소리쳤다. 「나는 산을 움직여 보겠어!」 아들이 다섯 살 나던 해 어느 날, 염소 한 마리가 자꾸 쫓아왔기 때문에 너무나 겁이 났던지 아이는 혀가 풀렸고, 아버지에게로 도망치면서 〈아버지, 아버지, 염소, 염소!〉라고 소리를 질렀다. 그런데 아들이 외친 소리는 구약 성서의 거룩한 언어였다.

기적이 일어났다는 소문이 널리 머나먼 곳까지 퍼졌고, 그를 추종하는 사람들이 늘어났으며, 그의 사상이 그들의 마음으로 파고들어 뿌리를 내렸고, 길거리에서는 고대 어휘들이 부활하는 대화가 무척 빈번하게 사람들 귀에 들려왔다. 오랜 세월이 지난 다음에야 인내와 용기를 통해서 신념은 마침내 승리를 거두기에 이르렀다. 그리고 오늘날의 팔레스타인으로 가면, 여러분은 유대인들이 부활한 고대 언어로 얘기하고, 물건 값을 흥정하고, 토론을 벌이고, 사랑하고, 강연하고, 책과 신문에 인쇄하는 내용을 듣거나 읽게 된다. 벤 에후다는 의사들이 이틀이나 사흘밖에 더 살지 못하리라고 판단을 내렸던 날로부터 40년을 더 살았다. 그리고 열심히 살아가는 사람처럼 그의 위대한 사상이 길거리에서 생동하는 날을 본 다음에야, 벤 에후다는 그의 영혼을 해방시켜 육체로부터 떠나도록 허락했다.

교장 선생은 눈을 떴고, 그의 얼굴에는 평온한 표정이 떠올랐다. 바로 그것이 믿음이라고 그는 생각했는데, 만일 예호운다의 신념처럼 어처구니없는 사상이 결국 승리를 거두기도 한다면, 우리들의 사상이 어떤 결과를 빚어낼지 상상해 보라! 나에게는 세상의 기초가 흔들리는 소리가 역력하게 들려온다. 그는 한숨을 지었다. 나는 이러한 속죄가 이루어지는 날을 보게 될 만큼 오랫동안 살려는가? 언젠가는 지상에 실현되는 정의를 내 눈으로 과연 보게 될까? 그의 전 생애가 섬광처럼 눈앞을 스치고 지나갔다. 얀니나에서 선생 노릇을 하던 그를 그들은 체포해서 감옥에 처넣었고, 굶주림과 습기와 고통은 그의 몸을 불구로 만들었다. 그는 파괴된 인간이 되어 감옥을 나와, 죽음을 맞으려고 마을로 돌아갔다. 죽음과 싸우며 날마다 그는 벤 에후다를 기억했고, 그도 역시 이로 영혼을 물고 매달렸으며, 또한 죽기를 거부했다. 그리고 친구들이 굉장히 걱정스러운 표정으로 그의 창백한 얼굴을 쳐다볼 때면 그는 다시금 벤 에후다를 기억했고, 미소를 지으며 그들에게 이런 말을 했다. 「이토록 숭고한 사상을 간직한 내가 지금 어떻게 죽겠나? 걱정하지 말게.」

문 밖에서 누가 걸음을 멈추자 교장 선생은 갑자기 귀의 신경을 곤두세웠다. 겁이 덜컥 난 아내가 벌떡 일어섰는데 — 누가 찾아왔을까? 그녀는 맨발로 살그머니 앞마당으로 나가서 벌어진 대문 틈으로 살펴보았는데, 사제복과 수염을 보고는 찾아온 사람이 누구인지 알고 안심이 되어 집 안으로 들어갔다.

「야나로스 신부님이에요.」 그녀가 나지막이 말했다. 「들어오시라고 할까요?」

「들어오지 못하게 해.」 교장 선생이 대답했다. 「들어오라고 하면 또 하느님 얘기나 시작할 텐데, 난 그런 얘기라면 신물이 나니까.」

그들은 숨을 죽이고 기다렸는데, 잠시 후에 그들은 야나로스 신부의 무거운 발소리가 멀어지는 것을 들었다.

「그 사람 정말 안됐어.」 교장 선생이 깊은 생각에 잠겼다. 「훌륭한 사람이 또 하나 쓸모가 없어졌으니 말야.」

그는 베개 밑으로 손을 쑤셔 넣어 어젯밤에 젊은 병사 스트라티스가 몰래 가져다준 작고 구겨진 수첩을 꺼냈다. 「레오니다스가 이걸 나한테 맡겼어요.」 젊은 병사가 그에게 말했다. 「그는 나

더러 이것을 선생님한테 갖다 드리면 이것이 누구의 손으로 들어가야 할지 선생님께서 잘 아실 거라고 말했어요.」 스트라티스는 눈에 눈물이 가득 고이자 당황해서 몸을 돌려 걸어가 버렸다.

교장 선생은 머리를 저었다. 「또 한 명의 젊은이가 갔구먼.」 그가 중얼거렸다. 「그런 젊은이가 적어도 무슨 위대한 사상을 위해서도 죽지 못했다니, 얼마나 불쌍한 일인가.」 어머니가 낙소스 섬 출신이었던 레오니다스는 외가 쪽으로 교장의 먼 친척이었다. 그는 자주 아무도 모르게 교장의 집으로 찾아와서 얘기를 나누고는 했었다. 경험이 없었던 그는 어느 젊은 여자를 사랑했으며, 그녀 얘기를 할 때면 낯을 붉혔다. 그녀도 역시 학생이었으며, 처음 만났던 날 그들은 어린아이들처럼 깡충깡충 뛰며 시골을 돌아다니고 놀았는데, 부드럽고 연한 풀잎뿐 아니라 돌멩이들까지도 감미로운 향기를 풍겼고, 아몬드나무들은 꽃이 만발했으며, 첫 제비들이 도착한 계절이었다. 때는 정오여서 한참 더운 한낮이었고, 여자는 블라우스의 목을 풀었고, 산들바람이 불었으며, 고대풍의 기둥 두 개 사이로 영원하고도 푸른 바다가 나타났다. 젊음과 사랑과 바다, 이렇게 매혹적인 자매들은 얼마나 신비스러웠던가! 어제까지만 해도 낯모르는 사람이었던 여자의 손을 잡고 기둥 사이로 바다를 쳐다본 순간부터, 레오니다스는 그의 마음과 바다와 풀밭과 영원성이 뭉쳐 하나가 되는 기분을 느꼈다. 그의 삶은 새로운 의미를 지니게 되었고, 그는 주위를 둘러보고는 흥분감이 넘치는 새로운 세계를 보았으며, 나비들은 그의 손바닥보다도 훨씬 커졌고, 대지는 따뜻한 살 냄새를 풍겼고, 언덕들은 여인의 허벅지처럼 유혹하며 빛났다.

선생은 구겨진 수첩을 뒤적였고, 그의 손은 새로 만든 무덤의 비석을 들어 올리기라도 하는 듯 떨렸다. 수첩의 글씨는 섬세했고, 어떤 페이지는 만년필로 그리고 또 어떤 페이지는 연필로 적었으며, 눈물이 떨어져서인지 여기저기 글자가 뭉개지거나 지워지기도 했고, 몇 장은 핏자국으로 얼룩졌다.

교장 선생은 머리를 들었다. 「여보.」 그가 말했다. 「누가 문을 두드리더라도 열어 주지 마.」

제7장

1월 23일

오늘 아침 우리들은 골짜기에서 얼어 죽은 아군의 시체 세 구를 찾아냈어요. 그들의 발이 눈 밖으로 비어져 나왔기 때문에 우연히 발견했습니다. 반란군의 시체 하나도 병사들 곁에서 발견되었는데 역시 꽁꽁 얼어붙었고, 스웨터도 없이 여름 카키복에 맨발이었어요. 그는 다리에 부상을 입고 병사들이 있던 곳까지 몸을 질질 끌고 가서, 그들 네 사람은 추위를 이기려고 서로 껴안고 한 덩어리가 되었어요.

1월 29일

사랑하는 당신이여, 나는 어젯밤처럼 이상하고도 신경을 곤두세우는 꿈을 꾸기는 처음이었어요. 난 꿈이 무엇을 의미하는지 모르겠지만, 꿈속에서 소리쳐 대던 작은 물고기가 되기라도 한 듯, 무척 불안했습니다.

나는 바다로 멀리 나갔던 듯싶고, 작은 물고기 한 마리가 하느님에게 분노해서 소리를 질러 댔어요. 나는 아무 소리도 듣지는 못했지만 물고기가 벌렸다 오므리는 입을 보았고, 벙어리들을 이

149

해하는 그런 식으로 나는 물고기가 무슨 말을 하는지 알았어요. 분노한 어휘들이 내 머릿속에서 쏟아져 나왔고, 작은 물고기는 톱날 모양의 무기력한 지느러미를 치켜들고는 불만에 차서 하느님에게 외쳤습니다. 「당신은 의롭지 못한 자들에게가 아니라 옳은 자들에게 힘을 줘야 합니다! 그것이 하느님이 지닌 참된 의미이니까요!」 보아하니 어느 커다란 물고기가 작은 물고기에게 잘못을 저지른 모양이어서, 작은 물고기가 하느님에게 대들며 불만을 토로했습니다. 그리고 하느님이 물고기에게 응답했지만 이번에도 나는 말을 듣지 못하고, 심지어는 목소리도 듣지 못했고, 바다에서 어쩔 줄 모르고 작은 물고기가 왔다 갔다 정신없이 헤매느라고 거품을 일으키자 소용돌이를 이루며 솟구치는 물줄기만 가끔 한 번씩 눈에 띌 뿐이었어요. 하지만 물이 잔잔해지자 물고기는 다시 고개를 들었고, 내 머릿속에서는 똑같은 말이 울렸어요. 「당신은 의롭지 못한 자들에게가 아니라 옳은 자들에게 힘을 줘야 합니다! 그것이 하느님이 지닌 참된 의미이니까요!」

나의 사랑하는 마리아여, 만일 이렇게 무서운 산속에서 더 오래 지냈다가는 난 미쳐 버리고 말겠습니다. 내 정신을 온전하게 그대로 간직하는 유일한 길은 밤과 낮으로 모든 순간에 그대를 생각하는 것뿐이죠.

2월 1일

오늘은 하루 종일, 사랑하는 그대여, 나는 그대와 함께였으며 하루 종일 마음속에서 아몬드나무의 꽃이 만발하기라도 한 것처럼 그대의 부드럽고도 감미로운 체취를 의식했어요. 1년 전 오늘을 기억해요? 내가 처음 그대를 만났을 때를 말예요. 우리들은 포세이돈 신전을 구경하려고 수니온으로 놀러 갔었는데, 빵과 오렌지와 호메로스를 가지고 갔죠. 아몬드나무 꽃이 만발했고, 땅에는 보드랍게 풀이 깔렸고, 갓 태어난 새끼 염소들이 포근한 대지 위에서 뛰어다녔고, 소나무는 꿀 냄새를 풍겼는데 — 기억해요? 그리고 태양이 우리들 위에 떠서 따스함을 내려 주었고, 자그마하고 행복한 두 마리의 곤충처럼 바위 위로 걸어가는 우리들을 태양은 흐뭇해서 지켜보았어요.

당신은 장미 빛깔의 블라우스에 하얀 우단 베레모를 썼고, 모자 밑으로는 머리카락이 길게 두 가닥을 이루고 굽이치며 흘러내려 깃발처럼 바람에 나부꼈답니다. 우리들은 그때 얼마나 젊었는지 무척이나 빨리 걸었고, 세상이 처녀처럼 싱싱한 계절이었으니, 나무들이 얼마나 푸르렀고, 하늘도 사랑으로 충일해서 얼마나 새파랗기만 했던가요. 그 후에 나는 얼마나 나이를 먹었나요! 내 삶에는 살인이라는 말이 없었는데, 이제는 시체들이 산더미를 이루고 나는 그 위에 올라앉았으며, 내 마음은 돌이 되었답니다. 우리들이 호메로스를 얘기하고, 불멸의 시구들이 파도처럼 우리들을 휩쓸어 가던 느낌을 기억하나요? 우리 민족의 〈구약 성서〉라고 할 호메로스, 그의 성스러운 작품이 우리들 내면에서 갑자기 생명을 지니게 되었을 때 우리들이 느꼈던 행복감은 얼마나 벅찼던가요. 그리고 우리들은 바다처럼 되울리고 웃으며 마음속으로 들어오는 위대한 노래를 느꼈습니다. 발이 은빛인 테티스[1]가 아들에게 줄 새 갑옷을 두 손으로 들고 성스러운 지중해의 깊고도 깊은 바닷물에서 솟아올랐으며, 정교한 장식을 하고 청동과 황금으로 만든 갑옷은 방금 하느님이 손수 내려 주기라도 한 듯

---

1 네레우스와 도리스 사이에서 태어난 50명의 네레이스 자매 가운데 가장 유명한 미녀로, 제우스와 포세이돈이 그녀에게 구혼했으나 결국 테살리아의 왕 펠레우스와 결혼하여 외아들 아킬레우스를 낳았다.

반짝였습니다.[2] 이 갑옷에다 절름발이 신이 뛰어난 솜씨를 발휘해서 얼마나 찬란한 무늬를 새겨 넣었던가요. 아티카의 봄철 태양을 받으며 그곳 소나무 밑에서 손을 잡고 서서 우리들은 저 멀리 바다를 보며 불멸의 시구들을 읊었죠.

우리들은 그렇게 보내는 시간을 전혀 지루해하지 않았었는데 ─ 기억을 하시나요? 우린 쉬지 않고 노인의 시구들을 읊었으며, 시가 바다로 강물처럼 흘러 들어가는 광경을 보았습니다. 사랑하는 그대여, 인생이란 그토록 아름답기도 하답니다. 그토록 단순하고도 좋은 인생도 존재하니까요. 그런데 우리들이 그런 삶을 어떻게 해놓았는지 봐요! 잊히지 않는 그날, 당신 곁에 섰던 나는 지극히 미천한 벌레까지도 사랑하는 마음으로 가득했었어요. 지금 이곳 에피루스의 산속에서, 손에는 소총을 들고, 사람들을 죽이는 나를 봐요! 그래요, 그렇습니다. 우리들은 자신을 인간이라고 부를 권리가 없고, 우리들은 자신을 스스로 유인원이라고 불러야 옳습니다. 우리들은 유인원으로 시작해서 인간이 되었지만, 그 변화 과정에서 아직 중간쯤밖에 이르지 못했어요. 그런데도 내 마음은 사랑으로 고뇌하고, 그대를 그리워하고, 마리아, 그리고 내 마음은 아몬드나무처럼 꽃이 만발하고, 호메로스를 생각하고, 그리고 인간과 불멸성의 의미를 의식합니다.

2월 2일

오늘 아침에 잠이 깨었을 때는 아몬드나무가 마음속에서 아직도 꽃이 만발했었고, 기쁨과 슬픔과 그리움으로 가득한 내 피는 박자에 맞춰 흘렀으며, 나의 마리아여, 그대의 이름은 파도 위에

---

2 『일리아스』의 한 장면을 이야기하고 있다.

올라앉은 갈매기처럼 내 마음속에서 조용히 오르락내리락 출렁였어요. 그런 출렁임에 어휘들을 붙여 시를 만들 시간이, 시간과 힘이 나한테 넉넉하다면 얼마나 좋을까요! 내 입술에는 노래가 감돌았고, 나는 자꾸만 이렇게 말했습니다. 「사람들이 오늘은 나를 가만히 내버려두어서, 내가 종이와 연필을 손에 쥘 여유만 갖게 된다면 얼마나 좋으랴.」

하지만 아군이 좀처럼 접근하기도 힘들었던 에토라키 산에서 여러 달 전부터 숨어 버티던 반란군이 쏟아져 나온다고 비상 나팔이 울렸고, 우리들은 소총을 잡았습니다. 그래서 우리들은 다시금 죽이고 또 죽여야만 했습니다! 내가 이 글을 당신에게 쓰는 지금 시간은 밤이고, 우리들은 기진맥진하고 피투성이가 된 몸으로 방금 돌아왔는데, 이번에도 쌍방이 굉장히 많은 목숨을 잃었지만, 아군이나 적군 어느 쪽도 성취한 바가 전혀 없으니 그토록 많은 피를 헛되이 흘린 셈입니다.

호메로스의 작품에서 사람들이 싸움터에서 어떻게 행동하고, 아카이아와 트로이아 사람들이 어떻게 부상을 당하고 죽어 가는지를 읽으면 우리들은 굉장한 환희를 느낍니다. 우리들의 생각에는 날개가 돋아나고, 우리들의 마음은 위대한 작가가 전쟁과 살육을 노래로 엮어 내는 솜씨를 보고 기뻐합니다. 마치 죽음을 당하는 자들은 인간이 아니라 그냥 인간의 형체를 취한 구름일 따름이어서 아무런 고통도 느끼지 않고, 마치 그들은 불멸의 바람 속에서 장난삼아 싸우는 듯싶고, 마치 그들이 흘리는 피도 석양의 아름다운 붉은 빛깔에 지나지 않는 듯싶어져요. 시에서는 인간과 구름, 죽음과 불멸성이 하나예요. 하지만 이곳 지구상에서 전쟁이 터지고 나면 전사(戰士)는 살과 뼈와 머리카락과 영혼으로 이루어진 실재하는 육체이고, 전쟁이란 공포요, 너무나 벅찬 전율이랍니다. 나의 사랑하는 이여! 사람들은 전투를 하러 나가면서 이런 생각을 하죠. 〈나는 자신을 몰락시키지는 않겠다. 나는 아무도 증오하지 않고, 살육이 이루어지는 동안에도 나는 인간성을 그대로 간직하리라.〉 그래서 나는 마음속에 연민을 간직하고 전투에 나갑니다. 하지만 자신의 생명이 위험에 처했고, 적군이 나를 죽이려고 한다는 사실을 깨닫는 순간에, 인간의 내면 깊은 곳에서는 갑자기 시커멓고 털투성이인 무엇이 — 자신의 내면에 숨어 존재하리라고는 의심하지도 않았던 어떤 조상(祖上)이 튀어나오고, 그러면 지금까지 지녔던 인간의 얼굴은 사라지고, 고릴라처럼 뾰족하고 날카로운 이빨들이 돋아나며, 두뇌는 피와 머리카락으로 범벅이 됩니다. 사람들은 소리칩니다. 「진격! 공격하라! 놈들은 독 안에 든 쥐다!」 그러면 내 입에서 튀어나오는 함성은 나 자신의 목소리가 아니고, 그것은 내 목소리일 리가 없고, 그것은 인간의 외침이 아니고, 유인원까지도 겁에 질려 모습을 감추고, 내 마음속에서는 아버지가 아니라 할아버지인 고릴라가 튀어나옵니다. 때때로 나는 내면에 존재하는 인간을 구제하기 위해서, 야수로부터 나 자신을 구제하기 위해서, 때때로 자살하고 싶은 욕망에 사로잡히고는 해요. 하지만 당신이 나를 계속해서 살아가게 해주고, 마리아여, 나는 기다립니다. 「참고 기다려라.」 나는 말합니다. 「언젠가는 형제가 서로 죽이는 이런 짓이 끝나리라.」 나는 군복과 군화와 소총을 벗고, 고릴라 껍질을 벗어 버리고 그대 손을 잡고는, 내 사랑이여, 우리들은 함께 수니온으로 가서 다시금 호메로스의 불멸의 시구들을 얘기할 겁니다.

2월 11일

혹한의 날씨에 하루 종일 눈이 내려 우리들은 반쯤 얼어붙었고, 불을 지필 나무도 없습니다. 그리고 하루도 그냥 거르지 않고 밤이면 반란군은 우리들을 편히 쉬게 내버려두지 않아요. 우리들은 두려움 속에서 하루가 밝아 오는 아침을 지켜보고, 두려움 속에서 밤이 찾아오는 어둠을 지켜봅니다. 우리들의 손에서는 소총이 한시도 떠날 날이 없고, 우리들의 눈과 귀는 모든 순간에 경계 태세를 취해서 돌멩이가 하나 구르거나 동물 한 마리가 움직이기만 해도 우리들은 어둠 속에서 벌떡 일어나 총을 쏘아 댑니다. 우리들은 수면 부족과 공포로 앙상하게 야위었어요. 적어도 우리들이 무슨 위대한 이상을 위해서 싸운다는 신념이라도 확실하면 좋겠군요.

우리 중대장은 사나운 사람이어서 항상 화를 내고 천성이 냉소적이죠. 무슨 어두운 숙명이 그의 머리 위에서 감도는데, 운명은 그를 증오해서 벼랑으로, 파멸로 밀어 댑니다. 그는 이런 운명을 의식하고는 더욱 사나워져서 저항을 하고 싶어 하지만 뜻대로 되지 않고, 그래서 그는 눈에 보이지 않는 나락을 향해 계속해서 저주를 퍼붓기만 하죠. 중대장은 고대 비극의 주인공이나 마찬가지여서, 운명에 의해 눈이 멀고 광란에 빠진 오이디푸스가 진실을 알고 싶어 할 때나 아가멤논이 목욕을 하러 들어갈 때처럼 나는 두려움과 연민을 느끼며 그를 지켜봅니다.

그리고 요즈음 그는 인간처럼 여겨지지도 않아요. 그는 야수입니다. 얼마 전에 아내가 그를 버리고 산으로 들어가 반란군에 가담했답니다. 그 여자는 성탄절에 얀니나에서 이곳까지 찾아왔었어요. 정말 굉장한 여자였죠! 황량한 바위들 한가운데서 살아가는 우리들의 눈에는 그녀가 기적 같았고, 마치 한밤중에 갑자기 동이 터오는 듯싶었어요. 이곳 산속에서 잊히고, 잠도 못 자고, 누추하고, 면도도 못하고, 너무나 오랫동안 여자라고는 구경도

155

못했던 우리들에게는 금발 머리에 뺨에는 멋으로 점을 붙이고 호리호리한 몸매에다 걸음걸이도 경쾌한 그녀가 바다의 요정처럼 보였답니다. 그리고 무엇보다도 분과 라벤더 냄새 — 그녀가 옆을 지나갈 때면 체취가 바람에 실려 왔어요.

대위는 그제서야 처음으로 미소를 지었고, 우리들도 역시 인간이라는 듯한 눈으로 쳐다보고는 했어요. 그는 얼굴 표정이 달라졌고, 날마다 면도를 하고, 옷도 더 잘 입고, 군화는 항상 윤이 났습니다. 그는 심지어 목소리와 걸음걸이도 달라졌어요. 하지만 그녀는 전혀 웃지 않았고, 날마다 얼굴이 점점 더 어두워졌으며, 우리들 쪽으로 시선을 돌릴 때 보면 그녀의 눈은 모질고 냉정하고 증오심으로 가득했습니다. 그리고 어느 날 밤 그녀는 문을 열고 나가서 산으로 도망쳤어요.

안짱다리 여우 스트라티스가 그런 소식을 우리들에게 전해 주면서 배꼽이 빠지라고 웃어 댔어요. 그는 노래를 부르며 들어오더니 막사들을 돌아다니며 흥얼거렸어요. 「오, 우리 예쁜 새가 도망쳤다네, 도망쳤다네. 그리고 새는 영원히 돌아오지 않는다네.」 「우린 골로 가게 됐어!」 내 친구 바소스가 중얼거렸어요. 「이제는 우리들이 모조리 죽음을 당할 때까지 중대장이 가만히 내버려두지 않을 테니까. 중대장은 밤낮으로 우리들을 전투지로 내보내겠지.」 그는 생각에 잠겨 잠깐 말을 멈춘 다음에 나에게로 돌아서더니 아무도 듣지 못하게 귓속말을 했어요. 「사실 난 죽음 따위는 개의치 않는다네. 정말 그건 무섭지 않다고. 내가 왜 죽고, 누구를 위해서 죽는지 이유만 분명히 안다면 말야. 하지만 난 이유를 정말 모르겠어. 자넨 어떤가?」

내가 대답을 어떻게 알고, 사랑하는 이여, 내가 그에게 무슨 대답을 할 수가 있었겠어요? 그것이 가장 큰 비극입니다.

2월 12일

동틀 녘에 비상 출동을 한 우리들은 아무도 도망치지 못하게 마을을 포위했고, 반란자들의 가족이나 친척 ── 부모나 형제나 누이나 아내 가리지 않고 모조리 인질로 잡아 마을 외곽에 깊은 구덩이를 파고 철조망을 두른 곳에 몰아넣으라는 명령을 받았습니다. 우리들은 아침 일찍 집집마다 들어가서 노인들과 여자들, 아내와 누이들을 체포했어요. 모든 집에서 통곡 소리가 났고, 그들은 문이나 창문이나 우물가에 매달려 끌려가지 않으려고 발버둥을 쳤어요. 우리들은 소총의 개머리판으로 그들의 손을 짓이기고, 셔츠와 저고리가 찢기도록 그들을 떼어 내려고 했으며, 끌어 내어 구덩이로 잡아넣는 사이에 몇 사람은 부상까지 입었어요. 처음에는 그들 때문에 마음이 아파서 나는 울고 싶은 심정이었고, 그들의 울음소리를 듣고 불의를 보니까 견딜 수가 없었습니다. 반란자의 어머니인 나이가 많은 여자들은 두 손을 들고 나한테 저주를 퍼부었어요. 나는 그들의 말라붙은 젖가슴에 안겨 같이 울고 싶은 심정이었으면서도 강제로 그들을 끌고 가야만 했어요.

「우리들이 무엇을 했다고 이러는 거예요?」 그들이 소리쳤어요. 「왜 당신들은 우리들을 철조망 안에다 가두나요? 어째서 그것이 우리들의 탓인가요?」

「당신들이 아닙니다. 당신들의 탓이 아니에요.」 나는 이렇게 대답하고는 했어요. 「자, 어서 갑시다.」

그러나 우리들이 인간이라고 부르는 위험하고 추한 동물은 얼마나 이상한 존재인지, 서서히 조금씩 나는 추악한 짐승으로 변하기 시작했습니다. 성난 시늉을 하다 보니 나도 모르는 사이에 정말로 분노하게 되었습니다. 나는 문을 잡고 매달리는 그들의 손을 짓이겼고, 여자들의 머리채를 휘어잡거나 어린애들을 군화로 밟기까지 했답니다.

2월 14일

눈이 내리고 또 내렸으며, 언덕들이 새하얗고 집들이 눈 속에 옹기종기 파묻혔으며, 마을의 모든 추악함이 덮여 신비한 동화 속의 아름다움을 이루었습니다. 빨랫줄에 걸린 채로 눈이 덮인 걸레, 그것은 얼마나 아름다운 풍경이었던가요! 죽어서 눈 속에 완전히 파묻힌 망아지 — 그 우아한 곡선! 아침에는 장밋빛이요, 한낮에는 엷은 푸른 빛깔, 그리고 해 질 녘에는 보랏빛 — 참으로 포근한 빛깔들! 달빛이 깔린 황홀한 평온함 — 백설의 세계는 얼마나 멋진 경이인가요! 오, 나의 사랑하는 마리아, 전쟁이 없다면 얼마나 크나큰 기쁨이 존재할까요. 우리 두 사람은 묵직한 장화를 신고 두툼한 스웨터 차림에 귀를 가리는 털모자를 쓰고 눈 덮인 언덕들을 걸어서 넘고, 밤이 되면 뜨거운 목욕물이 준비되고, 불을 지핀 벽난로 옆의 식탁에는 김이 모락모락 피어오르는 국을 큼직한 그릇에 담아 놓은, 자그마한 집으로 돌아가겠죠.

죽음을 맞는 시간에 한숨을 지으며 이런 말을 했던 위대한 세계의 정복자가 누구였던가요. 「나는 내 인생에서 자그마한 집 한 채와 아내와 잎사귀가 쪼글쪼글한 박하 꿀풀 화분 하나, 이렇게 세 가지밖에는 바라던 바가 없지만, 결코 소망을 이루지 못했노라.」 인생이란 너무나 이상해서, 사랑하는 이여, 인간이 행복하기 위해서는 사실상 별로 많은 재물이 필요하지 않아요. 하지만 인간은 거짓된 영광을 추구하느라고 길을 잃어서 스스로 자신을 파멸시키고 말아요. 총을 버리고, 훌훌 털고 그냥 떠나 버릴까 얼마나 자주 나는 갈망했던가요! 이곳을 떠나 그대가, 나의 마리아여, 당신이 공부하는 작은 방으로 곧장 찾아가리라고 말입니다.

한 마디 말도 하지 않고, 그대의 손을 잡고 따스함을 내 손바닥으로 그냥 느끼기만 하려고요. 사랑하는 사람의 손이 주는 감촉보다 더 큰 행복은 없으리라고 나는 생각합니다.

하지만 나는 결코 떠나지 못하고, 절대로 그러지는 않을 것입니다. 나는 손에 총을 들고 이곳에 머물면서, 그들이 나더러 가라고 말할 때까지 싸움을 계속할 테니까요. 왜 그럴까요? 나는 두렵고, 두려워하며 수치심을 느끼기 때문이며, 비록 두려워하지 않더라도 나는 여전히 떠나지 않을 것입니다. 의무, 국가, 영웅, 탈영, 불명예 따위 무시무시하고도 엄청난 관념들은 자그마하고 따뜻한 육체에 담긴 내 영혼을 속박하고 마비시켰습니다.

2월 16일

내가 이곳에서 온갖 추악함을 보고 온갖 행위를 다 저지른 다음에도 견뎌 내려면, 내 사랑이여, 내가 알아야 할 진실이 한 가지, 꼭 한 가지인데 — 나는 왜 싸우나요? 누구를 위하여 내가 싸우는 것일까요? 사람들은 우리들, 그들이 검은 두건이라고 부르는 왕정군(王政軍)인 우리들이 그리스를 구하고 지키기 위해서 싸우고, 우리들의 적 붉은 두건들은 그리스를 분열시키고 팔아먹기 위해 산으로 올라가 싸운다고 말합니다. 오, 내가 확신을 가지게만 된다면 얼마나 좋을까요. 내가 확실히 알기만 한다면요! 그러면 죽이고, 불을 지르고, 사람들이 집을 잃게 만들고, 그들에게 굴욕을 가져다주는 우리들의 모든 만행과 우리들이 퍼뜨리는 모든 비극, 이런 모든 행위가 정당화될 터입니다. 그것을 알기 위해서라면 나는 생명이라도 바치겠어요. 당신 때문에, 사랑하는 그대여, 절대로 즐거운 마음으로 목숨을 버리지는 못하겠고, 기꺼이 목숨을 바치겠다는 얘기는 아니지만, 운명으로 받아들인다면 목숨을 바칠 용의도 있습니다. 우리 나라의 국가(國歌)에 나오는 말처럼 자유는 민족의 뼈에서 온다고 했기 때문에, 조상들이나 마찬가지로 나도 뼈나 되게 해달라고 나는 말하겠어요.

나는 어느 젊은 어머니의 목을 움켜잡아 대열로 들어가도록 발로 차넣었는데, 반란자의 아내인 그녀는 아기를 품에 안고 있었어요. 그녀는 고개를 돌려 나를 쳐다보았는데, 죽을 때까지 나는 그녀의 눈에 나타났던 표정을 절대로, 절대로 잊지 못할 거예요. 앞으로 혹시 내가 어떤 좋은 일을 하게 되더라도 내 마음은 다시는 평화를 찾지 못하겠죠. 그녀는 입을 열지 않았지만, 나는 내 마음속에서 그녀가 큰 소리로 외치는 말을 들었어요. 〈레오니다스여, 너는 수치심조차 느끼지 않느냐? 너는 얼마나 미천한 단계까지 몰락할 셈이냐? 너는 얼마나 미천한 단계까지 이미 몰락했느냐!〉 그리고 그 순간에 내 두 손이 마비되었습니다. 나는 나지막한 목소리로 그녀에게 말했어요. 「나는 수치심을 느낍니다.」 내가 귀엣말을 했어요. 「나는 수치심을 느낍니다만, 여인이여, 나는 군인이어서 역시 자유를 상실한 몸이고, 이제는 더 이상 인간도 아니니까 나를 용서해 주세요.」 하지만 여인은 대답을 하지 않고 머리를 높이 들고는 아기를 두 팔로 꼭 껴안고 대열로 들어섰습니다. 그리고 나는 속으로 이런 생각을 했습니다 — 만일 그럴 기회만 생긴다면 저 여자는 병사(兵舍)에 불을 질러 우리들을 모조리 태워 죽이리라. 저 아기는 더 이상 어머니의 젖을 빨지 못하고, 증오와 경멸과 원한만 빨아먹을 터이고, 자라서 어른이 되면 역시 산으로 올라가 반란군에 가담해서 아버지와 어머니가 끝내지 못한 일을 마무리 짓겠고, 우리들은 자신이 저지른 이러한 불의에 대해서 올바르고도 무거운 대가를 치러야 하리라.

그리고 당신은, 내 사랑이여, 이런 생각이 어떤 면에서 나에게 위안을 주리라고 믿나요? 나는 우리들이 저지르는 잔인성과 불의가 그런 피해를 받은 인간의 영혼을 일깨워 불을 붙일 터이므로, 무의미한 낭비는 아닌지도 모르겠다는 결론에 이르렀습니다. 카스텔로의 모든 사람이 백치처럼 노예로 평생을 보낼지도 모르지만, 인간의 야수성은 좋은 잠재력도 지녀서, 우리들은 비겁하게 인고하며 썩어 가도록 그들을 그냥 내버려두지는 않겠고, 우리들이 이리저리 발로 차서 몰고 다니는 노예들이 언젠가는 봉기해서 모든 산을 무너뜨려 골짜기들을 메우고, 하느님의 뜻이 그러하다면 그들의 지도자는 오늘 이 자부심이 강하고 말없는 어머니가 품에 안은 저 아기일 것입니다.

2월 17일

전쟁 — 전쟁과 눈! 추위, 굶주림 그리고 독수리들! 불안한 침묵, 그리고 다시 찾아오는 추위, 굶주림, 독수리들. 교대로 밤에 눈 속을 정찰하던 아군 병사 한 명이 돌아오지를 않아서 우리들은 그를 찾으려고 사냥개를 데리고 수색에 나섰습니다. 마침내 우리들은 눈 속의 좁은 틈에 빠져 얼어 죽은 그를 발견했는데, 눈은 쪼아 먹혔더군요. 아시겠지만 독수리들은 눈을 제일 먼저 쪼아 먹는답니다. 그리고 산길을 따라 가면서 보니 대포와 굶주림과 추위로 죽은 노새와 말이 사방에 즐비했어요. 오늘 바소스가 나한테 이런 말을 하더군요. 「인간들은 그래야 마땅하니까 난 죽음을 당한 사람들은 동정하지 않아. 내가 불쌍하게 생각하는 건 가엾은 노새와 말들이지.」

2월 22일

나는 왜 싸우나요? 나는 누구를 위해서 싸우는가요? 날마다

161

나는 회의가 심해지고, 그와 더불어 고통도 늘어만 갑니다. 이곳에서 지내는 내 생활에서 그나마 견딜 만한 순간이라고는 총을 들고 사람을 죽이러 인간 사냥을 다니는 비인간적인 시간뿐이라는 결론에 이른 나는 비록 몸서리를 치지만 그런 진실을 받아들여야만 하겠어요. 그때는 다른 무엇에 관해서도 생각할 시간이나 기운이 없고, 나는 오직 야수처럼 싸우고, 죽임을 당하지 않기 위해서 죽이기만 할 따름이기 때문입니다. 하지만 끔찍한 소음이 잠잠해진 다음이면 목이 굵은 뱀처럼 무서운 질문들이 내 눈앞에서 솟아오릅니다. 거짓과 불의를 돕기 위해서, 그리스를 노예의 나라로 만들기 위해서, 명예롭지 못한 자들을 구하기 위해서 내가 싸운다는 상황이 가능한 일인가요? 우리들이 바로 반역자여서 그리스를 팔아먹는 장본인들이며, 산으로 올라간 반역자라고 일컫는 자들이 사실은 1821년[3]의 반란군과 무장한 산악 대원들일 가능성이 존재할까요? 어떻게 내가 정의는 무엇이고 불의가 무엇인지를 판단하고, 어느 편이 되어야 할지를 결정하고, 누구를 위해서 목숨을 바쳐야 할지를 알아내겠어요? 투쟁하는 사람에게는 이런 회의보다 더 큰 괴로움은 없습니다.

오늘 또다시 중대장은 아군에 입대하기를 거부한다는 이유로 다섯 명의 젊은이를, 건강하고 미남인 다섯 명의 그리스인을 골라 총살시켰습니다. 그런 용기를 잉태하고, 죽음을 그토록 가볍게 여기는 이상은 그릇된 이상일 가능성이 존재할까요? 나는 하루 종일 자신에게 그런 질문을 했습니다. 하지만 반란군에게 끌려갔을 때 우리 검은 두건들에게서도 똑같은 이런 용기를 목격했기 때문에 나는 아무 해답도 발견할 수가 없어요. 아군을 포로로

3 그리스의 독립 전쟁이 시작된 해.

잡았을 때 그들은 우리 병사들에게 〈너희들은 우리 편이 되어 산으로 들어오겠는가?〉라고 물었죠. 「싫다. 우리들은 그러지 못하겠다.」 「그러면 너희들은 총살을 당하리라.」 「그렇다면 우리들을 총살시켜라. 우리들은 그리스인으로 태어났으므로 그리스인답게 죽겠다.」 그래서 그들은 죽었습니다. 그리고 총성이 울리는 순간에 처형자들이 소리쳤습니다. 「그리스 만세! 자유여 영원하라!」

따라서 용기와 신념은 절대적으로 완전무결한 시험은 아니라고 하겠지만, 그렇다면 어떻게 내가 진실과 거짓을 구분하겠어요? 얼마나 많은 영웅과 순교자가 저주를 받아 마땅한 이상을 위해 자신을 희생시켰으며, 하느님에게도 순수한 영웅과 순교자가 따르고 사탄에게도 역시 순수한 영웅과 순교자가 따르니, 어찌 내가 그들을 구별해 내겠습니까?

3월 1일

오늘은 하늘과 땅이 모두 하나가 되었고, 첩첩이 쌓인 구름과 두툼한 이불처럼 계속해서 쏟아지는 눈 때문에 사물을 식별하기가 힘들었어요. 우리들은 눈을 치우느라고 아침 내내 삽질을 했습니다. 오늘은 하느님이 우리들 사이에 끼어든 셈이어서, 붉은 두건들이 산을 내려오지 않고 우리들도 그들을 잡으러 올라가지 않을 테니까 전투가 없었고, 그래서 우리들은 당분간 휴식을 취하게 되었어요.

점심때쯤에 스트라티스가 들렀고 믿음직스러운 친구인 바소스와, 순박한 양치기 파노스와, 유대인 레비, 우리들은 모두 막사의 한쪽 구석에 웅숭그리며 둘러앉았습니다. 스트라티스가 손짓을 하자 우리들은 몸을 일으켰어요. 「이리들 오게나.」 그가 말했습니다. 「자네들하고 얘기를 나누고 싶으니까.」

그는 무릎까지 푹푹 빠지는 눈 속에서 앞 사람이 지나간 발자국을 골라 한 발자국씩 옮기며 차례로 직선을 이루고 바깥으로 걸어 나간 우리들을 앞장서서 이끌고 갔습니다. 그가 어느 문을 밀어 열더니 안으로 들어갔습니다. 며칠 전에 우리들이 찾아가서 그곳에 살던 노부부를 잡아 갔기 때문에 그 집에는 사람이 살지 않았죠. 노부부는 두 아들이 모두 반란군이 되어 용맹을 떨쳤다는 소문이 널리 알려졌기 때문에 철조망으로 둘러싸인 움막에 수용되었습니다.

우리들은 도끼로 방의 구석에 놓인 간이침대를 쪼개서 쏘시개를 만들어 불을 지폈습니다. 그런 다음에 우리들은 자그마한 긴 의자를 부수었고, 아궁이에서는 불꽃이 뛰놀며 타올랐고, 우리들은 서로 바짝 붙어 웅숭그리며 모여들어 두 손을 내밀고는 따뜻한 불을 쬐었습니다. 우리들은 손과 발이 녹았고, 피가 다시 돌았고, 얼굴이 빛났습니다. 우리들은 서로 쳐다보면서, 인간의 초라한 영혼을 행복하게 해주는 데 필요한 물건이 얼마나 대수롭지 않은 것들인지를 생각했습니다. 우리들은 마치 기도라도 드리는 듯, 마치 아궁이의 불이 인간에게 위대한 은총을 베풀어 주는 가장 상냥한 최초의 여신이기라도 한 듯 그쪽으로 손을 뻗었고, 불은 엄마 암탉처럼 우리들 몸 위로 따스한 기운을 나눠 주어 우리들이 형제처럼 함께 모이도록 해주는 듯싶었습니다.

우리들은 다섯 사람이었고, 저마다 다른 이상과 다른 직업과 다른 인생 목표를 지닌 다섯 개의 다른 세계였으니, 스트라티스는 식자공이었고, 파노스는 양치기였고, 바소스는 목수였고, 레비는 상인이었고, 나는 학생이었습니다. 그렇지만 불의 따스함으로 감싸인 순간에 우리들은 서로 뭉쳐 하나가 되었어요. 우리들의 핏줄이 피어오르고 마음도 피어올랐으니, 감미롭고도 위대한 기쁨이 우리들 내면에 충일해서, 기쁨은 아궁이로부터 발을 타고 올라와 무릎과 배를 거쳐 마음을 지나 이성에 다다랐습니다. 파노스는 졸려서 눈을 감더니 잠이 들었어요. 너무나 많은 밤을 눈도 붙이지 못하며 보냈던 나는 그를 부러워하며 잠을 청하려고 고개를 떨구었지만, 스트라티스가 화를 내며 내 옆구리를 쿡 찌르더군요.

「난 잠을 자자고 이곳으로 자네들을 데리고 나온 게 아니니까 눈을 뜨라고, 악골들아. 난 자네들에게 무슨 중요한 글을 읽어 주고 싶어.」 그는 호주머니에서 편지를 한 통 꺼냈어요.

「여보게들.」 그가 말했습니다. 「이런 편지가 어떻게 내 호주머니에 들어오게 되었는지는 정말로 모르겠고, 누군가 반역자가 준동하면서 우리들을 팔아먹으려고 하는 모양이야. 알겠나? 공산주의 신문이나, 빨갱이 선언문이나, 편지나 뭐 그런 물건 같아. 어쨌든 난 오늘 아침에 내 호주머니 속에서 이것을 발견했다네. 나는 이것을 읽고 또 읽었지만, 어떻게 이해를 해야 할지 막막했기 때문에, 함께 읽어 보고 내용을 토론해 보자고 바보 같은 자네들, 자네들을 이곳으로 불러 낸 것인데, 인간이 아니고 양 떼라면야 살육을 당하면서도 아무 말 않고 잠자코 살아가도 상관이 없겠지. 양들이 음매애, 음매애, 음매애 하고 울어 대는데, 그건 〈저를 죽여 거룩한 존재가 되게 하소서, 주인님〉이라는 뜻이니까 말야!」

레비는 놀리듯 웃으며 스트라티스에게 눈을 찡긋했습니다. 「교활한 녀석.」 그가 말했습니다. 「자네 날 곯리려는 속셈이지? 그리스인은 지성적인 면에서 오직 한 민족, 유대인만을 두려워하지. 유대인은 오직 한 민족, 아르메니아인을 두려워하지만, 자네는 아르메니아 사람이 아니니까 나를 쉽게 속이지는 못해. 그건 자

165

네가 쓴 편지야. 여보게들, 저 친구를 보라고……」

「여우도 제 꾀에 넘어가는 법이라네, 이 친구야.」 증오를 품은 눈으로 레비를 쳐다보며 스트라티스가 반박했어요. 「자, 이 글씨, 이 서명을 보라고.」

레비가 편지를 받아 아궁이 쪽으로 몸을 숙이고 자세히 살펴보았습니다. 「뭐야? 이게 절름발이 알레코의 편지란 말인가?」 그가 소리쳤습니다. 「그렇다면 목숨을 건졌다는 얘기잖아? 난 공연히 그 친구 때문에 헛눈물만 잔뜩 흘린 셈이고. 기가 막히는구나.」

알레코는 훌륭한 군인이었으며, 프레베자에서 요리사로 일했었고 이곳에서도 요리사로 일했어요. 그는 뚱뚱하고 다리를 절었으며, 콧수염이 어찌나 무성했던지 우리들은 국에 빠진 그의 수염을 가끔 마시기도 했답니다. 그는 한 달 전에 종적을 감추었는데, 우리들은 그가 죽음을 당했고 자칼들이 그의 시체를 먹어 치웠으리라고 생각했어요. 그래서 우리들은 약간의 옷과 양말과 스웨터와 그가 훔쳤던 은수저 네 벌 따위 그의 소유물을 나눠 가졌죠.

「알레코가 살았다고?」 우리들은 이구동성으로 외쳤습니다. 「죽지 않았다는 말이지?」「어서 읽어 보게나, 스트라티스.」「그 편지는 어디에서 왔지?」「뭐라고 적었나?」「세상에, 고약한 절름발이 녀석!」

「누구에게 쓴 편지인가?」 레비가 물었어요.

「어느 한 사람에게 특별히 쓴 글이 아니고 우리들 모두에게 보낸 편지라네.」 스트라티스가 대답했습니다. 「보면 알겠지만 이건 회람 같은 편지이고, 글 속에서도 그런 소리가 나와. 이봐, 파노스, 일어나라고, 이 늙은 양치기야. 모두들 잘 들어.」

스트라티스는 불가로 가서 편지를 읽기 시작했고, 그의 목소리는 점점 무겁게 가라앉았습니다.

　여보게 병사들, 풋내기 멍청이들아. 나일세, 유령, 절름발이, 알레코가 자네들한테 편지를 쓴다네. 이건 평범한 편지가 아니라 회람이니까, 빛을 보게끔 눈을 뜨게 해주는 내용을 자네들 모두 자세히 읽어 주기 바라네. 한심한 바보 같은 자네들이 잡혀 들어가 사는 도살장에서 내가 도망쳐 나온 지도 한 달이 넘었고, 이제는 숭고한 투사들과 함께 산속에서 자유롭게 살아가고 있다네. 백치처럼 멀거니 앉아서 나쁜 사람들이 늘어놓는 얘기에 귀를 기울이는 짓은 하지 말게. 이곳 산속에 있는 우리들이 굶어 죽어 간다거나, 포로들을 죽인다거나, 알바니아와 불가리아 사람들과 친하게 지낸다는 따위 거짓말로 그들은 자네들 머릿속을 가득 채우려고 하지. 그렇지만 사람이라면 이런 곳에서 살아야 해. 그토록 오랫동안 내가 자네들에게 국에 말아 먹여 주었던 내 콧수염 털에 걸고 맹세하겠는데, 그리스 깃발이 진정 펄럭이는 곳은 바로 여기라네. 그리고 검은 두건을 우리들이 포로로 잡으면 그들 포로에게는 자유로운 선택권이 부여되지. 「당신은 우리들하고 같은 편이 되기를 원합니까? 그렇다면 환영합니다. 떠나고 싶다고요? 그럼 행운을 빌어요.」 그리고 식사 얘기인데, 〈일요일마다 닭고기〉라네, 내 친구들아. 하느님의 축복을 받아 마땅한 미국인들이 통조림 고기와 차와 설탕과 마멀레이드를 배로 잔뜩 실어 자네들한테 보내면, 우리들이 공격을 감행해서 순식간에 빼앗아 오기 때문이지. 미국이 아니었다면 우리들의 형편도 엉망이겠지. 트루먼 아저씨께서는 다 속셈이 있어서 그러시는 모양이니까, 미국인들에게 하느님의 축복이 내리기를 빌겠어. 우리들이 들은 얘기로는 트

167

루먼이 자네들한테 여름옷과 대포와 자동차도 보낼 예정이라
고 하는데 — 우리들은 어서 그날이 오기를 고대한다네. 여름
이 곧 올 테니까, 우리들이 새 옷을 얻어 입고, 무장도 새로 하
게 말야. 하느님의 이름으로 맹세컨대 밑에서 싸우는 자네들을
생각하면 난 마음이 아파. 백치들아, 얼마나 더 오랫동안 자네
들은 싸움을 계속하다가 목숨을 잃고 싶은가? 자네들은 싸움
에서 졌다는 사실을 아직도 깨닫지 못했나? 자네들은 터키 국
민이고 우리들은 반란군 유격대이며, 그래서 자유를 위해 싸우
는 편이 바로 우리들이라는 사실 말일세. 1821년이 되돌아왔
다네, 내 터키인 친구들아!

　「항상 소수의 사람들이 중요하다.」 지난번에 중대장이 우리
들한테 이런 얘기를 했지. 「항상 소수의 사람들이 자유를 위해
서 싸우고, 그들 소수가 항상 다수를 정복한다.」 그래서 다 자
네들을 위해서 하는 얘기인데, 내가 — 절름발이인 내가 그렇
듯이 자네들도 그곳의 오합지졸 패거리를 떠나게나. 어서 뛰쳐
나오라고! 그러지 않았다가는 자네들은 끝장이라고, 불쌍한 인
간들아. 나는 자네들을 한 사람씩 생각하면 통곡이라도 하고
싶은 심정이야. 한심한 중대장, 백정은 어떻게 지내시나? 그리
고 얼굴이 돼지처럼 생긴 한심한 얼간이, 어수룩한 메나스 병
장은 또 어떻게 지내시고? 세상이 불타는 동안에도 활활 타오
르는 숯불 위에 얹힌 달팽이처럼 펜과 종이를 들고 노래만 하
는 우리 학자님 레오니다스도 안녕하시고? 그리고 안짱다리
스트라티스는? 내 말 듣게나, 불쌍한 인간들, 한심한 바보들
아, 시간은 아직 넉넉하다네. 무덤에서 뛰쳐나와 불멸의 물을
마시려면 언덕을 올라오라고. 도살장으로부터 탈출한 절름발
이면서도 발이 빠른 나 알레코가, 붉은 두건들의 요리사인 내

가, 모든 기쁜 소식을 자네들에게 알려 주고 싶어서 이렇게 글을 썼다네.

「이런 내용이야.」편지를 다 읽고 나서 스트라티스가 말했습니다. 「이제 우리 얘기를 해보세. 한 사람씩 차례로 모두들 생각하는 바를 솔직히 얘기하라고. 만일 알레코가 하는 말이 사실이라면……」

아무도 얘기를 하지 않았고, 우리들은 모두 다 타서 펄럭거리며 죽어 가는 불을 물끄러미 쳐다보았고, 잠깐 동안 빛을 발산하던 우리들의 마음도 아궁이의 불꽃과 더불어 죽어 갔습니다.

「의논할 일이 뭐가 있다고 그래, 스트라티스?」내가 그에게 말했어요. 「얘기를 나누기 전에 우선 편지의 내용이 우리 마음속에서 자리가 잡히도록 기다리기로 하지.」

「자네는 두려운가?」냉소를 머금은 목소리로 스트라티스가 물었습니다. 「자네는 만일 떠나려고 시도했다가는 붙잡혀 죽기라도 할까 봐 두려운 거야?」

「난 죽음 따위는 두려워하지 않아.」내가 대답했어요. 「하지만 난 아무런 의미도 없는 죽음을 당하기는 싫어. 난 진실이 어느 편인지를 잘 모르니까.」

「그리고 자네 말인데.」스트라티스가 레비에게 말했습니다. 「난 자네하고는 같이 나눌 비밀이 없으니까 공연히 나한테 눈을 찡긋하지 말고 탁 털어놓고 얘기를 하라고.」

「난 말이야.」레비가 나를 비웃는 표정으로 쳐다보면서 말했습니다. 「진실과 거짓은 다 그게 그것이고, 둘 다 갈보처럼 똑같은 얼굴을 하고 있으니까 난 그 따위 문제는 따지고 싶지도 않아. 나는 너무나 많은 현실을 봤기 때문에 무엇이나 다, 무엇이나 다,

무엇이나 다 증오해!」 그는 말을 멈추고 불에다 침을 뱉었어요. 「내가 원하는 건 오직 한 가지뿐이야.」 그가 말을 이었습니다. 「살아남는다는 거. 그런데 난 사람을 죽여도 좋다는 정식 허가와 소총을 가지고 있으니까 지금 이렇게 살았고, 영광을 누리는 중이지. 그리고 자넨 내가 또 무엇을 원하는지 아나? 난 전쟁이 영원히 계속되고, 절대로 끝나지 않기 바라네. 나는 내가 누구를, 그리고 무슨 이유로 죽이느냐 하는 건 관심도 없어.」

「자넨 파시스트야.」 스트라티스가 화를 내며 반박했어요. 레비의 얼굴이 파랗게 질리더군요.

「한심한 스트라티스.」 그가 중얼거렸어요. 「자네가 어떻게 이해를 하겠나?」 그리고 그는 죽어 가는 불 위로 두 손을 펼쳤어요.

우리들은 다시 잠잠해졌습니다. 나는 스트라티스가 무슨 말을 하고 싶어 한다는 기미를 눈치 채었는데, 그는 우리들을 한 사람씩 차례로 쳐다보더니 하려던 얘기를 참았습니다.

파노스는 퍼뜩 잠이 깨어서 죽어 가는 불을 보더니 하품을 하고는 입 위에다 십자가를 긋고는 말했습니다. 「여보게 자네들, 이제는 치즈 파이 한 그릇에다, 그렇지, 꿀이 작은 병으로 하나, 그리고 라키 한 병만 있으면 좋겠구먼.」

「그리고 또 전쟁도 없다면 금상첨화겠지.」 한숨을 지으며 바소스가 말했습니다. 「거기다가 시집보내야 할 누이들도 없고. 눈 덮인 산을 올라온 이유가 그저 우리들이 다섯 명의 친구일 따름이고, 다섯 명의 사냥꾼이어서, 인간이 아니라 멧돼지를 사냥하기 위해서였다면 또 얼마나 좋을까.」

3월 3일

사랑을 하면서 사랑하는 사람과 헤어져야 하는 운명보다 더 슬픈 일은 또 없고, 사랑을 하면서 사랑하는 사람과 함께 있음보다 더 기쁜 일은 또 없습니다. 여기에서는 때때로 살육만 계속되는 광란 속에서, 그리고 또 때때로 죽은 자들의 시체를 업고 가기라도 하는 듯 잔뜩 짓눌린 분위기 속에서, 시간과 날과 주일이 흘러갑니다. 그리고 나는 시간과 더불어 흘러가지만 내 눈에는 당신만이 보일 따름이고, 내 사랑이여, 나는 이별을 극복하려고 투쟁합니다.

나는 북쪽으로 떠가는 구름들을 쳐다보고, 사랑하는 이의 자그마하고도 따뜻한 몸으로 구름과 새와 바람에 실어 사연과 안부를 보낸다는 민요를 머릿속에서 되새깁니다. 그러면 여자는 그녀의 집 창가에 앉아 구름을 쳐다보면서 두 팔을 벌리고는 사랑하는 사람이 비가 되어 그녀에게 내리기를 기다립니다.

사랑하는 당신이여, 구름이 되고 서늘한 바람이 되고
보드라운 빗발이 되어 우리 집 지붕을 두드려 주세요.

3월 7일

전쟁, 그리고 또 전쟁! 이제는 날씨가 훨씬 맑아졌지만 우리들의 마음은 부드러워지기는커녕 더 사나워졌으며, 반란군이 내려오고 우리들은 올라가 중간쯤 되는 지점에서 서로 만나 싸우는데, 처음에는 총으로 그리고는 총검으로, 급기야는 맨손으로 육박전을 벌입니다. 나를 죽이려고 하는 사람의 몸이 내 몸에 닿는 감촉과, 그의 숨결과 입에서 흘러나오는 거품과 침, 나의 공포심과 하나가 되는 그의 공포심, 그를 미워하기 때문이 아니라 그가 나를 처치하기 전에 내가 그를 먼저 처치해야 하기 때문에 그를 꼭 죽여야만 하는 끔찍한 필요성보다 더 등골이 오싹하는 것은 또 없어요. 나는 증오 때문이 아니라 두려움 때문에 사람을 죽이는 일보다 더 인간을 타락시키는 죄악은 없다고 생각합니다.

나는 어느 젊은 금발의 청년과 맞붙어 뒹굴며 싸웠는데, 그는 콧수염도 기르지 않고 맨발이었지만 고대 아카이아 사람들처럼 각반을 찼더군요. 청년이 내 목덜미를 꽉 물었지만 그때 나는 아무 고통도 느끼지 않았고, 나는 몸을 숙여 그의 허리를 움켜잡아 집어 던지려고 기를 썼어요. 우리들은 아무 소리도 내지 않았고, 헐떡이는 숨소리와 우리들의 뼈가 우지직거리는 소리 이외에는 아무것도 들리지 않았습니다. 우리들은 얼마나 오랫동안 싸웠을까요? 나는 기진맥진해서 기운이 무릎에서 빠져나가 주저앉을 지경이었으며, 청년이 한 손으로 나를 붙잡고는 칼을 잡은 다른 손을 치켜들려고 애를 썼다는 사실만을 기억합니다. 그러더니 갑자기 그는 가슴을 찢는 듯한 비명을 지르며 내 발치의 땅바닥으로 엎어졌으며, 뒤쪽에서 섬광처럼 번쩍이는 칼이 그의 등을 꿰뚫고 들어갔습니다. 어느 친구가 나를 구하러 왔는데 ─ 스트라티스였던가요? 바소스? 파노스? 나는 그가 누구인지 알 길이 없었고, 〈힘을 내라, 레오니다스!〉라고 말하는 목소리만 들었습니다. 그리고 나는 번뜩이는 칼을 보았고, 역시 나도 땅바닥으로 쓰러졌으며, 어깨에서 피가 줄줄 흘렀고, 아픔을 느꼈습니다.

그때는 이미 밤이었지만 우리들이 막사로 돌아간 다음에 바소스가 나한테로 오더군요. 「자네 봤지?」 그가 말했습니다. 「그 친구 내가 멋지게 처치했으니 망정이지, 하마터면 자네가 골로 갈 뻔했어.」

아군은 포로들을 잡았는데, 한 명은 등에 칼이 찍혀 부상을 당한 금발의 청년이었고, 다른 두 명은 그들이 죽이게 될 병사로부터 소총을 빼앗아 무장하겠다는 생각으로 몽둥이만 들고 전투에 뛰어든 거인들이었습니다. 나는 다른 두 병사와 함께 밤에 포로들을 감시하라는 명령을 받았습니다. 우리들은 삶은 콩 한 그릇과 말라붙은 빵 한 조각씩을 그들에게 주었고, 두 명의 거인은 음식에 와락 달려들더니 땅바닥에 넙죽 엎드려 굶주린 개처럼 먹어 댔습니다. 금발의 청년은 통증을 느끼며 피를 흘리는 중이어서 아무것도 먹지 못했어요. 나는 그와 얘기를 나누었습니다.

「당신은 어디서 왔나요, 친구여? 이름이 뭐라고 하죠?」 내가 그에게 물었습니다.

「에피루스의 파라미티아에서 왔어요. 혹시 내 얘기를 들으셨는지 모르겠지만, 난 과부의 아들 니콜로입니다.」

「당신은 내가 누군지 모르겠어요?」

「모르겠는데요, 동지. 내가 어떻게 당신을 알겠어요?」

「오늘 오후에, 당신하고 내가 맞붙어 싸웠는데, 당신이 이빨로 내 목덜미를 물어뜯지 않았던가요? 내가 당신한테 어쨌기에 그랬나요?」

「내가요? 내가 왜 당신한테 무슨 감정을 품었겠어요? 나는 지금까지 전혀 당신을 본 적이 없는데 — 내가 어떻게 당신을 알아요? 그럼 당신은 나한테 무슨 감정이 있나요?」

「없어요, 아무 감정도…….」

「그렇다면 말인데요.」 그제서야 빛이 보이는 듯 눈이 휘둥그레지면서 그가 물었습니다. 「그렇다면 우리들은 왜 서로 죽이려고 그랬을까요?」

나는 대답을 하지 않고 그에게로 더 가까이 갔습니다. 「아픈가요?」 내가 물었어요.

「예, 아파요. 당신 이름은 무엇이죠?」

「레오니다스.」

「아파요, 레오니다스, 굉장히 아픈데, 이제 당신들은 나를 어떻게 하려고 그러나요? 나를 죽일 건가요?」

「걱정하지 말아요, 니콜로, 우리들도 포로는 죽이지 않으니까요.」

「하지만 혹시 그들이 나를 죽이기로 결정한다면, 당신은 나를 도와주고 나를 변호해 주겠어요, 레오니다스? 이곳에는 내가 아는 사람이 하나도 없으니까, 내가 믿을 만한 사람이라고는 당신 하나뿐이에요. 당신은 나를 변호해 주시겠어요? 우리들은 친구예요, 그렇지 않나요, 레오니다스?」

「걱정 말아요, 니콜로, 난 힘닿는 대로 무슨 일이나 다 할 테니까요.」 수치심으로 낯을 붉히며 내가 말했어요.

하지만 나한테 무슨 힘이 있나요? 하찮은 병사요 학생인 내가 어떻게 중대장 앞에 서서 니콜로의 목숨을 살려 주라는 요구를 하겠어요? 나는 갑자기 당신에게 얘기했던 꿈이, 며칠 전에 내가 꾸었던 꿈이 생각났는데 — 작은 물고기가 하느님에게 불평을 하느라고 이렇게 소리쳤죠. 「당신은 의롭지 못한 자들에게가 아니라 옳은 자들에게 힘을 줘야 합니다! 그것이 하느님이 지닌 참된 의미이니까요!」 슬프게도 이제 나는 내가 작은 물고기임을 깨닫게 되었습니다!

3월 8일

오늘 아침에 그들 세 사람이 모두 처형을 당했습니다. 벽 앞에다 포로들을 한 줄로 나란히 세우는 동안에 부상당한 청년은 고개를 돌려 나를 쳐다보았는데, 그의 표정을 내가 어떻게 잊겠어요? 그는 내가 중간에 가로막고 나서서, 중대장한테로 가서 그를 변호하고, 가능하다면 그의 생명을 구해 주기를 기다렸습니다.

그런데 나는 꼼짝도 않고 말없이, 제자리에 멀거니 서서, 분노와 고통으로 부르르 떨기만 했어요. 미망인의 아들 니콜로는 내 마음을 갈기갈기 찢어 놓을 정도로 심한 실망과 슬픔을 머금은 표정으로 나를 쳐다보았습니다. 나는 그를 보지 않으려고 눈을 감았고요.

분대장이 처형을 위한 총살대를 선발하려고 왔으며, 혹시 그가 나를 선발하면 어쩌나 하는 생각에 나는 무릎이 떨렸어요. 만일 또다시 그가 〈이리 오게, 우리 젊은 학생이요 선생인 레오니다스, 피를 두려워하지 않기 위해서 경험을 좀 쌓아야지〉라고 말하면 어째야 하나요? 나는 어떻게 해야 되겠어요? 총을 집어 던지고는 〈난 더 이상 못 참겠으니까 나도 죽이시오〉라고 소리쳐야 할까요? 아니죠, 아녜요, 나는 그럴 힘이 없었으며, 당신 때문에 마리아여, 그대를 다시 만나고 싶고, 다시금 그대를 어루만져 보고 싶기 때문에, 나는 명령에 복종했겠죠. 사랑하는 그대여, 나는 당신 때문에 이곳에서 비겁한 행동을 많이 했으며, 역시 당신 때문에 영웅적인 행동도 많이 했습니다. 지금의 내 이성과 내 모든 행동을 이끄는 사람은 바로 당신입니다.

하느님께 감사를 드릴 일이었지만 중대장은 내 이름을 부르지 않고 그냥 넘어갔습니다. 그는 다른 세 명의 병사를 골랐으며, 총성이 울리자 나는 눈을 감았고, 세 구의 시체가 털썩 눈 위로 쓰러지는 소리를 들었습니다. 나는 눈을 떴어요. 미망인의 아들 니콜로는 벌렁 자빠졌고, 금발의 머리는 붉은 눈 속에 파묻혔습니다.

3월 12일

나는 벌써 사흘째 몸에서 열이 났으며, 앓는 동안 줄곧 친구 스트라티스가 간호해 주었습니다. 나는 정신을 잃은 상태로 지냈기 때문에 사흘 동안은 행복했어요. 나는 전투를 하라고 그들이 나를 험한 산으로 끌고 들어왔다는 사실을 망각했으며, 열이 오른 상태에서 나는 사랑하는 섬 낙소스의 집으로 돌아갔습니다. 그리고 나는 혼자가 아니었고, 우리들은 함께였습니다. 스트라티스는 내가 헛소리를 했으며 당신 이름을 자꾸 부르면서 웃기도 했다고 그랬어요. 우리 두 사람이 다 졸업장을 받았고, 나는 부모님에게 인사를 시키려고 당신을 섬으로 데리고 갔어요.「제 아내입니다.」 나는 부모님에게 말했습니다.「이 사람이 제 아내이니까 저희들을 축복해 주세요.」

우리들은 초라하고 작은 항구에서 배를 내렸는데, 그곳에서는 레몬과 시트론이 썩는 냄새가 났고, 아버지의 집으로 가기 전에 나는 당신을 데리고 만(灣) 언저리의 바위들을 지나 디오니소스 신전에서 유일하게 유적으로 남은 웅장한 대리석 문으로 갔습니다. 술의 신이 아리아드네[4]를 납치했을 때, 그는 그녀를 이곳으로 데리고 왔으며, 그들은 이 바위에서 처음 사랑을 했답니다. 우리들은 무너진 대리석 위에 앉았고, 나는 당신 허리를 팔로 끌어안았습니다. 내가 당신에게 무슨 얘기를 했는지 기억이 나지 않고, 열병 속에서 내가 정말로 신이라도 된 듯한 기분을 느꼈다는 기억이 날 따름입니다. 나는 감미롭고도 거룩한 도취감에 사로잡혔고, 파도 위로 솟아올라 영원히 움직이지 않는 단단한 바위 이외에는 온 세상이 침몰하는 기분을 느꼈습니다. 그리고 우리들 두 사람은 같이 바위에 올라앉았고, 내가 당신을 품에 안은 채로 우리들은 잔잔하고도 광활한 바다를 쳐다보며 벅찬 행복감을 느꼈습니다. 하느님께서는 다시금 땅으로 내려오셨고, 미노스 왕의

4 미노스 왕의 딸이며 테세우스가 미궁에서 길을 찾아 나오도록 실을 준 여자이다.

딸은 크레테의 대지로부터 솟아올랐습니다. 그들은 바로 바위에서 포옹을 하게 되었어요. 디오니소스는 레오니다스가 되었고 아리아드네가 이제는 마리아가 되어서, 이름만 달라졌을 따름이지 변한 것은 하나도 없었어요.

그리고 (나중이었는지 같은 순간이었는지는 확실히 모르겠지만) 나중에 우리들은 도시에서 한 시간가량 가야 하고 푸르른 초록으로 뒤덮인 작고도 아름다운 마을 에가레스의 우리 할아버지 댁 정원으로 갔어요. 내 팔은 아직도 당신 허리를 껴안은 채로 우리들은 나무 밑을 산책했습니다. 오렌지나무와 복숭아나무와 사과나무, 하나같이 열매가 잔뜩 맺힌 나무가 너무나 많았어요. 그리고 때는 한낮이었으며 손가락만큼이나 큰 나비 두 마리가 날아오더니 당신 머리에 앉았다가 다시 앞장서서 날아가며 천사들처럼 길을 안내하더군요. 그리고 나비들은 우리들이 따라오는지 확인하려고 자주 돌아서서 보고는 다시 방향을 돌려 우리들을 이끌고 갔습니다. 「나비가 우리들을 어디로 데리고 가려고 저럴까요?」 마음이 불안해져서였는지 팔로 나를 더 단단히 끌어안으며 당신이 물었습니다.

그리고 나는 웃었어요. 「그것도 몰라요?」 내가 되물었습니다.

「모르겠는데요.」

「천국으로 데리고 가잖아요.」

사흘 낮과 사흘 밤을 나는 천국에서 지냈는데, 얼마나 평온하고 부드럽고 시원했는지, 벅찬 행복이었습니다. 사랑이 이러할 터였고 — 죽음이 이러할 터였습니다.

하지만 열병은 오늘 끝났고, 나는 눈을 떠 주변을 둘러보았고, 병사들과 총들과 대검들이 눈에 띄었습니다. 다정하고 걱정스러운 표정으로 스트라티스가 나를 굽어보더군요.

3월 13일

오늘까지도 나는 아직 몸을 일으키지 못하고, 어떤 흐뭇한 피로감을 느낍니다. 나는 중대장이 무슨 소리를 하더라도 아직 총을 손에 쥘 힘이 없습니다. 다른 사람들은 동틀 녘에 일을 하러 나갔고, 산기슭에서는 소총과 박격포가 터지는 소리가 울렸어요. 여기저기서 부상병들이 들것에 실려 왔으며, 복도는 신음 소리로 가득했습니다. 하지만 나는 너무나 달콤한 피로감에 젖어 모든 상황이 꿈처럼만 느껴지고, 내 마음은 조금도 무거워지지 않았어요. 내 주변에서 그들은 고통을 못 이겨 울기도 하고 신음하지만, 나는 오직 그대를, 내 사랑이여, 나는 오직 당신과 시(詩)만을 생각한답니다. 그리고 하루 종일 더러운 복도에서는 우리들이 너무나 사랑했던 네 줄의 플라톤 시구가, 내 사랑 마리아여, 열병에 걸렸을 때 내가 보았던 커다란 나비처럼 내 머리 위에서 펄럭거렸답니다.

> 사랑이여, 사과와 더불어 사연을 보내겠으니
> 마음이 내키면 받고 처녀성으로 응답하시고,
> 싫으시면 사과만 그냥 간직하시되
> 아름다움이 얼마나 빨리 시드는지 잊지 말아요.

3월 18일

빨간 수건을 머리에 두른 여자가 최근에 이곳 부근에서 출몰하는데, 그녀는 어디 숨었다가 나타나기도 하고, 그녀를 쫓아 버리려고 우리들이 밖으로 나가면 어느새 종적을 감추어 버린답니다. 하지만 그녀가 근처에 나타날 때마다 트럭이 폭파된다거나, 다리가 파괴되거나, 아군 병사 두세 명이 목숨을 잃는 등 우리들은 무슨 사고가 일어났다는 얘기를 듣게 됩니다. 그리고 밤마다, 때로는 대낮에도 정오쯤에, 산기슭에서는 젊고 또렷한 목소리가 울려나옵니다. 어떤 젊은 청년이 확성기에 대고 소리를 지르죠. 「형제들이여 단결하라! 형제들이여 단결하라!」 순진한 양치기 파노스는 겁에 질려서 자꾸만 성호를 그으며 중얼거립니다. 「저건 인간의 목소리가 아니야! 저것은 천사가 부는 나팔 소리야. 그리스도의 재림이 눈앞으로 다가왔어!」 그러면 우리들은 반쯤 건성으로 미소를 지으며 그를 놀리죠. 「붉은 수건을 머리에 두른 여자는 누구라고 생각하나, 파노스 이 친구야?」 우리들이 그에게 묻습니다. 그는 머뭇거리다가 〈성모님일지도 모르지〉라고 대답하고는 다시금 성호를 긋죠.

「성모님이 사람들을 죽인다는 말인가, 백치 같은 친구야? 성모님이 수류탄을 가지고 다녀? 성모님이 다이너마이트를 다리에다 장치하고? 자네 무슨 뜻으로 그런 소리를 하나, 파노스? 신성을 모독하는 바보가 되지는 말라니까.」

파노스는 혼란을 느꼈는지 머리를 긁적거렸어요. 「내가 그런 걸 어떻게 알아, 이 친구야.」 그가 중얼거리죠. 「내가 뭘 알겠냐고. 어쨌든 그 여자는 성모님이고, 성모님은 마음만 내키면 못하는 게 없어.」

「난 그 여자가 악마의 어머니라고 생각해.」 그에게 반박하려고 레비가 덧붙여 말했어요.

「그럴지도 모르지만, 그저 다만……」 파노스가 대답했어요. 「무엇이나 다 가능해. 내 생각엔, 내가 확신하는 건 단 한 가지뿐이야.」

「그게 뭔데, 선지자 영감님?」

파노스가 목소리를 낮춥니다. 「우리들이 모두 악마에게 팔려

갔다는 사실.」

스트라티스가 벌떡 일어났는데, 그는 무슨 일에도 빠질 줄 모르는 인물이어서 어디를 가나 항상 나타나 병사들을 끊임없이 괴롭히는 바람에 우리들은 그를 침장이니, 말파리니, 비상사태라고 부르죠.

「그렇다면 자네는 왜 차라리 반란군에 가담하지 않지, 멍청아?」 우리들이 그에게 소리를 질렀어요.

「반란군도 역시 악마에게 팔려 버렸기 때문이지.」 파노스가 대답합니다.

「그러면 하느님은 아무도 자기편으로 끌어들이지를 못했나? 아니면 하느님이 때를 제대로 맞추지 못한 것인가?」

「그럴 수밖에 없잖아? 하느님은 주무시고 계셨으니까.」

우리들은 모두 요란하게 웃었어요. 「말도 안 되는 소리 말게, 파노스, 하느님이 언제 주무시던가?」 내가 그에게 물었습니다.

「하지만 하느님도 잠은 자야 한다네. 자넨 그런 얘기도 못 들었나? 도대체 자네 여태까지 무엇을 공부했지? 물론 하느님도 주무셔. 그리고 하느님이 주무시는 동안에 악마는 정신이 말똥말똥하게 깨어 있고, 그때는 악마가 마음대로 무슨 짓이나 할 수 있는 기회를 얻는다네. 누구나 다 보초 근무를 해야 하듯이, 악마가 잠을 자면 그때는 하느님이 깨어나서 마음대로 무엇이나 다 하시지. 요즈음에는 하느님이 주무시는 기간이고 그래서 우리들은 모두 악마에게 걸려든 거야.」

3월 25일

훈훈한 산들바람이 불어 내 마음속에서는 풀잎들이 돋아나고, 나는 가슴속에서 아네모네가 꽃피는 기분을 느낍니다. 오늘은 국경일이어서 중대장이 연설을 했는데, 막사의 벽에다 그리스 지도를 걸어 놓고는 북쪽의 국경선을 우리들에게 보여 주면서 반란군이 왜 그리고 어떻게 북부 에피루스와 마케도니아를 알바니아인들과 슬라브인들에게 주려고 하는지를 설명했습니다. 그는 눈이 번득였고, 그리스의 국경선을 가리키는 그의 손이 떨렸어요. 그는 마치 여러 해당 지역의 점령군을 지휘하기라도 하는 듯 손바닥으로 에피루스와 마케도니아와 트라케를 쾅 쳤어요.

「여기 이 땅 조각들은 그리스인의 피와 그리스인의 땀과 눈물로 수천 년 동안 가꾸어 왔다.」 그가 소리쳤습니다. 「이 땅은 우리들의 소유이다! 우리들은 어느 누구도 다른 사람들이 우리 땅을 소유하게 절대로 그냥 내버려두어서는 안 된다. 차라리 죽는 편이 더 나으리라! 그리고 바로 그런 이유 때문에 여러분은 에피루스의 산악 지역으로 올라와서 전투를 계속하게 되었으니, 반역자들에게는 죽음을 내려야 한다! 그들에게는 어떤 자비도 베풀어서는 안 된다! 우리 손에 잡히는 모든 반역자는 총살을 당해야 마땅하다. 목적은 수단을 정당화하고, 우리들의 목적은 그리스의 구원이다!」

나는 중대장을 전혀 좋아하지 않았어요. 그는 마음이 편협하고 몰인정하고 완고했으며, 어떤 어두운 비인간적인 힘이 그를 인도했고, 상처를 받고 자존심이 강한 야수가 그의 내면에서 으르렁거렸습니다. 언젠가 한 여자가 찾아와서 이 야수를 어루만졌고, 그녀는 다정한 말을 해서 야수를 길들이기 시작했지만, 이제 여자는 떠났고 야수는 상처가 더욱 깊어져서 또다시 으르렁거립니다. 하지만 나는 그에 대해서 말로 설명하기 어려운 존경심을, 존경심과 두려움과 연민을 느꼈습니다. 그는 용맹하고 정직하고 가난했으며, 자신이 싸우는 목적과 신념을 확실히 알았고, 언제라도 그리스를 위해서 죽을 각오를 갖춘 인물이었습니다. 그의 지휘하에 들어간 사람은 살아남으리라는 확신이 전혀 없었지만, 절대로 굴욕을 당하지 않으리라는 점만큼은 확신해도 좋았습니다. 우리 중대장은 오늘날의 세계에서는 너무나 보기 드문 그런 존재로, 자신의 개인적인 이해타산이나 행복보다 이상을 더 소중하게 여기고, 그의 이상이 옳거나 그르거나 간에 그것을 위해서라면 목숨을 기꺼이 바치려는 그런 사람이랍니다. 「그리스는 위기에 처했다.」 중대장은 연설을 끝마치며 외쳤습니다. 「그리스가 우리들을 부른다! 우리들은 모두가 충성을 바쳐서 다 함께 나라를 구해야 한다!」 그의 목소리는 거칠어졌으며 푹 꺼진 작은 눈에는 눈물이 고였습니다.

나는 주변을 둘러보았는데, 우는 병사가 여럿이었고, 바소스는 자꾸만 콧수염을 비틀었고, 독실한 신자가 기적의 성상을 보는 그런 태도로 파노스는 그리스 지도를 쳐다보았습니다. 내 뒤에서는 스트라티스가 기침을, 비꼬는 듯한 헛기침을 요란하게 했고, 주름진 얼굴이 누렇고 사팔뜨기인 레비는 음흉한 미소를 지었습니다.

나는 그날 밤 다른 병사들과 함께 군용 외투로 몸을 감싸고 구두와 탄띠를 그대로 찬 채로 소총을 들고 잠자리에 들었어요. 나는 눈을 감았지만, 어찌 잠이 오겠어요? 중대장의 말이 옳다고 나는 생각했습니다. 이상을 발견하고, 이상에 개인적인 욕망보다 큰 중요성을 부여하고, 이상을 인생의 유일한 목표로 삼아서 그것을 위해 살고 죽는다는 자세가 비결이었습니다. 오직 이렇게 함으로써만 인간의 행동은 숭고해지고 삶이 의미를 지니게 되며, 인간은 불멸의 영혼과 하나로 결합했다는 확신을 갖게 되기 때문에 우리들의 눈에는 죽음이 불멸성으로 여겨집니다. 당신은 이런 이상을 〈조국〉이라고 불러도 좋고, 〈하느님〉이라고 불러도 좋으며, 〈시〉나 〈자유〉나 〈정의〉라고 불러도 좋습니다. 하지만 중요한 사실은 오직 한 가지, 이상을 믿으며 그것을 섬겨야 한다는 마음이죠.

〈그리스나 다른 무엇이라도 좋으니 그것을 그대의 마음속에 간직한다면, 그대는 그것이 온갖 형태의 찬란함으로 맥박 침을 느끼리라〉고 말한 사람은 솔로모스[5]가 아니었던가요? 솔로모스가 덧붙인 〈다른 무엇〉이라는 말은 위대한 시인의 이성이 그가 살던 시대를 얼마나 앞섰는지를 보여 줍니다.

지극히 사랑하는 그대여, 나 또한 내 하찮은 삶을 바칠 만한 이상을 아직 발견하지 못했고, 나는 여기저기 더듬거리고, 때로는 시가 나를 자극하고, 때로는 학문이 그러고는 조국이 나를 흥분시킵니다. 아마도 그것은 내가 아직도 너무 젊고 성숙하지 못했기 때문인지도 모르고, 어쩌면 나는 발견에 실패할지도 모르는데, 그렇다면 나는 길을 잃고 말 터입니다. 인간이란 자신보다 우월한 어느 주인에게 그의 삶을 종속시키지 않는 한 숭고하거나 보람찬 어떤 목적도 달성할 수가 없기 때문입니다.

4월 1일

오늘 아침 일찍 스트라티스가 웃고, 손뼉을 치고, 춤을 추며 막사의 복도로 달려 들어왔습니다. 그는 함성을 지르더니 노래를 부르기 시작했어요.

사자처럼 혼자서, 용감한 자들이여,

5 Dionysios Solomos(1798~1857). 19세기 그리스 시인으로, 그의 시 「자유의 송가」는 만차로스의 음악을 붙여 그리스의 국가가 되었다.

산속 바위 틈바구니에 숨어서
얼마나 오랫동안 우리들은
좁디좁은 산길을 다니며 살아가려나?

그는 미친 듯 노래를 부르고 이리저리 뛰어다니며 닥치는 대로 사람들을 발로 차고 밀어서 일으켜 세웠습니다.

「도대체 왜 이래?」 우리들이 소리쳤습니다. 「자네 취했나?」

「취했느냐고? 자네들 그건 또 무슨 소린가? 취하고 싶다 해도 그놈의 술을 어디서 구한단 말야? 난 굉장한 소식을 가지고 왔단 말씀이야, 멍청이들아! 일어나! 내 얘기를 들으면 자네들은 놀라서 천장까지 펄쩍 뛰어오르고, 미치광이 거지 중처럼 손뼉을 치고 야단법석을 떨겠지.」

우리들은 모두 서둘러 그의 주위로 몰려들었어요. 「하느님의 사랑으로 부탁하는데, 스트라티스, 어서 얘기나 해보게. 무슨 소식이야? 우리들도 즐거워하도록 어서 얘기를 해달라니까.」

우리들은 그가 어서 말을 하기만 잔뜩 기다렸습니다. 「자네 사람 환장하게 만드는군.」 「어서!」 「얘기하라니까, 이 친구야!」

「글쎄 조금 전에 내가 중대장실로 올라가 문 밖에서 걸음을 멈추고 귀를 기울였지. 그 시간이면 중대장이 뉴스를 들으려고 건전지용 라디오를 켜놓기가 보통이지. 내 마음속의 어떤 악마가 자꾸만 아테네에서 무슨 중대한 사태가 벌어졌다는 얘기를 나한테 했고, 그래서 귀에다 신경을 집중시킨 내가 무슨 얘기를 들었겠나? 자네들이 얘기를 들으면 기뻐서 기절이라도 하겠지.」

「붉은 두건들이 산을 떠났나?」 어느 병사가 물었습니다.

「그보다 훨씬 더 신나는 얘기, 그보다 훨씬 좋은 일이라고!」 스트라티스가 소리쳤습니다. 「누가 또 맞혀 보겠나? 내 어린 양 파노스, 자네가 한마디 해보시지.」

「무얼 한마디 하라는 말야?」

추측을 해보려고 애쓰며 순진한 양치기가 되물었습니다. 「아군이 아르기로카스트로를 점령했나?」

「아냐, 그것보다도 더 좋은 일이라니까.」 그는 나에게로 시선을 돌리더군요. 「좋아, 지혜로운 분아, 이번에는 자네가 맞혀 봐.」

「전쟁이 끝났구나!」 웃으면서 대답하기는 했지만, 그렇게 말하는 나의 심장은 요란하게 뛰었어요.

「맞았어! 역시 훌륭하시구면, 우리 현명하신 솔로몬! 친구들이여, 전쟁은 끝났다! 아테네에서 회담이 열렸는데, 한쪽에는 산에서 내려온 지휘관들이 앉고 다른 쪽에는 왕과 대신들과 장군들이 마주 앉았대. 그들은 서로 악수를 했어. 〈동지들이여.〉 그들이 말했지. 〈왜 우리들은 이렇게 서로 죽이기를 계속해야 합니까? 우리들은 형제들이죠, 안 그렇습니까? 우리들이 붉은 두건을 쓰거나 검은 두건을 쓰거나 간에, 두건 속의 머리는 모두가 우리 그리스인의 머리입니다, 안 그렇습니까? 그러니 이런 살육도 그만하면 충분하고, 여러분도 용감한 사람들이요 우리도 용감한 사람들이니까, 우리 서로 평화와 우애를 위해 악수를 나눕시다.〉

그래서 그들은 악수하고 조약을 체결했는데, 모든 일이 그날 밤에 시작되어 끝났고, 그들은 화해를 하게 되었지. 우리들은 집으로 돌아가고, 반란군은 산에서 내려오고, 마을마다 잔칫상을 차리고 포도주를 내놓아 무도회를 열고 붉은 두건, 검은 두건 가리지 말고 모자를 모두 하늘로 던지라는 명령이 시달되었어. 그리고 내가 자네들한테 얘기를 하는 지금 이 순간 아테네에서는 요란한 축제가 벌어져 종을 울리고, 군중이 길거리마다 넘쳐흐를 정도이고, 대성당에서는 왕이 직접 참가한 가운데 송영가(誦詠

歌) 예배를 거행할 준비를 하고 있다네.」

우리들은 모두 스트라티스에게 달려들어 입을 맞추고는, 서로 껴안고 입을 맞추며 소리를 질러 댔고, 어떤 사람들은 울고 어떤 사람들은 웃었으며 또 어떤 사람들은 춤을 추며 뛰어다녔고, 우리들은 포옹하며 소리쳤습니다. 「크리스토스 아네스티(그리스도께서 부활하셨도다).」「크리스토스 아네스티!」「그토록 오랫동안 서로 죽이기를 계속하다니 얼마나 어리석고, 얼마나 무서운 저주였던가.」「그리스 만세!」

스트라티스는 모자를 천장으로 던졌어요. 「여보게들, 우리 밖으로 나가자고!」 그가 소리쳤습니다. 「우리 밖으로 나가서 행진이라도 벌이고, 종도 울리고, 신부님도 부르자고. 성서를 들고 일어서서 모두 다 같이 막사 안에서 하느님에게 감사를 드려야 해.」

우리들은 바깥으로 몰려 나가 다 같이 국가를 부르며 길로 나섰고, 문과 창문들이 벌컥벌컥 열리더니 카스텔로 사람들이 밖으로 나오더군요. 「왜들 이래요?」

「전쟁은 끝났습니다, 형제들이여, 전쟁은 죽어서 악마에게 잡혀 갔습니다! 국기를 내다 걸고 지붕 위에다 담요를 펴놓고는 술통을 가지고 나와서 마시자고요. 전쟁이 끝났어요!」

마을 사람들이 달려 나와서 성호를 그었고, 아낙네들과 처녀들이 문간에 나타나서 손뼉을 치고 소리를 질렀습니다.

「하느님께서 당신들과 같이 계시기를, 젊은이들이여!」

알바니아 전쟁에서 영웅이었으며 가슴이 부상당한 상처로 뒤덮이고 건장한 노인이요 참된 투사였던 야나로스 신부님이 성당에서 나오시더니 두 팔을 벌리고 섰습니다. 「내 귀에 들려오는 이 소리는 무엇인가요, 나의 아이들이여?」 신부님이 외쳤습니다. 「전쟁이 끝났다고요?」

「사제복을 어서 입으시죠, 신부님.」

스트라티스가 그에게 소리쳤어요. 「성서를 가지고 우리 중대장님한테 인사를 드리러 가고, 그래서 신부님이 연설을 하시면 우리들은 〈그리스 만세!〉라고 외치겠습니다. 전쟁은 죽었어요, 신부님, 전쟁의 뼈가 무덤 속에서 썩게 해요.」

스트라티스는 찬송가 흉내를 내며 흥얼거리기 시작했어요. 「우리 마지막 입맞춤을 하러 갑시다……」

신부가 성호를 그었고, 눈에는 눈물이 가득 고였습니다. 「평화가 왔습니다, 형제들의 사랑이 돌아왔습니다! 평화가!」 그의 굵은 목소리가 우렁찼습니다. 「여러분, 내 마음이 따뜻해지게 그 말을 다시 해봐요.」

「평화가 왔습니다, 형제들의 사랑이 돌아왔습니다!」 병사들이 이구동성으로 외쳤습니다. 「사제복을 입으세요, 야나로스 신부님.」

미트로스가 숨이 턱에 차서 헐떡거리며 그들을 쫓아왔어요. 「이봐, 여보게들, 왜 이러는 거야?」 그가 소리쳤습니다. 「무슨 일이라도 벌어졌나?」

「미트로스, 나의 용맹한 친구여, 전쟁이 끝났다네. 자네의 따뜻한 잠자리와 귀엽고 다정한 아내한테 돌아갈 준비나 하라고.」

미트로스는 가슴이 철렁하고 입이 딱 벌어졌습니다. 「차분하게 얘기를 해보게, 알겠나?」 그가 마침내 말했어요. 「그럼 망할 놈의 전쟁이 끝났다는 얘기인가? 그런 얘기 자네 누구한테서 들었지?」

「라디오에서!」

미트로스는 공중으로 펄쩍 뛰어오르고 손뼉을 치더니 춤을 추기 시작했어요. 「루멜리아 만세!」 그가 소리쳤죠. 「손을 마주 잡아요, 형제들이여, 그리고 춤을 춥시다. 죽음에게 죽음이 내리거라!」

병사들 대여섯 명이 서로 손을 맞잡고 노래를 부르며 차미코 춤을 추기 시작하려니까 신부님이 성서를 품에 안고 황금빛 제의 차림으로 오시더군요.

「하느님의 이름으로 얘기하겠는데, 이것이야말로 참된 부활입니다.」 그가 말했습니다. 「우리 같이 갑시다, 나의 아이들이여.」

우리들은 언덕길을 올라갔으며 남녀노소 온 마을 사람들이 우리 뒤를 따라왔습니다. 우리들은 지나가면서 집집마다 문을 두드리고 소리쳤어요. 「어서 나와요, 같이 갑시다!」

나는 스트라티스와 나란히 걸었고, 내 생각은 마리아 그대에게로 자꾸만 멀리 날아가고는 했습니다. 내 마음은 이미 아테네로 가서 당신 집의 문을 두드렸고, 당신이 문을 열더니 문간에 선 나를 보고 손을 내밀었으며, 나는 머리를 숙여 그대의 목과, 그대의 뺨에 난 사마귀에다 입을 맞추었습니다. 나는 무슨 말인가 하고 싶었지만 감정이 너무 격해서 목이 메었어요. 마리아, 나는 꿈에서도 그랬듯이 우리들이 낙소스로 가고, 우리 부모님의 축복을 받고, 결혼식은 에가레스의 우리 할아버지 집 정원에서 오렌지나무와 복숭아나무 밑에서 거행하리라는 따위, 너무나 많은 얘기를 당신에게 해주고 싶었습니다. 걸어가는 동안 내 머릿속에서는 그런 생각들이 분주하게 오갔으며, 내 마음은 커다란 나비처럼 당신 주변에서 날아다니다가 당신의 머리 위에 앉았어요.

하지만 갑자기 스트라티스가 걸음을 멈추더니 손을 번쩍 들었습니다. 「잠깐 기다려요, 여러분.」 그가 소리쳤어요. 「여러분에게 알려 줄 얘기가 하나 더 있는데요.」

우리들은 걸음을 멈추고 그를 쳐다보았습니다.

「그건 거짓말이었어요!」 그가 소리쳤습니다. 「장난이었다고요. 오늘은 만우절이잖아요. 그리고 내년에도 잘들 해보시기 바랍니다!」 그는 몸을 돌리더니 마구 웃으며 달아났어요.

사람들은 기가 막혀서 무릎의 힘이 빠진 채로 멍하니 그 자리에 서 있었습니다. 신부님은 머리를 떨구고 한숨을 지었으며, 아무 말도 없이 제의를 벗어 성서를 싸들고는 성당 쪽으로 돌아섰어요. 위풍이 당당하던 신부님은 갑자기 다리를 끌 힘도 없을 정도로 지치고 늙고 허리가 굽은 노인으로 변했습니다. 우리들은 말없이 저마다 뿔뿔이 흩어졌고, 지금 순간처럼 전쟁이 견디기 어려웠던 때가 없다는 기분을 느꼈습니다. 우리들의 어머니, 고향, 사랑하는 여인들…… 모든 행복이 순식간에 눈앞에서 사라졌고, 우리들은 또다시 더러운 막사와 소총의 세계로 돌아갔습니다.

4월 3일

지난번 사건 이후로 우리들의 삶은 더욱 견디기가 힘들어졌습니다. 한 줄기의 번갯불처럼 행복은 순간적으로 우리들 눈앞에서 번쩍였고, 그것을 잡으려고 우리들이 손을 뻗었더니 어느새 행복은 사라져 버렸습니다. 우리들의 비참한 삶을 그렇게 간단히 끝내기만 했다면 틀림없이 우리들은 다시 인간이 되었겠지만, 끝은 결코 찾아오지 않았고 우리들은 다시금 야수가 되고 말았습니다. 나로서는 뭐라고 이름을 붙이기가 힘든 어떤 눈에 보이지 않는 힘이 우리들에게 농간을 부리고 우리들을 손아귀에 움켜잡는데, 나는 아직도 그 힘이 의식도 없고 눈이 멀었는지 아니면 지혜와 통찰력으로 넘치는지 알 길이 없어요. 나는 지난번 이후로 그 힘에 관해서 생각해 보았으며, 때때로 나는 그것을 운명이라고 부르고 때로는 필연성이라고도 불렀고, 때로는 그것을 사악하고 눈이 먼 악마라고 생각했으며 때로는 하느님이라고 생각했어요. 그 힘은 모든 것을 지배하고 바꿔 놓아서, 목적을 달성하기 위해 보다 적절하게 때로는 평화를, 그리고 때로는 전쟁을 동원합니다. 그 힘의 목적이 무엇인지는 아무도 모릅니다. 오늘은 그 힘이 전쟁을 동원해서, 투사가 아닌 자에게는 불행이 찾아오죠. 그 힘을 생각하면 무수한 잡념이 내 머릿속에서 소용돌이를 일으키고, 만물을 다 보거나 장님이거나 간에 이 힘은 전능하지 않을까 궁금한 생각도 드는군요. 그리고 만일 그것이 전능하다면 우리들이 어떻게 그 힘에 저항하겠어요? 그 힘에 협조하고, 불평을 하지 않으면서 우리들의 운명을 받아들여 영혼과 육체를 다 바쳐 열심히 전쟁에 뛰어드는 편이 오히려 훨씬 실질적이고 존엄성을 간직하는 길은 아닐까요? 그리고 우리들의 목적을 완수하기 위해서는 최선을 다해서 그렇게 도와야 마땅하지 않을까요? 그리고 만일 반대로 그 힘이 모든 것을 다 알지 못하는 경우라면 그것에 저항하고, 우리들의 이성과 심성에 다 같이 적절한 우리들 나름대로의 목표를 설정하고, 자연의 왕국보다 훨씬 의롭고 훨씬 합리적인 인간의 왕국을 지상에 이룩하는 편이 보다 현명하지 않을까요?

우리들은 무서운 힘에 굴복하고 협조해야 할까요, 아니면 저항하고 반발해야 옳을까요? 이런 갈림길에서 어느 쪽으로 돌아서야 할지 알지도 못하면서 내 이성은 어찌할 바를 모르는데, 인간의 행복과 성공은 바로 이런 결정에 의해서 좌우됩니다. 나는 고대 그리스인들이었다면 첫 번째 길, 그러니까 절대적인 아름다움의 기적으로 이끌어 가는 조화의 길을 선택했으리라고 믿어요. 기독교인들이라면 사랑과 온유함의 신비주의적인 영광으로 인도하는 두 번째 길을 선택했겠고요. 그렇다면 어느 길을 따르더라도 인간의 기적을 달성할 가능성이 존재한다는 말인가요?

190

나의 사랑이여, 이런 생각 저런 생각으로 더 깊이 파고들며 탐색을 벌이면 벌일수록 내 이성은 점점 더 혼란을 느끼고 반론(反論)에 몰려 얼이 빠지고 말아요. 그리고 이성은 탐구를 그치고 평화를 발견할 만큼 결정적인 최후의 논리를 조금도 찾아내지 못합니다. 그렇지만 만일 내가 그대와 함께라면, 만일 내가 그대의 손을 잡게 된다면, 나는 새로운 힘을 느낄 터이며 나의 모든 질문은 아주 단순하고 아주 긍정적인 해답을 얻게 되리라고 생각합니다. 하지만 당신은 너무나 멀고도 먼 곳에, 세상의 반대쪽 끝에 있고, 내가 아무리 손을 뻗어도 붙잡고 매달릴 대상이 하나도 발견되지 않아서 나는 추락하는 중이고, 지극히 사랑하는 나의 마리아여, 나는 떨어지는 중이고, 이곳 산속에서 나는 너무나 여러 가지로 고통을 받고, 당신의 자그마하고 따스하고 사랑스러운 손을 잡고 싶으며, 마땅히 잡고 있어야 할 바로 그 순간에 나는 소총을 잡고 있답니다.

4월 7일

부족한 수면, 배고픔, 전쟁! 고통 받는 불쌍한 육체는 얼마나 더 견딜까요? 그것은 말라 버린 나뭇가지나 돌멩이가 아니고 육신이니, 만일 신념만 가진다면, 믿을 대상이 하나라도 존재한다면, 우리들은 인내하겠습니다. 벌거벗고 맨발에 굶주린 몸으로 알바니아의 산악 지역에서 우리들이 도대체 어떻게 견뎌 냈으며, 알바니아 전쟁이라는 기적을 이룩했을까요?

영원히 박해를 당하고 오랫동안 고통을 받아 온 그리스인들, 나는 우리 민족을 무척 자주 생각하고, 그러면 나는 감격과 연민과 경탄의 감정에 사로잡힙니다. 돌투성이 황폐한 땅에 매달리며 우리들은 오랜 세월 동안 투쟁해 왔으며, 끊임없는 파도처럼 야만인들이 밀어 닥쳐도 우리 민족은 버티며 이겨 냈습니다. 그리고 우리들은 단순히 견뎌 내는 데서 그치지 않고 영혼의 자유와 순수한 이성이라는 두 가지 지극히 고귀한 선물을 세상 사람들에게 제공할 시간과 힘을 마련했습니다. 사고의 과정을 처음으로 이해했던 민족은 우리들이었으며 그런 이해를 통해서 우리들은 혼돈에 질서를 가져오고, 영혼을 공포로부터 해방시켰습니다.

그리고 우리를 괴롭힌 자들은 야만인이 전부가 아니어서, 수천 년 동안 계속해서 내란이 터져 그리스는 피로 얼룩졌습니다. 흔히, 생각만 해도 무서운 일이기는 하지만, 그런 동족상쟁을 치르고 나면 우리들의 영혼이 솟구쳐 올라서 위대한 무엇을 창조하고는 했습니다. 내가 그대에게 이런 글을 쓰고 내 고통을 토로하는 사이에, 내 사랑이여, 갑자기 무서운 생각이 내 이성을 찢어 놓는군요. 우리들의 영혼이 새로운 힘을 얻게 하기 위해서 전쟁이 필요하다는 가능성이 존재할까요? 많은 그리스인들의 마음이 거룩하지 못한 살육으로 고통을 받고, 격노로 가득 차고, 힘을 모아 인고합니다. 그리고 격정이 식어 우리들이 평화를 되찾은 다음에는, 만일 전쟁이 터지지 않았더라면 태만과 왜소함 속으로 침몰했을 마음들은 분노와 긍지로부터 위대한 무엇을 창조하게 되고, 고통을 망각하려는 욕구를 그들은 사상과 아름다움과 업적으로 바꿔 놓습니다. 그렇다면 야수적인 전쟁도 따지고 보면 축복이라는 의미일까요? 이런 생각을 하면 나는 공포감에 사로잡히지만, 만일 그것이 진실이라면 어쩌나요? 만일 그것이 진리라면 어쩌나요, 내 사랑이여?

4월 11일

우리들은 언제 들이닥칠지 모르는 장군의 시찰을 기다리는 중이랍니다. 우리들은 적어도 이곳의 반란자들이나마 우리 손으로 제거하기 위해 전면적인 공격을 준비하느라고 보충 병력이 도착하기를 기다립니다. 중대장의 얘기로는 카스텔로가 요충지여서 어느 편이나 이곳을 손에 넣는 쪽은 계곡으로 들어가는 입구와 얀니나로 내려가는 통로를 장악하게 된다는군요. 때때로 맑은 날이면 우리들은 쌍안경으로 알리 파샤[6]의 보물과 그의 정부 에우프로시네의 시체가 깊은 물 속에 잠겨 있다는 유명한 호숫가에 펼쳐진 신비한 도시와 아득한 안개를 보기도 한답니다.

어느 시인이 그 여인의 몸을 보고는 그것을 불멸하게 만들었고, 어느 다른 시인이 또 다른 여인 헬레네의 몸을 보고는 그것 역시 불멸하게 만들었습니다. 그리고 위대한 천재요 족장인 호메로스가 나의 내면에서 솟아오르고, 사랑하는 그대여, 내가 당신에게 너무나 여러 번 얘기했던 욕망 — 내가 호메로스와 헬레네의 재회를 노래하게 될 날을 하느님이 곧 가져다주기를 바라는 욕망이 씨앗처럼 다시금 나의 내적인 존재 속에서 맥박 칩니다. 제우스의 딸도 이제는 늙어서 젖이 축 늘어졌고 이와 머리카락이 빠졌으며, 메넬라오스[7]도 죽었고, 그녀를 위해서 싸웠던 용감한 사람들[8]도 죽었거나 늙었거나 노망이 들었고, 그래서 그녀를 망각하기에 이르렀습니다. 그래서 헬레네는 에우로타스 산등성이에 유도화나무들 밑에 아무 희망도 없이 앉아 슬픔에 빠져서 홀

---

6 Ali Pasha(1741~1822). 〈얀니나의 사자〉라는 별명이 붙었던 터키 파샤로서, 바이런의 시 「차일드 해럴드의 편력」에 그에 관한 이야기가 등장한다.

7 〈트로이아의 헬레네〉가 결혼한 스파르타의 왕.

8 메넬라오스와 결혼하기 전에 헬레네에게는 구혼자들이 많아 나중에 헬레네를 남편에게서 빼앗아 가는 자가 생기면 힘을 모아 같이 치기로 맹세했다고 하며, 일리아스 즉 트로이아로 헬레네가 납치되자 메넬라오스의 형인 미케나이의 왕 아가멤논, 이타케의 왕 오디세우스, 프티아의 왕 아킬레우스 등이 그녀를 구하러 출정했다.

러간 그녀의 삶에 관한 명상에 잠깁니다. 그녀는 왜 태어났을까? 그녀는 누구를 위해서 태어났을까? 그녀의 삶은 낭비되었으니, 잠깐 동안 빛나다가는 어느새 꺼져 버렸고, 얼마 안 가서 모든 사람이 그녀를 잊겠고, 앞으로 태어날 세대는 아예 그녀의 이름조차 모를 것입니다. 그렇다면 그녀는 시들어 버린 한 송이의 꽃에 지나지 않을까요? 그녀는 운명의 흐름에 의해서 세상의 기초를 흔들어 놓을 육체가 아니었던가요? 억압을 당하지 않았던 위대한 영혼이 아니었나요? 헬레네는 유도화나무들 밑을 거닐며 한숨을 지었습니다. 오, 떠난다는 것, 다시 떠난다는 것! 어느 멋진 연인이 머나먼 바닷가에 앉아 노래를 불러 그녀를 오라고 유혹하는 듯싶었습니다. 오, 나는 죽고 싶지 않으니, 다시 떠나고, 죽음으로부터 탈출하기를 원한다!

그녀는 에우로타스 언덕에서 내려와 바다에 다다릅니다. 그녀는 옷을 벗고 파도로 뛰어들어 아주 힘차게 헤엄쳐 나가는데, 그녀는 행복하여 생기를 되찾았으며, 바다가 그녀에게는 불멸의 생명수여서, 그녀는 머리를 들고 동쪽으로 떠내려갑니다.

그리고 이오니아의 바닷가에 존경스러운 노인이 백설(白雪)처럼 하얀 조개껍질들 위에 앉아 기다리는데, 새하얀 수염을 길게 기르고 차분하고 위엄을 지닌 귀족인 그는 하느님의 동상처럼 보이는 맹인입니다. 머리를 꼿꼿하게 들고 그는 보이지 않는 눈을 그리스 쪽으로 돌립니다. 신선한 바람이 불고, 동틀 녘이면 노인의 의식이 만발한 꽃처럼 활짝 피어납니다.

「얼마나 벅찬 기쁨인가.」 그가 중얼거립니다. 「얼마나 신선한 산들바람이요, 바다의 노래 또한 얼마나 아름다우냐.」

그리고 그가 이렇게 말하니까 바닷가 전체가 노래를 부르기 시작했고 눈먼 노인은 귀에 신경을 집중했으며 마음속에서 솟구쳐

오르는 조화의 의식을 느꼈어요. 물에 빠져 죽으려는 어떤 사람을 구하려는 듯 그는 그리스를 향해 손을 뻗었습니다.

그리고 밤새도록 헬레네는 머리를 파도 위로 내밀고 떠내려왔으며, 이오니아의 바닷가가 가까워지자 그녀의 머리카락은 다시 까마귀처럼 새까만 빛깔이 되기 시작했고, 눈썹은 궁수(弓手)의 활처럼 팽팽하게 휘었고, 수많은 입맞춤을 받았던 시들어 버린 젖가슴이 솟아오르고, 입술이 곡선을 이루었으며, 동이 터오는 새벽빛 속에서 손을 내민 노인을 보자 그녀는 왜 자신이 태어났으며 어디로 가는지를 처음으로 의식했습니다.

「아버지.」 그녀가 소리쳤습니다. 「아버지시여.」

그리고 노인은 몸을 일으켜 바다로 걸어 들어갔으며, 파도는 그의 맨발을 시원하게 적셔 주었습니다.

「헬레네.」 그가 불렀습니다. 「내 딸아!」 그리고 그는 두 팔을 벌렸습니다.

영원한 젊음을 되찾아 영원히 젊어진 처녀 헬레네는 팔 벌린 불멸성의 품으로 걸어 들어갔습니다.

내 사랑이여, 내가 헬레네에게 바치는 송가(頌歌)를 쓸 기회를 언제 맞게 될지 궁금하군요. 나는 살아날까요? 나는 산속에서 살아남게 될까요? 내가 언젠가는 그대 곁으로 돌아갈 날이 올까요? 내 마음이 암담한 속삭임으로 가득 차는 날들이 많습니다만, 사랑은 죽음을 정복하기 때문에 나는 당신에게 희망을 걸었습니다.

4월 13일

사랑하는 그대여, 나는 오늘 군대에서 최근에 퇴역한 외삼촌 벨리사리오스 교수에게서 편지를 한 통 받았어요. 편지는 나로 하여금 많은 생각을 하고, 그리고 또 분노하게 만들었어요. 나는 책을 너무 많이 읽거나 설교를 너무 많이 하거나 관념을 지나치게 소모시키는 사람들에게 어떤 결과가 찾아오는지 당신에게도 보여 주기 위해서 편지 내용을 그대로 적겠습니다.

당신도 우리 외삼촌을 알죠. 어느 날 우리들이 그의 집으로 찾아갔을 때 곰방대로 담배를 피우며 펼쳐 놓은 책 위로 머리를 숙이고 계시던 외삼촌을 당신도 보았으니까요. 외삼촌은 우리들에게 중대한 여러 문제와 문명과 하느님과 전쟁에 관한 얘기를 했으며, 얘기하는 동안 앞에 놓인 원고지로 작은 수탉이나 돛배나 광대 따위의 종이 인형을 오려 내어서는 앞에다 한 줄로 늘어놓고 웃음을 터뜨렸죠. 외삼촌의 얘기가 우리들 귀에 얼마나 현명하게 들렸고, 얼마나 우리들을 사로잡았었는지 당신도 기억하나요? 하지만 그토록 흥분해서 얘기를 하다가도 외삼촌은 갑자기 종이 인형을 하나 만들어 놓고 웃음을 터뜨리고는 했습니다. 그리고 우리들은 외삼촌이 하는 얘기가 그의 깊고 깊은 경험과 고통으로부터 우러나오는 진실인지, 아니면 그냥 우리들에게 장난을 치고 계신지 알 길이 없었어요.

모든 문명 세계의 가장 높은 위치를 차지하는 사람들의 모습을 나는 그런 식으로 상상하는데, 그는 너무나 높은 곳에서 모든 사물을 관찰하기 때문에 모든 인간은 딱정벌레나 무당벌레 같은 더러운 벌레처럼 보이고, 세상이란 누가 내버려서 바닷물에 휩쓸려 떠가는 호두 껍질 정도로만 생각한답니다. 그리고 이렇듯 높은 곳에서 그는 폭풍처럼 몰려다니는 인간들을 조용히 구경하면서 때로는 웃고 때로는 불쌍하다고 머리를 끄덕입니다. 하지만 그런 연민은 냉정하고 비인간적인 감정이어서, 호두 껍질이 가라앉지 않도록 구해 주려고 손을 내밀 만큼 겸손해질 줄 모른답니다.

대학교에서 가르치는 온갖 내용에 관해서 내가 얘기를 꺼내면

외삼촌이 나를 빤히 쳐다보고는 악마 같은 냉소를 지은 적도 많았습니다. 그리고 왜 그런 눈초리로 나를 쳐다보느냐고 물으면 외삼촌은 이렇게 대답하고는 했어요. 「어른이 되면 아마 너도 이해를 하겠지만, 만일 지금 내가 너한테 얘기해 준다면 너무 시기가 빨라서 너는 하나도 이해를 못해. 그러니까 지금 얘기해 봤자 내 말은 다 소용이 없겠지. 하기야 나중에 얘기해 준다고 하더라도 넌 끝까지 이해를 못할지도 모르는 일이고. 나는 말이야, 젊은이(외삼촌은 비웃는 듯 항상 나를 그런 식으로 〈젊은이〉라고 부르고는 했답니다), 구름이 모여 피어오르고, 비와 바람과 번갯불을 머금었다가 산들바람이 불면 모양을 바꾸면서 서로 뭉치거나 갈라지고, 석양 녘이면 붉어지는 광경을 보는 시인의 눈으로 나는 문명 세계를 보지. 산들바람이 더 세게 불면 구름들이 사라진단 말이야. 이런 식으로 문명 세계와 사람들과 신들을 네가 관찰할 날이 언젠가는 찾아올까? 난 그렇지 못하리라고 생각하지만, 너는 노력하고 투쟁해서 가능한 한 손을 뻗어야 하니, 젊은이, 용기를 가지고 전진하거라!」

(우리 어머니의 오빠인) 외삼촌 얘기를 시작하기만 하면 나는 전혀 멈출 수 없지만, 이번에는 외삼촌의 얘기를 당신에게 직접 들려주기 위해서 이 정도로 끝내겠어요. 인간과 관념을 비웃으면서 희롱하는 외삼촌의 말투를 들어 보면 외삼촌이 편지를 쓸 때 분명히 냉철한 의식을 가지고 시작했지만, 어떻게 서서히 분노에 휘말리는지 알게 되어요!

내 사랑하는 조카 레오니다스, 사이비 스파르테인아, 잘 지냈느냐!

지난번에 네가 보낸 편지를 보니까 네 젊은 천재성이 이해가 갈 만한 가려움증이라고나 할까, 널리 알려진 젊음의 지적인 불안에 전염이 된 모양이어서, 너는 자꾸만 문제들을 만들어 낸 다음 그것을 해결하려고 애쓰지만, 네 능력으로는 해결할 길이 없어서 좌절감을 느끼고. 그러면 너는 하느님과 악마와 인간의 이성을 탓하지. 그러고는 넌 우는 소리를 늘어놓고 나더러 도와 달라고 그러더구나. 아테네 출신의 한심한 네눈박이 아기 양아, 내가 도대체 너한테 무슨 도움을 주리라고 생각하느냐? 문제들을 공격하거라, 우리 용감한 투사야, 그리고 전진하거라! 반란군과 맞설 때 그러듯이 함성을 지르고는 영원한 질문들, 무서운 가시가 돋은 고슴도치들을 향해 돌진하고, 다른 모든 사람이 그랬듯이 얼굴이 깨지고 바늘에 찔려 피를 흘리고, 네가 황홀경에 빠져 맛보는 것이 그들이 아니라 너 자신의 피라는 사실을 깨달은 다음에야 마침내, 그런 다음에야 무조건 항복의 깃발을 올리고 휴식을 취하거라. 거대한 고슴도치, 위대한 이상에 굴복하고, 국가나 종교나 학문이나 예술이나 영광이나 공산주의나 파시즘이나 평등이나 우애 따위의 위대한 이상은 너무나 너무나 많기만 해서, 나의 젊은 친구들아, 너희들은 자신을 팔아먹을 정도에 이르렀으니, 선택하고 취하라! 오늘날에는 위대한 이상이 수십 가지에 이르면서도 내가 이미 얘기했듯이 너희들은 자신을 팔아먹을 지경에 이르렀기 때문에 사실상 이상이란 하나도 존재하지 않으며, 때는 늦었고 잔치도 끝났고 값도 떨어져서 요즈음에는 위대한 이상을 너희들은 헐값으로 사들이게 되었어.

　나 역시 젊었던 시절, 어느 이탈리아의 돌팔이 의사가 우리들이 살던 섬을 찾아왔던 일을 나는 기억한다. 그의 이름은 카롤리토였고 난로 연통 같은 모자를 쓰고 돌아다니며 모든 병을 고쳐 주겠다고 떠들어 댔지. 왜 그런 이름을 붙였는지 나로서는 이유를 모르겠지만 카롤리나라고 부르던 참을성이 많고 순진한 나귀가 끄는 수레에 타고 그는 꼿꼿한 자세로 서서 사람들을 부르고는 했단다. 그리고 그는 유리병과 가루약과 연고를 두 손으로 잔뜩 들어 보였어. 그는 무슨 병이나 다 고쳤으며, 심지어는 이를 뽑고 유리 눈알도 박아 주었고, 외팔이들에게 갈고리가 달린 나무손을 팔기도 했고, 외다리들에게는 속에 용수철이 박힌 나무다리를, 아랫배에 탈이 난 사람들에게는 고무 허리띠를 팔았지. 그는 또한 상사병에 걸린 사람들을 위한 사랑의 묘약도 가지고 왔으며, 운(韻)까지 맞춘 시구(詩句)로 된 글로 앞날을 점치는 작은 종이쪽지를 주둥이로 골라내는 하얀 생쥐도 데리고 다녔단다.

내 사랑하는 조카야, 인간의 이성이란 카롤리토와 똑같아서, 네게 걸린 병을 얘기하면 이성은 그것을 고쳐 줄 치료 방법을 틀림없이 찾아 줄 터이고, 네가 보낸 다른 편지로 미루어 보건대 네게 걸린 병을 고칠 길이 있기는 하지만, 그것은 정말로 기적의 길이란다. 너는 인간이 어디에서 왔고 어디로 가는지 그리고 인생의 목적은 무엇이냐는 둥, 무엇이 왜 어떠냐는 질문을 많이 했어. 그것은 굉장히 큰 병이란다! 하지만 카롤리토는 네가 편히 쉬도록 너한테 훌륭한 대답을 해줄 터이고, 어떻게 보면 내가 바로 카롤리토이기 때문에 나도 역시 해답을 아는데, 네 병을 치료하는 길은 — 마리아란다. 그녀는 네가 품은 모든 질문에 대해서 확실한 해답을 주고 또한 너에게 침묵을 가져다줄 테니까. 밤이 되어 잠자리에 들어서 휴식을 취하기 전에, (많으면 많을수록 그만큼 더 좋겠지만) 네가 받아들일 수 있는 한 많이, 마리아를 적어도 두세 방울 마시도록 하거라.

너는 내 버릇이 항상 그러니까 지금도 농담을 한다고 생각하며, 너하고 진지한 토론을 벌일 만큼 내가 스스로 겸양을 갖추지 못했다고 믿겠지? 그것은 오해란다, 얘야. 나는 이토록 진지했던 적이 없으며, 편지의 내용은 내 모든 지혜가 빚어낸 훌륭한 결실이란다. 나는 얼굴에 나는 여드름처럼 젊은이들을 괴롭히는 위대한 이상이나 인간의 인내심 따위는 믿지 않는단다. 피가 끓어오르는 그들은 우주의 시작과 종말에 관해서, 인생의 목적에 관해서, 닭이 먼저냐 달걀이 먼저냐를 놓고서 흥분하고 분개하는데, 그런 관념은 피부병 정도일 따름이지, 얘야, 더 이상은 아무것도 아니란다. 그러고는 어느 날 아침 깊은 생각에 잠겨 초조하게 산책하다가 그들은 엉덩이를 흔들어 대는 젊은 여인이나 얼굴이 넓적한 시골 아가씨나 (저마다 맛이 다르지만) 검은 머리이거나 금발이거나 붉은 머리에 얼굴이 핼쑥한 아테네 귀부인을 만나 멍청하게 입을 딱 벌리며 멈춰 서게 되지. 그리고 이것이 해답이어서, 그들은 여자와 결혼하고 나서 평온을 찾게 된단다.

광장히 이상주의적인 네 편지에 대해서 내가 하고 싶은 얘기는 이것이란다, 내 사랑하는 조카야. 너한테 내가 이미 얘기했듯이 나는 인간이나 그들의 마음을 어지럽히는 사상, 그들의 위대한 관념과 이상 따위는 믿지 않아. 난 신물이 났어. 사랑과 선량함이 어떻다느니 하고 성직자가 설교를 하는 소리를 들으면 난 구역질이 나고, 국가니 명예니 정의니 하는 소리를 내세우는 정치인을 봐도 나는 구역질이 나는데, 그들은 모든 관념을 값싸게 만들었으며, 얘기를 하는 사람이나 듣는 사람 모두 그런 사실을 알지만, 아무도 감히 일어서서 그들의 뜻을 거역하지는 못한다.

나는 웃으면서 편지를 쓰기 시작했지만, 써내려가는 동안 지금까지 내가 보고 들은 모든 대상을 돌이켜 생각하니 분노와 구역질에 사로잡히고 말았어. 얘야, 네가 심각하게 생각한 문제들을 내가 소홀히 한다고 해서 화를 내지 말고 나를 용서해 줘야 되겠지만, 그런 현상도 모두 뜨거운 일시적인 열기에 지나지 않는단다. 너한테 미안하다는 생각이 들기에 나는 이렇게 처방을 보내기로 했으니까, 지성의 가려움을 느낄 때마다 이것을 읽으면 그런 가려움증은 가시리라는 걸 넌 알게 되겠지. 사람들은 나한테다른 치료 방법을 알려 주었었지만, 그 방법은 실패로 돌아갔고, 그래서 내 병은 더욱 심해져 이제는 고칠 길도 없어졌단다. 내 영혼은 카롤리나하고 마찬가지가 되어서, 작은 나귀는 돌팔이 의사인 내 이성을 끌어 주고, 돌팔이 의사의 농간과 조작을 잘 알고 그를 믿지 않기 때문에 내 영혼은 아무런 위안도 주지 못하지만, 그래도 카롤리나는 계속해서 영혼을 이끌고, 계속해서 치료 방법을 설득하는 그의 얘기에 귀를 기울이고, 역겨움을 느끼면서도 인내하며 순진하게 머리를 끄덕이지. 그래도 나는 네 치료 방법보다는 치료가 불가능한 내 병을 더 좋아하고, 나는 도피하기 위해서 또는 어떤 위대한 이상으로부터 안식처를 발견하기 위해서 자신을 비하시키지 않고, 나는 버림받은 길을 따라, 바람과 비가 휘몰아치는 무서운 폭풍 속을 지나, 검은 두건이나 붉은 두건 따위 어떤 모자도 머리에 쓰지 않고 걸어왔단다. 머리에 아무것도 쓰지 않고, 맨발로, 희망도 없이, 딸들이 나를 버렸기 때문이 아니라 내가 그들을 버렸기 때문에 리어 왕처럼 굽히지도 않으면서 말이다. 그리고 만일 내가 길 한가운데서 쓰러져야 한다면 나는 거룩한 날인 1558년 7월 20일에 죽은 나의 사랑하는 콘도티에리[9]나 스트로치[10]처럼 죽고 싶어. 하느님을 두려워하는 그의 친구가 옆에 무릎을 꿇고 앉아 애원하듯 그의 두 손을 꼭 잡았단다.

9 14세기에서 16세기까지 유럽에서 활약했던 용병대장을 일컫는 용어.
10 Piero Strozzi(1510~1558). 군인 집안인 잠바티스타의 아들 피에로 스트로치로, 메디치 집안과 싸웠다.

「회개하시오, 큰 죄를 범한 그대여.」친구가 그에게 소리쳤지. 「그대는 머지않아 주님 앞에 서야 할 테니 성호를 긋고 그리스도의 이름을 부르고는 평생 그대가 저지른 잘못에 대해서 회개하시오.」

「무슨 그리스도 말인가?」스트로치가 숨넘어가는 목소리로 신음하듯 말했단다. 「무슨 그리스도 말야, 제기랄. 난 거부하겠어! 내 축제일은 끝났으니까.」

나는 훨씬 더 길게 쓰고 싶지만 너는 아직 어려서 알아듣지도 못하겠고, 내가 지금까지 써놓은 얘기만 해도 너한테는 너무 부담이 크겠지. 잘 지내고, 건강하기를 바란다. 불쌍한 바보야, 가능한 한 네 형제들을 많이 죽이거라 ── 그것은 추악한 일이지만 네 탓은 아니다. 어린 시절의 즐거움, 젊은 시절의 지적인 충동, 결혼, 고뇌, 자식들, 그러고는 죽음으로 이어지는 삶의 한살이를 완전히 거치려면 적어도 살아서 집으로 돌아오게끔 노력해야 한다. 잘 자라.

네 외삼촌 벨리사리오스

P. S. *Servus diabolicus Dei*(악마 같은 신을 섬겨라) 또는 *Servus divinus diaboli*(신 같은 악마를 섬겨라). 하기야 두 가지 다 똑같은 얘기지만.

4월 15일

성주간! 종소리가 처량하게 울리고 우리들은 그리스도의 수난 얘기를 들으러 성당으로 갔습니다. 「신랑이 오는 모습을 보라……」야나로스 신부가 설교를 했지만 곧 흥분해 버린 그는 그리스도의 얘기로 시작했다가 어느새 그리스도를 그리스와 혼동하게 되었답니다. 「그리스가 고통을 받습니다.」 신부님이 소리쳤어요. 「그리스가 상처를 받고, 인류를 구하기 위해서 십자가에 매달린 것도 그리스입니다.」 우리들은 감동해서 눈물을 흘렸는데, 신부님은 비밀스럽고도 난폭한 힘을 지녔으며, 심한 고통과 흔들리지 않는 믿음과 사나우면서도 부드러운 무엇을 지닌 그의 눈과 수염은 모세를 닮았고, 그는 사막을 지나 계속 걸어서 나아갔지만 겁쟁이 우리들은 그를 따르지 못합니다. 그리고 신부님이 얘기를 계속하는 사이에 우리들도 역시 십자가에 못 박힌 주님을 그리스와, 우리들의 고향과, 우리들의 삶과, 우리들이 사랑하는 사람들…… 상실한 모든 것과 혼동하게 되었어요. 우리들 저마다의 머릿속에서는 그리스도의 얼굴과 모습이 달라져서, 때로는 주님이 가지치기를 하지 않은 포도원이나 처녀지가 되었고, 또 때로는 어머니의 젖을 빠는 아이나 신부나 버림받은 집이나 뿔뿔이 흩어진 양 떼가 되었어요. 우리들은 저마다 소유했으면서도 누리지 못했던 가장 소중한 대상 때문에 슬퍼했는데, 사실상 그리스도는 세상으로 내려와서 우리들의 내면에 누워 죽어 버린 셈이었고, 우리들은 모두 흐느껴 울면서 그리스도가 부활하기를 기다렸습니다.

그대를 생각했기 때문에, 나의 마리아여, 나도 역시 흐느껴 울었는데, 나에게는 그리스도가 그대의 다정한 얼굴 모습을 한 존재였으며, 그리스도에게 경배하려고 엎드린 나는 눈물을 주체할 길이 없었습니다.

성 월요일 정오

지극히 사랑하는 그대여, 오늘은 해가 나고 날씨가 훨씬 풀렸으며, 처음으로 제비를 본 나는 가슴이 두근거렸답니다. 봄은 험한 산속까지 찾아왔고, 나의 마리아여, 그리스도께서는 부드럽고 푸른 풀잎처럼 대지로부터 솟아올랐고, 우리들을 두고 떠났던 새들도 돌아왔으니 머지않아 그들은 둥우리를 짓기 시작할 터입니다. 철새들이나 마찬가지로 희망도 역시 떠나고, 돌아오고, 찾아다니고, 옛 둥우리인 인간의 마음을 찾아내고, 그곳에다 알을 낳습니다.

오늘 갑자기, 겨울의 온갖 고뇌를 거치고 난 다음에, 나는 내 마음도 역시 알들로 가득 찼음을 느낍니다. 내 사랑이여, 모든 일이 잘될 테니까 걱정하지 말고, 믿음을 가지고, 그러면 싹이 터 꽃이 만발하고, 알이 깨어나고, 우리들의 욕망은 형태를 갖추니 — 욕망은 헬레네의 집과 아들과 노래가 될 것입니다.

나는 영혼에 대한 신념을 간직하고, 영혼에는 날개가 달려서 날아다니기도 하고 우리들의 눈보다 훨씬 먼저 미래를 보기도 합니다. 오늘 밤 내 영혼에는 날개가 돋았고, 내 사랑이여, 그것은 우리들을 닮은 자그마한 인간 — 우리들의 아들이 그대의 품에 안긴 어느 작은 집, 우리들의 집에서 당신을 찾아냈고, 그러니 내 사랑이여, 믿음을 간직하면 모든 일이 잘되어 갈 것입니다.

성 월요일 저녁

오늘은 죽음이 내 머리 위에서 서성거리니
나는 심한 병에서 회복된 듯
다시 건강을 찾은 병자나 마찬가지라네.

오늘은 죽음이 내 머리 위에서 서성거리니
죽음은 꽃의 향기와 비슷하고
나는 폭풍에 실려 두둥실 떠가는 듯싶다네.

오늘은 죽음이 내 머리 위에서 서성거리니
그것은 오랜 감옥 생활을 거친 다음
고향을 그리워하는 인간의 마음과 같구나.

여기에서 갑자기 레오니다스의 일기는 끝났다. 그가 성 화요일
에 죽었기 때문이다.

교장 선생은 천천히 피로 얼룩진 수첩을 덮고는 불운한 젊은이
의 시체에다 입을 맞추듯 머리를 숙여 수첩에다 입을 맞추었다.
그의 눈에는 눈물이 흐르지 않았고, 그의 마음은 돌처럼 굳었으
며, 삶이 그에게는 마치 어디로 가는지도 모르면서 땅바닥으로
고꾸라지고 나아가는 과정이랄까, 불운이 앞에서 기다리고, 공정
하지 못하고, 무정하고, 논리도 없는 무엇처럼 여겨졌다.

제8장

성 금요일에 한 패거리의 마을 사람들이 성당 마당에 모여 열 띤 얘기를 주고받았는데, 귀를 물어뜯긴 직조공 스텔리아노스, 손이 두툼하고 더러운 구리 세공사 안드레아스, 긴 머리를 감지 않아 더러운 마을 공고인 키리아코스, 그리고 신발을 신지 않고 검정 셔츠 차림에 상을 치르는 중이었던 마을 이발사 파나고스도 끼어들었다. 여우처럼 눈이 작고 앙상하게 야윈 만드라스 노인이 가운데 섰는데, 그는 읍내에서 잘 알려진 지주요 사기꾼이었다.

원로들 가운데 가장 나이가 많은 하드지스는 문 근처의 의자에 앉아 햇볕을 쪼였는데, 관절들이 부어올라 아픔으로 신음을 했다. 그가 성당으로 몸을 끌고 온 이유는, 그의 할아버지들이 관절 염을 치료하려고 그랬듯이, 그리스도의 관을 본 다음, 도금양 잎 사귀와 로즈메리를 한 줌 집으로 가지고 가서, 통증이 견디기 힘 들 정도가 되면 향과 함께 태우기 위해서였다. 누가 의사를 필요 로 하는가? 의사는 악마가 만들어 놓은 요물이니, 그들에게 저주 가 내리길! 축복받은 잎사귀가 훨씬 효과적이고, 훨씬 실질적이 기도 했다.

하드지스는 교활한 사람이었고 젊은 시절에 많은 경험을 했으며, 세계를 두루 여행해서 아테네와 그보다도 더 멀리 베이루트까지, 그리고 더욱 멀리 요르단 강까지도 다녀왔다. 그는 성수(聖水)로 목욕했고 하드지[1]가 되었다. 〈하드지가 되면 얼마나 좋은데.〉 그는 가끔 이런 생각을 했다. 〈사람들에게 존경받고, 그러면 그들을 속이기가 훨씬 쉽거든.〉 그리고 진짜로, 요르단 강에서 나온 바로 그 순간에, 기발한 착상이 그의 머리에 떠올랐다. 그때까지 그는 구두를 닦고, 짐꾼 노릇을 하고, 밀수를 해서 겨우 먹고 살았으며, 그래서 항상 위험을 당하며 근근이 살아갔다. 하지만 하드지가 된 지금 그는 빛을 찾았다. 그는 가진 돈을 몽땅 털어 마대(麻袋) 몇 개와 밧줄과 말뚝 몇 개를 사가지고 아나톨리아의 여러 마을과 읍내를 찾아 돌아다녔다. 가는 곳마다 그는 천막을 세우고는 굵은 글씨로 〈결혼 생활의 신비〉라고 쓴 하얀 헝겊 조각을 내걸고 천막 밖에 서서 두 손가락을 입에 넣고 휘파람을 불었다. 사람들이 모여들면 교활한 하드지는 성호를 그은 다음 의자에 올라서서 외쳐 대기 시작했다. 「신사 숙녀 여러분, 이곳 천막 안에서 여러분은 겨우 1드라크마에 결혼 생활의 신비를, 결혼 생활의 무서운 신비를 보게 될 테니, 어서들 오십시오, 신사 숙녀 여러분, 그까짓 1드라크마가 무엇인가요? 하지만 하찮은 동전 한 닢에 여러분은 결혼 생활의 무섭고도 끔찍한 신비를 알게 되고, 여러분은 머리카락이 쭈뼛해질 겁니다. 머리카락이 만일 쭈뼛해지지 않는다면, 하느님을 공경하는 사람이자 하드지로서 명예를 걸고 맹세하겠는데, 나는 여러분의 돈을 돌려 드리겠습니다! 진정들 하시죠, 자, 이런, 한 사람씩 차례차례…… 누구나 다 들어가게 될 테니 밀지 마세요!」

---

1 메카 순례를 한 사람의 경칭. 하지라고도 한다.

아무도 움직이지 않았고, 하드지스가 다시 휘파람을 불고 선전을 시작했으며, (결혼을 안 한 남자가 보통이었지만) 항상 누군가 앞으로 나서는 사람이 나타나게 마련이고, 그는 위대한 신비를 구경하기 위해 동전을 찾으려고 호주머니를 뒤졌다. 하드지스가 마대 자락을 들어 올리면 남자가 안으로 들어가고, 그는 사방을 둘러보고 눈을 비비고는 다시 둘러보지만 아무것도 눈에 띄지 않았다. 그러면 하드지스가 그의 팔을 잡고 달콤한 어조로 말했다. 「여봐요, 내 친구여, 당신 눈에는 아무것도 보이지 않겠죠, 안 그래요? 아무것도 보이지 않을 테니까 공연히 목을 길게 뽑지 말아요. 하지만 바보 소리를 듣고 싶지 않으면 밖에 나가서 이 얘기를 누구한테도 하면 안 돼요. 대신 그들에게 여러 가지 무섭고 경이로운 진실을 알게 되었으며, 드디어 여자와 결혼과 세상의 의미를 이해했으니까 당신 인생이 이제부터는 달라지리라고 말해요. 그렇게 얘기해야 그들도 역시 속아 넘어가고, 그러면 그들은 당신을 놀리지 않을 겁니다. 알겠어요? 자, 다른 사람들이 들어오게 당신은 어서 나가요.」

이런 식으로 하드지스는 돈을 좀 벌어서 조끼에 금줄을 달고는 고향인 카스텔로로 돌아왔고, 얼마 안 가서 마을의 원로가 되었다. 하지만 이제 그는 늙었고, 나이 먹은 이 한심한 남자는 귀가 안 들리고, 반쯤 장님이 되고 노쇠했으며, 이가 빠진 입에서 침을 질질 흘리면서 성당 마당에 앉아 부어오른 무릎을 주물렀다.

다른 사람들은 묘비 앞에 서서 말다툼을 벌였다. 처음에 그들은 어젯밤 철야 예배에서 읽었던 복음서에 관한 토론을 시작했다. 만드라스 노인은 시나이 산에서 하느님이 직접 모세에게 내려 주신 유대 율법을 그리스도가 왜 반대했는지 이해를 못하겠노라고 말했다. 그리고 안드레아스는 만일 그리스도가 전능하다면 왜 그가 손뼉을 쳐서 천사들이 칼을 들고 내려와 유대인들을 죽여 없애도록 시키지 않았는지 모르겠다고 따졌다.

「나 같으면 그랬을 텐데요……」 그가 덧붙여 말했다. 「그냥 손뼉을 쳐서 불렀겠죠. 누가 뭐라고 해도 나는 하느님이었으니까요, 안 그래요? 그러니까 난 양이 아니라 사자처럼 행동했겠죠. 어떻게 생각해요, 키리아코스?」

벌써 여러 해 전부터 성직자가 되겠다는 포부를 간직해 왔던 키리아코스는 목청을 가다듬고 머리를 긁었다. 얘기를 해서 그들을 깨우쳐 주는 일이 자신의 의무라고 그는 생각했다. 그는 교육을 조금밖에 못 받았어도 야나로스 신부가 없을 때면 용기를 내어 자신의 견해를 피력하고는 했다. 그래서 읊조리는 듯한 굵은 목소리로 그는 그리스도 얘기를 시작했고, 키리아코스와 마찬가지로 머리를 길게 기르고 순진하며 겸손한 그리스도는 성직자가 되어 진리의 말을 전파하고 싶어 했다는 얘기도 했다. 하지만 부유한 자들과 권력을 잡은 자들이 그리스도를 박해하고, 욕하고, 때리고, 잡아들였으며, 성 금요일인 오늘 그들은 그리스도를 죽일 준비를 하는 중이라고 얘기했다.

「저 얘기 들었죠.」 만드라스 노인이 말끝을 맺었다. 「올바른 말을 하는 사람들은 그렇게 되는 법이에요!」

키리아코스는 혹시 야나로스 신부가 불쑥 나타나지나 않을까 불안해서 주위를 둘러보았고, 신부가 눈에 띄지 않자 더욱 용기를 냈다. 그는 그리스도의 행동에 대한 설명을 겨우 몇 달 전에 찾아냈고, 사람이란 겸손하게 자신의 재능과 선행을 감추기만 해서는 안 되기 때문에 그런 발견을 혼자만 간직할 권리가 그에게 없다고 느꼈으며, 그래서 그는 마을 사람들을 깨우쳐 주기 시작했다.

「자, 여러분에게 하나 알려 주고 싶은데, 사회에 대해서 그리스도는 우리들이 불규칙 동사라고 일컫는 그런 존재였습니다.」

「그게 도대체 무슨 소리인가요?」 이발사 파나고스가 물었다. 「당신이 한 얘기를 설명해 주세요, 선생님.」

「그건 유대 학자들과 바리사이파 사람들과 안나스와 가야파 같은 그리스도 주변의 모든 사람이 규칙 동사였다는 뜻이고, 조상들의 시대부터 그들이 율법을 정했으며 그 율법들을 따랐다는 뜻입니다. 그들은 무엇이 옳고 무엇이 나쁘며, 무엇이 명예롭고 무엇이 불명예스러운지 정확히 알았는데, 그건 그들에게 십계명이라는 길잡이가 있었기 때문입니다. 율법을 따르는 자는 누구나 사회에 잘 적응했으며, 율법을 거역하는 자는 반항아요 사회로부터 오만한 자로 낙인이 찍혀서, 사회는 분노하고, 혼란을 느끼고, 기초가 흔들린다고 느꼈어요. 그래서 사회는 불규칙 동사를 움켜잡고 이렇게 말했습니다. 〈그래서 너는 우리들처럼 규칙적으로 동사 변화하기를 거부하겠다는 말이지?〉 그렇다면 너는 없어져야 해!」

「아, 그렇게 되었군요.」 아직도 고통을 주는 자신의 귀를 문지르며 스텔리아노스가 말했다. 「하지만 그렇다면 누가 옳은가요? 나는 혼란을 느낍니다, 다정한 친구 키리아코스여. 한 사람이 온 세상과 맞서 싸울 힘이 있나요? 당신은 부모님들로부터 물려받은 거룩한 전통을 던져 버리고 돌아서서 그것이 싫다는 말을 할 수가 있나요? 당신이 우리 집으로 들어와서 나더러 〈난 당신의 베틀이 싫고, 베틀은 나쁩니다〉라고 말한 다음 도끼를 가지고 와서 베틀을 산산조각으로 부숴 놓아도 괜찮은가요? 그래요, 베틀은 부모님과 조부모님이 나한테 물려준 물건이고, 그들은 나에게 이런 식으로 옷감을 짜서 밥벌이를 하라고 가르쳐 주었는데 당신이 불쑥 나타나서는……」

「그리스도가 옳아요!」 구리 세공사가 벌떡 일어서며 소리쳤다. 「그렇지 않습니까? 우리들은 무엇인가요, 웅덩이에 고인 물인가요? 세상은 살아 움직이고, 그래요, 움직이고 자라며, 어릴 적에는 이런 옷을 입다가 성장한 다음에는 다른 옷을 입어서, 기저귀와 턱받이를 벗어 버리고는 바지를 입습니다. 그러고는 아버지와 어머니 곁을 떠나 자신이 살 집을 지어요. 그리고 그건 자연스럽기만 하죠. 좋습니다. 난 기저귀와 턱받이가 좋지 않다는 얘기를 하려는 생각은 없고 — 그런 물건은 아기들만을 위한 거니까요. 그리스도는 그가 더 이상 아기가 아니며 옛날 율법들, 턱받이와 기저귀가 더 이상 맞지 않는다는 사실을 깨달았던 첫 인간입니다. 내 얘기가 무슨 뜻인지 이해가 갑니까?」

「당신은 이해를 하나요?」 늙은 지주가 화를 내며 반박했다. 「어떤 학교에서 그런 헛소리를 가르쳤는지 모르겠지만, 혹시 당신은 그걸 모두 당신 땜질 가게에서 터득했나요?」

「그런 데 신경 쓰지 말아요, 돈하고 밭밖에 모르는 구두쇠 영감 같으니라고.」 화가 나서 숨을 몰아쉬며 구리 세공사가 대꾸했다. 「하지만 불에 얹으면 쇠도 구부러지게 마련이니까, 당신도 역시 구부러지고 말 테니 두고 보시라고요. 알고 싶으시면 말씀드리겠는데, 내가 땜질 가게에서 배운 진리는 그것입니다.」

이 말을 듣고 기분이 좋아져서 키리아코스가 벌떡 일어섰다. 「그리고 그 불은 그리스도입니다!」 그가 소리쳤다.

「그게 그렇게 된 얘기로군요.」 만드라스 노인이 말하고는 가늘게 뜬 눈으로 구리 세공사를 쳐다보았다. 「이제야 난 왜 사람들이 당신을 볼셰비키라고 하는지 알겠어요.」

안드레아스가 웃었다. 「그들은 이제는 날 볼셰비키라고 부르지 않고, 불규칙 동사라고 한답니다! 나에게 광명을 보여 준 키리아코스에게 하느님의 은총이 내리기를…….」

아직도 돌 의자에 앉아 있던 하드지스 노인은 손짓을 해가며 소리를 지르는 마을 사람들을 침침한 눈으로 쳐다보았는데, 왜들 그렇게 야단들인지 알 길이 없었다. 그는 귀가 들리지 않았고, 싸움을 벌이는 거북들이 부딪치는 껍질 소리 같은 한 가지 소리만이 그의 두뇌에 전달되었다.

「왜들 이래요?」 침을 턱으로 줄줄 흘리며 그는 가끔 한 번씩 묻고는 했다.

그는 한참 잠잠하다가 다시 물었다. 「무슨 일인가요?」 하지만 구태여 대답을 하려는 사람이 없었다.

그런 소리를 듣기에도 짜증이 난 이발사 파나고스가 결국 그에게 걸어가서 귀에다 대고 소리를 질렀다. 「저 친구들이 당신 금궤를 열고 싶답니다, 영감님! 당신 금궤를 열겠다고요, 알겠죠? 당신이 숨겨 둔 돈이 얼마나 많은지 알고 싶어서요.」

노인은 팔다리에 맥이 풀려 축 늘어졌고, 살이 껍질을 벗고 빠져나가는 듯싶었다.

「예? 누가요? 누가 그런다는 얘긴가요?」 그는 숨을 몰아쉬었고 침이 가슴으로 비 오듯 쏟아졌다.

「가난한 사람들요!」 이발사가 그의 귀에다 대고 소리쳤다. 「가난한 사람들, 배고픈 사람들, 신발을 신지 못한 사람들요!」

늙은 지주는 킬킬 웃었고, 그의 가슴이 다시 제 모습을 갖추었다.

「가난한 사람들이?」 그가 대답했다. 「어디 그러려면 한번 해보라고 그래요! 하느님이 가만히 내버려두진 않을 테니까 말이에요!」

이발사는 노인에게로 몸을 수그리고는 다시 귀에다 대고 소리쳤다. 「하지만 가난한 사람들도 하느님을 섬기고, 그들의 하느님도 역시 맨발이고 배가 고픈데, 사람들 얘기를 들으니까 그쪽 하느님은 장부를 정리하면서 모든 돈 많은 사람의 이름 옆에다 빨간 십자가로 표시해 둔다는군요. 그리고 얘기를 들으니까 당신 이름 옆에도 빨간 십자가 표시가 있답니다, 하드지스!」

노인은 다시 떨기 시작했고, 무슨 말을 하려고 그랬지만 혀가 꼬였다. 하드지스를 가엾게 여긴 스텔리아노스가 이발사에게 시선을 돌렸다. 「공연히 영감님 심장마비 일으키기 전에 그냥 내버려 둬요.」 그가 말했다.

만드라스 노인이 화를 벌컥 냈다. 「망할 놈의 이발사 같으니라고.」 그가 소리를 질렀다. 「당신이 늘어놓는 그 따위 한심한 수작을 누가 인정하나요? 선생인가요? 아니면 빨간 모자를 쓴 신부인가요.」

「선생도 아니고 야나로스 신부님도 아닙니다, 만드라스.」 이발사가 대답했고, 그의 눈이 흐릿해졌다. 「어느 세 살 난 아이가 나한테 가르쳐 주었어요. 굶어 죽어 가는 세 살 난 아이요.」

「무슨 아이 말이에요, 이 멍청이 같으니라고.」

「내 아이요.」

사람들이 잠잠해졌다. 마을 사람들에게 돈이 없어서 머리와 수염을 깎지 않고 길게 자라도록 그냥 내버려두었기 때문에 파나고스는 여러 달 전에 이발소 문을 닫아야 했고, 그래서 며칠 전에 파나고스의 아이가 굶어 죽었다.

그리고 그들 자신이 아이를 죽이기라도 한 듯 수치심을 느끼며 모두들 침묵을 지키려니까 마부 마티오스가 얼굴이 상기되어 숨을 헐떡이며 달려왔다.

「우린 악마한테 끌려가게 되었어요, 하느님 맙소사!」 그는 아는 얼굴들을 만나자 반가워서 소리쳤다. 「얘기를 들으니까 우린 탄약이 떨어졌고, 붉은 두건들이 그런 사실을 알아냈기 때문에 지금 당장이라도 산에서 내려와 우리들을 불태워 죽여서 이 비참한 인생을 끝내 줄 거랍니다.」

그는 기분이 좋아서 두 손을 비비며 말했다.

먹기를 좋아하던 가엾은 마티오스! 그는 이제 먹을 식량이 없었고, 술도 좋아했지만 마실 술도 역시 없었으며, 여자를 좋아했지만 가난하고 못생겼기 때문에 어떤 여자도 그를 거들떠보지를 않았다. 그래서 그는 세상을 적으로 삼았다. 「나는 부자가 아니니까 어느 누구도 부자여서는 안 되고, 나한테 먹을 식량이 없으니까 다른 어느 누구도 먹을 식량이 넉넉해서는 안 되고, 그것이 하느님과 정의의 참된 의미니까, 악마더러 몽땅 다 가져가라고 그래요.」

만드라스 노인이 화가 나서 지팡이를 치켜들었다. 「혀나 깨물고 죽어라, 맨발로 돌아다니는 지저분한 녀석아! 만일 하느님이 못된 놈들의 얘기에 귀를 기울였다면 아무도 살아남지 못했겠지.」 그가 소리를 지르며 마티오스에게 덤벼들었다.

하지만 구리 세공사가 그의 팔을 잡았다. 「세상은 돌고 돌아요, 만드라스 영감님.」 그가 말했다. 「바퀴가 자꾸만 돌아가고, 흥망성쇠가 계속되게 마련이어서, 가난한 사람들이 부자가 되고, 부자들은 가난해지고, 가난하거나 부유하거나 간에 모든 사람을 칼이 베어 넘길 테니까, 그렇게 화를 낼 필요조차 없어요. 지난번에 거룩한 허리띠를 가지고 왔던 수도사를 기억하시나요? 막사들 옆으로 지나가면서 그가 뭐라고 소리를 질렀는지 기억하세요? 〈죽이거라, 나의 아이들아, 죽이고 거룩해져라!〉 수도사가 그렇게 외쳤고, 그래서 우리들은 죽이는 거예요!」

「수도사는 정직한 사람들 말고 붉은 두건들을 죽이라고 그랬어.」원로가 말했다.

안드레아스가 웃었다. 「걱정 말아요. 나의 정직한 친구여, 또 다른 수도사가 돌아다니며 반란군 병사들에게 〈죽여라! 검은 두건들을 죽이고, 정직한 사람들을 죽이면 그대들은 성스러워지리라!〉라고 외치리라는 걸 난 확신하니까요. 그래서 그들도 역시 살인을 합니다. 그러니 마티오스의 말이 옳아서, 우린 모두 악마에게 걸린 셈이에요.」

마티오스는 잠자코 넘어갈 수 없었다. 「이봐요, 나의 정직한 친구여, 내가 당신에게 옛 격언을 얘기하겠는데, 자기한테 하는 얘기라고 기분 나쁘게 생각하진 말아요. 사탄은 정직하게 번 모든 재산의 절반을 빼앗아 가고, 정직하지 못한 방법으로 번 재물은 주인까지 덤으로 붙여 몽땅 가지고 가요! 사기꾼 영감아, 난 악마가 당신을 곧 끌고 가리라는 걸 알고, 당신은 결국 빈털터리 신세가 되고 말겠죠.」이 말과 더불어 그는 몸을 돌려 펄쩍 뛰어 마당에서 나갔다. 하드지스의 지팡이가 벽에 부딪혔고 백색 도료가 부스러져 떨어졌다.

그때 야나로스 신부가 그의 골방 문간에 모습을 나타냈다. 그는 마당에서 시끄럽게 떠드는 소리를 들었지만 마음은 그리스도의 수난과 인간의 수난에 몰두했고, 무슨 해결을 찾아내려고 애썼지만 아무런 방법도 떠오르지 않았고, 처음에는 순교를 당한 그의 친구 아르세니오스가 조각한 〈그리스도의 재림〉을, 그리고는 불 위를 걷는 사람인 성 콘스탄티누스의 성상을 쳐다보았다.

그는 생각했다. 아, 만일 인간이 타오르는 숯불 위에서 춤을 출 수 있다면 얼마나 좋으랴! 오, 대지를 밟고 걸으며 절망과 두려움과 불경한 마음에 사로잡히지 않는다면 얼마나 좋으랴!

그는 불 위를 걷는 사람의 성상을 쳐다보았고, 그렇게 지켜보고 있노라니까 그의 마음속에서 논리가 저절로 보강되는 듯싶었다. 「하느님은 시원한 물이 아니고…… 그렇다, 하느님은 기분이 상쾌해지려고 마시는 시원한 물이 아니다. 하느님은 불이고 너는 그것을 밟고 걸어야 하며, 그냥 걷기만 하는 데서 그칠 일이 아니라, 무엇보다도 어려운 일이지만, 불 위에서 춤을 추어야 한다. 그리고 네가 춤을 추는 순간에 불은 시원한 물이 되지만, 그런 단계에 이르기까지는 투쟁이 얼마나 벅차고, 주여, 고뇌는 얼마나 심한가!」

그는 몸을 일으켰다. 그는 아침 내내 그들이 프라스토바에서 가져다준 야생화로 성관(聖棺)을 치장했으며, 그리스도를 십자가에서 내려 야생화들 위에 눕히고 허리를 굽혀 피 묻은 발과 피 묻은 손과 하얀 물감과 붉은 물감이 흘러내리는 옆구리에다 입을 맞추었다. 「자, 됐어요, 참아야 합니다.」 야나로스 신부가 그리스도에게 말했다. 「별것 아니니까 절망하지 말아요. 당신은 하느님이시고, 부활하실 테니까 이제는 마음 놓고 잠드소서.」

하지만 이곳 골방 안에 혼자 앉았으려니 그의 마음속에서 목소리들이 울려 나와 여러 가지 질문을 했지만 대답은 듣지 못했고, 야나로스 신부는 어수선한 마음으로 일어섰다. 그는 마침내 결정을 내렸다. 「나는 성당으로 가겠어.」 그는 자신에게 말했다. 「나는 무거운 근심 걱정의 짐을 졌고, 어떻게 해야 할지 해결 방법을 찾아야 하고, 내 마을이 위험에 빠졌으며, 내 영혼도 위험에 처한 셈이다. 오른쪽으로 가라거나 왼쪽으로 가라고, 하느님은 나에게 해답을 주셔야만 하고, 나는 응답을 원한다. 하느님의 이름으로…… 응답을!」

그는 성호를 긋고는 머리에 아무것도 쓰지 않고 맨발로 골방의 문턱을 넘어섰다. 그의 얼굴은 걱정으로 구름이 끼었고, 피가 머리로 몰렸다.

「심상치 않군요.」 가까이 오는 야나로스 신부를 보고는 직조공 스텔리아노스가 말했다. 「모두들 조심해요!」

그가 지나가도록 그들이 뒤로 물러섰고, 야나로스 신부는 그들을 뒤돌아 쳐다보지도 않았으니, 그의 눈을 하느님에게, 눈부신 빛에 초점을 맞추어 다른 사람은 아무도 보이지 않았다.

「무슨 소식을 들었나요, 신부님?」 구리 세공사가 물었다. 「칼이 아직 뼈를 파고들지 않았나요?」

「난 하느님과 얘기를 나눌 터여서, 지금은 사람들하고 말을 주고받을 생각이 없어요.」

「우리들을 더 난처한 상황으로 끌어들이지는 말아요, 신부.」 증오에 찬 눈으로 야나로스 신부를 쳐다보며 만드라스 노인이 말했다. 「당신 눈에는 반역이 가득해요.」

「내 눈은 죽어 가는 아이들로 가득하니까, 나를 번거롭게 하지 말아요.」

「난 마을의 어느 누구도 두려워하지 않아요.」 원로가 말했다. 「당신만 제외하고 말이오, 야나로스 신부.」

「나도 당신을 두려워하지만, 만드라스, 지금만큼은 당신 자신의 하찮은 안녕이 아니라 마을을 생각하려고 해보세요.」

「나의 안녕과 마을의 안녕은 하나이며 같은데, 이번에는 무슨 계략을 꾸미려고 하나요, 야나로스 신부? 당신은 기분 내키는 대로 무엇이나 하느님이 말한 것처럼 꾸미고는 설교단에 올라가서 〈하느님이 나에게 이런 얘기를 했고, 하느님이 나에게 저런 얘기를 했다〉고 말하죠. 이봐요, 야나로스 신부, 하느님이 당신에게 그런 얘기를 했나요, 아니면 당신 자신이 하느님에게 그런 말을 했나요, 사기꾼 같으니라고.」

「이봐, 저 사람들 무슨 소리를 하나, 응? 무슨 얘기를 해?」 쑤시는 무릎을 주무르며 하드지스 노인이 소리를 질렀다.

하지만 아무도 그에게 대답을 하지 않았고, 그들은 모두 한참 논쟁을 벌이던 마을의 두 지도자에게 시선을 고정시켰다.

「성직자는 하느님을 대변하는 지상의 목소리입니다.」 야나로스 신부가 말하고는, 지나갈 테니까 원로더러 물러서라는 시늉을 했다. 「자신을 벌하지 말아요, 저주받은 늙은이! 당신은 읍내에서 여자들과 아이들에게 벌써 나쁜 짓을 할 만큼은 했어요!」

구두쇠 노인은 말을 하려고 입을 벌렸지만 뒤에서 말이 힝힝거리는 소리가 들려오자 그만두었고, 시선을 돌린 그들은 회색 말을 채찍으로 치며 그들을 향해 달려오는 대위를 보았다. 신부 주변에 몰려든 마을 사람들을 보고 그는 펄쩍 뛰어오를 준비를 갖추는 뱀처럼 몸을 도사렸다. 반역자가 무슨 음모를 꾸미는 모양이라고 생각한 그는 분노해서 채찍을 허공에서 휘두르며 그들에게로 달려왔다.

「흉악한 놈들, 볼셰비키, 반역자들아!」 그가 고함을 지르며 이쪽저쪽으로 방향을 바꿔 가면서 몰아대자 주인과 마찬가지로 말도 입에 거품을 가득 물었다. 사람들이 모두 뿔뿔이 흩어졌고, 야나로스 신부 혼자만 성당의 돌 의자 옆에 남았다.

「난 당신을 거꾸로 매달겠어요, 불한당 같으니라고! 왜 당신은 사람들을 끌어 모으나요? 당신은 무슨 선동을 벌이려고 그래요?」

「난 당신을 불쌍하게 생각합니다.」 조용하고도 근엄한 목소리로 야나로스 신부가 대답했다. 「당신의 마음은 독(毒)으로 가득하고, 그래서 세상을 오염시키기 원하지만, 하늘에 하느님이 계시니까 난 당신을 불쌍하게 생각해요.」

그렇게 말하면서 신부는 대위가 탄 말의 굴레를 움켜잡았다. 대위는 앞으로 몸을 내밀고는 울화가 치밀어 오른 눈을 신부에게 부라렸다.

「불한당 같으니라고!」 그는 다시 고함을 지르며 채찍을 치켜들었다.

신부는 그냥 그를 쳐다보기만 했고, 그의 얼굴은 연민과 고뇌로 가득했다.

「이봐요.」 그가 나지막이 말했다.

「당신은 그래도 아직 자신이 인간이라고 생각하나요? 당신은 어머니 생각을 한 번이라도 해봤나요? 나하고 얘기 좀 할까요?」

대위는 혼란을 느꼈고, 얼굴에서 핏기가 가셨고, 번갯불 같은 섬광에 눈을 감았고, 그러자 시야에서 모든 것이 사라졌으며, 초라한 시골 오두막 한 채만이 공중에 남아서 떨었다. 그리고 오두막의 문간에는, 그녀가 결혼할 때 신부가 되어 입었었고 죽을 때도 입게 될 옷을 환하게 차려입은 늙고 허리가 굽고 키가 작은 여자가 서서 미소를 지었는데, 그녀는 아들을 기다리는 중이었다. 번쩍이는 섬광 속에서 대위는 그녀의 얼굴에서 주름살을 뚜렷하게 보았고, 너무나도 온화한 인내심과 부드러움이 가득 찬 그녀의 눈과 시들어 말라붙은 입술을 보았다. 그리고 문간과 집과 그의 늙은 어머니…… 모두 다시 갑자기 사라졌다. 대위는 눈을 떴고, 앞에 버티고 선 야나로스 신부를 보았다.

「당신이 원하는 건 뭐예요?」 그가 으르렁거렸다. 「그런 눈으로 날 쳐다보지 말라고 그랬잖아요? 가라고요!」

「이봐요, 잠깐 참으면서 내 얘기나 들어 보지 그래요.」 야나로스 신부가 말했고, 아직도 굴레를 잡은 채 대위를 자비로운 눈으로 쳐다보았다.

「얘기는 들을 테니 원하는 게 무엇인지 털어놓도록 해요.」

「지금은 무서운 순간이고, 당신의 생애 전체가 이 순간에 의해 심판을 받게 될 겁니다. 만일 당신이 참된 인간이라면 지금 순간에 그렇다고 증명될 것이고, 당신이 지금 어떻게 행동하느냐에 따라서 자식들과 손자들이 당신을 판단할 거예요. 하느님께서 당신을 심판할 텐데…… 내 얘기 듣고 있어요?」

「계속해요, 듣고 있으니까 얘기를 계속해요!」

「운명은 이곳 카스텔로에서 당신의 두 손에 크나큰 힘을 쥐어 주었고, 당신은 원하는 대로 무엇이나 해도 되니 ─ 당신은 목숨을 빼앗아도 되고, 마을을 잿더미로 만들어도 되며, 불과 죽음으로부터 구제할 능력도 있으니, 선택을 해요! 선택하지 않겠어요?」

「나한테 그런 요구는 하지 말아요. 당신 무슨 속셈으로 이러나요?」

「당신 마음이 아직도 살아 있는지는 모르겠지만, 나는 당신 마음에 대고 얘기하는 중이고, 그렇기 때문에 난 당신이 어머니 생각을 조금이라도 해봤느냐고 물었어요.」

「내 앞에서 어머니 얘기를 꺼내지는 말아요!」마치 칼에 찔리기라도 한 듯 대위가 소리쳤다. 「나한테 우리 어머니 얘기를 하지 말아요!」

「하느님에게 감사할 일이지만 당신은 아직 마음이 살아 있군요, 대위.」 야나로스 신부가 말했고, 그의 얼굴이 빛났다. 「당신에게는 아직도 마음이 살아 있으니, 제기랄, 과거는 잊어버리고 이리 내려와서 우리 두 사람 자리를 같이 합시다! 우린 우리들의 마을을 구해야 하는데…… 당신은 마을에 대해서 연민을 느끼지 않습니까? 당신은 카스텔로에서 칼을, 그리고 나는 하느님의 말씀을 손에 들었으니, 말에서 내려 우리들의 위대한 두 가지 힘을 합치기로 합시다.」 이렇게 말하면서 신부는 땀이 나는 말의 목을 부드럽게 쓰다듬으며 애원하듯 대위의 눈을 응시했다.

「어서.」 그는 말을 이었다. 「성호를 긋고 결론을 내려요……」

해가 기울기 시작했고, 야산들은 보랏빛으로 가득 찼으며, 첫 자칼들이 멀리서 울부짖는 소리가 들려왔다. 포식한 독수리 떼가 성당 위로 소리 없이 지나갔고, 상큼한 미풍이 언덕 꼭대기로부터 불어왔다.

「카스텔로뿐이 아니에요.」 성직자의 목소리가 다시 들려왔다. 「카스텔로뿐 아니라 그리스 전체 — 전 세계가 문제입니다! 그리스도께서 위기에 처했습니다. 결심을 하세요!」

대위는 더 이상 견딜 수가 없었다. 「시끄러워요.」 그가 고함을 질렀다. 「그리스도, 그리스도! 그리스……! 그만 하시라니까요!」 그의 입에서 침과 거품이 튀어나왔다.

「당신은 또다시 주문(呪文)을 읊기 시작했군요. 신성을 모독하는 바보 같으니라고! 솔직히 털어놔 봐요. 당신은 내가 마을을 반란자들에게 내주기 바라나요? 그게 당신이 원하는 바인가요? 당신이 원하는 바가 그것이냐고요, 반역자. 한번 맞아 봐요!」 그리고 그는 격분해서 채찍을 내리쳤고, 채찍이 야나로스 신부의 목과 뺨을 후려갈겼다. 고함을 지르며 대위는 말의 배를 피 묻은 박차로 질렀다.

「여봐요.」 눈물을 글썽거리며 신부가 소리쳤다. 「이봐요, 당신은 아직도 자신을 구제할 시간이 있어요. 당신 앞에서 심연이 입을 벌리니, 기다리라고요! 조심하지 않으면 당신은 나락으로 떨어지고 말아요!」

「그렇다면 떨어지게 날 그냥 내버려 둬요.」 대위가 다시 고함을 지르고는 말의 방향을 병사(兵舍) 쪽으로 돌렸다.

「좋아요, 나도 결심을 했습니다.」 야나로스 신부는 하늘로 두 손을 쳐들며 말을 탄 사람에게 소리쳤다. 「선택은 하느님께 맡기겠습니다.」

말을 탄 사람은 길모퉁이를 돌아서 사라졌지만, 배에서 피를 흘리는 말의 고통스러운 울부짖음은 계속 들려왔다.

신부는 꼼짝 않고 서서 이제는 안개가 끼기 시작하는 하늘을 쳐다보았고, 뺨과 목을 만져 보고는 그제야 통증을 느꼈다. 손을 보니 피가 잔뜩 묻어 있었다.

「이제부터 나는 인간들로부터 더 이상 아무것도 기대하지 않겠다.」 그가 중얼거렸다. 「하기야 내가 인간에게서 무엇을 필요로 하겠는가? 나에게는 하느님이 계시니 나는 하느님에게 가서 대화를 나누리라.」

제9장

성당에서는 향과 야생화의 내음이 풍겼고, 태양의 마지막 광채가 빨강, 초록, 파랑의 둥근 천장에 있는 좁다란 색유리 그림 창문을 비춰 만물의 창조주를 환히 밝혔다. 여러 해 전에 야나로스 신부 자신이 디딤판 위에 누워 하느님을 손수 그려 놓았다. 그는 창조주를 생각하듯이 사납고 험악한 모습이 아니라 피난민처럼 슬프고, 창백하고, 고통을 받는 모습으로 묘사했다. 「나도 역시 피난민이다.」 그림을 그리며 야나로스 신부가 중얼거렸었다. 「피난민이야. 그들은 내 고향에서, 평화롭고 다정한 피가 흐르는 트라케로부터 나를 쫓아냈고 나는 이곳 험한 에피루스의 산으로 올라와 야수들을 인간으로 만들어 보겠다고 싸우며 투쟁하는 거야. 그리스도 또한 세상으로 내려온 피난민이니, 나는 그를 그런 모습으로 그릴 테다.」 그는 노랑과 초록 물감을 사용해서 뺨을 훨씬 야위게, 입술이 밑으로 곡선을 이루게, 그리고 목에는 주름살을 그렸으며, 눈가에만 길게 황금빛 광채를 칠해서 고뇌하는 얼굴을 희망으로 빛나게 했다. 그는 새와 물고기와 사람들을 수놓은 기다란 방석에 올라앉은 그리스도가 성서 대신에 커다란 날개가 달린 이상하고 흉측하고 작은 괴물을 손에 잡은 모습으로 그렸다.

「저 이상한 벌레는 무엇을 나타내는가요?」어느 날 카스텔로에 들렀던 주교가 호기심을 느껴 물었다. 「그리스도는 흔히 손에 성서나 지구를 상징하는 푸른 구형(球形)을 들고 계시는데, 당신은 저기다 무엇을 그려 놓았나요? 주여, 자비를 베푸소서!」

「자세히 보세요, 주교님.」야나로스 신부가 짜증을 내며 말했다. 「날개가 달린 게 보이지 않습니까?」

「그래서요? 날개가 무엇을 나타내죠?」

「거룩한 제단에서 그리스도의 육신을 먹은 생쥐의 몸에 날개가 돋았으니 ── 박쥐죠!」

「박쥐라고요!」주교가 소리쳤다. 「주여, 우리들에게 자비를 내리소서, 그래 그게 무슨 뜻인가요? 당신은 창피하지도 않나요, 야나로스 신부님?」

신부는 화가 치밀어 올랐다. 「그렇다면 주교님께서는 아직도 이해를 못하셨다는 말인가요?」그는 짜증스럽게 말했다. 「만물의 창조주께서는 인간의 영혼을 손에 쥐고 계십니다! 생쥐는 그리스도의 육신을 먹고 날개가 돋아난 영혼이죠.」

쫓기기라도 하는 듯 야나로스 신부는 성큼성큼 계속 걸어서 성당으로 들어갔다. 그는 자물쇠를 돌려 문을 잠그고는 번뜩이는 눈으로 주위를 둘러보았다. 내부가 워낙 컴컴해서 그는 아까 근처 여러 마을로부터 찾아와 기다리던 검은 옷차림의 여자들을 보지 못했다. 여자들은 성당 문이 열렸음을 알고는, 관대(棺臺) 위에 놓인 그리스도를 보자 안으로 들어와서 그리스도를 에워싸고 애도하기 시작했다. 그리고 서서히 그들은 자신의 처지를 생각하게 되었고, 머리를 덮은 두건을 벗어젖히고는 죽음을 당한 그들의 아들을 위해 흐느껴 울기 시작했다. 자식을 잃은 어머니가 다섯 명이었고 오늘은 그리스도의 이름이 다섯 — 스텔리오스와 얀나코스와 마르코스와 디미트리와 아리스토텔레스였다.

그리고 갑자기 문이 우지직거렸으며, 그들은 태풍처럼 들이닥치는 신부를 보았다. 겁에 질리고 위압을 당한 그들은 신자들의 좌석 근처에 웅숭그리며 모여 섰다.

신부는 어둠 속에서 앞이 잘 보이지 않아 관대에 발이 걸려 하마터면 엎어질 뻔했다. 하지만 그는 겨우 관대를 붙잡고는 몸을 가누며 일어섰다.

「주여, 자비를 베푸소서! 그리스도의 시신이 살아나서 달아나려고 하나이다.」 덜덜 떨면서 야나로스 신부가 중얼거렸다. 그는 성단으로 들어가 제단 위에 놓인 피 묻은 돌멩이 앞에서 기도를 드렸다. 그는 〈거룩한 문〉으로 나와서 성상막(聖像幕)[1]의 오른쪽에 세운 그리스도의 대형 성상 앞에 섰다. 그는 마음이 끓어올랐고, 한참 동안 자신과 싸움을 벌였지만, 말이 목구멍에 걸려 나오려 하지 않았다. 그는 어린 송아지처럼 천천히, 깊은 신음을 했다. 이제 그리스도 앞에 서니 분노가 그에게서 밀려 나갔고, 대신에 두려움이 그를 사로잡았다. 야나로스 신부는 세 차례 성호를 그은 다음 용기를 얻어 참회하는 마음으로 절을 했다.

「저는 당신의 수난을 숭배합니다. 주님이시여.」 그는 커다란 소리로 외쳤다. 「저를 용서해 주소서. 저는 당신을 두려워하고 당신의 힘 앞에서는 벌벌 떠는데, 인간에 지나지 않기 때문에 저는 마음이 아픕니다. 저는 그리스인이고 당신은 제 얘기에 귀를 기울여야만 하니까, 저로 하여금 한껏 소리치게 해주시고, 저로 하여금 고통을 당신에게 쏟아 내고 해방되게 해주소서. 그런 다음

---

1 성상들로 장식된 칸막이나 병풍으로 성단의 경계선 역할을 한다.

에는 저를 죽여 주소서, 당신은 전능하신 분이십니다! 주여, 저는 주위를 둘러보고, 당신이 창조하신 세상을 살펴보는데, 이것은 의로운 세상이 아니더군요! 저는 당신 앞에서 거침없이 얘기를 하겠나이다! 그렇습니다. 이것은 의로운 세상이 아닙니다! 저는 당신의 모습을 본 따서 당신께서 창조하셨다는 인간들을 보는데, 이해하지 못하겠습니다. 주여, 당신의 모습이 이러하며 — 당신은 그들과 같나이까? 만일 그러하다면, 세상이란 당신께서 철조망으로 둘러싸 버린 군부대이며, 우리들 가운데 가장 죽이기 좋은 사람들을 고르러 당신께서 자주 찾아오는 그런 곳에 지나지 않습니까? 그리스가 지금까지 당신에게 무엇을 잘못했나요, 고마움을 모르는 분이시여. 당신은 어찌 그런 짓을 하나이까? 당신은 왜 알바니아나 터키나 불가리아를 선택하지 않았나이까? 그런 나라들이 지금까지 당신을 위해서 과연 무엇을 했으며, 그들이 당신에게 과연 어떤 기쁨을 주었나이까? 당신의 이름으로 그들이 어떤 위대한 작품을 창조했나이까? 하지만 그리스는 당신이 갓난아기에 지나지 않아서 돌멩이에 발이 걸려 고꾸라지던 시절과, 당신이 겨우 땅 위를 걸을 때, 당신의 손을 잡아 주었고, 그리스는 왕자님처럼 당신을 세상의 한쪽 끝에서 다른 쪽 끝까지 모시고 다녔나이다. 그리스가 아니었더라면 당신은 지금 어떻게 되었겠나이까? 아직도 유대인들과 어울려 떠돌아다니며 유대 교회에서 논쟁이나 벌이겠죠. 그리스가 나서서 당신의 손을 잡아 유대 교회로부터 이끌고 나왔으며, 당신의 아름다움을 그림으로 그렸고 그래서 당신이 아름다워졌습니다. 그리스가 당신의 선함을 찬미하여 당신은 선하게 되었으며, 그리스는 당신을 위해서 하늘까지 다다르는 궁전을 지어 당신으로 하여금 왕이 되게 했습니다. 그런데 이것이 지금 그리스가 받아 마땅한 보상인가요? 당신은 그리스가 스스로 자신의 손에 갈기갈기 찢기게 하려고 작정하셨나요? 당신은 그리스에 대해서 연민을 느끼지도 않으시나요? 당신은 그리스를 존중하지도 않으시나요?」

야나로스 신부는 자신이 하는 말에 겁이 나서 모독적인 입을 막으려고 손을 가져갔고, 공포에 질려 기다리면서 그의 주변에 늘어선 성상들과, 붉은 신발을 신고 검은 날개가 돋은 모습으로 성단의 문에 그려져 있는 미가엘 천사장[2]을 둘러보았다. 「틀림없이 이제는 벼락이 나를 치겠지.」 그가 중얼거렸다. 「당신에게 그토록 교만하게 구는 인간을 하느님께서 그냥 내버려두실까? 주여, 저는 물에 빠져 죽기 직전의 심정이니, 제가 저주를 해서나마 터지지 않게끔 허락해 주시기 바라며, 제 두뇌가 지끈거려서 돌멩이와 나무와 성자들, 그런 개념들이 모두 새로운 의미를 지니게 되는 순간들도 닥치니, 저를 믿어 주시기 바랍니다. 저는 성상막의 왼쪽에 계신 성모님의 성상을 보고 이렇게 말합니다. 〈저토록 슬프고도 아름다운 모습으로 젖을 내놓고 앉아 당신에게 먹이는 저 여인은 성모님이 아니고, 저 여인은 성모님이 아니라 그리스입니다!〉」

야나로스 신부의 깊게 주름진 이마로부터 땀이 줄줄 흘렀고, 유황 냄새가 — 하느님의 냄새가 그리워 찾으려는 듯 그의 콧구멍들은 킁킁 냄새를 맡았다.

「아, 하느님의 불이 떨어져 저를 태워 죽인다면 얼마나 크나큰 기쁨이겠나이까!」 그가 중얼거렸다. 「그러면 하느님에게 귀가 달려서 제 얘기를 들으시며, 제가 황야에서 외치는 것이 아니라, 제 목소리가 하늘로 솟아올라 천국에 이르러 천둥과 번개로 변해서,

---

2 사탄과의 투쟁에서 하느님을 나타내는 천사장.

부끄러움을 모르는 제 머리에 무자비하게 떨어지리라고 제가 진심으로 믿게 될지도 모릅니다.」

「주여, 당신은 끔찍한 그날을 기억하시나요?」 그가 소리쳤다. 「5월 21일, 끔찍했던 성 콘스탄티누스의 날을요? 흑해 근처 저 머나먼 마을에서 ― 동네 한가운데에 불을 일으켰고, 그 불을 둘러싼 사람들이 벌벌 떨었나이다. 하느님께서는 불 위에 머물러 계셨고, 저는 우리 조상들을, 거룩한 성상들을 손에 들었으며, 맨발로 불 속으로 들어가 노래하고 춤추면서 타오르는 숯불을 사람들에게 한 줌씩 뿌렸는데, 불길은 수정처럼 맑고 시원한 물처럼 저를 상쾌하게 해주었으니, 그러했던 까닭은 당신이, 주여, 오직 당신만이, 불길이나 죽음이 아니라 당신만이 저와 함께 곁에 계셨기 때문입니다. 흔한 쇠를 불에다 달구면 순수한 강철이 되어 나오듯, 저는 그렇게 당신의 불에서 나왔나이다, 주여. 저는 머리끝에서 발끝까지 당신의 손에서 온몸이 강철로 만들어진 검(劍)이 ― 불멸의 영혼이 되었나이다! 그리고 이제 저는 당신에게 말하지만 당신은 저에게 대답을 해주지 않으시고, 제가 외치더라도 당신은 들어 주려고 하지 않으시지만 저는 당신이 들어 주실 때까지 울고 소리칠 터인데 ― 당신께서 저한테 입을 주신 까닭은 바로 그 이유, 음식을 먹거나 얘기를 하거나 키스를 하기 위해서가 아니라, 외치게 하려는 바로 그 이유 때문이었나이다!」

그는 성상막의 왼쪽으로, 마치 성모가 신부와 그녀의 아들과의 사이에 중재를 하고 나서기를 바라는 듯, 기적의 커다란 성모 성상에게로 시선을 돌렸다. 성모는 아기를 품속에 꼭 안은 채로 겁에 질리고 검고 슬픈 눈을 허공에 걸린 십자가에 고정시켰다. 성모의 얼굴은 칼로 쳐서 두 토막이 난 모습이었다. 어느 날 아침 성찬식 동안에 야나로스 신부가 성문(聖門) 앞에 서서 〈세상에 평화〉 기도를 드리려니까, 무엇으로 후려치는 듯 요란한 소리가 성상막으로부터 들려왔고 나무로 만든 성상이 갈라지더니, 성모의 얼굴이 미간에서 턱까지 두 토막이 났다. 기독교인들은 공포에 질려 마룻바닥에 엎드려 기다렸다. 「틀림없이 지진이 뒤따라오겠지.」 그들이 중얼거렸다. 「분명히 이제는 벼락이 쳐서 우리들을 불태워 죽이겠지.」 그리고 며칠 후에 무서운 소식이 전해졌는데, 멀리, 저 멀리, 세상의 다른 쪽 끝에서 천국으로부터 불이 떨어져 2만 명의 인간을 죽였다는 얘기였다![3] 그래서 이곳 작은 마을 카스텔로에서는 성모가 비명을 질렀으니, 인간의 고통이 그녀에게 다다라서 성상이 갈라졌던 것이다.

「성모님이시여.」 갈라진 성상으로 두 팔을 내밀면서 야나로스 신부가 외쳤다. 「당신은 세상의 다른 쪽 끝에 사는 황색 인종의 사람들을 불쌍히 여기시고, 그들을 가엾게 여기면서도 당신의 바로 눈앞에서 죽어 가는 카스텔로의 아이들에게는 연민을 느끼지 않으시나요? 어찌하여 당신은 아드님의 발치에 매달려 이곳의 사악함을 끝내도록 애원하지 않으시나요, 성모님이시여.」 그는 예수에게로 시선을 돌리고 기다렸다. 그리스도는 빙그레 웃으며 그를 쳐다보았지만, 입을 열어 얘기를 하지는 않았다. 벌 한 마리가 성단의 열린 창문으로 들어와서 시신 위에 놓은 야생화들 주변에서 붕붕거렸다. 야나로스 신부는 얼빠진 표정으로 주위를 둘러보았는데, 성당 한가운데는 도금양과 로즈메리와 야생화로 장식된 관대가 놓였으며, 관 속에는 값비싼 비단에 수를 놓은 그리스도의 죽은 모습이 안치되었다. 오늘은 성 금요일이었으므로 그리스도는 차분하고 자신 있게 부활의 순간을 기다렸다. 야나로스

---

3 히로시마의 원폭 투하를 뜻한다.

신부는 가까이 가더니 그것이 정말로 그리스도의 무덤이기라도 한 듯 관대 위로 몸을 수그리고는 가슴이 찢어지는 듯 커다란 소리로 외쳤다. 「오, 그리스인이여, 나의 그리스인이여, 당신은 어찌하여 당신의 어머니를 죽이려고 하나이까?」

야나로스 신부의 영혼이 육체를 떠나 귀와 눈과 손가락 끝으로 몰려가 기다렸다. 그의 영혼은 기적을 기다렸다. 기적은 꼭 일어나리라고 그는 믿었다. 틀림없이 무슨 목소리가 들려오리라. 틀림없이 하느님은 자신을 낮추어 인간에게 대답하리라. 그는 기다리고 기다렸지만, 이번에도 역시 응답이 없었다. 바람은 조용했고, 창조주는 귀가 먹었고, 그리스도는 죽었으며, 야나로스 신부는 세상에서 철저히 혼자였다.

그러더니 그의 이성이 지나치게 오만해지고 분노가 제멋대로 날뛰었으며, 야나로스 신부가 손을 들었다. 「그렇다면 좋습니다.」 그가 소리쳤다. 「부활은 이루어지지 않습니다! 거기 누워서 기다려요! 당신은 오직 그리스와 더불어서만 부활할 터이니, 내 얘기가 들리나요? 그렇지 않으면 부활은 없습니다! 내게 다른 능력은 하나도 없지만, 성직자로서 이 능력만큼은 주어졌고, 그런 정도의 행동만큼은 취하려 합니다. 비록 당신이 손을 들어 유다와 더불어 나를 지옥의 밑바닥으로 던져 버린다고 하더라도, 비록 그런 처지를 당하는 한이 있더라도, 야나로스 신부가, 내가 약속하겠으니 ── 이곳 카스텔로나 칼리카나 프라스토바에서는 부활이 이루어지지 않으며, 내 사제복이 나에게 권한을 제공해 주는 세 마을에서는 부활이 없을 것입니다.」

그가 행한 신성 모독은 허공에 머물렀고, 야나로스 신부는 성단의 거룩한 제단 뒤쪽 〈천사들의 경배〉를 그려 놓은 움푹한 벽이 무너지는 소리를 들었다. 그는 깜짝 놀라서 벌떡 일어섰고, 천사

230

한 명이 정말로 움직였다는 생각이 언뜻 들었고, 신부는 미간을 찌푸리고 돌아서서 성난 목소리로 말했다. 「당신은 할 말이 하나도 없습니다.」 그가 소리쳤다. 「당신은 천사이고, 고통을 느끼지 않고, 죄를 범할 자유도 없고, 영원히 그리고 또 영원히 천국에 갇혀서 삽니다. 하지만 나는 인간이어서, 고통을 느끼고 노래도 하고 그리고 죽어야 하는 따뜻한 존재이며, 만일 천국으로 들어가겠다고 선택하려면 선택해도 되고, 선택하지 않으려면 선택하지 않으니, 당신은 나한테 날개를 흔들어 보이지도 말고, 칼을 뽑지도 말아야 하는…… 인간이 하느님과 대화를 나눌 때 당신은 말할 권리가 없습니다!」

야나로스 신부는 그리스도의 성상을 향해서 돌아섰고, 그의 목소리는 갑자기 힘차고 즐거워졌다. 「주여, 우리들이 하나라는 사실은 당신하고 나만이 알고, 천사들은 모릅니다. 우리들은 예루살렘에서 그날 하나가 되었는데 ── 기억하시나요? ── 때는 부활의 저녁이어서, 백인과 흑인과 황색 인종, 세상의 모든 인종이 교회로 가서 조마조마한 마음으로 거룩한 빛이 내리기를 기다렸습니다. 대기는 전기(電氣)로 인하여 시끄럽게 튀었으며 모든 얼굴에서는 불이 타올랐고, 우리들의 머리 위에는 벼락처럼 기적이 떠다녔습니다. 여자들이 기절했고 남자들은 벌벌 떨었으며, 모든 사람의 눈은 천국의 불이 내려오게 될 성스러운 관대에 고정되었습니다. 그러더니 갑자기 성당 안에서 번갯불이 번쩍이고 하느님이 내려오시더니 흑인들이 한 무리 모인 자리로 뛰어가 그들이 들고 있던 초에다 불을 붙이셨고, 그래서 저는, 주님이시여, 신으로 인한 광증에 사로잡혔으며 ── 기억하시나요? ── 소리를 지르기 시작했는데, 뭐라고 제가 소리를 질렀던가요? 저는 그때 했던 말이 기억나지 않아요. 저는 입에 거품을 물었고, 날개가 돋아서

231

소리를 지르며 공중으로 뛰어올랐습니다. 흑인들이 저를 붙잡아 들어 올렸고, 저는 사람들의 머리 위로, 불을 켠 촛불 위로 날아 갔고, 제 옷에는 불이 붙었고, 제 수염과 머리카락과 눈썹이 불에 탔지만 저는 시원하고 산뜻한 기분을 느꼈으며, 우리 고향의 결혼식 노래를 불렀나이다. 여자들이 비명을 지르고 젖은 담요로 저를 덮어 마당으로 끌고 나갔습니다. 성직자들이 저를 받아 주었고, 저는 석 달 동안 하느님과 싸우고 죽음과 싸웠습니다. 저는 찬송을 불렀고, 손뼉을 쳤으며, 그런 기쁨과 그런 자유를 저는 일찍이 느껴 본 적이 없었습니다. 성직자들은 제가 미쳐 버렸다고 생각해서 머리를 설레설레 저었지만, 저는 저를 태우는 불이, 저를 삼켜 버리는 불이 당신 — 당신이라고 생각했나이다, 주님이시여! 〈사랑이 의미하는 바가 이것이로다.〉 저는 소리쳤습니다. 〈이렇듯 남자는 여자와, 하느님은 인간의 영혼과 하나가 되는도다.〉 당신도 잘 알다시피 그때부터 우리들은 하나가 되었고, 저는 당신을 마주 보고 머리를 꼿꼿하게 든 채로 얘기를 나눌 권리가 생겼습니다. 저는 제 손을 보면 그것이 그리스도임을 알고, 입술과 가슴과 무릎을 만져 보면 그것이 모두가 그리스도임을 압니다. 우리들은 둘 다 야생화에 파묻힌 관대 위에 누웠고, 우리들은 동족상잔이 끝나지 않는 한 부활할 수가 없습니다!」

야나로스 신부는 격노했다. 「인간의 언어로 저에게 얘기하소서.」 그가 소리쳤다. 「그래야 제가 이해하나이다. 당신이 으르렁거리면 저는 동물이 아니기 때문에 당신이 하려는 얘기를 이해하지 못합니다. 당신은 지저귀지만 저는 새가 아니고, 당신이 천둥을 치고 벼락을 내리지만 저는 구름이 아니고 — 저는 인간이니, 사람들이 쓰는 언어로 저한테 얘기해 주소서!」

그가 염치없는 입을 다시 열려고 했지만 갑자기 그의 콧구멍은 대기에 가득 찬 유황 냄새를 맡았고, 노신부는 겁이 나서 목구멍까지 올라왔던 거창한 말들을 잊어버리고는 두려움으로 몸을 움츠렸다. 「주님께서 오시는구나, 주님께서 오시는구나.」 무릎에서 기운이 빠지며 그가 중얼거렸다. 「주님께서 오시는구나 ── 주님께서 오셨도다!」

그러자 그는 벼락이 자신의 내면에서 목표물을 찾아내어 오장육부를 찢어 버리는 기분을 느꼈다. 그는 구슬프고도 굵은 목소리를 들었는데, 그것이 그리스도의 목소리라는 사실을 깨달았다! 그리스도는 항상 내면으로부터, 인간의 마음속으로부터 얘기하고, 항상 슬프고도 굵은 목소리로 얘기한다. 신부는 머리를 가슴으로 떨구고 귀를 기울였다. 「야나로스 신부여, 존경심을 보이며 얘기하라! 야나로스 신부여, 공경하는 마음으로 얘기하라! 너는 무엇인가 요구하려고 나를 찾아왔으니, 그렇다면 어서 청하라!」

「당신에게 부탁을 하라고요, 주님이시여?」 신부가 말을 더듬고는 벌벌 떨었다. 「하지만 당신은 다 알고 계시잖아요!」

「나는 다 알지만, 인간의 목소리를 듣고 싶다. 얘기하라!」

「그리스 땅 어느 곳에서 당신은 자신의 모습을 발견합니까?」 야나로스 신부가 물었다. 「제가 따라야 하는 당신의 모습 말입니다, 주님이시여. 자, 제가 당신께 묻고 싶었던 질문은 그것이었습니다! 당신은 어디 계신가요? 당신은 어느 편인가요? 검은 두건 쪽인가요? 붉은 두건들의 편인가요? 저도 당신 곁에 머물고 싶으니 ── 어느 편인지 얘기해 주소서.」

슬픈 웃음소리가 들려왔고 다시 그리스도의 음성이 말했다. 「내가 어디에 있느냐고? 너는 나를 해마다 부활시키면서도 내가 어디 있는지 모르느냐? 나는 하늘나라에 있느니라.」

다시 분노에 휩싸여 야나로스 신부가 발을 굴렀다.

「하늘나라 얘기는 들먹이지 맙시다. 주님이시여, 그런 얘기는 제쳐 두기로 해요! 아직 그럴 만한 때가 아니고, 제 영혼은 아직도 육체와 맺어져 있으며, 저는 아직도 일을 하고, 저는 아직도 세상에서 일하고, 이곳에서 길을 마련하려고 노력하며, 이곳 현세에서, 그리스라고 일컫는 땅과 바다 귀퉁이에서, 카스텔로라고 일컫는 그리스의 바위 꼭대기에서 투쟁을 벌입니다. 당신이 내 목에다 걸어 준 가난하고 불우한 카스텔로라는 마을 얘기를 저한테 해주세요, 주님이시여! 카스텔로로 내려오셔서 저에게 길을 가르쳐 달라는 것, 제가 당신께 부탁하는 바는 그것밖에 없습니다! 저에게 길을 가르쳐 주소서, 주님이시여!」

야나로스 신부는 노출되어 땀이 흐르는 가슴에다 두 손을 엇갈려 얹고는 이제 부드럽고 애원하는 외침 같은 목소리로 말했다. 「주님이시여, 당신 손을 뻗어 저를 인도하소서 ── 저는 마을을 반란자에게 넘겨줘야 하나요 아니면 주지 말아야 하나요? 저는 산속에서 지도자 대장이 정의와 빵을 가져다주어서 세상 사람들이 굶거나 박해를 받지 않게 해주겠다고 하는 얘기를 듣고는 그의 편이 됩니다. 저는 카스텔로로 내려와 종교와 국가와 명예를 외치는 난폭한 대위의 얘기를 듣고는 그의 편이 되기도 합니다. 저는 혼란을 느끼고, 저에게는 오직 한 가지 희망밖에 없으니, 당신이 바로 그 희망입니다, 주님이시여! 저에게 손을 내밀고 인도해 주소서!」

밤이 되었고, 하늘에 달이 나타난 모양이어서, 성단의 자그마한 창문이 부드럽고 포근한 빛으로 밝아 왔다. 성당의 둥근 지붕에 도사리고 앉은 회색 부엉이가 한숨을 지었고, 야나로스 신부의 마음은 갑자기 슬픔과 온화함으로 가득 찼다.

목소리가 다시 들려왔는데, 이번에는 슬프고도 감미로운 목소리였다. 「야나로스 신부여, 야나로스 신부여! 나도 너에게 한 가지 부탁하겠으니, 두려워하지 말지어다.」

「저에게 부탁하신다고요? 개미 같은 존재에게 부탁을 하시겠다고요. 주님이시여? 차라리 명령을 내리소서!」

「나를 인도하라!」

「당신을 인도하라고요, 주님이시여? 하지만 당신은 전능하십니다!」

「그렇다, 나는 전능하지만, 그것은 인간의 도움을 받기 때문이고, 네가 없으면 나는 내가 창조한 세상을 걷기도 힘들어서 고꾸라지기만 하느니라. 나는 돌멩이들, 교회들, 사람들에게 발이 걸려 고꾸라진다. 그런 멍한 눈으로 나를 쳐다보지 말아라! 깊은 바다 속에서 안내자 노릇을 하는 작은 길잡이 고기가 없다면 길을 찾아가지 못하는 상어를 내가 왜 창조했겠느냐? 너는 하느님의 길잡이 고기이니, 앞으로 나서서 나를 인도하거라.」

벌벌 떨면서 야나로스 신부는 휘둥그레진 눈으로 그리스도를 멍하니 쳐다보았다. 진심으로 저런 말을 하는가, 아니면 그냥 나를 유혹해 보기 위해서 저럴까? 벌써 오래전부터 야나로스 신부가 알았던 바이지만, 하느님의 말에는 양쪽에 날이 섰으니 ― 날도 둘이요, 입도 둘이어서, 위험한 하느님의 말을 거역하면 슬픔을 맞고, 말을 따르는 자도 슬픔을 맞게 마련이다! 인간의 이성은 혼란에 빠지고, 하느님의 말은 천국과 지옥으로 통하는 두 문을 열어 놓아서, 인간은 두려운 나머지 어찌할 바를 모르고, 어느 문이 하느님에게로 통하는지를 알지 못한다. 야나로스 신부는 두 문이 모두 열리는 것을 보았고, 이성이 맑아져서 결론에 다다를 시간을 벌기 위해 말없이 투쟁했다. 그는 사탄과 여러 번 싸웠고 하느님과도 여러 번 싸웠는데, 사탄이라면 겁을 주어 쫓아내고 추방할 수가 있다. 하지만 하느님은? 네가 하느님을 어떻게 하겠느냐?

신부는 신성한 얼굴을 말없이 물끄러미 쳐다보았으며 두려움 속에서 하느님의 이상한 말을 따져 보았지만, 숨겨진 의미는 도대체 무엇이었을까? 주님이, 전지하고 전능하신 하느님이 모르는 체한다! 왜? 왜? 그는 우리들을 사랑하지 않는가? 그는 우리들을 원하지 않는가? 그는 인간을 아끼지 않는가?

야나로스 신부는 그리스도의 발치에 몸을 던지고는 〈저를 혼자 남겨 두지 말고 도와주소서!〉라고 소리치려 했다. 하지만 그에게는 그럴 기회가 미처 없었으니, 나이를 먹은 그의 내면에서 이제는 분노하고도 엄격한 비밀의 목소리가 울려 나왔다. 「야나로스 신부여, 너는 부끄럽지도 않느냐? 왜 너는 나에게서 충고를 바라느냐? 너는 자유롭고 — 나는 너를 자유로운 존재로 만들었노라! 너는 왜 아직도 나에게 매달리느냐? 참회를 그만두고, 야나로스 신부여, 몸을 일으켜 스스로 책임을 맡고, 어느 누구에게서도 충고를 바라지 말아라. 너는 자유가 아니더냐? 너 스스로 결정을 내려라!」

「주여, 자유는 크나큰 부담이니, 인간이 어찌 그것을 감당하겠나이까? 짐이 너무나 무겁습니다, 아버지시여.」

목소리가 다시 들려왔는데, 이번에는 부드럽고 슬픈 목소리였다. 「그렇다, 내 아들아, 무거운 짐이다! 용기를 내거라!」

그의 내면은 다시 밀폐되었다 — 침묵하라! 야나로스 신부는 가슴으로 떨구었던 머리를 들었고, 성당의 마룻바닥에서 갑작스러운 힘이 솟아오르다가, 만물의 창조주가 지켜보는 둥근 천장으로부터 다시 내려와 신부의 가슴과 배 속을 가득 채웠는데, 하느님과 나누었던 모든 대화 가운데 그가 이런 용기와 확신을 느끼기는 이번이 처음이었다.

그는 손바닥을 가슴에 얹었다. 「저는 스스로 맡겠나이다.」 선서라도 하는 듯 큰 소리로 그가 말했다. 「저는 마을의 구원이나 상실에 대한 책임을 스스로 맡고, 결정을 내리겠나이다! 당신의 말이 옳아서, 저는 자유입니다. 자유란 모든 명예나 수치심을 받아들인다는 의미이고 — 내가 인간이라는 사실을 의미합니다.」

그는 성호를 긋고, 발돋움을 하고 서서 그리스도의 얼굴에다 입을 맞추었다. 「아버지시여.」 그가 말했다. 「너무 말을 많이 했던 저를 용서해 주소서. 분노라는 붉은 악마가 자주 저를 사로잡으니, 저를 용서해 주시고, 당신에게 꼭 한 가지만 부탁을 드리겠사오니, 저로 하여금 분노가 없이, 불평이 없이, 온순하게 말하도록 도와주시되, 당신께서도 악운이 닥친 대지를 굽어보시고, 라헬과 마찬가지로 자식들을 위해 흐느껴 우는 땅을 굽어 살피소서.」

이제는 세상이 다시금 고요해졌다. 그는 하느님과 얘기를 나눌 때면 항상 머리에서 땀이 쏟아지고, 콧구멍은 유황과 두려움으로 가득 찼다. 그는 저항했고, 싸우고, 하느님에게 화를 내고는 했었다. 하지만 천천히, 서서히 그는 마음이 온화해져서 하느님과 화해하고, 눈에 보이지 않는 손이 닿으면 그의 마음이 다시금 평온해졌다.

그는 참회하는 뜻으로 절을 한 다음 만족해서 중얼거렸다. 「우리들은 다시 친구가 되었으니 하느님께 감사를 드리고, 우리들은 다시 친구입니다! 저는 주님이 다시 제 이웃이 되었다고 느낍니다. 마치 빚쟁이가 갑자기 제 빚을 받지 않겠다고 한 듯, 저도 마음이 놓입니다!」

제10장

　야나로스 신부는 신자석 의자에서 모자를 집어 들고 밖으로 나가려고 했지만, 모자에다 머리카락을 쓸어 넣는 사이에 깊은 한숨 소리가 어둠 속에서 들려왔고, 옆줄의 의자 하나가 삐걱거렸다. 야나로스 신부는 겁이 덜컥 났고 머리카락이 쭈뼛해졌으며, 이런 두려움이 창피해진 그는 받침대에서 양초를 하나 집어 그리스도의 성상 앞에 걸린 봉헌용 등잔에 불을 붙여 한숨 소리가 들려온 자리를 향해 걸어갔다. 손에 든 촛불이 떨렸지만 그는 용기를 내어 계속 나아갔다. 불꽃을 내리니까 의자에 매달렸던 어느 늙은 여자가 벌떡 일어섰고, 같은 순간에 근처의 의자에서 다른 네 명의 여자가 창백하고 주름진 얼굴을 불빛 쪽으로 들었다.

　「당신들 누구요? 무엇 때문에 이곳에 와 있나요? 앞으로 나오세요!」 야나로스 신부가 소리쳐 부르고는 뒤로 물러났다.

　늙은 여자들이 옆줄의 의자에서 굴러 떨어지듯 무더기로 판석 바닥에 엎드려 관대의 가장자리에 매달렸다. 신부는 그들 위로 허리를 굽히고 촛불로 그들의 얼굴을 하나씩 차례로 비춰 보았는데, 심하게 고뇌하는 얼굴에 입술은 독기(毒氣)로 가득했고, 눈은 퀭했으며 눈물이 없었다.

이것들은 그리스의 얼굴이다, 야나로스 신부는 부르르 떨면서 생각했다. 이 어머니들은……

그리고 자식을 잃은 다섯 여인을 그가 쳐다보는 사이에 갑자기 그들이 위대한 헬라스의 다섯 어머니 — 루멜리아, 마케도니아, 에피루스, 모라이트, 그리고 제도(諸島)의 숭고한 어머니처럼 여겨졌다.

「당신들은 이곳 카스텔로에서 무엇을 원하나요?」 당황해서 그가 물었다. 「당신들은 누구를 찾으시나요? 당신들은 누구인가요?」

그들은 모두 동시에 얘기하고, 소리를 지르고, 가슴을 치기 시작했다.

「난 한마디도 알아들을 수가 없어요! 왜들 이렇게 소란을 떠나요? 한 사람씩 차례로 얘기해요.」

가장 나이가 많은 여자가 무릎을 꿇은 채로 몸을 일으켜 다른 사람들더러 입을 다물라고 손을 내밀었는데, 그녀의 얼굴은 바위 같았다. 「조용히 해요.」

그녀가 말했다. 「나이가 가장 많은 내가 얘기를 하겠어요.」

그녀는 신부에게 시선을 돌렸다. 「우리들은 모두 어머니이고 — 우리 아들들은 전쟁터에 나가서 몇몇은 골짜기로 들어갔고, 또 어떤 아이들은 산으로 올라갔으며, 우리들은 모두 적어도 아들 한 명은 잃었답니다. 나는 칼리카의 크리스탈 할멈이라오. 나를 알아보지도 못하다니, 당신 어떻게 된 거예요, 야나로스 신부님? 당신 마음은 다른 곳에 팔려 가서, 아직도 신성 모독에 빠져서 헤어나지 못하는 모양이에요.」

「나는 신성 모독을 하지는 않았으니까, 그래요, 난 그렇지 않으니까 여러분은 말을 가려서 해야 합니다. 나는 욕을 하지 않고,

기도만 드렸어요. 나는 그런 식으로 기도를 드리고, 난 어느 누구에게도 구태여 변명할 필요가 없어요!」

그는 양초 받침대로 가서 초를 얹어 놓은 다음에 늙은 여자들에게로 돌아섰는데, 이제 그의 목소리는 부드러워졌다. 「나는 머리를 숙여 여러분의 고통에 경배합니다, 그리스의 어머니들이여.」 그가 말했다. 「내 이성이 지상으로 돌아와 여러분을 알아보는 데 시간이 오래 걸렸으니, 나를 용서해 주세요. 하지만 이제는 이성이 내가 만물의 창조주와 얘기를 나누던 불길이 치솟는 천국을 떠나 이곳으로 왔으며, 나는 여러분 모두를, 한 사람씩 모두 환영합니다. 어서 오십시오, 아들을 잃은 칼리카의 어머니 키라 크리스탈이시여, 어서 오세요, 프라스토바의 키라 마리고, 그리고 당신도요, 만가노의 키라 크리스티나여, 그리고 크루스탈로의 고귀하신 키라 데스피나시여, 그리고 크리소피기의 자피로 노부인, 당신도 환영합니다. 여러분이 원하시는 바가 무엇인가요? 무슨 슬픔 때문인가요? 어서 얘기하세요.」

「우리들은 집을 빼앗겼어요, 야나로스 신부님.」 크리스탈 노부인이 앓는 소리를 냈다. 「검은 두건들과 붉은 두건들이 다 같이 우리들을 마을에서 몰아냈고, 그들은 우리들의 남편을 죽이는 중이고, 굶주리고 추위에 떨며 우리들은 이 동굴에서 저 동굴로 돌아다니는데 ── 우린 어디에 의지해야 합니까? 우리들은 누구의 발치에 엎드려야 하나요? 어떻게 해야 이런 비극이 끝날까요? 여러 마을에서 당신에게 물어보라고 우리들을 보냈는데요, 신부님, 당신은 하느님과 대화를 나누고, 황량하고 메마른 이곳 산골에서는 당신이 하느님의 목소리요, 귀요, 눈이시니까, 신부님은 틀림없이 아시겠죠!」

「우리들을 도와주세요, 신부님!」 다른 여자들이 소리치며 무릎을 꿇은 채로 몸을 일으켰다. 「신부님은 마지막 희망이랍니다.」

야나로스 신부는 성당 안에서 오락가락 서성거렸고, 성상막 앞에 서서 그리스도를 쳐다보았지만 그리스도가 눈에 보이지도 않았고, 그의 마음은 멀리, 시커먼 바닷물 위로 흘러갔다. 갑자기 성당은 그에게 아주 좁게 느껴졌고, 그가 두 팔을 뻗기만 해도 벽들이 무너질 것만 같았다. 「하느님께서는 모든 무거운 짐을 내 어깨에 맡기셨구나.」 그가 중얼거렸다. 「이겨 내야 한다, 가엾은 야나로스 신부여!」 그는 무릎을 꿇은 여인들에게로 몸을 수그리고는 한 사람씩 손을 잡아 일으켰다.

「여러분은 저마다 마당에다 죽은 남자를 묻었습니다.」 그가 말했다. 「하지만 나의 마당에는 검은 깃발과 붉은 깃발을 덮어 수천 명을, 수천 명을 묻었습니다. 아니죠, 마당이 아니라, 내 가슴속에 매장했고, 나는 이제 더 이상 걷지를 못하고 고꾸라집니다. 그리고 어느 시체를 보더라도 그들은 모두가 내 아이이기 때문에 나는 그들에게서 내 얼굴을 봅니다.」

「우리들을 도와주세요, 신부님!」 늙은 여자들이 다시 소리쳤다. 「우리들은 어떻게 해야 하나요? 어떻게 해야 비극이 끝날까요? 당신은 우리들을 구원할 길을 알고 계시나요, 야나로스 신부님? 그걸 알고 싶어서 저희들이 찾아왔습니다. 만일 하느님께서 당신에게 길을 가르쳐 주셨다면 저희들에게 얘기하시고, 그러면 우리들은 서둘러야 하니까, 우리들을 보낸 사람들에게로 돌아가겠어요!」

「나도 서둘러야 한답니다!」 신부가 소리쳤고, 이렇게 말하면서 그는 흘러가는 시간을 느꼈고, 시간이 거의 없음을 깨달았다. 그는 결정을 내렸고, 그렇다, 시간이 없었다. 그는 관대를 붙잡고 다시 소리를 지르기 시작한 늙은 여자들을 쳐다보았다.

「일어나요 — 관대를 놓고 일어서라고요! 당신들은 울기에 지치지도 않았나요? 하느님은 울음을 끔찍이 혐오해서, 인간의 눈물은 물레방아도 돌리지만 하느님은 감동시키지 못해요. 눈물을 닦고 여러분의 동굴로 돌아가서 사람들더러 모이라고 하고는 입을 열고 소리치세요. 〈이것이 카스텔로의 야나로스 신부님이 충고한 바인데, 우리들을 자유로 인도하는 길은 하느님과, 우리 민족의 지도자들과, 백성, 이렇게 세 가지입니다. 하느님은 안 되겠으니 여러분은 현실을 받아들여야 하겠습니다. 하느님께서는 우리들의 일에 간섭을 하지 않으시고, 인간에게 두뇌와 자유를 주시고는 우리들에게서 손을 뗐습니다!〉

하느님이 우리들을 증오하실까요? 하느님은 우리들을 원하지 않으시나요? 아니면 하느님은 우리들을 너무 사랑하시기 때문에 괴롭히시는 것일까요? 인간이요 죄인에 지나지 않기 때문에 나는 알지 못하고, 나로서는 하느님의 비밀을 알아 낼 길이 없습니다. 나는 한 가지 사실만을 알겠으니, 이 길은 막다른 골목이어서, 막혔다는 사실 말입니다.」 그는 입을 다물었고, 기름이 거의 다 떨어져서 봉헌 등불이 펄럭거렸다. 야나로스 신부가 시선을 돌리니 — 그리스도의 찌푸린 얼굴이 보였다. 노인의 가슴을 무거운 짐이 짓눌렀지만, 그는 기름통을 갖다가 등잔을 다시 채우려고 성단으로 가지는 않았다.

첫 번째 늙은 여자가 신부의 사제복 자락을 잡아당겼다. 「두 번째 길 말입니다, 신부님.」 그녀가 물었다. 「그것이 무엇인지를 저희들에게 가르쳐 주세요. 교육을 받지 못한 여자들인 우리들이 이해할 만큼 쉬운 말로 설명해 주세요.」

「두 번째 길은 우리 민족의 지도자들인데, 그들에게 저주가 내리소서! 그들 모두에게 — 모든 지도자들에게! 나는 아무런 구별도 하지 않습니다. 나는 붉은 두건도 아니고 검은 두건도 아니며, 나는 하느님과 얘기를 나누고 절대로 비겁한 자들을 경배할 만큼 몰락하지는 않을 야나로스 신부라고 사람들에게 말하세요. 그리고 만일 여러분이 내 마음을 찢어서 열어 본다면, 그곳에는 그리스가, 그리스 전체가, 교실에 걸린 지도의 모양 그대로 내 심장의 한쪽 끝에서 다른 쪽 끝까지 펼쳐져서, 그 사이로 흐르는 피가 보일 것입니다. 그리스요! 그들에게 이 말을 전하라고요, 아시겠어요?」

「알겠어요, 알겠습니다, 신부님.」 어머니들이 대답했다. 「우리들에게 화를 내지 마시고, 두 번째 길에 관한 얘기를 계속하세요.」

「두 번째 길도 막혔습니다. 붉은 두건이거나 검은 두건이거나 간에 어느 한 명의 지도자도 마음속에 그리스 전체를 품지 못했고, 마치 그리스가 죽어 버리기라도 했다는 듯 범죄자들이 두 토막으로 잘라 놓아서, 그들은 누구나 분열된 그리스밖에 모릅니다. 그리고 분열된 모든 조각은 저마다 미쳐 날뛰며 다른 조각을 잡아먹으려고 합니다. 왕이나, 정치가나, 관리나, 주교나, 산속의 대장이나, 골짜기의 대위, 그들 모두, 그들 모두가 미쳐 버렸습니다! 그들은 사납고 굶주린 늑대들이며, 우리들 백성은 고깃덩이이며, 그들은 우리들을 고깃덩이라고 생각해서 삼켜 버립니다.」

그는 다시 잠깐 말을 멈추고는 절벽투성이인 산을 오르는 듯 숨을 헐떡이고는 한숨을 지었다.

「만일 나도 역시 눈이 멀었다면 얼마나 좋고, 얼마나 마음이 편할까.」 그가 중얼거렸다. 「나도 좌익이거나 우익이거나 어느 군대에 들어가서, 앞뒤로, 주변의 다른 수천 명 눈먼 자들과 같이 행동하면서 우리들은 하느님의 편이요 적은 악마의 편이라고 확실히 믿게만 된다면 얼마나 좋으랴. 그러면 나는 죽은 그리스인들을 굽어보며 흡족해서 말하리라. 〈이제는 볼셰비키의 수가 줄어

243

들었으니 하느님께 영광을.〉아니면,〈이제는 파시스트가 줄어들
었으니 하느님께 영광을.〉하지만 지금 나는 버림을 받고 혼자 서
서, 어느 시체를 보더라도 나는 그리스의 한 부분이 썩어 가는 광
경을 보는 셈이기 때문에 마음이 아프구나.」

그는 생각에 잠겨 다시 입을 다물었다. 그의 목과 관자놀이에
서 핏줄이 부풀어 올랐고, 피로 얼룩진 그리스가 그의 눈앞에 펼
쳐졌다.

하지만 첫 번째 여자가 다시 손을 내밀어 그의 소매를 잡아당
겼다. 「세 번째 길 ── 세 번째 길은요, 신부님?」

「무슨 세 번째 길이요? 세 번째 길은 존재하지 않습니다. 그런
길은 아직 열리지 않았어요. 우리들은 앞으로 밀고 나가면서, 노
력에 의해서 이 길을 닦아 열어야만 합니다. 그렇다면 〈우리들〉이
란 누구인가요? 백성이오! 이 길은 백성과 더불어서 시작되고, 백
성과 더불어 뻗어 나가고, 백성과 더불어 끝납니다. 번갯불이 내
이성을 찢으며 지나간 적이 한두 번이 아닙니다. 〈누가 알겠는
가.〉나는 말합니다. 〈우리들이 원하거나 원하지 않거나 간에, 스
스로 자신을 구원하기 위해 우리들이 세 번째 길을 열도록, 하느
님이 우리들을 비극의 언저리까지 강제로 몰아내는지도 모른다.〉
어머니들이시여, 나는 어떻게 판단하고, 어떤 자세를 취해야 할지
를 알지 못합니다. 하지만 만일 여러분이 내 마음에게 묻는다면
이것이 원인이고, 하느님이 원하는 바가 이것이라고 마음이 말합
니다. 〈성장하거라.〉하느님이 우리들에게 말씀하십니다. 〈아이들
처럼 내 옷자락에 매달리지 말고, 혼자 일어나서 걸어라!〉」

늙은 여인들은 신부가 한 얘기를 모두 제대로 이해하지는 못했
지만, 마음은 조금 진정되었고, 그래서 그들은 머릿수건을 단단
히 여미고는 이마와 턱과 귀와 입을 가렸으며, 길을 떠나기 위해

마음을 가다듬었다.

하지만 키라 크리스탈 노부인은 우물쭈물했다. 신부의 말이 그녀의 마음을 따뜻하게 해주었지만, 이성은 여전히 어둠 속에 남았다.

「그래서요?」 그녀가 말하고는 신부에게서 눈을 떼지 않으며 기다렸다.

「그러니까 달이 뜬 다음에 길을 나서고, 마을의 이웃들을 불러모아서 카스텔로의 야나로스가 전하는 충고를 그들에게 얘기하세요 — 하느님께서는 나에게 한 가지 비밀을 털어놓으셨으니, 내일 정오가 되기 전에 당신들 모두 가족과 더불어 이곳 카스텔로로 모이라고 말입니다. 내가 그 비밀을 이해했는지 어쨌는지 우리들은 알게 될 테니까요! 하지만 다른 길은 하나도 존재하지 않습니다. 내 축복을 받아 가지고 가세요.」

그는 손을 들어 머릿수건을 두른 다섯 여인에게 축복을 내린 다음에 채웠던 문을 열었다.

「하느님과 우리 조국의 축복을 함께 가지고 가세요.」 그가 말하고는 늙은 여인들의 머리 위에서 성호를 그었다.

그는 성당의 문간에 서서, 벽을 따라 줄지어 걸어가서 차례로 한 사람씩 사라지는 어머니들의 뒷모습을 지켜보았다. 바위투성이인 산 뒤에서 달이 솟아올랐고, 하늘에서는 썩은 냄새가 났다.

「불쌍한 그리스여.」 바위들 사이로 모습을 감추는 어머니들을 지켜보면서 신부가 나지막이 혼잣말을 했다. 「불쌍하고도 불우한 그리스가 검정 머릿수건을 둘렀구나.」

제11장

　달이 하늘로 떠올라 대지로 내려왔으며, 포옹을 나누는 부부들에게 변함없이 안식처를 제공하던 마을의 무너진 집들을 조용하고 행복하게 비추었다. 그리고 자칼들이 찾아와서는 폐허 사이로 돌아다니며 살점들을 핥아 대었다.

　두려움과 굶주림으로 이성을 잃어버린 두 명의 늙은 남자가 잠을 못 이루고 돌 더미 사이에서 비틀거리고 돌아다니면서 노래를 불렀다. 그들이 젊은 시절에 불렀던 옛 노래는 사랑과 죽음에 관한 내용이었다. 가끔 그들은 걸음을 멈추고 서로 껴안고는 웃음을 터뜨렸다.

　하얗고 고요한 달빛이 야나로스 신부의 골방 격자창으로 흘러 들어와서 〈그리스도의 재림〉에 은빛을 쏟아 부었으며, 벽에서는 성 콘스탄티누스가 머리에 쓴 불꽃의 관과 발밑에서 활활 타오르는 숯불을 환히 비추었지만, 성자는 보이지 않았다.

　야나로스 신부는 막침대 가장자리에 걸터앉아 무거운 머리를 벽에 기대었다.

　「주여.」 그가 중얼거렸다. 「저는 오늘 당신이 다시금 저에게 내려 주신 쓰디쓴 잔을 감사하게 생각하며, 당신이 사랑하는 사람들을 왜 그토록 잔인하게 다루는지 알 길이 없지만, 저는 당신이 하는 모든 일은 우리들이 이해를 하거나 못하거나 간에 우리들을 위해서 행하신다고 믿을 만큼은 신앙이 깊습니다. 인간이 당신의 행동을 이해하겠다고 덤비다니 얼마나 교만한 짓입니까, 주여! 의문을 품는 행위란 인간다운 짓이 아니니, 저희들을 용서하소서, 나의 주님이시여. 우리들의 머리 위에서 맴돌며 질문을 하고, 끊임없이, 쉴 새 없이 질문을 하는 자라면 그것은 인간이 아니라 사탄입니다. 우리들의 마음은 확고한 신념을 지녔으므로 의심하지 않나이다. 밤이 내려와 대지를 덮었으니, 아주 지치게 만드는 충만한 하루가 또 지나고 저는 피곤하니, 하느님을 찬양합니다. 그리고 오늘 밤에 저에게는 아직도 할 일이, 힘든 일이 남았습니다. 당신은 저더러 선택하는 바에 따라서 자유롭게 행동해도 괜찮다고 말씀하셨으며, 그러니까 저는 선택하는 바에 따라 행동할 터이고, 산으로 올라가겠나이다.」

그는 산으로 올라가기 전에 힘을 모으려고 잠이 들기 바라면서 눈을 감고서, 기다리고 또 기다렸다. 하지만 잠의 천사는 찾아오려고 하지 않았다. 그의 감긴 눈꺼풀 밑에서는 인간의 수난과 더불어 그리스도의 수난이 어른거렸고, 갑자기 그의 이성은 멀리, 또 다른 성 금요일로, 보퉁이를 어깨에 걸머지고 그가 영혼의 안식처를 찾아 방황하던 시절 햇살이 화창한 어느 날로 흘러갔다. 성채처럼 높다란 수도원들! 아침 기도, 아름다운 찬송가, 배부르거나 굶주린 수도사들, 〈거룩한 산〉에서 고행하거나 위선(僞善)을 행하는 온갖 종류의 수도사들, 그리고 하느님이 밟고 지나가도록 하늘에 닿을 듯 치솟아 오른 산 아토스의 하얀 눈이 덮인 정상.

모든 일을 그는 얼마나 잘 기억했던가! 그의 기억에서는 아무것도 희미해지지 않았고, 그는 아침 기도가 끝난 다음 마른 빵 한 조각을 먹으려고 신부들이 줄을 지어 늘어선 제단이 눈앞에 생생했다. 벽에서 그림들이 벗겨지던 길고 좁다란 회랑은 세월과 습기로 곰팡이가 피었다. 삶에서는 배추 냄새와 시큼한 냄새가 풍겼다.

열린 창문으로 제비 한 마리가 들어와서 수도사들의 숙인 머리 위로 퍼덕거리며 날아다녔다. 약간 더 늙고 약간 얼굴이 더 창백해지기는 했어도 작년에 보았던 수도사들이 그대로 머물러 제비는 그들을 저마다 다 알아보았으니, 마나세스, 요아킴, 가브리엘, 멜키세덱, 베네딕투스 — 그들 모두가, 단 한 명도 빠지지 않고 그들 모두가 그곳에 남았다. 새는 기분이 좋아서 즐겁게 푸드덕거렸고, 수도원장의 하얀 수염 한 가닥을 뽑아 둥지를 튼튼하게 만드는 데 쓰고 싶어서 그의 머리 위에서 잠시 지저귀었지만, 부리를 벌리려다가 두려움에 사로잡혀 빛을 향해 달려가 열린 창문으로 자취를 감추었다.

새를 쳐다보려고 머리를 드는 수도사가 한 명도 없었고, 마흔 명이 넘는 그들은 길고 좁다란 수도원 식탁에 몰려 앉아 머리를 숙이고는 별로 입맛이 당기지 않는 콩과 올리브를 씹으며 얼굴을 찡그렸다. 시중을 드는 사람이 조용히 돌아다니며 밀 빵을 나누어 주었다. 오늘은 성 금요일이었고, 수도사들은 부활이 이루어질 때까지 시간을 헤아리며 한숨을 지었는데, 부활의 순간은 언제 오려나, 사랑하는 하느님이시여! 높은 강단으로 올라간 키가 작은 사제가 수난의 복음서의 한 구절을 읽었다. 그는 동그랗고 창백한 얼굴이었으며, 이제는 더 이상 소년이 아니고 아직 어른도 아니어서, 제대로 자리가 잡히지 않아 귀에 거슬리는 쉰 목소리로 읽었다. 「그들은 골고타를 오르고 또 올랐으며, 앞서 가던 그리스도는 십자가의 무게에 눌려 허리가 굽어졌으니, 너무나 무거운 세상 사람들의 죄가 그에게 내려졌기 때문이다. 그들은 올라가고 또 올라갔으며, 그들의 뒤에서는 성모 마리아가 따라가면서 가슴을 치고 통곡했다. 그리고 다른 사람들, 수천 명의 여자들이 울었고, 입술이 신음하고, 손을 하늘로 쳐들어 천사들에게 내려오라고 손짓해 불렀다. 그리고 갑자기 깊은 침묵이 흘렀으며, 뒤이어서 땅속으로부터 가슴이 찢어지는 외침 소리가 났다. 〈울지 말아요, 성모님이시여, 용기를 내요, 용기를 내요, 성모님이시여, 그래야만 온 세상 사람들도 용기를 얻게 될 테니까요〉.」

새로 온 수련사가 끔찍한 고난에 관한 얘기를 귀에 거슬리는 목소리로 계속해서 읽어 내려가는 사이에 동이 터오기 시작했다. 납으로 만든 성당의 둥근 천장이 은(銀)처럼 빛났고, 길들인 커다란 검정 새가 우물 언저리에 앉았더니 수도사들이 가르쳐 준 찬송가를 휘파람으로 불기 시작했다. 깊은 골짜기에서 메추라기들이 깍깍거리고 우짖는 소리가 수도원 전체에 되울렸다.

식탁의 끝에 앉은 야나로스 신부가 눈을 들어 식탁의 한쪽 끝에서 다른 쪽 끝까지 늘어앉은 수도사들을 둘러보았고, 그의 이마가 분노로 일그러졌다. 그는 그들을 한 사람씩 살펴보려고 목을 길게 뽑았으며, 자비심과 역겨움을 느끼며 그들의 얼굴을 차례로 쳐다보았다. 그들은 늙고 멍청했으며, 비겁하고, 회의에 빠지고 탐욕스러운 인간들이었다. 그렇다면 거룩한 수도 생활이 그들을 이렇게 만들어 놓았다는 말인가? 그들은 하나같이 얼굴이 창백했고, 습기 때문에 썩었으며, 손과 발도 살이 빠지고, 얼굴에는 눈과 입과 콧구멍과 귀, 저마다 일곱 개의 구멍 이외는 아무것도 남지 않았다. 아니면 벽에다 그려 놓은 〈최후의 만찬〉이 오랜 세월이 흐르는 사이에 벗겨지더니 결국 밑으로 내려와 제자들이

249

걱정스럽게 말없이 앉아서 저렇게 기다리는 것은 아닐까······. 그들은 무엇을 기다릴까? 그들은 누구를 기다리는가? 그들은 왜 문 쪽을 쳐다볼까? 그리스도는 어디 계실까?

축축한 골짜기에서 올라온 냄새가 창문으로 흘러 들어왔고, 처음 눈을 뜬 새들이 지저귀고, 마당에서는 닭들이 울었고, 멀리서 뻐꾸기가 부드럽고 달콤하게 우는 소리가 들려왔다.

야나로스 신부는 관자놀이가 시원하게 느껴졌고, 눈을 감으니 카랑카랑한 목소리가 다시 들려왔다. 「저주를 받은 집시들이 망치를 들었는데, 그들은 못을 세 개 만들라는 명령을 받았지만 다섯 개를 만들어, 그리스도를 십자가에 못 박기 시작했다. 처음 내리친 망치질에 하늘이 흔들렸고, 두 번째 망치질을 듣고 천사들이 상처를 씻어 주기 위해 깨끗한 헝겊과 향수와 황금 물병에 담은 장미수(薔薇水)를 가지고 내려왔으며, 세 번째 망치질에 성모가 혼절했고, 그녀와 더불어 온 세상이 정신을 잃었으며, 암흑이 깔리니······.」

야나로스 신부는 그대로 눈을 감은 채, 그의 손과 발에 망치로 못이 박히는 듯한 고통을 느꼈고, 〈최후의 만찬〉 그림이 반쯤 벗겨진 벽에 머리를 기대었다. 제자들의 발치에 그려 놓은 엷은 푸른 빛깔의 점박이 하얀 개가 뼈다귀를 핥았다. 제단과 수도사들과 수도원이 사라졌고, 아토스 산도 사라졌다. 야나로스 신부는 십자가의 밑동 앞에 서서 위를 올려다보았고, 그가 물끄러미 쳐다보는 사이에 피가 뚝뚝 떨어졌으며, 그리스도는 그에게 시선을 고정시키고 빙그레 미소를 지었다.

야나로스 신부는 소리를 질렀고, 기절할 듯한 기분을 느꼈는데, 지금 그가 기뻐하는 마음은 그 정도가 전부였다. 복음서를 읽던 젊은 수도사가 더 이상 보이지 않으니까 그는 겁이 나서 벌떡 일어났고, 제단을 향해 손을 뻗었다. 「십자가에 매달린 그리스도를 저버리지 말아라.」 그가 소리쳤다. 「어서 서둘러 부활을 행하라.」

그는 골방 밖에서 사람들이 소란스럽게 떠드는 소리를 들었는데, 마당에서 사람들이 소리를 지르며 이리저리 뛰어다녔고, 여럿이 문을 두드리기 시작했다. 야나로스 신부는 눈을 떴고 거룩한 산이 사라졌으며, 길에 군중이 모였고, 이제는 그의 이름을 부르는 소리가 똑똑하게 들렸다. 그는 벌떡 일어나 문을 열고는, 머리카락을 어깨로 늘어뜨린 채로, 문간에 맨발로 서서, 좌우로 두 팔을 벌려 들어오는 사람들을 모두 막았다. 많은 남녀들이 모였는데, 그들의 얼굴은 달빛을 받아 사납게 빛났다.

「이것 보세요, 야나로스 신부.」 그들 가운데 한 사람이 소리쳤는데, 만드라스 노인의 날카로운 목소리 같았다. 「이봐요, 야나로스 신부, 이건 또 무슨 짓이죠? 종을 울리지 않을 거예요? 어서 성당 문을 열어요!」

「조용히 해요, 조용히 하세요! 소리는 그만 지르라고요!」 신부가 대답했다. 「오늘은 밤샘이 없고, 내일은 부활이 없어요. 집으로들 돌아가세요! 그리스도는 여러분이 동족상쟁으로 서로 죽이는 짓을 계속하는 한, 관 속에 누워 일어나지 않으십니다!」

「그게 무슨 소리예요? 그게 무슨 소리냐고요? 우리들에게 자비를 베푸소서, 주님이시여!」 군중 속에서 거의 미칠 듯한 목소리들이 외쳤다. 「그리스도를 믿는 세상 어디에서 도대체 당신은 그런 소리를 들어 봤나요?」

「당신은 하느님이 두렵지도 않아요?」

「그리스는 십자가에 매달려 처형을 당하고, 그리스를 십자가에 매다는 자들은 바로 여러분이고, 가리웃들이여, 그리스가 십자가에 매달리는 한 그리스도 또한 십자가에 매달릴 것입니다. 여러분이 서로 죽이는 한, 죄인들이여, 그리스도는 죽은 자들 가운데서 소생하지 않습니다. 칼리카나 프라스토바나 카스텔로에서, 사제복이 나에게 권한을 부여한 어느 곳에서도, 나는 그리스도를 소생시키지 않겠어요!」

「그럼 당신은 그리스도를 무덤에서 모시고 나오지 않겠다는 말인가요? 당신은 그리스도를 저렇게 일 년 내내 관 속에 둘 작정인가요? 그래요, 그건 당신이 범하는 죄이고, 당신의 양심 문제죠!」

「죄는 내가 저지르겠어요. 난 그럴 각오가 되었으니, 당신들은 집으로 돌아가요!」

만드라스 노인이 군중을 헤치고 나와 신부 앞에 서더니 지팡이를 치켜들었다. 「당신은 그리스도를 십자가에 매달고 부활을 시키지 않아도 된다고 생각하나요?」 입에서 거품을 내뱉으며 그가 말했다.

「그렇습니다! 나는 허락을 요구했으며, 허락을 받았어요. 여러분의, 여러분 모두의 손은 피투성이니까, 우선 가서 손부터 씻어요! 부활은 깨끗한 손과 깨끗한 마음을 의미합니다! 그리스도께서는 카스텔로에서 부활하기를 원하지 않노라고 나한테 말씀하셨습니다. 그리스도께서는 부활하기를 거절하셨어요!」

「오늘 저지른 행동 때문에 주교님은 당신의 사제복을 벗길 거예요, 유다 같으니라고!」

야나로스 신부가 웃었다. 「나한테 겁을 줄 생각은 하지도 말아요. 만일 주교님이 내 사제복을 벗긴다면, 난 사제복을 입지 않고 그냥 천국으로 걸어 들어갈 테니까요.」

어느 늙은 여자가 소리를 질렀다. 「걱정하지 말아요, 그리스도의 적이여, 우리 어머니들이 모여서 그리스도를 부활시킬 테니까요!」

「집으로들 돌아가요.」 야나로스 신부가 소리쳤다. 「가라고요!」

그가 문을 닫으려고 했지만, 만드라스 노인이 지팡이로 때려서 신부의 이마에서는 피가 뿜어 나왔다. 키리아코스는 돌멩이를 집어 던지려고 허리를 굽혔지만, 겁이 나서 돌멩이가 저절로 손에서 떨어졌다.

사람들에게서 욕설이 쏟아져 나왔고 검정 옷을 걸친 여자 몇 명은 머릿수건을 벗고 가슴을 치며 그리스도의 이름으로 통곡하기 시작했다. 야나로스 신부는 수염에서 뚝뚝 떨어지는 피를 닦아 냈다.

「동족상쟁을 일삼는 그리스인들이여.」 그가 소리쳤다. 「당신들이 부활을 원한다는 말이죠? 당신들이 감히 그리스도를 부활시키겠다는 얘긴가요, 바보들 같으니라고. 부끄러운 인간들!」 그는 문을 쾅 닫았다.

「염소수염!」 「사탄!」 「유다!」 사람들이 소리쳤고, 키리아코스는 용기를 내어 떨어뜨렸던 돌멩이를 다시 집어 문에다 던졌다.

「갑시다, 친구들이여!」 만드라스가 소리치고는 앞장을 섰다. 「대위에게 가서 저 불한당을 고발합시다!」

집들마다 안에서는 등불이 하나씩 켜졌고, 막사의 막침대에 누운 병사들은 소총을 옆에 놓고 나지막이 그들끼리 얘기를 나누었다. 바깥에 띄엄띄엄 배치된 경비병들이 귀를 기울였지만 들려오는 소리라고는 날아가는 재부엉이나, 배가 불러 울부짖는 자칼이나, 언덕 위로 슬프게 떠오른 달을 보고 굶주린 개가 짖어 대는 소리뿐이었다.

잠을 이루지 못하던 대위는 막사의 문턱에 앉아 시무룩한 표정으로 줄담배를 피웠다. 그가 맡은 마을이 위험에 처하고, 휘하의 병사들이 하나둘 탈영하고, 식량이나 탄약이 얼마 남지 않았는데, 어떻게 잠을 이루겠는가? 야만인들이 넘어오지 못하도록 좁다란 협곡을 경비하라고 이곳 황야에다 그를 버려두고, 그들은 그를 망각했다. 하지만 야만인들이 협곡을 넘나들면서, 이제는 마을에까지 들어왔다. 저주를 받아야 할 그들이 지금 산에서 회의를 여는 중인지, 밤에도 몰래 모여 무슨 일을 꾸미기라도 하는지, 누가 알겠는가!

그는 담배를 버리고는 낡아 빠진 군화로 짓밟았다.

「성채들이 내부로부터 점령을 당하는 거야.」 그가 중얼거렸다. 「외부가 아니고, 적은 내부에서 준동해. 나는 그들을 제거해야 되겠지! 그리고 신부를 제일 먼저 처리해야 하는데, 씹기에는 너무 크긴 하지만 그래도 난 그를 씹어 버리겠어!」

그는 몸을 일으켜 차가운 밤바람을 느껴 보려고 잠깐 산책을 나갔는데, 언덕 꼭대기에 반란자들이 불을 지펴 놓았고, 그 불을 보자 대위는 피가 머리로 몰렸으며, 언덕 쪽으로 주먹을 흔들어 보였다.

「명예스럽지 못한 자들아.」 그가 소리를 질렀다. 「제 나라를 팔아먹은 반역자들! 나는 너희들을 처치하고 말겠다!」

이 말을 하며 그는 심한 마음의 고통을 받았다. 처음 카스텔로로 왔던 무렵이 기억났는데, 어느 날 아침 그는 잠이 들었고, 언덕 밑 선구자 교회 안에서 잠드는 꿈을 꾸었다. 그런데 갑자기 그는 잠결에 누가 흐느껴 우는 소리를 들었으며, 눈을 떠서 보니 검은 상복을 입은 여자가 그의 앞에 서서 흐느껴 울었다. 그녀는 눈이 크고, 아주 예쁘고, 아주 창백했으며, 뺨과 턱으로 눈물이 흘러내렸다.

「당신은 누구인가요?」 그녀가 성모임에 틀림없다고 생각해서 두 손을 내밀며 그가 물었다.

「나를 모르겠느냐?」 그녀가 대답했다. 「나를 모르겠느냐고!」

「당신이 누구인데요?」 그가 다시 묻고 떨기 시작했다.

그녀의 목소리는 구슬프고 부드러웠다. 「나는 그리스란다, 내 아들아. 내 백성이 나를 멀리 쫓아 보내려고 하는구나. 나는 머리를 얹을 곳도 없고, 그래서 너한테로 안식처를 찾아왔단다, 아들아.」

그는 소리를 지르고 벌떡 일어났으며 얼굴에서는 눈물이 줄줄 흘러내렸다.

「어머니.」 그가 중얼거렸다. 「당신을 보호받지 못하는 상태로 홀로 남겨 두고 떠나지는 않을 테니까, 울지 마시고, 당신을 위해서라면 저는 목숨이라도 바칠 테니까, 신념을 잃지 마세요!」

그날부터 대위는 다른 인간이 되었다. 그는 세계 대전에서 수천 명의 용감한 투사들 가운데 한 명의 투사로, 수천 명의 그리스인들 가운데 한 명으로, 한 번은 알바니아의 산악 지역 그리고 또 한 번은 아프리카의 사막에서 싸웠다. 처음에 그는 평범한 한 명의 병사에 지나지 않았지만 서서히 용맹함을 발휘하여 처음에는 하사관의 띠를, 그러고는 장교의 별 계급장을 달기에 이르렀다. 그는 많은 다른 사람들이 그랬듯이 대위가 되었다. 하지만 그런 꿈을 꾸고 난 밤 이후로 그는 제대로 잠을 이루지 못했다. 그리스가 더 이상 그의 앞에서가 아니라, 이제는 그의 내면에서 소리쳐 그에게 도움을 청했다. 만일 그리스를 잃게 되면 그것은 자신의 탓이리라고 그는 생각했다. 만일 그리스가 구원을 받는다면 내가 구원하는 셈이리라. 그리고 나는 분노하여 싸움터로 뛰어들리라. 꼭 한 번, 저주를 받아 마땅한 날이었지만, 꼭 한 번 그는 그리스를 망각했었다. 어느 날 밤에 그가 싸움터에서 돌아와 보니 아내가 집에 없었는데, 그녀는 반란자들과 한패가 되려고 산

255

으로 올라가 버렸다.

그는 침을 뱉고는 돌아서서, 어느새 한밤중이 되었으므로 막사로 돌아갔고, 식은땀이 이마와 겨드랑이에서 쏟아져 내렸다.

「저를 용서하소서, 어머니시여.」 그가 중얼거렸다. 「저는 그날 당신을 망각했었는데, 우리들은 불우하고 가련한 인간에 지나지 않아서, 우리들은 아내를 사랑하고, 아내 때문에 스스로 굴욕감을 느낍니다.」

그는 다리를 포개고 앉아 머리를 막사의 벽에다 기대었고, 그의 생각은 멀리 루멜리아의 마을로, 그의 어머니에게로, 아프리카의 사막으로 흘러갔으며, 이성은 그를 카스텔로와 야나로스 신부와 그의 병사들에게로 다시 돌아오게 했고, 지금쯤 누구하고 잠자리를 같이 하는지는 하느님이나 아실 뻔뻔스러운 아내 생각에만 몰두하게 그냥 내버려두지 않았다. 그러나 그의 이성은 거듭 아내 생각으로 돌아가고는 했다.

「그녀에게 하느님의 저주가 있으라, 그녀에게 하느님의 저주가 있으라.」 그가 중얼거렸다. 「사자가 두려워하는 대상은 오직 한 가지 ── 이〔蟲〕뿐이지만, 나는 그녀 때문에 좌절하지 않으리라, 좌절하지는 않으리라!」

그는 담배에 불을 붙이고 다시 몸을 뒤로 기대었다.

마을 언저리 병사(兵舍) 근처 어느 동네에서 문이 하나 반쯤 천천히 열리더니 머리에 빨간 끈을 두른 늙은 여자의 얼굴이 나타났다. 그녀는 아래위로 길을 살펴보았는데, 텅 빈 거리에는 등불이 모두 꺼졌고, 그래서 늙은 여자는 용기를 내서 문 밖으로 나섰다. 그녀는 맨발이었고, 누더기 어깨 수건을 둘렀고, 몸을 움츠리고 이 벽에서 저 벽을 타고 걸어가면서, 혹시 누가 따라오지나 않는지 자주 뒤를 돌아다보았다. 그녀는 소리 없이 막사로 접근해서 이제는 깊은 생각에 잠겨 벽에 기대고 선 대위의 모습을 보았다. 가슴이 심하게 두근거려서 그녀는 숨을 돌리려고 잠깐 걸음을 멈추고는 벌벌 떨었다. 달빛이 비춘 그녀는 늙어서 온통 주름살투성이였고, 커다란 눈에서는 불꽃이 이글거렸다. 그녀는 두 손이 차갑고 뻣뻣하며 빨래를 많이 해서 닳아 빠졌고, 길거리에서 그녀를 만나기만 하면 마을 사람들이 요란하게 웃고 놀려 댔기 때문에 밤이나 이른 새벽에만 바깥출입을 했다. 그녀는 만드라스 노인의 집에서 어릴 적부터 하녀로 일해 온 키라 폴릭세니였다. 그녀는 나이가 육순이었고, 말년에 이른 지금까지도 머리에 빨간 끈을 두르고는 했다. 처녀로 오랜 세월을 살아왔기 때문에 정신에 영향을 받아서 그녀는 가끔 현기증을 일으켰고, 땅바닥에 쓰러져 소리를 질러 대는 일도 적지 않았다. 별로 오래전 일도 아니었지만 그녀는 마을 백정인 서른 살의 젊은 남자 타나시와 사랑에 빠졌었다. 토요일 밤이면 그녀는 빨간 끈을 머리에 매고 푸줏간 바깥에서 한숨을 지으며 서성거렸다.

「당신은 언제 나하고 결혼을 할 생각이에요, 키르 타나시?」그와 단둘이 있을 때마다 그녀가 물었다. 「우린 언제 결혼을 하게 되나요? 난 더 이상 기다리기가 힘겨워요.」그러면 그녀를 떼어 버리기 위해서 그는 이렇게 대답하고는 했다. 「우린 아이를 잔뜩 낳을 거고, 당신도 알다시피 아이를 키우려면 돈이 드는 데다가 난 당신도 여왕처럼 살기를 바라기 때문에 많은 지참금이 필요해요, 우리 귀여운 산비둘기.」

「얼마나 많은 지참금을 바라시는데요, 타나시?」

「난 그물 침대 열두 개에, 은으로 만든 향로 여섯 개, 남자 속바지 50벌을 원해요.」

「좋아요, 우리 소중한 사람, 내가 주인한테 가서 얘기해 보겠어요.」 그녀는 집으로 돌아가서 만드라스 노인의 발치에 엎드렸다.

「주인님.」 그녀는 만드라스에게 말했다. 「저를 불쌍히 여기셔서, 키르 타나시와 결혼하게끔 그물 침대 열두 개와, 은 향로 여섯 개와, 남자 속바지 50벌을 주세요. 그것들을 장만해 놓지 않으면 그는 나를 받아 주지 않겠대요.」

만드라스 노인이 웃었다. 「망할 자식 원하는 게 너무 많아서, 난 못 주겠구먼, 폴릭세니. 내가 어디서 속바지 50벌을 구하겠어? 녀석 마음대로 하라고 해.」 그러면 가엾은 여자는 백정에게 되돌아가고는 했다. 「주인님이 그걸 다 줄 수가 없다고 그러시는군요. 너무 많다면서요.」

「글쎄, 그렇다면 그냥 운이 안 닿는 모양이니까, 우린 운명을 거역하면 안 되겠죠?」

「우리 도망쳐요!」 그녀는 엉덩이를 움찔거리며 대답했다.

「좋아요.」 재촉을 견디다 못해서 어느 날 밤 그는 그녀에게 말했다. 「내가 자정에 당신을 데리러 갈 테니까, 도망치기로 하죠. 그럼 당신은 준비를 해요.」 그녀는 다시 집으로 달려가서 모든 사람이 잠들기를 기다려 목욕과 세수를 하고는 머리를 빗은 다음에 옷을 바꿔 입고 앞문 뒤에 숨어서 기다렸다. 그녀는 기다렸고…… 자정이 왔다가 가고, 동이 터왔지만 키르 타나시는 나타나지도 않았다! 가엾은 폴릭세니는 낙심한 나머지 병이 들었고, 현기증이 점점 더 잦아졌고, 이성이 둔감해졌으며, 여러 해가 흘러갔다. 하지만 그녀의 마음만은 그냥 한가하지가 않아서, 이번에는 직조공 스텔리아노스를 사랑하게 되었다. 목소리가 굵직하고 귀가 크기 때문에 폴릭세니는 그를 좋아했다. 어느 날 저녁 그녀는 성당에서 저녁 기도가 끝나고 사람들이 모두 가버린 다음에 그를 구석으로 몰아세웠다. 「내 사랑 스텔리아노스.」 그녀가 말했다. 「나하고 결혼하지 않을래요?」

「내가 어떻게 결혼해요, 폴릭세니?」 그는 그녀의 딱한 처지를 이해했고, 그녀를 불쌍하게 생각했다. 「내가 벌써 결혼한 몸이라는 사실이 내 잘못일까요? 하지만, 내가 확실히 알기로는, 육군 장교인 우리 형 소포클레스가 당신을 사랑하더군요. 마을로 돌아올 때까지 기다려 주면 형이 당신하고 결혼할 거예요.」

교활한 만드라스 노인은 이 얘기를 듣고 스텔리아노스를 찾아갔으며, 그들은 함께 얘기를 나누고는 계략을 꾸몄다. 그리고 폴릭세니가 스텔리아노스한테 가서, 그녀가 사랑하는 이가 언제 오느냐고 물었더니, 그는 방금 형에게서 편지를 받았노라고 말했다. 「그럼 그이가 나에 관해서 무슨 얘기를 했나요, 스텔리아노스?」

「형이 성탄절에 오겠다면서, 당신한테 몇 가지 소망을 전해 달라고 그랬는데, 계속해서 훌륭한 가정부 노릇을 하고, 주인의 닭장을 계속 깨끗하게 청소하고, 불평 없이 빨래도 하고, 그릇들을 깨뜨리지 않도록 조심하기만 바란다는 얘기를 했고, 또한 당신은 장교의 애인이니까 만드라스에게 봉급을 올려 달라고 요구하는 따위 옹졸한 짓을 하지 말라는 얘기도 했으니까 — 잊지 말아요! 당신은 자랑스럽겠어요!」

그녀는 성탄절이 오기를 기다렸고, 성탄절이 왔다가 갔다. 다음 성탄절도 왔다가 갔고, 여러 해가 흘러갔다. 키라 폴릭세니의 머리는 백발이 되었으며 젖은 축 늘어지고, 이도 빠지고, 윗입술 위에는 솜털이 많아졌다. 그러다가 내란이 터졌고, 대위가 마을로 오게 되었다. 「우리 형 소포클레스가 이곳으로 왔어요.」 스텔리아노스가 그녀에게 말했다. 「가서 형을 만나 얘기를 나눠 봐요.」

그래서 이제 밤이면 밤마다 불쌍한 여자는 누더기 어깨 수건을 몸에 두르고는 마을 사람들이 잠든 다음 소리 없이 집에서 부대 쪽으로 몰래 가서는, 대위가 혼자일 때면 그에게로 다가가서 벌벌 떨고는 했다. 한번은 대위가 때리려고 손을 번쩍 들었더니 그녀는 행복해서 두 손을 포갰다. 「저를 때려 주세요, 내 사랑.」 그녀가 말했다. 「내 몸에 닿는 당신의 손을 느끼게 나를 때려 주세요.」

하지만 오늘 밤 갑자기 그녀가 한숨짓는 소리를 듣고 그는 화가 치밀어 올랐다. 「난 오늘 밤 기분이 좋지 않아요.」 그가 고함쳤다. 「그러니까 어서 가요!」

「좋아요, 알겠어요, 전 가겠어요.」 그녀가 얌전히 말했고, 구멍 투성이인 어깨 수건을 바싹 여미면서 몸을 돌려, 이 벽에서 저 벽으로 달려가 자취를 감추었다.

「난 이곳에서 머리가 돌아 버리고 말겠어.」 대위가 투덜거리고는 오락가락 서성거리며 반란군과 선생과 야나로스 신부와 백치 같은 여자에게 욕설을 퍼부었다…….

「이리 오게, 미트로스.」 그는 부하 병사를 불렀다. 「앉게나. 자네는 야나로스 신부라는 악마 같은 성직자를 어떻게 생각하나?」 병사는 얼굴을 찌푸리며 머리를 저었다.

「제가 무얼 알겠습니까, 대위님? 참 이상한 일이어서, 그가 근처에 없을 때면 전 신부를 두려워하지 않고, 사실 그의 수염을 움켜잡고 한 가닥씩 뽑을 자신도 생겨요. 하지만 그가 눈에 띄기만 하면, 전 꼼짝도 못한답니다! 무릎이 굳어 버리죠. 그것이 도대체 무엇을 의미할까요? 대위님은 신부의 얘기가 진실이라고 생각하시나요? 하지만, 맙소사, 만일 그의 말이 사실이라면 우린 정말로 악마한테 당한 셈이죠!」

「신부가 무슨 말을 했기에 그러나, 미트로스? 얼굴은 그만 찡그리고 얘기를 해봐!」

「신부님이 이렇게 말했어요. 〈그리스도는 내 오른쪽에 서 계시고, 나 이외에는 아무도 그를 보지 못하고, 그렇기 때문에 나는 어느 누구도 두려워하지 않는다.〉 그의 말이 진실이라고 생각하시나요, 대위님?」

대위의 분노가 더욱 끓어올랐다. 「자네도 머리가 돌아 버리기 시작한 모양이구먼, 미트로스. 우리들이 모두 정신이 이상해지기 전에 이곳을 떠나야 할 때가 된 듯싶고, 난 그래서 자네를 불렀다네. 내 말 듣게나. 난 야나로스 신부의 행동이 조금도 마음에 들지 않아. 자네는 신부가 어떤 사람인지 모르겠나? 신부는 좀 지나칠 정도로 위험하고, 병사들과 몰래 얘기를 나누고, 걸핏하면 폐병 환자 볼셰비키 선생을 찾아간단 말야. 사기꾼 같은 신부가 산으로 올라간 반역자 아들과 무엇인지 일을 꾸미는 중이니까, 내 말을 잘 새겨 두라고. 자네는 어떻게 생각하나? 이봐, 난 자네한테 얘기를 하는데 자네는 정신을 어디다 팔고 있지?」

병사는 머리를 저었다. 「전 뭐라고 해야 할지 모르겠습니다, 대위님. 제가 머릿속에서 몰아내려고 자꾸만 애쓰는 생각이 하나 있는데, 그게 통 머리에서 떠나려고 하지 않아요. 이번 성주간 내내 그것은 밤낮으로 저를 속에서 파먹어 대는데, 제가 보기에는 대위님이 다행히도 오늘 밤엔 기분이 좋으신 모양이어서 질문을 해도 될 듯싶은데요, 괜찮겠습니까?」

「얘기해 보게나.」

「대위님은 성모의 허리띠가 진짜라고 생각하십니까?」

대위가 머리를 갸우뚱했다. 「그런 데다 왜 신경을 쓰나, 미트로스? 진짜건 가짜건 간에 그건 할 일을 제대로 하잖아. 자넨 막사를 지나가며 수도사가 뭐라고 소리를 지르는지 들었겠지, 안 그런가? 〈죽여라! 죽이고는 성모님으로부터 축복을 받으라! 붉은 두건들을 죽이고 성스러운 인간이 되어라!〉축복받을 일이지만 그는 그렇게 외쳤다네! 사람들은 수도사의 입을 통해서 하느님의 목소리를 듣고 더욱 열심히 적을 죽일 테니까, 허리띠는 대포보다도 훨씬 효과적이야.」

「하지만 야나로스 신부는 자기가 하느님의 목소리라고 그러던 대요, 대위님.」병사가 용기를 내어 반박했다.「그러면서 그는 완전히 다른 내용의 설교를 하더군요. 〈죽여라, 죽여라!〉라고 한 사람이 외치고, 〈죽이지 말아라, 죽이지 말아라!〉라고 다른 사람이 외쳐 대니, 두 사람 가운데 누가 참된 하느님의 목소리인가요? 아니면 하느님은 목소리가 여럿인가요?」

대위가 코웃음을 쳤다.「바보 같은 소리 하지도 말게나, 미트로스.」그가 말했다.「자네는 세계 각처에서 어떤 일이 벌어지는지 모르나? 아니면 자네는 우리 나라에서만 반란자들이 날뛴다고 생각하나? 세상의 다른 모든 곳에서는 어떤 일이 벌어진다고 자넨 생각하나? 누가 용기를 내어 머리를 번쩍 들면, 탕! 그러면 고꾸라지는 거야! 우리들도 그렇게 해야 되지. 그것이 거룩한 허리띠가 의미하는 바이니까.」

「하지만 언제까지 그래야 하나요? 전 러시아인들이나 중국인들이나 아프리카인들이 무엇을 하고 지내는지는 알지 못하지만, 우리들은 숫자가 얼마 안 되니까 완전히 제거되겠고…….」

「그런 소리는 그만 해!」대위가 불안한 태도로 말했다.「만일 우리들이 이런 처지에서 의문을 품기 시작한다면, 하느님이 도와주셔야지 ─ 그렇지 않으면 우린 모두 악마에게 끌려가고 말아! 군인은 질문을 하지 않고 죽여야 하는 인간이야. 그럼 가보게나!」

제12장

달이 산봉우리 위에 걸렸고, 달빛에 가려 별들이 희미해져서 보다 가까운 몇 개의 별만이 고요한 밤에 빛났다. 대지에서는 하느님의 존재와 유황의 냄새가 났다. 결심을 굳힌 야나로스 신부는 힘들고 가파른 언덕을 서둘러 올라갔다. 가끔 부엉이 한 마리가 구슬프게 울면서 이 바위에서 저 바위로 퍼덕거리고 날아갔고, 야나로스 신부는 부엉이 쪽으로 커다란 머리를 돌리고는, 혹시 앞에 숨어서 기다릴지도 모르는 악운을 쫓아 버리기 위해 공중에다 침을 세 차례 뱉었다.

그는 누더기 사제복을 여미어 널찍한 가죽 허리띠 밑으로 쑤셔 넣었고, 무릎까지 드러낸 두 다리는 늙은 올리브나무의 밑둥처럼 뒤틀리고 옹어리가 졌으며 달빛을 받아 빛났다. 가시처럼 사납게 일어서고 아직도 시커먼 눈썹을 가릴 정도로 모자는 푹 눌러 썼으며, 빨리 움직이는 험악한 눈은 깊숙한 눈구멍 속에서 번득였다.

그는 재빨리 주변과 뒤와 앞을 살펴보았다. 야나로스 신부는 온통 바위와 자갈투성이인 이곳 험한 산들을 잘 알았다. 푸른 수목이나, 풀을 뜯는 양 떼나, 마을이나, 사람은 전혀 없이, 산에는 가시 돋은 백리향과 야생화와 초라한 덤불뿐이었다. 하늘에는 말똥가리들이, 그 위에는 매들이, 그리고 더 높은 곳에는 굶주린 독수리들이, 그리고 또 더 높은 곳에는 — 하느님이 존재했다!

「가엾은 그리스!」 비와 해로 강인해진 머리를 설레설레 저으며 야나로스 신부가 중얼거렸다. 「불쌍하고 불우한 그리스! 너는 온통 바위와 황량함과 굶주림뿐이고, 온통 피투성이로구나!」

그의 시선은 이제 훨씬 천천히, 훨씬 자비롭게, 이쪽저쪽으로, 이 언덕에서 저 언덕으로 옮겨 가면서 그리스의 어깨들을 어루만졌다. 천천히, 부드럽게, 자비와 긍지가 담긴 눈으로. 그리고 그가 어루만지는 감촉을 느낀 듯, 사랑하는 시선을 받아 살아난 그리스가 행복해서 떨었다.

그는 굵직한 지팡이에다 턱을 얹었고, 옛 추억들이 되살아나서 가슴이 부풀어 올랐으며, 더 이상 속에 담아 두기가 어려운 추억이 밖으로 빠져나오려고 늙은 가슴을 두들겼다. 「너는 어디로 가려고 그러느냐?」 추억이 마치 노래를 들으려고 새장에다 그가 가둬 두었던 사랑스러운 메추라기인 듯, 늙은 투사가 물었다. 「어리석은 것아, 너는 어디로 가겠느냐? 이곳에 머물면 너는 아무 걱정도 없을 테니까, 가만히 앉아 있거라!」

「너는 영광과 굶주림이 전부구나, 불쌍한 나의 그리스여.」 그가 소리쳤다. 「발끝부터 머리끝에 이르기까지 너는 온통 영혼이로구나. 너는 파괴되어서는 안 되고, 그렇다, 그리스여, 우리들은 네가 파괴되도록 가만 내버려두지 않으리라!」

그는 머리를 젖히고, 지팡이를 힘껏 잡아 선서라도 하는 듯 힘차게 땅을 찍었다. 그러더니 그는 피로 흠뻑 젖은 황량하고 벌거벗은 언덕들을 둘러보았고, 바위와 절벽들을 보고 신성한 경외감에 사로잡혔다.

「하느님은 이곳 험한 언덕에서 탄생했도다.」 그가 중얼거렸다.

「그리스의 신, 에브존[1]에 각반을 찬 우리들의 신, 만물의 창조주는 피로 얼룩진 바위로 만들어졌도다. 모든 국민은 그들 나름대로의 신을 섬기지만, 이것이 우리들의 신이니, 우리들처럼 끈질기고, 고통을 받고, 천 번의 상처를 입은 신을, 그의 돌이 우리들의 돌이고 그의 피가 우리들의 피인 불멸의 신을 우리들은 섬긴다.」

그는 허리를 굽혀 새로운 피가 튀어 얼룩진 검은 조약돌을 하나 집어 입을 맞추고는, 그것이 성스러운 빵이기라도 한 듯 아무도 밟지 못하게 절벽의 틈바구니 속으로 집어넣었다.

그는 백리향 같은 냄새가 나고 돌처럼 단단한 〈눈에 보이지 않는 존재〉를 주변에서 느꼈으며, 사람이 살지 않는 산꼭대기에는 하느님이 가득했고, 야나로스 신부의 마음은 종마처럼 울부짖었고, 그는 세상에 적막하게 홀로 존재하지 않았고, 하느님 전체가 그와 함께였으며, 그는 두 손아귀와 마음속에서 갑자기 초자연적인 힘을 느꼈고, 새로운 용기를 얻었으며, 그의 발밑에서는 다시 돌멩이들이 구르기 시작했다.

다른 해였더라면, 성 토요일인 내일 같은 날에는, 마을에 너무나 감미로운 향기가 감돌았으리라! 아궁이에는 불을 지피고, 갓 문질러 닦은 문지방들이 반짝이고, 흥분한 아낙네들이 부활절 빵과 빨간 달걀을 가득 담은 커다란 바구니를 겨드랑이에 끼고 분주하게 들락날락거렸다. 얼마나 벅찬 기쁨이었던가! 농부들은 얼마나 밝은 표정이었으며, 얼마나 더 멋진 모습으로 보였던가! 일년 내내 그들의 얼굴은 늑대나 돼지처럼 보였으나, 이날만큼은 그리스도가 그들의 내면에서 부활하여, 인간이 된 그들의 표정이 부드러워졌다. 야나로스 신부는 서둘러 자정에 카스텔로에서 그

---

1 그리스 군인들이 입던 널찍한 치마 같은 옷.

리스도를 부활시키고, 다음에는 황금빛으로 수를 놓은 사제복을 겨드랑이에 끼고 당장 언덕들을 순례하는 길에 나서서, 날이 밝기 전에 칼리카 마을로 빨리 가서 그곳에서도 그리스도를 부활시키고, 다음에는 다시 길을 떠나 아침 첫 햇살이 퍼질 무렵에 숨을 헐떡이고 땀을 흘리며 프라스토바에 다다르고는 했었다! 햇빛에 듬뿍 젖어 자그마한 교회가 반짝였으며, 벽에다 그린 고행 성자들이 미소를 지었고, 그리스도는 야나로스 신부를 기다렸고, 야나로스 신부는 절을 하고, 경배를 드리고, 그리스도를 무덤에서 일으키고, 마치 그리스도가 죽은 아들의 시체이기라도 한 듯 다정하게, 고통스럽게, 천천히 천천히, 팔을 잡아 주었다. 그는 그리스도를 하데스에서 데려오기 위해 거룩한 성전을 읽고, 묵직한 은빛 복음서를 펼치고 성당 마당의 연단에 올라서서, 더욱 굵은 목소리를 내면서 읽었다. 「안식일 다음날 이른 새벽의 일이었다. 아직 어두울 때에 막달라 여자 마리아가 무덤에 가보니 무덤을 막았던 돌이 이미 치워져 있었다.」 그러면 당장 모든 사람의 가슴에서 외침이 울려 나왔다. 「크리스토스 아네스티(그리스도께서 부활하셨도다)!」 촛불을 모두 다 켜놓으면 주변이 펄럭거리는 희미한 빛으로 가득 차고, 콧수염과 눈과 입술과 땋아 내린 머리가 반짝이고, 사람들이 서로 껴안고 입을 맞추는 동안, 지치기는 해도 즐거워진 야나로스 신부는 사제복을 접고, 소매를 걷어 올리고, 몸을 돌려 햇빛을 받으며 카스텔로 쪽으로 달려가고는 했다.

그는 피곤했고, 갑자기 발이 무겁게 느껴졌다. 그는 산등성이에 이르렀고, 황폐한 선구자 교회에서 잠깐 걸음을 멈추었는데, 폐허를 쳐다보고 있으려니까 입 안이 씁쓸한 맛으로 가득 찼다. 며칠 전 이곳에서 전투가 벌어져 외딴 교회에 포탄이 떨어졌었다. 지붕과 벽들이 무너지고 오래된 비잔티움 성상들이 허공에 매달렸다.

그는 돌무더기와 무너진 대들보들 위로 올라가서 안으로 들어가 모자를 벗고는 허공에 경배했다. 성단의 굴곡이 진 부분에 걸렸던 그리스도와 성모의 전신(全身) 크기의 그림들이 구겨져서 제단 위에 페인트와 석면 더미를 이루었다. 하나만 남은 벽에는 노랗고 뼈가 앙상한 목에, 수염은 비비 뒤틀리고, 피부는 양가죽 같으며, 다리가 갈대처럼 가느다란 선구자의 그림이 장식되었다. 하지만 포탄이 성난 선지자의 한가운데 맞아서, 배가 터져 석고와 돌과 흙 따위 내장이 드러났고, 그나마도 산들바람이 조금 불거나 보슬비가 내리기 시작하면 결국 무너져 벽의 밑바닥에 그려 놓은 선지자의 발끝과 요르단 강 한 조각만 남을 운명이었다. 두 개의 초라한 나무 촛대에서 아직 연기가 났고, 선조(線條) 세공을 한, 포도 덩굴을 낡은 금판(金板)에다 새긴 성상막은 재가 되었다.

내장이 터져 나온 선구자를 뚫어져라 쳐다보던 야나로스 신부의 마음속에서는 분노가 치밀었다. 「어서 떠나는 게 좋겠어.」 그가 말했다. 「나는 더 이상 못 참겠고, 당신은 전능하시기 때문에, 주여, 당신 자신을 주체하겠지만 저는 그러지 못하기 때문에, 또다시 신성 모독을 범하기 전에 저는 이곳을 떠나는 게 좋겠어요.」

욕설이 혀끝에서 맴돌았지만 그는 서둘러 폐허 더미를 넘어 밖으로 나갔다. 아직 그대로 남은 북쪽 벽을 돌아 걸어가던 그는 짙은 핏자국이 눈에 띄자 흠칫 걸음을 멈추었다. 가까이 다가간 그는 여자의 땋은 머리카락과 핏자국을 보았으며, 벽의 여기저기에 골이 달라붙어 있었다. 야나로스 신부의 눈에는 눈물이 가득 고였고, 분노가 그를 삼켰으며, 그는 큼직한 손바닥으로 눈을 닦고는 자신을 가누려고 했지만, 벽에서 시선이 떨어지지 않았다.

겨우 이틀 전에 이곳 한적한 교회에서 그는 그들의 고해를 든

고 영성체를 나눠 주었다. 그러고는 마음이 흔들려 그는 그곳을 떠나려고 했지만, 부끄러운 생각이 들어 그냥 남아서 그들의 처형을 지켜보았다. 일곱 명이 처형을 당했는데, 늙은 여자 세 명과 처녀가 네 명이었다. 반란자들을 도왔다고 아토스 산에서 온 수도사가 그들을 밀고했으며, 그들은 어느 날 밤 치즈와 빵과 두툼한 양말과 겨울밤에 반란자들을 위해 몰래 짜둔 스웨터를 담은 자루를 가지고 산을 올라가다가 붙잡혔다.

정부군이 그들을 벽 앞에다 나란히 세웠다. 총살 집행을 맡은 분대장은 순박하고 착한 루멜리아 출신의 청년 미트로스 병장이었는데, 그는 조용하고 순진하고 먹기를 좋아했으며, 마음은 항상 멀리 카르페니시 부근의 작은 마을에 사는 아내와 어린 아들에게 가 있었지만, 그날은 입술이 일그러지고 눈에는 핏기가 올랐다. 그들이 일곱 명의 여자를 죽이라고 그에게 시켰으며, 그의 두뇌는 혼란에 빠졌고, 내면에서는 그의 마음이 저항했고, 저항의 목소리를 막아 버리려고 그는 분노해서 외쳐 대었다.

미트로스는 벽 앞에다 줄지어 세운 일곱 여자를 향해 돌아섰고, 그가 고함을 지르자 야나로스 신부는 겁이 났는데, 그것은 그의 목소리가 아니라 순진한 루멜리아 사람 미트로스의 가슴속에서 잠이 깨어 으르렁거리는 옛날의 털투성이 야수가 지르는 소리였기 때문이다. 「그래, 더러운 볼셰비키들아, 이제 내가 너희들을 처치하겠다! 무슨 할 말이 남았느냐? 어서 해봐!」

「할 말은 없어요, 아무것도 없어요, 아무것도요!」 세 명의 늙은 여자가 한 사람씩 대답했다.

네 번째였던 프라스토바 출신의 열여덟 살 난 선생 크리술라가 머리를 들었고, 채찍에 맞아 상처가 나고 피투성이인 벌거숭이 잔등에선 머리카락이 쏟아졌다.

「난 할 말이 남았는데요.」

「어서 얘기해 봐, 갈보 같은 년아!」

「그리스 만세!」

그리고 이어서 그들 일곱 명이 모두 그리스의 국가를 부르기 시작했다. 「조상들의 뼈에서……」

하지만 총성이 울렸다.

신부가 성호를 긋고 다가가서 만신창이가 된 유해를 경배했다. 「나는 묻지 않겠다.」 그가 중얼거렸다. 「나는 누가 옳고 누가 옳지 못한지 묻지 않겠고, 늙었기 때문에 모든 이성의 지각을 상실했으므로 나는 알지 못한다. 하지만 나의 내면에서는 마음이 소리친다. 내 마음은 외친다. 〈언젠가는 일곱 명의 여성 선구자들을 위해서, 이곳 폐허 위에 새로운 교회가 일어설지도 모른다!〉」

그는 몇 분 동안 그곳에서 깊은 생각에 잠겼다가 절을 하고는 땅바닥에서 불에 그을은 돌멩이 하나를 집어 들고 안으로 들어갔다. 「나는 그들의 이름을 벽에다 기록하리라.」 그가 말했다.

그리고 그는 하얀 수성 도료를 칠한 벽에다 커다랗고 굵직한 대문자로 써내려가기 시작했다. 펠라지아, 프로소, 아레티, 크리술라, 카테리나, 마르타, 데스피니오.

「벽에다 무얼 그리고 계신가요, 영감님? 애도문인가요?」

일곱 선구자들과의 거룩한 상봉을 떨쳐 버리면서 신부가 벌떡 일어섰다. 그의 앞에 선 수녀 같은 옷차림의 여인은 키가 크고, 뼈마디가 굵고, 눈썹에는 자부심이 담겼으며, 숱이 많고 곱슬거리는 금발 머리가 검정 우단 모자 밑으로 쏟아져 내렸고, 눈은 암호랑이처럼 달빛을 받아 반짝였다. 야나로스 신부는 그녀가 대위의 아내라는 사실을 알았다.

「무엇 하러 여길 왔나요?」 그가 물었다. 「어디로 가시는 길인데요?」

「산으로 가는데…… 얘기도 못 들으셨나요, 영감님? 난 동지들에게 연락 사항을 전해 줍니다.」

그녀는 성큼성큼 다가왔고, 냉소적인 그녀의 목소리가 들려왔다.

「저한테 축복을 해주시겠어요, 신부님?」

신부는 손을 번쩍 치켜들었다가 역겨운 표정으로 다시 내리며 허공을 갈랐다. 「당신들 모두, 붉은 두건들이나 검은 두건들이나 가릴 것 없이 모두, 내 축복과 저주를 함께 받아요! 당신은 왜 가정과 남편을 버렸나요, 뻔뻔스러운 여인이여. 어떤 마귀가 당신을 홀려서 끌고 왔나요?」

여자가 웃음을 터뜨렸다. 「당신은 마귀라고 부르지만, 난 그걸 자유라고 부릅니다.」

「덕이나 선이 없는 자유라면 그것은 악마의 자유예요. 자유가 남편을 버리고, 마을을 불태우고, 사람을 죽이는 행위를 의미하나요? 난 그런 얘기는 이해를 못합니다.」

「당신은 늙었어요, 야나로스 신부님. 당신은 늙었다고요! 세상은 앞으로 나아가고 당신보다 앞섰기 때문에, 신부님은 세상을 이해하지 못하게 되었어요. 우린 할 일이 많기 때문에 난 신부님하고 얘기를 나눌 시간이 없습니다. 건강하시기 빕니다, 영감님!」

여자가 웃고는 바위들을 뛰어넘어 산을 올라가기 시작했다. 그녀는 잠깐 걸음을 멈추고는 모자를 벗어 땀을 씻었으며, 머리카락이 그녀의 어깨로 흘러내렸다.

「여보세요, 야나로스 신부님, 이제는 우리 차례가 되었으니 자리를 비켜 주셔야 해요.」 그녀가 소리치고는 가던 길을 서둘렀다.

야나로스 신부는 산을 올라가 뒷모습이 사라질 때까지 그녀를 지켜보았다. 잠깐 동안 그는 자신을 망각했다. 「저 놀라운 힘.」신부가 중얼거렸다. 「저 생명력, 저 젊음! 나는 왜 저런 몸으로부터 덕망과 명예를 요구하는가? 그녀가 세상을 잔뜩 먹어 포만한 상태로, 입 안에는 재를 가득 채우고, 우선 육체를 소모시키게 해야 한다. 그러면 폐허로부터 덕과 선이 나타나리라.」

야나로스 신부는 작년에 중대장인 남편을 찾아 그녀가 카스텔로로 왔던 날이 머리에 떠올랐다. 그녀를 환영하려고 나온 마을 사람들이 모두 지켜보는 앞에서 입 맞추며 포옹하던 그들의 기쁨은 얼마나 벅찼던가! 대위가 그녀를 두 팔로 안아 올렸고, 그의 성난 눈이 부드러워지며 눈물이 가득 고였다! 두 달, 석 달이 지나갔고, 그러던 어느 날 밤 그가 전투에서 집으로 돌아와 보니 집이 텅 비고 아무도 없었으며, 아내는 그를 버리고 산으로 들어가 반란자들과 한패가 되었는데, 그녀는 너무나 많은 피와 살인과 불의를, 너무나 많은 진실을 보았었고, 더 이상 견디기가 힘들었기 때문에 〈나는 더 이상 당신과 같이 살 수가 없어요. 난 떠나겠어요〉라는 쪽지를 탁자 위에 남겨 놓고 집을 나갔다. 그리고 편지의 끝에는 〈보복을 위해 무장도 안 한 죄 없는 사람들을 죽이는 짓은 그만 하세요〉라는 말도 덧붙여 두었다.

대위는 쪽지를 거듭 읽고 또 읽었으며, 아무 말도 하지 않고 입술을 깨문 채 부르르 떨기만 했다. 때는 밤이었고, 그는 집에서 나가려고 문으로 돌아섰지만, 발이 걸려 고꾸라져 문설주에 머리를 부딪혔다. 그는 아무런 통증도 느끼지 않았고 몸을 일으키지도 않았으며, 그냥 자세만 바꿔 벽에 기대고 일어나 앉아서 담배에 불을 붙여 물었다. 1월이어서 살을 에는 듯 추운 날씨였지만, 대위는 머리를 뒤로 젖히고 앉아서, 공허한 눈으로 하늘을 올려

271

다보았다. 이튿날 아침 미트로스는 대위가 콧수염에 고드름을 달고 아직도 문에 기댄 채로 잠든 모습을 보았다.

대위는 눈을 떴지만 말은 하지 않았고, 몸을 일으키더니 분대장이 내민 손을 밀쳐 버리고는 성당 쪽으로 돌아섰다. 그는 안으로 들어가 문을 잠그고는 촛불을 켰으며, 대위가 혹시 자살이라도 할까 봐 걱정이 된 미트로스는 그를 따라와서 열쇠 구멍으로 들여다보았다. 대위는 촛불을 성모의 성상 앞에다 놓고는 눈물로 시야가 흐려질 때까지 한참 동안 불꽃을 쳐다보았다. 그러더니 그는 몸을 수그려 촛불을 불어 껐다.

「저는 이제 아내가 없어졌나이다, 성모님이시여.」 그가 소리쳤다. 「오직 하나 남았던 불빛이 이제는 꺼져 버렸습니다.」 그날부터 그는 입을 꽉 다물고 지냈으며, 얼굴에는 어둠이 깔렸고, 영혼은 쓰디쓰기만 했고, 눈에는 핏발이 가득 섰다. 그에게는 오직 한 가지 희망 — 죽음만이 남았다! 그리고 그는 전투가 벌어질 때마다 꼿꼿하게 서서 아무런 보호도 받지 않고 최전방으로 나섰지만, 항상 풀이 죽은 모습으로 살아서 카스텔로로 돌아왔다.

여자가 마침내 시야에서 사라진 다음에 야나로스 신부는 두 손을 하늘로 치켜들었다. 「선량한 사람들과 악한 사람들에게, 명예로운 사람들과 명예롭지 못한 사람들에게 다 같이 하느님의 손길이 내리시기 빕니다.」 그가 나지막이 말했다. 「우리들은 백치나 불우한 자들이라고 해도 누구나 다 인간이니 하느님께서 그 사실을 굽어 살피시고, 우리들은 주변에서 무슨 일이 벌어지는지 알지 못하며, 사탄이 우리들을 속이려고 얼마나 여러 번 하느님의 얼굴을 하고 나타나는지도 알지 못합니다! 우리들의 눈은 흙과 눈물, 진흙이나 마찬가지이니, 그런 눈이 어떻게 분간할 능력을 갖추겠나이까? 수건을 손에 드소서, 주여, 수건을 들고 씻어 주소서!」

이 말을 하고 나니까 하느님의 손에 그가 해면을 쥐어 주었고 하느님이 인간의 죄들을 씻어 내기 시작한 듯 그는 안도감을 느꼈다.

그는 벽에다 숯으로 써놓은 일곱 이름을 향해 돌아서서 성호를 긋고는 다시 언덕을 올라가기 시작했다. 그는 에토라키 산의 꼭대기에 거의 다 다다랐고, 반란군들의 거점에 지펴 놓은 불이 점점 더 밝게 보였으며, 이제는 사람들이 웃고 얘기하는 소리가 훨씬 똑똑하게 들렸다. 그리고 달은 하늘의 한가운데서 미끄러져 내려가기 시작했다.

높이 올라갈수록 반란자들의 목소리가 더욱 사납게 들려왔고, 야나로스 신부는 춤이라도 추는지 불 앞에서 빠른 속도로 움직이는 사람들의 모습을 보았다. 흥분해서 가슴이 빨리 뛰기 시작하자 노인은 자신에게 물어보았다 — 너는 해야 할 것이냐, 말 것이냐? 그의 결정이 옳았던가, 그리고 그의 결정은 과연 자유를 가져다주려는가? 하느님은 그가 혼자 결정을 내리도록 내버려두었으며, 그는 결정을 내렸고, 결심을 하고 나서는 이것이 올바른 길이라고 확신이 섰지만, 이제 목적지가 가까워지니까 무릎에서는 기운이 빠졌고, 그의 내면에서는 새로운 목소리들이 울려 나왔다. 〈그들은 너를 속이려고 할 테니 조심하라, 야나로스 신부여, 그들은 너를 속이려 할 텐데, 하느님을 믿지 않는 사람들을 너는 어떻게 믿겠느냐?〉

자갈 밟는 소리가 났고, 야나로스 신부가 돌아서니 사나운 얼굴이 햇볕에 그을은 양치기 대장이 손에 구부러진 지팡이를 들고 바위 뒤에서 나타나 그와 맞섰다. 눈이 작은 그는 눈알을 겁이 난

273

사나운 짐승처럼 빨리 굴렸으며, 짧은 염소 가죽 어깨옷을 두르고, 술 장식이 낡아 빠진 더럽고 둥근 검정 모자를 썼고, 안짱다리에는 찢어진 푸른 양말을 신었다. 야나로스 신부는 그를 알아보았다.

「아니, 디모스 아닌가요.」 미간을 찌푸리며 그가 말했다. 「당신 여기서 무얼 하나요? 어디로 가는 길이에요?」

디모스는 교활한 농부의 눈으로 그를 곁눈질해 보고는 그대로 침묵을 지켰다.

「늙은 염소 같으니라고, 왜 당신은 마을을 버리고 산으로 올라왔나요, 어디, 얘기해 봐요!」 신부가 물었다.

양치기가 입을 열었다. 「무슨 마을이요? 이제는 마을이 없어요 — 없어졌다고요! 집은 어떤가요? 집도 없어졌어요. 사람들은 땅바닥에 말뚝을 박고는 끈을 늘여 놓습니다. 〈이곳은 우리 집이 섰던 자리예요.〉 그들이 말합니다. 〈아니에요, 더 안쪽으로 들어가야 해요.〉 이웃 사람들이 아우성을 치고, 그러면 당장 그들은 서로 달라붙어 싸워서, 그나마 살아남은 사람들이 이제는 서로 죽이고 있어요.」

양치기는 들개처럼 뾰족한 머리를 긁적거렸다. 그는 경계심을 늦추지 않은 채 곁눈질로 신부를 지켜보았다.

「어서 돌아가 하던 일이나 다시 해요, 디모스.」 야나로스 신부가 말했다. 「좌익이건 우익이건 어느 쪽에도 끼어들지 말고, 어느 쪽의 노예도 되지 말아요. 하느님께서는 당신에게 영혼을 주셨으니, 어서 당신의 염소 떼에게로 돌아가요.」

「무슨 염소요? 당신 정신이 온전한가요, 영감님? 온 세상이 무너지는 중인데, 당신은 그것도 모르나요? 당신은 무슨 염소 얘기를 하는가요? 붉은 두건들은 굶주렸고, 그래서 그들이 내 염소

274

절반을 빼앗아 갔으며, 다른 절반은 검은 두건들이 빼앗아 갔는데 — 그들도 굶주렸기 때문이죠. 나한테 남은 재산이라고는 이 지팡이뿐이에요. 그래서 오늘 밤 난 언덕을 올라오기로 했어요.」

「반란자들에게 가담하려고요? 어떤 마귀가 당신에게 씌었나요, 디모스? 어서 얘기해 봐요. 그러니까 당신은 사람을 죽이고 싶다는 얘긴가요?」

「예, 그래요.」

「왜요? 왜요?」

「산속의 지도자들이 그래야 할 이유를 나한테 알려 주겠죠.」

「나도 역시 지도자이고, 난 당신에게 이르겠는데, 살인하지 말아요!」

「그럼 그들이 나를 죽이도록 가만히 기다리기만 하라고요? 그렇다면 내가 천국으로 가도록 나를 죽여 주세요, 아가[2]시여. 죽이느냐 죽느냐 — 이것은 빤한 선택입니다! 살해당한 자의 어머니가 되느니 차라리 살인자의 어머니가 되는 편이 더 좋습니다.」

「그러면 왜 당신은 반란자들에게 가담하기로 결심했나요? 그들도 죽임을 당하는데요.」

「나는 가난하고 핍박을 당한 사람이기 때문에, 다른 가난하고 핍박당한 사람들과 어울리겠어요.」

「그런 한심한 소리를 누가 당신에게 가르쳐 주었나요, 디모스? 당신은 염소여서 — 별로 얘기도 안 하고 울어 대기만 했었는데요.」

「이제 난 말을 하기 시작했는데, 신부님, 그걸 어떻게 생각하시나요? 당신은 내가 음매애거리고 영원히 울기만 하리라고 생각

---

2 중요한 직책에 오른 관리에 대한 경칭.

했나요?」

그는 뒤로 물러나 어깨옷을 오른쪽으로 넘기고는 비웃듯이 신부를 쳐다보았다.

「당신을 위해서 해드리는 얘기인데요, 신부님.」 그가 말했는데, 그의 목소리는 정말로 염소가 우는 소리 같았다. 「당신 자신을 위해서라도 스스로 장단을 골라 춤을 춰야지, 그렇지 않다가는 그들이 강제로 당신을 가담시키고는 억지로 아무 춤이나 추라고 강요할 겁니다.」

그는 신부가 휘두르는 지팡이를 피해서 펄쩍 뛰어 바위들 뒤로 자취를 감추었다.

야나로스 신부는 혼자 투덜거리고는 머리를 떨구고 무릎에서 기운이 빠진 채로 다시 언덕을 올라가기 시작했다.

그는 하루 동안 잔뜩 고통을 겪었기 때문에 더 이상 생각할 힘도 없이 올라가고 또 올라갔다. 그는 인간에 지나지 않았다. 그는 지쳤다.

갑자기 그는 아들의 목소리가 들려오는 듯싶어서 겁이 났다. 나는 이제 그를 만나게 되리라. 그는 부르르 떨면서 생각했다. 지금 당장이라도 덩치가 크고, 털투성이에, 팔이 길고, 욕설과 웃음을 마구 터뜨리며 아들이 그의 앞으로 튀어나오리라. 주여, 어찌하여 그런 악마가 내 육신으로부터 나왔습니까? 그는 왜 세상에 태어났는가요? 주여, 왜 당신은 그를 보내셨나요? 어떤 비밀 사명을 당신은 그에게 맡기셨나요? 나는 그를 저주하고 싶지만 그렇게 하기 두렵고, 그에게 축복을 내리려고 애쓰지만 그러기도 역시 두렵습니다. 이것은 어떤 종류의 야수인가? 부모의 집이 그에게는 충분히 크지 않았고, 어느 날 밤에 그는 문을 열고 나가서 자취를 감추었다. 그는 세상을 두루 돌아다녔고, 여자들과 어울렸고, 죄악에 젖었고, 하느님을 부정했고, 자신의 조국을 부정했고, 심지어는 아버지의 이름까지도 부정했다. 이곳에서 그는 드라코스 대장이라는 이름으로 불과 칼을 휘둘러 에토라키의 산봉우리를 장악했다! 그리고 나는, 하느님의 자비를 빌면서, 마을과 영혼과 생명과 내 사람들의 명예를 그에게 넘겨주려고 지금 이곳으로 왔다.

그는 한숨을 쉬었다. 또다시 그는 빠져나오고 싶어서 요란하게 두근거리는 자신의 심장 소리를 들었다. 지금 이 순간 그는 인간답게 행동하기가 얼마나 어려운지, 늙은 독수리가 둥우리에서 깃털이 갓 난 새끼들을 밀어낼 때처럼, 하느님의 품으로부터 쫓겨난다는 상황이 얼마나 힘든 일인지 깨달았다. 「능력이 있으면 날아가고, 그렇지 못하다면 죽어라!」 그리고 어린 새들이 대답한다. 「아버지시여, 우리들의 날개는 아직 충분히 튼튼하지 못하니, 참고 기다려 주세요! 왜 기다리지 못하시나요?」

「나한테 매달리지 말고, 이걸 놓고 자유를 찾아라!」 독수리가 대답하고는 그들을 허공으로 밀어낸다.

「그렇습니다, 주여, 그렇습니다, 저는 당신을 탓합니다.」 야나로스 신부가 말했다. 「당신은 왜 양쪽에 날이 선 칼로 저를 무장시키셨요? 당신은 왜 저를 자유롭게 만들고는 죄의 빚을 제 목에다 걸어 놓았나요? 만일 당신이 명령을 내린다면, 만일 그냥 당신이 이렇게 하고 저렇게는 하지 말라고 명령만 내리신다면, 저는 기쁨과 안도감으로 얼마나 벅찰까요! 당신이 원하는 바가 무엇인지 제가 알기만 한다면 얼마나 좋을까요! 오, 확신을 갖고 살아가며, 마음대로 행동하고, 뜻대로 갈망한다면 얼마나 좋겠습니까! 이제는 온통 혼란뿐이고, 한 마리 벌레에 지나지 않는 제가 질서를 이루어야만 합니다!」

제13장

「어서 오세요, 야나로스 신부님, 어서 오세요, 숭고하신 투사여.」

야나로스 신부는 수염을 만지작거리고 천천히 다가가면서 주위를 둘러보았다. 키가 크고 몸집도 큰 남자들이 어깨에 소총을 둘러메고 가슴에 가로질러 탄약대를 차고는, 불을 둘러싸고 노래하며 춤추었다. 그리고 줄을 지어 춤추는 사람들 중에는 붉은 머릿수건을 두른 젊은 여자들이 여럿이었으며, 그들 또한 남자처럼 소총을 메고 탄띠를 둘렀다. 언덕 꼭대기에서는 불이 활활 타올랐고, 그리스도가 부활한 듯 크나큰 빛이, 크나큰 기쁨이 퍼져 나갔고, 사람들의 얼굴은 광채를 반사했다.

야나로스 신부는 이 광경을 얼이 빠져 멍하니 쳐다보았다. 「참으로 멋진 사람들이로구나!」 그는 깊은 생각에 잠겨 그들을 찬양했다. 「얼마나 멋진 몸들인가! 주여, 자비를 베푸소서! 넘치는 젊음! 난 이해하기 어려워. 그럼 내가 늙기라도 했다는 말인가? 내 마음이 위축되어서 이제는 그들처럼 느끼지 못한다는 말인가?」

그의 시선은 더럽고, 면도를 하지 않고, 세수도 안 하고, 긴 머리에 수염이 텁수룩한 남자들, 성스럽지 못한 공포 — 주변의 모든 것을 눈여겨보았다. 그들은 남자나 여자 다 같이 노동자, 농민, 선생, 학생, 양치기 등 온갖 계층 출신이었다. 많은 젊은 여자들이 집을 버리고 산으로 올라왔다. 위험과 남자의 숨결을 사랑하고, 자유를 갈망하기 때문에 그들은 빨간 반란군 모자를 쓰고, 머리를 아무렇게나 빗고, 굶주림과 이[蝨]와 죽음을 남자들과 함께 나누었다. 여자들은 요리를 하고, 빨래도 하고, 부상자들을 운반하고, 상처에다 붕대를 감아 주고, 소총을 들고 달려가 공격에 가담했다. 비밀리에 그들은 해방이 안 된 마을로 몰래 내려가 비밀 동지들에게 연락을 취하고, 편지를 주고받았으며, 전혀 주저하지 않고 목숨을 내걸었다. 그리고 배고픔과 심한 추위를 너무나 잘 참고 싸우며 죽어 가는 이들, 용감한 여자들을 보면 남자들도 용기가 치솟았고, 서로 경쟁까지 벌였다.

머리를 높이 들고 불 주위에서 춤을 추며 껑충껑충 뛰어오르는 그들을 지켜보며 야나로스 신부는 자부심을 느꼈다.

〈오, 잊지 못할 시절, 젊음의 시절이 되돌아와서, 내가 신발을 벗어 던지고 불로 뛰어들어, 팔을 좌우로 펼치고 천사들과 다시 춤을 출 수만 있다면 얼마나 좋을까!〉

「안녕하십니까, 친구들이여!」 야나로스 신부가 자기도 모르게 큰 소리로 외치고는 손을 내밀었다.

그가 가까이 가자, 양고기를 굽는 냄새와 남자들의 땀 냄새가 강렬하게 코를 찔렀다. 붉은 신발을 신고 노란 콧수염을 기른 젊고 살진 투사가 그의 앞으로 튀어나왔다. 그가 신부를 오른쪽에서 잡고 다른 두 사람이 왼쪽에서 잡아 춤의 선두로 끌고 갔다.

「우리들의 멋진 친구 야나로스 신부님을 환영합니다!」 그들이 소리쳤다. 「형제들이여, 신부님이 우리들과 함께 춤을 추려고 찾아왔습니다! 자, 어서 옷자락을 추스르세요, 신부님!」 야나로스 신부는 지팡이를 짚고 몸을 가누고는 뒤로 물러섰다. 「이봐요, 당신들은 왜 춤을 추나요?」 그가 소리쳤다. 「좋아요, 나도 출 테니까 가만히 내버려두고, 우선 여러분이 왜 춤을 추는지 그것부터 얘기해 주세요. 무슨 기쁜 소식이라도 들었나요? 사탄의 입이, 저주받은 소총이, 마침내 잠잠해지기라도 했나요? 적들이 다시 친구가 되었나요? 그들이 정신을 차리고는 우리들이 모두가 형제라는 사실을 알기라도 했나요? 난 속이 터질 지경이니, 어서 얘기해 봐요, 친구들이여!」

투사들이 웃었다. 절름발이 취사병 알레코가 다리를 절며 앞으로 나왔다. 「중국의 형제들이 골짜기에서 몰려 나가 도시로 들어가서 사람들을 수백만 명이나 해방시키고 황허 강까지 이르렀다는 소식을 우린 라디오로 들었어요.」

「누구라고 그랬나요, 친구들이여? 높은 산을 올라왔더니 나는 귀가 멍해요. 난 당신이 하는 이야기를 듣지 못했어요. 누구라고 그랬죠?」

「중국인들이요, 신부님, 중국인들이라고 그랬어요. 우리 친구들, 우리 형제들 말입니다. 가까이 오시라니까요. 사제복을 벗어 던지고 우리하고 같이 춤을 춰요!」

「그럼 이제는 중국인들도 우리들과 형제간이 되었다는 말인가요? 세상의 다른 쪽 끝에서 벌어지는 일에 대해서 왜 당신들이 신경을 쓰나요? 자비심은 집에서부터 시작되어야 합니다.」

「그들은 우리의 형제입니다!」 칼리카에서 온 선생이 목청을 돋우었다. 「중국인들은 우리들과 형제입니다. 이제는 더 이상 세상의 〈다른 쪽 끝〉이 존재하지 않고, 자비심은 집에서 시작되기는 하지만 이제는 모두가 한집안이고, 핍박을 받은 모든 사람이 형제이며, 우리들은 모두 같은 아버지를 모십니다.」

「무슨 아버지 얘긴가요?」

「레닌이요.」

「그리스도가 아니고요?」

선생이 웃음을 터뜨렸다. 「우리 신부님, 성서를 뒤져 보시면 부록이 나올 텐데, 그것은 〈레닌께서 말씀하시기를〉이라는 거룩한 복음, 제5의 복음입니다. 당신도 그걸 보면 알게 됩니다! 그리스인과 불가리아인과 중국인은 이제 더 이상 따로 존재하지 않고, 우리들은 모두가 형제입니다. 모든 저주받고 핍박당한 사람들, 굶주리고 정의에 목마른 모든 사람 — 황인종, 흑인종, 백인종 모두가요! 마음의 문을 열고, 야나로스 신부님, 그들 모두를 안으로 받아들이고, 사랑에 인색하지 말고, 마음으로 이끄세요!」

대장(隊長)의 부관 루카스가 야나로스 신부의 어깨를 잡았다. 붉은 수염이 가시처럼 뻣뻣하고 키가 작은 남자인 루카스는 머리에 검정 머릿수건을 썼고 목에 두른 가죽 끈에는 멧돼지 이빨을 하나 매달았다. 「어서요, 신부님, 젬베키코 춤을 추세요.」 그가 소리쳤다. 「결국 우리들 모두를 거느리게 될 대지 위에 발을 구르세요. 부활절이 가까웠으니, 크리스토스 아네스티! 민중이 죽음으로부터 되살아났습니다!」

그는 다른 남자들에게로 돌아섰다. 「좋습니다, 여러분, 찬송합시다!」 그리고 당장, 불의 주변 사방에서, 승리감에 차고 우렁차게, 부활절 찬송을 변형시킨 노래가 터져 나왔다.

「민중이 죽음으로부터 부활했도다! 죽음이 죽음을 물리쳤으니.」

「아시겠죠, 신부님.」 선생이 말했다. 「우린 별로 바꾼 것이 없고, 〈그리스도〉라는 말을 〈민중〉이라고 바꿔 놓았을 따름이지만, 다 마찬가지입니다. 어쨌든 그것이 — 민중이 오늘날의 신입니다!」

「민중은 하느님이 아녜요.」 신부가 화를 내며 말을 가로막았다. 「하느님이 그런 존재라면 우리들에게는 슬픔만 남습니다.」

「하느님이 다른 존재 —— 아이들이 굶어 죽어도 그냥 구경만 하고 도와주기 위해 손가락 하나 까딱하지 않는 그런 존재라면, 우리들에게는 슬픔만 남습니다.」

「굶주리는 아이들이 존재하는 한 신은 존재하지 않습니다.」 성난 젊은 여자가 신부의 잘못이라는 듯 그에게 주먹을 흔들어 보이며 소리쳤다.

야나로스 신부는 침묵을 지켰다. 하느님을 옹호하기 위해서 하고 싶은 얘기는 많았지만, 침묵을 지켰다. 지진과 불 —— 젊음과 싸울 수 있는 사람은 과연 누구인가? 그는 눈을 크게 뜨고는 흥분한, 멋진 젊은 남녀들을 쳐다보았고, 이마에서 땀이 쏟아져 내렸다. 그는 정신을 가다듬고, 열심히 지켜보고, 이해하려고 애썼다. 저를 용서해 주소서, 하느님이시여, 그는 생각했다. 그렇다면 이것이 새로운 종교라는 말인가? 어떻게 인간의 마음이 그토록 커졌을까? 전에는 어머니, 아버지, 형제 같은 집안사람들만 담을 만큼 마음이 작아서 —— 작고도 좁기만 했었다. 기껏해야 마음은 에피루스의 얀니나, 기껏해야 마케도니아와 루멜리아와 모레아, 그리스의 섬들, 그리고 더 멀리 콘스탄티노플까지만 담았었다. 그 너머로는 더 이상 뻗지 못했는데, 지금은 마음이 어떻게 되었는지 보라! 이제 그것은 세계를 포괄했다! 이 새로운 공격은 과연 무엇인가요, 나의 주님이시여? 그들은 나더러 중국인과, 힌두인과, 아프리카인을 위해 일어나서 춤추라고 그러는군요! 그렇게는 못하겠습니다! 제 마음에는 겨우 그리스가 들어설 자리밖에 없으니까요. 나는 스무 살이요, 나이를 정복했노라고 자랑하던 내가, 내가 늙었다는 말인가? 아니다, 나에게는 지금 그렇게 도약할 능력이 전혀 없다!

난폭한 루카스는 깊은 생각에 잠겨 지팡이에 몸을 기대고 선 신부를 곁눈질로 지켜보다가 그에게로 다가가서, 비웃는 목소리로 말했다. 「당신을 위해서 하는 얘기인데요, 영감님, 아시다시피 붉은 총탄과 검은 총탄이 다 당신을 겨냥할지도 모르니까 양쪽을 왔다 갔다 하는 짓은 마세요. 결정을 내리고 우리들에게 가담하신다면, 당신을 지켜 줄 사람이 수천 명이나 될 테지만, 혼자 돌아다니다가는 당하고 말아요.」

「내가 어떤 태도를 취하든지, 나의 친구여.」 야나로스 신부가 반박했다. 「난 하느님 이외에는 어느 누구도 나를 지켜 주기를 원하지 않아요. 나에겐 선택의 여지가 없어요.」

「아, 야나로스 신부님, 막상 커다란 위험이 닥치면 당신이 얘기하는 하느님이 신부님을 버릴 테니까 두고 보세요.」

「그래도 난 하느님을 버리지 않겠어요!」 지팡이로 바위를 치며 신부가 말했다. 「하느님이 어디로 가시겠습니까! 난 하느님의 옷자락을 붙잡았고, 그를 보내지 않겠습니다!」

루카스는 머리를 설레설레 흔들며 웃었다. 「옷자락이 찢겨 당신 손에 걸레 한 조각만 남고, 당신의 욕심꾸러기 하느님은 사라지고 없어질 텐데요. 하지만 무엇 하러 내가 당신에게 이런 얘기를 하느라고 시간을 낭비해야 하나요? 난 당신을 알아요, 야나로스 신부님, 당신은 바위처럼 고집이 세죠.」

선생이 웃음을 터뜨렸다. 「당신 그런 얘기를 해봤자 공연히 기운만 빼는 셈이에요, 루카스.」 그가 소리쳤다. 「이런 말을 해서 죄송합니다만 ― 야나로스 신부님의 영혼은, 뭐랄까요, 돌아가신 우리 아버지가 양 떼를 지키려고 구했던 암캐나 마찬가지입니다.」

「암캐라고요?」 한 여자가 이상하다는 듯 말했다. 「당신은 존경심도 없나요, 선생님? 저 노인은 우리들과 같은 편이 아니라고 해도 거룩한 분인데요.」

「놀라지 마세요, 동지여! 이해가 가도록 내가 설명해 줄 테니까요. 우리 아버지는 양치기셨으며, 나는 외아들이었어요. 내가 여러분에게 지금 하려는 얘기는 나한테 강한 인상을 주었고, 그래서 절대로 잊지 못합니다. 우린 몇 마리 안 되는 양을 지키느라고 개를 한 마리 구했는데, 진짜 사나운 하얀 암캐였답니다. 어느 날 밤 늑대 한 마리가 양 떼를 헤치고 들어와서는 암캐와 교미를 했어요. 그날 밤 이후로는 늑대가 들어와도 개가 전혀 짖지 않았어요. 우리 아버지는 양이 한 마리 그리고 또 한 마리 차례로 사라진다는 사실을 알았지만, 암캐는 양 떼 한가운데 섞여서도 통 짖지 않았습니다. 〈정말 희한한 일도 다 있구나.〉 아버지가 말씀하셨어요. 〈도대체 이해를 못하겠어.〉 어느 날 밤에 아버지는 총을 들고 망을 보았는데, 글쎄 어떤 광경을 아버지가 보셨으리라고 생각하세요? 한밤중에 아버지는 늑대가 양 떼 속으로 뛰어드는 소리를 들었지만, 개는 잠잠하기만 했고, 오히려 머리를 들고 꼬리를 흔들었습니다. 늑대가 양에게 덤벼들려는 순간 아버지가 총을 쏘고는 도끼를 들고 늑대를 덮쳤어요. 늑대는 몸을 다친 모양이어서, 비명을 지르며 도망쳤죠. 다음에 아버지는 몽둥이를 집어 들고 개를 마구 두들겨 팼어요. 아버지는 암캐를 죽이려고 했지만 불쌍하다는 생각이 들었고, 그래서 문을 열고는 그냥 내쫓아 버렸습니다. 날이 밝았어요. 암캐는 도망쳤고, 울부짖으며 도망쳐서 마을과 골짜기 사이의 망을 보는 곳까지 올라가서는 멈추었습니다. 개가 과연 어디로 가겠습니까? 앞으로 가면 늑대의 소굴이었고, 뒤에는 몽둥이를 든 우리 아버지가 버티고 계셨으니, 어느 쪽으로 돌아서거나 개는 곤욕을 당할 입장이었죠. 사흘 낮 사흘 밤 동안 암캐는 늑대들과 양 떼 사이에서 울부짖었습니다. 오랜 세월이 흘렀고 나도 이제는 거의 노인이 다 되었지만, 암캐가 울부짖던 일이 생각나면 아직도 덜덜 떨립니다. 나흘째 되던 날 잠잠해지기에 아버지가 올라가서 보니까, 암캐가 죽어 있었어요.」

「그래서 어쨌다는 건가요, 선생님?」 어떤 여자가 물었다. 「그리고 그게 무엇을 의미하나요?」

「암캐 말입니다.」 표독한 목소리로 선생이 대답했는데, 그는 지금은 웃지 않았다. 「동지들이여, 바로 그 암캐가 야나로스 신부님의 영혼입니다. 그는 붉은 두건들과 검은 두건들 사이에서 똑같이 울부짖고, 결국 죽을 테니까 그의 영혼을 가엾게 여겨야 하죠!」

야나로스 신부는 아무 말도 하지 않았지만, 잠깐 공포가 스며들어 그의 마음을 칼로 저미는 듯싶었다. 나는 죽는구나, 그는 생각했다. 선생의 얘기가 옳을까? 그렇다, 그렇다, 나는 늑대들과 양들 사이에서 울부짖다가 죽으리라. 검은 속삭임의 바람이 척추를 따라 흘렀고, 그는 몸을 부르르 떨었다.

「친구들이여.」 그가 말했다. 「나는 피곤해서 앉아야 되겠어요.」

그는 바위를 찾아 그 위에 웅크리고 앉았다.

춤이 끝나자 투사들이 야나로스 신부의 주변에 무릎을 꿇고 앉았는데, 그들 가운데 몇 명은 저고리 속에서 편지를, 대위의 아내가 그들에게 나눠 준 편지를 꺼냈다. 어떤 사람들은 편지를 읽었고 또 어떤 사람들은 선생에게 도움을 청했으며, 그는 그들 옆에 무릎을 꿇고 앉아 그들 대신 편지를 읽어 주었다.

편지를 대신 읽어 달라고 가장 먼저 청한 사람은 코스마스였다. 오래전에 그는 한때 생활이 안정된 지주였으며, 프레베자에서 아르메니아의 상인과 동업으로 옷감 장사를 했었다. 하지만 아르메니아 사람에게 사기를 당해서 코스마스는 떠돌이 장사꾼이 되었다. 재산이 많았을 때 그는 공산주의자들을 맹렬하게 공격했다. 「거지 같은 자식들 ― 그들은 나라와 그리스도까지도 팔아먹으려고 그러잖아.」 그는 소리를 질렀다. 「놈들은 내 가게를 빼앗고 내 재산을 자기들끼리 나눠 가지려고 저러는 거야!」 하지만 그도 역시 궁색한 처지가 되어 붉은 두건들의 춤에 끼어들었고, 썩어 빠진 세계를 때려 부수어서 아르메니아 사람에게 복수를 하고 싶었다. 「부자이면서 공산주의자인 사람은 멍청이야.」 그는 이런 말을 자주 했다. 「가난하면서 공산주의자가 아니라면 그는 더욱 멍청하고.」 지금 그는 선생을 불러서 편지를 대신 읽어 달라고 부탁했다.

「여봐요, 선생님.」 그가 말했다. 「만일 당신을 동업자로만 삼았더라면 난 절대로 사업이 망하지는 않았을 텐데요.」

「하지만 그랬다면 당신은 우리들과 함께 산으로 들어오지 않고, 나의 친구여, 검은 두건들과 함께 골짜기에서 살겠죠.」

「당신 말이 맞아요, 선생님, 그까짓 가게가 뭐가 어쨌다고. 내가 당한 일을 도저히 잊을 길이 없지만, 이제 그런 얘기는 그만두고, 여기 편지가 왔으니 좀 읽어 줘요.」

선생은 편지를 받아서 큰 소리로 읽었다.

「사랑하는 코스마스 오빠에게. 주님의 덕택으로 우리들은 잘 지내지만, 모두들 병을 앓는데 ― 굶주림인지 말라리아인지 아무튼 몸이 좋지 않아요. 검은 두건이나 붉은 두건이나, 십자가에 매다는 처형자들은 어느 누구도 아직 우리들을 괴롭히지 않았지만, 문을 두드리는 소리가 날 때마다 우리들은 가슴이 마구 방망이질을 한답니다. 우리 염소 파르달로가 지난번에 새끼를 낳았는데, 세 마리이기는 하지만, 망할 것 같으니라고, 모조리 수놈이랍니다. 얼마 전에 어느 작달막하고 늙은 남자가 하얀 생쥐를 새장에 넣어 가지고 마을을 다녀갔어요. 그는 점을 치는 사람이었지만 우리들은 점을 보러 가지 않았어요. 어머니가 꿈을 꾸셨는데, 비가 심하게 내린 다음에 해가 났다는군요. 우리들은 꿈을 설명해 달라고 신부님을 찾아갔답니다. 〈틀림없이 빛을 뜻해요.〉하느님의 축복을 받아 마땅한 신부님이 말씀하셨어요. 〈찬란한 빛을 의미하니까 ― 그건 축복을 내리는 좋은 꿈입니다. 어쩌면 코스마스가 돌아올지도 모르고, 태양을 그렇게 설명해도 되겠죠〉.」

「내가 태양이라고요!」 코스마스가 소리치고는 웃음을 터뜨렸다. 「가엾은 우리 어머니! 늙으신 어머니는 하루 종일 그런 생각만 하시니 꿈에서도 그런 걸 보시죠.」

선생은 줄지어 선 사람들을 따라 더 내려갔고, 종이에 적힌 시커먼 모든 얼룩이 무엇을 의미하는지 알 길이 없어서 무기력하게 투덜거리며 손에 든 종이를 내밀던 얼굴이 검고 덩치가 큰 남자 앞에서 걸음을 멈추고 꿇어앉았다. 선생이 와서 얼룩 글자들을 모두 설명해 주었다. 편지의 내용은 이러했다.

「멍청한 바보 같으니라고 ― 나를 염소들과 애새끼들하고만 밭에다 홀로 남겨 두고 당신은 산으로 올라가 도대체 무엇을 하며 지내는가요? 어떤 하느님의 저주를 받아야 마땅할 놈들이 당신 머릿속에 그런 바람을 불어넣었나요? 당신은 자유를 위해 싸운다고 편지에다 쓰셨던데 ― 당신 머릿속에는 돌멩이만 잔뜩 들어앉은 모양이로군요. 한심한 바보 같으니라고, 자유가 당신에게 밥을 먹여 준답디까? 자유가 내 집안일이라도 도와주러 온다는 말인가요? 자유가 집안 청소를 하고, 밭을 갈고, 아이들의 머리를 감기고, 빗으로 이를 훑어 내주기라도 하나요? 무정한 사람 같으니라고, 이것이 결혼할 때 당신이 나한테 약속했던 선물이에요? 내가 성직자의 딸이라는 건 기억하시겠죠? 난 고생을 모르고 자랐습니다. 난 농부의 딸이 아니니까, 그걸 잊지 마세요! 난 힘든 일을 할 여자가 아니라고요! 당장 이곳으로 돌아오지 않았다가는 당신은 날 다시는 보지 못하게 될 거예요. 아시겠지만, 여긴 나를 쫓아다니는 남자들이 많아서……」

「그만 해요, 망할 년 같으니라고!」 얼굴이 검은 남자가 소리를 지르고는 편지를 갈기갈기 찢어 버렸다.

선생이 웃었다. 「그런 정도 가지고 기분 나빠하지 말아요, 디미트리, 우린 여기서 큰일을 시작했으니까 여자 따위는 잊어버리라고요!」 그가 말하고는 야나로스 신부와 잡담을 하는 사람들에게로 걸어갔다.

땀을 흘리고 즐거워하며 두 명의 젊은 투사가 도착했는데, 그들은 짤막한 양치기 어깨옷을 두르고 지팡이를 들었으며, 손은 피투성이였다. 그들이 가까이 오더니 루카스에게 손짓했다.

「정말 안됐어요.」 그들이 웃으며 말했다.

「상자는 어디 뒀죠?」 손을 내밀며 루카스가 물었다.

한 사람이 어깨옷 밑에서 기다란 은빛 상자를 꺼내 주었다.

「적선하세요, 루카스 대장님.」 그가 농담을 했다.

「농담하지 말아요, 동지여.」 루카스가 말했다. 「거룩한 허리띠가 우리들의 전우 노릇을 하게 될 테니 두고 봐요.」 그는 두 손가락을 입에다 넣고 휘파람을 불었다. 「이봐요, 동지! 이봐요, 알레코!」 그가 소리쳤다. 그는 두 명의 연락병에게 돌아섰다. 「그리고 옷은요?」 그가 물었다.

두 번째 남자가 어깨옷 속에서 꾸러미를 꺼냈다.

「여기요.」 그가 말했다. 「우린 그를 홀랑 벗기고 속옷 바람으로 남겨 두었어요.」

그는 사제복과 모자와 허리띠와 장화와 두툼한 엷은 푸른 빛깔의 양말과 은 십자가를 땅바닥에다 늘어놓았다.

「우린 그 친구의 광주리와 노새도 빼앗았고, 광주리 바닥에 무화과 몇 개가 보이기에 얼른 먹어 치웠습니다.」

「알레코!」 루카스가 다시 소리쳤다.

사람들이 미소를 지으며 뒤로 물러섰고, 살진 취사병 알레코가 다리를 절며 나타났다.

「여기 갑니다!」 알레코가 소리치고는 루카스 앞에 섰다.

「알렉산드로스 신부님.」 부대장(副隊長)이 미소를 지으며 놀렸다. 「여기 당신을 위한 천사의 의상이 준비되었으니 어서 입어요! 우린 할 일이 많으니까요!」

「수도사 옷이잖아요?」 옷을 받는 알레코의 눈이 휘둥그레졌다.

「질문은 접어 두고 어서 옷이나 입어요.」

알레코는 저고리와 바지를 벗어 던지고 수도복을 몸에 걸치고 수도사의 두건을 머리에 쓴 다음 십자가를 목에 걸었다. 그는 손을 들어 사람들에게 〈축복〉을 내렸고, 주변에 모인 젊은 여자들이 요란하게 웃어 대었다.

루카스는 은 상자를 공중으로 던졌다가 다시 받으며 장난을 쳤다.

「정신을 바싹 차려요, 알렉산드로스 신부님.」 그가 알레코에게 말했다. 「은으로 만든 이 폭탄을 당신에게 넘겨줄 테니까, 몸조심하면서 모든 마을을 찾아가 이렇게 외쳐야 해요. 〈들으시오, 기독교인들이여, 성모님이 몸에 걸쳤던 허리띠가 여기 ── 바로 여기 있습니다! 그것은 여러분의 마을, 여러분의 영혼을 감싸 주려고, 검은 두건의 악마들과 가난과 전쟁과 불의를 몰아내기 위해서 찾아왔습니다! 그리고 성모님이 여러분에게 비밀의 말을 전하노니, 믿는 자들은 누구나 와서 경배하고, 와서 귀를 기울이시오!〉 당신은 그렇게 외쳐야 하고, 사람들이 모여들면 몸을 앞으로 내밀고는 그들 저마다에게 귓속말을 해요. 〈성모님이 여러분에게 이 말을 전하라고 저에게 명령하셨는데, 여러분은 파시스트들을 죽이면 축복을 받을 것입니다. 검은 두건, 그들은 검은 악마입니다!〉당신은 이렇게 말해야 해요, 알겠죠?」

「알겠어요. 다시 말하면, 희극을 공연하라는 얘기로군요.」

「그럼 이제는 웃지 말고 아주 조심해야 하고, 당신이 약삭빠른 사람이기 때문에 일을 맡기기로 선발하기는 했지만, 만일 그들이 의심을 했다가는, 알렉산드로스 신부님, 당신의 주인을 십자가에 못 박았듯 그들은 당신도 못 박을 테니까, 임무를 수행하기 위해서는 수도사의 교활함이 필요해요.」

야나로스 신부는 그곳에 서서 얘기를 듣고 구경하는 동안 화가 치밀어 올랐다. 이곳은 다른 세계여서, 젊음과 영웅주의와 신성 모독만 가득하고, 존경심도 없고, 하느님도 없는 곳이었다. 이곳 사람들은 정의와 자유를 위해서 죽을 각오가 되었으며, 그리스도의 얘기가 나오기만 해도 웃음을 터뜨렸다. 이런 생각을 하는 나를 하느님께서 용서해 주시기 바라지만, 불의에 대항해 봉기한 반란자들, 그들은 자신들이 새로운 기독교인이면서도 그런 사실을 스스로 모른다는 말인가? 그리고 진실을 모르기 때문에 그들은 신성 모독을 범하는 것일까? 하지만 그들이 깨닫게 될 날이 찾아올 터이고 ― 꼭 찾아와야만 한다. 언젠가는 이들 투사들을 이끌기 위해서 그리스도가 오리라는, 부상당한 수도사 니코데무스의 얘기가 혹시 사실은 아닌지 궁금한 생각이 든다! 그리스도가 이제는 자신이 매달려 처형될 십자가가 아니라 하느님의 신전으로부터, 세상으로부터 무법자들과, 의롭지 못한 자들과, 장사꾼들을 몰아낼 채찍을 집어 들었어야 하지 않을까!

야나로스 신부는 웃고 욕설을 퍼부으며 소총을 닦는 젊은이들

290

을 둘러보고는 한숨을 지었다. 아, 만일 그런 하느님이 세상으로 내려오시기만 한다면, 비록 나이가 일흔이기는 해도 당장이라도 성큼 탄띠를 몸에 두르고, 깃발을 들고, 그들과 함께 공격에 뛰어들어, 무법자들과 의롭지 못한 자들과 장사꾼들을 쫓아 버리겠노라고 그는 생각했다.

야나로스 신부의 마음이 깊은 물 위로 둥둥 떠올랐고, 그는 눈을 감고 웃음과 탁탁 튀는 불 따위의 주변에서 들려오는 소음에 귀를 기울였다. 그는 어디에 와 있었던가? 달이 정상에 이르렀다가 방금 기울기 시작했다. 루카스 부관의 제1투사가 시선을 돌리고는 까맣게 잊어버렸던 야나로스가 눈에 띄자 몸을 앞으로 수그리고는 발로 툭툭 쳤다. 「오, 우리들이 당신을 잊었군요, 신부님.」 그가 말했다. 「우린 성모님의 허리띠에 목적을 부여해야 하기 때문에 보시다시피 해야 할 일이 많으니까 용서해 주시기 바랍니다.」 그는 손뼉을 쳤다. 「어이, 코콜리오스!」 그가 소리쳤다.

짐승처럼 머리가 마구 헝클어지고 두 귀가 여우처럼 뾰족하고 눈이 교활한 남자가 그의 앞으로 튀어나왔다.

「찾으셨습니까!」

「대장은 어디 계신가?」

짐승이 킬킬거렸다. 「망루에 나가 계십니다. 대위 마누라하고요.」

다른 사람들도 웃음을 터뜨렸지만 루카스는 피가 머리로 몰렸다. 「닥쳐!」 그가 으르렁거렸다.

짐승이 시선을 돌렸다. 「대장한테 가서 아버지가 여기 와 계신데, 전할 말이 있어서 찾는다고 보고해.」

「전할 말이요?」

「카스텔로에서 전하는 말이니까, 어서 가!」

제14장

드라코스 대장은 손에 쥔 돌멩이를 천천히 으스러뜨렸다. 그는 동지들이 돌멩이를 던지면 겨우 닿을 정도 떨어진 높직한 망루 꼭대기로 기어 올라가 달빛을 받으며 웅크리고 앉아 희생물을 덮치려는 곰 같은 자세로 목을 길게 뽑고는 암울한 생각에 잠겼었다.

이글거리는 곰보 얼굴에, 머리는 둥글고 숱이 많으며, 온통 털과 수염투성이였고, 머릿속에서는 그가 떠돌아다닌 바다와 닻을 내렸던 항구 그리고 그가 만났던 희거나 검거나 누렇거나 갈색 인종의 사람들이 물결쳤다.

그의 이성이 짙은 포도주 빛깔의 태양처럼 광활하고도 비옥한 계곡에서 솟아올라 굶주린 사자처럼 대지를 굽어보았다. 아직 대지는 잠에서 깨지 않아서 벌거벗은 몸에 아침 안개가 덮였으므로 처음에 그는 아무것도 분간할 수가 없었다. 하지만 서서히 엷은 꺼풀이 움직였고, 안개가 햇빛을 받아 걷히면서 투명해지더니 수증기로 변해 이슬처럼 풀잎에 맺혔다. 그리고 빛이 넘치는 골짜기와, 검거나 누른 돛을 단 돛대를 높이 올린 작은 배들이 잔뜩 몰린 강과, 바다처럼 넓은 누른 흙탕물과, 갑판에서 원숭이처럼 이리 뛰고 저리 뛰며 소리를 질러 대는 누렇고 작은 사람들이 눈에 띄었다. 그러더니 갑자기 북과 나팔 소리가 났고, 땅이 우르릉거리기 시작했고, 수백만 황색인들의 발이 흙과 돌멩이를 짓밟으며 내려왔다. 노래가, 자유를 외쳐 대는 거칠고 기쁨에 차고 의기양양한 노래가, 무수한 입으로부터 공중으로 떠올랐다. 진흙과 누런 흙탕물로 빚어 만든, 눈이 째지고, 머리를 길게 땋아 내리고, 콧수염을 꼬아서 올려 붙인 넓적하고 둥그런 얼굴들이 건너편 모래 언덕들로부터, 푸른 호수들과 머나먼 산들로부터 노래를 부르며 점점 더 큰 물결을 이루어 몰려왔다. 아침 햇살이 비추니 그들의 소총과 총검과 누런 저고리에 달린 청동 단추와 줄무늬진 깃발에 그린 빨갛고 초록빛 용이 반짝였다. 그들은 기다란 성벽 위에서 도사렸고, 옛날의 장벽들을 무너뜨렸고, 사방으로 몰려다녔다. 그들은 수천 마을을 포위하고 파괴했으며, 늙고 지쳐 빠진 귀족들을 쓸어버렸고, 배불리 먹은 자들을 식탁에서 일으키고는 굶주린 사람들을 대신 앉혔다. 그들은 망치와 낫처럼 보이는 이상한 글씨와, 시커먼 용과, 칼로 잘라 버린 인간의 머리를 그린 거대하고 붉은 깃발로 벽들을 뒤덮었다. 그리고 지나가던 사람이 서성거리며 읽었다. 「세상의 모든 노동자들이여, 그대들의 때가 왔으니, 먹고 마시도록 하라!」

머리를 길게 땋아 내린 사람들이 머나먼 산으로부터 찾아와서 말을 전했다. 그들은 맨발이었고, 뾰족한 고깔모자를 썼으며, 땅바닥에 엎드려 소리를 지르고 호소했다. 그들은 모두 한꺼번에 혼란스럽게 소리를 질렀고, 〈굶주림, 감옥, 죽음!〉이라는 몇 마디 구태의연한 말밖에 알아들을 수가 없었다. 그리고 군대는 다시 떠나 남북으로 몰려갔고, 피로 물든 무장한 유령 〈자유〉는 앞으로 나아갔다. 그리고 그 뒤에서는 〈굶주림〉과 〈약탈〉과 〈방화〉와 〈살육〉이라는 불멸의 폭도가 꼬리처럼 따라갔다.

「하늘에 악취가 가득하구나! 우리들을 억누르려는 자들은 도대체 누구인가?」황금빛 살을 씌운 창문에서 우단 모자를 쓴 귀족들이 물었다. 그리고 그에 대한 응답처럼 수천 개의 불타는 혀가 그들을 덮쳤다.

태양이 누런 군대를 내려다보고는 그들의 숫자를 헤아리려고 했지만 헤아리기 불가능했다. 태양은 만족해서 미소를 지으며 계속해서 나아갔다. 전갈과 독초(毒草)들이 잔뜩 자라는 덥고 눅눅한 숲 위로, 밀림 위로 태양이 솟아오르자 그 너머 골짜기와 넓은 강이 사라졌고, 더러운 냄새를 풍기는 공기가 초록빛과 분홍빛과 푸른 날개로 반짝였으며, 거센 바람이 앵무새처럼 떠들었고, 녹나무와 계피와 육두구 냄새가 진동했다. 태양은 높이 떴고, 짐승들은 포식하여 입에서 피를 뚝뚝 흘리며 굴로 돌아갔다.

태양은 밀림을 그냥 지나치지 않고, 시뻘겋게 화를 내며 계속 나아갔다. 밀림의 개활지에는 뼈마디가 가늘고 이글거리는 눈을 교활하게 굴리는 자바인과 말라야인과 안남(安南)인들이 개미 떼처럼 수천 명씩 모여 살았다. 꼼짝도 않으며 그들은 경계를 했는데, 어떤 사람들은 수류탄과 소총으로 무장했고, 또 어떤 사람들은 낫처럼 휜 단검을 들었다. 어떤 사람들은 쇠를 끝에다 붙인 묵직한 막대기나, 웃는 사자와 하얀 코끼리와 초록빛 뱀을 그린 깃발을 들고 다녔다. 그들 몇 세대는 일을 하면서도 굶주렸다. 또 그들 몇 세대는 아무 일도 하지 않았고, 아무 말도 하지 않았다. 이제 그들은 당할 만큼 당했다. 태양이 그들에게로 쏟아져 굶주리고 괴로움을 겪은 그들의 몸을 부드럽게 어루만지고는 미소를 지었다.

어느 날 밤일을 다 끝낸 다음에 그들이 무릎을 꿇고 앉아, 백인 주인들이 들을까 봐 겁이 나서 조용히 바닷가에 앉아서 울고 있으려니까, 낯설고도 새로운 신이 그들 앞에 나타났다. 그는 바닷가의 자갈들을 굴리며, 거대하고 둥그런 전갈처럼, 망치와 낫을 들고 천천히 휘두르는 손이 사방에 수천 개나 달린 바퀴처럼, 그들을 향해서 기어 오기 시작했다. 새로운 신은 태형을 당한 사람들의 잔등 위로 묵직하게 지나갔고, 마을들을 거쳐 광장으로 들어가서, 멈춰 서더니 외치기 시작했다. 그는 무엇이라고 소리쳤던가? 모두들 일어서서 눈을 비볐다. 그들은 기쁨과 두려움 속에서 그를 지켜보았고, 비록 그가 하는 말을 이해하지는 못했어도 그들의 마음은 내면에서 맥박 치고 함성을 질렀다. 그들은 자신들의 마음속에 사나운 짐승이 도사리고 숨었다는 사실을 알지 못했었다. 그들은 그것이 벌벌 떠는 작은 다람쥐라고 생각했는데, 알고 보니 그것은 배가 고파 소리치며 깨어난 인간의 마음이었다.

그렇다, 그들은 몸을 일으켜 눈을 비볐으며, 주변을 둘러보고는 언덕과 바다와 숲과 나무에 매달린 열매와 호수에서 몸을 일으키는 물소를 처음으로 보았는데, 이런 모든 것들이 그들의 소유였다. 이곳은 뼈와 땀과 눈물로 이루어진 땅, 조상의 숨결 바로 그것으로 이루어진 땅이었다. 그들은 마치 땅이 그들의 조상인 듯, 조상들을 포옹하는 듯, 무릎을 꿇고 흙에다 입을 맞추었다. 그러고는 햇빛을 가리려고 손을 눈 위에 대고 올려다보았더니, 지붕을 얹은 앞마당에 앉아 술을 마시고 향기로운 여송연을 피우면서 백인 주인들이, 가늘게 뜬 유리알처럼 파란 눈으로, 앞에서 웃고 소리를 지르고 엉덩이를 씰룩거리는 나약한 자와 처녀들과 발가벗은 인도네시아 처녀들과 호리호리한 말라야 처녀들을 훔쳐보며 침을 질질 흘리는 모습이 눈에 들어왔다.

인도네시아인과 자바인과 말라야인들의 째진 눈에 분노가 쏠렸고, 그들은 새로운 신이 하는 말을 확실히 알아들었다.

「물러가라! 물러가라!」 밀림의 한쪽 끝에서 다른 쪽 끝까지, 이 바다에서 저 바다까지, 외치는 소리가 들려왔다. 「물러가라! 물러가라! 네덜란드 사람들은 네덜란드로, 프랑스 사람들은 프랑스로, 아메리카 사람들은 아메리카로. 물러가라! 물러가라!」

여러 개의 눈이 달린 태양이 이제는 더욱 높이 떠올라 피부가 검은 자식들을 둘러보았고, 그들의 외침과 야유를 들었고, 나지막한 소리로 그들에게 축복을 내린 다음, 미소를 짓고는 내려갔다.

이제 태양은 거대한 산봉우리와 꼭대기에 눈이 덮인 산 위로, 천천히 흐르는 성스러운 강 위로, 수많은 진흙탕 마을 위로 지나갔고, 굶주림에 시달려 몸은 야위었으며, 커다랗고 우단 같은 눈에는 잊힌 신들과 인고(忍苦)에 대한 두려움으로 가득한 수많은 민족들 위로 지나갔다. 그리고 강가에서는 해골 같은 고행자가 기도의 바퀴를 돌렸다. 그는 오래된 운명의 바퀴를 돌리고 또 돌렸으며, 수백만의 영혼이 그의 주변으로 모여들었고, 그러면 그는 그들에게 얘기를 하고, 미소를 짓고, 그러고는 다시 조용해졌다. 선구자 성 요한처럼 팔과 다리가 물뱀처럼 가늘기만 하고, 이가 다 빠지고 벌거숭이인 그는 영혼으로 단단히 무장을 하고서 그곳 강가에서 꼼짝도 하지 않고 버티며 거대한 제국과 싸웠다.

태양이 잠깐 멈춰 머리 위에서 그를 비추었다. 벗겨진 대머리와 고통에 시달리는 가슴과 텅 빈 배와 야윈 허벅지와 앙상한 다리를 햇빛이 오르락내리락 비추었다. 인간의 영혼, 참된 인간의 영혼은 무엇일까? 태양이 골몰히 생각해 보았다. 대지의 두꺼운 껍질을 뚫고 나와 솟아오르는 샘물의 분출, 기쁨, 슬픔, 불꽃인가? 어떤 사람들은 그것을 복수라 하고 또 어떤 사람들은 그것을 정의라고 하며, 어떤 사람들은 그것을 자유라 부르고 또 어떤 사람들은 하느님이라고 부르는데, 나는 인간의 영혼이라고 하겠다! 그리고 영혼의 힘이 대지로부터 분출되는 한 나는 내 빛이 낭비되지 않으리라는 신념을 간직하리라. 나에게 눈이 있어 보고, 귀가 있어 듣고, 팔이 충분히 길어 밑으로 뻗어 세상을 포용할 수 있으니, 나는 너무나 기쁘다. 만일 참된 인간의 영혼이 존재하지 않는다면 얼마나 큰 비극이요 얼마나 삭막한 황무지이겠으며, 내 빛은 얼마나 쓸모가 없겠는가.

태양이 더 높이 떠올라 하늘의 꼭대기에 다다라 멈추었다. 사막, 모래밭, 지구의 껍질에서 김이 나고, 불이 붙었다! 이곳에는 물이 별로 없으며 우물도 말라붙고, 장밋빛과 보랏빛 언덕 위로 광채가 폭포처럼 쏟아지는데 —— 황야에서는 그것이 유일한 폭포였다. 이곳저곳에 야자수와 낙타와 반들거리는 뱀, 거칠고도 슬픈 외침이 하늘을 찌른다. 열풍(熱風)이 일어 모래가 흘러가고, 바다처럼 폭풍을 일으키고, 지구의 척추가 떨린다. 그리고 갑자기 광활한 황야에 천막들이 나타나고, 피부가 검은 여인들이 헤나로 적갈색 물을 들인 기다란 손가락을 재빠르게 놀려 밀가루를 물로 반죽한다. 그들이 돌멩이 두 개를 비벼 자그마한 불을 지피면 인간의 참된 깃발처럼 연기가 솟아오르고, 〈죽음〉이 다시 태어난다.

하얀 허리띠를 두른 남자들이 책상다리를 하고 근처에 앉아 주의 깊게 귀를 기울인다. 떠돌이 장사꾼 한 사람이 머나먼 바닷가에서, 믿음이 없는 자들의 나라에서 찾아와 구슬과 작은 거울과 소금과 알록달록한 옷감을 팔았다. 장사꾼도 역시 천막 그늘에서 책상다리를 하고 앉아 머나먼 곳에서 벌어진 여러 가지 얘기를 전한다. 그는 마술을 부리는 기계들과 새로운 소총과 백인 여자들과 금발 청년들에 관한 얘기를 들려준다. 그는 가난한 자들과 부유한 자들, 그리고 굶어 죽어 가던 사람들이 갑자기 봉기해서 부유한 자들의 문을 쳐부수고, 진수성찬을 차려 놓은 식탁을 차지해 앉고, 푹신한 침대에 눕고, 철의 날개가 달린 말을 타고, 허공에다 환상을 엮어 나가는 얘기를 한다.

베두인 사람들은 얘기를 듣는 동안 마음에 불이 붙는다. 눈을 두리번거리며 서쪽을, 불타는 바람을 아득하게 내다본다. 그리고 장사꾼은 적절한 때가 되었음을 알고는 옷 속에서 공책을 꺼내 읽어 준다. 그는 그것이 새로운 코란이며 알라 신이 최근에 내려 준 말씀이고, 저 멀리 북쪽으로부터, 모스크바라고 하는 새로운 메카로부터 전해 온 복음이라고 말한다. 선지자가 다시 태어났고, 그는 새로운 이름을 취했으며, 새로운 코란을 썼다. 그는 아랍인들더러, 그를 믿는 사람들더러, 그에게로 모여 와서, 다시 한 번 세상을 약탈하라고 외친다. 굶주림과 비웃음과 사막에 신물이 나지도 않았다는 말인가? 그렇다면 때가 되었으니, 어서 가라! 선지자의 초록빛 깃발을 공중에서 펄럭여라! 알라는 오직 한 분이고, 알라의 선지자는 무함마드이다. 오늘날에는 무함마드를 레닌이라고 부른다.

둥그렇고 순진한 얼굴로 태양이 다시 웃었다. 이제 씨앗이 사막에 떨어졌으며, 얼마 안 있으면 사막에도 꽃이 만발하리라고 그는 생각했다. 한 마리의 배고픈 투구풍뎅이처럼 떠돌이 장사꾼은 너무나 굶주려서 이 꽃에서 저 꽃으로, 이 천막에서 저 천막으로, 이 마음에서 저 마음으로 떠돌아다녔고, 그의 날개에는 붉은 씨앗이 가득 실렸다. 나는 늙은 대지의 모습에 싫증이 났으니, 그대에게 하느님의 축복이 있으라, 그가 생각했다. 나는 쉬지 않고 똑같은 길을 따라 가기만 하는 늙은 마부에 지나지 않는다. 벌써 오래전부터 나는 똑같은 주인들이 똑같은 잔등에 태형을 가하는 광경을 보아 왔다. 바퀴가 돌아가게 하고, 새로운 얼굴들이 빛을 보게 하고, 마음이 몇 발자국 움직이고 세상 또한 움직이게 하라! 그렇다면 어서 가거라, 투구풍뎅이 사도여, 그대 늙은 떠돌이 장사꾼이여, 용기를 내라! 나는 그대와 같은 투구풍뎅이를 수천 마리나 보았는데, 그들은 모두가 똑같은 물건을 팔러 돌아다니면서 저마다 같은 물건에다 다른 이름을 붙여 놓는다. 너희들 모두가 훌륭한 이야기꾼들이고, 나는 너희들을 좋아한다. 그리고 인간들 —— 영원히 순진한 아이들은 네 얘기를 믿고, 인간의 영혼은 강력하기 때문에 그런 얘기는 진리가 된다. 한 세기, 두 세기, 셋, 넷, 그러다가는 결국 눈이 휘둥그레지면서 사람들은 그것이 지어낸 얘기에 지나지 않는다는 사실을 깨닫고는 코웃음을 친다. 그러면 새로운 이야기꾼들이 다른 얘기를 가지고 찾아오며, 그러면 사람들은 다시 같은 과정을 되풀이하기 시작한다. 그리고 나에게 주어진 시간은 그렇게 흘러간다. 그대에게 건강을 빈다, 떠돌이 장사꾼아, 장사가 잘되기 바란다. 나는 갈 길이 바쁘니, 이제 실례하겠다.

드라코스 대장은 머리를 뒤로 젖히고는 아득히 먼 곳을 훑어보았다. 그는 여러 달 전에 자신이 자유의 깃발을 꽂았던 바위를 쳐다보았다. 온 세상과 모든 바다가 언덕 위에 모였다. 지난 여러 달 동안에 언덕과 사람들이 하나가 되었고, 그들의 운명이 뒤엉켰다. 그는 자신이 켄타우로스가 되어 허리 아래부터는 산이며, 산의 황량함과 강인함을 받아들였다는 느낌이 들었고, 산은 인간의 영혼을 물려받은 듯싶었다. 정말로 그러기라도 했는지, 산은 하늘로 솟아올라 골짜기를 굽어보며 밑에 모인 검은 두건들을 불러 대는 형상이었다. 그것은 이제 더 이상 다른 언덕들과 똑같은 그런 언덕이 아니라, 자유의 방패라고 느껴졌다. 벌써 여러 달 전부터 사람들은 이 산의 내장을 파헤치느라고, 대포를 앉히기 위한 포대를 설치하고, 기둥을 여럿 올리고, 길을 닦느라고 손이 피투성이가 되었다. 포탄이 산을 상처로 뒤덮었고, 돌멩이가 불타고, 이렇게 높은 곳까지 겨우 기어 올라온 몇 그루의 가시나무와 나지막한 덤불은 재가 되었다. 산은 인간의 피를 마셨고, 인간의 두뇌를 먹었다. 골짜기와 구덩이에는 인간의 뼈로 씨를 뿌렸다. 그래서 산은 유령이 되었고, 유격대와 한편이 되어서 자유를 위해 싸웠다. 산도 역시 전투를 하느라고 울부짖고 위협했다. 그리고 다른 언덕들에게 신호를 보내듯 산이 꼭대기에서 불을 뿜은 적도 한두 번이 아니었다.

「모든 일이 다 잘되었어, 모든 일이 다 잘되었어.」 산이 서글프게 중얼거렸다. 「하지만 나는 터져 버리기 직전이야!」

화가 난 드라코스 대장은 손에 쥐고 부스러뜨리던 돌멩이를 집어 던졌으며, 산등성이와 그의 내면에서 돌멩이가 부딪혀 되울리는 소리가 났고, 그러고는 침묵이었다.

「내가 도대체 왜 이러는가.」 그가 투덜거렸다. 「내 마음속에 다시 나타난 악마는 무엇이고, 그는 나를 어디로 끌고 가려고 하는가? 악마가 — 내가 아니라 그가 내 모든 삶을 다스린다! 그들은 자유라고 외치는데 — 흥! 무슨 자유 말인가? 우리들의 내면에 들어앉은 악마, 오직 악마만이, 그만이 자유이고, 우리들은 그렇지 못하다! 우리들은 그가 부리는 노새에 지나지 않아서, 그는 우리들에게 안장을 채워 끌고 간다. 하지만 그는 어디로 가고 있을까?」

자신이 살아온 과거가 눈앞에서 주마등처럼 빠른 속도로 지나갔다. 그는 젊었던 시절을 기억했는데, 그는 진탕 먹고 마셨으며, 망각을 얻기 위해 술에 취해 사랑을 했지만, 위안은 찾을 길이 없었다. 악마가 그의 내면에서 머리를 들고 외쳤다. 「부끄럽도다, 야수여, 수치로다!」 그리고 악마의 목소리를 피하기 위해서 그는 유형(流刑)의 길을 떠났으니, 화물선의 갑판장이 되어 7대양을 헤매었다. 바다에서의 삶은 얼마나 대단했던가! 벅찬 흥분! 그리고 공포!

그렇다면 우리들의 내면에서는 절대로 아무것도 죽지 않는다는 얘기인가? 그가 방랑했던 바다와 배와 동지들, 알렉산드리아와 수에즈와 포트사이드와 콜롬보와 싱가포르와 홍콩 같은 이국적인 항구들, 누런 흙탕물의 바다 그리고 황색 인종 여자들의 생각으로 그의 관자놀이가 또다시 지끈거렸다. 그리고 그의 콧구멍은 또다시 구역질 나는 오줌 냄새, 향료와 땀이 흐르는 여자의 겨드랑이 악취를 들이마셨다.

그는 새로 면도를 말끔히 하고, 새까만 콧수염을 가지런히 꼬아 붙이고, 귀에는 담배를 꽂은 다음, 뭍으로 오르고는 했다. 그리고 그는 은밀한 동네를 어슬렁거리고 돌아다니며 마음에 드는 여자들을 골랐다. 그는 단순하게, 빨리 사귀고는 했다. 그는 마음이 끌리는 여자가 눈에 띄면 추파를 보내거나, 팔을 꼬집거나, 빤히 쳐다보면서 송아지처럼 나지막이 신음 소리를 냈다. 그에게는 사랑이 어렸을 때 친구들과 같이 즐기던 개구리 뜀뛰기 장난이나 마찬가지였다. 다섯 명이나 열 명이 허리를 숙여 몸을 낮추고 기다리면, 그는 손바닥에 침을 뱉어 문지른 다음에, 뒤로 한참 물러났다가 번개처럼 그들을 하나씩 차례로 뛰어넘고, 의기양양하게 발돋움을 한 자세로 넘기를 끝내고는 했다.

인간의 육체가 도대체 무엇으로 만들어졌기에 그토록 많은 행

301

복감을 주고받는 일이 가능할까? 어찌하여 살점 한 부분에 지나지 않는 입술이 다른 입술에 닿으면 인간의 마음을 그렇게 뒤흔드는가? 드라코스는 여자에게 몸을 밀착시키면 굉장히 행복했다. 그런 순간이면 심지어는 영혼까지도 육체가 되어, 꼭 껴안을 때의 벅찬 기쁨을 느끼고는 했었다. 그리고 그는 동틀 녘이면 녹나무와 사향에 담근 비단 머릿수건, 그리고 바나나와 파인애플을 한 아름 가지고 배로 돌아오고는 했다.

또 어떤 때는 〈죽음〉이 그들의 배를 함께 탔다. 드라코스는 그것과 싸우고, 뱃머리에 앉아 버티던 죽음을 쫓아 버렸다. 그리고 바다가 다시 잔잔해지면 선원들은 요리실에서 김이 무럭무럭 나는 고기가 가득 담긴 솥을 들여왔다. 그러면 포도주 병이 돌아가고, 그들은 먹고 마시다가 취하면 고향 얘기를 시작했다. 그들은 저마다 옷 속에서 누렇게 빛이 바랜 사진을 꺼내 이 사람 저 사람에게 돌려 가며 고향에서 기다리는 아내와 자식들을 자랑삼아 보여 주었다. 하지만 드라코스에게는 자랑할 아내와 자식이 없었고, 그래서 대신 아버지이며 성직자인 야나로스 신부가 사제복을 걸치고, 사슬에 달린 십자가를 목에 걸고, 묵직한 성서를 들고, 두 팔을 벌린 모습의 사진을 간직했다. 그는 친구들에게 아버지 사진을 보여 주고는 요란하게 웃음을 터뜨리고는 했다. 동지들도 용기가 나면 같이 웃기도 했다. 「건강을 빕니다, 늙은 멋쟁이 염소수염 선생!」 그들은 소리를 지르고, 다 함께 짓궂게 장송곡을 부르기도 했다.

밀수와 수치와 영웅심으로 넘치던 삶은 얼마나 요란했던가! 언젠가 한번은 그가 선상 반란을 일으키기도 했었다. 폭풍이 불고 배는 위험에 빠졌는데도 선장은 누런 여자 두 명을 무릎에 올려 앉히고 선장실에 앉아 술만 마셔 댔다. 드라코스는 선원들을 규

합하여 술 취한 선장을 붙잡아 짐칸에다 가두고는 지휘권을 빼앗았다. 또 언젠가는 바다 한가운데서 일본 해적들에게 공격을 받았었다. 격렬한 전투가 뒤따랐고, 드라코스 선장은 세 척의 해적선을 나포해서 그의 배 꽁무니에다 매달고는 홍콩으로 끌고 가서 팔아 버렸다.

그리고 갑자기 그는 이런 모든 삶으로부터 ── 배와 밀수와 여자들에게서 손을 뗐다. 그들이 인도의 어느 항구에 도착했을 때 전보가 도착했는데, 알바니아에서 전쟁이 터졌고, 스파게티를 즐겨 먹고 야간에 몰래 돌아다니는 비겁한 자들이 그리스 땅으로 쳐들어와 얀니나로 내려갈 준비를 한다는 내용이었다. 전쟁 소식을 듣자 그의 마음속에서는 어떤 목소리가 울려 나왔다. 그것은 자신의 목소리가 아니라 아버지의 목소리, 할아버지의 목소리였다. 그것은 자유와 죽음을 타고 내려온 늙고도 늙은 목소리였다. 목소리를 듣자 그는 격노해서 마주 외쳤다. 「당신이 감히 나더러 내 의무를 따르라는 명령을 하나요? 그럴 필요가 없을 테니까, 나를 보세요!」

그는 비행기를 잡아타고 고국으로 돌아가서 전투복을 입고는 전쟁터로 나가 영웅적으로 싸워 장교로 임관까지 하기에 이르렀다. 하지만 암흑의 날들이 곧 닥쳤으니, 나라가 짓밟혀 군화와 기타와 불가리아 모자들이 판을 쳤다. 드라코스는 입산(入山)해서 하느님의 바람이 그들에게로 불어와 외국 군대가 흩어지고, 그리스 땅에는 다시 그리스인들만이 남는 축복의 날이 올 때까지, 맨발에 누더기를 걸친 50명의 다른 병사들과 함께, 모든 제국들과 맞서 싸웠다.

여러 달 동안 그는 세수나 면도도 하지 않고 옷도 갈아입지 않왔다. 아직도 화약 연기가 피어오르는 몸으로, 털과 흙투성이 모습으로 그는 살로니카로 내려가서 조국의 해방을 맞았다. 그는 목욕탕으로 가서 몸을 씻은 다음 이발관으로 갔다. 그는 셔츠와 속옷을 갈아입고는 과거의 동료 선원들과 어울려 항구의 술집으로 갔다. 사흘 낮 사흘 밤 동안 그들은 마시고 자유의 노래를 불렀다. 네 번째 날 저녁에 코가 구부러지고 입술이 두툼한 중년의 유대인이 술집으로 들어와 그들과 자리를 같이했다. 그들은 그에게 한 잔, 그리고 또 한 잔 술을 권했으며, 그는 곧 기분이 좋아졌다.

「이봐요, 우리 용감하고 젊은 투사들.」 그가 말했다. 「당신들이 허락한다면 난 얘기를 하나 해주고 싶은데요. 내가 믿는 신에 의하면, 형제들이여, 이것을 이해하는 사람은 누구나 새로운 인간이 되어서, 눈먼 사람은 앞을 보고, 무정한 사람도 정이 생기게 마련이니까, 잘 새겨듣기 바라요. 이해하는 자에게는 기쁨이 따를지니, 그는 자리에서 일어나 이 술집에서 걸어 나가 주변을 둘러보고는 이렇게 소리치겠죠. 〈이것은 기적이로다! 세상이 달라졌구나!〉」

「어서 얘기해요, 구두쇠 영감님아, 당신 때문에 우린 궁금해서 죽겠단 말예요!」 드라코스가 말하고는 유대인의 잔에 포도주를 가득 채웠다. 「우리들에게 해줄 얘기가 더 많이 생각나게 어서 마셔요.」

노인은 잔을 비우고 얘기를 시작했다. 「한 고개에서는 돈을 내고, 두 고개에서는 구경거리, 세 고개에서는 준비를 하시고, 네 고개에서는, 자, 시작합니다 ── 안녕하십니까! 옛날 옛적, 눈이 많이 내리는 북쪽 지역에 어찌나 광활한지 몇 년을 걸어도 끝이 나오지 않는 나라가 있었습니다. 여러분도 아시겠지만 사람들은 이 나라를 러시아라고 불렀습니다. 옛 시절에는 한 사람이 잘 먹고 살게 하기 위해서 천 명이나 만 명의 사람이 일을 했습니다. 천 명과 만 명은 굶주렸는데, 그들을 러시아 농민이라고 했습니다. 그리고 잘 먹고 살던 한 사람은 귀족이라고 했죠. 밤낮으로 귀족들은 벽난로에 불을 지펴 놓고 앉아 보드카라는 독한 술을 마셨으며, 술을 마셔서 기분이 흥건해지면 농민들을 한 줄로 세워 놓은 다음 총을 들고 사격 연습을 했어요.」

「그럼 농민들은요? 농민들은 어떻게 했나요?」 주먹으로 탁자를 쾅 치며 드라코스가 소리쳤다. 「천 명과 만 명은 어떻게 되었나요? 그들이 모두 한꺼번에 그냥 입으로 불기만 했더라도 귀족이 쓰러졌을 텐데요.」 그는 침을 뱉었다. 「그리고 이렇게 그들이 침을 뱉기만 했더라도 귀족이 익사하고 말았을 텐데요. 당신은 우리들에게 무슨 허황된 얘기를 하나요?」

드라코스가 씨근거리고 화를 내며 침을 뱉고는 주먹으로 탁자를 쾅 때렸다.

「아닙니다, 우리 용감한 젊은이여.」 유대인이 대답했다. 「그들은 귀족에게 입으로 불거나 침을 뱉지 않고, 벌벌 떨었어요. 당신도 아시겠지만, 그들은 할아버지와 아버지를 거쳐 대대로 두려움을 물려받았고, 그들이 태어난 순간에 시작된 공포는 죽을 때까지 떠나지 않았습니다. 그들은 이런 두려움을 삶이라고 생각했습니다. 하지만 어느 날 한 사람이 등장했는데, 눈이 째지고 노동자의 모자를 쓰고 노동자의 옷을 걸친 거인이었어요. 그는 거지처럼 집집마다 문을 두드리기 시작했고, 지하실로 들어가 농민들에게 얘기를 시작했습니다. 그런데 그들에게 그가 무슨 얘기를 했을까요? 놀랄 만한 내용은 하나도 없고, 모두들 잘 알면서도 망각했던 얘기들이어서 ─ 그들도 인간이며, 그들에게도 영혼이 있고, 그들은 굶주렸고, 자유와 정의가 존재하고, 그리고 또……」

귀를 쫑긋하며 화가 나서 엿듣던 술집 주인이 듣지 못하도록 노인은 목소리를 낮추었다.

「또 뭐요?」 주변에 모인 사람들이 유대인의 입 쪽으로 더 가까이 머리를 숙이며 물었다.

「혁명 말입니다.」 그는 나지막이 대답하고는 겁이 나서 몸을 웅크렸는데 ── 머리 위에서 내리치려는 술집 주인의 커다란 손을 의식했기 때문이다.

「구두쇠! 볼셰비키, 나가! 나가라고!」

주인은 그의 옷깃을 움켜잡더니 사람들이 미처 말릴 겨를도 없이 그를 길거리로 던져 버렸다.

드라코스가 벌떡 일어섰는데, 그의 내면에서 외치던 목소리가 갑자기 터져 나왔다. 「세상은 정직하지 못하고 의롭지도 못하니, 세상을 구하는 일이 네 의무이니라.」

「내가 세상을 구해? 나 같은 술주정뱅이가? 털만 잔뜩 난 곰, 거짓말쟁이, 도둑놈, 살인자인 내가?」

「너! 그렇다, 너! 일어나거라!」

그는 몸을 일으켰다.

「난 당신을 따라가겠어요.」 드라코스가 유대인에게 소리를 지르고는 서둘러서 그를 뒤쫓아 밖으로 나갔다. 그는 유대인의 팔을 잡았고, 그들은 좁고 구불구불한 길을 따라 사라졌다.

오늘 밤 에토라키 산의 망루에 혼자 앉아서 드라코스 대장은 살로니카의 컴컴한 지하실과, 버림받은 집과, 묘한 술집에서 보낸 위험한 나날과 불타는 듯한 밤들을 회상했다. 카타콤이 보나 마나 이러했을 터이며, 빈궁하고 굶주리고 박해를 당하던 초기 기독교인들이 이러했을 터이니, 그들의 눈은 사랑과 증오로 이렇게 타올랐겠고, 틀림없이 그들은 이렇게 모여 선언하고, 그들은 이렇게 옛 세계를 파괴하고는 새로운 세계를 일으켜 세웠으리라. 동지들은 기쁨과 분노와 확신으로 불타올랐다. 「우린 세상을 구하리라.」 그들이 맹세했다. 「우리들은 입이나 칼로 세상을 구할 것이다!」

드라코스의 이성에 문이 열렸고, 마음은 분노와 고통으로 가득했고, 선서하라고 이성이 그에게 시켰으며, 생사를 가리지 않는 보다 젊은 남자들을 골라서 동지로 모아 그들 모두 산으로 데리고 갔다. 운명은 그를 이 산에서 저 산으로 돌아다니고, 이곳에 피루스의 바위투성이 산으로 오게 했다. 불을 지르고 살육을 자행하면서! 그는 여러 마을을 불태우고 촌로들과 파시스트들을 무자비하게 죽였다. 이것이 증오를 통해 사랑에 다다르는 유일한 길이라고 그는 믿었다! 그리고 지난번에 일곱 명의 여자를 밀고하여 선구자 교회 앞에서 총살을 당하게 만든 수도사 라우렌티오스를 잡아 들였을 때도 그는 수도사에게 전혀 자비를 보이지 않았으며, 드라코스 자신이 직접 서까래 두 개를 골라 엇갈려 못으로 박아 십자가를 만들고, 굵직한 못을 여러 개 마련해 가지고 어느 날 밤에 마을로 내려가, 수도사를 십자가에 매달아서 마을 사람들로 하여금 두려움을 느끼고, 배반자들이 어떤 처형을 받는지 깨닫게 했다.

「다 잘되었어, 다 잘되었어.」 그가 다시 중얼거렸다. 「그런데도 난 속이 터지려고 한단 말야!」 그는 심호흡을 하려고 팔다리를 뻗었다. 아무리 생각해도 그는 파멸 직전이었다.

최근에는 갖가지 의혹이 그의 마음을 비수처럼 찔렀으니, 이것은 옳은 길이 아닐지도 모른다는 생각이 들기 때문이었다. 왜 그의 마음은 이렇듯 터지는 기분을 느끼기 시작했을까? 왜 그가 이곳을 떠나고 싶어 하게 되었을까? 그리고 그는 어디로 가겠는가? 도대체 그가 어디로 간다는 말인가? 이런 생각만 해도 그는 화가 치밀어 올랐다. 아니다, 아니다, 이것은 올바른 길이니까, 어서 앞으로 나아가고, 이것이 올바른 목표니까, 공격하라! ── 그는 용기를 얻기 위해 소리치고는 했다. 그는 내면에서 머리를 드는 새로운 목소리를 억누르기 위해서 마구 소리를 질러 댔다. 그리고 지난번에 수도사를 붙잡아 그의 손으로 직접 십자가에 매달았을 때, 붉은 두건들과 검은 두건들은 다 같이 겁을 먹었지만, 그는 며칠 동안 마음이 평화로웠다. 이것이 가야 할 길이고, 길이라고는 이것뿐이어서, 다른 길이 없으니, 끝까지 그것을 따라야 한다! ── 그는 자신을 납득시키기 위해서 거듭거듭 되풀이해서 다짐했다. 어느 누구의 얘기도 듣지 말고 계속해서 나아가라! 오직 끝에서, 구원은 오직 길의 끝에서만 기다리니, 마음이 약해져 한가운데서 멈춘 자들에게, 주님, 자비를 베풀어 주소서.

내면에서 이렇게 목소리가 술렁거리던 그날부터 드라코스 대장은 더욱 사나워져서, 그는 마치 내면에 존재하는 모든 다리들을 파괴하고, 원하거나 원하지 않거나 간에 그가 선택했던 길의 끝에 어서 다다르기 원하는 듯, 점점 더 깊이 피의 웅덩이 속으로 빠져 들어갔다. 그가 처형한 대상은 수도사가 아니었고, 그렇다, 내면의 목소리였으니, 그는 목소리를 죽여 잠잠하게 만들고 싶었을 따름이다. 하지만 목소리는 십자가에 매달기가 불가능해서, 육신은 죽여 없애고 목을 자르는 일도 가능하겠지만 목소리는 그냥 남고, 오늘 밤에도 또다시 목소리는 드라코스 대장의 내면에서 울려 나와 그의 가슴을 찢었다. 「세상을 바꿔 놓겠다고 네가 말했느냐? 자유와 정의를 실현시키겠다고 했느냐? 하지만 인간조차 바꿔 놓지 못하는 네가 어찌 세상을 바꿔 놓겠느냐? 인간의

마음은 어떤가? 우리들이, 새로운 사람들이, 우리들이 과연 달라
졌느냐? 우리들은 보다 훌륭한 인간이 되었는가? 잘도 그렇게 되
었겠구나! 겸손하고 하찮은 사람들의 삶이야 달라졌겠지만, 지도
자들은 하느님의 저주를 받아야 한다! 네 오른팔 노릇을 하는 루
카스를 보라! 질투, 증오, 염탐질 — 당장이라도 네 잔등에 비수
를 꽂으리라! 생선은 대가리부터 썩는 냄새를 풍긴다고 하지 않
더냐?」

「오, 나에게 그럴 능력만 있다면……」 그는 투덜거리며 사납게
콧수염에서 털을 잡아 뽑았다. 「나 자신의 깃발을 올릴 능력만 있
다면 얼마나 좋으랴!」

제15장

절벽을 가로질러 그림자가 드리웠다. 드라코스 대위가 깜짝 놀라 돌아다보니 수녀 옷차림의 여자가 금발을 어깨로 드리우고 그의 앞에 섰다.

그는 이맛살을 찌푸렸다. 「어딜 갔었어요?」 그가 물었다. 「지도자를 만났나요?」

「여기로 올라오는 길에 당신 아버지를, 신부님을 봤어요.」

「우리 아버지는 상관 말고, 지도자는 만났어요? 무슨 소식을 가지고 왔나요? 어서 얘기해요.」

「당신은 모든 업무를 루카스에게 인계해야 하고……」

그녀가 미처 말끝을 맺기도 전에 드라코스 대장이 벌떡 일어나 그녀의 목을 조르려고 하다가는 순간 멈추었고, 돌멩이를 집어들어 힘껏 절벽 아래로 던졌다. 칼에 찔린 황소의 신음 같은 소리가 그의 목구멍에서 흘러나왔다.

「누구에게 인계를 하라고요?」

「루카스한테요.」 여자가 조용히 대답하고는 기쁨을 감추기 위해 눈을 반쯤 감았다.

「그럼 내가 왜 해임되는지 물어봐도 될까요?」

「명령대로 행동하지 않기 때문인데, 당신이 하는 얘기가 그들의 귀에 들어갔고, 이제는 듣자 하니 당신은 당신 자신의 깃발을 휘날리기 원한다고 하니, 그들은 더 이상 당신을 믿지 못하게 되었죠.」

그녀는 잠깐 침묵을 지킨 다음에 덧붙여 말했다. 「그뿐 아니라 당신은 카스텔로를 점령하는 데 시간을 너무 많이 잡아먹는다고들 하더군요.」

그는 가슴이 철렁했고, 요란하게 울리는 거센 웃음소리에 바람이 술렁였다. 하지만 갑자기 웃음이 멈추었고, 그는 이제 빛을 보았기 때문에, 적어도 빛을 보았다고 생각했기 때문에, 목구멍이 메었다. 그는 한 발자국 내디뎠고, 처음에는 한 발, 그러고는 다른 발, 그의 두 다리는 천천히 움직여 야생 동물처럼 살금살금 걸었다. 그는 여자에게 다가가서 어깨를 움켜잡았다.

「아니면 혹시……」숨을 몰아쉬며 그가 말했다.

그는 다시 입을 다물었고, 그녀의 푸른 눈에 시선을 고정시켰으며, 뜨겁고도 초조한 그의 숨결이 여자의 콧구멍과 입으로 왈칵 뿜어 나갔다. 그녀는 얼굴을 돌리려고 했지만, 그가 목덜미를 움켜잡았기 때문에 움직일 수 없었다.

「아니면 혹시……」그가 되풀이해서 말하고는 갑자기 손아귀에 힘을 주어 그녀의 목을 졸랐다. 「더러운 여자 같으니라고!」그가 고함쳤다. 「당신은 당신 자신을 위해서, 반편이 같은 당신 애인을 위해서 농간을 부렸군요. 당신은 지도자의 정부가 무척이나 되고 싶었던 모양이로군요!」

그는 이제 그녀의 팔을 움켜잡고 비틀었으며, 그녀는 아픔을 느끼면서도 비명을 지르지 않으려고 입술을 깨물었다. 그녀는 팔을 뿌리치려고 했지만 드라코스가 사납게 움켜쥐고는 놓아 주지 않았다.

「값싼 창녀 같은 여자로군요!」 그가 다시 고함쳤다. 「당신은 이런 짓을 하고도 무사하리라고 생각하나요? 당신은 우리 산으로 와서 이곳을 수치스럽게 만들었는데, 더러운 여자 같으니라고, 전쟁이 계속되는 한 여자와 남자라는 건 없고, 싸우는 동지들뿐이어서 —— 형제들과 자매들뿐이라는 현실을 이해하지 못하나요? 전쟁이 끝난 다음이라면 당신은 마음대로 해도 좋아요. 그런데 지금 당신은 이곳으로 찾아와서 우리들을 더럽혔어요!」

「나는 자유를 위해 투쟁하고, 나는 자유의 몸이기 때문에 마음이 내키는 대로 행동합니다!」

「자유란 당신 마음대로 하는 행동이 아니라, 대의명분이 당신에게 요구하는 대로 하는 행동입니다.」

「그건 남자들에게는 좋지만 나는 여자이고, 남자를 볼 때면 나는 오직 한 가지, 선택해야 한다는 생각만 듭니다!」

「지도자가 무엇이 좋아서 그러나요? 그는 붉은 머리에, 키도 작고, 안짱다리인데요.」

대장은 말처럼 식식거리는 소리를 내면서 그녀에게로 몸을 기울였고, 그의 수염이 여자의 뺨을 따갑게 했다. 그녀의 젖가슴에서 시큼한 젖과 씁쓸한 아몬드 냄새가 짙게 풍겼고, 냄새를 맡은 그는 벌떡 일어나 얼굴을 그녀에게서 멀리하며 여자를 옆으로 밀치고는 주먹을 치켜들었지만, 당황해서 멈칫하고는 손을 내렸다.

「나가요, 갈보 같으니라고! 나까지 더러워지기 전에 어서 나가라고요!」 그가 고함쳤다. 하지만 그녀가 겉옷의 단추를 채우는 사이에 그는 그녀에게 왈칵 덤벼들어 목을 움켜잡고는 여자를 뒤로 꺾었다.

「이거 놔요, 이거 놔요!」 그녀가 소리를 질렀다. 「난 당신이 미워요!」

그는 그녀를 굽어보며 신음하고는 그녀의 목을 꽉 깨물었다.
「나도 당신이 미워요, 나도 당신이 미워요.」

「나를 보내 줘요. 난 당신을 혐오해요!」

그녀는 발과 팔과 손톱을 동원해서 결사적으로 반항했다. 두
몸이 하나가 되었다가 떨어지고, 다리들이 서로 뒤엉키고, 서서
히 증오와 더불어, 역겨움과 싸움은 포옹이 되었다. 땀이 나고,
목욕도 하지 않고, 털투성이인 남자의 몸에서 풍기는 역겹고 심
한 악취에 여자는 숨이 막혔다.

그녀를 눕히고 군화로 짓밟고 싶은 욕망이 — 증오와 욕정이
그를 사로잡았다. 그는 여자의 옷을 잡아당겨 벗겨 버렸고, 그녀
의 하얗고 단단하고 땀에 젖은 젖가슴이 드러났다. 그는 손을 뻗
어 손바닥으로 젖을 감싸 잡았고, 그의 이성이 몽롱해졌다. 여자
는 힘없이 비명을 질렀고, 얼굴이 창백해지면서 눈알이 뒤집혀
하얗게 되었다. 「이러지 마세요, 이러지 마세요!」 그녀가 이제는
부드럽게, 애원하듯 중얼거렸고, 감미로움과 고통으로 젖가슴이
녹아 내렸다.

그녀는 손바닥을 벌리고 두 팔을 뻗어 바위에 붙이고는 눈을
감았는데, 더 이상 저항할 마음이 없었기 때문이다. 언뜻 머나먼
곳에서, 지구의 끝에서 여자는 사람들이 노래를 부르고 개가 울
부짖는 소리를 들었다. 그녀의 목과 허벅지에서는 핏줄이 돋아
올랐고, 채찍처럼 핏줄이 그녀를 휘감았으며, 그러더니 세상이
무너져 침몰한 듯 깊은 정적이 찾아왔다. 그리고 그녀 위에서 털
투성이 남자가 묵직하고 피 묻은 입술을 굶주린 듯, 향기를 풍기
고 솜털이 난 육체를 핥고 더듬었으며, 수컷 비둘기처럼 꾸르륵
거리는 소리를 냈다. 그리고 자기도 모르게 그는 자신의 목소리

가 아닌 부드럽고 다정한 목소리로 속삭였다. 「내 사랑⋯⋯. 내 사랑⋯⋯.」

몇 시간이, 몇 초가 지났을까? 남자와 여자는 지쳐서 바위에 올라앉아 증오심을 느끼며 서로 쳐다보았다. 여자는 갑자기 머리를 두 무릎 사이로 떨구었고, 마치 돼지우리로 떨어져서 다시는 깨끗이 씻기 불가능할 정도로 온몸이 더러운 역겨움으로 뒤덮인 기분을 느꼈다. 그녀의 몸으로부터 물이 빠지듯 악취들이 흘러나왔다. 그녀는 손수건을 꺼내 입과 목과 젖가슴을 사납게 닦아 내기 시작했다. 손수건에 피가 잔뜩 묻었다.

그녀는 머리를 들고, 오락가락 서성거리며 투덜거리는 남자를 몰래 훔쳐보았다. 그의 짙은 눈썹은 눈을 가렸고, 커다란 팔은 무릎까지 늘어졌으며, 곰처럼 육중하고 둔하게 움직였다.

그녀는 그곳을 떠나고 싶었지만 몸이 감미로운 나른함을 느꼈는데, 눈만 감았다 하면 한참 푹 잠이 들 것만 같은 기분이었다.

하지만 남자가 분노해서 발을 구르며 그녀를 굽어보았다. 「갈보 같으니라고!」 그는 내뱉듯 말하며 그녀를 발로 찼다. 「난 더 이상 당신 꼴을 보기도 싫으니까 어서 가요! 그리고 당신 애인더러 진정한 지도자는 절대로 되지 못하리라고 그래요.」

그녀가 벌떡 일어섰다. 「짐승!」 그녀가 소리쳤다. 「돼지!」

그녀는 젖가슴을 여미고 머리카락을 모자 속으로 밀어 넣고는 그곳을 떠나려고 돌아섰다. 바로 그때 바위 뒤에서 젊은 투사 한 사람이 나타났다. 「드라코스 대장님.」 무슨 일이 벌어졌는지 알겠다는 듯 눈을 찡긋하며 그가 말했다. 「당신 아버님 야나로스 신부님이 찾아왔어요.」

야나로스 신부는 아직도 혼자 불가에 서서 불을 쬐었다. 뼈마디가 굵고 늙은 그의 몸이 부르르 떨었고, 이성이 그를 꾸짖기 시작했다. 〈내 말 좀 들어 보라고, 야나로스 신부.〉 이성이 소리쳤다. 〈오, 고통 받고 바람에 시달리는 영혼아, 너는 어찌하여 나를 사자들의 소굴로 끌고 왔느냐? 네 아들이 오기 전에, 곤경에 처하기 전에, 어서 돌아가라!〉

하지만 그의 아들이 불쑥 나타나서 느리고 무거운 걸음걸이로 신부를 향해 걸어왔다. 불꽃이 비춘 젊은 아들의 얼굴은 매부리코에, 검은 수염이 가시덤불처럼 무성하고, 턱뼈가 큼직했다. 그의 기다란 팔은 무릎까지 늘어졌다.

드라코스가 천천히 주위를 둘러보자, 그가 지나가도록 부하들이 길을 비켜 주고 물러섰다. 루카스가 허리로 손을 가져가려고 했지만 드라코스가 성난 표정으로 노려보았고, 증오가 대장의 눈에서 끓어오르자 부대장이 얼굴을 돌리고 불에다 침을 뱉었다.

「야나로스 신부님은 어디 계신가?」 숨이 막힐 듯 답답해서 옷깃의 단추를 풀며 그가 물었다.

「나 여기 있다.」 불가에서 돌아서며 노인이 대답했다.

아들의 입이 냉소를 짓느라고 뒤틀렸다. 「어서 오세요.」 그는 기분 나쁜 목소리로 말했다.

「너를 만나게 되어 기쁘구나, 대장.」 야나로스 신부가 대답했다. 「너한테 하고 싶은 얘기가 있어서 찾아왔는데.」

「어서 하세요.」

투사들이 그들의 주위로 모여들어 숨을 죽였다.

「우리 둘이서만 얘기를 했으면 좋겠는데.」 노인이 말했다.

「전 부하들에게 비밀로 숨길 일이 하나도 없으니까 마음 놓고 얘기하세요! 무슨 바람이 불어서 이런 시간에 이곳까지 찾아오셨나요?」

「하느님의 바람이 불어서 나를 네가 있는 쪽으로 몰고 왔단다. 나는 하느님이 전하시는 말을 가지고 왔으니까, 할 말을 다 하면 곧 떠나겠다.」

「얘기하세요.」

「너는 그리스 민족에 대해서 아무런 연민도 느끼지 않느냐? 이런 식으로 나가다가는 머지않아 우리 민족이 없어지고 말 텐데, 하느님은 우리들의 숫자를 너무 적게 만들어 놓으셔서 이런 식으로 역경이 계속되었다가는 한 사람도 살아남지 못할 거야. 마을이 폐허가 되고, 집들이 불타고, 동굴마다 여자와 고아로 가득 찼어! 하느님의 이름으로 빌겠는데, 자비심을 가지거라! 세 차례 너는 카스텔로를 점령했고, 세 차례 그들은 카스텔로를 너에게서 되찾았어. 검은 두건이나 붉은 두건이나 다 마찬가지지만, 너희들은 모두 뒤에 잿더미만 남겼지. 이런 일이 얼마나 더 오래 계속되어야 하겠니? 나는 오늘 밤 〈얼마나 더 오래 기다려야 하는가?〉라고 외치기 위해 산으로 올라왔고, 다른 사람들에게도 난 똑같은 질문을 했어. 나는 성직자이고 하느님의 종이니까, 양쪽 편의 중간에 나서서 〈사랑하라! 사랑하라! 형제들을 사랑하라!〉고 외치는 것이 내 의무란다.」

드라코스는 요란하게 웃음을 터뜨렸다. 「사랑하라고요? 형제들을 사랑하라는 말이죠? 그런 얘기에는 신물이 나지도 않으셨나요? 그래서 우리들이 있는 산으로 찾아오셨다는 얘기인가요? 총, 그것이 제가 발견한 해답입니다. 총 말예요! 돌아가세요!」

「난 가지 않겠다. 난 너한테 할 얘기가 있다고 그랬잖아.」

「그럼 어서 얘기를 하시고요. 한 가지 말씀드리겠는데, 사랑은 잊어버리고, 신(神)들도 잊어버리고, 만능의 존재께서 우리들에게는 아무런 효과도 없다는 진실을 직시하셔야 합니다. 왜 찾아오셨는지 어서 얘기하세요.」

「내 마을 — 카스텔로를 너한테 넘겨주려고.」

드라코스가 부하들에게로 돌아섰다. 「야나로스 신부님이 기운을 내게 라키를 좀 갖다 드려. 힘이 필요하실 테니까.」

그는 아버지에게로 돌아서서 냉소적인 목소리로 말했다. 「어서 얘기하시죠. 서두가 좋으니까 어서 얘기를 계속하시라고요!」

「웃지 마라.」 노인이 화를 내며 말했다. 「마을을 넘겨주기란 쉬운 일이 아니지만, 네가 그곳을 점령하기도 쉽지 않아. 카스텔로는 내 손아귀에 머물지도 않고 네 손아귀로 넘어가지도 않았어. 마을은 하느님의 손에 달렸으니까 존중해야 마땅해.」 젊은 여자가 라키 한 병과 술잔 두 개를 가지고 와서 잔을 채웠다.

「난 자극제가 전혀 필요 없어요.」 여자가 내민 술잔을 거절하며 드라코스가 말했다. 「노인한테나 드려요.」

「그런 건 나도 필요 없어.」 야나로스 신부가 못마땅해하며 대답했다. 「그리고 난 노인이 아니니까, 그런 소리도 하지 마라.」

그들은 서로 눈을 노려보며 잠깐 동안 침묵을 지켰다. 아버지와 아들은 말없이 서로 상대방을 가늠했다.

〈이 남자는 인간이 아니고, 이 남자는 내 아들도 아니니, 주여, 저를 용서해 주소서.〉 신부가 마음속으로 외쳤다. 〈나는 그를 믿지 못하고, 그에게 마을을 넘겨주고 싶지가 않으니, 그냥 돌아가겠나이다.〉

아들은 마음이 뒤집혔으며, 아버지를 쳐다보는 눈에 구름이 끼었다. 길들지 않는 야수 같은 아이였던 그는 아버지의 손에 의해 얼마나 심한 고통을 겪었던가! 노인은 그를 인간으로 만들려고 노력했었다! 그는 아버지를 증오하고 두려워했었다. 어느 날 밤 그는 아버지가 불에 타 죽기를 기다리며 이부자리에다 불을 질렀고, 바로 그날 밤으로 그는 마당의 울타리를 뛰어넘어 도망쳤다! 그는 다시 집으로 돌아가지 않았다.

「어서, 빨리 얘기를 끝내요!」 주먹을 불끈 쥐며 드라코스가 험악하게 말했다. 「나는 내일 마을을 태워 없애겠다고 맹세했으니, 당신을 내가 필요로 하리라는 생각은 말아요!」

굶주린 아이들, 검은 상복을 걸친 여자들, 불타는 마을, 산속에서 썩어 가는 시체들, 모조리 말살되는 그리스 문화 따위의 장면들이 야나로스 신부의 눈앞을 스쳐 지나갔다. 그는 불가에 둘러선 사람들을 둘러보았는데, 어떤 사람들은 나무처럼 뿌리가 박혀 말없이 서서 꼼짝도 하지 않았다. 또 경비를 서는 어떤 사람들은 배가 고프기 때문에 짐승 같은 모습이었고, 또 어떤 사람들은 천사장 같았다. 그는 생각했다 — 나는 어찌해야 하고, 어느 길을 선택해야 하는가? 이들 나무들과 야수들과 천사장들이 어찌 내고통을 함께 느끼겠는가?

그리고 그는 머릿속이 뒤숭숭해졌으며, 몽롱함 속에서도 그는 내면에서 울리는 하느님의 목소리를 가려들었는데 — 그가 혼란을 느끼고 이성이 갈피를 못 잡을 때, 관자놀이 안에서 수천 가지 이상한 목소리가 울려 나올 때면 조용하고 선명한 하나의 목소리가, 하느님의 목소리가 다시 모든 혼란을 수습하고 질서를 바로잡았다. 그리고 이 목소리를 다시 듣게 된 지금 야나로스 신부는 무릎이 떨리지 않았고, 손을 내밀어 드라코스 대장의 주먹을 잡았다.

「내 자식아.」 그가 말했고, 수천 명의 생명이 지금 한순간에 달렸음을 알았기 때문에 이제는 목소리가 떨렸다.

「내 아들아, 내 얘기를 듣게 만들려면 내가 네 앞에 무릎을 꿇기라도 해야 되겠느냐? 네가 아주 어렸을 때 나 때문에 무척 많은 고통을 받았다는 건 나도 알지만, 그것도 다 너를 위해서 한 일이란다. 너도 알겠지만 진흙을 항아리 모양으로 만들려면 두들겨 짓이겨야 한다. 난 너한테 폭군처럼 여겨졌는지도 모르고, 그래, 이제는 네 차례다. 하느님 이외에는 어느 누구 앞에서도 굴종하고 절을 한 적이 없었던 나 야나로스 신부는 이제 너한테 애원하고 굴복하겠다. 내 얘기를 들어라, 아들아, 내일은 성 토요일이니까 너는 밤에 마을로 내려오고, 그러면 우리들이 열쇠를 너한테 넘겨주고, 우린 함께 부활을 축하하고, 사랑의 입맞춤을 주고받을 것이다. 하지만 아무도 죽이지 말아라! 내 말 들었지? 아무도 죽이지 말라고!」

드라코스 대장은 텁수룩한 턱으로 손을 가져가더니 웃음을 감추려고 수염으로 입을 가렸다. 그는 입을 열지 않았다.

「마을에 피해를 주지 마라.」 야나로스 신부가 계속해서 부탁했다. 「너는 사람들의 생명과 재산과 명예를 존중해야 한다.」

「요구가 무척 많으시군요!」

「나는 무척 많은 것을 주려고 하기 때문에 요구가 무척 많다! 이런 짓도 그만하면 됐으니까, 넌 아무도 죽여서는 안 된다!」

「아무도 죽여서는 안 된다고요? 개 같은 육군 대위도요? 썩어 빠지고 형편없는 만드라스 영감과 그의 아들들도 말입니까?」

「그들은 모두가 내 사람이니까, 어느 누구도 — 어느 누구도 안 돼. 나는 그리스도가 다시 임할 때 그들이 어떻게 되었는지 설명해야만 한단다.」

「그리고 나는 이곳 대지 위에서 처음 임하는 자에게 설명해야만 합니다. 나는 카스텔로의 뒷골목과 바위들 틈에서 죽어 간 동지들에 대한 설명을 해야 합니다. 야나로스 신부님! 그리고 이맛살을 찌푸려 나한테 겁을 주려고 하지 마시고요. 당신은 내가 아직도 당신이 개처럼 두들겨 패고는 하던 어린애라고 생각하시나요? 나를 거꾸로 매달아 놓고 피가 날 때까지 발바닥을 때렸던 때가 기억나시나요? 나를 훌륭한 인간으로 만들기 위해서라며 말입니다! 난 언젠가 당신 집에다 불을 질렀고, 이제는 당신 마을에도 불을 지를 테니까, 타협도 필요 없고, 지금은 내 뜻대로 할 차례입니다!」

불길에 휩싸인 마을이 노인의 눈앞에 선했고, 그는 가슴이 터지지 않도록 가다듬었다.

「내가 모든 이웃 마을에 말을 전했으니까, 드라코스 대장, 내일 정오에 사람들이 성당 앞에 모여 군대 막사들을 점거할 거야. 대부분의 병사들은 우리들에게 동조할 테니까, 우린 대위를 묶어 놓은 다음 너한테 신호를 해주겠어. 난 너한테 그걸 얘기해 주려고 왔단다. 너에게 이 말을 하도록 하느님께서 명령을 내리셨으니까, 대장, 자비를 베풀고, 아무도 해치지 않겠노라고 약속해.」

드라코스는 부하들을 둘러보았다. 루카스가 가까이 와서 한마디 조언하기 위해 입을 열려고 하자 드라코스가 손으로 그의 입을 막았다. 「결정은 내가 혼자서 내리겠어요.」 그가 고함쳤다. 「여기에서는 내가 지도자입니다.」

그는 콧수염을 깨물고는 잠잠해졌으며, 얼굴은 돌처럼 단단하게 굳었지만, 천천히, 아주 천천히, 악마의 미소가 두툼한 입술에서 번져 나갔다. 그는 야나로스 신부에게로 돌아섰다. 「좋아요.」 그가 말했다. 「어느 누구도 해치지 않겠다고 맹세하겠어요.」

노인은 머리를 저었다. 「무엇을 걸고 맹세하겠느냐?」 그가 말했다. 「하느님을 믿지 않는 사람이 무엇을 걸고 맹세한다는 말이냐?」

「나는 이념을, 사상을 걸고 맹세하겠는데 ― 나한테는 바로 그것이 신입니다.」

　「이념이란 그것을 섬기는 사람들의 형태와 모습으로 나타나니까, 이념은 따로 존재하지 않고 오직 그것을 믿는 사람만이 존재해.」

　「나는 큰 사람이어서, 지금 이곳에서 주고받은 얘기를 진심으로 존중할 테니까, 염려 말고 어서 가보세요.」

　「이 모든 일을 하느님께서 보살펴 주시기 바라겠다.」 야나로스 신부가 말하고는 성호를 그었다.

　「하느님이 존재한다면야 그렇게 되겠죠.」 드라코스가 말하고는 웃음을 터뜨렸다. 그는 부하들에게로 돌아섰다. 「무기를 들어라! 민중이 봉기했도다.」

　「정말로 그들은 봉기했습니다, 대장님.」 그들은 마구 소리를 질러 부활절 부활의 함성을 비웃었으며, 산에서 그들의 웃음소리가 되울렸다.

제16장

「하루에 일곱 번씩 하느님은 갈대를 불어 쓰러지게 한다.」언덕을 걸어 내려가며 야나로스 신부는 혼잣말을 중얼거렸다. 「무슨 갈대 말인가? 인간 말이다! 그렇다면, 주여, 내 아들이라는 잔혹한 인간을 불어 그도 역시 쓰러지게 하소서…….」가까운 바위들을 돌아 유격대원들의 눈에 띄지 않는 곳에 이르자 그는 걸음을 멈추고 손을 하늘로 뻗었다.

「주님이시여.」그는 목소리가 하늘까지 이르도록 큰 소리로 외쳤다. 「주님이시여, 그리스도의 적이 얼마나 더 오래 사람들의 지도자가 되어야 합니까? 세상의 정직한 사람들은 위험에 처했으니, 정직한 사람은 과연 몇 명이나 되겠나이까? 몇 명 안 될 텐데, 당신은 그들을 가엾게 여기지도 않으시나요? 왜 당신은 그들에게 사랑과 미덕과 겸손함을 주시고 힘은 거부하셨던가요? 나의 주님이시여, 당신이 무장을 시켜야 할 쪽은 이 사람들 — 다른 편이 아니라 이들입니다. 다른 사람들은 늑대여서, 그들은 이빨과 손톱과 힘을 갖추었나이다. 하지만 양들은 어떠하나이까? 늑대에게 잡아먹히지 않도록, 나의 주님이시여, 당신은 그들에게도 무기를 주어야 마땅합니다. 그리고 만일 당신이 지상에 다시 임하신다면, 그때는 어린 양이 아니라 순결한 사자로 오소서…….
저는 따지고 살펴보지만, 당신을 사랑하는 자들을 왜 당신이 그
토록 심하게 괴롭히시는지 이해하지 못합니다, 주여.」

하느님에게 큰 소리로 불평을 토로하고 났더니 약간 기분이 풀
린 야나로스 신부는 어서 카스텔로에 도착하고 싶어 계속해서 발
걸음을 서둘렀다. 달은 지고 날이 밝아 오는 중이었으며, 잠시 후
바위들 사이로 돌멩이를 차곡차곡 쌓아 올린 듯한 마을이 나타났
다. 서서히 마을의 초록빛 혹은 검정빛 지붕들과, 연기가 나지 않
는 굴뚝들과, 환멸을 느끼고 슬퍼하는 어머니 같은 하느님의 집
성당이 한가운데 위치했고, 역겨울 정도로 더러운 오두막들이 옹
기종기 모인 ── 인간이 사는 집들의 모습과 풍경이 눈에 보였다.
그리고 성당 안에서는 야생화에 덮여 관대 위에 누운 그리스도가
인간이 부활시켜 주는 성 토요일을, 오늘을 기다렸다.

야나로스 신부가 머리를 저었다. 「우리들을 도와주소서, 주
여.」 그가 중얼거렸다. 「만일 카스텔로에서 부활이 이루어지기를
원하신다면 손을 들어 우리들이 평화를 이루도록 도와주소서.」

새벽이 되었기 때문에 야나로스 신부는 사람들의 눈에 띄지 않
으려고 남몰래 재빨리 마을로 들어갔다. 그는 얼른 마당을 성큼
성큼 가로질러 성당으로 들어가서 지친 몸으로 긴 의자에 푹 쓰
러졌다. 그는 눈꺼풀이 무거웠고, 관대와 성상들과 황금빛 성상
막이 검정, 빨강, 황금빛으로 번갯불처럼 빨리 빙글빙글 돌았으
며, 그는 현기증이 나서 눈을 감고는 금방 깊은 잠에 들었다.

마을은 잠에서 깨어났고, 활동하기 시작했다. 어느 문이 반쯤
열리더니 머리 하나가 바깥을 내다보았고, 사람의 목소리가 들리
고, 개가 짖어 대고, 그러고는 다시 적막이 왔다. 잠시 후에는 배
고픈 아이가 킹킹거리며 우는 소리가 어느 집 마당에서 흘러나왔

는데, 역시 배가 고파 울기 시작한 온 동네 강아지들도 아이의 울음소리를 들었다. 마을의 다른 쪽 끝에서는 병사들이 잠에서 깨어나 무기들을 손질했다.

몇 초 동안, 몇 시간 동안 야나로스 신부는 잠에 빠졌었을까? 이것은 잠이 아니었고, 노인은 무서운 미래로 뛰어들었고, 그의 온몸은 머리끝부터 발끝까지 떨리기 시작했다. 그는 여섯 번째 봉인이 열린 다음 바위를 하느님으로 생각하고 껴안는 꿈을 꾸었는데, 그는 자신을 구하려고 바위를 꼭 껴안았고, 눈이 불룩 튀어나올 정도로 열심히 쳐다보았다. 하늘이 캄캄해졌고, 달은 피투성이였으며, 강한 바람이 불어올 때 야생 무화과나무에서 썩은 열매가 떨어지듯 하늘의 별들이 대지로 쏟아지기 시작했다. 그리고 갑자기 캄캄해진 하늘이 갈리더니 일곱 천사가 나팔을 들고 나왔다.

첫 번째 천사가 나팔을 불자 피가 섞인 불과 우박이 대지로 쏟아졌다. 그리고 지구의 3분의 1이 타고 나무의 3분의 1과 모든 푸른 풀밭이 재가 되었다.

두 번째 천사가 나팔을 불자 산더미 같은 불이 바다로 떨어졌고, 바다의 3분의 1이 피가 되었으며 물고기들 가운데 3분의 1이 죽었고, 배들 3분의 1이 침몰했다.

세 번째 천사가 나팔을 불자 불의 섬광이 하늘로부터 내려오고, 강과 샘물 가운데 3분의 1이 말라붙었다.

네 번째 천사가 나팔을 불자 태양과 달과 별들의 3분의 1이 사라졌다.

다섯 번째 천사가 나팔을 불자 심연의 구멍이 뚫렸고 그 구멍으로부터 연기가 뿜어 나왔으며, 연기 속에서 꼬리에 독침이 달린 메뚜기 대군(大軍)이 몰려 나와 나머지 살아남은 모든 생명을 닥치는 대로 전갈처럼 쏘아 대었다. 그들은 전쟁을 위해 훈련된

군마(軍馬) 같았으며, 얼굴은 남자 같고 머리카락이 여자 같은가 하면 이빨은 사자 같았고, 목소리는 싸움터로 돌진하는 말이 울부짖는 소리 같았다.

커다란 바위를 끌어안고 그 뒤에 숨은 야나로스 신부를 본 메뚜기 한 마리가 덤벼들었다. 노인은 비명을 지르고 잠 속에서 기절했고, 의식을 되찾았을 때는 천사와 메뚜기 떼가 모두 사라진 다음이었고, 야나로스 신부는 대도시에 이르렀으며, 황폐한 집들로부터 아직도 연기가 피어올랐고, 대기는 시체가 썩는 냄새로 가득했고, 굶주린 고양이들과 개들이 폐허 속에서 뛰어다녔고, 야나로스 신부는 갈림길에 서서 혹시 자기가 이성을 잃지나 않았는지 걱정스러운 생각이 들었다. 가끔 한 명씩 술 취한 듯 비틀거리며 사람이 지나갔는데, 그들의 몸은 인간이었으며, 얼굴은 야생 동물이었고, 더럽고 찢기고 피투성이 모습이었다. 갈림길에 꼼짝 않고 서서 야나로스 신부는 거지처럼 손을 내밀었다. 「부탁입니다, 선생님.」 그가 나그네에게 묻고는 했다. 「내가 정신이 온전한지 아닌지 얘기해 주시겠어요? 그걸 알 길이 없어서 난 걱정이 됩니다.」

「내가 무슨 얘기를 하겠어요, 선생님?」 지나가던 사람은 걸음을 멈추지도 않으며 대답했다. 「내가 정신이 온전한지 어쩐지를 당신이 알려 주지 그래요! 솔직히 말하면 나도 그걸 모르기 때문에 역시 걱정이랍니다.」 그는 입에 매달린 핏덩이를 흔들며 웃음을 터뜨리고는 가던 길을 갔다. 그러면 야나로스 신부는 여전히 갈림길에 꼼짝도 않고 서서 손을 내밀고는 다시 질문을 하려고 누군가 다시 나타나기를 고뇌하며 기다렸다.

「야나로스 신부여, 내 말을 들으라, 야나로스 신부여!」 그는 잠결에 손을 내밀려다가 어디서 그의 이름을 부르는 소리를 들었다. 그는 벌떡 일어나 주위를 둘러본 다음 문으로 걸어가 마당으로 나갔다. 그곳에는 아무도 없었다. 하느님이 나를 불쌍히 여겨서 잠이 깨도록 내 이름을 소리쳐 부른 모양이라고 그는 생각했다. 내가 잠이 깨어 하느님이 하는 일을 보거나 반박을 하지 못하게 하려고. 그는 다시 성당으로 들어가 성상대의 그리스도 성상으로 몸을 끌고 가 발돋움을 하고 서서, 초록빛 지구를 기다란 손가락으로 감싸 잡은 손에다 입을 맞추었다.

「나의 주님이시여.」그가 애원했다. 「우리들을 가엾게 여기셔서 그 꿈이 현실로 나타나지 않게 되기를 빕니다. 평화를! 평화를! 우리들은 당신에게서 다른 아무것도 요구하지 않겠습니다. 주님이시여! 부유함이나 평안함도 아니요, 명예나 영광도 아니요, 평화만 요구하나이다! 우리들에게 평화만 주신다면 다른 모든 일은 저희들이 해결하겠나이다.」

그는 허리띠를 죄고 그리스도를 쳐다본 다음에 말을 이었다. 「우린 오늘 해야 할 일이 굉장히 많아서, 나의 주님이시여, 카스텔로를 구하느냐 아니면 잃느냐 하는 운명이 오늘에 의해 좌우되니, 우리들을 도와주소서! 이렇듯 어려운 시간에 우리들을 저버리지 마옵소서, 주님이시여! 대장의 마음속을 살피셔서 그를 진정시키소서. 반란자들이 오늘 밤에 산에서 내려옵니다. 몸을 숙이시고, 주여, 그들의 눈에 바람을 불어넣어 우리들은 모두가 형제라는 진실을 그들이 눈을 뜨고 보도록 해주소서. 인간의 마음이란 송충이들이 마구 뒤엉킨 한 덩어리이니, 그들을 불어서 나비가 되도록 해주소서, 주님이시여!」

그는 문 쪽으로 돌아섰고, 문간에서 잠깐 걸음을 멈추고는 성상을 뒤돌아보았다. 「우리들을 희롱하지 마옵소서, 주여.」그가 말했다. 「우리들은 인간이어서, 인내할 힘이 부족하나이다.」

326

그는 바깥으로 걸어나갔고, 햇빛이 아찔할 만큼 눈부셨으며, 그는 비석 몇 개를 세워 놓은 성당 마당을 둘러보고는 자신의 무덤 앞에서 잠깐 걸음을 멈추었다. 「얌전히 기다려.」 손가락을 흔들어 보이며 그가 무덤에게 말했다. 「하느님이 나를 세상으로 보내실 때 명령하신 일들을 내가 다 끝낼 때까지 기다리라고. 그렇게 서둘러서는 안 돼.」

텅 빈 무덤 주변과 땅바닥에 깐 판석들 사이에서 작고 초라한 풀잎들이 돋아났으며, 풀잎에서는 봄 냄새가 풍겼다. 첫 나비들이 그들의 무덤에서 나와 훈훈한 바람 속에서 훈련이 안 된 날개를 시험했고 황금빛과 초록빛인 풍뎅이 한 마리가 붕붕거리고 제멋대로 이리저리 날아다니며 이 벽 저 벽에 자꾸 부딪혔다.

〈이런, 맙소사!〉 야나로스 신부가 생각했다. 〈해는 벌써 높이 떴고, 내가 늦잠을 잔 모양이니, 이웃 마을 사람들이 지금 당장이라도 나타날지 모르니까 어서 종을 울려야 되겠군!〉

그는 몸을 일으켰다. 그의 몸에서는 뼈가 우두둑거렸고, 등이 칼에 찔린 듯 쑤셨으며, 잠깐 동안 현기증을 느꼈다. 마당이 눈앞에서 빙글빙글 돌았기 때문에 잠깐 그는 걸음을 멈추었다.

「용기를 내야지, 늙은 노새야.」 그가 중얼거렸다. 「버텨야 해. 너는 절벽을 따라 가는 중이니까, 미끄러지면 안 돼.」 그는 뼈가 묵직하게 느껴지는 몸을 가볍게 손바닥으로 쳤다.

오늘은 힘겨운 하루가 되겠지, 그가 생각했다. 나는 일을 끝까지 치러 낼 힘이 필요해. 그는 성큼 두 발자국 걸어나가 종의 밧줄을 잡고 고집스럽게 얼른 잡아당겼다. 그는 종소리가 그의 참된 목소리라고 느꼈다. 그리고 성자들과 악마들이 그려진, 앞마당에 비석들을 세운 성당은 그의 참된 육신이었다. 둥근 지붕처

327

럼 높이 솟은 그의 머릿속에서, 창조주의 손아귀에 잡힌 박쥐처럼 그의 영혼이 비명을 질렀다.

청동과 은으로 만든 종에서는 사람의 소리가 났으며, 바람은 훈훈한 향기를 풍겼다. 하늘에는 부활절 냄새가 가득했고 하느님은 싱싱하고 푸른 풀의 관(冠)을 쓰고 땅으로부터 솟아오르니, 아무리 이교도라고 해도 오늘이 성 토요일임을 알리라!

가끔 야나로스 신부는 손으로 눈을 가리고는 혹시 이웃 마을 사람들이 카스텔로로 출발했는지 보려고 길 쪽을 살폈다. 잠깐 동안 그의 얼굴은 〈부활〉로 빛나다가 다시 깊은 생각에 잠겨 구름이 끼었고, 화톳불 주변에서 젊은 반란자들이 웃는 소리가 아직도 그의 귓전에서 울렸다. 마치 그를 쫓아내면서 반란자들의 산 전체가 놀리며 웃어 대는 소리 같았다. 야나로스 신부는 뱀처럼 몸을 틀어 도사렸고, 찬바람이 그의 마음속으로 흘러 들어왔다. 산에서 내려오는 사람들에게는 하느님이 없고, 두려워하거나 존중하는 대상조차 하나도 없었으므로, 아무렇지도 않게 맹세를 깨뜨리리라고 그는 생각했다. 그래서 늙은 목자는 늑대에게 문을 열어 준 셈이 아닐지 걱정되어 이제는 부르르 떨었다.

갑자기 그는 아주 피곤했고, 밧줄을 놓자 종소리가 그쳤다. 그는 귀에 신경을 집중시키고는 마을에서 문들이 열렸다 닫히고, 사람들의 말소리가 가까워 오는 것을 들었다. 그는 돌 의자에 앉아 이마의 땀을 씻었다. 잠시 후에 발소리가 들렸고, 누가 성당 문 바로 밖에서 멈추었고, 노인은 머리를 들었다. 문간에 뺨이 불룩하고, 입이 우물처럼 커다랗고, 더러운 머리카락이 어깨로 늘어진 작달막하고 키가 작은 남자가 우뚝 섰다.

「당신인가요, 키리아코스?」 야나로스 신부가 물었다. 「들어와요. 그렇지 않아도 마침 필요한 참이었는데, 잘 왔으니 어서 들어

와요.」

「명령만 내리세요, 신부님.」남자가 대답했지만, 제자리에서 움직이지 않았다. 「하지만 저도 신부님께 보내는 전갈을 가지고 왔는데요.」

「누구한테서요?」

「대위님한테서입니다, 신부님. 그분은 얘기를 나누고 싶으니까 신부님더러 그리로 오라고 하시더군요.」

「나는 여기서 해야 할 일이 있다고 가서 말하고, 나는 두 주인이 아니라 하느님 한 분만 섬긴다는 말도 해줘요.」

「죄송합니다만, 신부님, 저는 겁이 많아서 그분에게 그런 말은 차마 못합니다. 저를 가엾게 여기시는 뜻으로 그분을 찾아가 주세요.」

「나는 나의 주인이 모든 준비가 되었다고 말할 때, 오직 그때만 갈 거예요! 이봐요, 가엾은 사람, 키리아코스여, 당신은 가장 나쁜 방법으로, 그러니까 두려움을 통해서 성직자의 삶을 터득하는 군요. 성직자가 되려면 아무것도 두려워해서는 안 됩니다.」

키리아코스가 한숨을 지었다. 「저는 인간과 신을 다 같이 두려워합니다.」그가 말했다. 「저는 어떻게 해야 되나요?」

야나로스 신부는 살지고 키가 작은 남자를, 이 순박한 겁쟁이를 불쌍하게 생각했다.

「이리 내 옆으로 와요.」그가 명령했다. 「무릎을 꿇어요.」

키리아코스는 무슨 말인지 알아듣고는 벌벌 떨기 시작했고, 무릎을 꿇고 머리를 숙였다. 야나로스 신부가 큼직한 두 손을 키리아코스의 머리에 얹었는데, 신부는 뜨겁고 묵직하고 힘찬 손을 한참 동안 꼼짝도 않고 그대로 두었다. 그러더니 그는 눈을 들어 하늘을 올려다보았다.

「전능하신 하느님이시여.」그가 중얼거렸다.「내려오셔서 텅 빈 이 가죽 포도주 자루를 당신의 힘으로 가득 채우소서. 당신은 개미에게, 모기에게, 벌레들에게도 힘을 주셨으니, 이 사람, 이 불쌍한 자에게도 힘을 주옵소서. 힘의 주님이시여, 키리아코스에게, 카스텔로의 마을 공고인에게 힘을 주옵소서!」

야나로스 신부가 손을 치웠다.

「일어나요!」그가 명령했다.

그러나 키리아코스는 움직이지 않았다.

「다시, 다시요, 신부님, 기도를 다시 드려 주세요.」

야나로스 신부는 수그린 머리 위에다 두 손을 한참 동안 다시 얹었다.

「어떤 기분을 느끼나요, 키리아코스?」신부가 부드럽게 물었다.

하지만 키리아코스는 대답을 하지 않았는데, 성직자의 손에서 전해져 흐르는 따스함을, 잔잔한 강물을 느끼기는 했지만, 그것은 과연 무엇이었을까? 불이었을까, 아니면 기쁨, 힘이었을까? 그는 이해가 가지 않았지만 몸이 그런 기운으로 가득 차는 기분을 느꼈다.

그는 야나로스 신부의 손을 움켜잡고 그 손에다 입을 맞춘 다음에 몸을 일으켰고, 그의 얼굴에서는 광채가 발산되었다.

「전 가겠어요.」그가 말했다.

야나로스 신부가 놀란 표정으로 그를 쳐다보았다. 「어디로요?」

「대위님한테 가서 신부님은 두 주인을 섬기지 않으며, 하느님께서 명령을 하셔야 오시리라는 말을 하겠습니다.」

노인은 기분이 좋아져서 손을 들었다. 「내 축복과 함께 가도록 해요.」그가 말했다. 「이제는 이해하나요?」

「이해하겠습니다. 신부님.」

「무엇을 이해하나요?」

「제가 텅 빈 가죽 포도주 자루였으나, 이제는 가득 채워졌으므로, 꿋꿋해지리라는 사실을요.」

병사(兵舍)를 향해서 걸어가는 키리아코스의 뒷모습을 지켜보며 야나로스 신부는 그의 발걸음이 빠르고 자신만만하다는 인상을 받았다. 하지만 그를 지켜보는 사이에 신부는 두려움과 슬픔에 사로잡혔다.

「아, 인간이여, 그대 가엾은 자여.」 신부가 큰 소리로 말했다. 「너는 산도 옮기고 기적도 행할 능력을 지녔으면서도 무기력과 믿음의 부족으로 인하여 똥물 속으로 빠져 들어가는구나! 너는 내면에 하느님을 간직하고, 하느님을 네 마음속에 지니고 돌아다니면서도 그런 진실을 알지 못하는구나! 너는 죽음의 시간을 맞아야 깨닫겠지만, 그때는 이미 늦는다! 진실을 아는 우리들은 소매를 걷어 올리고, 그들이 듣게끔 외쳐야 한다!」

그는 다시 종의 밧줄을 잡았다.

「야나로스 신부님이 어떻게 되신 거 아냐?」「왜 종을 울리고 그러지?」 마을 사람들이 놀라서 서로 물었다. 「고집쟁이 신부님이 결국 부활을 선언하시기로 작정하셨나?」

집집마다 문이 열리고 남자들이 밖으로 나왔으며, 머리에 수건을 두른 늙은 여자들이 뒤따라 나왔다.

「신부님이 무슨 생각을 하고 저러시는지는 오직 하느님 한 분만 알 노릇이니까, 우리는 가서 어떻게 된 일인지 알아보기로 합시다!」

성당 문간에 가장 먼저 나타난 사람은 묵직한 지팡이를 든 구리 세공사 안드레아스였는데, 그가 못이 박인 손으로 종의 밧줄을 잡았다.

「이리 주세요, 신부님.」 그가 말했다. 「신부님은 지치셨어요.」

「좋은 하루를 맞기 바라요, 안드레아스.」 신부가 대답했다. 「오늘은 굉장한 날이고, 우리들은 할 일이 많아요.」

「그러니까 결국 우린 부활을 행하게 되나요, 신부님?」

야나로스 신부는 장난치듯 안드레아스의 어깨를 탁 쳤다. 「인간이 먼저예요.」 그가 말했다. 「인간이 먼저이고, 다음이 하느님이죠! 서두르지 말아요.」

신부는 구리 세공사를 좋아해서, 어려운 경우가 닥칠 때면 항상 그를 곁으로 부르고는 했었다. 키가 크고 몸집이 장대한 그는 명예를 존중하는 남자였다. 그는 살로니카의 구리 작업장에서 일했고 어느 유대인과 친해져서 훈련을 받았다. 유대인은 안드레아스에게 그가 굶주림과 핍박에 시달려 왔다는 말을 했고, 안드레아스는 그의 말을 믿고 처음에는 지하실에서 그리고 나중에는 공공연히 마을 광장에서 모임을 가지던 다른 개종자들과 어울렸다. 그들은 자주 집회를 열었고 안드레아스는 유대인의 어깨에 올라앉아서 연설을 했다. 그들의 이성은 기세가 올라, 돌멩이를 던지고, 몽둥이를 휘두르고, 상점들을 때려 부쉈다. 경찰이 그들을 붙잡아 감옥에 가두었다가 풀어 주면, 그들은 당장 처음부터 다시 일을 시작했다. 그러나 안드레아스는 그런 모든 짓에 결국 싫증이 났으며, 아무리 그래 봤자 정의가 실현되려면 오랜 세월이 걸릴 것이고, 부유한 자들은 계속해서 모든 재물을 빼앗아 차지하고, 가난한 자들은 계속해서 굶주리고, 여자들은 변함없이 얼굴에다 화장을 하고, 배가 불룩 나온 성직자들이 어리석은 자들을 끌고 마을 광장에서 거들먹거리며 돌아다니고, 감옥은 정직한 사람들로 가득 차고 길거리는 정직하지 못한 자들로 넘친다는 사실을 깨닫게 되었다. 세상은 절대로 달라지지 않을 터였다! 그래서 안드레아스는 고향 카스텔로 마을로 돌아와 자신이 운영할 세공 상점을 열고는 얌전한 사람답게 정착했다. 하지만 그가 어찌 운명의 손길을 피하겠는가! 마을 선생이 그의 손을 잡았고, 이성이 다시 들뜨기 시작하고 그는 또 평온을 상실했다. 그는 다시 세상을 싫어하게 되었고, 새로운 세계를 이루어 보고 싶었다. 어느 날 그는 야나로스 신부를 만나 그에게 접근했다. 「신부님.」 그가 말했다. 「저는 하느님이 무엇인지는 모르겠지만, 제가 구리 세공사에 지나지 않아서 머리도 우둔하고 마음도 둔감하며 울퉁불퉁한 한 토막의 나무와 같은 존재라는 사실만큼은 알고, 그래도 만일 제가 세상을 창조했다면 이보다는 좋은 세상을 만들어 놓았으리라고 믿습니다.」

신부가 웃었다. 「안드레아스, 세상이란 날마다 발전하는 과정을 거치는 중이에요. 세상은 날마다 모습을 새로 갖추니, 누가 알아요, 혹시 어느 날 아침에 하느님이 당신을 불러서 당신이 생각하던 대로 세상을 창조해 보라고 하실지도 모르니까 절망하지 말아요.」 그들은 같이 웃었고, 그 후부터 서로 친해졌다.

구리 세공사는 밧줄을 받아 열심히 종을 치기 시작했다. 「제가 죽은 자들까지도 깨어나게 만들겠어요.」 그가 웃으며 말했다. 「오늘은 산 자들이나 죽은 자들을 위해서 다 같이 굉장히 좋은 날이니까요!」

교활하게 그는 성직자에게 눈을 찡긋했다.

「전 뭔가 수상한 낌새를 눈치 챘습니다, 신부님.」 그가 말했다. 「어젯밤에 전 잠이 오지 않아서 들판으로 어슬렁거리며 산책을 나갔었죠. 갑자기 저는 언덕을 기어 올라가는 어떤 사람을 보았는데, 그가 입은 옷이 보통 의상인지 사제복인지 분간이 가지 않더군요.」

「그건 사제복이었어요.」 신부가 말했다. 「그것은 사제복이었으며, 그 옷을 걸친 노인의 목에는 마을이 하나 걸렸었죠.」

「그리고…….」 혀가 뒤틀린 목소리로 구리 세공사가 덧붙여 말했다. 「그리고…… 그래서 당신은 만날 사람을 만났나요? 무슨 타협이 이루어졌나요?」

「그래요.」

안드레아스가 종을 치는 밧줄을 놓았고, 목소리를 낮추는 그의 눈이 번득였다. 「신부님.」 그가 물었다.

「그러면 칼이 지배하리라는 의미인가요?」

「형제애가 지배합니다, 안드레아스. 칼은 악마에게나 주고요!」

「오호!」 구리 세공사가 조롱하듯 소리쳤다. 「당신은 아직도 그런 생각에 매달리시나요, 신부님? 그럼 당신은 아직도 빛을 보지 못하셨다는 말인가요? 이곳에서 지배할 힘은 칼뿐입니다.」

「사랑이 곧 칼이에요, 안드레아스, 그리스도는 사랑 이외에는 다른 칼을 하나도 갖지 않았고, 사랑으로 세상을 정복하셨어요.」

「그리스도라면 갈대 한 잎이나 깃털 하나만 가지고도 세상을 정복하겠지만, 우리들로 말하자면…… 그리스도를 표준으로 삼아 세상만사를 측정하려고 들지 마세요, 신부님!」

「그리스도는 우리들의 내면에 존재하고, 안드레아스, 그리스도라는 척도는 또한 우리들의 척도이기도 하니, 인간을 그토록 비하시키지 말고, 인간을 믿도록 해요. 선생은 당신 친구가 아닌가요? 언젠가 그를 찾아가서 만나면 그는 당신에게 여러 가지 설명을 해줄 텐데, 다른 점이라면 주님에게 그가 다른 이름을 하나 붙여 주었다는 점뿐이죠. 당신은 최근에 그를 만났겠죠? 그 사람 어떻게 지내던가요?」

「그야 빤하지 않겠어요, 신부님? 날이면 날마다 그는 죽음과 싸우지만, 죽음으로 인해서 좌절하고 굴복하지는 않아요. 〈내가 어찌 죽겠는가?〉 그는 이렇게 말합니다. 〈나에게는 위대한 이상이 있는데 말이다.〉 그것이 그를 살아가게 만듭니다.」

「이상은 또한 나도 살아가게 만들어요.」 신부가 대답했다. 「그것은 온 세계가 무너지지 않도록 지탱해 주는 힘이고, 선생의 얘기가 옳아요. 그에게 내 안부를 전해 줘요.」

그는 목소리를 낮추었고, 이렇게 한참 동안 얘기를 나누고 났더니 안드레아스는 즐거워져서 입을 벌린 채로 귀를 기울였다.

「좋아요, 동감입니다, 신부님.」 마침내 그가 말했다. 「주님을 찬양할 일이지만, 당신은 마침내 핵심 의미를 깨닫게 되었군요. 하지만 칼이 세상을 물려받아야 할 때라면 칼이 물려받겠고, 그러니 당신도 알아 두는 편이 좋겠습니다. 세상은 칼로 가지치기를 해줘야 할 때가 되었습니다, 야나로스 신부님.」

「당신 말이 옳아서, 세상은 한 그루의 나무이고, 열매가 맺히지 않는 가지들이 제멋대로 자라 나무를 죽일 때가 오게 마련이지만, 가지치기는 하느님에게 맡겨 두기로 합시다.」

두 사람이 두런두런 얘기를 나누는 사이에 마을 사람들이 좁다란 길을 따라 모여 왔고, 교회 마당이 가득 차기 시작했다.

만드라스 노인, 스타마티스, 타소스 아저씨와 하드지스, 모자를 쓰고 근심의 염주를 손에 든 원로들, 뒤이어 기다란 꼬리처럼 집안의 가장들과 자식들, 그리고 모두가 하나같이 누더기를 걸치고 어떤 사람들은 맨발이고 어떤 사람들은 찢긴 신발을 신었으며 눈은 겁에 질린 여우 같고 뺨이 푹 꺼진 초조한 사람들, 그러고는 머리에 검정 머릿수건을 두르고 시들어 버린 젖가슴 속에서는 반쯤 숨을 죽인 채로 끝없는 장송곡이 울리는 몇 명의 늙은 여자들이 따라왔다. 아득히 먼 곳에서 누가 통곡하듯, 마른 나뭇가지들이 심한 바람에 시달리듯, 나지막하고 단조로운 소리가 들려왔다. 이성으로부터 두려움을 떨쳐 버린 두 명의 늙은 남자와 세 명의 젊은 여자가 발작적으로 웃어 대며 군중의 뒤에서 달려왔다. 만드라스의 하녀인 늙은 폴릭세니도 그들 가운데 끼었다. 그녀는 맨발이었고, 머리에는 널찍하고 붉은 끈을 둘렀으며, 그녀를 보자 사나운 원로가 이맛살을 찌푸리며 쫓아 버렸다.

머지않아 비가 내리기라도 하려는 듯 태양이 맹렬히 타오르다가 이제는 하늘 꼭대기에서 미끄러져 내려왔다. 뜨거워진 바위들에서 김이 피어올랐다. 갑자기 산허리에서 천천히 행군하는 묵직한 발자국 소리가 들려왔다. 돌멩이들이 구르고, 개들이 짖고, 욕설을 퍼붓거나 울부짖듯 상당히 시끄러운 소음이 났다. 야나로스 신부가 문간에서 벌떡 일어나 목을 길게 빼고 보니 산등성이 근처의 여러 마을로부터 교회의 성기(聖旗)를 든 남자들과 여자들이 무리를 지어 나타났다. 그들은 오는 길에 보다 규모가 작은 다른 집단들과 만나 어울리면서 카스텔로를 향해서 몰려왔다. 상복을 걸친 다섯 명의 어머니가 앞장을 서서 걸어왔고, 그들을 소리쳐 부르는 듯한 종소리가 들려오자 더 이상 자제할 힘을 잃고는 갑자기 장송곡을 부르기 시작했다. 늙은 여자 크리스탈이 검정 머릿수건을 뒤로 젖히고는 고통을 쏟아 내기 시작했는데, 그녀의 피곤한 목소리가 터져 나오자 옆길의 다른 여자가 노래를 이어받으며 가슴을 치고는 아들의 죽음을 슬퍼했다.

지평선 위에서 소용돌이를 일으키는 검은 구름들이 나타나서 솟아오르기 시작했고, 자그마한 구름이 앞으로 지나가며 잠깐 태양을 가려 세상이 어두워졌으며, 농부들의 얼굴이 암담해지고 마을 사람들은 겁이 나서 걸음을 서둘렀다.

제17장

야나로스 신부는 성당의 문간에 섰으며, 가까이 오는 사람들을 지켜보려니까 가슴이 마구 두근거렸다. 축복의 시간이 왔으니 세상은 오늘로 심판을 받으리라고 그는 생각했다. 비록 카스텔로가 초라하고 작은 마을이더라도, 세계는 오늘에 의해 심판을 받으리라.

성기들의 뒤에서 그는 곡괭이와 호미와 큰 낫과 채 따위의 농기구를 어깨에 메고 오는 사람들의 모습을 알아보았는데, 그들은 머리를 수그린 채로 말없이 걸어왔다. 해는 하늘을 겨우 절반쯤만 건넜고 높은 상공에서는 강풍이 부는 모양이어서, 구름 몇 조각이 뿔뿔이 흩어졌다. 흠뻑 빛에 젖은 언덕들이 반짝였다. 독수리들은 모여드는 사람들을 지켜보았고, 얼마 후에 그들이 모두 시체가 되리라는 사실을 확신한 새들은 바위에 앉아 쉬면서 부리를 날카롭게 갈았다. 인간이 조국과 명예를 위해 전쟁을 벌이는 곳이 독수리들에게는 축제의 터전이기 때문이다! 그리고 인간이 영웅이라고 일컫는 사람이 독수리들에게는 맛좋은 고기였다.

이웃 마을 사람들이 도착했고 야나로스 신부는 두 팔을 벌려 그들을 반겨 맞았다. 「하느님의 집으로 찾아온 여러분을 환영합니다, 나의 아이들이여. 이곳만이 안전한 곳이요 난공불락의 피난처입니다. 오늘은 기독교 세계의 모든 고난이 끝나는 순간을 이룰지니, 두려워하지 말고 그리스도의 날개 밑으로 오시오.」성당 마당에는 사람들이 잔뜩 몰려 길거리까지 넘쳐흘렀다. 목소리들이 높아졌고, 검정 옷차림의 여자 몇 명이 천천히 장송곡을 부르기 시작했다. 만드라스 노인과 아들 세 명과 마을의 다른 원로 세 명이 줄을 지어 신부 앞에 나란히 섰다. 그들의 뒤에는 빈궁한 마을 사람들이 몰려들어 마구 뒤엉켰다.

모든 사람이 눈을 들어 야나로스 신부를 지켜보며 기다렸다. 올려다보는 얼굴들을 태양이 정면으로 비춰 눈물이 가득 고인 눈들과 움푹 꺼진 뺨들과 주름진 목들을 무자비하게 노출시켰다. 울어서 두 눈이 퉁퉁 부어오른 어느 노인이 지팡이를 치켜들었다.

「이봐요, 야나로스 신부님.」그가 소리쳤다. 「왜 당신은 우리들을 모두 이곳에 끌어다 놓았나요? 우린 벼랑의 끝에 다다랐고, 먹을 만한 것이라면 모조리, 언덕에 돋아난 풀 한 포기까지 모두 먹어 치웠으니까, 어디 당신이 하고 싶은 얘기가 무엇인지 해봐요. 우린 눈 속에 담겼던 눈물은 모두 흘렸어요. 그런데 왜 내가 여기 서서 이런 소리를 하나요? 말로는 인간의 고통을 측정하기가 불가능할 텐데요!」

그는 자신의 목소리가 울먹거리자, 당황해서 손수건으로 얼굴을 가렸다. 어느 늙은 여자가 머리에 둘렀던 수건을 풀자 백발 머리가 어깨로 흘러내렸다. 그녀는 주먹으로 가슴을 치며 통곡하기 시작했지만 옆에 섰던 직조공 스텔리아노스가 그녀의 팔을 잡았다. 「우린 장송곡은 전혀 필요가 없으니까요, 마리오라 아주머니, 가슴을 치지 말고 하느님에 대한 믿음을 가지셔야 해요.」

「난 더 이상 못 참겠단다, 얘야, 스텔리아노스.」곡을 해서 억눌렀던 긴장된 감정을 발산하도록 그냥 내버려두지 않으니까 노부인이 화를 벌컥 내며 소리 질렀다. 「그래, 난 더 이상 못 참겠어. 네가 얘기하는 하느님은 어디로 갔지? 왜 하느님은 카스텔로로 와서 마을에 질서를 가져다주지 않았니? 난 하느님이 이곳에 계시기 바라고, 지금 당장 오시기 바란다! 내 아들 스텔리아노스야, 만일 인간을 돕지 못한다면 하느님이 무슨 소용이겠느냐?」

「카스텔로에서는 야나로스 신부님이 하느님의 대리인이에요.」 방금 병사에서 돌아와 아직도 흥분 상태인 키리아코스가 소리쳤다. 「조용하시오.」 그가 외쳤다. 「야나로스 신부님께서 하실 말씀이 있으시다니까 — 우리 신부님의 입을 통해 하느님께서 하실 말씀이 있다니까 참아 주시기 바랍니다, 마리오라 아주머니!」

마을의 의사이며 철학자인 파나시 아저씨는 이제 격분한 상태였다. 말끔하고 호리호리했으며 허연 수염이 듬성듬성 난 그가 야나로스 신부에게 시선을 고정시키고는 소매가 널찍하고 하얀 셔츠를 걸친 두 팔을 치켜들고 고함치기 시작했다. 「나는 두 악마가, 저주를 받아 마땅한 두 악마가 그리스를 분단시켰다는 사실밖에는 몰라요! 하나는 붉은 악마이고 다른 하나는 검은 악마여서 — 둘 다 그리스인이 아닙니다. 하느님이라면 어느 한쪽이 거짓말쟁이라고 밝힐 능력이 있을지도 모르지만, 야나로스 신부, 내 생각에 당신은 그들 가운데 한쪽만 몰아내고는, 문을 열어 다른 한쪽이 들어오게 하겠다고 작정한 모양이군요. 이봐요, 그렇다면 한쪽은 우리들이 어떻게 제거하나요? 그쪽은 누가 제거하느냐고요. 우리들은 언제 악마들로부터 해방되어 우리들 자신의 집에서 주인 노릇을 하게 될까요? 제기랄, 우리의 그리스를 맡길 만한 그리스인은 없나요?」

사람들이 언성을 높였다. 「조용히 하시오!」 「조용히 하시오!」

「신부님의 얘기를 들어 봅시다.」

야나로스 신부는 성호를 긋고 성당의 문 옆에 놓인 돌 의자로 뛰어 올라갔다.

「조용하시오, 여러분.」 그가 소리쳤다. 「조용히 해요! 나는 언덕 꼭대기가 아니라 아주 머나먼 곳으로부터, 하느님의 산봉우리로부터 돌아왔습니다. 나는 여러분에게 중요한 말을 전하겠으니, 내 얘기에 귀를 기울이시오. 내가 아니라 하느님께서 전하시는 얘기입니다. 나는 성당의 판석을 깐 마룻바닥에 엎드려 우리들이 파멸을 맞게 되었으니 불쌍히 여겨 도와 달라고 하느님께 소리쳤습니다! 나는 소리치고, 애원하고, 불평하였으며, 한순간 나의 마음은 고통으로 비틀거렸습니다. 벌레에 지나지 않는 내가 목소리를 높여 하느님을 위협했습니다! 그리고 하느님은 나를 가엾게 여겼고, 위에서 응답이 들려왔습니다. 〈이리 오거라!〉 목소리가 말했어요. 〈어디로 말입니까, 나의 주님이시여?〉 〈어디로 가거나 상관하지 말고 내 발자국을 따르도록 하라!〉 그래서 당신이 앞장을 서고 나는 강아지처럼 뒤를 따랐고, 그랬더니 당신은 산을 올라갔으며 나는 그 뒤를 바싹 따랐습니다. 우린 반란군의 부대로…….

이봐요, 당신, 소리를 지르지 말고 주먹질도 그만둬요, 만드라스! 밖으로 나가지도 말고요! 하느님이 말씀을 하시는 중이니까 존경심을 좀 보이도록 해요! 나는 입술이요 목소리는 하느님이시니, 들어 봐요!

우린 반란군 부대에 이르렀고, 하느님이 걸음을 멈추시더니 입을 열었지만 아무도 — 나 이외에는 어느 누구도 하느님의 말씀을 듣지 못했어요. 하느님이 거룩한 노래를 부르셨고, 나는 당신의 말씀을 그대로 반란자들에게 전했습니다.」

야나로스 신부는 잠깐 말을 멈추고는 소맷자락으로 땀이 흐르는 이마를 닦았다. 그는 얘기를 하는 사이에 불이 붙었으며, 이제는 그가 사람들에게 하는 말이 진실이라는 사실을 처음으로 깨달았다. 바로 이렇게 이루어진 일이었지만, 그는 지금까지 그 사실을 깨닫지 못했었다. 여태껏 그는 자신의 몸을 둘러싼 불길을 느끼기만 했었는데, 이것은 불이 아니라 하느님이라는 사실을 이제야 알게 되었다.

「좋아요.」만드라스가 화를 내며 소리쳤다. 「우린 그런 소리에는 신물이 났으니까 어마어마한 얘기는 그만 해요. 신부, 당신은 붉은 두건들하고 무슨 얘기를 나누었나요? 어떤 타협을 이루었죠? 난 당신을 믿지 않고, 야나로스 신부, 당신은 너무 쉽게 불이 붙는 사람이니까 우리 마을을 태워 없애지 않도록 조심해요!」

「우리 마을에 불을 지르지 말아요, 야나로스 신부님!」「우리 마을을 태워 버리지 말아요!」군중의 목소리들이 외쳤으며 사람들은 폭풍처럼, 바다처럼 술렁였다.

야나로스 신부가 손을 들었고, 군중이 잠잠해지자 그의 굵은 목소리가 다시 울려 나왔다. 「여러분, 지금은 사람들이 절벽의 끝에 이르렀으며 갑자기 그 사실을 깨닫고는 손을 뻗어 하느님의 옷자락을 잡는 거룩한 순간입니다. 카스텔로가 손을 뻗고 하느님의 옷자락을 잡았으니, 구원이 오려 합니다!」

「말, 말, 말뿐이오!」만드라스 노인이 소리를 질렀다. 「똑똑히 얘기하시오, 신부! 당신의 반역자 아들과 저 위에서 무슨 계략을 꾸미고 왔나요? 우린 위험에 처했으니까 누가 가서 대위를 불러 와요! 이제는 내 얘기를 들어요, 야나로스 신부, 카스텔로의 열쇠를 쟁반에 담아 적에게 바치기 전에 문제를 잘 따져 봐요. 내 얘기 알겠어요, 야나로스 신부? 내 얘기 들었나요? 카스텔로와 이웃 마을의 사람들이여, 내가 할 얘기는 이것이고, 여러분은 이런 애기도 듣고 저런 애기도 들었으니, 이제 판단을 하시오!」

「그의 말이 옳아요! 만드라스의 말이 옳아요!」

「야나로스 신부님이 옳아요.」 다른 사람들이 소리쳤다. 「그만 하면 됐으니까 조용히 하시오!」

야나로스 신부는 돌 의자에서 춤을 추듯 손을 흔들고 발을 굴렀으며, 그의 주변에서, 모든 곳에서 불 같은 하느님의 존재를 느꼈고, 자신도 불타오르는 기분이 들었다. 지금 그가 누구를 두려워하겠는가? 전능한 영혼이 그의 내면에서 도약했다.

「여러분.」 신부가 소리쳤다. 「우리들에게 크나큰 고통과 두려움이 닥쳤으니, 봉기하시오! 우리들은 양 떼가 되었으며, 날마다 백정이 몇 마리씩 골라 죽이니, 이런 일이 얼마나 더 계속되어야 합니까? 다 함께 봉기해야 합니다! 봉기하라…… 하느님은 여러분에게 그 말을 하라고 나한테 명령했습니다!」

그는 천천히 다가와서 입을 벌린 채 빛나는 눈으로 쳐다보던 키리아코스에게로 시선을 돌렸다.

「키리아코스.」 그가 말했다. 「성역으로 들어가 제단에 놓인 성서를 나한테 갖다 줘요. 우린 그걸 가지고 갈 테니까요.」

「우리들은 이미 봉기했습니다.」 머리 위로 몽둥이를 높이 치켜들면서 구리 세공사가 소리쳤다. 「나아갑시다, 친구들이여!」

하지만 만드라스 노인이 사람들을 옆으로 밀치고는 문을 향해 돌아섰다. 「믿는 자들이여.」 그가 소리쳤다. 「나를 따라오시오. 야나로스 신부가 우리들을 빠뜨릴 함정을 파놓았으니, 우리 대위님에게 가서 보고합시다!」

그는 바깥문의 문턱에 이르렀고, 뒤에서는 원로들과 청년들과 가장(家長) 몇 명이 따라갔으며, 만드라스는 어느 쪽으로 가야 할지를 몰라 어리둥절해서 서성거리는 사람들에게로 돌아섰다.

「그리스도를 믿는다면, 형제들이여, 어떤 반란자도 우리 마을에 발을 들여놓지 못하게 해야 합니다!」 그가 소리쳤다. 「그리고 당신 말이에요, 야나로스 신부, 당신 문제는 나중에 처리하겠어요!」

그는 호응하는 사람들을 한 무리 이끌고 빠른 걸음으로 병사(兵舍)를 향해 걸어갔다.

하지만 야나로스 신부는 사람들을 포옹하려는 듯 두 팔을 벌리기만 했고, 햇빛이 그의 이마와 수염을 비추었고, 그는 씨근덕거렸다.

「만일 여러분이 진정으로 그리스도를 믿는다면 잠깐 기다려요.」 그가 말했다. 「내 말을 들어요! 나는 반란자들이 성 토요일인 오늘 밤에 우리 마을을 공격해서 카스텔로로 쳐들어와 돌멩이 하나 남기지 않고 모두 태워 버리고 살육을 자행하리라는 사실을 벌써부터 알았습니다. 희망은 오직 한 가지 — 화해뿐입니다! 그래서 나는 그들을 찾아가 타협을 벌였어요. 투사들이 내려올 테지만, 그들은 아무도 해치지 않고, 우리들의 생명과 명예와 재산을 존중하겠다고 약속했으니까, 우린 함께 부활을 축하해야 합니다. 우정과 확신을 갖고 우리 모두 다 함께 말입니다! 주님의 이름을 축복하고, 여러분, 카스텔로는 평화와 우애를 위한 길을 열기 위해 앞장서야 합니다. 하느님의 뜻을 과연 누가 알겠습니까? 어쩌면 초라하고 작은 우리 마을은 그리스를 구원하는 크나큰 일의 선구자가 될지도 모릅니다.」

날개처럼 사제복을 바람에 펄럭이며 그의 시선이 사람들을 훑어보았다.

「여러분, 지금 내가 여러분에게 얘기를 하는 순간에 하느님은 즐거워하며 내 곁에 서 계신데, 성직자인 나 이외에는 여러분 어느 누구도 그를 보지 못합니다.」 그가 외쳤다. 「나를 믿고 신념을 가지시오! 붉은 두건과 검은 두건, 두 악마보다 먼저, 그들의 앞에서 하느님이 길을 열어 놓고 우리들을 손짓해 부르십니다. 〈오라.〉 하느님이 말씀하십니다.」

사람들이 벌벌 떨었는데, 다섯 어머니는 돌 의자에 올라선 신부의 오른쪽에서 빛나는 광채와 길고 하얀 옷자락과 번득이는 두 눈을 보았다.

그러자 흥분해서 외치는 소리가 났고, 키리아코스가 당황하고 파랗게 질린 얼굴로 성당 문으로 뛰어나왔다.

「형제들이여.」 그가 숨을 몰아쉬며 소리쳤다. 「성모님이 울고 계십니다.」

군중이 탄성을 지르며 키리아코스에게로 달려가 덮칠 정도로 그를 둘러쌌다. 그는 입에 거품을 물고 벽에 몸을 기대었다.

「무슨 얘기인가요, 키리아코스?」 군중이 소리쳤다. 「어서 얘기해요, 분명히 얘기하라고요!」 「당신이 성모님을 봤나요?」 「성모님을 봤어요?」

「성모님이 울고 계신 모습을 난 봤습니다! 나는 성서를 가지러 들어갔고, 제단을 향해 가다가 눈을 들어 보니까 — 나는 기도를 드리려고 눈을 들었는데…… 내가 무엇을 봤는지 알아요? 성모 마리아의 눈에서 떨어지는 두 방울의 굵은 눈물이었어요! 성모님이 울고 계십니다. 성모님이 울고 계시다고요! 여러분이 가서 직접 보세요! 나를 죽이려고 덤비지 말아요! 가서 직접 보라니까요!」

야나로스 신부는 키리아코스의 얘기를 확인하려고 돌 의자에서 뛰어내려, 몸을 앞으로 수그리고는 팔꿈치로 밀어 길을 내고 지나가, 성당으로 들어갔다. 그는 키리아코스의 머리가 약간 이상해졌음을 알았다. 하지만 어쨌든 성모는 기적을 행할 능력을 소유했다. 어쩌면 성모는 그녀의 마을이 위험에 처했음을 알았기 때문에 울었는지도 모른다.

「저리 비켜요, 저리 비켜요.」 그가 소리쳤다. 「왜 떠들어 대며 묘한 표정을 짓나요? 성모님은 어머니이고, 자식 때문에 고통을 느끼며, 그래서 울기도 합니다. 저리 비켜요!」

「우린 보고 싶어요!」 「보고 싶다고요!」 마을 사람들이 소리쳤다. 「우린 만져 보고 싶어요!」

그리고 늙은 여자 크리스탈은 검정 머릿수건을 벗어 버렸다. 「성모님이시여.」 그녀가 소리쳤다. 「당신도 어머니이고 저도 역시 어머니이니, 제가 당신의 눈물을 받아 마시고 힘을 얻게 해주소서!」

그녀는 있는 힘을 다해 소리를 지르고는 기절했다. 다른 늙은 여자들, 그녀의 친구들인 키라 마리고와 크리스티나와 데스피나와 자피로가 그녀를 부둥켜안고는 역시 소리를 지르기 시작했다.

이때쯤 야나로스 신부가 성당의 문간에 이르러 두 팔을 벌리고 사람들을 막았다.

「기다려요.」 그가 명령했다. 「여러분은 의자와 관대와 가지 촛대를 부서뜨릴지 모르니까 아무도 들어오면 안 됩니다! 내가 가서 모시고 나올 테니까 기다려요!」

하지만 사람들은 말을 들으려 하지 않았고, 거센 함성과 고함과 흐느껴 우는 소리가 군중으로부터 들려왔다.

「기적이다!」 「기적이다!」 「우리들은 기적을 보고 싶다!」

야나로스 신부는 몸을 돌려 허공으로 두 손을 치켜들었다. 「무슨 기적 말인가요?」 그가 소리쳤다. 「이것은 기적이 아니니까 소리는 그만 질러요! 만일 성모님께서 우리들의 고통과 굶주림과

345

불행을 알고도 울지 않았다면 바로 그것이 기적이죠! 밀지 말고 기다리라고 그랬잖아요. 이봐요, 안드레아스, 문간에 서서 아무도 들어오지 못하게 막아요!」

기적을 보기가 이번이 처음은 아니었어도 여전히 익숙해지기가 쉽지 않았던 터라 두근거리는 가슴을 안고 야나로스 신부가 안으로 들어갔다. 그는 눈앞에 사자가 나타났더라면 차라리 천 배는 좋았으리라는 심정으로 벌벌 떨었다. 기적의 뒤에는 하느님이 계시고, 하느님이 기적을 타고 하늘로부터 내려왔다면, 야나로스 신부는 하느님의 무서운 숨결을 견디어 내기가 어렵기 때문이었다.

그는 계속해서 나아갔지만 무릎에서 기운이 빠졌다. 이제 그는 성모님을 보게 되고, 성모님은 성상대로부터 마룻바닥으로 내려와 성상막 앞에 서서 울고 있으리라고 그는 생각했다. 어떻게 성모에게 다가가서, 거룩한 육신을 들고 사람들에게로 나간다는 말인가?

성역의 작은 창문을 통해서 빛이 흘러 들어왔고, 황금빛 관대가 평화롭게 반짝였으며, 관을 장식한 들꽃은 숨 막힐 정도로 감미로운 향기를 풍겼다. 바깥마당에서는 잔뜩 모인 사람들이 웅성거리고 시끄러웠으며, 안드레아스를 밀치고 성당 안으로 몰려 들어오려고 야단이었다.

난폭한 함성을 듣고 용기를 얻은 야나로스 신부는 성상막에 시선을 고정시킨 채로 머뭇거리며 천천히 걸어 나아갔다. 갑자기 그는 숨을 멈추고 우뚝 멈춰 섰는데, 성역 안에서 푸른 섬광이 어둠을 갈랐기 때문이다. 야나로스 신부는 무릎이 굳어 버렸고, 말라붙어 팽팽해진 입술에서는 볼멘 목소리가 더듬거리며 나왔다.

「자비를 베푸소서, 성모님이시여, 자비를 베푸소서! 제 눈을 멀게 하지 마옵소서!」

하지만 잠시 후에 그가 덧붙여 말했다. 「저로 하여금 당신을 보게 해주소서! 저로 하여금 당신을 보게 해주시고, 그런 다음에 제 시력을 앗아 가소서!」

그는 쓰러지지 않으려고, 몸을 지탱할 만한 무엇인가를 붙잡으려고 손을 뻗었지만, 때맞춰 의자를 잡지 못했다. 아우성치는 군중이 안드레아스를 밀치고 짓밟으며 성당 안으로 쏟아져 들어왔다. 그들의 발밑에서 관대가 무너졌고, 그리스도가 마룻바닥으로 떨어졌으며, 키리아코스가 그리스도를 집으려고 몸을 수그렸지만 두 개의 가지 촛대 가운데 하나가 그에게로 떨어졌다. 키리아코스의 머리에서 피가 뿜어 나와 길고 더러운 머리카락에서 뚝뚝 떨어졌지만, 그는 고통을 느끼지 않았다. 그는 성상대로 손을 들며 소리쳤다. 「보시오, 형제들이여, 보시오, 성모님의 눈물이 흘러내립니다!」

모두들 목을 길게 뽑고 보니 성모가 모든 사람의 시야에 들어왔고, 그들의 눈은 성모를 따라 눈물을 흘렸다.

한꺼번에 군중이 무릎을 꿇었고, 그들의 체중 무게로 판석 바닥이 천둥처럼 울렸으며, 갑자기 빛이 희미해졌다. 천둥이 요란하게 울리고, 구름이 하늘을 뒤덮고, 커다란 눈이 휘둥그레지고 뺨이 움푹 꺼진 농민들의 누런 얼굴이 성당의 침침한 빛 속에서 광채를 발산했는데, 그것은 얼굴이 아니라 살이 녹아 없어지고 뼈만 앙상하게 남은 해골들이었다.

한참 동안 깊은 정적이 흘러서 그들의 심장이 고동치는 소리까지 들릴 정도였고, 그러고는 갑자기 따로 분간하기 어려운 소음의 덩어리가 울렸는데 — 사람들이 울었고, 어떤 사람들은 비명을 지르며 마룻바닥에서 뒹구는가 하면, 또 어떤 사람들은 열광으로 이상하게 거세어진 목청을 돋우어 읊조렸다. 「당신의 사람들을 구하소서, 주여……」

얼굴과 목에 피가 튄 키리아코스는 정신이 나가기라도 했는지 요란하게 웃음을 터뜨렸다가 다시 울고는 했다.

야나로스 신부는 휘둥그레진 눈으로 서서 말없이 성상을 쳐다보았다. 그는 마음이 죄고, 목구멍이 꽉 막히고, 숨을 쉬기 힘들었다. 그는 성모에게 더 가까이 한 발자국 앞으로 나서서 발돋움을 하고는, 성모의 눈에 입을 맞춘 다음, 기도를 드렸다. 하지만 그의 입술은 축축한 눈물의 감촉을 느끼지 못했고, 그래서 그는 용기를 잃고 당장 물러섰다. 나는 믿음이 없고 냉담하구나, 그가 생각했다. 나는 믿지 않는 자여서 볼 수가 없어. 모든 사람이 보지만 나는 보지를 못해.

애도하던 어머니들이 검정 머릿수건을 벗고는 성상을 향해 달려갔다. 성상대 앞으로 몰려들면서 그들은 성모 앞에 제일 먼저 서려고 서로 싸웠다. 늙은 여자 크리스탈은 앞으로 나서려고 주먹을 휘두르며 고함쳤다. 그녀는 머릿수건으로 성모의 눈을 닦았다. 그러더니 그녀는 눈물을 매듭에 담아 묶고는 머릿수건을 품속에 감추었다.

「성모님의 눈에 다시 눈물이 가득 고였어요!」 다른 어느 여자가 소리를 지르고는 머릿수건을 펴서 성모의 눈을 썻었다. 「당신의 눈물은 마를 줄을 모릅니다, 성모님이시여. 아우성을 치지 말아요, 여편네들아. 눈물은 누구에게나 다 돌아갈 테니까 밀지 말라고.」

날씨가 뜨거웠고, 모두들 불타는 듯한 기분을 느꼈으며, 목에서 땀이 줄줄 흘러내렸다. 섬세하게 조각된 성상대는 사람들이 쓰러지고 부딪히는 바람에 흔들리고 벌써부터 삐걱거리기 시작했다. 야나로스 신부는 성상대가 무너질까 봐 걱정이 되어 긴 의자에 올라서서 성상을 고리에서 떼어 두 팔로 안았다.

「여러분.」 그가 소리쳤다. 「때는 왔습니다. 하느님의 이름으로, 어서 갑시다!」

「성모님부터 먼저 보내요.」 사람들이 소리쳤다. 「성모님이 앞장을 서게 하고, 우린 성모님이 가는 대로 따라갑시다!」

「비켜요. 길을 터요. 여러분, 내가 지나가게 해줘요!」 야나로스 신부가 소리를 지르고는 무거운 성상을 한껏 높이 치켜들었다. 「성모님이 바쁘다고 하시는 마음을 나는 느낌으로 압니다!」

「우린 어디로 가는 건가요, 신부님?」 몇 명의 늙은 남자가 물었는데, 그들은 거룩한 도취감으로부터 방금 정신을 차렸고, 병사에서 울리는 나팔 소리가 들려오자 겁을 냈다.

「난 성모님을 어느 곳으로도 모시고 가지 않습니다.」 성상의 무게 때문에 비틀거리며 신부가 대답했다. 「성모님을 내가 어디론가 데려가는 것이 아니고, 성모님이 나를 이끌고 가십니다. 맹세컨대, 성모님이 나를 이끌고 가십니다! 따라오시오!」

그가 문으로 걸어 나갔더니 태양이 하늘 꼭대기로부터 사라졌고, 시커먼 구름이 다시 모여들었다. 미지근하고 묵직한 빗방울이 마돈나의 얼굴로 떨어졌고, 눈물과 빗방울이 뒤섞이며 이제 성모는 계속해서 울었다.

야나로스 신부는 성상을 문틀에 기대어 놓았고, 성모의 눈 쪽으로 몸을 숙이고는 기도했으며, 그의 입술과 수염이 젖었다. 그는 이것이 눈물인지 빗물인지, 또는 지금 꿈을 꾸는지 더 이상 묻지 않았다. 그는 아무것도 묻지 않았고, 성상으로부터 그의 팔과 가슴과 무릎과 몸 전체로 굉장한 힘이 흘러드는 기분을 느꼈다. 얼마나 벅찬 힘이요, 젊음이요, 강렬한 불꽃인가! 그는 성호를 그었다. 「하느님이시여, 저를 용서해 주소서.」 그가 중얼거렸다.

「하지만 저는 지금 이 순간 옷을 펼치기만 하면 날개가 돋아나서 날아갈 것만 같습니다. 군대 막사와 대위와 병사들과 반란자들은 걱정하지 않겠습니다. 나아갑시다!」

그는 다시 성모를 두 팔로 안고는 막사 쪽으로 얼굴을 돌렸으며, 그의 뒤에서는 아우성치는 군중이 폭풍처럼 몰려들었다. 노인이 두 팔로 껴안은 성상이 떨렸고, 한 무리의 젊은 남자들이 그에게로 달려와서 성상을 신부의 손으로부터 낚아채더니 앞으로 나섰다. 그들은 달려갔는데, 사람들이 성상을 들고 가는 것이 아니고, 정말로 성상이 그들을 이끌고 갔다. 잠시 후에는 다른 사람들이 달려들어 성상을 젊은이들의 손에서 낚아채었다. 그들은 다른 사람들을 옆으로 밀쳐 내고는 앞으로 달려 나갔다. 그러고는 얼굴에 깊은 상처가 나고 빗물로 흠뻑 젖은 성모가 미소를 지으며 사람들로 이루어진 거친 파도 위로 풍랑에 흔들리는 범선처럼 출렁였다. 인간의 바다는 여주인을 모시고 달려 나갔다.

집집마다 문이 열리고 머리가 헝클어진 여자들이 나타났는데, 그들은 눈물로 젖은 마돈나를 쳐다보고는 비명을 지르고 군중과 합류해서 함께 소리치고 이동했다. 배가 시퍼렇고 갈대처럼 가느다란 다리가 퉁퉁 부어오른 아이들도 몰려와서 목발로 바위를 치며 그들을 따라갔다.

제18장

　훈훈한 4월 밤이었고, 금속 같던 하늘이 녹아내렸다. 바위와 가시나무와 대지 위로 황금이 쏟아졌고, 천천히 그림자들이 언덕 위로 내려왔다. 잠깐 동안 쏟아지던 소나기가 흩어져 지나갔다. 소나기가 말라붙은 풀밭으로 쏟아지자 대지는 감미로운 냄새를 풍겼다.

　성모는 사람들의 품에 안겨 빛났고, 사라지는 낮의 빛이 성모의 창백하고 주름진 뺨과 머리 둘레의 황금빛 후광 속에서 안식처를 찾은 듯싶었다. 성모의 옆에는 모자를 안 쓰고 묵직한 장화를 신고 사제복을 바싹 여민 야나로스 신부가 섰으며, 그의 뒤에서는 사람들의 바다가 아우성을 쳤다.

　막사 바로 앞의 갈림길에서 야나로스 신부가 돌아서며 손을 들었고, 전쟁터로 나아가는 듯한 행렬이 걸음을 멈추었다.

　「여러분.」 그가 소리쳤다. 「내 목소리를 들으시오. 우리들은 전쟁을 위해서가 아니라 우애와 사랑을 위해 나섰습니다. 살육은 그만하면 족하니, 여러분은 손을 더럽히지 말아요. 우리들의 지도자는 오만한 대위가 아니고, 우리에게는 성모 마리아가 계십니다. 나는 손을 들고 외칩니다. 〈성모 마리아여, 우리들의 마음에 평화

351

와 온화함을 가져다주소서! 우리 적들의 마음에도 평화와 온화함을 가져다주소서! 세상 사람들의 마음에 평화와 온화함을 가져다주소서! 그것을 위하여 당신의 아들은 십자가에 못 박혔나이다.〉」

그가 미처 말을 끝내기도 전에 험악한 고함 소리가 들려왔다.

「반역자, 볼셰비키! 난 당신을 죽여 버리겠소!」

분노한 얼굴로 육군 대위가 그들 앞으로 뛰쳐나왔는데, 그는 콧수염이 축 늘어지고, 뼈와 가죽만 앙상하게 남은 모습이었고, 눈에는 증오심이 가득했다. 그의 뒤에서는 병사들이, 그리고 더 뒤에는 만드라스 노인과 그를 추종하는 사람들이 따라왔다. 다른 세 명의 원로 스타마티스 노인과 타소스 아저씨와 하드지스는 막사의 벽에 몸을 기대고는 휘둥그레진 눈으로 부르르 떨면서 혀를 깨물었다.

대위는 채찍으로 허공을 쳤다. 성큼성큼 두 발자국 나서서 군중의 앞에 선 그의 입에서는 거품이 일었다.

「더러운 마을 사람들아, 당신들이 원하는 바가 무엇인가요? 어디로 가려고 그래요?」

아무도 대답을 하지 않았고, 어머니들만이 검정 머릿수건을 벗어 머리 위로 흔들었다.

「여러분이 원하는 것이 무엇인가요?」 대위가 다시 소리쳤다. 「내가 질문을 했으니 당신들은 대답을 해야죠! 야나로스 신부님, 당신은 정신이 나가기라도 했나요, 반란자들의 앞잡이 같으니라고.」

무겁고 험악한 침묵이 뒤따랐고, 들리는 소리라고는 사람들이 어깨에서 큰 낫과 괭이와 곡괭이 따위의 작업 연장을 내리는 소리뿐이었다.

분대장과 병사들은 준비를 갖추고 소총을 치켜든 채 무릎을 꿇고 앉았다.

만드라스 노인이 외쳤다. 「무엇 때문에 우물쭈물하여 그들을 남겨 두나요, 대위? 쏴요! 내 말을 듣고 신부를 죽이고, 신부만 죽여 버리면 다른 사람들은 순식간에 바람처럼 흩어질 거예요. 뱀은 대가리를 짓이겨 버리면 나머지 몸도 모두 죽습니다.」

「사랑을, 우애를!」 야나로스 신부가 군중으로부터 뛰쳐나와 소리쳤다. 「사랑합시다, 여러분, 우리들은 악한 마음을 가진 게 아니라 우애를 위해서 찾아왔습니다. 우리들은 모두가 형제이니까, 저항하지 말고, 더 이상 피를 흘리지도 말고, 성모님 앞에서 존경심을 보여 줍시다!」

얼굴이 창백하고 안경을 쓴 병사가 막사의 문간에 나타나서 어리둥절한 표정으로 섰다. 살인의 기술은 저주를 받으라, 사람을 죽이는 기술은 저주를 받으라! 문턱을 넘어설 용기가 감히 나지 않았던 그가 생각했다. 잔테의 길고 넓은 들판이, 지구의 다른 쪽 끝 머나먼 곳 그가 살던 섬 잔테의 들판이 그의 머릿속에 떠올랐다. 때는 4월이었고 나무들은 꽃이 만발했으며, 그는 기타를 들고 나무들 뒤에 앉았다. 하지만 갑자기 꽃이 만발한 나무들과 기타가 사라졌고, 분대장의 성난 목소리가 울렸다.

「이봐, 니오니오스! 이봐, 목사(目四) 선생, 정신을 어디 갖다 팔았어? 우린 할 일이 많으니까 어서 이리 나와!」

「사랑하시오, 사랑하시오!」 야나로스 신부가 소리치고는 도움을 청하듯 두 팔을 벌리고, 머리를 드러내고, 무장도 안 한 채로, 대위를 향해 걸어갔다.

대위가 손을 들었다. 「사격!」 그가 소리쳤다.

무장을 안 한 사람을 차마 쏠 엄두가 나지 않았던 병사들이 수치심을 느꼈기 때문에, 총탄은 마을 사람들의 머리 위로 날아갔다. 대위는 격분해서 날뛰었다.

「사람을 쏘라고, 사람들 한가운데다 사격을 가하란 말야!」그가 다시 고함쳤다. 그러더니 그는 권총을 뽑아 군중을 향해 마구 쏘았다.

야나로스 신부의 앞에 있던 직조공 스텔리아노스는 이마에 총탄을 맞고 엎어졌다. 그는 고통스럽고도 힘든 삶을 살아왔는데, 이제 그는 자유였다. 그의 창백한 얼굴은 여성적이었으며, 손은 부드럽고, 목소리는 성직자처럼 매끄러웠다. 그의 영혼을 위해 하느님이 안식을 주시겠지만 (이름이 레모니였던) 그의 아내는 마을에서 가장 미인이었고 옷감을 짜는 솜씨도 가장 뛰어났다. 그러나, 하느님이 용서하시기를 바라지만, 그녀는 별로 정숙한 여인이 아니었고, 카스텔로와 이웃 마을의 모든 건장하고 미남이며 젊은 남자들이 그녀를 쫓아다니고는 했다. 어느 날 더 이상 참을 수가 없었던 친구 한 명이 스텔리아노스를 찾아갔다. 「이봐, 스텔리아노스.」그가 말했다. 「카스텔로와 주변의 모든 마을에 사는 사내들이 자네 마누라를 쫓아다니고, 마누라가 자네를 속였으니까 집에서 쫓아내게!」

「자넨 내가 미쳤다고 생각하나?」그가 반박했다. 「모두들 그녀를 탐낸다는데, 그녀를 소유한 내가 왜 쫓아내나?」

하지만 어느 날 아침 창가에서 노래를 부르며 머리를 빗던 그녀는 갑자기 마룻바닥으로 쓰러져 죽었다! 그래서 남편이 베틀을 대신 맡아 수건과 홑이불과 잠옷 따위를 짜기 시작했고, 그것들을 잔뜩 짊어지고 여러 마을을 돌아다니며 팔았다. 이토록 온화하고 다정하고 자그마한 남자가 왜 갑자기 세상이 부당하다고 느꼈으며 그런 세계는 파괴해 버려야 한다고 생각하게 되었는지는 어느 누구도 알 길이 없었고, 그런 생각의 씨앗이 어떻게 그의 마음속에서 싹텄는지 아무도 알지 못했다. 그리고 혹시 누가 물으면 그는 머리를 저으며 이렇게 말했다. 「어쩌다가 그렇게 되었는지는…… 나도 정확히 모르고…… 그냥 하루 종일 앉아서 옷감을 짜는 사이에 어느덧 잡념에 빠지게 되었고, 서서히 나는 볼셰비키가 되고 말았어요.」

그리고 이제 총탄이 그의 이마를 뚫고 들어갔으며, 그의 베틀에 걸린 옷은 절반만 완성된 채로 남으리라.

「가슴을 겨누어라!」 분대장의 목소리가 울렸다.

순박한 루멜리아 출신 병사는 상냥하고 친절했으며 어느 누구도 해칠 생각은 없었지만, 피를 보고 나면 사나워졌으니, 어쩌면 그것은 두려움 때문이었는지도 모른다.

「한심한 살인 행위에 저주가 내려라.」 다시 중얼거리는 니오니오스의 손에서 소총이 떨렸다. 「나는 기타를 칠 사람이지 소총을 잡을 사람이 아니야!」

하지만 다른 병사들은 명령을 받은 대로 사격을 가했으며, 만드라스와 그의 아들들은 막사에서 총을 들고 나와 병사들에 가세했다.

신음하고 괴로워하는 소리가 군중으로부터 들려왔고, 대여섯 명이 땅바닥으로 쓰러졌다. 〈융화와 이해! 평화!〉라고 야나로스 신부가 지시한 말을 외치기 위해 입을 열려던 마을 공고인 키리아코스가 목에 총탄을 맞았다. 피가 꾸르륵거리며 솟구쳐 나와서 그의 하얀 옷을, 새 부활절 웃옷을 뒤덮었다. 그리고 가엾은 키리아코스는 두 팔을 벌리고 뒤에서 통곡하던 여인들에게로 쓰러졌다. 그는 살이 투실투실 쪘으며, 눈은 달걀 모양이었고 입은 어찌나 큰지 귀에서 귀까지 이어졌다. 때가 끼면 머리가 더 잘 자란다는 얘기를 들었던 터라, 성직자가 되기로 결심했던 그가 한 번도

355

감지 않아 더럽고 빗지도 않은 머리카락이 어깨로 쏟아졌다. 그런데 이제는 남겨 두었던 모든 때가 소용이 없어졌다.

프라스토바에서 밭의 관리인이었던 디미트리는 키리아코스가 죽는 광경을 보고 황소처럼 신음 소리를 냈다. 키리아코스는 그의 사촌이었고, 성직자가 되면 디미트리가 발이 부어오를 정도로 피곤한 밭일을 그만두도록 성당의 머슴으로 쓰겠다고 약속했었다. 그런데 이제 그는 교회 머슴이라는 편한 일자리와 사촌을 한꺼번에 잃었다. 분노가 그를 사로잡았고, 그는 허리띠 속에 숨겨 두었던 권총을 뽑아 눈앞에 나타난 만드라스의 아들들을 겨누었으며, 젊은 파울을 죽였다. 어찌나 순식간에 벌어진 일이었는지 파울은 미처 아무 소리도 내지 못했고, 그냥 천천히, 조용히, 땅바닥으로 고꾸라졌다. 최근에 그는 말을 한 마리 샀는데, 이마에 하얀 점이 박인 검정 암말이었다. 파울은 어느 아가씨를, 스타마티스 아저씨의 손녀인 크리술라를 사랑했으며, 그녀의 집 앞에서 말을 타고 오락가락하고는 했었다. 그의 머리카락은 숯처럼 새까맣고 곱슬거렸으며, 이마와 눈썹 위로 그냥 늘어뜨렸다. 그리고 오늘 아침만 해도 그가 말을 타고 지나갈 때 그녀는 창가에 앉아서 지켜보았다. 길거리는 한산했고 그녀는 관대를 장식하라고 프라스토바에서 가족이 그녀에게 가져다준 카네이션 한 송이를 그에게 던져 주었다. 그는 공중에서 꽃을 받아 귀에다 꽂았다. 유리알 같은 눈으로 땅바닥을 쳐다보며 모로 쓰러진 그의 귀에는 아직도 꽃이 그대로 꽂혀 있었다.

어둠이 깔렸고, 산봉우리에서 서성거리던 낮의 마지막 빛이 검푸른 하늘 속으로 사라졌다. 어두운 바람 속에서 빛나는 것이라고는 농민들의 험악한 눈뿐이었다.

야나로스 신부의 눈에는 눈물이 가득 고여 글썽거렸고, 그는 군인들에게, 그러고는 그가 데리고 온 사람들에게 〈제발 살육은 그만! 살육은 그만!〉이라고 애원하며 쫓아다니고 싶은 심정이었다. 하지만 악마들이 마음대로 날뛰었고, 흘린 피는 더 많은 피를 부르려고 신음하며 소리쳤고, 병사들과 마을 사람들은 이제 맨손으로 싸웠으며, 여자들도 손에 돌을 들고 뛰어다니며 적의 머리를 쳤다.

「사격!」 돌멩이에 턱을 맞아 수염에서 피를 뚝뚝 흘리는 야나로스 신부를 가리키며 대위가 다시 명령했다.

대위의 소총은 야나로스 신부의 가슴을 겨누었지만 미처 방아쇠를 당길 겨를이 없었다. 안드레아스가 그를 덮쳤고, 그들은 함께 땅바닥으로 쓰러졌다.

「백정 같으니라고!」 그를 내동댕이치려고 덤벼들면서 구리 세공사가 고함쳤다. 「이제는 우리들 차례다! 우리들은 항상 양 떼로만 살아가지는 않겠고, 나는 너를 죽여 버리겠다!」

대위가 있는 힘을 다해서 벌떡 일어났지만 안드레아스가 아직도 그의 목을 붙잡고 이제는 칼을 치켜들었다.

가슴을 찢는 듯한 비명 소리가 들렸고, 머리에 빨간 끈을 두른 여자가 대위에게 달려들어 그를 껴안았다.

「소포클레스, 나의 소포클레스.」 그녀가 탄식하며 울기 시작했다.

안드레아스는 공중에서 칼을 멈출 겨를이 없었으며, 여자의 심장을 찔렀다. 그녀는 대위의 발치에 땅바닥으로 쓰러져 잠깐 동안 꿈틀거리고, 입술을 움찔거리다가 대위의 군화를 두 팔로 끌어안고는 죽었다.

「대위님이 죽었다!」 병사들 사이에서 외치는 소리가 들려왔다. 「무기를 버려라!」

스트라티스가 총을 던져 버리며 외친 소리였다.

하지만 분대장이 달려들어 안드레아스에게서 대위를 떼어 놓았다. 대위의 얼굴과 팔에서 피가 흘러내렸고, 바위에 무릎을 부딪혀 그는 일어설 힘이 없었다. 야나로스 신부가 달려가서 그를 껴안았다.

「중대장은 내가 맡겠어요!」 그가 소리치고는 자신의 몸으로 그를 가려 주었다.

요란한 함성이 터졌고, 거센 강물이 둑을 무너뜨리고 넘쳐흘렀으며, 저항하던 몇 명 안 남은 병사들을 괭이와 큰 낫과 곡괭이들이 포위했고, 그들은 만드라스와 그의 무리를 벽 앞에 몰아세워 둘러싸고는 꼼짝도 못하게 했다.

성모는 막사의 문간에서 멈추었고, 두 명의 늙은 남자가 성모를 들어 올렸고, 성모는 어둑어둑한 어둠 속에서 싸우는 사람들 쪽으로 얼굴을 돌렸으며, 두 눈은 정말로 눈물이 가득 고이기라도 한 듯 반짝였다.

분대장과 몇 명 안 되는 분대원들이 저항하려고 했지만 마을 사람들에게 위압되었고, 머리가 깨진 대위는 비명을 지르지 않으려고 입술을 깨물며 땅바닥에서 뒹굴었다.

만드라스 노인은 사람들에게 몰려 벽 앞에서 이리 뛰고 저리 뛰며 아직도 저항을 계속했다.

「항복해요, 만드라스.」 야나로스 신부가 그에게 소리쳤다. 「이런 살육은 그만하면 됐어요! 하느님이 나의 증인이시지만, 나는 이런 꼴을 보고 싶지 않았어요.」

「당신은 내 아들 파울을 죽였어요, 악당 같으니라고!」 눈에서 흘러내리는 눈물을 씻으며 노인이 앓는 소리를 냈다.

그는 더 이상 자신을 가눌 수가 없어서 흐느끼며 통곡했다.

거대한 파도가 그들을 덮쳐서 병사들과 원로들을 다 같이 막사의 널찍한 마당으로 한꺼번에 몰아넣었다. 야나로스 신부는 대위를 끌고 들어가서 물을 가져다가 상처를 씻고는 마당 한구석에 조심스럽게 눕혔다.

「걱정하지 말아요, 대위님.」 신부가 그에게 말했다. 「하느님의 은총에 따라 모든 일이 잘 끝날 테니까요. 모든 일은 끝났으며 이제는 악도 종말을 맞았어요.」

그는 데리고 온 사람들에게로 돌아섰다. 「저 사람들도 우리 형제들이니 때리지 말고, 묶어 놓을 밧줄이나 가지고 와요. 휴전 조건을 어기지 않도록 그들을 포박해 둡시다. 그리고 오늘 밤에, 내가 하느님께 바칠 영혼에 걸고 맹세컨대, 그들을 나중에 모두 풀어 주리라는 사실을 그들은 알지 못하지만 우리들은 압니다. 그들 모두, 한 사람도 안 빼놓고 모두 말입니다!」

대위가 피투성이 머리를 들었다. 「반역자!」 그가 고함치고 신부에게 침을 뱉었다.

「만일 평화롭게 풀려나기를 거부한다면, 우린 당신들을 강제로라도 풀어 주겠어요!」 구리 세공사가 말하고는 원로들과 병사들을 밧줄로 묶었다.

제19장

그토록 오랫동안 바랐던 모든 일이 현실로 이루어지기 시작했기 때문에 성당으로 들어서는 야나로스 신부는 가슴이 설레었다. 카스텔로에서는 헤어진 형제들이 재회하게 되었고, 그리스도는 그가 선택한 방법으로, 사람들의 마음속에서 부활하리라. 야나로스 신부는 내일 아침 일찍 일어나 산과 골짜기와 마을들을 두루 돌아다니며 성직자들과 원로들과 모든 사람들에게 카스텔로에서 그들이 무엇을 달성했고, 모든 일이 어떻게 평화로운 방법으로 해결되었고, 사랑의 길이 얼마나 더 쉽고 좋아졌는지 얘기해 줘야겠다고 작정했다. 하느님의 소식을 전하는 자가 되어 황야의 선구자 성 요한처럼 외치리라고 그는 생각했다. 드디어 그리스도의 교회가 이루어졌다고 신부는 소리치고 또 소리쳤으며, 그랬더니 돌멩이들조차도 서서히 귀가 뚫려 그의 목소리를 듣고는 감동하여 모두 친구가 되어 서로 포옹했다.

그의 내면에서는 감미로운 술렁임이 일어났고, 그는 앞에 펼쳐진 길이 환히 보였고, 잔등에서 새로운 날개가 돋아나는 듯했다. 야나로스 신부는 다시 스무 살이 된 듯, 회춘한 기분을 느꼈다. 그는 머리를 숙여 제단 위 십자가에 못 박힌 구세주를 경배했다.

「주님이시여.」 신부는 그리스도에게 말했다. 「당신도 아시다시피 저는 여태껏 죽음의 유예를 요구했던 적이 한 번도 없었지만, 이제는 부탁을 드리겠으니, 제가 맡은 과업을 끝낼 때까지 살도록 해주시기 바랍니다. 그런 다음에는 참새나, 조약돌이나, 무엇이 — 무엇이라도 저를 죽여도 좋습니다!」 그는 〈거룩한 문〉 앞에 멈춰 서서 기쁨으로 둥둥 떠오르는 기분을 느꼈다.

「여러분.」 그가 말했다. 「지금 바로 이 시간에 우리 형제들이 산을 내려오는 중이고, 우리들은 그들과 함께 부활을 축하하려 하니, 인내심을 가지고 기다려 주시기 바랍니다. 저주받은 소총이, 사탄의 목소리가 잠잠해졌습니다. 악마의 혼은 무너졌습니다. 하느님이 승리했습니다! 이제 여러분은 우리들이 어떤 〈부활〉을 맞을지 보게 됩니다! 촛불이 저절로 켜질 것입니다! 그리스도가 무덤에서 뛰쳐나오시고, 둥근 천장의 창조주는 흐뭇하고 만족해서 우리들에게 미소를 지을 것입니다. 내가 늘 이런 얘기를 했지만 여러분은 믿으려고 하지 않았습니다. 인간의 영혼은 하느님의 바람 같은 숨결이기 때문에 전능하고, 전능하면서도 자유롭습니다. 그리고 지금, 이곳 우리들 앞에는 살육의 길과 사랑의 길, 두 가지 길이 열렸는데, 하느님께서는 선택을 우리들에게 완전히 맡기셨고, 주님의 이름을 축복하며 우리들은 사랑의 길을 선택합니다. 하느님은 기뻐하시고 아드님을 손짓해 부르십니다. 〈사람들이 참된 빛을 보고는 좋은 길을 택했으니, 내 독생자야, 무덤에서 나오너라.〉」

신부가 얘기를 하는 동안 갑자기 무거운 발걸음과 언덕을 굴러 내려오는 돌멩이와, 기뻐서 빨리 두드리는 북소리가 들려왔다. 소리가 가까워졌다.

「그들이 옵니다!」 「그들이 옵니다!」 숨을 헐떡이며 성당에 다

다른 몇 명의 마을 사람이 소리쳤다. 「그들이 곧 도착하겠으니, 하느님이시여, 우리들을 도와주소서!」

모든 사람의 얼굴이 문 쪽으로 향했고, 가슴이 마구 두근거렸다.

야나로스 신부는 섬세하게 수를 놓은 옷과 황금빛 자수를 놓은 제의를 입어 축제일 사제복 차림이었고, 두 팔로는 〈거룩한 아기〉를 — 묵직하고 금박을 넣은 성서를 안고 있었다.

그는 기쁨으로 뺨이 상기된 채로 성역의 문간에 서서 기다렸다. 사랑의 입맞춤이 곧 이루어지리라고 생각한 그는 얼굴에서 광채가 났다.

붉은 두건들이 내려왔는데, 어둠 속에서 눈을 번득이며 이리 떼처럼 그들은 바위들을 뛰어넘고, 돌멩이를 밟아 발이 미끄러지고, 웃어 대고, 사방에서 뛰어다녔다.

「우리들이 얀니나와 살로니카 그리고 아테네로 이렇게 진군할 날은 언제 오려나?」 누가 말했다.

「그리고 로마 — 파리와 런던으로!」 우렁찬 외침이 맞장구를 쳤다. 「지금은 모두가 연습에 지나지 않는다는 사실을 잊지 말아라.」

황홀한 기분으로 드라코스 대장이 도착했다. 그의 이성은 사냥개들에게 붙잡혀 이리저리 물어뜯기고 찢기는 나약한 동물처럼 머릿속에서 마구 날뛰었다. 그는 루카스와 주고받은 얘기가 자꾸만 머리에 떠올랐다. 정신이 제대로 박혔다면 그런 얘기를 하지 않았어야 옳겠지만, 나는 그래도 정직이 첫째라고 믿는 사람이다. 나는 할 얘기는 일단 다 털어놓고, 결과는 운명에 맡긴다. 내 머리가 온전치 못한 모양이니까 사람들이 언젠가는 이런 소리를 할지도 모른다. 〈드라코스 대장이 절벽에서 떨어지다니, 명복이라도 빌어 줘야지.〉 제정신이었다면 나는 침묵을 지켰거나, 명령을 그

362

대로 따랐거나, 아니면 나 자신의 깃발을 휘둘렀어야 한다. 침묵은 수치스러운 일이었고, 복종은 노예가 하는 짓이고, 세 번째 선택은 나로서는 불가능한 일이었다. 그래서 모든 길이 막혔다!

루카스가 그의 옆에서 못마땅해하며 투덜거렸다. 그는 키가 작고 안짱다리였지만 전투가 벌어지면 붉은 두건을 머리에 두르고, 칼을 이빨로 꽉 물고, 겁도 없이 뛰어들고는 했었다. 그는 누가 뒤따라오는지 확인하려고 뒤를 돌아다보는 적이 없었고, 전투가 끝나면 그의 옷에서는 피가 뚝뚝 떨어졌다. 그는 지금 분노해서 이를 갈며 지도자 옆에서 걸었다. 그들은 다른 사람들이 듣지 못하도록 나지막한 목소리로 언쟁을 벌였다. 그들은 서로 칼을 던지듯 말을 주고받았다.

「당신이 당(黨)에 들어왔다는 사실이 놀랍군요, 대장.」 루카스가 이를 악물고 말했다. 「당에서는 아무 질문도 하지 말고 무조건 명령에 복종해야 합니다.」

「나는 자신이 자유롭기 전에는 다른 사람들을 해방시키기를 거부합니다.」 씁쓸한 표정으로 입술이 뒤틀린 채 드라코스가 냉정하게 반박했다. 「우리들의 의무는 먼저 정의를 실현하고, 그런 다음에 자유를 실현하는 것입니다. 그것이 어느 마을을 점령했을 때나 내가 행한 바여서, 불의를 보면 나는 그냥 넘어가지 않아요. 내가 제일 먼저 하는 일은 질서와 정의의 실현이니까요.」

「참된 공산주의자는 불의를 봐도 주저하지 않고, 만일 불의가 우리들의 대의명분에 도움이 된다면 그것을 받아들이고, 모든 것이 대의명분과 승리를 위해서 존재할 따름입니다!」

「그건 우리들의 몰락을 뜻해요!」 드라코스가 격분해서 쏘아붙였다. 「그건 우리들의 몰락을 초래합니다. 그러니까 목적이 수단을 정당화시킨다, 이거죠? 정의를 달성하기 위해서는 불의를 묵

과하고 그냥 전진하자는 얘기인가요? 자유를 위해서는 노예 제도라도 받아들여야 하고요? 난 이런 말은 하고 싶진 않지만, 그런 태도는 대의명분을 파괴하는 결과를 가져옵니다. 만일 우리들의 목적을 성취하기 위해서 동원하는 수단이 옳지 못하다면, 우리들의 대의명분 또한 옳지 못한 것이 된다는 사실을 나는 얼마 전에야 겨우 깨닫기 시작했어요. 대의명분이란 우리들이 따서 먹으라고 길의 끝에서 무르익은 채로 매달려 기다리는 한 알의 과일이 아니기 때문이죠. 아녜요, 아니죠, 절대로 그렇지 않아요! 대의명분이란 하나하나의 행동과 더불어 익어 가며, 우리들이 하는 모든 행동의 존엄성과 비열함을 함께 내포하는 그런 열매예요. 우리들이 선택하는 길은 열매의 모양과 맛과 냄새를 결정하고, 꿀이나 독으로 열매를 가득 채웁니다. 만일 우리들이 선택한 길을 계속해서 따라간다면, 우리들과 당은 악마에게로 가고 말겠죠. 난 솔직하게 얘기하겠고, 당신이 이런 얘기를 전하리라는 사실을 잘 알기 때문에 하는 말인데, 그들에게 정신을 차리라고 그래요. 난 바로 여기서 그대로 꼼짝 않고 기다릴 테니까, 만일 그들이 나를 좋아하지 않는다면 나를 제거하라고 해요. 자신의 견해를 밝혔다고 해서 그들이 죽인 사람이 내가 처음은 아니며, 여러 번 내가 당신에게 말했고 또다시 하겠지만, 난 죽음이 두렵지 않아요.」

그는 입을 다물더니 콧수염 끝을 비틀었다.

「제기랄.」 그가 투덜거렸다. 「삶을 두려워한 적이 없었던 내가 왜 죽음을 두려워하겠어요?」

루카스는 경멸하는 표정으로 대장을 곁눈질해 보았다. 「당신은 당에 가입했는데도 마음속에 뱀들이 가득합니다. 당신은 그것들을 의문이라고 부르지만 난 뱀이라고 부르죠. 하지만 참된 투사는 의문을 품지 않고 그냥 싸웁니다! 지도자들만 질문을 하고 회의를 열고 결정을 내리며, 나머지 우리들은 명령을 받아 그대로 실천만 하죠. 그래야만 투쟁에서 승리하게 되니까요. 언젠가 사람들이 러시아의 어느 공산주의자에게 이런 질문을 했어요. 〈당신은 마르크스를 읽었나요?〉 그랬더니 그가 대답했습니다. 〈아뇨, 내가 왜 그걸 읽어야만 합니까? 레닌을 읽었는데요!〉 아시겠어요, 대장? 그렇기 때문에 볼셰비키 혁명이 승리를 거두었어요.」

드라코스는 곁눈질로 그의 제1투사를 쳐다보고는 심호흡을 했다.

「맹목적인 순종은 노예를 만든다는 진실만큼은 나도 잘 아니까, 내 앞에서 선생 노릇은 하지 말아요.」

「그렇다면 당신은 자신의 깃발을 내걸고 싶다는 얘기인가요?」 안짱다리 투사가 조롱하듯 말했다.

「어쩌면 혹시, 어쩌면 그럴지도 모르니까, 두고 보기로 하죠.」

「그럼 누가 당신을 지원해 줄까요?」

「나 자신이 지원하죠.」

루카스는 주먹을 불끈 쥐었고, 눈을 번득였다.

「언젠가 당신은 당신이 탔던 배의 선장을 짐칸에다 가두고 지휘권을 빼앗기도 했으니, 반란을 일으키더라도 이번이 처음은 아닐 테니까, 아무도 당신을 믿어서는 안 되죠, 드라코스 대장.」

「그래서 난 배를 구했어요! 선장은 술이 취해서 우리들을 모두 물에 빠뜨려 죽일 뻔했고요!」

「그러니까 당신은 반란에 맛을 들였고, 반란을 좋아하죠! 하지만 여기에서는, 대장, 여기에서는 당신도 피를 쏟게 됩니다!」

「꼭 좋아해서 그랬던 것은 아니지만, 난 위협을 두려워하지 않으면서 책임 맡는 길을 터득했어요.」 그는 격노에 휘말렸고, 피가 머리로 몰려 눈앞이 새빨개졌다. 「당신은 왜 나를 위협하나요?」

그가 나지막이 투덜거렸다. 「당신은 왜 나를 빤히 쳐다보면서 음흉하게 웃나요? 당신은 내가 모르리라고 생각하나요? 갈보 같은 년이 가서 당신에게 말을 전했겠지만, 당신 콧수염의 털을 걸고 맹세컨대, 당신은 이곳에서 절대로 대장(隊長)이 되지 못해요!」

루카스는 허리띠 밑에 찬 단검을 천천히 움켜잡았다.

「부하들이 우리 얘기를 듣지 못하게 우리 더 빨리 걷도록 하죠, 대장.」 그들은 동지들이 뒤로 처지도록 걸음을 서둘렀다.

루카스가 드라코스의 팔을 움켜잡았다.

「손을 치워요!」 대장이 으르렁거렸다. 「아직은 때가 되지 않았어요! 기회만 생기면 당신이 당장 나를 먼저 죽이리라는 걸 아니까 난 지금 당신을 죽여야 되겠지만……」

「하지만 왜요? 두려운가요?」

「난 카스텔로를 생각해야 하니까, 내가 카스텔로를 점령한 다음에 우리 얘기를 끝내기로 하죠, 안짱다리 대장!」

드라코스는 담배쌈지를 꺼내고는 루카스에게로 돌아섰다. 「우리에게는 시간이 충분해요.」 그가 말했다. 「자, 담배나 한 대 말아 피우지 그래요.」

부하들이 이제는 그들을 따라잡았다.

「부하들은 이런 모습으로 우리들을 봐야 합니다.」 드라코스가 나지막이 말했다. 「서로 팔짱을 낀 모습으로 말예요. 당신하고 나는 서로 상대방의 무덤을 파느라고 바쁜지도 모르지만, 그들에게 우리들의 추한 꼴을 보이지는 맙시다. 만일 세상을 구한다면 그것은 그들의 공이 되겠지만, 세상을 잃는다면 그건 지도자들인 우리 탓으로 돌아오니까요.」

대답은 하지 않았지만 눈에 살기가 등등한 루카스는 쌈지를 받아 천천히 담배를 말기 시작했다.

제20장

하늘이 부옇게 벗겨지기 시작했고, 샛별이 발버둥을 쳤지만 점점 밝아 오는 여명을 이기지 못하고 서서히 사라졌다. 쓸쓸한 바위들 위로 슬프고도 다정한 미소가 부드럽게 번져 나갔다. 외로운 매 한 마리가 높은 하늘에서 균형을 잡았는데, 매도 역시 태양이 떠올라 날개를 녹여 주기 기다렸다.

동틀 녘의 서늘한 장밋빛 광채 속에서 기뻐하며 울리는 종소리가 들려왔으니, 그리스도가 죽은 자들 가운데서 부활하셨도다! 자랑스러운 투사들이 마을로 들어와 노래를 부르기 시작했다. 그들의 씩씩한 가슴으로부터 송가가 울려 나와 산등성이를 타고 흘러갔으며, 묵직한 장화를 신고 탄띠를 두르고 콧수염이 꼬부라진 추장처럼 그들은 마을로 진입했다. 군중이 앞으로 나아갔고, 성당의 문이 열리더니 야나로스 신부가 성상대의 현관에서 내려와, 은박을 입힌 무거운 성서를 두 팔로 꼭 껴안고 마당의 커다란 반달문을 향해서 걸어갔다. 그와 때를 같이 하여 소총을 어깨에 둘러멘 유격대원들이 컴컴한 옆길에서 이른 새벽빛 속으로 나섰다. 그들은 노래를 그치고 조심스럽게 걸었으며, 아직 아무도 믿지 못하기 때문에 걱정스러운 표정으로 주위를 둘러보았다.

그러자 불안해진 마을 사람들이 성당에서 쏟아져 나왔는데, 그들도 역시 불신감에 사로잡혔다. 그들은 번쩍거리는 소총을 보았고, 겁이 난 그들은 침침한 빛 속에서 눈을 번득였다. 그들은 신부와 그가 마을로 끌어들인 무장한 야수들을 번갈아 두리번거리며 자꾸만 쳐다보았다. 산에서 내려온 야만인 손님들은 점점 더 숫자가 늘어나 어느새 카스텔로를 가득 채웠다. 그들은 성당이 넘치도록 잔뜩 몰려 들어갔다.

모습을 나타낸 키가 크고 몸집이 육중하고 무서운 대장에게 길을 내주려고 남녀 유격대원들은 다 같이 뒤로 물러났다. 그는 주먹을 치켜들어 인사했다. 「우리들을 환영하시오!」 그가 소리쳤다.

「주님의 이름으로 오는 자에게 복이 있을지어다!」 야나로스 신부가 말하고는 대장이 입맞춤을 하도록 성서를 내밀었다.

하지만 드라코스는 수염을 쓰다듬으며 군중을 향해 돌아섰고, 그의 목소리가 성당의 둥근 천장 밑에서 되울렸다.

「여러분이 마침내 빛을 보았다는 점을 우리들은 기쁘게 생각합니다. 우리들은 여러분에게 정의와 질서를, 그리고 나중에는 자유도 베풀겠습니다!」

「먼저가 아니고?」 끓어오르는 마음을 자제하며 야나로스 신부가 물었다. 「나중이란 말이지? 먼저가 아니고, 대장?」

「정의와 질서가 먼저입니다.」 수염이 잔뜩 난 얼굴이 새빨갛게 상기되며 그가 다시 말했다. 「우리들은 우선 질서부터 잡아야 합니다. 자유는 독한 술이어서, 야나로스 신부님, 정신을 못 차리게 할지도 모릅니다. 모든 사람이 그것을 감당하지는 못하기 때문에 나는 선택을 해야 합니다!」

「하느님의 손길이 내리시기를.」 신부가 중얼거리고는 성상대 오른쪽에 선 그리스도에게 의문의 눈초리를 흘끗 보냈다. 그는

368

자신의 감정을 억제하려고 입술을 깨물었다.

「하느님은 위대한 심판자이시니, 하느님께서 판단하실 것이고, 우리들은 하느님에게 맡기겠다.」

드라코스 대장이 냉소를 지었다. 「우리들이 하느님을 왕좌에서 때려 내쫓았는데, 야나로스 신부님, 아직 그것도 모르고 계신가요? 지금은 하느님의 왕좌에 인간이 앉아 있습니다. 사람들은 옳거나 그르거나 모든 일의 책임을 하느님에게 돌리고는 했었는데, 이제는 좋거나 나쁜 모든 일을 우리들의 탓으로 받아들입니다. 우리들은 우리들 자신의 정부를 세우고 책임을 떠맡습니다.」

야나로스 신부가 신음 소리를 냈고, 그는 신성을 모독하는 곰 같은 자에게 고함치고 저주를 퍼붓고 싶었지만, 마음을 진정시켰다. 그는 마을 사람들 때문에 걱정이 되어 자신의 분노를 억눌렀다.

이것은 타인들이 시킨 말에 지나지 않고, 우리들에게 겁을 주려고 저런 소리를 할 뿐이라고 그는 생각했다. 하지만 비록 그들이 알지 못하더라도 하느님은 그들의 내면에서 힘을 발휘한다. 우리들은 인내해야 한다.

「우리들은 사랑의 입맞춤을 주고받는 성사(聖事)를 끝내야 하고, 그러면 네 마음이 온화해질지도 모르지, 대장.」

야나로스 신부가 부활의 성찬식을 시작했는데, 마치 그리스도가 정말로 그의 내면에 존재하고, 마치 그의 가슴이 무덤을 덮은 뚜껑이며 그리스도를 내보내려고 뚜껑이 열리기라도 하는 듯, 그의 목소리는 그토록 기뻤던 적이 한 번도 없었고, 그의 가슴이 그토록 엄청난 힘으로 그렇게 떨렸던 적도 없었다. 그리스도는 새로운 의미를 지니게 되었으니, 그는 십자가에 못 박혀 죽었다가 이제는 부활하려고 외치는 인간이었다.

야나로스 신부는 성서를 펼쳐 두 팔로 꼭 껴안고는 마당으로 걸어 나갔다. 그의 뒤에서는 반란자들이, 그리고 더 뒤쪽에서는 불을 켜지 않은 초를 든 사람들의 무리가 따라왔다. 신부는 돌 의자에 올라서서 목청을 돋우어 부활의 거룩한 말씀을 외쳤다. 황금빛 제의를 두르고 은빛 의상을 걸치고 그곳에 선 신부는 가슴이 부풀어 오르고 목이 메었으며, 마당에 서서 태양더러 떠오르라고 울어 대는 황금 수탉 같았다.

빛을 받으려고 당장이라도 야나로스 신부에게 덤벼들 기세로 사람들이 초를 내밀었다. 신부는 펼친 성서 위에서 손바닥을 폈으며, 내용을 환히 알았으므로 성서는 보지도 않았고, 그의 목소리는 봄날 아침의 날개처럼 의기양양하게 되울렸다. 「그리고 안식일이 지나서 막달라의 마리아는……」

반란군 지도자가 기침을 하자 야나로스 신부가 시선을 돌려 재빨리 그를 쏘아보았다. 부하들에게 둘러싸인 그는 마당 한가운데 꼿꼿하게 서서 머리를 숙이지도 않았으며, 얼굴에는 승리감에 도취된 미소가 어른거렸다.

「하느님이시여, 저희들을 도와주소서.」 불을 켠 초를 높이 들고 야나로스 신부가 중얼거렸으며, 구슬프게 애원하는 부활의 전승가(戰勝歌)가 당당하게 내민 그의 가슴에서 힘차게 울려 나왔다. 「그리스도께서 죽은 자들로부터 부활하셨도다!」

야나로스 신부의 불꽃에서 촛불을 붙이려고 군중이 몰려들었고, 드라코스는 옆에서 기다리는 부하들에게로 돌아서더니 목소리를 낮춰 명령을 내렸다. 그들 가운데 열 명이 소총을 잡고는 바깥문을 향해 성큼성큼 걸어갔다. 당황한 군중이 술렁였다. 불길한 예감이 공중에 감돌았다. 드라코스가 자리를 뜨려고 돌아섰지만, 야나로스 신부가 손을 내밀었다. 「가지 마라.」 그가 말했다.

「너는 내 얘기를 들어야 한다.」

그들을 둘러싼 반란자들이 내쉬는 숨결에 질식을 당한 듯, 사람들이 갑자기 초조하게 숨을 죽이며 얼어붙었다. 드라코스가 신부에게로 돌아섰다. 「간단히 해요, 신부님.」 그가 말했다. 「우린 할 일이 많으니까요.」

돌 의자에 올라선 야나로스 신부가 두 팔을 활짝 벌리고는 마당에 모인 마을 사람들을, 반란자들을, 카스텔로 전체를, 그리스 전체를 포용하려는 듯, 좌우로 몸을 돌렸다.

그의 목소리는 기뻐서 끓는 물처럼 가슴에서 쏟아져 나왔다.

「여러분.」 그가 소리쳤다. 「나는 40년 동안 그리스도를 부활시켜 왔지만, 이보다 더 기쁘고, 더 완전하고, 더 마음이 뿌듯한 부활은 느껴 본 적이 없습니다. 그리스도와 그리스와 인간의 영혼이 하나라는 사실을 처음으로 내가 깨달았기 때문이죠. 그리고 우리들이 〈그리스도께서 부활하셨도다〉라고 말하면 그것은 그리스가 부활했고, 인간의 영혼이 부활했음을 의미합니다. 어제만 하더라도 바로 이곳 언덕 위에서 형제들이 서로 죽이고는 했습니다. 바위들은 신음과 저주 소리로 울렸습니다. 그런데 지금은 어떤지 보세요! 붉은 두건들과 검은 두건들이 우애를 통해 하나가 되고, 〈그리스도가 부활하셨도다〉라는 말의 의미를 함께 나눕니다. 이것이 부활의 참된 의미이고, 사랑의 참된 의미입니다. 벌써 여러 해 전부터 나는 이런 때를 기다려 왔고, 이제 드디어 때가 왔습니다. 전능하신 하느님께 영광을 돌립시다! 대장, 사람들의 눈이 너에게로 쏠렸고, 그들은 너의 말을 기다리니, 이토록 위대한 순간에 그들에게 얘기를 하거라!」

대장은 손을 치켜들었다. 「집으로 가시오 ─ 어서 가요!」

「네가 할 얘기는 그것뿐이냐, 대장?」 신부가 화를 내며 고함쳤다.「그리스도가 그런 식으로 부활하는가? 그것이 단결과 우애가 의미하는 바인가?」

「그래요, 그렇습니다. 우리들은 질서와 정의가 우선이라고 말했어요. 이곳에는 그런 이념에 반대하는 적들이 남아서, 나는 그들을 내 앞으로 데려오라고 했습니다. 나는 내 부하들하고 이곳 마당에 남아 재판을 할 테니 당신들은 모두 돌아가시오.」

군중이 몰려들어 대문 쪽으로 밀고 밀치며 갔고, 곧 마당이 텅 비었다.

「난 너하고 같이 이곳에 남겠어, 대장.」 분노하여 떨리는 손으로 사제복을 여미면서 야나로스 신부가 말했다.

드라코스 대장이 코웃음을 쳤다.「남아서 그들에게 종부 성사나 해주시죠.」 그가 웃으며 말했다.

야나로스 신부는 분노에 휘말렸고, 그의 목소리는 험악하고 준엄했다.「드라코스 대장, 우리 두 사람은 타협을 했어. 나는 약속을 지켜 마을을 너한테 넘겨주었고. 이제는 네 차례야. 나는 약속을 지켰고, 그러니 이제는 네가 약속을 지켜야 해! 이제는 네가 빚을 졌고, 난 여기 남아서 빚을 받아 내야 되겠어.」

그 말에 격분한 루카스는 신부의 어깨를 움켜잡았다.「당신은 무엇을 증명하고 싶어서 이러나요? 그리고 유격대와 동등한 입장에서 얘기해도 된다는 권리를 무엇이 당신에게 주었나요? 당신 뒤에 무엇이 있길래 그렇게 자신만만하게 얘기하죠?」

「내 뒤에는 하느님이 계시다.」 노인이 대답했다.「내 뒤에 하느님이 계시고, 그래서 나는 이렇게 자신감을 가지고 얘기한다. 내 앞에도 하느님이 계시고, 오른쪽에도 하느님이 계시고, 왼쪽에도 하느님이 계셔서 난 하느님으로 둘러싸였고, 아무리 많은 총과 아무리 많은 칼로, 아무리 심한 위협을 하더라도 너희들은 절대로 나를 건드리지 못하리라.」

　그는 홀로 돌 의자의 가장자리에 앉았다. 그들이 얘기를 나누는 사이에 좁다란 길에서 발소리가 났고, 뒤이어 신음과 외침과 욕설이 들려왔다. 잠시 후에는 열린 문이 꽉 찼다. 기다란 목을 펠리컨처럼 늘이고, 꼿꼿하고 야윈 모습으로 만드라스 노인이 선두에 나타났다. 그의 뒤를 따라서 세 아들과 네 명의 가장이 들어섰고, 세 사람의 마을 원로 바르바 타소스와 스타마티스 노인과 하드지스가 따라 들어왔다. 그들의 얼굴은 핏기가 가셨고, 입술은 축 늘어졌고, 허리띠는 헐렁헐렁하게 풀렸으며, 울고 있었다. 유지들 뒤에서는 미트로스 분대장이 다리를 절며 비척거리고 따라왔다. 그는 저항을 했다는 이유로 반란군에게 매를 맞았다. 그는 겨우 다리를 질질 끌 정도여서 니오니오스의 부축을 받았다. 그들의 뒤에서는 너덜너덜하게 찢긴 옷차림에 무장 해제가 된 다른 병사들이 따라왔다. 끝에서는 진흙과 피로 범벅이 된 대위가 끌려왔다. 그는 체포를 당하지 않으려고 반항하다가 총에 맞았다. 대위의 상처에서 피가 줄줄 흘러내렸다. 두 명의 투사가 그를 붙잡아 일으켜 세웠다. 하지만 마당으로 들어서자 대위는 땅바닥으로 털썩 쓰러졌다.

　대위를 보자 드라코스 대장은 흠칫했다. 그는 대위에게로 다가가며 목을 길게 뽑고는 살펴보았다. 성당의 둥근 천장을 비추던 빛이 이제는 서서히 마당으로 내려왔고, 사람들의 얼굴이 빛났으며, 유격대들 사이에서 목을 드러내고 입을 꽉 다문 채 서 있던 창백하고 눈이 검은 육군 대위의 아내를 비추었다.

　드라코스가 허리를 굽히고는 한참 동안 굶주린 듯한 표정으로 대위를 지켜보았다. 마침내 그가 입을 열었다. 「당신인가요, 대위? 당신인가요? 어쩌다가 이렇게 되셨나요?」 그는 부하들에게로 돌아섰다. 「이 사람을 풀어 줘.」 그가 명령했다. 「밧줄을 끊어! 이 사람을 부축해서 일으켜 주라고.」 그러더니 그는 대위에게로 돌아섰다. 「당신 말이오! 당신은 늙고 곯았으며 —— 당신 머리는 왜 그렇게 백발이 되었나요?」

대위는 분노해서 콧수염을 깨물며 입을 열려고 하지 않았다. 그의 눈썹에서 피가 흘러내렸고, 오른쪽 발뒤꿈치에 총탄이 박혔는데, 총알이 뼈를 뚫었는지 고통이 대단했다. 하지만 그는 비명을 지르지 않으려고 이를 악물었다.

드라코스는 감탄하면서, 연민을 느끼면서, 두려움을 느끼면서 그를 지켜보았다. 이 사람이 알바니아 산악 지역에서 어디를 가나 이름을 떨쳤던 용감하고, 과묵하고, 콧수염이 새까맣던 용사였다니. 그런 기백을 지닌 사람이 우리 편이 아니라니, 얼마나 안타깝고, 얼마나 가슴 아픈 일인가! 드라코스는 생각했다. 모든 미덕은 우리 편의 투사들이 갖춰야 하고, 모든 비겁함과 불명예는 적이 갖춰야 할 요소였다. 하지만 우리들 가운데 정직하지 못하고 비겁한 사람들이 많았으며, 상대편에는 용감한 자들이 많았다. 내 생각에는 하느님이 분류표를 잘못 작성해서 나눠 주었기 때문에 우리들은 모두 뒤죽박죽이 되어서…….

「나를 기억하십니까, 대위님?」 그가 물었다. 「나를 자세히 보세요. 당신은 나를 기억하지 못하나요?」

대위는 눈에서 피를 씻고 시선을 돌리더니 침묵을 지켰다.

「나는 알바니아 전쟁에서 대위님의 중대 소속이었습니다.」 드라코스가 말을 이었다. 「난 그때는 다른 이름을 썼고, 당신은 나를 무척 좋아해서 〈해적〉이라는 별명으로 부르고는 했어요. 위험한 임무가 닥칠 때마다 당신은 항상 나를 불렀어요. 〈어서 가거라, 해적.〉 당신은 이렇게 말했어요. 〈가서 네 기적을 행하거라!〉 그리고 어느 전투에서 당신이 두 다리에 모두 부상을 당했을 때, 기억하실지 모르겠지만, 다른 병사들이 모두 당신을 버리고 가버렸지만, 난 다섯 시간 동안 당신을 어깨에 둘러메고 병원으로 데려다 주었습니다. 당신은 내 목을 끌어안고는 〈너는 내 생명의 은인이다. 너는 내 생명의 은인이야!〉라고 하셨어요. 그런데 이제는 운명의 바퀴가 돌아서, 맙소사, 우린 서로 죽이는 사이가 되었군요.」

대위는 무릎에서 힘이 빠져 말없이 땅바닥으로 쓰러졌다.

「당신은 왜 그들과 한패가 되었나요, 대위님?」 불만과 슬픔이 가득한 목소리로 드라코스가 말을 이었다. 「영웅이요 명예로운 그리스인이었던 당신이 말입니다! 당신은 알바니아에서 자유를 위해 피를 흘리지 않았던가요? 지금 왜 당신은 그것을 배반합니까? 왜 당신은 자유와 맞서 싸웁니까? 내가 부하들을 당신에게 인계하고 다시 당신 지휘를 받으며 싸울 테니까, 우리들하고 같이 갑시다. 나를 위험한 작전에 내보내시고, 우리들은 백성을 해방시키기 위해서 다시 함께 싸워야 합니다. 당신은 파탄을 맞은 그리스인들이 불쌍하지도 않으신가요? 가요, 우리들하고 같이 싸웁시다!」

대위의 창백한 뺨으로 피가 몰렸다. 「나를 죽여라.」 그가 마침내 중얼거렸다. 「자유를 되찾게 나를 죽여 다오.」

그는 잠깐 침묵을 지킨 다음에 덧붙여 말했다. 「만일 네가 내 포로였다면, 반역자야, 난 너를 죽였을 테고, 그러니까 너도 나를 죽여야 한다. 내가 하고 싶은 얘기는 그것뿐이다!」

「나는 당신을 존경합니다.」 이제는 자비와 분노가 넘치는 목소리로 드라코스가 대답했다. 「나는 당신을 존경하고 불쌍하게 여기기는 하지만, 어쨌든 나는 당신을 죽이겠습니다.」

「마땅히 그래야 하겠지.」 대위가 대답했다.

드라코스는 주먹을 불끈 쥐고 부하들에게로 돌아섰다. 「그들을 벽 앞에다 정렬시켜.」 그가 명령했다. 「모두들 말야! 대위님, 당신도 일어설 수 있겠나요?」

「그래, 일어서겠다.」 그가 대답하고는 있는 힘을 다해서 몸을 일으켰지만, 무릎에서 기운이 빠져 다시 주저앉았다. 두 사람이 그를 부축하려고 뛰어갔지만 그는 화를 내며 손을 저었다.

「나한테 손대지 마.」 그가 고함쳤다. 「난 혼자 힘으로 일어서겠어.」 그는 담벼락의 돌멩이를 손으로 잡고는 겨우 몸을 일으켰다. 온몸에서 땀이 쏟아지며 그는 더욱 얼굴이 창백해졌다. 그는 주위를 둘러보았는데, 판석이 깔린 마당에는 유격대원들이 다리를 꼬고 앉아서 기다렸다. 건너편 돌 의자에는 드라코스가 루카스와 나란히 앉았다. 한쪽 끝에는 야나로스 신부, 그리고 다른 쪽 끝에는……. 대위는 돌 의자의 다른 쪽 끝에 앉은 아내가 눈에 띄자 피가 소용돌이를 쳤고 시야가 흐려졌으며, 검은 벼락이 그의 뇌를 꿰뚫었다. 옛날 옛적 그에게는 아내가 있었는데……. 15년의 행복이 섬광처럼 얼마나 빨리 흘러가 버렸던가! 그들 두 사람이 루멜리아의 바위투성이 산을 오르던 때가 바로 어제 같기만 했다. 늙은 어머니가 하얀 옷을 입고 ── 그녀가 죽은 다음에도 입었던 결혼 예복 차림으로 문간에 서서 기다렸다. 그녀는 그들을 기다렸고, 동틀 녘부터 기다리고 또 기다려서, 이제는 기쁨이 넘쳐 소리쳤다. 때가 봄철이었으며, 땅에서는 향기로운 내음을 풍기고, 마당의 새장 속에서는 자고가 갇혀 파닥거렸기 때문에, 젊은 신혼부부는 울기 시작했다. 자고는 새로 도착한 사람들을 보고는, 자기도 결혼하고 싶지만 신랑이 산속에 있으며 새장으로 가로막혀 그들의 재회가 불가능해서인지, 서글프게 울었다. 그래서 새는 탈출하려고 부리와 빨간 발로 감옥을 두드렸다. 「어머니.」 새색시가 말했다. 「한 가지 부탁을 드리고 싶은데요. 저는 자고가 갇힌 모습을 차마 못 보겠는데, 허락해 주신다면 제가 새장을 열어 새를 놓아 주고 싶은데요.」

「네 마음대로 하거라, 애야.」 노부인이 대답했다. 「새는 네 소유니까 마음대로 하거라.」 그래서 새색시가 새장을 열어 깃털이 아름다운 자고를 손으로 꺼냈다. 그녀는 새의 산홋빛 다리와, 야성적이면서도 부드러운 눈과, 잔뜩 부풀어 오른 가슴을 보고 감탄했으며, 얼른 손을 높이 치켜들어 새를 공중으로 날려 보냈다. 「어서 가거라.」 그녀가 새한테 말했다. 「너는 자유란다!」

드라코스의 목소리가 허공에서 울렸다. 「저자들을 벽 앞에다 정렬시켜!」 세 명의 원로가 수염에다 침과 눈물을 튀기며 울었다. 무리 지어 모인 병사들이 귓속말을 주고받으며 문 쪽을 쳐다보았고, 만드라스 노인이 야나로스 신부의 앞으로 지나가면서 침을 뱉었다. 「반역자.」 그가 말하고는 다시 침을 뱉었다.

야나로스 신부가 몸을 일으켜 드라코스의 좌우로 사람들이 줄지어 늘어선 벽을 향해 걸어갔다. 그는 마음이 떨렸지만 자제했다. 「두려워하지 말아요, 여러분.」 신부가 소리쳤다. 「반란군 지도자는 복수가 아니라 우정을 위해 우리 마을로 찾아왔습니다. 그는 남자고 용감한 청년이며, 어느 누구도 해치지 않겠노라고 명예를 걸고 약속했으니까, 믿어 주기 바랍니다! 그는 여러분이 화해가 싫다고 저항하기 때문에 겁을 주려고 했는데, 겁은 제대로 잘 주는군요. 그는 여러분을 꾸짖은 다음 풀어 주려고 하는데 ── 그는 자유를 위해서 찾아왔습니다, 안 그런가요? 두려워하지 마세요!」

만드라스 노인은 독살스럽고 사나운 눈으로 신부를 쳐다보았다. 「저주나 받아라, 반역자, 유다 같은 놈아! 당신은 놈들이 명예 따위를 믿는다고 생각하는가, 어리석은 인간아.」

드라코스는 담배를 버리고 묵직한 군화로 밟아서 짓이겼다. 그러더니 그는 대위와 자신의 부하들을 향해 돌아섰다.

「대위님.」 그가 말했다. 「당신은 사나이답게 행동했습니다. 당신은 카스텔로를 잃을지언정 자신의 명예는 잃지 않았어요. 그리고 끝까지 남았던 제군들 — 제군들은 우리와 맞서 싸우고 내 부하들을 죽였지만, 전쟁이니까 그것은 이해할 만한 행동이다. 나는 수건을 들어 이런 모든 흔적을 깨끗하게 씻어 버리고, 여러분에게 악수를 청하고 싶으니 내 말을 들어라! 반란군 모자를 쓰고 자유를 위해 싸우기 원하는 자들은 기꺼이 우리들이 받아 주겠다. 거절하는 자들은 죽어야 한다!」 그는 만드라스에게로 돌아섰다. 「당신, 만드라스 영감, 마을을 몽땅 손에 넣고 가난한 사람들의 피를 빨아먹은 몰인정한 늙은이, 난 당신을 우리 편으로 오라고 청하지 않겠고, 당신은 그냥 죽이겠다!」

노인은 눈물이 흐르는 작은 눈을 반쯤 감고는 어깨 너머로 드라코스 대장을 돌아보았다. 「나는 자식들과 손자들을 두었고, 내 삶을 살았고, 할 일을 다 했으니, 나는 너를 두려워하지 않는다, 반란자야! 다만 한 가지 내 마음에 걸리는 점은……」 그는 야나로스 신부에게로 시선을 돌렸다. 「네 놈을 산 채로 껍질을 벗겨 죽일 기회가 없었다는 거야, 이 불한당아!」

그러더니 그는 아들들에게로 향했다. 「너희들은 마음대로 하거라. 명예와 불명예 두 가지가 모두 너희들 앞에 놓였으니, 선택하거라!」

그는 마지막으로 젊은 가장(家長)들에게로 돌아섰다. 「가족을 거느린 당신들은 그들과 같이 가서 목숨을 건지도록 해요, 불쌍한 사람들.」 그러더니 그는 웃옷을 움켜잡아 찢어서 털이 나고 뼈가 앙상하게 드러난 가슴을 내보였다. 「난 준비가 되었다.」 그가 말했다.

야나로스 신부는 목을 길게 뽑고 수염을 잡아당기며 오고 가는 얘기를 진지하게 들었지만, 자신의 귀가 믿어지지 않았다. 그렇다면 그들이 가져온 자유가 이것이라는 말인가? 〈항복하면 너희들은 자유를 얻고 저항하면 너희들은 목숨을 잃으리라!〉 만일 그들이 약속을 어긴다면 나도 일어나 소리치고, 그들로 하여금 나도 역시 벽 앞에 세우게 하리라. 〈앞으로 나서거라, 야나로스 신부여…… 붉은 두건들과 검은 두건들이 모두 너하고 싸우는구나. 하지만 너는 자유가 되고 싶다, 안 그러냐? 그러니 불평하지 말아라. 그렇다면 대가를 치러라!〉

미트로스 병장이 눈을 감았는데, 그는 골짜기의 자그마한 집과, 마당 한가운데서 자라는 떡갈나무, 그리고 두툼한 양말에 수를 놓은 저고리와 빨간 구두 차림으로 나무 그늘에 앉아 있던 그의 아내가 눈앞에서 어른거렸다. 아들에게 먹이려고 저고리의 단추를 풀고 젖을 꺼내는 그녀의 모습이 눈에 선했다.

그는 눈을 떴고, 앞에 선 대위를 쳐다보았다. 「저를 보내 주시겠습니까, 중대장님?」 수치심을 느끼며 나지막한 목소리로 그가 대위에게 말했다. 「제가 고향으로, 루멜리아로 돌아가게 해주지 않으시겠어요? 저는 전쟁이라면 아무런 관심이 없어요! 저는 전쟁에 끼어들 생각이 조금도 없습니다! 저는 사람을 죽일 생각은 없었고…….」

대위는 그의 얘기를 들으려고 머리를 뒤로 젖혔다. 「미트로스!」 눈썹을 찡그리며 그는 꾸짖는 어조로 호통 쳤다.

「예, 중대장님.」 미트로스가 말을 더듬으며 대답했다. 「명령을 내려 주세요, 대장님.」

「너는 부끄럽지도 않은가? 나하고 같이 가자.」

「그렇게 하겠습니다, 중대장님.」 병장이 대답했고, 언덕과 떡 갈나무와 아내와 아들이 순식간에 사라졌다.

세 명의 가장이 앞으로 나섰다. 「우린 당신을 따르겠습니다, 드 라코스 대장님.」 그들이 말했다. 「감미로운 삶이 너무나 아까우니 까요.」

만드라스는 머리를 다른 쪽으로 돌리고 침을 뱉었지만, 아무 말도 하지 않았다.

세 명의 원로 바르바 타소스와 스타마티스 노인과 하드지스가 비틀거리며 한 발자국 앞으로 나섰고, 나이가 가장 많은 하드지 스가 말문을 열었다. 「당신은 우리 재산을 갖고 싶지 않나요, 드 라코스 대장님?」 그가 훌쩍이며 물었다.

「난 흥정 따위에는 관심이 없어.」 반란군 지도자가 고함치고는 세 노인을 벽으로 밀어붙였다. 「당신들 늙은 폐물은 어떻게 처리 해야 좋을까? 벽 앞에 서!」

뺨에 주름이 지고, 어깨가 구부정하고, 큼직한 손에 못이 박이 고, 작은 눈이 서글픈 병사 바소스는 이 다리 저 다리로 체중을 교대로 실어 가며 서서, 결정을 내리지 못하고 쩔쩔맸다. 바로 오 늘 그는 네 누이로부터 편지를 받았으며 마음속에는 독기가 가득 서렸다.

「드라코스 대장님.」 그가 말했다. 「저는 누이가 넷인데, 그들을 결혼시켜야만 합니다. 저를 죽이지 마세요.」

「너는 우리 편이 되겠느냐?」

바소스가 겁이 나서 침을 꿀꺽 삼켰다. 「그러겠습니다.」

일곱 명 가운데 다른 세 명의 병사가 벽에서 앞으로 나섰다. 가장 민첩한 첫 번째 병사 스트라티스가 대표로 말했다. 「드라코스 대장님, 우리들은 항상 당신 편이었습니다. 우리들의 총은 카스텔로에 있었지만 마음은 산속에 가 있었으니까요. 우리들은 대장님을 따르겠습니다.」

나머지 병사들 가운데 한 명이었던 잔테의 니오니오스가 입을 열었다. 「드라코스 대장님.」 그가 말했다. 「나는 당신을 따라가지 않겠습니다. 내가 삶을 사랑하지 않기 때문이 아니라, 부끄럽기 때문이죠. 나는 억지로 복종하는 행위를 부끄럽게 생각합니다. 그러니까 차라리 나를 죽이세요.」

「수치를 안다면 너는 우리 편이 되었어야 하지. 자네의 젊음이 낭비되리라는 사실을 난 안타깝게 생각하네.」

「남자로서의 존엄성은 제가 폭력 때문에 복종하는 짓을 용납하지 않습니다.」 니오니오스가 대답하고는 벽 앞에 섰다.

만드라스 노인의 막내아들 밀톤이 한숨을 짓고는 먼저 아버지를, 그러고는 반란군 지도자를, 다음에는 문을 쳐다보았다. 오, 만일 내가 한 마리의 새였다면 훨훨 날아가 버리겠는데! 그는 스물다섯 살이고 결혼도 하지 않은 몸이었다. 마을의 모든 처녀들이 그의 소유였고, 그는 술을 좋아하고 큰북을 잘 쳤다. 일요일이면 그는 귀에다 꽃을 꽂고 이웃 동네를 한 바퀴 돌고는 했다. 그는 살이 토실토실하게 붙었고 뺨이 장밋빛으로 발그레했으며, 머리카락 한 다발이 이마에서 팔락거렸다.

밀톤은 술과 젊은 여자들을 생각했고, 그러고는 명예와 조국도 생각했으며, 생명을 희생해서 불멸의 영웅이 된 사람들을 마지막으로 생각했다. 가엾은 병사 밀톤은 얼이 빠졌고, 무엇이 더 강하고 보다 현실적인지, 어느 쪽을 선택해야 할지 판단할 수 없었다.

드라코스가 그의 앞에 서서 쳐다보았다. 「어떤가?」 그가 물었다.「마음을 정하고, 판단을 내리라고!」젊은이가 머리를 떨구었고, 얼굴이 새빨개졌다. 어젯밤에 마을의 어느 아가씨가 그에게 주었던 박하 한 다발이 아직도 귀에 꽂혀 있었다.「전 대장님을 따라가겠습니다.」그가 말하고는 벽에서 벗어났다.

만드라스는 머리를 숙인 채 말이 없었다.

「넌 악마한테나 잡혀 가거라.」그의 두 형제가 소리를 지르고는 밀톤에게 침을 뱉었다.

드라코스는 대위에게로 다가갔다. 내가 그를 어떻게 돕겠는가? 내가 그를 어떻게 돕겠는가? 대위를 말없이 쳐다보면서 그는 생각했다. 대위가 죽음을 두려워하지 않기 때문에 나로서는 어쩔 도리가 없다.

그는 소총을 치켜들고 기다리던 부하들에게로 돌아섰다.「준비되었나?」지시를 내리려고 손을 들며 그가 물었다. 벽에 몸을 기댄 야나로스 신부의 눈이 휘둥그레졌고, 속이 찢어지는 듯싶었다. 신부는 전능한 하느님의 손이 그의 주먹 속에서 떨리는 것을 느꼈다.

「떨리는 이것은 무엇입니까? 당신도 역시 두려운가요?」그는 나지막한 목소리로 하느님께 말했다.「당신은 저를 두려워하나요? 주님이시여, 용기를 내소서!」

드라코스 대장이 신호를 하려고 손을 들자 야나로스 신부가 고함을 지르며 벌떡 일어나 천천히, 무거운 발걸음으로 반란군 지도자에게 걸어갔다. 그는 갑자기 나이가 백 살이 된 듯한 기분을 느꼈고, 그의 몸은 납덩어리처럼 무거웠으며, 감당하기 힘든 무거운 짐을 어깨에서 느꼈다. 그는 두세 발자국 앞으로 나서서 지도자의 앞에 섰다. 그는 목구멍이 막히고 숨도 막혔으며, 무슨 말을 해야 좋을지 몰랐다. 마침내 굉장히 힘들게 그의 입술이 열렸다.「너는 저 사람들을 죽이려고 하느냐?」온몸을 떨며 그가 말했다. 드라코스가 시선을 돌려 그를 쳐다보았다. 신부의 얼굴은 잿빛이었고, 입이 일그러졌으며, 숨도 제대로 쉬지 못했다.「너는 저 사람들을 죽이려고 하느냐?」숨차고 거친 노인의 목소리가 다시 들려왔다.

「그래요. 자유의 길을 가로막는 모든 사람은 죽어야 합니다.」

「다른 사람들이 그들 나름대로의 견해를 누리게 용납하지 않는 자들도 자유의 길을 가로막는 사람들이지.」야나로스 신부가 꾸짖었다.「네가 나한테 한 약속은 어떻게 되었느냐? 이것이 네가 가져온 자유란 말이냐?」

「현세의 일에 공연히 간섭하지 말아요, 영감님!」반란군 지도자가 격분해서 말했다.

「현세와 내세는 하나이고, 너는 현세를 얻기도 하고 잃기도 하듯이, 다른 세계도 역시 얻기도 하고 잃기도 하지. 난 네 일이 내 일이기도 하기 때문에 간섭을 하려는 거란다. 드라코스 대장. 나는 두 팔을 벌려 네가 벽으로 몰아붙인 기독교인들 앞을 막아서고 너한테 이렇게 말하겠다. 〈너는 그들을 죽여서는 안 된다! 나 야나로스 신부는 네가 그들을 죽이도록 그냥 내버려두지 않겠다!〉」

「진정하시죠, 영감님, 당신을 위해서 하는 충고인데, 진정하시라고요! 만일 우리들이 지금 모든 사람을 풀어 준다면 우린 길을 잃고, 우린 민족이 아니라 개 떼에 불과한 집단이 되겠죠. 자유란 절대로 처음 찾아오지 않고, 항상 마지막으로 오니까, 때가 되어야만 찾아오고, 그러니 서두르지 마시오.」

「그렇다면 독재인가?」노인은 두 손을 공중으로 쳐들고 소리쳤다.「독재와 폭력과 채찍이야? 그것이 우리들의 자유를 찾는 길이란 말이지? 아냐, 아니지, 난 그런 논리는 받아들이지 않겠어. 나는 일어서서 모든 마을로 돌아다니며 외치겠어. 〈독재자들, 타락한 자들, 저주받아 마땅한 민중의 적들이로다!〉」

「입 닥쳐요! 아니면 난 당신도 벽 앞에다 세우겠어요!」

「얘야, 난 벌써 벽 앞에 섰어. 나는 진실을 본 순간부터 총탄이 날아오리라고 예상했던 터이니까, 어서 총탄을 날려!」

줄곧 바늘방석에 앉은 듯 불안하게 상황을 지켜보던 루카스는 끝내 자제력을 잃고 말았다. 그는 벌떡 일어나 신부의 목을 움켜잡았다. 「소리 지르지 말아요, 신부. 당신의 검정 사제복을 우리들이 존중할 줄 아시나요? 난 당신 목을 비틀어 버리겠어요, 불한당 같으니라고!」

「나한테 겁을 줄 생각은 말아요, 붉은 두건.」 노인이 말했다. 「믿음이 없는 자들만이 죽음을 무서워하니까요. 나는 하느님을 믿어요. 나는 죽음을 두려워하지 않아요. 난 저기, 당신이 보다시피, 이미 내 무덤을 파놓았고, 비석에다 〈죽음아, 나는 너를 두려워하지 않는다!〉는 글까지 새겨 두었어요.」

「당신은 내 손으로 죽일 테니까 입 닥쳐요, 늙은 염소 같으니라고!」 루카스가 고함쳤다.

대여섯 명의 반란자가 덤벼들어 어깨에서 소총을 내리며 신부를 둘러쌌다.

「얼마든지 좋으니까 원하면 나를 죽여요. 당신들은 총을 가지고 다니니까 정의도 몰고 다닌다고 생각하나요? 나를 죽여요! 당신들은 마지막 한 명까지 자유인을 모두 죽인다고 하더라도 자유는 절대로 죽이지 못해요.」 그는 다시 벽으로 걸어가서 대위 옆에 섰다.

「벽에서 비켜나요, 영감님.」 드라코스가 말했다. 「그리고 말도 그만 하고요. 입을 다물지 않겠다면 우리들이 다물게 해주겠어요.」

「내가 설 자리는 이곳이야. 너는 나를 속였고, 마을을 기만했어. 나는 마을을 배반했고. 어떻게 사람들 앞에서 내가 다시 얼굴을 들고 다니겠냐? 나는 어서 하느님 앞에 서서 내가 겪은 고통을 얘기하고, 너하고 네 부하들, 너희들 사기꾼들을 하느님에게 고발하고 싶어! 너는 새로운 세계를 이루어 놓으리라고 생각하겠지, 안 그러냐? 거짓과 노예 제도와 부정직함으로 말이다.」

「야나로스 신부님, 나는 당신을 영웅으로 출세시키거나 유령으로 만들고 싶지는 않아요.」 드라코스가 투덜거리면서 신부의 팔을 잡아 벽에서 멀리 밀어냈다.

「만일 네가 나를 살려 두면 나는 큰 소리로 외치겠어! 만일 네가 나를 죽인다면 나는 역시 큰 소리로 외치겠어! 너는 절대로 나를 피하지 못해.」 신부가 말했고, 그가 얘기하는 사이에 첫 햇살이 그를 비추었고, 그의 수염이 장미 빛깔로 변했다.

또다시 야나로스 신부는 그의 주먹 안에서 전능한 존재가 떨리는 것을 느꼈다. 분노가 그를 사로잡았다. 〈지금은 결정적으로 중대한 순간입니다.〉 그는 마음속으로 소리쳤다. 〈지금 당신은 두려움에 위압을 당하셨나요? 지금이 우리들에게 힘이 필요한 때이니, 일어나서 제가 그들을 구하도록 도와주소서! 당신은 십자가에 못 박힌 그리스도일 뿐 아니라 부활한 그리스도이기도 하다는 사실을 망각했습니다! 세상은 더 이상 십자가에 못 박힌 그리스도들은 필요로 하지 않고, 투쟁하는 그리스도들을 필요로 합니다! 제 충고를 들으셔야 합니다. 눈물과 수난과 십자가 처형은 그만하면 충분하니, 어서 일어나 천사의 군대를 내려오라고 소리쳐 부르고, 정의를 실현하소서! 그들이 우리들에게 침을 뱉고, 우리들을 때리고, 가시 면류관을 씌우고, 십자가에 못 박는 데도 진저리가 나니, 이제는 부활한 그리스도가 나설 차례입니다.

우리들은 죽기 전에 이곳에서, 이곳 지상에서 그리스도의 재림이 이루어지기 바라나이다. 일어나소서, 소생하소서!〉 그리고 깊고도 슬픈 목소리가 그의 내면 깊은 곳에서 울려 나왔다. 〈저로서는 도저히……〉

야나로스 신부는 두 손이 마비된 기분을 느꼈다. 〈당신에게도 도저히 불가능한 일이 존재한다는 말인가요? 하고 싶지만 당신은 못 하겠다는 말인가요? 당신은 선하고 의로우며, 당신은 인간을 사랑하고, 세상에 정의와 자유와 사랑을 가져다주기 원하시지만, 행동으로 옮기지는 못하겠다는 말씀인가요?〉

신부의 눈에서 눈물이 글썽거렸다. 「얼마나 슬픈 일인가.」 그가 중얼거렸다. 「그러니까 자유란 전능하지도 않고, 불멸하지도 않고, 인간이 만들어 놓았으니 인간을 필요로 하는도다!」

그의 내적인 존재는 쓰라림과 자비심과 온화함으로 넘쳐흘렀고, 지금 순간처럼 그리스도를 사랑했던 적이 전혀, 전혀 없었다. 「그리스도여……」 그는 중얼거리며 눈을 감았다.

드라코스 대위가 돌아서서 그를 쳐다보았고, 아버지의 뺨과 수염으로 줄줄 흘러내리는 눈물을 보았다. 그는 야나로스 신부가 목숨을 별로 귀하게 여기지 않았으므로 두려워서 우는 것이 아니라, 모든 사람들과 친구들과 적들과 검은 두건들과 붉은 두건들을 위해서 울고 있음을 알았다. 그는 흘러내리는 노인의 눈물을 쳐다보고 또 쳐다보았으며, 자비의 훈훈한 바람이 어디서 불어오는지 알지도 못하면서 갑자기 그의 마음은 벽 앞에 서서 기다리는 열두 명 때문에 아픔을 느꼈다. 그들의 생명은 그가 하는 한마디의 말, 그의 손놀림 한 번에 달렸다. 그는 어떻게 해야 하나?

승리에 이르는 가장 빠른 길은 무엇일까? 사람을 죽이고, 사람을 죽이며 증오를 끝장내지 못하는 길인가? 아니면 성직자인 그의 아버지처럼 두 팔을 벌리고 사랑을 통해 증오를 정복하는 길일까? 그는 처형당할 사람들 쪽으로 갔다. 〈나는 약속을 지켰어요.〉 그는 이렇게 말하고 싶었다. 〈나는 자유를 가져왔으니, 여러분은 자유입니다!〉 하지만 그의 눈은 루카스의 사납고 비웃는 눈초리와 시선이 마주쳤다. 루카스의 마음속에서는 시커멓고 털투성이에 피범벅이 된 악마가 날뛰었다. 드라코스가 손을 들었다. 「사격!」 그는 자신의 목소리가 아닌 목소리로 고함쳤다.

총소리가 울렸고, 열두 구의 시체가 판석이 깔린 성당 마당으로 쓰러졌다. 대위의 몸이 물고기처럼 파닥거리더니 아내의 발치로 굴러가 멈추었고, 그녀는 시체를 발로 밀어 치웠다.

야나로스 신부가 비명을 질렀고, 순간적으로 그의 두뇌가 비틀거렸다. 그는 성당 쪽으로 돌아섰지만 이성은 흐느적거렸고, 그와 더불어 마을과 주변의 언덕과 그리스가 휘청거렸다. 천천히, 몸을 질질 끌면서, 그는 열두 사람의 시체로 갔으며, 허리를 구부려 피를 한 움큼 집어 수염에 발라 불타오르듯 시뻘겋게 만들었다. 그는 다시 몸을 수그려 피를 한 움큼 집어 머리에다 끼얹었다.

「여러분의 피입니다!」 그가 신음했다. 「여러분의 피가 내 손에 묻었고, 내가 여러분을 죽였어요!」

반란자들이 돌아서서 그를 쳐다보고 웃었다.

그는 성당으로 들어가 거룩한 제단 앞에서 절했고, 아직도 십자가 옆에 그대로 놓인, 피가 튄 돌멩이에 경배했다. 붉은 두건일까 검은 두건일까…… 돌멩이에 묻은 것은 누구의 피였을까? 그는 초기의 어느 전투 이후에 언덕에서 이 돌멩이를 가지고 왔는데, 핏자국에 관한 의문은 품지 않았었다. 그는 돌멩이를 제단 위

십자가에 매달린 그리스도 옆에 놓았으며, 예배를 드릴 때마다 돌멩이에 기도했다.

그는 사제복을 벗어 접고는 성서를 싸서 겨드랑이에 끼웠다. 그는 성호를 긋고 구석에서 지팡이를 집어 들었다. 그는 마음이 열리고, 그칠 줄 모르는 사랑의 강이 카스텔로에서 그리스의 해안들과 골짜기들로 흘러 들어간다는 느낌이 들었다. 사랑이 넘쳐 흘렀고, 넘쳐흐름과 더불어 야나로스 신부는 마음속에서 해방감을 맛보았다.

어쩌면 그리스도는 하찮은 인간인 나에게 위대한 의무를 맡겼는지도 모를 일이라고 그는 생각했다. 하느님의 이름으로 맹세컨대, 그리스도의 뜻이 이루어지리라. 그는 오른쪽으로 몸을 돌렸다.

「오십시오.」 그는 눈에 보이지 않는 존재에게 말했다. 「우리 같이 갑시다!」

그는 성당에서 걸어나와 마당의 한가운데 섰다. 「나는 떠나겠노라.」 그가 소리쳤다. 「나는 내가 얘기했던 대로 하겠으니, 이 마을 저 마을로 돌아다니며 외치리라. 〈형제들이여, 붉은 두건들도 믿지 말고, 검은 두건들도 믿지 말며, 우애 속에서 하나로 뭉칩시다!〉 어느 마을에나 동네 바보는 하나씩 꼭 있게 마련이니, 나는 마을의 백치요 그리스의 미치광이가 되어 소리치고 돌아다니겠노라.」

노인은 아침 햇살을 받아 빛났으며, 마당 한가운데 선 그는 수염이 피투성이이고, 숱이 많은 눈썹이 시커멓고, 묵직한 지팡이를 들고 큼직한 장화를 신은 모습이, 거인 같았다.

그는 드라코스 대장을 향해서 돌아섰다. 「나는 사제복과 성서를 가지고 왔다, 간악한 대장아. 나는 살육당한 모든 대대와 연대, 그리고 상복을 입은 모든 어머니들과, 살인자여, 모든 고아와 전쟁으로 인한 불구자들, 절름발이, 장님, 반신불수, 정신 이상자들을 데리고 가겠다. 나는 그들을 데리고 가겠노라.」

「왜 저 사람을 살려 두나요, 대장?」 루카스가 화를 내며 소리쳤다. 「죽여요!」

야나로스 신부가 경멸하는 표정으로 머리를 절레절레 흔들었다. 「당신은 내가 죽음을 두려워하리라고 생각하나요? 저 악마가 나를 어쩌겠어요? 그는 나를 거짓된 삶으로부터 영원한 삶으로 데려갈 수는 있을지언정, 저 가엾은 인간은 다른 아무 능력이 없어요. 죽음이란 한 마리의 노새에 지나지 않아서, 그것을 타면 영원한 삶에 이르죠.」

그는 두 손을 하늘로 치켜들었다. 「만일 제가 살게 된다면, 만일 그들이 저를 살려 둔다면, 저는 당신을 절대로 다시는 십자가에 못 박지 않겠다고 맹세합니다.」 그가 소리쳤다. 「아무런 보호도 받지 않는 당신을 안나스와 가야파의 손에 맡겨 두는 일은 절대로 다시는 없을 것입니다. 나의 주 예수여! 당신은 얼마나 더 오랫동안 십자가에 못 박히시려나요? 더 이상 이러지 마소서! 이번에는 무장을 하고 세상으로 내려오소서. 그토록 심한 고통과 살육을 겪었으니, 저는 인간의 의무를 이해합니다. 무엇이 미덕인가요! 무기를 들어야 합니다. 그리스도여! 무기를 들어야 합니다! 저는 여러 마을과 읍내를 찾아 돌아다니며 설교를 하겠나이다. 저는 새로운 그리스도, 무기를 든 그리스도에 관한 설교를 하겠습니다!」

그는 오른쪽으로, 눈에 보이지 않는 존재에게로 손을 뻗었다. 「어서 갑시다.」 그가 말했다.

반란자들은 놀라서 그를 쳐다보았다. 「신부가 미쳤어.」 그들 몇 명이 웃었다. 「누구하고 얘기를 하고 있지? 누구더러 어서 가

자고 그러는 걸까?」

야나로스 신부가 드라코스에게 손을 들었다. 「살인자 대장, 그
럼 다시 만날 때까지!」 그리고 그는 뚜벅뚜벅 걸어서 문턱을 넘어
섰다.

아무도 움직이지 않았고, 루카스는 비웃는 눈으로 지도자를 쳐
다보았다. 「저 사람이 이제 불을 지르려고 하는군요.」 루카스가
말했다. 「그냥 내버려 둘 작정인가요? 아니면 그를 불쌍하게 생
각하는 건가요?」

하지만 드라코스는 자갈 바닥을 지팡이로 두들기며 걸어가는
노인을 말없이 지켜보았다. 신부는 옷자락을 바람에 펄럭이며 성
큼성큼 걸어갔고, 하얀 머리를 어깨 위에서 나부끼며 프라스토바
로 가는 길을 향해 바삐 내려갔다. 그의 무거운 발에는 바위가 매
달린 듯싶었고, 겨드랑이에서는 황금빛으로 수를 놓은 제의와 은
빛 성서가 아침 햇살을 받아 반짝였다. 자신의 몸에다 뿌린 죽은
자들의 피가 머리에서 흘러내려 햇볕에 그을은 목덜미로 뚝뚝 떨
어졌다.

드라코스 대장은 그를 지켜보았고, 그의 마음은 멀리, 혹해의
어느 해안으로, 평화가 가득하고 그리고 기독교와 푸른 초목으로
가득한 마을로 흘러갔다. 노인은 그때 머리카락이 까마귀처럼 새
까맣고 거무튀튀하고 호리호리하며 미남인 성직자였다. 그리스
도와 기독교를 지키기 위해 그는 얼마나 꿋꿋하게 투르크인들과
맞섰던가! 그리고 마을을 손바닥에 올려놓은 수호성인의 축제일
이 되었을 때, 노인은 얼마나 멋지게 불길 속으로 들어가서 손뼉
을 치고 춤을 추었던가! 위험이 없고 바람이 부는 곳으로 다시 나
가는 수치스러운 짓은 얼마나 마다했던가!

드라코스는 그를 얼마나 미워했고, 얼마나 사랑했고, 얼마나

존경했던가!

그리고 그는 신부를 보지 못했으니, 아버지와 아들이 헤어졌고, 여러 해가 지난 다음 알바니아 전쟁에서 만났다. 성모를 부르며 그는 옷자락을 걷어붙이고 언덕을 오르지 않았던가! 그리고 그가 성모를 불렀을 때, 병사들은 부상당한 청년들을 안고 바위 사이로 올라오는 성모의 모습을 정말로 보지 않았던가! 노인은 믿었기 때문에, 고통을 겪었기 때문에, 원하는 대로 무엇이나 허공에다 빚어낼 능력을 얻었다. 그리고 영혼이 그의 육체에서 뛰쳐나와 때로는 성모가 되었고, 때로는 말 탄 성 게오르기우스[1]가 되기도 했고, 때로는 〈그리스도가 정복하도다!〉라고 크게 외치는 목소리가 되기도 했다. 그러면 병사들의 내적인 존재는 공격의 힘으로 넘치곤 했었다.

야나로스 신부는 이제 밑으로 내려가서 프라스토바로 가는 길로 접어들기 직전이었고, 아직도 비스듬히 기운 햇살 속에서 그의 그림자는 장미 빛깔의 바위들 위로 거인처럼 길게 뻗어 나갔다. 잠시 후에 그는 바위들 뒤로 사라질 터였다.

루카스가 길 한가운데로 뛰어나가 총을 치켜들었다.

「이봐요, 대장.」 그가 소리쳤다. 「어디 당신이 어떤 인간인가 좀 보기로 합시다! 그래, 저 사람이 당신 아버지인데, 그래서 뭐가 어쨌다는 건가요? 마음을 단단히 먹어야죠! 당신에게는 수행해야 할 의무가 따르고, 보고도 해야 합니다. 저 사람이 하는 얘기 못 들었어요? 그는 자유로운 인간이 되고 싶다고 그랬어요!」

야나로스 신부는 뒤에서 소총을 장전하는 소리를 들었고, 사태를 이해했다. 오른쪽으로 손을 뻗어 그는 그리스도의 손을 잡아

---

1 3세기 기독교 순교자로서, 악을 상징하는 용을 물리쳐 교회를 상징하는 왕의 딸 사브라를 구했다는 전설로 유명하다. 말을 타고 용과 싸우는 그림으로 널리 알려져 있다.

총탄으로부터 막아 주려고 그리스도를 자신의 앞에 세웠다.

「이리 오십시오.」 그는 나지막이 부드럽게 말했다. 「그들이 당신을 해치지 못하도록 이리 오십시오.」

두세 명의 유격대원이 와서 루카스 옆에 섰는데, 그들도 역시 총을 들어 겨누고는 대장을 쳐다보았다. 드라코스는 아무 말 없이 문가에 서서, 늙은 천사장처럼 당당하고 멋지게 바위들 위로 성큼성큼 걸어가는 아버지의 모습을 감탄하는 눈으로 쳐다보았다.

「이봐요, 대장.」 루카스가 다시 소리쳤다. 「그가 불을 지르리라고 내가 말했는데, 그러지 못하게 막아야 합니다!」 그는 말을 멈추고는 킬킬 웃었다. 「혹시 당신, 저 사람을 불쌍하게 생각하는 건 아닌가요?」

모든 부하의 눈이 그에게 고정되어 기다렸고, 대장은 피가 끓어올랐다. 루카스가 다시 웃었고, 동지들에게 눈을 찡긋한 다음 지도자에게로 돌아섰다.

「어디 당신이 어떻게 하는지 보기로 합시다, 대장.」 그가 말했지만, 미처 그 말을 끝낼 틈이 없었다.

드라코스가 손을 들었다. 「사격 개시!」 그는 눈물을 글썽거리며 볼멘소리로 명령했다.

「이봐요, 신부.」 루카스가 소리쳤다. 「이봐요, 야나로스 신부, 기다려요!」

노인은 자신을 부르는 소리를 듣고 돌아섰다. 피 묻은 수염이 햇빛을 받아 시뻘겋게 번득였다. 루카스는 동지들을 옆으로 밀치고는 소총 개머리판을 어깨에 대고 조준했다. 총탄은 야나로스 신부의 이마에 맞았다. 노인은 두 팔을 벌렸고, 아무 소리도 내지 않으며 돌맹이들 위로 엎어졌다.

옮긴이의 말
안정효

〈인생을 설계한다〉는 말은 흔히 살아가는 과정에만 적용시키는 표현이다. 〈설계〉란 비록 미래를 의미하기는 하지만, 인생에서의 설계는 삶의 종결과 더불어 끝나게 마련이고, 죽음의 과정 및 이후 기간은 포함되지 않는다.

하지만 니코스 카잔차키스는 어떤 종교적인 예식을 치르듯 죽음에 대한 준비를 했던 시인이다. 죽음을 앞두고 〈그리스인에게 이 말을〉이라는 제목을 붙인 『영혼의 자서전』을 통해 자신이 살아온 과거를 말끔히 정리해서 마무리 짓고는 세상을 떠났으며, 그의 사후에 아내 엘레니가 그것을 책으로 펴낸 과정을 보면, 자꾸만 그런 예언자적인 인상을 받게 된다.

범상하지 않았던 카잔차키스의 삶은 서사시적인 면모도 보여 준다. 모든 인간에게는 똑같이 저마다 오직 하나씩의 삶이 적절한 크기로 주어지지만, 카잔차키스의 인생은 왜소한 인간사의 테두리를 벗어나 하나의 신화종교적인 얘기를 이루기 때문이다. 크레타에서 태어나 그리스의 문화를 정신적인 영토로 삼았던 시인에게는 아마도 그것이 오히려 지극히 당연한 일이었는지도 모른다.

카잔차키스의 신화종교적이었던 삶은 여러 작품에서, 현대 소설의 기본 조건인 사실성과 현실성으로부터 조금 벗어난, 제신 (諸神)과 인간의 동일시라는 일관된 분위기와 주제를 마련한다. 『전쟁과 신부』도 물론 예외가 아니어서, 그리스와 로마의 신화처럼 인간에게 신격을 부여하는 작업이 이루어지는가 하면, 종교를 신화로 다시 엮는 작업도 동시에 이루어진다. 이것은 아토스 산에서 신의 경지에 이르려 했던 카잔차키스의 〈오름 *ascent*〉이 작품화된 결과다.

작가 카잔차키스는 신화와 전쟁과 해적과 환상의 세계에서 〈미할리스 대장〉의 아들로 1883년 2월에 태어났으며, 너무 어려서 일어서지도 못할 때 빛이 쏟아지는 바깥으로 기어 나가려던 〈투쟁〉을 기억한다. 그리고 그는 신의 위대함과 대지와 〈짐승과 나무와 인간과 돌멩이 그리고 모든 형태, 빛깔, 소리, 냄새, 번갯불〉을 통해서 신과 만나려는 열망과 시를 찾으려는 추구를 마음에 담고 성장을 계속한다.

어린 시절에 그는, 『영혼의 자서전』에서 밝혔듯이, 어느 계집아이와 발바닥을 마주 대는 육체적인 감동도 경험하는데, 이런 경험은 훗날 『최후의 유혹』에서 생생하게 서술되기도 한다. 그는 할아버지의 죽음과 그리스도와 가리옷 유다의 인식을 되새김질하며 〈상상의 혼돈과 질서〉 과정을 거치고는 터키인들의 대학살을 피해 낙소스 섬으로 가고, 사춘기의 고뇌를 겪는다. 이 무렵 그의 아버지는 그리스 독립을 위한 투쟁에 뛰어드는데, 그런 배경을 바탕에 깔고 태어난 작품이 『미할리스 대장』 그리고 『전쟁과 신부』이다.

에이레 아가씨와 젊은 시절에 가졌던 덧없는 풋사랑은 완벽한 침묵의 이해를 언어가 파괴할까 봐 걱정되어 아무 얘기도 하지 않는 그런 낭만이었으며, 카잔차키스는 서서히 성숙의 문턱을 넘어선다. 평상인으로서의 과정에 따라 아테네 대학교에서 법률을 공부한 다음 그는 꿈과 투쟁을 추구하는 방랑의 길에 나선다. 그는 파리의 철학자 앙리 베르그송 밑에서 공부했으며, 독일과 이탈리아에서 미술과 문학에도 정진했다.

크레타로 돌아간 그는 언어를 무기로 삼아 시를 쓰는 삶의 흥분감에 탐닉한다. 그가 성숙으로 들어서는 기간이었던 젊은 시절은 보리스 파스테르나크의 자서전 『어느 시인의 죽음』에 서술된 정신적인 추구의 나날을 연상시키기도 한다. 스크랴빈을 흠모하며 음악을 꿈꾸다가 미술과 철학에 정열을 쏟느라고 마르부르크에서 코헨 교수에게 철학을 배우고 다른 젊은이들과 기찻길 옆에서 밤새워 토론을 벌이기도 했지만, 결국은 마야코프스키와 시의 세계로 들어섰던 파스테르나크의 찬란한 방황을 우리들은 카잔차키스에게서도 찾아보게 된다. 그는 소설 「뱀과 백합」을 써놓고 이렇게 말했다.

〈현실과 상상, 창조하는 신과 창조하는 존재로서의 인간 사이에서 벌어지는 투쟁이 얼마 동안 내 마음을 도취시켰다. 《내가 가야 할 길은 이것이요, 이것이 곧 나의 의무이다.》빗속을 오락가락하며 나는 마당에서 소리쳤다. 인간은 저마다 자기가 맞서 싸워야 할 적의 수준을 스스로 설정한다. 비록 그것이 파멸을 뜻할지언정 나는 신과 싸우게 되어서 기뻤다. 신은 흙을 빚어 세상을 창조했고, 나는 어휘를 빚는다. 신은 땅 위를 기어 다니는 인간을 만들었고, 나는 꿈을 이루는 영기(靈氣)와 상상력으로 시간의 횡포에 항거하는 인간을, 보다 영적인 인간을 빚어내리라! 신의 인간은 죽지만, 내가 창조한 인간은 살리라!〉

이토록 오만한 창조의 선언에서 분명하게 나타나듯이 그는 이미 신에게 도전했으며, 신을 경쟁자로 설정함으로써 영적인 도약을 시도한다. 『전쟁과 신부』에서도 (야나로스 신부가 대변자 역을 맡은) 카잔차키스는 거침없이 신성 모독을 범하고, 마지막에는 그리스도를 〈내 아들〉이라고 부르기까지 한다. 야나로스 신부는 내면에서 울려 나오는 소리로 인하여 인간이기도 하고, 그리스도이기도 하고, 그리스도의 아버지인 하느님이기도 하다. 바로 이러한 기독교 모독으로 인하여 기독교 국가인 미국에서는 『최후의 유혹』을 영화로 만들려다가 심한 반발 때문에 얼마 동안 중단하는 사태까지도 벌어졌다.

평생 계속될 이러한 신격을 향한 도전이 시작될 무렵 카잔차키스는 석 달 동안 그리스 순례의 길에 나선다. 선조의 역사와 정신 유산을 흡수하기 위한 성장의 한 과정이었다. 그는 그리스에서 원시적이고 거센 남성적인 요소와 아름답고 여성적인 요소, 즉 투쟁과 미(美)의 양면성을 발견한다. 석 달 동안의 순례 여행을 마치고 조상과 문명과 조국에 대한 무거운 부담을 느끼면서 크레타로 돌아간 카잔차키스는 다시 이탈리아 여행을 떠나지만, 그의 생애에서 가장 감동적인 시기는 종교의 요람지 아토스 산 순례였다.

온갖 수도자들이 고행하며 인간의 영혼과 똥과 종교가 함께 살아가는 산, 그곳에서는 악취 속에 신비가 깃들고, 가는 곳마다 인간의 고통과 해탈과 비존재성이 그를 맞는다. 여러 수도원을 전전하며 그는 수많은 고행자들과 대화를 나누고, 영혼의 오름길을 추구한다.

「아직도 악마와 싸우고 계신가요, 마카리오스 수도자님?」
(카잔차키스가 아토스 산에서 만난 어느 늙은 수도자에게 묻는다.)
「이제는 그렇지 않아. 지금은 나도 늙었고, 악마도 나와 더불어 늙었으니까. 악마에게는 힘이 없지…… 나는 신과 싸우는 중이야.」 (이것은 카잔차키스의 여러 작품에서 자주 반복되어 등장하는 중요한 주제이다.)

「고된 삶을 사시는군요. 저도 구원을 받고 싶습니다. 다른 길은 없을까요?」

「훨씬 편한 길 말인가?」

「보다 인간적인 길 말입니다.」

「하나, 꼭 하나 있지.」

「그게 뭔데요?」

「오름의 길. 한 계단씩 올라가는 길이야. 배부름에서 굶주림으로, 갈증을 모르는 목구멍에서 목마름으로, 기쁨에서 고통으로. 신은 굶주림과 목마름과 고통의 정상에 앉았고, 악마는 안락한 삶의 정상에 앉았지. 자네는 선택을 해야 하네.」

「전 아직 젊어요. 세속이 좋아요. 저에게는 선택할 시간적인 여유가 넉넉합니다.」

「죽음은 젊음을 좋아해. 삶은 하나의 작은 촛불, 쉽게 꺼지지.」

고행자와의 대화에서 드러나듯이 카잔차키스는 당시 신화종교적인 갈등에 시달렸으며, 아토스 산에서의 방황은 『최후의 유혹』에서 그리스도가 악마와 대결하는 황야 장면에서 생생한 바탕을 이룬다. 그러나 결국 그는 성직자가 되려는 꿈을 포기한다. 그리고 은둔자들과 만나 불가능한 해답을 찾으며 신의 모습을 윤곽이나마 찾으려던 카잔차키스는 이 시기에 『오디세이아』에 착수한다.

이어 카잔차키스는 예루살렘을 찾아가고, 그곳에서 뒤밟아 본 예수의 모습에서 인간으로서의 고뇌와 갈등에 시달리는 그리스도의 개념을 정리하여, 새로운 각도에서 예수의 신격을 조명한다.

그는 방랑자의 지친 몸과 마음을 끌고 고향 크레타로 돌아갔다가 파리로 가서 위대한 순교자 니체를 만난다. 그는 비극의 거인 니체에 탐닉하고, 고뇌의 황홀경을 터득한다. 그는 초인의 철학에 휩쓸리고, 〈희망은 오직 하나, 인간은 자신의 본질을 초월하여 초인을 창조해야 한다〉고 공감하기에 이른다. 〈신은 죽었고 그의 왕좌가 비었으니 우리들은 스스로 신의 자리에 오르리라.〉

파리에서 니체를 발견한 다음 카잔차키스는 빈으로 가고, 기독교적인 신의 개념이 죽었음을 인식한 그는 이제 불교에서 영혼의 안식처를 구하려고 한다. 찬란한 고도(古都)에서 부처의 가르침을 찾는 한편 그는 프리다라는 여자와 육체관계를 맺기 직전까지 이르는데, 여기에서 유명한 〈성자의 병〉 사건이 일어난다. 그가 프리다를 만나 관계를 갖기로 약속했던 바로 그날 밤, 니코스는 얼굴에 온통 누르스름한 진물이 뒤덮여 문둥이 같은 악마의 모습이 된다. 그래서 프리다와의 약속을 뒤로 미루지만, 이튿날 그녀를 만나러 가려고 하자 또다시 추악한 몰골로 변한다. 결국 그는 정신분석가이며 프로이트의 제자인 빌헬름 슈테켈 교수를 찾아가는데, 심리적인 영향으로 병이 생겼다는 막연한 추측 이외에는 병의 원인을 찾아내지 못한다. 결국 그는 프리다가 사는 도시 빈을 떠나기로 결심하고, 기차를 타려고 역에 도착해서 거울을 꺼내보았더니 얼굴이 완전히 말끔하게 정상으로 돌아와 있었다.

다음에 그가 찾아간 곳은 베를린이었다. 사상의 정리 기간을 이곳에서 보낸 다음 그는 러시아로 가서 레닌의 사상에 탐닉한다. 하지만 그는 공산주의 투쟁이 지닌 극단적인 위험성을 깨닫고 레닌에의 도취와 결별한다. 『전쟁과 신부』는 공산주의 물결이 전 세계를 휩쓸던 당시 정치적인 이념으로 인해 그리스에서 벌어진 동족상쟁을 배경으로 삼는다. 야나로스 신부는 반란군과 정부군 사이에서 〈민족의 통일〉을 위해 노력하지만 결국은 반란군의 지도자이자 그의 친아들인 드라코스 대장과 대결하게 되며, 마지막 장면에서 내린 결론은 레닌 세계관에 대한 작가의 인식을 뚜렷하게 보여 준다.

『전쟁과 신부』에서 레닌을 〈그리스도가 임하도록 미리 길을 닦아 놓는 협조자〉로 설정하고, 야나로스 신부가 탐욕스러운 수도사의 재물을 빼앗아 가난한 사람들에게 나눠 주게 하는 장면은 사회주의 메시아의 도래를 희망적으로 그린 것이다. 군림하는 신이 아니라 민중과 어깨를 나란히 하고 함께 싸우는 그리스도의 모습 또한 같은 맥락의 재현이다. 이것은 그리스의 신화종교적인 문화를 배경으로 니체의 초인 사상과 레닌 사상이 배합된 혼란스러운 과도기의 모습이고, 거기에서 얻어진 결론은 회귀성 역사 인식이었다.

1945년에 니코스 카잔차키스는 그리스의 정무 장관으로 취임하여 카프카스에서 위기를 맞은 그리스인 10만 명을 구출하는 사명을 맡게 된다. 카잔차키스가 갈구하던 〈행동〉하는 메시아적 〈오름〉의 기회가 찾아온 것이다. 그는 이때의 심정을 자서전에서 이렇게 밝혔다.

〈이론이나 사상, 그리스도나 붓다와의 투쟁 대신에 살아 숨 쉬는 피와 살로 이루어진 사람들과 함께 싸우며 행동에 참여할 기회를 나는 평생 처음으로 얻게 된 셈이었다. 나는 기뻤다. 나는 의문을 품고 이곳저곳 떠돌아다니며 해답은 찾지 못하고 그림자와의 싸움을 벌이는 데 싫증이 났다. 질문들은 끊임없이 새로워졌으며, 해답은 자꾸만 달라졌다. 뱀과 뱀처럼 질문이 질문의 꼬리를 물었고, 칭칭 감아 나를 질식시켰다.〉

그에게는 커다란 〈모험〉이었던 카프카스로부터의 그리스인 철수를 성공시킨 다음 그는 결국 인간에게서 궁극적인 영웅의 모습을 찾는다. 그가 발견한 영웅의 원형(原型)은 조르바였다.

감동적인 생애의 절정, 조르바와의 만남은 한 서사시의 대단원이나 마찬가지였다. 조르바는 생명력의 상징이었으며, 참된 인간의 정수로서 카잔차키스의 눈에 비쳤고, 그래서 기오르기스 조르바가 죽었다는 통고를 받았을 때 그는 이렇게 탄식한다.

〈그가 죽었다, 죽었다, 죽었다……. 조르바는 영원히, 영원히 가버렸다. 웃음이 죽고, 노래가 끊기고, 산투르(기타 비슷한 현악기로 조르바가 즐겨 퉁겼음)가 부서지고, 바닷가 자갈밭의 춤이 중단되고, 벅찬 갈망을 느끼며 질문하던 탐욕스러운 입에는 이제 흙이 가득 찼고, 그토록 다정하고 성숙했던 손은 바위와, 바다와, 빵과, 여인을 다시는 어루만지지 못하리라…….〉

그리고 니코스 카잔차키스 자신은 1947년부터 1984년까지 유네스코의 고전 번역국장을 지내고, 단테의 『신곡』과 괴테의 『파우스트』 등 여러 고전 작품을 그리스어로 번역하고, 30편가량의 소설과 희곡과 여행기와 철학 서적을 남기고는 1957년 10월 26일 독일의 프라이부르크에서 사망하여 남다른 생애를 마감하고는, 11월 5일에 고향 땅 크레타에 묻혔다.

이 책의 번역 대본으로는 1974년 Faber and Faber에서 출간된 *The Fratricides*를 이용했다.

니코스 카잔차키스 연보

1883년 2월 18일(구력)* 크레타 이라클리온에서 태어남. 당시 크레타는 오스만 제국의 영토였음. 아버지 미할리스는 바르바리(현재 카잔차키스 박물관이 있음) 출신으로, 곡물과 포도주 중개상을 함. 뒷날 미할리스는 소설 『미할리스 대장 *O Kapetán Mihális*』의 여러 모델 가운데 하나가 됨.

1889년(6세) 크레타에서 터키의 지배에 대항하는 반란이 일어났으나 실패함. 카잔차키스 일가는 그리스 본토로 피하여 6개월간 머무름.

1897~1898년(14~15세) 크레타에서 두 번째 반란이 일어남. 자치권을 얻는 데 성공함. 니코스는 안전을 위해 낙소스 섬으로 감. 프랑스 수도사들이 운영하는 학교에 등록. 여기서 프랑스어에 대한 그의 사랑이 시작됨.

1902년(19세) 이라클리온에서 중등 교육을 마치고 법학을 공부하기 위해 아테네 대학교에 진학함.

1906년(23세) 대학을 졸업하기도 전에 에세이 「병든 시대 I arrósteia tu aiónos」와 소설 「뱀과 백합 Ofis ke kríno」 출간함. 희곡 「동이 트면 Ksimerónei」을 집필함.

1907년(24세) 「동이 트면」이 희곡 상을 수상하며 아테네에서 공연됨. 커다

*그리스는 구력인 율리우스력을 사용하다가, 1923년 대다수의 국가가 현재 사용하고 있는 그레고리우스력을 받아들이면서 그해 2월 16일을 3월 1일로 조정하였다. 구력의 날짜를 그레고리우스력으로 환산하려면 19세기일 때는 12일을, 20세기일 때는 13일을 더하면 된다.

란 논란을 일으킴. 약관의 카잔차키스는 단번에 유명 인사가 됨. 언론계에 발을 들여놓음. 프리메이슨에 입회함. 10월 파리로 유학함. 이곳에서 작품 집필과 저널리즘 활동을 병행함.

1908년(25세) 앙리 베르그송의 강의를 듣고, 니체를 읽음. 소설 『부서진 영혼*Spasménes psihés*』을 완성함.

1909년(26세) 니체에 관한 학위 논문을 완성하고 희곡 「도편수*O protomástoras*」를 집필함. 이탈리아를 경유하여 크레타로 돌아감. 학위 논문과 단막극 「희극: 단막 비극*Komodía*」과 에세이 「과학은 파산하였는 가*I epistími ehreokópise?*」를 출간함. 순수어*katharévusa*를 폐기하고 학교에서 민중어*demotiki*를 채용할 것을 주장하는 솔로모스 협회의 이라클리온 지부장이 됨. 언어 개혁을 촉구하는 선언문을 집필함. 이 글이 아테네의 한 정기 간행물에 실림.

1910년(27세) 민중어의 옹호자 이온 드라구미스를 찬양하는 에세이 「우리 젊음을 위하여*Ya tus néus mas*」를 발표함. 고전 그리스 문화에 대한 추종을 극복해야만 한다고 역설하는 드라구미스가 그리스를 새로운 영광의 시기로 인도할 예언자라고 주장함. 이라클리온 출신의 작가이며 지식인인 갈라테아 알렉시우와 결혼식을 올리지 않은 채 아테네에서 동거에 들어감. 프랑스어, 독일어, 영어와 고전 그리스어를 번역하는 것으로 생계를 유지함. 민중어 사용 주장 단체들 중 가장 중요한 〈교육 협회〉의 창립 회원이 됨.

1911년(28세) 갈라테아 알렉시우와 결혼함.

1912년(29세) 교육 협회 회원을 대상으로 한 긴 강연에서 베르그송의 철학을 그리스 지식인들에게 소개함. 이 강연 내용이 협회보에 실림. 제1차 발칸 전쟁이 발발하자 육군에 자원하여 베니젤로스 총리 직속 사무실에 배속됨.

1914년(31세) 시인 앙겔로스 시켈리아노스와 함께 아토스 산을 여행함. 여러 수도원을 돌며 40일간 머무름. 이때 단테, 복음서, 불경을 읽음. 시켈리아노스와 함께 새로운 종교를 창시할 것을 몽상함. 생계를 위해 갈라테아와 함께 어린이 책을 집필함.

1915년(32세) 시켈리아노스와 함께 다시 그리스를 여행함. 〈나의 위대한 스승 세 명은 호메로스, 단테, 베르그송〉이라고 일기에 적음. 수도원에 은거하며 책을 한 권 썼으나 현재 전해지지 않음. 아마도 아토스 산에 대한 책인 듯함. 「오디세우스*Odisséas*」, 「그리스도*Hristós*」, 「니키포로스 포카스Nikifóros Fokás」의 초고를 씀. 10월 아토스 산의 벌목 계약을 위해 테살로니키로 여행함. 이곳에서 카잔차키스는 제1차 세계 대전 중 영국군과 프랑스군이 살로니카 전선에서 싸우기 위해 상륙하는 것을 목격함. 같은 달, 톨스토이를 읽고 문학보다 종교가 중요하다고 결심하며, 톨스토이가 멈춘 곳에서 시작하리라고 맹세함.

1917년(34세) 전쟁으로 석탄 연료가 부족해지자 기오르고스 조르바라는 일꾼을 고용하여 펠로폰네소스에서 갈탄을 캐려고 시도함. 이 경험은 1915년의 벌목 계획과 결합하여 뒷날 소설 『그리스인 조르바 *Víos ke politía tu Aléksi Zorbá*』로 발전됨. 9월 스위스 여행. 취리히의 그리스 영사 이안니스 스타브리다키스의 거처에 손님으로 머무름.

1918년(35세) 스위스에서 니체의 발자취를 순례함. 그리스의 지식인 여성 엘리 람브리디를 사랑하게 됨.

1919년(36세) 베니젤로스 총리가 카잔차키스를 공공복지부 장관에 임명하고, 카프카스에서 볼셰비키에 의해 처형될 위기에 처한 15만 명의 그리스인들을 송환하라는 임무를 맡김. 7월 카잔차키스는 자신의 팀을 이끌고 출발. 여기에는 스타브리다키스와 조르바도 끼어 있었음. 8월 베니젤로스에게 보고하기 위해 베르사유로 감. 여기서 평화 조약 협상에 참여함. 피난민 정착을 감독하기 위해 마케도니아와 트라케로 감. 이때 겪은 일들은 뒷날 『수난 *O Hristós ksanastavrónetai*』에 사용됨.

1920년(37세) 8월 13일 드라구미스가 암살됨. 카잔차키스는 큰 충격에 휩싸임. 11월 베니젤로스가 이끄는 자유당이 선거에서 패배함. 카잔차키스는 공공복지부 장관을 사임하고 파리로 떠남.

1921년(38세) 독일을 여행함. 2월 그리스로 돌아옴.

1922년(39세) 아테네의 한 출판인과 일련의 교과서 집필을 계약하며 선불금을 받음. 이로써 해외여행이 가능해짐. 5월 19일부터 8월 말까지 빈에 체재함. 여기서 이단적 정신분석가 빌헬름 슈테켈이 〈성자의 병〉이라고 부른 안면 습진에 걸림. 전후 빈의 퇴폐적 분위기 속에서 카잔차키스는 불경을 연구하고 붓다의 생애를 다룬 희곡을 집필하기 시작함. 또한 프로이트를 연구하고 「신을 구하는 자 *Askitikí*」를 구상함. 9월 베를린에서 그리스가 터키에 참패했다는 소식을 들음. 이전의 민족주의를 버리고 공산주의 혁명가들에 동조함. 카잔차키스는 특히 라헬 리프슈타인이 이끄는 급진적 젊은 여성들의 세포 조직에서 영향을 받음. 미완의 희곡 『붓다 *Vúdas*』를 찢어 버리고 새로운 형태로 쓰기 시작함. 「신을 구하는 자」에 착수하면서 공산주의적인 행동주의와 불교적인 체념을 조화시키려 시도함. 소비에트 연방으로 이주할 것을 꿈꾸며 러시아어 수업을 들음.

1923년(40세) 빈과 베를린에서 보낸 시기에는 아테네에 남아 있던 갈라테아에게 보낸 편지를 통해 많은 자료를 남겼음. 4월 「신을 구하는 자」를 완성함. 다시 『붓다』 집필을 계속함. 6월 니체가 자란 나움부르크로 순례를 떠남.

1924년(41세) 이탈리아에서 3개월을 보냄. 이때 방문한 폼페이는 그가 떨쳐 버릴 수 없는 상징의 하나가 됨. 아시시에 도착함. 여기서 『붓다』를 완성하고, 성자 프란체스코에 대한 평생의 흠앙을 시작함. 아테네로 가서 엘레니 사미우를 만남. 이라클리온으로 돌아와, 망명자들과 소아시아 전투 참전자들로 이루어진 공산주의 세포의 정신적 지도자가 됨. 서사시 『오디세이아 *Odíssia*』를 구상하기 시작함. 아마 이때 「향연 Simposion」도 썼을 것으로 추정됨.

1925년(42세) 정치 활동으로 체포되었으나 24시간 뒤에 풀려남. 『오디세이아』 1~6편을 씀. 엘레니 사미우와의 관계가 깊어짐. 10월 아테네 일간지의 특파원 자격으로 소련으로 떠남. 그곳에서의 감상을 연재함.

1926년(43세) 갈라테아와 이혼. 갈라테아는 뒷날 재혼한 뒤에도 갈라테아 카잔차키라는 이름으로 활동함. 카잔차키스는 다시금 신문사 특파원 자격으로 팔레스타인과 키프로스로 여행함. 8월 스페인으로 여행함. 독재자 프리모 데 리베라와 인터뷰함. 10월 이탈리아 로마에서 무솔리니와 인터뷰함. 11월 뒷날 카잔차키스의 제자로서 문학 에이전트이자 친구이며 전기 작가가 되는 판델리스 프레벨라키스를 만남.

1927년(44세) 특파원 자격으로 이집트와 시나이를 방문함. 5월 『오디세이아』의 완성을 위해 아이기나에 홀로 머무름. 작업이 끝나자마자 생계를 위해 백과사전에 실릴 기사들을 서둘러 집필하고 『여행기 *Taksidévondas*』 첫 번째 권에 실릴 글을 모음. 디미트리오스 글리노스의 잡지 『아나예니시』에 「신을 구하는 자」가 발표됨. 10월 말 혁명 10주년을 맞이한 소련 정부의 초청으로 다시 러시아를 방문함. 앙리 바르뷔스와 조우함. 평화 심포지엄에서 호전적인 연설을 함. 11월 당시 프랑스에서 큰 인기를 얻고 있던 그리스계 루마니아 작가 파나이트 이스트라티를 만남. 이스트라티를 비롯한 몇몇 사람들과 함께 카프카스를 여행함. 친구가 된 이스트라티와 카잔차키스는 소련에서 정치적, 지적 활동을 함께하기로 맹세함. 12월 이스트라티를 아테네로 데리고 옴. 신문 논설을 통해 그를 그리스 대중에게 소개함.

1928년(45세) 1월 11일 카잔차키스와 이스트라티는 알람브라 극장에 모인 군중 앞에서 소련을 찬양하는 연설을 함. 이는 곧바로 가두시위로 이어짐. 당국은 연설회를 조직한 디미트리오스 글리노스와 카잔차키스를 사법 처리하고 이스트라티를 추방하겠다고 위협함. 4월 이스트라티와 카잔차키스는 러시아로 돌아옴. 키예프에서 카잔차키스는 러시아 혁명에 관한 영화 시나리오를 집필함. 6월 모스크바에서 이스트라티와 동행하여 고리키를 만남. 카잔차키스는 「신을 구하는 자」의 마지막 부분을 수정하고 〈침묵〉 장을 추가함. 『프라우다』에 그리스의 사회 상황에 대한 논설들을 기고함. 레닌의 생애를 다룬 또 다른 시나리오에 착수함. 이스트라티와 무르만스크로 여행함. 레닌그라드를 경유하면서 빅토르 세르주와 만남. 7월 바르뷔스의 잡지 『몽드』에 이스트라티가 쓴 카잔차키스 소개 기사가 실림. 이로써 유럽 독서계에 카잔차키스가 처음으로 알려짐. 8월 말 카잔차키스와 이스트라티는 엘레니 사미우와 이스트라티의 동반자 빌릴리 보드보비와 함께 남부 러시아로 긴 여행을 떠남. 여행의 목적은 〈붉은 별을 따라서〉라는 일련의 기사를 공동 집필하기 위해서였음. 두 친구의 사이가 점차 멀어짐. 12월 빅토르 세르주와 그의 장인 루사코프가 트로츠키주의자로 몰려 처벌된 〈루사코프 사건〉이 일어나 그들의 견해차는 마침내 극에 달함. 이스트라티가 소련 당국에 대한 분노와 완전한 환멸을 느낀 반면, 카잔차키스는 사건 하나로 체제의 정당성을 판단하기는 어렵다는 입장이었음. 아테네에서 카잔차키스의 러시아 여행기가 두 권으로 출간됨.

1929년(46세) 카잔차키스는 홀로 러시아의 구석구석을 여행함. 4월 베를린으로 가서 소련에 관한 강연을 함. 논설집을 출간하려 함. 5월 체코슬로바키아의 한적한 농촌으로 들어가 첫 번째 프랑스어 소설을 씀. 원래 〈모스크바는 외쳤다Moscou a crié〉라는 제목이었으나 〈토다 라바Toda-Raba〉로 바뀜. 이 소설은 작가의 변화한 러시아관을 별로 숨기지 않고 드러내고 있음. 역시 프랑스어로 〈엘리아스 대장Kapetán Élias〉이라는 소설을 완성함. 이는 『미할리스 대장』의 선구가 되는 여러 작품 중 하나임. 프랑스어로 쓴 소설들은 서유럽에 자신의 존재를 드러내려는 최초의 시도였음. 동시에 소련에 대한 자신의 달라진 관점을 반영하기 위해 『오디세이아』의 근본적인 수정에 착수함.

1930년(47세) 돈을 벌기 위해 두 권짜리 『러시아 문학사Istoria tis rosikis logotehnias』를 아테네에서 출간함. 그리스 당국은 「신을 구하는 자」에 나타난 무신론을 이유로 그를 재판에 회부하겠다고 위협함. 계속 외국에 머무름. 처음에는 파리에서 지내다가 니스로 옮긴 뒤, 아테네 출판사들의 의

뢰로 프랑스 어린이 책을 번역함.

1931년(48세) 그리스로 돌아와 아이기나에 머무름. 순수어와 민중어를 포괄하는 프랑스-그리스어 사전 편찬 작업에 착수함. 6월 파리에서 식민지 미술 전시회를 관람함. 여기서 『오디세이아』에 나오는 아프리카 장면의 아이디어를 얻음. 『오디세이아』의 제3고를 체코슬로바키아에서 은거하며 완성함.

1932년(49세) 재정적 어려움을 타개하기 위해 프레벨라키스와 공동 작업을 구상함. 여러 편의 영화 시나리오와 번역을 구상했으나 대체로 실패함. 카잔차키스는 단테의 『신곡』 전편을, 3운구법을 살려 45일 만에 번역함. 스페인으로 이주하여 그곳에서 작가로 살기로 하고 그 출발로서 선집에 수록될 스페인 시의 번역에 착수함.

1933년(50세) 스페인 인상기를 씀. 엘 그레코에 관한 3운구 시를 지음. 훗날 『영혼의 자서전Anaforá ston Gréko』의 전신이 됨. 스페인에서 생계를 해결하지 못하고 아이기나로 돌아옴. 『오디세이아』 제4고에 착수함. 단테 번역을 수정하면서 몇 편의 3운구 시를 지음.

1934년(51세) 돈을 벌기 위해 2, 3학년을 위한 세 권의 교과서를 집필함. 이 중 한 권이 교육부에서 채택되어 재정 상태가 잠시 나아짐.

1935년(52세) 『오디세이아』 제5고를 완성한 뒤 여행기 집필을 위해 일본과 중국을 방문함. 돌아오는 길에 아이기나에서 약간의 땅을 매입함.

1936년(53세) 그리스 바깥에서 문명(文名)을 확립하려는 시도로서, 프랑스어로 소설 『돌의 정원Le Jardin des rochers』을 집필함. 이 소설은 그가 동아시아에서 겪은 일들을 바탕으로 함. 또한 미할리스 대장 이야기의 새로운 원고를 완성함. 이를 〈나의 아버지Mon père〉라고 부름. 돈을 벌기 위해 왕립 극장에서 공연 예정인 피란델로의 「오늘 밤은 즉흥극Questa sera si recita a soggetto」을 번역함. 직후 피란델로풍의 희곡 「돌아온 오셀로O Othéllos ksanayirízei」를 썼는데 생전에는 이 작품의 존재가 알려지지 않았음. 괴테의 『파우스트』 제1부를 번역함. 10~11월 내전 중인 스페인에 특파원으로 감. 프랑코와 우나무노를 회견함. 아이기나에 집이 완성됨. 그가 장기 거주한 첫 번째 집임.

1937년(54세) 아이기나에서 『오디세이아』 제6고를 완성함. 『스페인 기행Taksidévondas: Ispanía』이 출간됨. 9월 펠로폰네소스를 여행함. 여기서 얻은 감상을 신문 연재 기사 형식으로 발표함. 이 글들은 뒷날 『모레아 기행Taksidévondas: O Morias』으로 묶어 펴냄. 왕립 극장의 의뢰로 비극

「멜리사Mélissa」를 씀.

1938년(55세) 『오디세이아』 제7고와 최종고를 완성한 뒤 인쇄 과정을 점검함. 호화판으로 제작된 이 서사시의 발행일은 12월 말일임. 1922년 빈에서 걸렸던 것과 같은 안면 습진에 걸림.

1939년(56세) 〈아크리타스Akritas〉라는 제목으로 3만 3,333행의 새로운 서사시를 쓸 계획을 세움. 7~11월 영국 문화원의 초청으로 영국을 방문함. 스트랫퍼드어폰에이번에 기거하며 비극 「배교자 율리아누스Iulianós o paravátis」를 집필함.

1940년(57세) 『영국 기행Taksidévondas: Anglia』을 쓰고 「아크리타스」의 구상과 「나의 아버지」의 수정 작업을 계속함. 청소년들을 위한 일련의 전기 소설을 씀(『알렉산드로스 대왕Megas Aleksandros』, 『크노소스 궁전 Sta palatia tis Knosu』). 10월 하순 무솔리니가 그리스를 침공함. 카잔차키스는 그리스 민족주의에 대한 새로운 애증에 빠짐.

1941년(58세) 독일이 그리스를 점령함. 카잔차키스는 집필에 몰두하여 슬픔을 달램. 『붓다』의 초고를 완성함. 단테의 번역을 수정함. 〈조르바의 성스러운 삶〉이라는 제목의 새로운 소설을 시작함.

1942년(59세) 전쟁 기간 동안 아이기나를 벗어나지 못함. 다시 정치에 뛰어들기 위해 가능한 한 빨리 작품 집필을 포기하기로 결심함. 독일군 당국은 카잔차키스에게 며칠간의 아테네 체재를 허락함. 여기서 이안니스 카크리디스 교수를 만나 호메로스의 『일리아스』를 공동 번역하기로 합의함. 카잔차키스는 8월과 10월 사이에 초고를 끝냄. 〈그리스도의 회상〉이라는 제목으로 예수에 대한 소설을 쓸 계획을 세움. 이것은 뒷날 『최후의 유혹 O teleftaíos pirasmós』의 전신이 됨.

1943년(60세) 독일 점령 기간의 곤궁함에도 불구하고 정력적으로 작업을 계속함. 『그리스인 조르바』와 『붓다』의 두 번째 원고 및 『일리아스』의 번역을 완성함. 아이스킬로스의 〈프로메테우스〉 3부작을 모티프로 한 희곡 신판을 씀.

1944년(61세) 봄과 여름에 희곡 「카포디스트리아스O Kapodístrias」와 「콘스탄티누스 팔라이올로구스Konstandínos o Palaiológos」를 집필함. 〈프로메테우스〉 3부작과 함께 이들 희곡은 각각 고대, 비잔틴 시대, 현대 그리스를 다룸. 독일군이 철수함. 카잔차키스는 곧바로 아테네로 가서 테아 아네모이안니의 환대를 받고 그 집에서 머무름. 〈12월 사태〉로 알려진 내전을 목격함.

1945년(62세) 다시 정치에 뛰어들겠다는 결심에 따라, 흩어진 비공산주의 좌파의 통합을 목표로 하는 소수 세력인 사회당의 지도자가 됨. 단 두 표 차로 아테네 학술원의 입회가 거부됨. 정부는 독일군의 잔학 행위 입증 조사를 위해 그를 크레타로 파견함. 11월 오랜 동반자 엘레니 사미우와 결혼. 소풀리스의 연립 정부에서 정무 장관으로 입각함.

1946년(63세) 사회 민주주의 정당들의 통합이 실현되자 카잔차키스는 장관 직에서 물러남. 3월 25일 그리스 독립 기념일에 왕립 극장에서 그의 희곡 「카포디스트리아스」가 공연됨. 공연은 커다란 파문을 일으켰고, 우익 민족주의자들은 극장을 불태우겠다고 위협함. 그리스 작가 협회는 카잔차키스를 시켈리아노스와 함께 노벨 문학상 후보로 추천함. 6월 40일간의 예정으로 해외여행을 떠남. 실제로는 남은 생을 해외에서 체류하게 되었음. 영국에서 지식인들에게 〈정신의 인터내셔널〉을 조직할 것을 호소하였으나 별 관심을 끌지 못함. 영국 문화원이 케임브리지에 방 하나를 제공하여, 이곳에서 여름을 보내며 〈오름길〉이라는 제목의 소설을 씀. 이 역시 『미할리스 대장』의 선구적 작품이 됨. 9월 프랑스 정부의 초청으로 파리에 감. 그리스의 정치 상황 때문에 해외 체재가 불가피해짐. 『그리스인 조르바』가 프랑스어로 번역되도록 준비함.

1947년(64세) 스웨덴의 지식인이자 정부 관리인 뵈리에 크뇌스가 『그리스인 조르바』를 번역함. 몇 차례의 줄다리기 끝에 카잔차키스는 유네스코에서 일하게 됨. 그의 일은 세계 고전의 번역을 촉진하여 서로 다른 문화, 특히 동양과 서양의 문화 사이에 다리를 놓는 것이었음. 스스로 자신의 희곡 「배교자 율리아누스」를 번역함. 『그리스인 조르바』가 파리에서 출간됨.

1948년(65세) 자신의 희곡들을 계속 번역함. 3월 창작에 전념하기 위해 유네스코에서 사임함. 「배교자 율리아누스」가 파리에서 공연됨(1회 공연으로 끝남). 카잔차키스와 엘레니는 앙티브로 이주함. 그곳에서 희곡 「소돔과 고모라Sódoma ke Gómora」를 씀. 영국, 미국, 스웨덴, 체코슬로바키아의 출판사에서 『그리스인 조르바』 출간을 결정함. 카잔차키스는 『수난』의 초고를 3개월 만에 완성하고 2개월간 수정함.

1949년(66세) 격렬한 그리스 내전을 소재로 한 새로운 소설 『전쟁과 신부I aderfofádes』에 착수함. 희곡 「쿠로스Kúros」와 「크리스토퍼 콜럼버스 Hristóforos Kolómvos」를 씀. 안면 습진이 다시 찾아옴. 치료차 프랑스 비시의 온천에 감. 12월 『미할리스 대장』 집필에 착수함.

1950년(67세) 7월 말까지 『미할리스 대장』에만 몰두함. 11월 『최후의 유혹』에 착수함. 『그리스인 조르바』와 『수난』이 스웨덴에서 출간됨.

1951년(68세) 『최후의 유혹』 초고를 완성함. 「콘스탄티누스 팔라이올로구스」의 개정을 마치고 이 초고를 수정하기 시작함. 『수난』이 노르웨이와 독일에서 출간됨.

1952년(69세) 성공이 곤란을 야기함. 각국의 번역자들과 출판인들이 카잔차키스의 시간을 점점 더 많이 빼앗게 됨. 안면 습진 또한 그를 더 심하게 괴롭힘. 엘레니와 함께 이탈리아에서 여름을 보냄. 아시시의 성자 프란체스코에 대한 사랑이 더욱 깊어짐. 눈에 심한 감염이 일어나 네덜란드의 병원으로 감. 요양하면서 성자 프란체스코의 생애를 연구함. 영국, 노르웨이, 스웨덴, 네덜란드, 핀란드, 독일에서 그의 소설들이 계속적으로 출간됨. 그러나 그리스에서는 출간되지 않음.

1953년(70세) 눈의 세균 감염이 낫지 않아 파리의 병원에 입원함(결국 오른쪽 눈의 시력을 잃음). 검사 결과 수년 동안 그를 괴롭힌 안면 습진은 림프샘 이상이 원인인 것으로 나타남. 앙티브로 돌아가 수개월간 카크리디스 교수와 함께 『일리아스』의 공역을 마무리함. 소설 『성자 프란체스코 *O ftohúlis tu Theú*』를 씀. 『미할리스 대장』이 출간됨. 『미할리스 대장』 일부와 『최후의 유혹』 전체에서 신성을 모독했다는 이유로 그리스 정교회가 카잔차키스를 맹렬히 비난함. 당시 『최후의 유혹』은 그리스에서 출간되지도 않았음. 『그리스인 조르바』가 뉴욕에서 출간됨.

1954년(71세) 교황이 『최후의 유혹』을 가톨릭교회의 금서 목록에 올림. 카잔차키스는 교부 테르툴리아누스의 말을 인용하여 바티칸에 이런 전문을 보냄. 〈주여 당신에게 호소합니다.〉 같은 전문을 아테네의 정교회 본부에도 보내면서 이렇게 덧붙임. 〈성스러운 사제들이여, 여러분은 나를 저주하나 나는 여러분을 축복합니다. 여러분께서도 나만큼 양심이 깨끗하시기를, 그리고 나만큼 도덕적이고 종교적이시기를 기원합니다.〉 여름 『오디세이아』를 영어로 번역하는 키먼 프라이어와 매일 공동 작업함. 12월 「소돔과 고모라」의 초연에 참석하기 위해 독일 만하임으로 감. 공연 후 치료를 위해 병원에 입원함. 가벼운 림프성 백혈병으로 진단됨. 젊은 출판인 이안니스 구델리스가 아테네에서 카잔차키스 전집 출간에 착수함.

1955년(72세) 엘레니와 함께 스위스 루가노의 별장에서 한 달을 보냄. 여기서 그의 정신적 자서전인 『영혼의 자서전』을 쓰기 시작함. 8월 카잔차키스와 엘레니는 군스바호의 알베르트 슈바이처 박사를 방문함. 앙티브로 돌아온 뒤, 『수난』의 영화 시나리오를 구상 중이던 줄스 다신의 조언

요청에 응함. 카잔차키스와 카크리디스가 공역한 『일리아스』가 그리스에서 출간됨. 어떤 출판인도 나서지 않았기 때문에 비용은 모두 번역자들이 부담함. 『오디세이아』의 수정 재판이 아테네에서 엠마누엘 카스다글리스의 감수로 준비됨. 카스다글리스는 또한 카잔차키스의 희곡 전집 제1권을 편집함. 〈왕실 인사〉가 개입한 끝에 『최후의 유혹』이 마침내 그리스에서 출간됨.

1956년(73세) 6월 빈에서 평화상을 받음. 키먼 프라이어와 공동 작업을 계속함. 최종심에서 후안 라몬 히메네스에게 노벨 문학상을 빼앗김. 줄스 다신이 『수난』을 바탕으로 한 영화를 완성. 제목을 〈죽어야 하는 자*Celui qui doit mourir*〉로 붙임. 전집 출간이 진행됨. 두 권의 희곡집과 여러 권의 여행기, 프랑스어에서 그리스어로 옮긴 『토다 라바』와 『성자 프란체스코』가 추가됨.

1957년(74세) 키먼 프라이어와 작업을 계속함. 피에르 시프리오와의 긴 대담이 6회로 나뉘어 파리에서 라디오로 방송됨. 칸 영화제에 참석하여 「죽어야 하는 자」를 관람함. 파리의 플롱 출판사가 그의 전집을 프랑스어로 펴내는 데 동의함. 중국 정부의 초청으로 카잔차키스 부부는 중국을 방문함. 돌아오는 비행 편이 일본을 경유하므로, 광저우에서 예방 접종을 함. 그런데 북극 상공에서 접종 부위가 부풀어 오르고 팔이 회저 증상을 보이기 시작함. 백혈병을 진단받았던 독일의 병원에 다시 입원함. 고비를 넘김. 알베르트 슈바이처가 문병 와서 쾌유를 축하함. 그러나 아시아 독감이 쇠약한 그의 몸을 순식간에 습격함. **10월 26일 사망.** 시신이 아테네로 운구됨. 그리스 정교회는 카잔차키스의 시신을 공중(公衆)에 안치하기를 거부함. 시신은 크레타로 운구되어 안치됨. 엄청난 인파가 몰려 그의 죽음을 애도함. 뒷날, 묘비에는 카잔차키스가 생전에 준비해 두었던 비명이 새겨짐. *Den elpízo típota. Den fovúmai típota. Eímai eléftheros*(나는 아무것도 바라지 않는다. 나는 아무것도 두려워하지 않는다. 나는 자유다).

옮긴이 **안정효** 1941년 서울에서 태어났다. 서강대학교 영문학과를 졸업한 뒤 「코리아 헤럴드」 기자, 한국 브리태니커 편집부장 등을 역임했다. 지은 책으로 『하얀 전쟁』, 『은마는 오지 않는다』, 『헐리우드 키드의 생애』 외 다수의 소설 작품과 『걸어가는 그림자』, 『인생 4계』, 『글쓰기 만보』, 『신화와 역사의 건널목』 등이 있다. 니코스 카잔차키스의 『최후의 유혹』, 『오디세이아』, 『영혼의 자서전』, 가브리엘 가르시아 마르케스의 『백년 동안의 고독』, 버트런드 러셀의 『권력』, 알렉스 헤일리의 『뿌리』, 조르지 아마두의 『가브리엘라, 정향과 계피』, 저지 코진스크의 『잃어버린 나』 등 150권가량의 작품을 번역했으며, 제1회 한국번역문화상을 수상했다.

전쟁과 신부

발행일	2008년 3월 30일 초판 1쇄

지은이	니코스 카잔차키스
옮긴이	안정효
발행인	홍지웅
발행처	주식회사 열린책들

경기도 파주시 교하읍 문발리 521-2 파주출판도시
전화 031-955-4000 팩스 031-955-4004
www.openbooks.co.kr

Copyright (C) 주식회사 열린책들, 2008, *Printed in Korea.*
ISBN 978-89-329-0815-1 04890
ISBN 978-89-329-0792-5 (세트)

이 도서의 국립중앙도서관 출판시도서목록(CIP)은 e-CIP 홈페이지(http://www.nl.go.kr/cip.php)에서 이용하실 수 있습니다. (CIP제어번호 : CIP2008000600)